Семен Малков

ДВЕ СУДЬБЫ

«Шантаж», «Расплата»

Роман

Geleos

2003

УДК 821.161.1
ББК 84(2Рос = Рус)6
    М 18

Подписано в печать 09.12.02. Формат 84х108 ^{1}/32.
Усл. печ. л. 33,6. Тираж 100 000 экз. Второй завод. Зак. № 6641.

Малков С.

М 18 Две судьбы: Роман / С. Малков. — М.: ЗАО «Издательский
дом ГЕЛЕОС», 2003, — 640 с.

ISBN 5-8189-0241-2

Две подруги. Общие радости, слезы, надежды. И... общий мужчина. Для одной он — источник доходов, благосостояния, славы.
Для другой — единственный и неповторимый.

Проходят годы, и треугольник мучительных страстей взрыва-
ется самым неожиданным образом. Любовь и предательство, победы и поражения, бескорыстие и криминал — через все проходят герои этой истории, которая начинается в 60-е годы и заканчивается в наши дни.

УДК 821.161.1
ББК 84(2Рос = Рус)6

ШАНТАЖ

Часть I. СЕСТРЫ

Глава 1. СЕМЕЙНОЕ СЧАСТЬЕ

Самолет набрал высоту, табло погасло. В салоне первого класса немноголюдно, приятно освежает струя кондиционера. «Всего каких-то два часа — и дома», — удовлетворенно подумал Иван Кузьмич, отстегивая привязной ремень и удобно устраиваясь в кресле. Среднего роста, широкоплечий, солидный — преуспевающий советский руководитель, типичный представитель партхозноменклатуры. Возвращался он из поездки в Федеративную Республику Германии — провел там две недели в составе советской делегации.

Сидевший неподалеку от него известный журналист-международник Чижевский, узнав Ивана Кузьмича, удивился: «Да это никак Григорьев, собственной персоной?!»

— Интересно знать, — повернулся он к Веснину, работнику советского посольства в Бонне (они были в близком знакомстве), — почему Григорьев летит отдельно от всей делегации?

— А кто такой Григорьев? Шишка какая-нибудь? — поинтересовался Веснин.

— Не «какая-нибудь», а весьма значительная, — охотно разъяснил Чижевский. — Фактически ведает в аппарате ЦК распределением материальных благ. С тобой, как с другом, буду откровенен. — Он понизил голос: — За последний год дважды к нему обращался — машина мне понадобилась и путевки в спецсанаторий.

— Ну и как? Судя по результатам, ты, Лев Викторович, встретил взаимопонимание? — съехидничал Веснин; присмотрелся. — Хотя и вправду — впечатление производит приятное. Такое открытое русское лицо...

— Поверь, он вполне на своем месте. С ним и дело иметь приятно. Все решил оперативно, без волокиты. Мужик простой, но палец ему в рот не клади. Чувствуется — уважают его и побаиваются. Говорят, скоро возглавит всю службу. Шеф-то у него дряхловат, постоянно болеет.

— Ну, на его месте не слишком бы я надеялся, — усмехнулся Веснин. — Сам знаешь эту систему: старик руководит не приходя в сознание, пока не вынесут... сам понимаешь, как.

— Попробую-ка с ним пообщаться, — поднялся с кресла Лев Викторович, лукаво подмигнув. — Нельзя упускать такой случай!

Чижевский, спецкор «Правды» по германоязычным странам, занимал видное положение в журналистике: его острые аналитические статьи известны миллионам читателей. Конечно, и Григорьев хорошо его знает и помнит. Лев Викторович уверенно, непринужденно направился к нему, намереваясь выразить свое почтение и обменяться несколькими словами.

— Прошу прощения, Иван Кузьмич, не помешаю? — подсев на свободное место рядом с Григорьевым, попытался он завязать беседу. — Мы ведь немного знакомы? И на приемах встречались, и разными пустяками вам надоедал. А я не из тех, кто забывает добро.

Иван Кузьмич вежливо кивнул, не проявляя, однако, видимого желания вступать в разговор.

— Погода хорошая, прибудем без опозданий! — бодро начал Чижевский, как бы не замечая, что сосед не расположен к общению. — А почему вы отдельно от всех? Если это, конечно, не государственная тайна.

Григорьев досадливо поморщился — не любил откровенничать с дотошными журналистами — береженого Бог бережет; однако ответил вполне дружелюбно:

— Пришлось задержаться, уладить кое-какие взаиморасчеты. Вы знаете — это мои вопросы.

— Ну а каковы ваши впечатления? Вы ведь первый раз посетили ФРГ, — продолжал расспрашивать Чижевский.

— Активно загнивают, — усмехнулся Иван Кузьмич. — Вконец затоварились. Им бы наш рынок сбыта!

— Удалось побывать в театрах, в магазинах? С жизнью, бытом познакомиться? — не отступал журналист. — Как насчет новинок техники? До чего радиоэлектроника у них вперед шагнула! Не сравнить с нашей! — Не дождавшись ответа, восторженно указал он на коробку на верхней полке. — Вот везу подарок шефу — у него на днях юбилей: магнитофон на транзисторах. То-то обрадуется! А вы тоже, наверно, отдали должное техническому прогрессу? Чем побалуете домашних? — осторожно коснулся он «деликатной» темы.

Иван Кузьмич безразлично пожал плечами, бросил с деланным пренебрежением:

— Времени не было на такие пустяки, слишком плотный график работы. Уставал я очень. А в выходные дни — сами знаете: экскурсии, приемы. Со страной хорошо познакомили, а вот развлечения — этого не получалось. — И взглянул на журналиста с чувством вежливого превосходства, подумав ехидно: «Пусть знают: в ЦК партии интересы не такие мелкие, как у них, щелкоперов».

— Извините, Лев Викторович, нездоровится мне немного. — Григорьев взял газету, твердо решив положить конец непрошеному интервью. Но при этом широко, по-свойски улыбнулся Чижевскому. — Все мысли, понимаете ли, уже дома...

«Не надо обижать пишущую братию, — мелькнуло деловито, — кто знает, с кем он дружбу водит... Небось на самый верх вхож».

Около полудня в просторной квартире «сталинского» дома зазвонил телефон; Агаша, домработница Григорьевых, сняла трубку.

— Алло! Кого вам? Вера Петровна! — позвала она хозяйку. — Это вас спрашивают!

В гостиной, меблированной гарнитуром красного дерева, Григорьева, гладко причесанная миловидная шатенка, с ясными серыми глазами, перелистывала, сидя на диване, журнал «Здоровье». Элегантный темный костюм красиво обрамлял ее привлекательную молодую полноту. За стеной кто-то разыгрывал на фортепиано упражнения.

Вера Петровна подняла трубку:

— Прилетает?! Когда? — А во сколько заедете? Через час? Нормально! Будем готовы! — И она радостно отправилась звать дочь. — Света, солнышко! — Худенькая, большеглазая девочка лет пяти-шести усердно занималась в кабинете музыкой. — Папочка наш сегодня прилетает! Собирайся — встречать поедем!

Весело тряхнув золотисто-русой головкой, Света охотно соскочила со стульчика, сияя синевой глаз.

— Ура! Папулечка едет! — запрыгала она, хлопая в ладоши.

Вера Петровна подхватила ее на руки, расцеловала.

— Пойдем-ка, принаряжу тебя. Пусть папуля полюбуется, какая у него дочка — красивенькая, складненькая! Только надо пошевеливаться — скоро за нами машина прибудет.

Часа через полтора персональная «Волга» Григорьевых
подкатила к депутатскому залу аэропорта и встала в ряду таких же черных служебных машин. Подошли встречающие
Ивана Кузьмича, помогли Вере Петровне и Свете выйти, и
вся группа устремилась к входу в здание.

Улыбающийся Григорьев спустился по трапу подрули-
вшего авиалайнера одним из первых. Пожал руки сотрудникам, крепко обнял и расцеловал близких. Все проследовали
через депутатский зал, где ожидал багаж, к машинам.

Иван Кузьмич с начальственной теплотой попрощался:

— Спасибо, товарищи, за встречу, очень тронут. Когда при-
ступлю к работе? Завтра же! Отдыхать некогда — надо срочно писать отчет. — И, как бы отвечая на немой вопрос, со значением добавил: — Ну да, Самому. Есть о чем доложить!

В машине ждали жена и дочь; водитель услужливо распахнул переднюю дверцу.

— Нет-нет! Сегодня я сзади сяду — поближе к своим. Тро-
гай! — Григорьев блаженно откинулся на спинку заднего сиденья и обнял жену. — Наконец-то! И расслабиться можно,
и стать самим собой! Как же я соскучился по своим ненаглядным! Скорее бы очутиться дома!

— Ты хоть нормально там питался, Ванечка? — желая о
многом расспросить и не зная, с чего начать, задала «дежурный» вопрос Вера Петровна.

— Принимали нас, можно сказать, по-царски. Обстановка, обслуживание — получше, чем у нас в ЦК. Словом, запад-
ный сервис! Это они умеют, сволочи! — покосившись на водителя, добавил Григорьев тихо.

— Кормили на убой — и на выбор: французская кухня,
китайская, еще черт знает какая... Вку-усно все! Но разве с
твоей готовкой сравнится, Веруся? — вовремя спохватился
он, улыбаясь. — Ты же у нас признанная мастерица!

— А что делали в свободное время? Развлекались поди? —
затронула Веруся щекотливую тему.

— Да что ты! Какие там развлечения, родная! — посетовал Григорьев, немного переигрывая. — Будто не знаешь, какая обстановка? Холодная война — все время на-

чеку. За день так выматывались — скорей бы в отель да на боковую!

— Знаю я эту вашу «боковую»! — шутливо, недоверчиво вздохнула она, прижимаясь к мужу. — Не одну бутылку небось опорожнили.

— Напрасно беспокоишься, Веруся, — самодовольно ухмыльнулся Иван Кузьмич. — Лишнего не приму, сама знаешь. Совсем не пить нельзя — чужаком станешь. Но как некоторые — неважно кто — себе позволяют... — рассмеялся он, очевидно вспомнив комичный эпизод. — Упаси Бог! На то у меня голова на плечах имеется. Разве не доказал?

Машина уже выехала на Кутузовский проспект и приближалась к дому Григорьевых.

— Спасибо, Женя, — поблагодарил Иван Кузьмич молодого водителя, когда тот внес чемоданы в прихожую. — Оставь вещи здесь и на сегодня можешь быть свободен. Завтра заедешь в обычное время, — добавил он, видя, что водитель замешкался.

— Ванечка! Обед подавать? Проголодался с дороги? — заглянула в прихожую Вера Петровна — она уже успела переодеться в домашнее и выглядела свежей и привлекательной.

— Мне-то есть не хочется. — Иван Кузьмич взял в руки по чемодану. — Да что на меня равняться! Вы же не обедали? Вот отнесу в спальню и составлю вам компанию. — Он подумал. — Но если немного потерпите, — таинственно улыбнулся, предвкушая удовольствие, — откроем сначала, — и кивнул на чемоданы, — взглянем, что я вам со Светочкой привез, а? Как ты на это смотришь?

— Положительно! Нам же обед не пойдет впрок, если ты будешь только присутствовать. Будь по-твоему, полюбуемся на гостинцы! — И, взяв оставшиеся сумки, Вера Петровна последовала за мужем.

Уютная спальня Григорьевых была обставлена стильной мебелью под карельскую березу; гарнитур стоил недешево. Иван Кузьмич раскрыл чемоданы и принялся извлекать роскошные подарки и раскладывать на широкой кровати.

— Не хотел говорить при посторонних, но грешно же из Германии обратно везти валюту. У нас в «Березке» такого и в помине нет! — победно взглянул он на жену. — Выкроил вот время на покупки, хоть и не без труда.

— Ну и изобилие у них товаров! — Он невольно понизил голос: — Прямо как при коммунизме. Мы его строим, строим, — голос его зазвучал саркастически, — а они, глядь, уже построили! Тут и призадумаешься... Нелогично ведь получается? — Иван Кузьмич осекся — зашел слишком далеко, даже перед женой. — Надеюсь, угодил? Точно твои размеры, из самых лучших магазинов! Не поскупился! Тебе будут завидовать! Смотри, какие платья, а?!

Вера Петровна растерянно развела руками.

— Куда мне, Ванечка, столько?.. Ты же знаешь, кроме дачи, я нигде не бываю... В театр раз в год ходим — тебе все некогда. На приемах мне с тобой бывать не положено. Перед родными выпендриваться грех — они так нуждаются...

— Ничего, будешь красоваться перед подругами, знакомыми, — полушутя-полусерьезно успокаивал Григорьев. — Мое положение обязывает — ты должна хорошо одеваться. Да тебе и самой приятно все это иметь — я же вижу!

Иван Кузьмич ласково привлек к себе жену, крепко обнял и поцеловал. Она благодарно ответила на поцелуй — и с трудом вырвалась из его объятий, шепча:

— Ванечка, милый, погоди немного, остынь! Нас ведь ждут с обедом. Позови Светочку! — пустила она в ход верный прием. — Лапуся не дождется, когда ты покажешь ей подарки.

— Ну конечно, Боже мой! — опомнился Григорьев, переводя дыхание. — Прошу у суда снисхождения! Сама знаешь, родная, как ты на меня действуешь. Ведь не были вместе две недели!

— Светочка, лапочка! — громко позвал Иван Кузьмич дочку. — Иди скорей сюда! Ведь знаю — ты где-то здесь, рядышком.

Девочка стремглав вбежала в спальню и повисла на шее у отца. Он расцеловал ее и поставил на ноги.

— Ну, расскажи папе, как ты тут в мое отсутствие? Маму слушалась? — Попытка придать голосу строгость не удалась: — Ладно, доченька. Знаю, ты у нас послушная, умница и всегда ведешь себя хорошо. А как у тебя идут дела по музыке? Скажи папе правду: трудно приходится?

— Да нет, не очень. Мне нравится, — тихо проговорила Света. — А что ты мне привез? Покажи! — без обиняков перешла она к более интересной теме.

Иван Кузьмич разложил перед дочерью груду подарков: тут и красивая, яркая одежда, и туфельки всякие, и забавные механические игрушки, и, конечно, большая, роскошная кукла. Не проявив никакого интереса к нарядам и бегло взглянув на игрушки, Света все внимание сразу перенесла на куклу.

— Я назову ее... Машенька! — радостно заявила она, прижимая новую куклу к груди. — Буду ее любить больше прежней! Как я плакала, папочка, когда ее разорвала Вовкина Чапа! Посмотри, разве она не самая красивая?

— Твоя Маша красивее всех кукол в Москве, — охотно подтвердил Григорьев, целуя дочь.

За празднично накрытым столом с хозяином дома во главе, кроме Веры Петровны и Светочки, сидели соседи Григорьевых, супруги Винокуровы, и Евдокия Митрофановна — родственница, приехавшая погостить.

Борис Ефимович Винокуров возглавлял машиностроительный трест; жена его, Капитолина Львовна, преподавала английский в вузе.

Иван Кузьмич увлеченно рассказывал обо всем, что видел в ФРГ, а если что спрашивали, отвечал охотно — подробно и остроумно. Борис Ефимович — он там тоже побывал, в командировке, — изредка его дополнял.

— А кто эта пожилая женщина? — вполголоса спросил он жену, указывая глазами на Евдокию Митрофановну. — Впервые ее вижу. Родственница?

— Родная тетка Веры. Вырастила ее и младшую сестру после смерти матери, — так же тихо пояснила Капитолина Львовна.

— А что стряслось с родителями?

— Отец погиб в сорок третьем, мать вскоре умерла от тифа. Тетя Дуся заменила сироткам родителей — они их едва помнят.

— Значит, тетка им как мать?

— Ну да. Вера очень ее любит. А живет тетя Дуся вместе с младшей сестрой — Варей.

Действительно, хоть и тяжелое житье-бытье в деревне, Евдокия Митрофановна знала, что незамужняя Варвара, медсестра в сельской больнице, нуждается в ней больше, чем старшая сестра. Вот и отклонила настойчивые просьбы Веры

Петровны (хоть старшенькая и была всегда ее любимицей) переехать к ней в столицу, помогать растить Светочку.

— Вон у тебя сколько помощников! — отбивала она обычно очередную атаку Веры Петровны. — И домработница, и шофер продукты на дом доставляет, и в садике Светку обхаживают как принцессу! А у бедной Варьки после дежурства и сготовить сил не остается. Так что поживу в деревне, пока здоровья хватит, — заключала она, горестно вздыхая: нет ведь для нее никого ближе Верочки, да и та к ней привязана всем сердцем, ей одной открывает сокровенное.

Винокуровы, извинившись, покинули праздничное застолье — к ним неожиданно приехал сын, надо с ним побыть.

За чаем Иван Кузьмич поинтересовался делами в деревне:

— Митрофановна! Расскажи-ка теперь ты, что нового в наших краях? Как дела у Варвары? Как поживают соседи Ларионовы? Есть ли вести от их Сеньки? Мы ведь с ним, пацанами, немало вместе набедокурили.

Тетя Дуся неохотно оторвалась от шоколадно-вафельного торта — обожала его, да редко видела.

— А что хорошего в деревне-то, Вань? У Варьки — без перемен. Только и знает — с работы и на работу. А младший Ларионов сгинул: где-то он на Камчатке, родителей забыл. Рыбачит там вроде. Старики его совсем захирели. Как приусадебный участок у них отрезали, продали они скотину — одной картохой питаются. Да ты будто не знаешь, — взглянула она на него с укором, — ничего нонче нет в деревне! Это не как у вас — разносолы. В магазине пусто, как в войну. Да ты, Ванюша, не подумай худого, — поспешно добавила она извиняющимся тоном. — Дай-то вам Бог! Хоть вы хорошо живете. А деревенским туго приходится.

— Это оттого, старая, что разленился народ, работает спустя рукава, — нравоучительно возразил Григорьев. — Посмотрела бы, как трудятся люди в той же ФРГ. Какое качество, какая производительность! Ленин что говорил? «Коммунизм — это высшая производительность труда», — привычно процитировал он.

— Ванечка, ради Бога! — вмешалась Вера Петровна. — Не надо тете Дусе про коммунизм... Им в деревне и без того тошно!

— Как же, построют у нас коммунизьм! — подала голос Евдокия Митрофановна, сбиваясь на деревенский говор. —

Денег не платют и жрать нечего! Кто же стараться работать-то будет? Да обратно же скотине кормов не хватает!

Григорьев досадливо наморщился. «Ну и глупая старуха! Объяснять ей — пустое дело», — подумал он. Но жена так любит тетю Дусю. И он терпеливо продолжал приводить свои доводы:

— Неправильно хозяйствуете! Нет кормов, говоришь? А кукурузу посеяли? Вот она, палочка-выручалочка! Хрущев учит-учит, а вы... Директиву партии выполнять нужно.

— Она же, эта кукуруза, не растет у нас, Ваня. С ней только зря силы потратили, — робко вставила Евдокия Митрофановна. — Начальство с ног сбилось, народ замордовали, а толку чуть!

— Бездарное у вас начальство! Но ничего, партия строго спросит с нерадивых руководителей, — не терпящим возражений тоном заключил Иван Кузьмич. — Хрущев всерьез за дело взялся. Сказал — к восьмидесятому году наш народ будет жить при коммунизме, и мы эту задачу выполним! Будем работать до седьмого пота!

Григорьев своим ключом открыл дверь квартиры, положил красивый кожаный портфель на кушетку, снял дубленку, убрал в шкаф. «Вера еще с вокзала не вернулась, — подумал недовольно. — Вечно носится с родней». В роскошно отделанной ванной умылся, вытерся пушистым полотенцем, аккуратно причесал остатки белесых волос. Вернувшись в холл, взял со столика стопку газет и направился в гостиную — почитать, пожалуй, до прихода жены.

— Веруся, ты уже дома?! — удивленно воскликнул он, увидев жену: лежит на диване, лицо заплакано. — Когда же ты успела проводить Митрофановну и вернуться? А слезы почему? Не прячь глаза, я же вижу! Что случилось, ты нездорова? — расспрашивал он встревоженно.

Вера Петровна вытерла платочком глаза и судорожно вздохнула.

— Тетя Дуся настояла, чтобы я не ждала отправления. Мы с Женей сразу вернулись, и я его отпустила. А как ты добрался?

— Взял дежурную машину. Но ты мне зубы не заговаривай! Выкладывай, что тебя так расстроило! — нетерпеливо потребовал Григорьев, чувствуя ее нежелание объясняться.

Вера Петровна, откинувшись на спинку дивана, печально посмотрела на мужа. Помолчала немного, снова вздохнула — не решалась, видно, начать неприятный для обоих разговор.

— Сам знаешь, Ванюша, как тяжело живут тетя Дуся и Варя. Собрала я и отправила в деревню все, что смогла: продукты там самые необходимые, одежду кое-какую для сестры. Ей мужа бы найти пора, а она разута и раздета! — произнесла она извиняющимся тоном, будто в этом ее вина.

— Ну и правильно сделала! Бог делиться велел с ближними, — облегченно вздохнул Григорьев; сел рядом с женой на диван, ласково погладил ее по голове. — Плакать-то зачем?

— Не могу спокойно думать об их тяжелой жизни, когда мы тут как сыр в масле катаемся. Кусок в горло не лезет! — В глазах Веры Петровны вновь заблестели слезы. — Ну разве это справедливо, Ванюша? — Она придвинулась к мужу, взяла его за руку. — Тетя Дуся всю жизнь в колхозе горбатилась. Варя вкалывает и днем и ночью — людей лечит. Не заслуживают они разве лучшей участи? Почему только нам жить по-человечески?

Григорьев плотно сжал губы и сурово посмотрел на жену.

— Ну вот, только этого недоставало! Что на тебя сегодня нашло? Вдруг совесть заговорила. Ты же у меня не дуреха! — воскликнул он, выдернув руку и хлопнув ею по колену. — Мы всегда лучше других жили, — продолжал он убежденно. — Знаешь ведь: на данном этапе действует принцип социализма — «каждому по труду». А мой труд — не чета обывательскому! Уравниловки нет и не будет! У руководителей и впредь будет материальных благ больше — с учетом ответственности. Это нам положено по праву. Не стыдиться, а гордиться надо!

— Ну а как людям в глаза смотреть? Ведь вокруг такая нищета! Когда же и для них жизнь станет лучше? — не сдавалась Вера Петровна.

Григорьев встал с дивана и ласково, но решительно протянул руку жене.

— Успокойся, Веруся, хватит кукситься! Все, что мы имеем, предоставлено нам государством по заслугам — заработано моим нелегким трудом. Поверь, скоро весь народ будет жить лучше. Нужно только выполнять программу партии, всем лучше работать, и мы этого добьемся! — Он помолчал. — Но вот о чем хочу тебя попросить: помогай родне сколько хочешь, но встречайся с ними пореже, чтобы разница в положении не колола глаза. И еще — надеюсь, подумав, ты со мной согласишься: пожалуйста, не приближай к себе людей не нашего круга. Чем выше становится мое положение, тем разборчивее мы должны быть в выборе друзей и знакомых.

Степан Алексеевич Розанов сидел за столом в бедно обставленной комнате своей малометражной «хрущевской» квартиры, проверяя школьные тетради. «Хрущобами» прозвали тесные квартирки в пятиэтажных домах — в 60-е годы дома эти как грибы росли в окраинных районах Москвы; цель — поскорее расселить коммуналки. Разномастная мебель досталась Розанову по наследству от родителей: на приобретение новой, более современной, у хозяев недостало средств.

Крупный, слегка сутуловатый, как многие высокорослые люди, с красиво посаженной головой и волнистыми золотисто-русыми волосами, Розанов выглядел бы привлекательным, если бы не старомодный, мешковатый костюм и неухоженная, плохо подстриженная бородка.

«Опять просижу до одиннадцати, — уныло подумал он. — Не успею прочитать новый материал — завтра рано вставать». Невеселые мысли завладели Розановым, мешая работать. «За последний месяц ни на шаг не продвинулся с диссертацией. А ведь замечаний не так много, — мысленно упрекнул он себя. — Но куда денешься? Нужно кормить семью. Придется снова взять нагрузку в вечерней школе. А то Лидия загрызет». Словно подтверждая эти опасения, из кухни донесся грохот посуды — ее явно швыряли.

— Ну вот, легка на помине! — испуганно прошептал Розанов. — Сейчас начнется очередной концерт! Теперь и за полночь не управиться!

В дверях появилась Лидия Сергеевна — высокая, яркая брюнетка; ее красивое лицо дышало неприкрытым гневом.

— Нет, ты прямо полное ничтожество! — без предисловий набросилась она на мужа. — Это надо же! Отказаться от поста директора спецшколы! Зиночка, секретарша, мне все доложила. — Перевела дыхание и исступленно завопила: — Не умеешь командовать, руководить коллективом?! А что вообще ты можешь? Доколе прикажешь считать рубли до получки?

— И чего из-за такого лопуха все переживают?! — продолжала она уже потише, но голосом, полным презрения. — Ни на что ты не годен! Ни как муж, ни как отец. О дочери хотя бы подумал! Почему она должна быть хуже других, бедняжка? — Наденька, детка! Поди сюда на минутку! — И, видя, что Степан Алексеевич сделал протестующий жест рукой, повысила голос, злобно косясь на мужа: — Иди, Надюша, посмотри на папу — совсем он тебя не любит!

Из смежной комнаты выглянула очень красивая, не по возрасту крепкая, статная девочка, с ямочками на румяных щеках, темноволосая, как мать, с ярко-синими отцовскими глазами.

Родители, как всегда, ссорятся... Надя попыталась ретироваться, но Лидия Сергеевна ее остановила.

— Подойди сюда, бедненькая моя! — приказала дочери. — Не повезло тебе на папу! — привычно запричитала она, прижимая к себе Наденьку.

Та тоже заревела в голос.

— Поплачь, родная, но знай: мама тебя в обиду не даст! Всем пожертвует, чтобы ты была счастлива! Ведь ты моя единственная радость в жизни! — проговорила сквозь слезы, искренне жалея себя и дочь.

Остро ощущая свою беспомощность и какую-то внутреннюю пустоту, Розанов сдвинул в сторону стопку тетрадок и поднялся из-за стола. Эти скандалы, хоть и стали нормой их семейных отношений, всегда выбивали его из колеи, не давали работать.

— Лида, успокойся! — стараясь держать себя в руках, примирительно попытался он объяснить. — Все не так обстоит, как ты думаешь. Ну сколько можно тебе повторять?

— Надюшенька, детка, — Розанов с силой, но нежно оторвал дочь от Лидии Сергеевны. — Иди-ка спать! Не слушай маму — видишь она расстроена? Мы с ней сами разберемся, как всегда.

Наденька не понимала — почему ее мама и папа, такие большие и красивые, все время ругаются — и продолжала горько плакать.

Степан Алексеевич взял дочь на руки, поцеловал и отнес в ее комнатку. Уложил в постель, успокоил и вернулся — надо сделать еще одну попытку помириться с женой.

— Ну как ты не понимаешь, — стараясь говорить как можно мягче, обратился он к Лидии Сергеевне, усадив ее на диван, служащий им супружеской постелью. — В настоящий момент я не могу согласиться. Если стану директором — прощай диссертация! Псу под хвост несколько лет напряженной работы! Конец мечтам об ученой степени и достойном будущем нашей семьи. Дело не только в том, что я не люблю командовать людьми и предпочитаю работать самостоятельно. Подумай сама: ну соглашусь, стану директором. Тогда придется положить все силы, чтобы оправдать доверие руководства и коллектива. На это уйдут годы, моя диссертация безнадежно устареет. Для меня это самоубийство! Такую жертву я принести не могу.

Лидия Сергеевна упрямо поджала губы, глаза ее высохли.

— Ну, конечно, дождешься от тебя жертвы! — все так же враждебно, но уже более спокойно бросила она мужу. — Ты же законченный эгоист! Сделаешь свою научную карьеру, когда мы с дочкой уже загнемся! Тоже мне профессор кислых щей!

— До чего же ты, Лида, груба и несправедлива, — устало поморщился Степан Алексеевич. — Разве я мало стараюсь для семьи? На двух работах кручусь да еще выкраиваю время для подготовки к защите. Я же не только для себя одного это делаю. Ну да Бог с тобой! Ложись спать, а мне работать нужно. — И снова занялся тетрадями.

Дождливый московский день. Крупные капли колотили в окна пустого класса обычной средней школы. К Степану, как условились, забежал после уроков его старый друг Игорь Иванов. Он усадил гостя за учительский столик, пододвинул свободный стул, сел сам и пошутил:

— Ну вот, Игорек, располагайся с удобствами. Здесь нам никто не помешает поговорить по душам. К сожалению, у меня дома обстановка к этому не располагает. Рассказывай, какие у тебя проблемы и чем могу помочь!

— Не везет мне с женщинами, Степа! Не умею вовремя в них разобраться. Сначала бурные чувства, а потом каждый раз выясняется, что настоящей любви не было. Мне еще нет тридцати, а уже — два развода, да теперь еще и квартиру потерял! В третий раз мне уже не решиться.

— Неприятное положение, согласен. Но причин для паники не вижу, — спокойно отреагировал на жалобу друга

Степан. — Женятся и по пять раз. Вот то, что квартиру потерял и снова ютишься в коммуналке, — отягчающее обстоятельство. Тут я тебе сочувствую!

— А что мне оставалось делать? — понуро объяснил Игорь. — Жанна успела матушку прописать и не было никаких перспектив разменять однокомнатную «хрущовку» хотя бы на две приличные комнаты. Когда моя тетка предложила жить у нее, плюнул на все и оставил им хату.

— Главное — не раскисай, старик! «Се ля ви», как говорят французы. Ты не один в таком положении. Забыл, что я еще в первый год женитьбы собирался развестись с Лидой? И много ли выиграл от того, что до сих пор тяну эту лямку?

Иванов несогласно качнул головой.

— Не равняй меня с собой, Степа. Я бы рад был оказаться на твоем месте! Знаю, что плохо живете с Лидой, все время ругаетесь. Но она родила тебе дочь, хорошая хозяйка, трудолюбивая и, насколько знаю, тебе не изменяет. А могла бы! Потому что знаю — ты ее не любишь. Да и злится она на тебя, думаю, тоже за это.

— Может, ты в чем-то и прав, Игорек. Но мне кажется, что главная причина ее скандалов — это несостоявшиеся мечты о моей карьере и материальном благополучии. Хотя это верно, — честно признался другу Степан, — как женщине я уделяю ей недостаточно внимания. Ничего не могу с собой поделать — не по душе она мне!

— Вот видишь! А у меня наоборот: я к ним всей душой — позволяю из себя веревки вить. Полностью выкладываюсь. А они этого не ценят! Жанна дошла до того, что связалась с нашим женатым шефом. Да еще насмеялась надо мной, утверждая, будто пошла на это ради моей карьеры. Такое не прощают!

Степан недоуменно повел плечами, грустно предположил:

— А может, Игорек, нам судьбой противопоказано быть женатыми? Конечно, холостую жизнь отягощают проблемы быта. Зато — полная свобода!

— Нет, тебе этого делать нельзя! У тебя дочь растет. И мне кажется, что семейное счастье — в твоих собственных руках. А у меня — совсем другое дело! Вряд ли теперь решусь на новый брак. Да и привести жену некуда.

— Насчет дочери ты прав! — согласился Степан. — Я очень люблю Наденьку и терплю все выходки Лиды исключительно из-за нее. Все эти годы только она спасает наш брак. Думаю, и впредь многое стерплю ради ее счастья.

Он поднялся, тряхнул своей красивой головой, как бы сбрасывая тяжкий груз сомнений, и, ободряюще взглянув на старого друга, заключил:

— Я думаю, Игорек, нам все же нужно оптимистичнее смотреть в будущее. Верить народной поговорке, что «терпение и труд — все перетрут». Главное — не терять надежду, и удача непременно придет! А тебе советую, — пошутил с доброй улыбкой, — встретишь подходящую дамочку с квартирой — не теряйся, женись! Сам знаешь, Бог троицу любит!

— А что? — повеселел и Игорь, вставая. — Почему бы мне не рискнуть еще раз? Смелость — она ведь города берет! Но сейчас пойду делать в моей комнатушке ремонт. Я тетке обещал, что сегодня закончу.

— Сегодня никого не принимаю! — раздраженно заявил Василий Семенович Чайкин секретарше, входя в свой кабинет и располагаясь за большим, солидным столом.

С самого утра он пребывал в дурном расположении духа. Сначала ему испортил настроение «доброжелательный» звонок приятеля, поспешившего сообщить, что он лишен премии за квартал. В довершение Василий Семенович за завтраком поссорился с женой — из-за сущего пустяка: упрекнул, что пересолила омлет. Обычно, зная ее обидчивость, он воздерживался от замечаний, но сегодня нервы подвели. «Теперь снова надуется и дня два не будет разговаривать, гусыня», — мрачно думал Чайкин, мысленно ругая себя за допущенную оплошность. «Уж не везет, то во всем!» — вздохнул он про себя, нехотя приступая к работе.

Просторный, хорошо отделанный и оборудованный кабинет свидетельствовал о видном служебном положении хозяина. На столе — селектор, три телефонных аппарата; в углу — большой телевизор; кожаная мебель сияет новизной; на стене красуется портрет Хрущева.

Небольшого роста, нестарый еще, но уже полноватый и лысый, Василий Семенович не пользовался успехом у женщин; он и женился отнюдь не на красавице. «Ничего, с лица воду не пить, — практично рассуждал в свое время Чайкин, предлагая будущей жене руку и сердце. — Зато цветущая, крепкая и хозяйка что надо!»

С юности влюбчивый, Василий Семенович, увы, обладал столь же пылким темпераментом, сколь и невзрачной внешностью. В последнее время он страдал от недостатка женской ласки. Холодная по натуре супруга держала его на «голодном пайке», а очередной роман на стороне благополучно окончился полгода назад. «Надо что-то предпринимать, быть активнее!» — решил Чайкин, размышляя над этой проблемой. Из задумчивости его вывел неожиданный телефонный звонок.

— Как же, как же, дорогая Лидочка! — просиял он, узнав голос. — Разве можно забыть те дивные вечера в нашем санатории? Как кружились мы с вами в вихре вальса! Жаль только, был там со своим «самоваром», а не то... — намекнул он, многозначительно: разговор его заинтересовал. — Так чем могу быть вам полезен, Лидочка? Очень рад, что вспомнили обо мне.

Лидия Сергеевна звонила со службы, из Управления дошкольного обучения, где занимала скромную должность инспектора. Она прикрыла трубку рукой, чтобы не слышали сотрудники, и, понизив голос, печально призналась:

— Нужда заставила, Василий Семенович. Только вы можете помочь! Неловко отвлекать вас от дел, но у меня нет другого выхода. Долго колебалась, прежде чем к вам обратиться. — И, убедившись, что никто не подслушивает, просяще прошептала в трубку: — Мне срочно нужно с вами увидеться, Василий Семенович! Это не телефонный разговор. Когда сможете — чем раньше, тем лучше! Можно даже сегодня? Конечно, согласна! Записываю...

Обрадованная удачей, Лидия Сергеевна тут же побежала отпрашиваться у начальника. А Чайкин, положив трубку, повеселел. «Правду говорят, что жизнь в полоску! — радовался он, предвкушая удачу. — Вон ведь как дело обернулось! Плохо началось с утра — так, может, к вечеру повезет».

Готовясь принять Лидию Сергеевну, Чайкин тщательно замаскировал лысину жидкой прядью волос, «занятых» у виска, и постарался принять в кресле самую значительную, как ему казалось, позу.

«Не может сорваться. Чувствую — выйдет дело!» — с вожделением думал он, томясь в ожидании, зримо представляя томные глаза, соблазнительную фигуру, полные, стройные ноги... Такой красотки у него еще не было; не женщина — мечта!

— Прошу вас, пожалуйте, дорогая Лидочка! — забыв о «позе», бросился он навстречу входящей Розановой. — Располагайтесь поудобнее! Нам здесь никто не помешает.

Галантно помог снять шубку, повесил в стенной шкаф; тепло, дружески обнял гостью за плечи, усадил в мягкое кресло и устроился в таком же напротив.

— Ну рассказывайте, что случилось. Будьте со мной откровенны, — попросил он мягко, интимно.

Розанова привычным движением поправила пышную прическу и устремила на Василия Семеновича печальный взор.

— Видите ли, я нахожусь в тяжелом положении. — Голос ее звучал тихо, на глаза навернулись слезы. — Она потупилась. — Мне стыдно это говорить, но вам признаюсь: у меня никчемный муж! Мы едва сводим концы с концами. Терпела бы, если б не дочь! Такая она у меня чудесная, способная девочка! А мы ничего не можем ей дать. — Выдержала паузу, подняла на Чайкина полные надежды красивые глаза. — Вот я и подумала: не помогли бы вы мне устроиться на работу в вашей системе? В престижное детское учреждение. Это же в вашей власти! Вы такой влиятельный человек! — И, видя, что Василий Семенович призадумался, горячо продолжала: — Анкета у меня чистая, опыт есть — не подведу! Век буду вам благодарна! — Бросила на него многозначительный, томный взгляд. — Стань я самостоятельной — избавилась бы от постылого мужа...

— Ну что вы, дорогая Лидочка! Как вы можете сомневаться! — Чайкин ласково взял ее за руки. — Да я в лепешку расшибусь, но все для вас сделаю, что в моих силах! И даже более того, — игриво пообещал он. Подал шубку, проводил до дверей, почтительно поцеловал руку. — До скорого свидания, Лидочка! Позвоните мне в следующий четверг, в это же время.

В крошечной кухоньке, тесной, жаркой, с обшарпанным столиком и грубыми полками — убогой, в общем, — Розанова в небрежно распахнутом простеньком халатике казалась экзотической птицей, с высокой грудью и длинными обнаженными ногами.

— Входи, Мариша! Кто тебе открыл, Степан? — не отрываясь от плиты, где готовился завтрак, обернулась она к соседке.

Марина — ее близкая подруга, с ней хоть душу отведешь, поделишься сокровенным.

— Ох, Мариша, дорогая, нет у меня больше сил жить со своим кретином! Было бы куда — бежала бы без оглядки! — В очередной раз пожаловалась на мужа.

— Ты, Лид, всегда горячишься, когда ссоритесь, а потом у вас все о'кей, — скептически улыбнулась Марина. — Как же, отдашь ты такого видного муженька! Ему все бабы в округе глазки строят. Вмиг уведут!

— А вот и дуры! — зло огрызнулась Лидия. — Думают — под потолок, так и герой. А он, может, весь в ботву ушел.

— Ну так уж и «в ботву»! То-то вы дочку соорудили! Да и сама рассказывала, что отбила Степана у лучшей подруги. Зачем тогда старалась?

— А он раньше был совсем другой: интересный, в ученые обещал выйти. Верке я завидовала. Она ради Степана жениха готова была бросить. Вот я ей нос и утерла! Вечно она брала надо мной верх. А я взяла и увела у нее милого! — И вдруг снова поникла. — Да только Бог, видно, наказал меня за мои грехи! Нет у меня с ним счастья!

— Брось! Неужто Степан так плох? — Марина разыгрывала безразличие.

— А что в нем хорошего? Настоящий мужик должен обеспечивать семью! Живем в постоянной нужде... И еще... скажу тебе, подруга: уж и не помню, когда испытывала удовлетворение. Инфантильным он стал, ведет себя как эгоист... не старается, как раньше, для меня.

— Может, слишком устает, да и ты с ним не больно нежна...

— А черт его знает! — отрезала Лидия, решив прекратить откровенности. — Мне от этого не легче! — Подхватила сковороду и с грохотом опустила на кухонный стол.

Марина мгновенно отреагировала — понимающе ретировалась. В кухню с ревом вбежала Наденька.

— Что случилось, детка? — встревожилась Лидия. — Поделись с мамочкой своим горем! — нагнулась она к дочери, целуя ее и ласково прижимая к себе.

— Папка отшлепал... Больно! — пожаловалась Наденька, держась за мягкое место.

— Что же ты натворила? — Лидия Сергеевна тщетно старалась придать голосу строгость.

— Конфе-еты ела... а папка — «нельзя до еды»... Ну я не послушалась, а он меня — по попке! — Девочка заревела громче, размазывая по щекам слезы.

Розанова резко выпрямилась и гневно крикнула:

— Степан, поди-ка сюда!

Завязывая на ходу галстук, вошел Степан Алексеевич — умытый, причесанный, представительный и бодрый. Впечатление портили лишь дешевый пиджак и плохо отутюженные брюки.

— Ты что руки распускаешь?! — привычно накинулась на него жена. — Педагог называется, новатор! Науку развиваешь? А методы старорежимные! Тоже мне воспитатель!

— Ну что ты расшумелась? — вяло отбивался Розанов, втискивая свое большое тело в узкое пространство между окном и кухонным столом. — Подумаешь, шлепнул пару раз! Трижды предупреждал: «Не прикасайся к сладкому до еды!»

Но Лидия обрадовалась поводу разрядиться:

— Бить ребенка горазд, а новые сандалии купить — это нет! Папаша называется! Вот перейду на новую работу — и ты вообще нам с Наденькой не нужен!

Степан Алексеевич привык к утренним встряскам, но все же попытался миролюбиво урезонить:

— Постеснялась бы ребенка, Лид! Да и подумай, прежде чем переходить. Придется ведь холуйствовать перед высокопоставленными, иначе на этой работе не удержишься. Стерпишь ли, при твоем-то самолюбии?

— Еще как стерплю! Все вынесу! Зарплата-то вдвое больше твоей! А продуктовые заказы какие — только в кино увидишь. Тебе-то все равно, что я маюсь в очередях, любуюсь на пустые прилавки, достаю все по знакомству! Хватит с меня! — хлопнула по столу Лидия. — Наконец-то Наденька будет хорошо питаться! Теперь я смогу ей дать все, что требуется. У нее отличные физические данные — выращу из нее чемпионку!

В своем кабинете, самодовольно откинувшись на спинку кожаного кресла, Чайкин с нетерпением ждал звонка Лидии Сергеевны. Пришлось похлопотать, прежде чем выполнил ее просьбу — подходящей вакансии не оказалось. Но «не имей сто рублей, а имей сто друзей». Друзья и выручили: оперативно организовали перевод заведующей правительственного детского сада на другую работу. До этого она целый год обивала пороги, безуспешно пытаясь решить свою проблему: квартира в новом микрорайоне не в радость — очень уж далеко ездить на работу. А тут чудом все устроилось!

Долгожданный звонок! Василий Семенович живо снял трубку.

— Лидочка? Очень рад! Все в полном порядке! Думаю, то, что требуется, — будете довольны. Не нужно благодарностей, — хохотнул он в трубку, невольно понижая голос. — «Спасибо» тут не пройдет. Нам с вами, Лидочка, надо встретиться в приватной, так сказать, обстановке. Обсудить некоторые нюансы вашей новой работы. — Он лукаво усмехнулся и продолжал мягко: — Конечно, я с радостью пригласил бы вас в ресторан отпраздновать наш успех, да сами понимаете... Так что придется встретиться на частной квартире. Идет? — Спросил, уверенный, что отказа не последует. И тут же просиял: — Ну вот и ладненько! Записывайте телефон и адрес. Как насчет завтра вечером, часиков в семь? Чудесно, жду вас!

Он встал с кресла и заходил взад-вперед по кабинету, радостно потирая руки. Давно уж договорился с холостым приятелем — у него однокомнатная в новостройке: «Будет оказия — воспользуюсь». Вот повезло ему, что Никита еще не перебрался, — сегодня же заедет к нему за ключами.

— Остановитесь, пожалуйста! Кажется, здесь, — попросила Лидия таксиста.

«Ну и грязь! Всю обувь испорчу...» Она растерянно огляделась: как бы получше пробраться по мусору, оставленному строителями, к подъезду нового кирпичного дома? «А, ладно, все равно сапоги старые! Так... лифт, конечно, не работает — придется пешком на шестой этаж...»

Чайкин открыл сразу — он ждал ее с нетерпением уже полчаса. Одетый по-домашнему, но элегантно, в мягком, пушистом свитере, он ловко снял с нее шубку, красиво протянул великолепные цветы, ласково, осторожно обнял.

— Лидочка! Как я мечтал о нашей встрече! Вы даже во сне мне являлись! — приговаривал возбужденно, пока она поправляла перед зеркалом прическу. — Проходите, будьте как дома! — И распахнул дверь в комнату.

«Еще не обжито, не обставлено...» Лидия увидела стол, тщательно накрытый для ужина. Вся мебель: этот стол, несколько стульев и шикарный сексодром — диван-кровать — развернут, застелен дорогим, невиданным покрывалом. В углу — великолепная радиола, а по стенам — аккуратно расставлены чемоданы, узлы, разложены стопы книг... Хозяин, видно, не спешит обосноваться на новом месте.

— Отпразднуем наш скромный успех? — Василий Семенович, широко улыбаясь, показал Лидии на стол: — Прошу вас, будьте хозяйкой! Не умею я ухаживать за дамами...

— Да вы не беспокойтесь, я уж сориентируюсь, — улыбнулась ему в ответ Лидия.

Такую закуску — сплошной дефицит! — и по тарелкам разложить приятно. «Деловой мужик! — отметила она про себя. — Умеет создать условия».

— Ну что ж, тост за нашу встречу! — не сводя с Лидии горящего взора, Чайкин наполнил рюмки марочным армянским коньяком. — За волшебницу судьбу, которая дала нам друг друга! — произнес он воодушевленно. — И только на брудершафт! Пора нам перейти на «ты». Может, перестанешь быть такой официальной? — Он встал и подошел к ней вплотную.

Чокнулись стоя, переплели руки, выпили до дна... Он тут же заключил ее в объятия, и губы их сомкнулись в долгом поцелуе.

— Погоди, дорогая! — с трудом отрываясь от нее, задыхаясь, но овладевая собой, прошептал Чайкин. — Ведь мы оба — прямо с работы. Давай немного подзаправимся — у нас весь вечер впереди! — Он пригладил растрепавшиеся волосы, включил радиолу, поставил пластинку: романтический блюз...

Не меньше полутора часов просидели они за столом: бутылка коньяка опустела; многое рассказали друг другу и изрядно оба захмелели. Чувствовали себя так, будто давно и близко знакомы. Он поведал ей, как холодна и неприветлива жена; она — как плохо живется ей с мужем.

«Ты называла меня аистом...» — призывно звучала мелодия томного танго. Василий Семенович безмолвно пригласил Лидию танцевать, и тела их сразу тесно соприкоснулись. Он обнимал ее, прижимал к себе с такой неожиданной силой, что ей передалось его возбуждение. «А ничего себе мужичок! — мысленно оценила она, ощутив его вздыбившуюся плоть. — По виду не скажешь...»

Лидия понимала, конечно, на что идет, когда отправлялась сюда. Что ж, как мужчина он ее совершенно не привлекал — не в ее вкусе. Мужа она давно разлюбила. Темпераментная, не обремененная предрассудками, давно уже завела бы любовника, но ей фатально не везло на мужчин. Редко кто нравился, и никто не оправдывал ожиданий: всегда внешность не соответствовала содержанию. Измены мужу до сих пор приносили ей одни разочарования.

Низенький, невзрачный Чайкин тем более не вызывал у нее поначалу сексуального интереса. Но сейчас, прижимаясь к нему в танце, чувствуя его страстное желание, она ощущала сладкую истому: как нежно он ласкает ее руками, опуская их все ниже со спины на бедра... Наконец, прервав танец, они остановились у постели. После долгого и жаркого поцелуя он дрожащими от нетерпения пальцами стал расстегивать пуговицы ее платья.

— Пусти, я сама! — прошептала Лидия, мягко высвобождаясь из его объятий.

Быстро разделась, скользнула под одеяло.

Чайкин, тяжело дыша, сбросил одежду, лег рядом. Ему не терпелось овладеть ею, но он не стал торопиться. Надо завоевать эту красавицу не на один день... Осыпая поцелуями ее лицо и шею, он терпеливо вел любовную игру — в этом он понимал толк. Обнимая одной рукой, другой ласкал ее роскошные груди и, почувствовав, как затвердели соски, двинулся ниже, нежно дойдя до заветного места...

«Понимает, что нужно женщине...» — мелькало в голове у Лидии. Она чувствовала, как волна наслаждения разливается по всему телу; дыхание ее стало прерывистым, она сжала его в объятиях и впилась в губы страстным поцелуем.

— Давай, давай, Васенька! — шептала она, охваченная нестерпимым желанием.

Он с силой вошел в нее, и любовники соединились в страстном порыве, все ускоряя темп, задыхаясь от наслаждения...

— Только не останавливайся! И не спеши! — молила она, постанывая, крепко обхватив его ногами, энергично двигаясь с ним в такт.

Волны наслаждения поднимались все выше — и достигли наконец кульминации. Она вскрикнула, испытывая давно забытое, ни с чем не сравнимое блаженство, и руки ее упали. Но он продолжал двигаться все сильнее — она еще несколько раз испытала острое наслаждение. «Хорош мужик! — думала благодарно, чувствуя к нему неожиданную огромную нежность. — Хоть на этот раз повезло!..»

Последнее сладкое усилие — и он, громко застонав, обессиленный, откинулся на подушки.

— Спасибо, Васенька! — Прижимаясь к нему, обнимая тихонько, Лидия нежно его поцеловала. — Ты... ты на высоте!..

«Погоди, я тебе еще не то покажу! — самодовольно думал Чайкин. — Вот только передохну немного».

Глава 2. НЕОЖИДАННАЯ ВСТРЕЧА

Лидия Сергеевна пребывала в отличном настроении. Вот уже две недели она заведует правительственным детским садом высокой категории: оборудован великолепно, снабжается отлично. По-хозяйски неторопливо, в сопровождении старшей воспитательницы обошла анфиладу светлых, благоустроенных помещений и остановилась у дверей своего кабинета.

— Вроде бы все в порядке, Алла Борисовна. Проветривать только почаще — душновато. Дети должны дышать чистым воздухом! — начальнически строго заметила она, открывая ключом дверь. И добавила помягче: — Погодите минутку — хочу вас кое о чем расспросить. — Жестом пригласила проследовать за ней в кабинет. Расположилась поудобнее в кресле, усадила перед собой сотрудницу.

— Алла Борисовна, как вы можете охарактеризовать старшую возрастную группу? Что за девочки в ней? Вы знаете, там моя Наденька. Естественно, меня это интересует.

— Группа хорошая, Лидия Сергеевна, вашей дочери повезло. Думаю, ей там понравится, — услужливо доложила воспитательница. — Дети в основном спокойные, послушные. Среди девочек самая добрая и приятная — Света Григорьева. Неплохо Наденьке с ней подружиться. Да и полезным может оказаться: Григорьев — это фигура! — Со значением взглянула на начальницу и продолжала: — Есть, правда, несколько капризных. В основном по части еды: этого не хочу, то не нравится! Понятно — родители избаловали. Больше других фокусничает Катя Кузнецова. Девочка обещает вырасти законченной эгоисткой: черства, себялюбива, не придет на помощь подруге.

— Ну что ж, очень вам признательна, Алла Борисовна. По всему видно — вы неплохой психолог, к детям внимательны. Думаю, мы с вами поладим.

Отпустив сотрудницу, Лидия Сергеевна сняла трубку и набрала знакомый номер.

— Василий Семенович? Васенька! — Она невольно понизила голос. — Что не звонишь? Я соскучилась! — Услышав, видимо, ожидаемый ответ, продолжала, уже деловито: — Как работается на новом месте? Все в порядке! Коллектив — что надо! Детишки, правда, балованные, сам знаешь, чьи. Но ничего, привыкаю. Главное — Наденьку пристроила, в старшую группу. Воспитатели говорят, ей там будет славно! Как насчет среды? — И кокетливо засмеялась, машинально поправляя прическу. — Что ж, надо подумать. Ну конечно же! А ты сомневался? — добавила она интимным шепотом. — Пока, дорогой, целую! — Положила трубку, мечтательно расслабилась...

Однако безмятежное состояние длилось недолго: в кабинет без стука ворвалась Надя — чем-то явно огорченная.

— Что случилось, Наденька? Разве я не велела тебе без нужды сюда не приходить? Объяснила же: нельзя перед другими показывать, что ты дочка начальницы! Ты должна быть такая же, как все дети.

— Ну да, такая же! — У девочки слезы показались на глазах. — У всех девочек папы — начальники, а мне что говорить? Мой папа просто учитель!

— Скажи — директор, если хочешь. Какая разница? Все равно не узнают. И это все твои беды?

— Нет, не все... Скажи, мам, игрушки у всех общие? — И, видя, что мать утвердительно кивнула, продолжала с детской запальчивостью: — А почему девочки не дают мне своих кукол поиграть? Говорят — принесли из дома!

Лидия Сергеевна поднялась с кресла, подошла к дочери, присела.

— Ну вот, так и знала, что ты расстроилась из-за пустяка. Тебе что — кукол не хватило? Здесь их вон сколько, и все общие. Отправляйся-ка играть и не отрывай меня от дел! — Любовно шлепнула Наденьку и мягко, но настойчиво выпроводила из кабинета.

Раннее утро. В своей тесной кухне Лидия Сергеевна привычно хлопотала у плиты, напевая какой-то модный мотивчик. Куда девалось ее обычное плохое настроение? Закончив готовку, поставила шипящую сковороду на подсобный столик и громко позвала:

— А ну, народы, завтракать! Не то все остынет!

На кухне появился Степан Алексеевич, с газетой в руках, а за ним, на ходу заплетая косичку, Наденька.

— Что-то ты, Лида, сегодня больно веселая — уж не «Волгу» ли в лотерею выиграла? — пошутил он, бросив на нее удивленный взгляд. — Так ты уж скажи нам, не скрывай!

— Считай, что получше! — бойко ответила она, со скрытой насмешкой глядя на мужа своими загадочными глазами. — Теперь вряд ли кто сможет испортить мне настроение. Даже ты!

Розанов привычно втиснулся на свое место за кухонным столом и приступил к завтраку, пропустив мимо ушей ее язвительный выпад и продолжая дивиться происшедшей с женой метаморфозой.

— Неужели на тебя так благотворно подействовала перемена работы? Ведь еще совсем неизвестно: как у тебя пойдут дела на новом месте? — спросил он, отправляя в рот порцию омлета. — Хотя, как сказал поэт: «Надежды юношей питают, отраду старцам подают».

— А чего тут много рассуждать? Ишь, расфилософствовался, — незлобиво проворчала Лидия Сергеевна, подсаживаясь к столу. — Радуйся, человече, тому, что выручают обстоятельства, раз самому поднять жене настроение не под силу.

— Значит, нравится новая работа? Я имею в виду не материальные условия, а контингент, с которым тебе придется ежедневно общаться, — продолжал интересоваться Степан Алексеевич. — Коллектив, наверно — одни женщины? Или и мужички сносные есть? — пошутил, добродушно улыбаясь. — Уж очень у тебя сегодня глаза блестят. Я в точку попал?

— Ну и что, если так? — в тон ему ответила Лидия Сергеевна. — Будто, если заведу роман, шибко огорчишься. Не больно ты мной интересуешься! Наверно, только рад будешь? Признавайся: ведь я права?

— Ладно, Лида! Думаю, хватит балагурить, — перестав улыбаться, строго произнес Розанов. — Не стоит забывать, что Наденька не такая уж маленькая и все понимает. Ради нее мы многое должны прощать друг другу!

— Вот это ты дело говоришь! — согласно кивнула жена. — Мы оба — живые люди и, конечно, не безгрешны. Может, и стоило бы, раз плохо ладим, разбежаться, — задумчиво посмотрела она на него своими черными цыганскими глазами. — Но боязно, как это отразится на Наденьке? Наверно, все же стоит попробовать ради нее более терпимо относиться друг к другу.

Розанов с интересом взглянул на жену. Таких спокойных, трезвых речей он от нее еще не слышал. Но то, что она предложила, одобрил:

— Вполне согласен с тобой, Лида! Впервые ты рассуждаешь так разумно. В последнее время наши отношения дошли до крайности. Но если сможешь быть ко мне снисходительней, то и я наберусь терпения. Мне тоже дорога наша дочь!

Лидия Алексеевна со скрытой насмешкой вскинула на него свои черные очи.

— Считай, что на этот раз мы с тобой договорились. Помучаюсь еще немного, — произнесла снисходительным тоном. — Чем черт не шутит: а вдруг из тебя все же выйдет великий ученый? — добавила, уже откровенно издеваясь.

— Напрасно иронизируешь, — обиженно нахмурил брови Розанов. — Если перестанешь меня нервировать и дашь спокойно работать, то мне удастся добиться всего, к чему стремлюсь. Я в себя верю!

— Ну что ж! Как говорят в Одессе: будем посмотреть, — вполне добродушно заключила Лидия Сергеевна. — А теперь давайте чай пить!

Сняла с плиты чайник и наполнила всем чашки.

— Наденька! Тебе с молоком? — ласково спросила дочку. — Ну ладно, как хочешь, — не стала настаивать как обычно, когда та отрицательно замотала головой. — Хотя, по-моему, с ним вкуснее и полезнее!

В то утро ранний завтрак в семье Розановых прошел на удивление спокойно и мирно.

Был погожий вечер, когда Лидия Сергеевна спеша домой с сумками в руках в подъезде столкнулась с соседкой Мариной. Та явно собралась в гости или на ответственное свидание — не пожалела косметики и одета очень нарядно.

— Привет, подруга, — белозубо улыбнулась ей Розанова. — И куда торопишься в таком расфуфыренном виде? Никак завела интересного знакомого? А может, наконец жених на горизонте объявился?

Марина была рада немного поболтать с подругой.

— К сожалению, с женихами нынче туго! — весело ответила без тени грусти. — И на новые интересные знакомства мне не очень-то везет. А иду в ресторан на юбилей сослуживца и совсем не спешу — до встречи с приятельницей в метро еще есть время.

Она с интересом посмотрела на непривычно веселую и счастливую соседку и, не скрывая жгучего любопытства, спросила:

— Скажи, что с тобой происходит, Лидочка? Тебя просто не узнать — так вся светишься. Ну не скрывай от подруги: ведь завела роман? — потребовала от нее признания, делая большие глаза. — По тебе вижу, что так! Кто он такой? Наверно, какой-нибудь невообразимый красавец?

— Ну что ж, почти угадала! От тебя невозможно что-либо скрыть, — ответила ей Розанова, сияя самодовольной улыбкой. — Но ты ошибаешься в главном.

— Ничего не понимаю! Объясни мне популярно, — Марина просто сгорала от любопытства. — В чем же я ошибаюсь? Ведь вижу — завела кого-то! Ты стала другой — довольной жизнью!

Встретив Чайкина, Лидия Сергеевна действительно ощущала себя по-женски счастливой и решила не таиться от своей самой близкой подруги.

— Я и правда, Мариша, влюблена! Никогда и ни с кем еще мне не было так хорошо, как с этим человеком, — призналась, отведя в сторону затуманенный взор. — Но ты, если бы увидела его, ни за что этому не поверила.

— Как интересно! — поразилась подруга. — Неужто он такой уродливый — вроде Квазимодо? Мне трудно представить тебя рядом со страшилой. Прости, но как ему с такой внешностью удалось затащить тебя в постель?

Лидия Сергеевна выдержала паузу, насмешливо глядя на Марину, и снисходительно объяснила:

— С чего ты взяла, что мой Васенька такой страшный? Я этого не говорила! Ну и фантазия у тебя, кума, разыгралась —

курам на смех. Права ты в одном, — счастливо улыбнулась она, — мне и в голову не пришло, когда с ним познакомилась, что так придется мне по душе. Внешне он не в моем вкусе: лысенький, с брюшком, маленького роста. Представляешь: на целую голову ниже меня!

— Но ты так и не объяснила, как ему удалось тебя соблазнить, если внешне он такой непривлекательный? Чем же он тебя взял?

— Стыдно признаться, но все обстояло проще простого, — после небольшого колебания решила быть до конца откровенной Розанова. — Он оказал мне большую услугу и пожелал оплаты «натурой». Не думаю, что пошла бы на это, если бы мой благоверный вел со мной себя как настоящий мужчина. Я ведь и не предполагала, что Васенька — такое сокровище!

— Ну и что теперь собираешься делать? Разойдешься со Степаном? — стараясь не обнаружить своей заинтересованности, спросила Марина. — Неужто бросишь его на съедение нам, незамужним?

Лидия Сергеевна беззаботно тряхнула головой, всем своим видом показывая подруге, что не желает в данный момент решать трудные проблемы.

— Пока всерьез об этом не думаю. Уходить от Степана, как ты знаешь, мне некуда. Я его как женщина мало интересую — и слава Богу! Теперь есть кому меня утешить, — произнесла она с нежностью в голосе, но тут же погрустнела. — Хотя мой Васенька женат и не знаю, бросит ли ради меня свою мымру.

— Неужели ты, Лидочка, долго выдержишь такую двойную игру? — выразила сомнение подруга. — А Степан? Ведь он не простит тебе измены, когда узнает. А шила в мешке не утаишь!

— Сама знаю, что долго не выдержу. Да и противно все время кривить душой и изворачиваться. Не по мне это! — грустно призналась Розанова. — Если сумею получить собственное жилье — и думать долго не буду. Покончу с обманом! Вот ты, Мариша, — вопрошающе подняла глаза на подругу, — как бы поступила на моем месте?

— Спроси чего-нибудь полегче, — ловко ушла та от ответа. — Слава Богу, я не в твоем положении. Ты, Лидочка, — сильная, сама справишься! Ой, уже опаздываю, — хватилась она, взглянув на часы. — Приятельница меня, наверно, заждалась. Но мой тебе совет: подумай, стоит ли терять Степана? Не верится мне, что он так плох. Может, и ты виновата, что ваша жизнь пошла наперекосяк. Я не первый год вас знаю и, если честно — завидую тебе, как и многие другие.

— По правде говоря — и я в растерянности, — упавшим голосом призналась ей Лидия Сергеевна. — На душе у меня — муть!

Радостное выражение на ее лице померкло; взгляд, обращенный на подругу, стал тяжелым. Она отлично понимает — их дружба нисколько не помешает той увести от нее мужа, если Степан этого захочет. Будущее ей видится в сплошном тумане.

В красиво обставленной, прекрасно оборудованной кухне Григорьева помогала домработнице Агаше мыть посуду.

— Вы чем-то расстроены Вера Петровна? — Агаша сразу уловила: хозяйка не в своей тарелке.

— Да не то чтобы расстроена, скорее, озабочена... — Григорьева как бы решала в уме сложную задачу. — Понимаешь, Светочка просит подарить ей собачку. Целая проблема!

— Ну вы и скажете — проблема! Нормально — собака в семье. Дите разве вырастет добрым, если не любит животных?

— Света и так добрая девочка. А собака нас свяжет по рукам и ногам. Ну куда мы ее денем, когда поедем отдыхать, к примеру, в санаторий? Не выбрасывать же на улицу?

— Как можно, Вера Петровна?! — всплеснула руками Агаша. — Выбросить свое животное? Грех-то какой!

— Вот видишь? Нельзя заводить собаку не подумавши. Светочка еще мала, не понимает.

— Не согласна я с вами, хоть убейте! — решительно заявила Агаша. — Нужно уважить Светочку — купить ей песика. Окромя пользы, ничего не будет. Да и вам с хозяином забава и радость. А насчет остального не беспокойтесь! Я привычная. У нас в семье завсегда были собаки. А со мной что приключится — в деревню, к вашим, можно отправить. Там животных любят!

— Ну надо же! — лицо Веры Петровны прояснилось. — Как ты всегда умеешь меня успокоить, Агаша. Добрая ты душа! Я-то думала, что права, а выходит наоборот. Пойду обрадую дочку. — И направилась в детскую, где Света перед сном играла с куклой.

— Доченька, солнышко мое! — весело начала она. — Так какую собачку ты хочешь? К дню рождения ты ее получишь — решено!

— Мамулечка, милая, как я рада! — Света, тряхнув золотистой головой, повисла на шее у матери. — Мне хочется такую маленькую... в пятнах... мордочка квадратиком, ушки вперед торчат. Фоксика, как у Вовки! Сама все буду делать: кормить, гулять! Буду ее очень любить!

«Добрая растет девочка, золотое сердечко», — растроганно думала Григорьева, укладывая дочку в постель, обнимая и целуя перед сном.

В просторном зале игротеки детского сада стоял веселый шум. Большинство ребятишек с увлечением занимались игрушечной железной дорогой; многие, особенно мальчики, предпочли конструктор и разные механические игрушки; несколько девочек играли в куклы.

В уютном углу зала, уставленном игрушечной мебелью, Света Григорьева и Катя Кузнецова заботливо укладывали спать своих заморских красавиц. Особенно роскошной была Катина кукла: огромная, в пышном платье, с закрывающимися голубыми глазами и длинными белокурыми локонами. Подошла Наденька, остановилась и замерла в безмолвии перед необыкновенной куклой. Катино сокровище неудержимо влекло ее — искушение, слишком велико: она схватила куклу и потянула к себе, взмолившись:

— Катя, Ка-атенька, дай мне поиграть с ней немного! Пожалуйста! Ты ведь не жадина! Я ведь с ней ничего не сделаю!

— Ну вот еще! Это моя дочечка! Никому ее не дам! — решительно отвергла просьбу Катя, не выпуская куклу из рук.

Девочки молча тянули куклу, каждая к себе; наконец более сильная Надя одержала победу — выдернула ее из рук хозяйки и... порвала куклино нарядное платье. Не стерпев такой обиды, Катя заревела и вцепилась Наде в волосы. Та, бросив куклу, ударила Катю кулачком по лицу, и девочки, сцепившись, упали на пол. Надя и тут взяла верх — оседлала противницу.

Света, с изумлением и страхом наблюдавшая неожиданную ссору, подбежала и попыталась их разнять:

— Да перестаньте же, девочки! Наденька, отпусти Катю! Ей больно! — потянула она ее за платье; не помогло — тогда сильно тряхнула за плечи.

Это привело Надю в чувство — она поднялась на ноги, тяжело дыша. Катя осталась сидеть на полу, размазывая по щекам слезы и кровь, капавшую из ушибленного носика.

— Бедняжка, и тебе досталось! — Света подняла Катину куклу и, прижав к груди, стала поправлять на ней разорванное платье.

Дети их окружили, забросив игры, и кто с любопытством, кто со смехом наблюдали, чем все кончится. Прибежала Алла Борисовна, которой кто-то сообщил о происшествии.

— Что случилось, Катенька? Кто тебя так? За что? — встревоженно бросилась она к пострадавшей, поднимая ее с пола.

— Ку-уклу о-отняли! Они-и! — еще громче зарыдала Катя, указав рукой в сторону Светы и Нади. — Я... я не дава-ала... А они отобра-али! Это моя кукла! Мне ее па-апочка мой привез!

— Ну, Света, от тебя я такого никак не ожидала! — всплеснула руками Алла Борисовна. — Такая воспитанная девочка! Кукла у тебя ничуть не хуже.

От этой вопиющей несправедливости Света потеряла дар речи и, машинально прижимая Катину куклу к груди, залилась горькими слезами. Надя, сообразив, что Алла Борисовна во всем винит Свету, перестала плакать; укор совести заставил ее прийти на помощь подружке.

— Это Катька сама виновата! Жадина-говядина! — заявила она угрюмо, опустив глаза. — Ее попросили только дать поиграть. Вот и получила!

— Ну ладно, — после небольшого раздумья произнесла Алла Борисовна и, подняв Катю с пола, взяла ее за руку. — Пойдем-ка, умоем личико! А с вами я потом разберусь! — пригрозила она Свете и Наде. — Так и знайте: если виноваты — будете строго наказаны. Чтобы другим неповадно! — добавила она громко, строго посмотрев на притихших детей.

«Теперь неприятностей не оберешься, — огорченно думала она. — Ума не приложу, как сказать заведующей, что замешана ее дочь. Надо же было мне именно в этот момент отлучиться! Просто злой рок какой-то! Ведь могут и премии лишить».

— И чего ты такая жадная? Дала бы девочкам поиграть с твоей куклой! — в сердцах выговорила она Кате, ведя ее в умывальную. — Нечего теперь нюни распускать! Что за трагедия? Сейчас умою тебе личико и будешь сиять, как новая копеечка!

— Ну скажи, почему маму не слушаешься? — У себя в кабинете Лидия Сергеевна журила дочку. — Разве я тебя не предупреждала? Не просила вести себя тихо, не задирать других детей? Ты что же, хочешь, чтобы тебя и твою маму выгнали из такого чудесного садика?

Наденька стояла понурившись и шмыгала носом — признак подступающих слез. Пришлось усилить аргументацию:

— Хочешь вернуться обратно — туда, где так плохо кормили и тебя обижали хулиганы мальчишки?

Заливаясь слезами, Надя отрицательно мотала головой. «Кажется, доходит», — поняла Лидия Сергеевна.

— Не хочешь? Тогда скажи мамочке правду: что такое с тобой происходит? Чего тебе не хватает?

— Я хочу... такую же куклу... как у Кати! — опустив голову, прошептала сквозь слезы Наденька. — Почему у них есть, а у меня нет?

— Да будет у тебя такая же! — успокоила ее мать. — Только немножко погоди. С первой же получки и куплю!

— Ты всегда... только... обеща-аешь! — пуще прежнего зашлась в плаче Надя. — Ничего ты не купишь! Даже песика не разрешила мне оставить. Я же его на улице подобрала, и покупать не надо! Он такой... несчастный, а ты... ты велела его выбросить...

— Объясняла же я тебе, дочка: нам самим есть нечего, а не то что кормить бездомных собак. Да и одна зараза от них! — попыталась спасти положение Лидия Сергеевна, чувствуя, что дочка ей не верит. — Ну хватит! Прекрати немедленно! — прибегла она к испытанному силовому методу. — Кукла у тебя будет! Но если ты еще раз повторишь подобную выходку — я отцу расскажу, а у него, ты знаешь, рука тяжелая!

Девочка испуганно замолчала.

— Обещай мамочке, что никогда больше так не будешь, и иди умываться. А главное, запомни как следует: кто спросит — ссору с Катей затеяла не ты, а Света. Тогда, может, все и обойдется!

— Но ведь Света ни в чем не виновата! Я ведь тебе, мамочка, уже говорила, — робко возразила Наденька, но, поймав ее гневный взгляд, умолкла.

— Ты что же, хочешь, чтоб тебе попало? Не будь дурехой! Ничего Свете не будет, вот увидишь!

Отпустив дочь, Лидия Сергеевна откинулась в кресле и стала массировать руками виски — от всех этих переживаний голова разболелась. «Это цветочки, а ягодки впереди», — опасливо размышляла она, предвидя объяснения с родителями Кати и Светы — вот будут неприятности-то!

— Уж и не знаю, как улажу конфликт с мамашами! На завтра пригласила к себе Григорьеву, но ума не приложу, в каком плане вести разговор, — пожаловалась мужу Лидия.

Супруги довольно мирно пили чай в тесной своей кухоньке, придя с работы. Степан Алексеевич слушал жену, просматривая газету.

— Тебе же известно, какой у них гонор, у высокопоставленных! Ведь не поверит Григорьева, что дочь подралась из-за куклы: у них только птичьего молока не хватает. Во всем, конечно, обвинит меня — мол, недосмотрела. Вот невезение! Только раздобыла хлебное место — и на тебе: выгонят еще, да из-за сущего пустяка! — Она помолчала. — А все почему? Да просто у ребенка нет такой куклы! Брось газету! — потребовала она. — Сидишь, будто тебя не касается! Другие отцы переживают за детей, а тебе все равно, что твоя дочь страдает! — Лидия уже вопила, затевая очередной скандал. — Эгоист! У тебя в жилах кровь или... моча?

Муж упорно не отвечает — тем хуже для него. Лидия монотонно запричитала:

— И что я в тебе тогда нашла? Зачем молодость загубила? Такая видная девка была — первая на весь район: ударница, делегат комсомольских съездов! Большого начальника могла подцепить. Так нет же, на тебя напоролась! Черт меня попутал!

«Как же умеет все перевернуть с ног на голову, — мысленно отметил Розанов. — Забыла, как за мной бегала, умоляла жениться». И еще глубже уткнулся в газету, стараясь не слышать несправедливых, обидных слов.

— Еще бы! Как мне было устоять? — не унималась жена. — Приехал: красавчик, интеллигент, будущий ученый!

Все́х девок заворожил. Даже подруга Верка жениха своего хотела бросить! Вот я и клюнула, дура деревенская! Поверила, что в люди выйдешь. «Аспирантура», «профессура»! — издеваясь, очень похоже передразнила его голос Лидия Сергеевна. — Как же, держи карман шире! Бог меня наказал, что отбила тебя у подруги, вот и мучаюсь! А она ведь тебя любила!

При последних словах Степан Алексеевич встрепенулся — достала его все-таки.

— Хватит чушь молоть! — Взволнованный, он отложил газету. — Знаешь отлично, что Вера мне изменила. Своими глазами видел: утром мы с ней решили пожениться, а вечером того же дня обнимается с Иваном. Сколько жив буду — никогда не прощу!

— И дурни же все вы, мужики! — презрительно пожала плечами Лидия. — Умная баба округтит любого — он и не заметит. — Она уже приняла решение расстаться с Розановым: к чему теперь скрывать от него правду? — А ты и поверил тогда всему, что я набрехала про Верку, чтоб тебя от нее оттолкнуть? — самодовольно ухмыльнулась она. — Гениальная идея — послать тебя посмотреть на их прощание. Предвидела я: хоть и пригласила она Ивана, чтобы порвать, но годы-то прежней любви со счетов не сбросишь!

Розанова ее слова поразили как удар грома; одно мгновение ему даже показалось — сердце перестало биться. Он встал во весь рост, задыхаясь от гнева.

— Так, значит, ты... ты все подстроила? Уже тогда знала, что Вера решила порвать с Иваном и ехать со мной?

— Конечно! А ты будто не видел, что я к тебе липну, из кожи вон лезу, чтоб отвратить от Верки? Постоянно на подругу наговариваю! — без зазрения совести призналась Лидия в своем предательстве. — Но тебе ведь и я была небезразлична? Хотел обеих трахнуть! — Она вдруг опомнилась: к чему сейчас все это? — Ну-ну, успокойся! — Муж, похоже, еле сдерживал ярость. — Судьба меня довольно покарала. Не надо бы мне лезть между вами. Такая вы были сладкая парочка — аж млели! Признайся, Степан, — спал с ней? — За смешком ей хотелось скрыть поселившиеся в душе боль и горечь.

Не помня себя от гнева, Розанов шагнул к ней: еще немного — и он, кажется, способен свернуть ей шею, так ее сейчас ненавидит! Схватил за плечи, тряхнул с нечеловеческой силой. Лидия Сергеевна застонала от боли, в ее глазах застыл ужас и изумление: таким она мужа никогда не видела, несмотря на постоянные ссоры. Не предполагала даже, что он на такое способен.

Огромным усилием воли Степан Алексеевич справился с внезапным порывом и, тяжело дыша, ослабил железную хватку. Оттолкнул жену, резко повернулся, ринулся в прихожую и, схватив в охапку верхнюю одежду, выбежал из дому.

Перепуганная Лидия, с округлившимися глазами, онемев, смотрела ему вслед...

А Розанов, глубоко потрясенный услышанным, шатаясь как пьяный, шел по заснеженной вечерней Москве. Голова у него была как в тумане. Рой мыслей одолевал его, и главная — убийственное открытие: по собственной вине утратил он счастье, которое посылала ему судьба!.. Предаваясь отчаянию, он не заметил, как ноги сами привели его к знакомому старому дому, где родился и вырос. «Хорошо бы Игоря повидать! — с надеждой подумал он. — Поговорить, облегчить душу».

Игорь Иванов, друг детства, все так же жил в коммунальной квартире их старого дома. С женой недавно разошелся — поймет все, как никто другой.

Поднявшись по широкой обшарпанной лестнице, Розанов в ряду кнопок нашел нужную и нажал четыре раза. К счастью, друг оказался дома.

— Вот это сюрприз! — удивленно приветствовал его Иванов, открыв входную дверь. — Уж кого не ожидал, так это тебя. Проходи, дорогой, не зацепись только — в коридоре все заставлено.

— Ты так погряз в заботах о семье, что я решил не докучать тебе своими холостяцкими делишками, — добродушно приговаривал Игорь, сопровождая Розанова в свою комнату по длинному коридору коммуналки, загроможденному всяким хламом. — Раздевайся, присаживайся и выкладывай старому другу, что у тебя стряслось! — Он поставил на стол немудреную закуску, пиво, початую бутылку водки.

— Спасибо, Игорек! — вздохнул Розанов, тяжело опускаясь на стул. — Ты знаешь — я непьющий, но сегодня — как раз кстати.

Налили по полной за встречу, чокнулись, закусили. Иванов откинулся на стуле, приготовившись внимательно выслушать друга.

— Сегодня и мой семейный корабль пошел ко дну, — грустно признался Степан Алексеевич; помолчал, собираясь с мыслями. — Ты ведь в курсе, что у нас с Лидой постоянные нелады. Живем как кошка с собакой. — Перевел дыхание, посмотрел другу в глаза, словно искал сочувствия. — Корит она меня постоянно — не умею содержать семью. Терпеливо я все сносил, все попреки, старался улучшить положение, но сегодня... всему пришел конец. — Он судорожно вздохнул и продолжал свою исповедь: — Прозрел я. До меня дошло, в чем причина наших постоянных ссор. Все проще простого! — Его губы скривила горькая усмешка. — Не любим друг друга и, что самое ужасное, похоже, и не любили никогда!

— Погоди, что-то не пойму, — удивленно прервал его Игорь. — Вы с Лидой, два таких великолепных экземпляра человеческой породы, поженились не по любви? Что же вас заставило? Непостижимо!

— Нет никакой загадки! Я тогда переживал драму — предательство девушки. Вот ее-то и любил — по-настоящему. Да ты, может, помнишь? А рядом оказалась Лида, ее подруга. Очаровательная, сексапильная... — И завершил с грустной иронией: — Утешила она меня, а потом оказалось — забеременела. Вот и женился!

— Ну и что здесь трагичного? Обыкновенная история. Сколько пар потом живут нормально. — Иванов непонимающе пожал плечами. — Вам-то что помешало?

— Никого я не смог полюбить после той девушки, Веры. Тем более — Лиду. Бездуховна, вульгарна. Поначалу, конечно, страсть... Ну а постоянные ссоры уничтожили и это.

— Но ты же терпел до сих пор! Мужик ты здоровый, любишь дочь, — счел своим долгом Игорь охладить друга, удержать от поспешного, быть может, рокового шага. — Вот защитишься, поднимешься, разве ваша жизнь не наладится?

— Нет, все бесполезно! — как бы взвешивая слова, медленно произнес Розанов. — Лида мне не раз заявляла, что вышла замуж лишь в силу обстоятельств. Сначала думал — это она в запальчивости, чтоб побольнее задеть в ссоре. Но сегодня окончательно понял — правда это. — Степан Алексеевич решительно сжал губы, взгляд его стал жестким, твердым. — Раньше я ради дочери пытался изменить наши отношения к лучшему. Но сегодня от Лидии узнал то, что не прощу никогда!

Он стукнул ладонью по столу, как бы ставя завершающую точку в разговоре:

— Призналась мне, что сознательно оклеветала свою подругу, Веру, — ту самую девушку, о которой я тебе говорил. Никакого предательства с ее стороны не было! А я-то, как последний дурак, поверил наветам этой змеи и сам своими руками загубил свое счастье!

— Тогда это — проблема, — подумав, согласился Игорь. — Скорее, даже трагедия!

— Не ожидала я от вас такой оплошности, — упрекнула Розанова Аллу Борисовну, когда та явилась к ней для объяснений. — Почему вы отсутствовали? Прошу только выложить мне все как на духу! Вчера я была не в силах разбираться — дико болела голова.

— Уж не говорите, дорогая Лидия Сергеевна, — извиняющимся тоном и преданно глядя в глаза начальнице, быстро заговорила Алла Борисовна. — Сама не могу объяснить, как такое могло со мной произойти. Уму непостижимо! — Она горестно всплеснула руками. — Обычно, когда мне нужно отлучиться, я оставляю за себя младшую воспитательницу. — Оправдываясь, она энергично жестикулировала. — А тут позвали к телефону. Смотрю — дети весело играют, все спокойно. Думала — ничего, ведь несколько минут... И надо же! — Она виновато опустила голову. — В этот момент все и произошло!

Розановой нравилась Алла Борисовна. Ее лояльность и тактичность позволяли надеяться, что она станет опорой своей начальнице в коллективе. И Лидия Сергеевна решила не применять к ней слишком строгих мер.

— Ну что ж, будем считать этот вопрос закрытым, — с некоторым укором, но добродушно заключила Розанова. — Полагаюсь на ваш высокий профессионализм и уверена, что вы сделаете необходимые выводы на дальнейшее. Придется мне принять весь огонь на себя, — печально вздохнула она, укоризненно глядя на повеселевшую Аллу Борисовну. — Вы свободны. Можете возвращаться к своим обязанностям.

Та поспешно выскользнула из кабинета.

«Главное — правильно поговорить с Григорьевой. Дай Бог, пронесет», — размышляла Лидия Сергеевна, стараясь сосредоточиться, собрать все силы к ее приезду. Из состояния задумчивости Розанову вывел звонок телефона.

— Ах это вы, Мария Андреевна? — подобострастно пропела она в трубку. — Узнала, конечно! Ваш голос ни с кем не спутаешь. Да, да! Кошмарная история. — Лицо ее приняло строгое и печальное выражение. — Я так переживаю! Ведь Катенька — моя любимица! Что вы говорите? Воспитательница уже свое получила! Это никогда не повторится, ручаюсь вам! Вы спрашиваете, как наказали обидчицу?

Лидия Сергеевна притворно вздохнула.

— Вот сижу и ломаю над этим голову. Не знаю, что и делать! — Она сделала паузу и, понизив голос, пояснила: — Так это же дочь самого Ивана Кузьмича! Вот именно! А вы говорите «что здесь раздумывать»... Свою-то дочь я строго наказала, чтобы впредь не лезла, — беззастенчиво врала она Кузнецовой. — Бедняжка хотела их разнять, да ей самой досталось на орехи! Что я намерена предпринять? — переспросила она и решительно пообещала: — Я уже пригласила мамашу Григорьеву. Не сомневайтесь — будет серьезный разговор. Спасибо, Мария Андреевна! Хоть вы понимаете, как нам здесь нелегко. — И положила трубку.

«Ну хоть с Катиной мамой дело уладила!» — И она облегченно вздохнула.

Казенная зимняя дача в Серебряном бору утопала в снежных сугробах. Воздух был чист и прозрачен. В жарко натопленной горнице второго этажа, занимаемого Григорьевыми, зима не ощущалась.

— Не знаю, дорогая, что и делать, слишком балует Иван Кузьмич Светочку, — посетовала Вера Петровна соседке с первого этажа — они сдружились за два года, пока пользовались этой дачей. — Боюсь, испортит дочку. Представляете? Света подралась в садике с подружкой, отняла у нее куклу. Будто ей своих мало! Просто не верится! Не узнаю свою добрую, отзывчивую малышку. Раньше на нее никогда не жаловались.

— Может, кто-то из детей на нее оказывает дурное влияние? — предположила приятельница: хорошо зная девочку, она тоже была удивлена.

— Вот скоро придет машина, поеду к заведующей, выясню. Тут явно какое-то недоразумение! — И Григорьева решительно поднялась из-за стола — пора собираться в дорогу.

— Хотя, может быть, вы и правы, — задумчиво проговорила она, провожая соседку к выходу. — Раньше Светочка была со мной всегда искренней, а теперь и врать научилась. Набедокурила, а признаться не хочет. «Не виновата, — говорит, — не отнимала». А ведь все видели! Нужно браться за нее всерьез. Научить отвечать за свои поступки! Вот и машина сигналит. Вернусь — все вам расскажу.

Помахав на прощание соседке, Вера Петровна стала одеваться. «Пожалуй, прихвачу для заведующей коробку конфет», — деловито решила она.

Перед приездом Григорьевой Лидия Сергеевна привела к себе в кабинет Свету.

— Заходи, не бойся! — Она ласково усадила девочку в кресло. — Скоро приедет твоя мама, и мы все выясним. Я знаю, ты ни в чем не виновата. Ты и не думала отбирать чужую куклу. Наденька мне все рассказала, во всем призналась. Бедняжка раскаивается в своем дурном поступке и больше никогда так не будет. Но у меня к тебе большая просьба. — Розанова, изобразив добрую улыбку, погладила девочку по головке. — Не выдавай Наденьку! Иначе ее исключат из садика, и даже я не смогу помочь. — Она помолчала. — У тебя доброе сердечко, знаю. Ты мне с самого начала понравилась больше других девочек. Правда-правда, — льстила она, умильно воззрившись на Свету. — А с твоей мамой мы решим все по-доброму. Никому не будет плохо, — заверила она. — Тебе не придется говорить неправду, — только помолчи, когда я буду беседовать с мамой.

Зазвонил телефон.

— Что, приехала? Проводите, пожалуйста, ко мне! — попросила она в трубку. И не скрывая беспокойства, сообщила Свете, глядя на дверь с тревогой и любопытством: — Вот и твоя мама пожаловала!

Григорьева решительно вошла в кабинет — и, едва взглянув на новую заведующую, застыла в изумлении. Да, не ожидала... В свою очередь, увидев и узнав Веру Петровну, Розанова изменилась в лице и как ужаленная выпрыгнула из кресла.

— Невероятно! Глазам своим не верю! Ты?! Какими судьбами, зачем здесь? — растерянно бормотала она, лихорадочно соображая, что от нее понадобилось бывшей подруге. Потом овладела собой и с самоуверенным выражением важно опустилась в кресло. — Конечно, я рада твоему приходу, Вера. — В тоне ее прозвучало деланное радушие. — Столько лет не видались! Но, прости, сейчас поговорить нам не удастся: вот-вот мама этой девочки войдет. Особа важная, ждать нас с тобой не будет!

Григорьева — она уже оправилась от неожиданности — усмехнулась:

— Не стоит беспокоиться, Лида. Особа, которую ты ждешь, — это я, а Светочка — моя дочь! Да приди ты в себя! — потребовала она, видя, что Розанова близка к обмороку.

Лидия Сергеевна, несколько секунд пребывавшая в шоке, последовала ее призыву, судорожно вздохнула; сознание ее прояснилось.

— Ну конечно же, Григорьева, — с трудом выговорила она, как бы обращаясь к самой себе. — Как я раньше не догадалась? Знала ведь, что ты вышла за Ивана, и его потом перевели в обком. Но ведь Григорьевых в России почти как Ивановых... Ну никогда бы не подумала, что Ванька Григорьев так высоко взлетит! Вот она, фортуна! — воскликнула она, не скрывая жгучей зависти. — Ты вышла замуж от тоски, а теперь — высокопоставленная дама! Я — вроде бы по любви, но по уши в дерьме! Да что это на меня дурь напала?! — спохватилась Лидия Сергеевна. — Кто старое помянет — тому глаз вон! Мы же, Вера, лучшими подругами были!

Вера Петровна сумела отогнать невольно нахлынувшие горькие воспоминания. Но категорически отвергла предложенный Розановой интимный тон.

— Насчет «лучших подруг» — не слишком ли... нахально сказано? Ведь я давно знаю правду, Лида. Но когда мне стало известно о твоих подлых интригах, поздно уже было. Не скрою, много горя хлебнула я по твоей милости.

— Ну полно, Вера! Тебе ли жаловаться на судьбу? — вполне искренне возразила Лидия Сергеевна. — Не сердиться, а благодарить ты меня должна, что увела я Розанова, не дала порвать с женихом. Степан же оказался ничтожеством. Нет мне с ним жизни! Довольна?

— Могу согласиться с тобой только в одном, — серьезно откликнулась Григорьева, пропустив мимо ушей последнее откровение Лидии. — Ваня меня не подвел. Женился, не стал слушать деревенских сплетен. Ни разу меня не попрекнул. Счастье мое не в том, что он многого достиг, — она это подчеркнула, холодно взглянув на бывшую подругу. — Оказался прекрасным мужем и отцом.

— То, что было, — быльем поросло! — твердо заключила Григорьева, давая понять: прошлое ее больше не волнует. — Иди, солнышко мое! — обратилась она к дочери. — Поиграй пока с детьми! А мы тут разберемся во всем.

Света, истомившаяся за время непонятного для нее разговора взрослых, охотно выскочила из кабинета. Розанова взглядом проводила девочку — и ее вдруг осенило.

— Вот это да! — Она хлопнула себя по лбу. — Только сейчас до меня дошло, почему мордашка твоей Светы с самого начала показалась мне такой знакомой: она же вылитый Степа! Так ты говоришь, Иван — образцовый отец? — со спокойной наглостью продолжала она, как бы размышляя вслух. — Неужели, Вера? Ведь Степан даже не подозревает!

Вера Петровна внутренне похолодела — не сумела скрыть своего испуга. Розанова поняла: попала в точку! Опомнившись и решив, что отрицать очевидное бесполезно, Григорьева, стараясь держать себя в руках и казаться спокойной, тяжелым взглядом смотрела Лидии в глаза.

— Глубоко ошибаешься, если думаешь, что буду говорить с тобой на эту тему. — Она как-то особенно четко произносила каждое слово. — Ведь ты не глупа, отлично понимаешь, что эта неожиданная встреча создает для нас проблемы. Будь поосторожнее, а то не поздоровится! — И Вера Петровна умолкла, всем своим видом показывая: продолжения разговора не будет.

— С дочкой я сама разберусь, — бросила она небрежно, поворачиваясь, чтобы уйти. — Мне кажется, нам обеим есть над чем подумать, Лидия Сергеевна, — перешла она на официальный тон. — На сегодня с меня достаточно! — И, не прощаясь, не ожидая, чтобы ее проводили, направилась к выходу.

Глава 3. ЭКСКУРСИЯ В ПРОШЛОЕ

В своей роскошной спальне, лежа рядом с мирно похрапывающим мужем, Вера Петровна никак не могла уснуть, вся во власти воспоминаний. «Этого надо было ожидать, — думала она, вновь ощущая давно забытую острую душевную тоску. — А ведь уверила себя — что похоронено навсегда. Видно, от прошлого не уйти!»

Как в калейдоскопе мелькали яркие, быстрые, горячие эпизоды молодости: первые объятия Вани — страстные, острые... свое к нему большое чувство... и, наконец, счастливое умопомрачение, которое пережила, встретив Степана...

Словно вчера это было: ее, скромную девчонку, впервые, как взрослую, пригласили на гулянку к соседям Ларионовым по случаю «дембиля» их сына Семена. Волею судьбы за столом она оказалась рядом с его другом Иваном — коренастым, белобрысым парнем, с располагающей, широкой улыбкой. Вера знала его с детства, еще мальчишкой часто забегал к Ларионовым — учились ведь все в одной школе. Никаких таких чувств раньше друг к другу не испытывали: для старшеклассника Григорьева она кто — малявка...

И вот, сидя рядом с ней за праздничным столом, поглядывает на нее со все возрастающим интересом. Выпили все уже немало, танцы в разгаре... В небольшой горнице молодые пары тесно прижимаются друг к другу.

— Потанцуем? — Иван встал и протянул Вере руку.

Она только улыбнулась в знак согласия — и они закружились в вальсе.

Вере и приятно, и тревожно: как крепко обнимает он ее сильными руками, как смотрит — открыто, призывно. Глаза его говорят: «Очень ты мне нравишься!»

В деревне у девушек нет выбора... Иван не тот волшебный принц, что является Вере в юных мечтах. Но он считается парнем видным, у местных женщин о нем добрая молва. Перед армией изрядно погулял, немало из-за него ссор среди молодок и вдовушек.

Проводил он ее до дома, конечно, — все давно уж разошлись. А они долго еще стояли у калитки — все прощались. Он обнимал ее, тесно прижимал к себе, и она ощущала его мужскую силу. Целовал умело, раздвинув языком губы, — впервые она почувствовала сладость поцелуя. И раньше, провожая домой с танцев, парни пытались ее целовать, но небольшой опыт с этими слюнявыми ухажерами не принес ей никакой радости. А ему... ему она стала отвечать на ласки... Иван осмелел, попытался ее увлечь в густые кусты сирени, разросшиеся возле сарая.

— Верочка, ну пожалуйста! — жарко шептал он, притиснув ее к дощатой стене и дрожа от возбуждения. — Ты такая... красивая, хорошая... так мне нравишься!.. — И впивался в ее губы, крепко прижимая к себе.

Волна молодого, неудержимого желания пронзила ее... Но Вера опомнилась, встрепенулась, тихо взмолилась:

— Ванечка, милый! Прошу тебя, не надо! Не могу я так! — И решительно (трудно-то как!) высвободилась из его объятий, судорожно переводя дыхание. — Тебя, видно, избаловали бабы, вот и хочешь всего сразу... А я... у меня еще никого не было... — робко призналась Вера; помолчала, добавила более уверенно: — И до замужества — не будет!

Иван рассердился, конечно, — что за переходы девичьи! Он уже остыл, успокоился; приосанился, произнес гордо:

— Ну как хочешь. Хороша ты, Верочка, спору нет. Но такого мужика, как я, поискать еще надо! Смотри не пробросайся. Бегать за тобой не стану!

После первой встречи долго они не виделись. Ивана Григорьева, уже работавшего до армии трактористом, послали на курсы комбайнеров; вернулся он — Вера уехала учиться на зоотехника. Но мимолетная с ним близость не прошла для нее бесследно. Стал он ей интересен, с жадным любопытством следила, насколько возможно, за его делами и успехами. А достиг он за это время немалого. Возглавил комсомольско-молодежную бригаду, и она прогремела аж на весь район. По итогам года двадцатитрехлетнего бригадира наградили орденом; избрали делегатом съезда. Когда девушка оказалась дома, Ивана в деревне уже не было — пригласили в райком партии; там он стал руководить всей работой с молодежью.

Встретились снова только через год, опять по случаю — на деревенской свадьбе. Скромно сидела она среди подруг, исподтишка наблюдала за Иваном: все время окружен людьми; в нем уже видят человека, от которого кое-что зависит. И от недостатка женского внимания не страдает — увиваются вокруг него бойкие бабенки, лезут с разговорами, танцевать подбивают... А ее, Веру, он весь вечер будто и не замечает, хотя она пользуется успехом — от кавалеров отбоя нет. Но вот гости стали расходиться, и Иван, вроде случайно, оказался рядом, поинтересовался тепло:

— Как поживаешь, Верочка? Давно мы не видались! Замуж еще не вышла? Что-то не заметил у тебя постоянного ухажера. Хотел подойти, поговорить, — не моргнув глазом соврал Иван, — да к тебе не подступиться! Можно провожу? Знать хочу, как живешь. Ребята меня извинят. — И, свысока взглянув на соперников, ожидавших девушку, уверенно взял ее под руку.

Первое ее побуждение — выдернуть руку, оттолкнуть его, наказать, что столько времени не интересовался... Но все у нее внутри замирает, сердце трепещет... Опустив глаза, подчинилась его воле. Всю дорогу до дома Иван, тесно прижимая, рассказывал, как много ему пришлось работать, чтобы показать себя, завоевать авторитет.

— Верочка, милая, — признался, — не поверишь, может, но не до баб мне! Пристают, конечно, всякие... но честно: ничего путного у меня и в помине не было! — И, поняв, что Вера обижена на него, с жаром продолжал: — А тебя-то как часто вспоминал! Кругом полно баб, а ни одна мне не люба. Будто свет клином на тебе сошелся! Все собирался нагрянуть, да совестно. Уж очень плохо мы тогда расстались...

— Ладно, Ваня, что вспоминать, — тихо вздохнула она. — Не сержусь я на тебя. Ведь знаю, какой воз ты на себе сейчас тащишь.

— Вот именно! — Обрадовался Иван, еще крепче прижимая ее к себе. — Как хорошо, что ты это понимаешь! Но работа работой, а личная жизнь своего требует! — Остановился, горячо и прямо глядя ей в глаза; помедлил немного и, как бы решившись, без обиняков объявил: — Квартиру мне выделили, в новом доме — в августе сдадут. Попросил двухкомнатную, сказал — женюсь.

Почувствовав, как она инстинктивно отшатнулась, он торопливо добавил:

— Ты за кого, Верочка, меня принимаешь? Я же не полный идиот! Да, пришла мне пора остепениться. Но женой своей вижу только тебя! Никакая другая мне не нужна! Времени хватило это понять. — Не дожидаясь ответа, обнял ее, горячо поцеловал тем, особым поцелуем.

Веру его слова ошеломили; самые разные чувства бушевали у нее в душе. Но устоишь разве перед таким натиском... Никто из парней не сумел до сих пор завоевать ее сердце, а он, Ваня, казался недосягаемым. Теперь, когда открылся, — растерялась она.

Ясно ему — девушка не находит еще слов для ответа; предчувствуя победу, стиснул ее в объятиях, покрывая лицо жаркими поцелуями.

— Веруся, дорогая, не говори мне сейчас ничего! — прошептал ей на ухо. — Давай я зайду к тебе завтра вечерком. Погуляем, обо всем потолкуем... У меня в клубе совещание, но к семи — свободен. Лады? — Повернулся и твердо зашагал прочь.

Всю ночь и весь следующий день Вера провела словно ее заколдовали. Предложение для нее прозвучало громом среди ясного неба. Вот чего не ждала! Никого у нее нет — и вдруг... «Уж не сон ли это? Да все девки умрут от зависти!» — мелькнула тщеславная мысль; тут же ее сменили тревога, сомнения. Да любит ли его так, чтоб прожить с ним всю жизнь? Время надо, чтобы разобраться в своих чувствах. Парень что надо, заводит ее, но как-то у них получится, не ошибется ли она?..

Сомнения одолевали Веру, не давали работать. Не выдержав, как только выдалось время, она побежала в детский сад (Лида была воспитательницей в младшей группе) — с кем же посоветоваться, как не с лучшей подругой?

— Ты чего примчалась в такую рань? Почему не работаешь? — удивилась открывшая дверь нянечка.

— Да вот отпросилась на часок. Лиду мне надо. Она на месте?

— Ага. Пойдешь к ней или позвать?

— Пусть выйдет, если можно. Всего на несколько минут.

Лида не заставила себя ждать, и ее блестящие от любопытства цыганские глаза говорили: понимает — у подруги случилось что-то экстраординарное. Они присели на лавочку, и Вера без лишних слов открыла ей свою душу:

— Лидушка! Ты поймешь меня лучше всех. Я ведь ночь не спала — все решала: как быть? Вчера Ваня Григорьев сделал мне предложение. На полном серьезе! Я не нашлась, что сказать, а он завтра придет за ответом.

— А чего тут долго думать? Выходи! — уверенно заключила подруга, и Вера заметила прозвучавшую в ее голосе зависть. — Все равно лучше Ивана тебе никого не найти. Ничего-то нам с тобой не светит, кроме здешних мужиков. И так уж засиделись в девках!

Вера грустно покачала головой.

— А как же любовь, о которой мы мечтали? Как прожить всю жизнь с человеком без настоящей любви?

— Так, как наши бабки и мамки выходили, — небрежно пожала плечами Лида. — Ведь в старину все решали родители. Мы же изучали литературу.

— Так то — бабки и мамки. Сейчас другие времена. Ваня какой-то уж больно обыкновенный, свой — вроде брата. С детства его знаю, и никогда он мне не нравился — ну, в этом, — Вера стыдливо замялась, — смысле. Вот твой Павлик хоть красивый..

— А толку-то что? — иронически скривила губы Лида. — Все равно — мужик мужиком. Годится лишь на баяне играть и, — озорно сверкнула глазами, — для этого дела. Не бойся, подруга, Иван тоже справится. Пока в райцентр не уехал, по нему тут многие бабоньки сохли. Говорят — силен мужик!

— Ты, Лида, только на это все переводишь, — поморщилась Вера. — А я вот сомневаюсь — смогу ли быть Ване доброй женой? Не подведу ли его? Да и себя жалко...

— Ну и зря мучаешься! Иван — мужик деловой. В райкоме партии работает, наверх стремится — ногами землю роет, — в голосе подруги откровенная зависть. — Попомни мое слово: станешь скоро женой начальника, будешь как сыр в масле кататься. Я бы на твоем месте не отказалась!

Тяжело вздохнув, Вера поднялась. На лице тоска — подруга ее не убедила.

— Ладно, побегу на работу. Меня там, наверно, уже хватились.

Она торопливо ушла, не обратив внимание, что Лида осталась сидеть, хмуро глядя ей в след, — завидовала удачливой подруге и все же не считала ожидавшее ту будущее столь радужным, как только что расписывала.

Непривычные, суматошные мысли так извели Веру, что, когда вернулась она с работы, ее состояние заметила тетя Дуся:

— Что-то ты в растрепанных чувствах нонче? Не отпирайся, племянница, не глухая — слыхала, как ты ночью все ворочалась. И сейчас лица на тебе нет!

— Ой, тетя Дусечка, родная! Тяжко мне, правда! Решать надо! — призналась Вера, вздохнула глубоко и поведала тетке о своих сомнениях: — Ваня Григорьев вчера меня провожал и... предложение сделал. Да-да! Не приснилось мне, — подтвердила она, видя, что у Евдокии Митрофановны от изумления глаза округлились. — И встречались-то мы с ним до того всего раз — в прошлом году. А теперь вот жениться хочет — только на мне! — Радостное чувство охватило ее, и она горделиво взглянула на тетку.

— Так чего ж ты так мучаешься-то, дитятко? Ведь вижу — нравится он тебе, по сердцу. Да и нет у тебя вроде никого... Знала бы я!

— Конечно, никого нет. Только... мы с ним друг друга-то и не знаем... Разве о таком я мечтала? Ваня какой-то... слишком свойский, простой...

— А тебе, касатка, прынца подавай? Где их взять, прынцев-то? Простой, говоришь? А что в этом плохого? Мало знаешь? Да он с детства нам ясен как стеклышко!

— Не то я имела в виду, тетя. Ведь мы и не встречались почти, — застенчиво пояснила Вера. — Как все получится, кто знает?..

— Еще как получится! — подмигнув, хохотнула тетя Дуся. — У него с полдеревней здорово получалось, а ты что — особенная? — И добавила, уже серьезно: — Ну будет, касаточка моя! Дай-ка я тебя поцелую! Ваня — мужик достойный, сама знаешь. Первый в районе жених! Это счастье тебе выпало! Чего ждать журавля в небе?

— А не поладим, тогда что?

— Да отчего ж не поладите? Девка ты серьезная, покладистая, делать все умеешь! И Иван — мужчина деловой, ответственный. Далеко метит... Уж он-то сумеет жену и детей обеспечить! К тому же не пьет! Золотой мужик — цены ему нет, — убежденно привела она решающий довод.

— Что ж, родная, будь что будет! — облегченно вздохнула Вера. — Видно, Иван — моя судьба!

— Вот и ладно, душа моя, вот и хорошо, — обрадовалась Евдокия Митрофановна. — Только спешки-то не надо. Время у вас есть привыкнуть друг к дружке и полюбиться!

В тот год май выдался необычайно теплым. Пышно цвели яблоневые сады, наполняя воздух своим ароматом. Обнявшись, тесно сплетя руки, Вера и Иван вышли за околицу села, к старому, заброшенному омету. О многом уже переговорили: он рассказал о своей жизни в городе, какими делами ворочал.

— Все бы хорошо, да холостяцкий быт заедает, — посетовал полушутя. — Времени ведь свободного нет, а тут нужна свежая рубашка. Да и поесть вовремя не мешает. А уж как еда столовская надоела! — И лукаво посмотрел на Веру, сильнее прижимая ее к себе. — Ну и далеко же я шагну, Веруся, если тылы обеспечим! — пообещал горделиво. — Вот поженимся — сама увидишь! — И стал делиться планами на будущее — и правда заманчивыми.

Вера ему призналась, не скрыла: не забывала их встречу, часто о нем думала, скучала...

— Может, потому никто мне и не понравился? — И улыбалась ему, прижимаясь теснее. — После тебя они мне все... неинтересными казались.

Подошли к навесу, остановились, тяжело дыша от переполнявшего обоих желания; молодая кровь ударила им в голову. Иван крепко обхватил ее своими сильными руками, увлек на прошлогоднее сено. Губы их соединились в жарком поцелуе, тела — в страстном объятии. Вера слабо сопротивлялась, — видно, сказалось долгое ожидание любви: томительная слабость разлилась по всему телу...

— Веруся, родная, — умоляюще шептал Иван, сжимая одной рукой ее упругую грудь, а другой снимая с нее трусики. — Прошу тебя! Ты же веришь мне?! Теперь, когда все у нас решено!

— Нет, нет! Не надо, Ванечка, — жалобно упрашивала Вера, сама охваченная страстным желанием и чувствуя, что не в силах больше сопротивляться.

Видя, что она вся дрожит и почти готова сдаться, Иван, по опыту зная неотразимость своего солидного мужского достоинства, положил на него ее руку, одновременно направляя в заветное место.

— Ванечка... какой же он... большой, — испуганно шептала девушка, в то же время страстно мечтая: поскорее бы! — Мне... мне будет очень больно?..

— Не бойся, глупышка... Все... хорошо, — хрипел Иван от усилий, осторожными, мягкими толчками стараясь лишить ее невинности.

Наконец ему это удалось. Вера испытала мгновенную боль, уступившую место упоительному ощущению — естество ее заполняется, острое наслаждение перерастает в затопляющее блаженство...

Стремясь затянуть развязку, Иван замедлил движения. Она почувствовала, как он напрягся, опомнилась, взмолилась в ужасе:

— Ванечка... милый... только не в меня! Прошу тебя, родной... пожалей, — лепетала она, заливаясь слезами.

Видно, она и впрямь ему мила, — сделав над собой мучительное усилие, он в последний миг со стоном вышел из нее, отвалил на бок; теплая струйка задела ее ногу...

— Спасибо, Ванечка, милый, — растроганно шептала она, чувствуя: вот теперь он ей по-настоящему дорог. — Теперь знаю — любишь... У нас ведь все впереди...

Вера Петровна беспокойно заворочалась в постели, не в силах справиться с охватившим ее волнением. Как наяву промелькнул перед ней их с Ваней «медовый месяц»... С того памятного майского вечера встречи стали регулярными. Получив в свое распоряжение «козла» — маленький открытый вездеход, — Иван прикатывал к любимой при первой возможности. Предавались они любви со всем самозабвением молодости; Иван предохранялся, берег ее. Вере нравилось доставлять ему удовольствие. Ей самой ласки его приносили наслаждение, хотя порой она ощущала разочарование: ждала от физической близости чего-то большего — неземного. Действительность оказалась намного проще, грубее.

Вскоре их отношения приобрели уравновешенность, спокойствие. Много времени проводили просто гуляя: строили планы на будущее, обсуждали, как обустроят свой семейный очаг. Все шло своим чередом до выпускного школьного бала — тогда Вера впервые встретила Степана...

В тот вечер они с Варькой долго возились в своей чистенькой деревенской горнице, собираясь в школу на торжественный вечер.

— Верусь, ты что, передумала идти? — Варька все прихорашивалась перед зеркалом. — Мне же аттестат вручают! Такой исторический момент!

— С чего ты взяла? Я уж почти готова. — Вера прибирала в ящиках комода.

— Так ты же еще не причесывалась! Когда успеешь-то? — удивилась Варька.

— А для кого мне стараться? — отшучивалась Вера. — Ванечки не будет, а другие мне неинтересны.

— Вера, а ты правда насовсем уедешь жить в район, когда поженитесь? — Сестренка осторожно припудривала вздернутый носик. — Что-то вы с ним все молчком да втихаря... Скро-омненькие! Будто секрет, что вы с ним спите! — И весело рассмеялась, показав сестре язык. — Районной начальницей стать намереваешься?

— Скажи спасибо, что жалею твою прическу испортить. Так бы и оттаскала за волосы, — беззлобно огрызнулась Вера. — Что дерзишь-то старшей сестре? Охальница!

— Ну ладно, ладно... Я же шутя! Извини, пожалуйста! — Варька состроила умильную рожицу. — А насчет того, что на вечере нравиться некому, — у тебя, сестрица, полный прокол! — И задорно рассмеялась. — Разведка донесла: вручает аттестаты красавец неимоверный: двух метров ростом, интересный, молодой — ну прямо Евгений Матвеев! Его из самого Центра прислали! Инспектор вроде... Чего-то проверяет у нас в школе. Девчонки все в него повлюблялись. Не чета твоему Ивану! Ну скажи мне правду, — она насмешливо скривила губки, — что ты в нем нашла? Простой деревенский мужик... неотесанный... Да и ростом не вышел. А тут молодой ученый, — продолжала она поддразнивать старшую сестру. — Это же шанс!

— Глупа ты еще. Что понимаешь? — с добродушным превосходством парировала Вера. — Небось слышала: мал золотник, да дорог. А тебя, конечно, только сказочный герой устроит! Знаю, было время — и я этой дурью мучилась. Ладно, хватит трепаться, — оборвала Вера решительно. — Пойдем, а то и впрямь опоздаем!

Однако сообщение сестры ее заинтриговало. «Интересно, что за герой такой явился?» — с любопытным ожиданием думала она, шагая рядом с разнаряженной Варькой по знакомой дороге в школу.

Вера Петровна зажмурила глаза — и картина того незабываемого школьного вечера еще ярче засияла в памяти. Празднично украшенный актовый зал; сидит она между Варькой и Лидой Деяшкиной, своей близкой подругой, — та пришла чествовать младшего брата. Не отрываясь, в смятении чувств, уставилась на выступающего с недлинной речью приезжего инспектора — того самого, о ком жужжала Варька. Слова до нее не доходили, да и неинтересно, о чем он там держит речь.

Девчонки не преувеличивали! Это он — тот волшебный, сказочный принц, чей образ она лелеяла в девичьем сердце! Это он являлся ей, как пушкинской Татьяне, в сладостных снах... О нем она мечтала, представляя своего суженого, моля Бога о любви и счастье...

Высоченный, атлетическая спортивная фигура, красиво посаженная златокудрая голова, ярко-синие глаза на продолговатом мужественном лице... Сказочно хорош!

Черноокая красотка Лида тоже, кажется, поражена в самое сердце.

— Нет, ты только взгляни, Вер! — толкнула она локтем в бок подругу. — Вот это мужик! Ну прямо киногерой! Куда до него нашим! — И, азартно сверкнув цыганскими очами, поправила пышную прическу. — Начнется вечер — обязательно окручу! Вот увидишь!

— Ты верна себе, девушка, — опускаясь с небес на землю, откликнулась Вера. — Ищешь приключений на свою голову? А что скажет твой Павлик? Равнодушно наблюдать ведь не будет!

— Ничего, потерпит! — бесстрашно заявила Лида. — Ему даже полезно, а то слишком много о себе понимает. Возомнил, что первый парень на деревне!

«А Лида своего добьется, — впервые позавидовала подруге Вера. — Человек она свободный, а уж собой хороша — ни один мужик не устоит!» И правда, Лида очень эффектна: высокая, статная, с пышной, соблазнительной грудью, тонкой талией и полными, стройными ногами.

— Что ж, тебе и карты в руки, — вздохнув, согласилась Вера. — Желаю успеха!

Танцы разгорелись вовсю... Среди кружащихся пар самая красивая — Лида и Степан, приезжий инспектор.

— Знаешь, подруга, — возбужденно сообщила Лида в перерыве между танцами, — Степан этот, оказывается, ученый, а не просто школьный учитель! Пробудет у нас аж две недели! Собирает какой-то материал для диссертации...

— Вижу, ты времени зря не теряла. — Вера мысленно представила себя на месте подруги. — Неужто он с тобой только о науке говорил?

— А ты как думаешь? — самодовольно ухмыльнулась Лида, уходя от ответа. — Посмотри-ка на Павлика — вот рожа-то перекошена! Степан так меня прижимал — думала, его кондрашка хватит! Придется следующий танец потоптаться с ним, — добавила она со смешком, — чтобы охолонул. А то, боюсь, дело дойдет до драки — опозорит нас перед Центром!

Пользуясь тем, что Лида отправилась утешать своего кавалера и больше к нему не липнет, Степан подошел к Вере.

— А вы почему не танцуете? Я видел, вас приглашали. — Он говорил непринужденно.

— Нет настроения, — каким-то не своим, севшим голосом ответила Вера, — да и неинтересно мне.

— Давайте все же потанцуем, — мягко предложил Степан, когда оркестр заиграл плавное танго. — Это не помешает нам поговорить. Мне вот интересно узнать — почему такой симпатичной девушке не хочется повеселиться?

В его голосе Вера почувствовала искреннюю теплоту и, молча выражая согласие, протянула руку. Танцуя, познакомились, обменялись короткими репликами. Инстинктивно ощущая родственность душ, без лишних слов наслаждались обществом друг друга. Вопреки заявлению Лиды Степан вел Веру легко, свободно, не стремился грубо ухаживать, как другие. А ей... ей с ним так хорошо, что порой кажется — сон это все...

— Все-таки, Верочка: почему вам неинтересно на вечере? Вы ведь так и не открыли мне свою тайну, — шутливо напомнил он.

— А это вовсе не секрет, — не принимая шутки, серьезно ответила Вера. — Просто здесь нет человека, с которым мне интересно.

— Но вы все же пришли без него?

— Только потому, что сегодня моя младшая сестра получила аттестат. Между прочим, из ваших рук. Вон как ей весело здесь! — указала она на Варьку, хохотавшую в кругу сверстников.

— Очень жаль, что вам, Верочка невесело. — Степан не стал уточнять ее обстоятельств. — Но ведь сердце красавиц склонно к переменам, — улыбнулся он ей как-то особенно дружески. — Я пробуду здесь дней десять, — надеюсь, мы еще встретимся. Если не помешают люди, которые вам интересны. Мне этого очень хочется, Верочка! Говорю серьезно. — Он проводил ее до места и с нежностью пожал руку.

Вера, испытывая одновременно сожаление и чувство облегчения, осталась стоять, рассеянно глядя ему вслед.

Вера Петровна откинулась навзничь на подушку, чтобы унять сердцебиение. Ох эти решившие ее судьбу дни молодости — и сладкие и страшные... Ведь надо же такому случиться, что Ваню именно тогда на учебу вызвали в обком! Будь он с ней — не дал бы всему этому произойти... Вот она дома, в родной деревне... Отбивается от агрессивно наступающей тети Дуси.

— Ты что же это творишь, Вера?! Просто тебя не узнаю! Ты же не Варька-сорвиголова? У тебя же совесть есть! — Перевела дыхание и сердито продолжала: — Как ты можешь бегать на свидания к этому приезжему молодцу, словно вертихвостка? А что как Ваня узнает? Всему конец!

— Дусечка, родная! — умоляюще простонала Вера. — Мне и так тяжело, а ты еще добавляешь! Неужели не видишь, что сейчас вся жизнь моя решается?

— Чего здесь решать, когда у вас с Иваном все решено! — Тетя Дуся аж задохнулась от возмущения. — Ты что же — предать его собралась? Чем он тебе плох?

— Не понимаешь ты мою душу, мою сердечную тоску! А ведь ты у меня единственно близкий человек! — с горьким упреком, со страданием отбивалась Вера. — Ваня — не тот мужчина, для кого я создана, кто люб моему сердцу! Поняла я это, только встретив Степана. Сама себя не знала... — Она с отчаянием смотрела на тетку, борясь с подступающими слезами. — Ваня хороший... очень! Он свой, понятный, родной... Люблю его, но не так... не по-настоящему! Мне с ним и хорошо, но только телом, не душой! Моя душа не ему принадлежит. Ведь сердцу не прикажешь!

Евдокия Митрофановна не приняла ее доводов. Укоризненно покачала головой, подбоченилась, изрекла сурово:

— Будь на твоем месте Варька — просто ей велела бы: выкинь дурь из головы! А то взяла бы вожжи и отходила по мягкому месту... — Глубоко вздохнула и ожесточенно призналась: — Но ты, Вера, девка серьезная, говоришь не сгоряча. Потому я просто теряюсь: как вправить тебе мозги-то?

Она умолкла на мгновение и сменила тон, заговорив задушевно, проникновенно.

— Разве как баба я тебя не понимаю? Красивый мужик Степан — ну прямо прынц! Но ведь с лица воду не пить! Чужой он нам, из другого мира! А как разлюбит, бросит? Ты что же, хочешь жизнь себе поломать? — снова горестно всплеснула она руками, впадая в отчаяние. — Ваня же свой, надежный. Можно ли такого мужика менять на проезжего гусара?! Опомнись, Веруся!

Глаза у Веры вновь наполнились слезами, — жалко и себя, и любимую тетку... Она туманно представляет будущее со Степаном, страдает, что рушатся их с Ваней планы. Сама не знает, что скажет ему, когда он приедет... Но собралась она с духом, осушила слезы, заявила твердо:

— Сердцу не прикажешь, родная. А Степа у меня здесь, — положила она руку на грудь. — Он — моя судьба!

— Ты же его совсем не знаешь! — не сдавалась тетка. — Ну как ты можешь ему довериться?

— Да любит он меня! Вижу ведь, не слепая! Мы созданы друг для друга! — Счастливая улыбка осветила ее лицо.

— Это деревенская-то девчонка и городской ученый человек — пара? Ты в своем уме-то?

— А он говорит, претят ему ученые мадам и разные авантюристки, которые ему проходу не дают. Ничего не умеют, все о высоких материях и чувствах, а поесть не приготовят... — Вера перевела дыхание и победно взглянула на тетю Дусю. — Степа говорит — всегда представлял свою девушку такой, как я. Как меня увидел — показалось даже, что раньше знал!

— Ну что ж, Веруся, может, и взаправду он, твоя судьба! — призадумавшись, сложила оружие Евдокия Митрофановна. — Да поможет тебе Бог!

Приняв окончательное решение, Вера успокоилась: теперь легче; скоро придет Степа, они обо всем поговорят. Ведь так многого она о нем еще не знает — даже отчества и фамилии... А ведь кажется, что дороже его у нее нет никого на свете!

Она все выглядывала в окошко. Завидев дымок сигареты, — Степан ожидает ее, стоит на их месте под деревом, — Вера радостно выбежала из дома и повисла у него на шее. Он нежно ее обнял и, целуя, посетовал:

— До чего быстро пролетела неделя! Мы так мало успели сказать друг другу! — Взял ее за руки и, с любовью глядя в глаза, признался: — Ты мне нужна, Веруся! Работать не могу, все думаю о тебе. Нельзя нам разлучаться! Мысль, что ты можешь вернуться к Ивану, сводит меня с ума! — И пылко обвил руками ее талию, покрывая лицо поцелуями. — Давай уедем вместе со мной! Бросай все к черту! Проживем как-нибудь...

Вера приникла к нему всем телом — как она любит его, каждой своей клеточкой... Счастливая, что ее сказочный герой любит ее и зовет с собой, она все же спустилась с небес на землю. Серьезная, ответственная натура, совесть взяли верх.

— Степочка, дорогой, я бы с радостью! Но ты пойми меня: не могу я уехать, не поговорив с Ваней. Не заслужил он этого! Такой был со мной хороший, а я с ним поступлю... Ну... Ведь он ни о чем не подозревает! Ты сам меня уважать не будешь! Да и я себе этого не прощу! — Вера взяла его большую руку в свои, ласково прижалась губами, шептала умоляюще: — Ты мой самый любимый, родной!.. Приеду к тебе сразу, как с ним поговорю... Ваня любит меня... простит!.. — Отпустила его руку; голос ее окреп. — Нам и жить-то пока негде — сам говорил — у вас всего одна комната. Мама болеет, ее еще уломать надо. Давай мы потерпим немножко, а?

Не ожидавший отказа Степан, резко отстранился, уязвленный.

— Тогда докажи, что любишь, что Иван для тебя ничего не значит! — запальчиво потребовал он. — Я так уехать не могу. Ты меня с ума сведешь!

Вера нежно обняла его, поцеловала.

— Неужели, Степа, ты не веришь мне, ревнуешь? — прошептала она, радуясь его любви и ревности.

— А ты как думаешь? Буду спокоен, только когда ты станешь совсем моей! — прошептал Степан, страстно ее обнимая и целуя.

Переполненная любовью, тоже сгорая от желания, Вера приняла решение.

— Будь по-твоему, милый! Сегодня вечером, — предложила она горячим шепотом, — как наши уснут, — приду на сеновал... Только... постарайся тихо-тихо подойти... Знаешь ведь деревенских сплетников...

Вспоминала Вера Петровна единственную их со Степаном ночь — и сладко замирало сердце в груди... Не повторяется в жизни такое счастье. Как томилась она тогда в ожидании, пока не раздался условленный стук в дверь.

— Любимый мой! Долгожданный! — И обвила его шею, прижимаясь молодым, горячим телом, прикрытым лишь легким халатиком.

Степан нежно, ласково, долго целовал ее лицо, шею, грудь. Потом поднял на руки, понес, как ребенка, и опустил на одеяло, постеленное на сене. Лег рядом, неспешно стал ласкать губами, языком все ее тело, захватывая ненасытным ртом мочки ушей, напрягшиеся соски, бархатистую кожу живота и самое нежное, чувствительное место.

— Как я люблю... обожаю тебя, моя сладенькая! — горячо шептал он, дрожа от возбуждения и страсти, чувствуя по ее прерывистому дыханию, что и она желает его, как он ее.

Многоопытные ученые дамы и развратные красотки, с которыми довелось иметь дело молодому, привлекательному аспиранту, неплохо обучили его искусству секса, и теперь он приносил его на алтарь своей первой настоящей любви. Ее первый, Иван, силен, но бесхитростен; сейчас с ней опытный любовник, знающий женщину. Неторопливо, дразняще

ласк
 самые чувствительные места, чутко контролируя собственное состояние, Степан довел до исступления ее страстную жажду. Только почувствовав, как она прерывисто дышит и вздрагивает, нетерпеливо притягивая его в себя руками, он осторожно, плавно, медленно овладел ею и стал двигаться с возрастающей силой, меняя темп и направление, щадя ее и считаясь с ней.

Вера и в мечтах не представляла, что можно испытывать такое наслаждение. Волны блаженства то подымали ее ввысь, то опрокидывали в бездну страсти и желания. Наконец острота наслаждения достигла высшей точки, и она изошла, испустив крик утоления. Лишь уловив этот момент, Степан с мучительным стоном позволил себе завершение, и она, ощутив, как горячая струя мужского семени устремилась внутрь ее естества, растворилась в последнем, райском блаженстве, ослабила, обессиленная, объятия... Он тяжело дышал, недвижно, улыбаясь в темноте, лежал рядом, отдыхал...

«Вот теперь наверняка попалась...» — поняла Вера, инстинктивно чувствуя это. Но, Боже, как хорошо, — она испытывала такое полное физическое удовлетворение... ни о чем худом не хотелось дальше думать. Что же, раз они вместе теперь — решат и эту проблему.

Степан уезжал через два дня, в понедельник, а накануне, воскресным утром, уже не таясь постучал в дверь ее дома. В этот ранний час деревня еще просыпалась. Вера накинула халатик, впустила его в сени, поцеловала, едва касаясь.

— Говори, Степа, потише! Тетя Дуся и Варька спят... Что в такую рань-то?

— Понимаешь, Лешка Савельев — остановился я у него, знаешь, — уговорил мальчишник устроить. Проводить меня хотят. Вот и забежал — предупредить. Хочу, чтобы ты — за хозяйку! Что нам теперь скрывать? Пусть все знают!

— Жалко-то ка-ак, милый ты мо-ой! — с досадой протянула она. — Мне-то днем сегодня на ферме надо быть. Быка привезут... он выходных-то не признает. Но... постараюсь я... освобожусь, может, пораньше...

— Ладно, управимся как-нибудь, — разочарованно вздохнул Степан. — Но ты приходи — обязательно! Проститься! Ведь завтра рано утром — в дорогу. Леша обещал подбросить до станции. Вот возьми... Не потеряй: тут все мои московские координаты. Прости, что разбудил! — И так поцеловал, что заснуть ей уже не удалось.

Теперь пришел черед самых страшных воспоминаний. Тот ужасный день... Не дай Бог когда-нибудь еще пережить такое! Только потом от Леши Савельева узнала она, как все было. В самый разгар мальчишника неожиданно заявилась Лидия: ей срочно Розанова — очень надо!

Степан неохотно поднялся из-за стола, вышел в сени — ничего он не ожидал приятного от этой встречи. Привык к приставаниям смазливых бабенок, знал их уловки. А Лидия, судя по поведению ее на школьном балу, как раз такого сорта ягода.

— Удивлен, конечно, моим приходом. Еще больше удивишься, как услышишь, что скажу! — с ходу объявила она, сумев-таки заинтересовать.

Оставалось с дружеским сочувствием поднять на него прекрасные черные очи, опушенные длинными ресницами.

— Вряд ли ты поймешь, почему я, подруга Веры, решила ее разоблачить, открыть тебе глаза. Но не могу я спокойно смотреть, как хитрюга эта обманывает подряд всех лучших мужиков! Даже тебя, такого, как ты, вокруг пальца обвела!

— Что-то сомнительно... твое сочувствие мужикам. «Пожалел волк кобылу»... — Недоверчиво взглянул на нее Степан. — Какая тебе корысть, что вредишь подруге?

— Пора проучить Верку Панову! Только справедливо! На всякого мудреца довольно простоты! — она тоже знает поговорки. — Ведь что творит тихоня эта?! Все знают: районной начальницей хочет стать, за Григорьева замуж выходит. А что? Иван — жених завидный! Не секрет, что в близости они, и давно. Он к ней чуть не каждый день прикатывает.

Степан возмущенно замотал головой — не желаю, мол, слушать! — и повернулся уже уйти.

А Лидия закончила скороговоркой:

— Так надо же! И тебя захомутала! Одного мужика ей мало, ненасытной! И того хочет, и другого... А завтра — третьего!

Степан ни единому слову не поверил, но горький осадок остался — задело его больно.

— Постыдилась бы, Лида! — Нехорошо так говорить о подруге! Не красит это тебя! Врешь ведь все! — бросил с презрением. — Вера с ним больше не встречается, она не такая!

— Не веришь, дурачок? Так пойди, сам убедись! Вот сейчас вы тут гуляете, а она с Иваном милуется! Своими глазами его «козла» у Веркиного дома видела! Почему, думаешь, ее здесь-то нет?

Внутри у Степана все похолодело.

— Ты говори, да не заговаривайся! — с несвойственной ему грубостью вспылил он. — Иван в области, на следующей неделе только будет.

— Это она тебе сказала? — насмешливо вскинула Лида соболиные брови. — А мне, верно, привиделось? Ладно! Обидно только, что ты такой... простофиля! Из-за вертихвостки какой-то других не видишь, которые ничуть не хуже. — С нежной укоризной обожгла Степана черными как ночь цыганскими глазами и исчезла — стремительно, как и появилась.

А Степан, растерянный, стоял, раздумывал... И вдруг не выдержал: схватил пиджак, сигареты и, провожаемый недоуменными взглядами приятелей, выскочил из дому с полной неразберихой в голове. Что он сделает, что скажет, когда увидит любимую?.. А подходя к Вериному дому, уже издали увидел вездеход Вани Григорьева...

«Так это правда, правда!» — стучало в мозгу. Он остался стоять под деревом, наблюдая за домом и пытаясь привести в порядок мечущиеся мысли, принять какое-то решение.

В доме у Веры шло в это время жаркое объяснение между ней и Иваном. Проливая обильные слезы, она горестно наблюдала, как он вне себя бегает по горнице.

— Что мне теперь через тебя будет?! Все кинул, как узнал, — сюда прикатил! Вера! — Неужто правда это, Веруся? — Остановился на секунду, взглянув на нее с убитым видом. — Уж от кого, а от тебя не ожидал! Ты же на предательство не способна.

Она только молча утирала льющиеся градом слезы.

— Неужели между нами все кончено? Из-за чего? Какой-то заезжий фраер... Ведь ты моя, родная! Ты ж меня любишь, знаю! — Задыхаясь от негодования и горя, он все старался заглянуть ей в глаза. — А как же наши встречи-то?.. Ночи наши жаркие?! Веруся, а? Их-то со счетов не сбросишь, а?!

Не в силах выдержать сердечные муки, Вера разрыдалась. Иван молча ожидал ответа, и она, собравшись с духом, умоляюще глядя на него, тихо начала, прерывисто дыша:

— Люблю я тебя, Ванечка, это правда... Да ты и сам знаешь. — На миг умолкла и заставила себя все же произнести главное: — Но лишь теперь поняла: не так тебя люблю, как нужно... как ты... заслуживаешь...

— А его... как следует любишь?! — взорвался Иван, сжав кулаки. — Неужто веришь — он для тебя лучше, чем я?! Не могу этого понять! Не доходит! — самолюбиво поджал он губы. — Одумайся, Веруся, пока не поздно! Ведь пожалеешь потом, наплачешься! — И отчаянно взмахнул рукой, продолжал, будто обращаясь к самому себе, осыпать ее упреками: — Что же теперь-то, а? Ведь мне квартиру дали — на двоих! Как товарищам в глаза посмотрю, а? Под корень ты меня рубишь, Вера!

Собрав все свое мужество, Вера уняла наконец слезы.

— Что ж тут поделаешь, Ванечка? — Она говорила тихо, но твердо. — Это сильнее меня. Сама предчувствую — не туда иду... Но... видно, судьба моя такая! — И, как бы прося прощения, умоляюще смотрела ему в глаза. — С тобой все... ясно, понятно. Ты свой, домашний, надежный... Но сердце мое влечет иной мир, незнакомый... Манит меня как магнит...

Тяжело вздохнув, Иван взял себя в руки, с жалостью и недоумением взглянул на Веру — как на больную.

— Да на тебя какой-то дурман нашел! Рассудок ты потеряла, Вера! — Сурово сдвинул брови, сжал кулаки. — Эх, набил бы этому хлыщу морду! Да жаль — нельзя руки марать! Не решит это проблему. — Встал, нахлобучил кепку. — Ничего, видно, не поделать! Будь здорова! — бросил ей без злобы, уходя. — Подумай хорошенько, взвесь еще раз, пока не поздно. Ведь губишь и свою, и мою жизнь!

Вера неожиданно для себя почувствовала прилив острой жалости. По ее вине рушатся их так тщательно продуманные планы! Ей жаль себя, его... все то хорошее, доброе, что совсем недавно связывало их друг с другом... Она ведь благодарна Ивану за любовь его, новое, истинное чувство не делает его чужим для нее. «Никогда себе не прощу, если так уйдет!.. — молнией мелькнуло в голове. Повинуясь внезапному порыву, бросилась ему вдогонку.

— Ванечка-а! Погоди-и, ми-илый! — С криком выбежала на крыльцо, отчаянно повисла у него на шее. — Знай — никогда тебя не забуду! Пусть хоть что! Поцелуемся на прощание! Прости ты меня, дуру неблагодарную! Прости!..

Иван поддался ее порыву — крепко обнял, поцеловал; мягко отстранил; быстро сел в машину и, рванув с ходу, покатил по дороге.

В полном смятении чувств, ничего не видя и не слыша, у ворот своего дома растерянно глядела Вера вслед его машине — и не заметила, не почуяла подошедшего к ней Степана.

— Ну что ж, Вера, вижу — правду о тебе люди говорят, — произнес он, еле сдерживая гнев и презрительно глядя в ее заплаканные глаза. — Так вот какая твоя игра! На два фронта! — И, схватив ее за плечи, уже крикнул, потеряв самообладание, в боли и ярости: — Лицемерка, лгунья! Значит, не любишь больше Ивана? А как твой бык? Привезли?

Вера чувствовала себя совсем разбитой, опустошенной; в голове что-то страшно стучало... Нет у нее сил еще на одно объяснение.

— Погоди, Степа, не горячись! — Голос ее прозвучал тихо, жалобно. — Дай мне объяснить. Мы с Ваней только что попрощались. Навсегда, Степа!

Но Степан, не помня себя от обиды и разочарования, не желал и слушать.

— Ну и осел же я, что поверил! — кричал он, готовый ее ударить. — Решил — нашел наконец порядочную девушку! Это когда кругом одни шлюхи! А на поверку — ты такая, как все!

— Степочка, что ж ты делаешь-то?! — не в силах больше ничего возразить, ужаснулась, взмолилась Вера. — Зачем говоришь такое, о чем потом жалеть будешь?!

— Жалеть буду? У тебя, видно, совсем мозгов нет! Наоборот, слава Богу, что так обернулось!

Одно стремление им овладело — наказать ее за нанесенное ему оскорбление, за свою обиду! Как можно больнее уязвить ее самолюбие!

— И ты, дура деревенская, всерьез решила, что годишься мне в жены?! Ученый и колхозница — хороша была бы парочка! Но Бог миловал — пронесло! — самозабвенно бросал он ей в лицо оскорбительную ложь. — И, видя, что удар достиг цели —

Вера близка к обмороку, — завершил расплату: — Прощай и забудь о том, что между нами было! Не вздумай писать — все равно читать не буду! Записку выбрось — теперь мы чужие!

Вера только и смогла простонать сквозь слезы:

— Зачем ты так со мной, Степа?.. Какой ты жестокий оказался... Никогда я тебе не врала. — Сделала над собой последнее усилие, попыталась еще раз объяснить:

— Ну как мне было просто так-то расстаться с Ваней — женихом своим?! Мы же любили друг друга! Должны были проститься по-хорошему! Я же не каменная! — И, захлебнувшись слезами, тихо добавила: — Думала — любишь, поймешь... А теперь вижу — ошиблась. Зачем оскорблять? Решил бросить — так и скажи!

Степан не предполагал, что способен столь жестоко насиловать свою душу, беспардонно лгать, быть таким беспощадным — с ней... Но, пережив жестокое разочарование, считая себя глубоко оскорбленным, не желал тогда ни слушать ее, ни видеть. Не ответил — ни звука, ни слова, — гордо вскинул голову, резко повернулся и, широко шагая, исчез в темноте.

Вера не сомкнула глаз всю ночь.

— Ты что же не пошла на работу-то? Уж не заболела ли? — обеспокоилась Евдокия Митрофановна, заглянув к ней поутру. — Беда какая стряслась? — Она ласково смотрела в опухшее от слез лицо племянницы. — Не скрывай от тетки, облегчи душу!

— Ой, Дусечка, родненькая, пропала я! — с убитым видом призналась Вера. — Бросил меня Степа, приревновал к Ивану! Кончено все с ним!

— Ну так что же теперь — вешаться? На нем свет клином не сошелся! — утешала, как могла, тетя Дуся. — Предупреждала ведь — ничего у тебя с ним не получится. Как в воду глядела! Да не слушаете вы старших-то. — И жалеючи гладила Веру по голове. — Успокойся, касаточка моя! Все скоро пройдет, забудешь ты своего прынца!

— Нет, родная, не забуду! Вот это не даст! — Вера красноречиво положила руку на живот. — Чует мое сердце — память он о себе навсегда оставил.

— Да неужто?! — в ужасе всплеснула руками тетя Дуся. — Как же вы допустили-то? Такие грамотные!

— Вот допустили, — грустно, но спокойно сказала Вера. — Ведь решили вместе уехать, пожениться. Верила я ему, любила. Не боялась забеременеть.

— Ну что же теперь — помирать? — придя в себя от сногсшибательного известия, деловито изрекла Евдокия Митрофановна. — Нужно думать, как поправить дело. — Задумалась на мгновение, размышляя о чем-то своем, сокровенном. — А что, Ваня — сильно обиделся?

— Конечно! Не простит он меня никогда. Он такой самолюбивый! — раскаиваясь, как с ним обошлась, еще пуще опечалилась Вера. — Сама дура, все с ним испортила. Но ведь нечестно его обманывать!

— Что и говорить! — Тетя Дуся пожевала губами. Глаза у нее заблестели — в голову пришла дельная мысль. — Так, говоришь, Ваня самолюбив? Это хорошо.

— Чем же это для меня хорошо? — не поняла ее одобрения Вера.

— Самолюбив — значит, гордый, не захочет потерять свой авторитет, — как бы сама с собой рассуждала Евдокия Митрофановна. — Для него нож острый показать, что какой-то хлыщ взял над ним верх. Вот увидишь, касатка, — простит и забудет! — уверенно добавила она, победно взглянув на племянницу. — Он сам до смерти хочет, чтоб ты к нему вернулась. Да и любит тебя, знаю!

Вера недоверчиво ее слушала, как бы оценивая реальность сказанного, но глаза у нее высохли, и в них затеплилась робкая надежда. Видя это, тетя Дуся окончательно решила — вот и выход из положения.

— Ну, вот что, дитятко мое, нечего сопли распускать! — голосом, не допускающим возражений, скомандовала она Вере. — Время не ждет! Собирайся-ка и отправляйся в город, к Ване! Повинись ему по-хорошему. Авось все поправится, Бог милостив!

— Да что ты говоришь, родная? — с сомнением покачала головой Вера. — Ведь я люблю и уважаю Ваню. Как же мне его обманывать? Как в глаза смотреть?

— Очень даже просто! — уверенно отрезала тетя Дуся. — Все сможешь ради ребенка. Он ни в чем не повинный! А Иван будет хорошим отцом. — Подумала немного. — Открываться ему не надо — это всем хуже! А Ивану и в голову не стукнет. У вас с ним все могло произойти, тоже знаю. Иди, не теряй времени! С Богом!

Каким удивленным было лицо Ивана, когда поздно вечером дверь его комнаты в общежитии открылась и Вера с плачем бросилась ему на шею. Наверно, сразу все понял — не стал ни о чем расспрашивать, а обнял за плечи и ласково усадил на единственный стул, только и сказав:

— Присаживайся, Верочка, будь как дома! — Словно между ними ничего не произошло. — Как здорово, что мой сосед смотался в командировку, — никто нам не помешает. — И внимательно осмотрел виновато притихшую Веру, стараясь скрыть радость. — Будешь моей гостьей — никуда я тебя на ночь не отпущу! С комендантом как-нибудь улажу. — Подошел к ней и, видя, что она не находит слов, выручил: — Так и знал — не подведешь меня, одумаешься! Ведь мы созданы друг для друга, Веруся!

Осторожно привлек ее к себе, как бы проверяя, почувствовал, что она благодарно ему отвечает, наклонился, крепко поцеловал в губы.

— Есть хочешь? — поинтересовался он по-домашнему деловито.

Вера отрицательно замотала головой, а он скомандовал:

— Тогда спать ложимся! Завтра рабочий день. Ничего объяснять не надо. — И закрыл ей рот поцелуем, видя, что готовится излить наболевшую душу. — Я и так, Веруся, все понимаю. Главное — ты здесь!

Последнее, что он сказал, раздеваясь;

— А хорошо, что я не отказался от двухкомнатной квартиры.

В ту ночь Иван превзошел самого себя — так был внимателен, нежен, неутомим. Только под утро, совершенно обессиленные, забылись они коротким сном.

Вспомнила Вера Петровна и то, как произошел крутой поворот в партийной карьере Ивана. В тот вечер он, всегда сдержанный, вернулся с работы сильно подвыпившим и необычно оживленным. Расцеловав и усадив на диван, рассказал ей о своей необыкновенной удаче.

— На меня положил глаз сам Николай Егорович! Ты даже не представляешь, что это означает, как высоко я могу взлететь!

— Объясни подробней, Ванечка! Я ведь ничего не понимаю в ваших делах, — попросила Вера. — Кто такой Николай Егорович и почему ты так рад, что ему понравился? Он большой человек?

— Еще какой — член ЦК КПСС! Проверяет, как в нашей области выполняются решения партии по посевам кукурузы. Сейчас все поймешь!

Иван шумно перевел дыхание и, волнуясь, продолжал:

— Меня вызвал к себе Илья Федотович — первый секретарь райкома, а у него сидит такой важный весь из себя мужчина — ну этот представитель ЦК.

— Николай Егорович? — у Веры от любопытства округлились глаза.

— Ну да. А Илья Федотович показывает ему на меня и говорит: «Это — наш лучший молодой инструктор, Григорьев Иван Кузьмич. Отличный работник! За год перевел под кукурузу лучшие угодья — буквально силком, преодолевая сопротивление на местах. Он вам все и покажет. Волевой, умный парень и выдержка не по летам. Думаю сделать его третьим секретарем райкома».

— Неужели, Ваня? Он так тебя при нем расхваливал? — изумилась Вера.

— Слушай дальше! Николай Егорович посмотрел на меня и говорит: «Я же этого парня знаю. Мы ему орден в Кремле вручали, ведь так? Ну и память у меня!» Дружески мне улыбнулся и сказал такое — держись крепче, Веруся, а то упадешь!

Иван гордо взглянул на притихшую жену.

— «Отличная характеристика, Иван Кузьмич! Нам в ЦК недостает молодых кадров. А как у него с моральным обликом, семейное положение?» — это он к Илье Федотовичу.

— И ты думаешь, — недоверчиво произнесла Вера, — он это серьезно?

— Вот именно! — возбужденно подтвердил Иван. — Слушай дальше — как нам повезло. Знаешь, что ему ответил секретарь райкома?

— Что он сказал? — Вере передалось возбуждение мужа.

— А то, что у меня прекрасная невеста — тоже передовая работница совхоза и скоро свадьба. И что райком партии вручит нам в подарок ордер на двухкомнатную квартиру!

— Так и сказал представителю ЦК партии? — просияла Вера. — Ему придется сдержать свое слово!

— Еще бы! Ведь и сам Николай Егорович будет гостем на нашей свадьбе!

— Как так? Ты его пригласил и он не отказался? Свадьба ведь не скоро — мы еще даже не зарегестрировались.

Иван радостно рассмеялся.

— Николай Егорович сам напросился, сказал: «Люблю свадьбы, не откажусь, если молодые пригласят», а наш секретарь ему: «Значит, в следующую субботу быть и свадебке. Какая же мы власть, если не сумеем все быстро организовать!» Так что готовься, Веруся! — и Иван крепко прижал к себе жену.

Те погожие дни золотой осени принесли ей много радости. Перед свадьбой помочь устроиться на новой квартире приехали тетя Дуся и сестра Варька. Их привез на своем «козле» Иван, когда его сослуживцы уже сгружали с машины и заносили в дом мебель, Вера обняла и расцеловала своих:

— Наконец-то! Я без вас совсем запарилась! Варька! Дусечка! Сейчас будете мне помогать. Мебель-то какая — чешская «комната»! Вы никогда ничего подобного не видели! А тебя, Ванечка, твои товарищи заждались, — добавила, ласково глядя на мужа. — Они не могут сами холодильник получить.

Григорьев вместе с товарищами уехал на грузовике, а Вера со своими вошла в новую квартиру и, сияя от счастья, показала отделанный кафелем санузел, кухню с газовой плитой, светлые комнаты. В спальне, кроме старого шкафа и никелированной двуспальной кровати, пока ничего нет. Зато чешская мебель поражает непривычным комфортом и красотой.

— Это что же за диван такой? Углом! — изумляется Евдокия Митрофановна. — Ничего подобного не видывала! Как же на нем спать? А деньжищ-то сколько стоит? Откуда у Ивана?

— Уж и не говори, денег это стоит — уйма! Ване на службе кредит оформили и материальную помощь оказали, — объяснила ей Вера. — А диван раскладывается вот так, — используя подушки спинки. Сегодня будете на нем спать.

— Веруся! Почему буфет такой странный? Это маленький бар в него вделан? Для разных там бутылок — как в кино? — в свой черед удивилась Варька.

— Совершенно верно — бар! Для разных напитков, необязательно спиртных. Может, еще для чего, — пожимает плечами Вера, — но я, как и ты, этого пока не знаю. Западная культура, словом. Нами еще не освоена.

Они весело засмеялись и приступили к уборке квартиры. Вскоре раздался гудок прибывшей машины — это Иван привез холодильник. Его внесли и установили на кухне. Хозяин поблагодарил и отпустил своих помощников. Они удивлены:

— Неужто, в эту субботу уже свадьба? Когда же вы все успеете приготовить? К чему такая спешка?

Григорьев с добродушным видом почесал затылок.

— А от меня, хлопцы, это не зависит. Начальство так велело! Потому что, — с гордым видом оглядывает товарищей, — наш кремлевский гость пожелал на моей свадьбе присутствовать. На следующий день он уже отбывает в Москву. Так что в субботу у нас соберется начальство и самая близкая родня, а в воскресенье откроем двери для всех наших друзей.

— Но все же объясни: как вы успели столько всего наготовить? И на какие шиши?

— Долго ли, умеючи? — широко улыбается Иван товарищам. — А если серьезно, мы с Верусей с копыт сбились, чтобы всего хватило. Она у меня хозяйка — всяких солений навалом. Самогону мои из деревни прислали, дефицит в райкоме дали, а горячие блюда принесут из ресторана. Деньжат я сам прикопил, да еще мне как молодожену материальную помощь выделили. Вот так — таким путем!

А какая была свадьба! Как сильно изменилась всего за трое суток их новая квартира! По всему было видно, что они с тетей Дусей и Варькой потрудились на славу. Появились вешалка и большое зеркало в прихожей, шторы на окнах, эстампы и фотографии на стенах, много цветов.

Гости уже за празднично накрытым столом; он — составной и занимает всю комнату. Во главе стола — начальство и почетный гость — Николай Егорович; молодые — посредине. Близкой родни мало. Отец Ивана, как и Веры, погиб на фронте, а мать тяжело больна. По его сторону — братья Дмитрий и Федор с женами да старый холостой дядя, помогавший матери растить детей. А по Верину — тетя Дуся, Варька и соседи Ларионовы. Свидетели молодых — Люба из совхоза и Семен Ларионов вместе с другими их близкими друзьями сидят скромно в конце стола — робеют перед начальством.

Первый секретарь райкома привычно постучал по столу, требуя внимания.

— Дорогие друзья, — поднимает бокал. — От руководства района и от себя лично горячо поздравляю молодых с вступлением в брак. Желаю им долгой семейной жизни и большого личного счастья! Семья — основная ячейка нашего общества. А что она у Ивана с Верой будет образцовой, можно не сомневаться! Горько!

Все хотят чокнуться с молодыми. Они поцеловались. Слово берет молодой, но уже немного обрюзгший секретарь райкома комсомола.

— Ваня Григорьев — член партии, но совсем недавно был одним из лучших комсомольцев района. И Верочка Панова ему подстать. Сейчас они, как и все мы, самоотверженно трудятся во исполнение задач, поставленных партией по исправлению ошибок, допущенных из-за культа личности Сталина. Предлагаю, — поднимает свой бокал, бросив взгляд в сторону почетного гостя, — выпить за дорогого Никиту Сергеевича Хрущева, чтобы у нас к 1980 году, как он обещал, был построен коммунизм!

Гости дружно чокнулись — их больше интересовал процесс, а не слова. Лишь Варька с потемневшим лицом отставила свою рюмку, и это заметил Николай Егорович; улыбаясь, поинтересовался у жениха:

— А почему, Иван Кузьмич, твоя свояченица не хочет поддержать тост своего комсомольского вожака? Не нравится Никита Сергеевич Хрущев? Или в чем-то с ним не согласна?

Все притихли в ожидании скандала, а Иван аж побагровел.

— Не стоит обращать внимания на эту дурочку! — попросил гостя. — Варька у нас известная бузотерка. Может всякое ляпнуть! Она сначала говорит, а потом лишь думает.

Такое унижение, да еще перед всеми Варя вынести не могла:

— Ты, Ванечка, у нас очень умный, спору нет! Но я и сама за себя отвечу. Да, не согласна, что на Сталина все валят. Это нехорошо — на покойника, который ответить не может. А где был Хрущев во время культа личности? Разве не участвовал? Наш папа погиб — «за Родину, за Сталина». Думаю, ему сейчас было бы обидно!

Все замерли в ожидании реакции партийного руководства. Разряжает обстановку сам «виновник» — Николай Егорович.

— О, святая простота! — патетически воскликнул он среди настороженного молчания. — Вот чем хороша молодость — своей искренностью и прямотой! Но в реальной жизни все сложнее. Кто перенес период массовых репрессий, знает, как трудно было бороться против культа личности. Ваш папа, Варенька, воевал и погиб за правое дело! И никто не оспаривает выдающуюся роль Сталина в великой Победе советского народа над немецким фашизмом.

Николай Егорович поднял свой бокал.

— Давайте, дорогие друзья, помянем героических отцов Ивана и Веры, а вместе с ними всех сынов и дочерей нашей Родины, отдавших жизни за наше счастье! Без которых был бы невозможен сегодняшний праздник.

С чувством облегчения все дружно выпили и закусили. Скоро за столом царило оживление; все шутили, смеялись. Оправившись от шока, Иван взял инициативу в свои руки — встал с бокалом в руке.

— Хочу от всей души поблагодарить руководство за заботу, проявленную ко мне и Вере в связи с нашей женитьбой. Мы с ней простые люди и понимаем, что такое возможно только в советской стране, где власть принадлежит народу. Так выпьем же за родную партию, которая ведет нас от победы к победе! Моя свояченица повзрослеет и поймет, что ошибки отдельных руководителей — ничто перед коллективной мудростью КПСС!

Его дружно поддержали; свадьба набирала обороты.

Иван с Верой вышли в прихожую проводить начальство. Застолье еще продолжалось. Из открытых дверей доносились шум, веселый смех. Нестройные голоса затянули песню: «По диким степям Забайкалья...». Илья Федотович держался крепко; очень довольный, похвалил Ивана:

— Молодец! Не подвел. Все было на высоте! Посидели хорошо и Николаю Егоровичу, похоже, понравилось. Это нам пригодится!

— Моя заслуга невелика, — скромно говорит Иван, подавая руководителю плащ. — Я лишь стараюсь делать все так, как вы мне советуете.

— Это неплохо, что ты себя не переоцениваешь, — одобрительно заметил первый секретарь, — но результаты у тебя отличные. И женушку оторвал себе на славу и поработал как надо — выводы комиссии самые благоприятные! Так что — сверли на пиджаке дырочку для нового ордена.

Николай Егорович попрощался с молодой хозяйкой. Изрядно навеселе он плотоядно оглядел ее чарующую стать, пожал руки, не скупясь на комплименты.

— Много слышал о вас хорошего, но действительность еще лучше! Мне и говорить и танцевать с вами было приятно. А уж как вкусно накормили — слов нет! Вы не смотрите, Верочка, что я такой тощий, — добродушно подшутил он над собой. — Люблю хорошо поесть! Только вот — не в коня корм...

— Спасибо на добром слове! Но моего тут мало — больше из ресторана, — не приняла незаслуженной похвалы Вера. — Не было времени, а то угостила бы вас по-настоящему вкусными вещами.

— Не скромничайте, Верочка! Таких хрустящих огурчиков я в жизни не ел! И соленые рыжики — высший класс! Обязательно запишите рецепт и передайте с мужем. Моя жена тоже неплохая хозяйка. Пусть осваивает передовой опыт! — весело засмеялся высокий гость и, посерьезнев, добавил: — Вы оба мне очень понравились! Иван Кузьмич умен и энергии у него невпроворот. Если у вас в семье будет порядок, далеко пойдет! Мне кажется, что в вас он нашел именно то, что надо! Был бы я моложе...

Николай Егорович ласково пожал ее руки, в холодных «рыбьих» глазах зажглись хищные огоньки... Немного напуганная, Вера постаралась перевести разговор в спокойное русло.

— Я обязательно передам с Ваней рецепты засолки и кое-что еще... раз вы такой любитель вкусной еды, — мило улыбнулась она высокому гостю, осторожно высвобождая руки. — Например, как готовить пирог с рыбой, — он у меня хорошо получается. Большое спасибо вам, Николай Егорович, за оказанную нам честь и доброе отношение к мужу!

— Ну что, Илья Федотович, пожалеем хозяев и отправимся восвояси? — вновь обретя сановный вид, повернулся высокий гость к руководителю района. — Мы неплохо провели время. Недаром еще древние мудрецы сказали: веселие

Руси — есть питие. После трудов полезно немного расслабиться!

С одобрительными возгласами районные руководители окружили Николая Егоровича, и он, сопровождаемый свитой, покинул свадьбу. Проводив высоких гостей, Иван задержал Веру в прихожей.

— Ну твоя сестричка и дает! — недовольно выговорил он. — Вечно ляпнет непотребное! Чуть не осрамила нас перед начальством. Вот уж верно в народе говорят: простота — хуже воровства!

— Не сердись на нее, Ванечка! — мягко возразила Вера. — Такой уж Варька прямой и честный человек. Разве она не права? Это даже сам Николай Егорович признал!

— Просто он очень мудрый — как все большие люди. Глубоко видит. Иначе не взлетел бы так высоко! — стоял на своем Иван. — На этот раз обошлось, но ты, Веруся, предупреди эту шалопутку: пусть прежде думает, чем говорить!

Но долго сердиться в такой день он не мог. Горячо обнял молодую жену и, испытывая понятное томление, тихо прошептал:

— Скорее бы все разошлись и оставили нас вдвоем!

Однако переложить свои обязанности было не на кого, и новобрачные неохотно вернулись к гостям. Свадебное гулянье продолжилось.

С особой теплотой вспомнила Вера Петровна солнечный морозный день в райцентре, когда незадолго до родов к ней снова приехали тетя Дуся и Варька. Улицы были расчищены, но по сторонам проезжей части высились сугробы; скрипел под ногами искрящийся снег. Она была в короткой беличьей шубке, на Евдокии Митрофановне, нагольный полушубок. Крепко держа под руку тетю, поднялась к себе на второй этаж и открыла квартиру, гордо выпятив большой живот, пригласила:

— Проходи сюда, Дусечка! Полюбуйся на румынский спальный гарнитур.

Такой в магазине не купишь. С обкомовского склада Ване выписали, за успехи в работе поощрили. Такой уж он у меня — всего себя отдает делу! А где Варька? И почему вас привезли в райком, а не домой?

— Так Ваня распорядился — чтоб лишних разговоров не было. Новый инструктор в совхоз приезжал, его Ваня и попросил нас прихватить, — объяснила тетя Дуся, восхищаясь новой спальней и все время поглядывая на ее живот. — Варька сразу в кино умотала — там новый фильм показывают. Скоро примчится.

Поняв по красноречивым взглядам Евдокии Митрофановны, что ее интересует больше всего, Вера поспешила успокоить тетю.

— Ты во всем, Дусечка, оказалась права, — благодарно улыбнулась, гладя по ее натруженной шершавой руке. — Ваня, похоже, ничего не подозревает. Да и что значат день-два разницы? Хотя, — на ее лицо набежала тучка, — может, о чем-то и думает... Но никогда ничего не скажет. Не тот характер!

Очень довольная, Евдокия Митрофановна, с любовью глядя на племянницу, удовлетворенно переспросила:

— Так, значит, Веруся, у вас с Ваней все рядком-ладком? Не ссоритесь?

— Да что ты, Дусечка! И в помине этого нет! — радостно подтвердила Вера. — Мы с Ванечкой живем душа в душу. Понимаем друг друга с полуслова! Ты знаешь, что он мне вчера сказал? — горделиво вскинула глаза. — Мол, даже не предполагал, что так хороша семейная жизнь!

— Я знала, Веруся, что все уладится, — растрогалась тетя Дуся, утирая глаза платочком. — У тебя же золотое сердечко! К тому же работящая, хозяйственная. Тебя ли не ценить? Но ты и дальше старайся ему угодить. Он того стоит!

— Само собой, Дусечка! Как же не понять? — согласилась Вера. — Ему нужно хорошо питаться и ни о чем не заботиться, кроме работы. Вот я и создаю дома самые лучшие условия. Ваня доволен! Хотя теперь ему придется испытать временные неудобства, — с грустной улыбкой добавляет она, поглаживая живот. — Это уж точно выведет меня из строя. Надеюсь не на долго.

— Конечно, Веруся! Не сомневайся! Обычное бабское дело, — подбодрила ее тетя Дуся. — А как ведет себя Ваня? Хочет ребенка?

— Как тебе это лучше объяснить? — сказала Вера, немного подумав. — Ваня больше заботится обо мне. Ждет не дождется, когда разрешусь! И все же сердце подсказывает, что он будет любить ребенка, как меня. Я уверена в этом!

— Дай-то вам Бог! — вздохнула Евдокия Митрофановна. — Но нужно, Веруся, завести еще хотя бы одного. А как назовете, когда родится? Уже решили?

— Конечно же, Дусечка! Если мальчик, будет Иваном Ивановичем, а родится девочка, назовем Светланой — чтоб светлой была ее судьба!

Заметив, что тетя сильно утомлена нелегкой дорогой, Вера помогла ей подняться, отвела в ванную, а сама пошла в гостиную — расставить и застелить диван.

Не забыть ей и последовавшие за этим тяжелые дни, когда судьба, казалось, вновь висела на волоске. Как же потрясла ее тогда встреча с земляком Лешкой Савельевым! Она выходила из аптеки и буквально столкнулась с ним нос к носу.

— Здравствуй, Леша! Рада тебя видеть, — приветливо улыбнулась она ему, хотя их встреча сразу напомнила о Степане. — Наверно, директора привез? Как там наши поживают?

— А, Верочка! Наше вам почтение! Легка на помине! — хитро прищурил и без того узкие глаза Савельев. — Мы с Иваном обедали в райкоме и только о тебе разговаривали. До чего же ты симпатяга! Даже с пузом.

— Кончай, Лешка, загибать! Сама знаю, что подурнела, — возразила Вера, но его слова были приятны. — Наверно, дочка будет. Когда девочек носят, они отбирают у матери красоту. Ну и чего это вы с Ваней обо мне судачили?

— Да он все допытывался у меня, спала ты или нет со Степой Розановым, — с заговорщицкой ухмылкой напрямую ошарашил ее Лешка.

— И что... ты... ему ответил? — с трепещущим сердцем, запинаясь, произнесла Вера, не обращая внимания на его хамоватый тон. — Надеюсь... не наплел... чего знать не можешь?

— Само собой. Не такой уж я дурак, — все так же наглова-то глядя ей в глаза, подтвердил Савельев. — Хотя знаю не так уж мало...Степа был сам не свой, как узнал, что ты его с Иваном обманываешь.

— Узнал, говоришь? Уж не от тебя ли? — с горьким укором посмотрела на него Вера. — Хотя ты, Лешка, не подлый. Да и зачем тебе было этим заниматься?

— Вот это ты правильно сказала — в самую точку! Поищи среди тех, кому надо было, — одобрительно ухмыльнулся Савельев и, немного поколебавшись, махнул рукой — Эх! Не хотелось мне лезть в это дело, но открою тебе правду: Деяшкина, стерва, прибегала к нам специально сообщить Степе о твоем прощальном свидании с Иваном.

Вера считала, что пережила уже свое горе, но вновь почувствовала острую сердечную боль, и на ее глаза непроизвольно навернулись слезы.

— Теперь все ясно. Спасибо тебе, Леша, — произнесла скорбным голосом. — Конечно, только Лидка могла такое сотворить. И как же я раньше не раскусила эту гадину? Ну да Бог ее за это накажет!

— На Бога надежда плохая. Он слишком высоко и плохо оттуда видит, — пошутил Савельев, не замечая ее страдания. — Иначе разве допустил, чтоб Лидка добилась своего? Она же вроде захомутала-таки Степу. Значит, ты не слыхала? Жаль хорошего человека!

— Ты первый из наших, кого я вижу за последние недели. У тебя есть еще сногсшибательные новости? — вяло поинтересовалась Вера, предчувствуя новые огорчения. — Опять про Лидку?

— Про нее, хитрую стерву, — хмуро подтвердил Лешка. — Не знаю, как ей удалось охмурить Степу, но в канун Нового года он приезжал и забрал Лидку в Москву. Слух прошел — беременная она. Может, и от него, — добавил он с презрением и обиженно пожаловался: — А ко мне даже не зашел, не то я бы открыл ему глаза на эту проходимку!

Вера была потрясена и едва устояла на ногах, вновь ощутив безутешное горе. Но все же сумела взять себя в руки; с вымученной улыбкой сказала:

— Спасибо, Леша, что открыл мне, хоть поздно, как было дело. Ну я пойду домой. Плохо себя чувствую. Передай привет всем нашим!

Слабо кивнув Савельеву, Вера вышла из аптеки и, изо всех сил стараясь не поскользнуться и не упасть, пошатываясь, побрела к дому. Куда девались покой и радостное настроение, царившие в ее душе все последнее время? С болью и тоской она думала о своей несостоявшейся волшебной мечте.

Еще одно потрясение Вера испытала в разговоре с мужем. Иван пришел домой с сумками, полными продуктов.

— Где же, Ванечка, ты раздобыл столько всего? — приятно удивилась она, принимая у него сумки. — Соседка жаловалась, что в магазине совсем пусто. Ничего нет, даже спичек!

— А это нам заказы в столовой выдали. Мне досталось аж два! Все знают, что нас уже фактически трое, — весело пошутил он, снимая меховое полупальто и бурки. — Вот и проявляют чуткость. Ну когда уже? — добавил серьезно, косясь на ее огромный живот.

— Со дня на день можно ждать, — озабоченно ответила Вера. — Как начнутся схватки. Если тебя не будет — соседка Тоня отведет. Или подмогу вызовет.

— Ладно, не бойся, — успокоил ее Иван. — Я буду начеку, где бы ни находился. Опасаюсь только одного — чтоб срочно не вызвали в обком партии. Но и тогда прежде, чем туда ехать, отправлю тебя рожать. А как здоровье Евдокии Митрофановны? Жаль, что ее нет здесь, рядом с тобой.

Вера грустно вздохнула. Ей в эти трудные дни очень недостает тети Дуси.

— Что поделаешь, Ванечка! Старость, болезни. Занемогла она, иначе была бы здесь, со мной. Да и тебя бы обиходила. Приедет, как только поправится. А что ты сказал насчет обкома? — обеспокоенно подняла на него глаза. — Зачем вызывают?

Иван самодовольно приосанился. Стараясь скрыть свою радость, сказал небрежным тоном:

— Из обкома запросили мое личное дело. Мне еще утром наш кадровик по секрету сказал. Так что, будущая мамаша, нас с тобой ждет очередное повышение по службе! — широко улыбнулся, не сдержав эмоций. — Может быть, назначат третьим секретарем. Хотя, скорее всего, хотят взять меня на работу в областной комитет партии. Интересно, что предложат?

— Ванечка! Как же так можно? — недоуменно округлила глаза Вера. — Если тебя переведут в обком, ведь тогда нам насовсем придется туда перебираться? А тебе здесь только квартиру дали! И относятся так чудесно!

— Ну и что из того! Таких работников, как я, всюду ценят! — гордо выпятил грудь Иван. — Мне сегодня Илья Федотович целый час мозги полоскал. Чтобы не вздумал соглашаться на перевод в обком. Даже сулил свое место со временем уступить, — он насмешливо улыбнулся. — Словно это — предел мечтаний! Будто нет ничего лучше, чем всю жизнь просидеть в нашем занюханном райцентре!

— А по-моему, Ванечка, не так уж плохо наша жизнь здесь устроена. Какую замечательную квартиру нам дали! Как здесь тепло и уютно! Природа, особенно летом, лучше просто не бывает! И работа тебе по душе.

— Это как посмотреть, Веруся! — не согласился Иван. — Меня, конечно, все уважают и ценят. Но и развернуться негде! Я знаю, что способен работать еще лучше, подняться еще выше. А тут перспектива не та! Да и жить интереснее в большом городе. Разве не так?

Он возбужденно прошелся по комнате, потом, как бы вспомнив о чем-то, остановился и лицо у него потемнело.

— Обкому потребовалась моя медицинская карта, я зашел за ней в нашу поликлинику и, знаешь, что оказалось? — бросил мрачный взгляд на жену.

— У тебя не все в порядке со здоровьем? — испуганно спросила Вера, предчувствуя недоброе. — Но ты ведь никогда ни на что не жаловался.

— Это так, но доктор сказал мне одну неприятную вещь, — Иван замялся, по-видимому, колеблясь — стоит ли говорить, но все же решился. — Мол, в армии я перенес болезнь, из-за которой не могу иметь детей.

Заметив, как побледнело лицо жены, торопливо добавил:

— Да не пугайся ты так! Будто не знаешь, каковы здешние эскулапы. Не верю я этому пьянчужке. Говорю ему, что мы ждем ребенка, и, знаешь, что он мне отвечает?

— Что, Ваня? — помертвев от страха, еле слышно прошептала Вера.

— Значит, вам повезло — вот что он мне сказал! — с горечью ответил Иван и, остро взглянув ей в глаза, добавил: — Вроде бы намекая, будто мне кто-то помог. Какая ерунда! Ведь это же наш ребенок, Веруся?

— Ну конечно, Ванечка, — только и смогла ответить она, чувствуя, как у нее мутится рассудок и разрывается сердце.

Но Григорьев взял себя в руки и гневно заключил:

— В шею надо гнать таких горе-специалистов! Разве можно говорить такое будущему отцу? Знают же — без детей нет настоящей семьи.

Однако Вера уже его не слушала. С искаженным от боли лицом стонала, держась руками за живот. Начались схватки. Быстро одевшись и тепло укутав жену, захватив с собой все необходимое, Иван повел ее в родильное отделение больницы, расположенное недалеко от их дома.

Вновь остро переживая давние события, Вера Петровна посмотрела на безмятежно спящего рядом мужа. «Неужели уже тогда Иван догадался, что Светочка не его ребенок?» — горестно подумала она, но тут же отбросила эту мысль, вспомнив, с какой искренней радостью отнесся он к рождению дочери. Иван позвонил сразу, как только роженицу перевели в специально отведенную палату.

— Веруся, дорогая моя! Как я рад, что все уже позади! Что доктора говорят: полный порядок? Я так и знал! Ничуть не сомневался!

— Да, Ванечка, врачи сказали — роды были легкие. Поздравляю с дочуркой! — радостно сообщила Вера. — Она здоровенькая, крупная — четыре килограмма! Это — рекорд! Я ее уже кормила.

— Я очень счастлив, Верусенька! Теперь у нас — настоящая семья! А уж как соскучился по тебе — слов нет! Не чаю, когда смогу вас с дочкой забрать домой. За тобой ухаживают нормально? А то вернусь — я им такое устрою: мало не покажется!

— Не бери в голову, Ванечка! — успокаивала она его. — Ухаживают — как за королевой. Даже ординаторов выселили, чтобы меня поместить отдельно и телефон был рядом. С этим все в порядке. И чувствую себя замечательно! А как у тебя идут дела? Когда вернешься?

— Мои дела обстоят просто как в сказке! Я такого даже не ожидал!

— Ну говори скорее, Ванечка! — Вера сгорала от любопытства. — Не томи, а то у меня молоко пропадет! Неужели нам придется переезжать? А где жить будем?

— Не бойся! От хороших вестей молоко не пропадает, — весело шутил муж. — Нам, конечно, придется переехать. Но вот куда — ни за что не догадаешься!

— Ну, Ванечка, милый, не мучай! — умоляла она. — Куда мы поедем?

Он еще немного помедлил и с гордостью сообщил:

— В столицу нашей родины — Москву. Буду работать в аппарате ЦК партии! Переводят по личному указанию самого Николая Егоровича! Выходит, не забыл он нас! Тут уж никто палку в колеса не вставит. Ни Илья Федотович, ни кто другой. Партийная дисциплина! Завтра вылетаю на собеседование. Но это так — простая формальность.

— Вот что судьба с нами делает! Как же не верить после этого в чудеса? А где же мы в Москве жить будем? Да еще без прописки?

— Ну уж, ты слишком наивная, Веруся. Это же ЦК партии — верховная власть! Все у нас будет: и прописка, и квартира! Об этом даже не думай.

— А когда ждать тебя? Меня до этого не выпишут? — забеспокоилась Вера.

— Не волнуйся, пальцем не тронут! Илья Федотович уже знает. Он на меня не в обиде. Если б перешел в обком — другое дело. А с ЦК партии не поспоришь! Думаю, задержусь не более чем на пару деньков.

Вера никак не могла прийти в себя от свалившегося на них огромного счастья и сказала на прощание:

— Ну, Ванечка, желаю успеха! Жить в столице — это большая удача. Возвращайся, милый, поскорее. Мы с доченькой будем тебя очень ждать!

Она положила трубку, и радость на ее лице померкла — непроизвольно пришли мысли о том, кому Светочка обязана жизнью и кто бросил ее на произвол судьбы.

Из глаз Веры потекли слезы, обильно смачивая больничную подушку.

Последнее, что вспомнилось Вере Петровне, — это залитая ярким солнечным светом палата районной больницы; лежа в кровати, она кормила грудью маленькую дочь. Дверь открылась, и вошел Иван: на плечи наброшен халат, в руках живые цветы, на лице — сияющая широкая улыбка. За ним следовала медсестра.

— Ну где тут молодая мама и ее новорожденная? — радостным голосом воскликнул он, положив цветы на тумбочку у кровати. — Как же я рад вас видеть, мои дорогие, здоровенькими и красивыми! Я только что приехал и сразу к вам!

— Ванечка, миленький! Наконец-то! — переполненная счастьем, улыбнулась ему Вера, передавая ребенка медсестре. — Ты только погляди, какая прелестная у нас с тобой дочурка! Самая красивая! Разве не так? Хочешь подержать ее на руках? Не бойся!

— А как же! Давно мечтал об этом, — живо откликнулся он, осторожно беря на руки маленькое тельце и с интересом разглядывая розовое сморщенное личико девочки. «Мордашка круглая, волосенки белесые. И впрямь похожа на меня, — мысленно отмечает, с удивлением испытывая сердечную теплоту и отцовскую нежность к этому слабому беззащитному созданию. — Вот чудеса-то!»

— Ну и как она тебе, Ванечка? Правда, лучше не бывает? — требует ответа Вера. Для нее дочь — лучшее из всех произведений на свете. — Теперь я не боюсь рожать. Подарю детишек сколько захочешь, — весело пошутила, бросив на него теплый взгляд. — Раз у меня так здорово получается!

— Ну пока нам с тобой хватит и одного! Ведь опять придется устраиваться на новом месте, — с вымученной улыбкой говорит Иван, осторожно передавая ребенка медсестре. Сердце его гложет тоска от сознания своей несостоятельности, но по нему этого не видно. — Представляешь, Веруся, сколько впереди у нас хлопот?

Он подсел к Вере на кровать и, приободрившись, рассказал:

— Нам с тобой дали прекрасную трехкомнатную квартиру в большом очень красивом доме на Кутузовском проспекте. Эти дома называют «сталинскими». В них высокие потолки, большие кухни и, вообще, отличная планировка. Я уже врезал свои замки и, пока мы еще здесь, там сделают косметический ремонт. Так что посадочная площадка у нас обеспечена.

— А что это за район? Магазины близко? И как долго тебе добираться до работы? — с радостно блестящими глазами интересуется Вера. — Москва ведь она очень большая, Ванечка!

— Считай, самый центр. Престижный район. Все есть что нужно для жизни. И все под рукой, — с гордостью объяснил Иван. — Мало кто из москвичей имеет такое хорошее жилье. А на работу меня будет возить служебная машина, хотя и недалеко. С личным шофером. Вот так-то. Знай наших!

— Да уж! Повезло несказанно! — восторгалась Вера. — Разве мы могли с тобой мечтать о таком, Ванечка? Разве ты предполагал, что тебя так возвысят?

— Почему это думаешь, что не предполагал? — бросив на нее укоризненный взгляд, самодовольно произнес Иван. — Ты меня недооцениваешь, Веруся! Да я еще, когда у нас на свадьбе побывал Николай Егорович, уже почуял, что дело этим не кончится. Так оно и вышло!

Он привлек ее к себе, крепко поцеловал и сказал вставая:

— Значит, сделаем так, Веруся! Сегодня еще побудешь здесь. Обследуешься, соберешь все, что нужно в дорогу. А завтра я вас заберу. Привезу домой, чтобы проверила, как я упаковал вещи, и — в путь. Теперь отправлюсь в райком, попрощаться и договориться о помощи.

Сбросив с плеч ненужный ему больше халат, Иван Григорьев вышел из палаты. Со счастливыми слезами на глазах Вера смотрела в след мужу. Она все еще не могла поверить в выпавшую на ее долю неслыханную удачу, в то, как бережно и с какой любовью принял на руки муж ее дочь.

«Надо сберечь наше семейное счастье — любой ценой!» — очнувшись от волнующих воспоминаний, мысленно решила Вера Петровна и, измученная свалившимися на нее переживаниями, наконец заснула.

Глава 4. ВОСПОМИНАНИЯ ЛИДЫ

— Хоть мы с тобой не разговариваем, считаю долгом поинтересоваться: здорова ли ты, Лида? — удивленно спросил Розанов жену, лежавшую на диване-кровати. Он, как всегда, проверял за столом школьные тетради. — Несколько минут уже наблюдаю, как ты книгу читаешь — держишь вверх ногами. Так что, удобнее?

Потрясенная неожиданной встречей, Лидия лежала ничком, не в силах ее пережить. Вот это да — бывшая подруга поднялась на такую недосягаемую высоту! А ведь они могли поменяться местами! Вот и миловалась бы Верка со своим ненаглядным Степочкой в «хрущебе», а не с Иваном — в роскошных каменных палатах. Боль и злоба переполняли ее коварную, завистливую душу. Как же она так оплошала?.. Лидия Сергеевна отложила в сторону книгу — какое уж тут чтение — и, не отвечая мужу, перевернулась навзничь, заложив руки за голову. Воспоминания властно захватили ее, и она не противилась: надо разобраться — как же все произошло...

Как она торжествовала тогда, на том вечере в школе, когда познакомилась с Розановым. И потом, когда сумела оттолкнуть его от Веры. Но, собственно, из-за чего она все делала-то? Не очень он ей был нужен — у нее тогда неплохо ладилось с Павликом. Ну понравился ей Степан, но не больше! Что же, какие события решили ее судьбу? Случайная встреча с ним в московском театре — вот с чего все началось.

Послали ее в столицу, на Всесоюзные сборы пионервожатых. Жила в «Комсомольской деревне», на окраине Москвы, рядом со знаменитым дворцовым ансамблем Кусково. В тот день они с подружкой Нюрой — их поселили в одной комнате — вернулись к себе раньше обычного: куда бы пойти развлечься? Занятия только начались, и девушки не успели еще завести кавалеров.

— Может, сходим на эстрадный концерт, посмеемся? — предложила Лида. — Видела афишу — Шуров и Рыкунин.

— На них билетов не достанешь! — вздохнула Нюра. — Пойдем-ка в театр. По будням если не в Большой — всюду можно попасть.

Так они оказались в тот вечер в театре, на спектакле «Мадам Бовари»: то, что происходило на сцене, показалось им хотя и далеким от их собственной жизни, но увлекательным. А актеры как играли — все по-настоящему: и любовь, и измены, и страдания... А уж наряды какие у Эммы — госпожи Бовари!

— Что ни говори, подруга, а в Москве в любом театре артисты талантливые! — восторгалась Нюра. — Какая игра! Я прослезилась даже несколько раз...

— Да уж! В столице есть куда пойти, это тебе не деревня, — согласилась Лида. — Культурно люди живут! — Она и не скрывала зависти к этим «людям».

В фойе, пробираясь между цепочкой зрителей, выстроившихся в очередь за пальто, Лида нечаянно толкнула высокого мужчину, разговаривавшего со своей спутницей, — тот от неожиданности выронил номерок, который держал в руке, и повернулся к ней.

— Нельзя ли поосторожнее?

— Вот так встреча! — изумленно воскликнула Лида, узнав Розанова и позабыв извиниться.

— Лида?! — в свою очередь поразился Степан, поднимая номерок. — Какими судьбами? Я имею в виду не театр, а Москву. — И не ожидая ответа, торопливо добавил, слегка коснувшись ее руки: — А знаешь, Лида, я хотел бы тебя кое о чем спросить. Можешь задержаться на минутку?

— Я здесь с подругой... — Лида указала на Нюру, нетерпеливо ожидавшую поодаль.

— И я не один. — Степан любезно обернулся к своей спутнице: — Ты извинишь меня, если я отлучусь ненадолго? Наша очередь еще нескоро.

Интересная, по-столичному шикарно одетая дама, на вид много старше Степана, с деланным безразличием кивнула. Лида передала свой номерок подруге; они отошли в сторонку, где можно свободно поговорить.

— Ну как вы там живете? Что нового? — начал Степан. — Ты надолго приехала?

— На сборы комсомольского актива меня послали. Пробуду еще месяца полтора. — Лида пытливо глядела на него своими цыганскими глазами. — А тебя какие наши новости интересуют?

— Понимаешь, Лида, я потерял связь с коллегами из вашей школы, а мне надо знать... — Степан запнулся, стараясь сообразить, как лучше спросить о Вере.

Лида нетерпеливо ерзала, переминаясь с ноги на ногу; нет, сейчас это ему не удастся...

— Ты что, правда спешишь? Не хотелось бы комкать разговор этот. — Он так и не изложил, что же его интересует.

— Я рада нашей встрече! Честно! И поговорить с тобой хочется... — Лида откровенно заигрывала, поднимая и опуская густые ресницы. — Но меня подруга ждет — нам еще в Новогиреево добираться. Да и у тебя мадам скучает.

— Эта мадам — жена моего шефа. Он сейчас за границей, вот я и составил ей компанию. Мои друзья. Она, между прочим, доктор наук.

— Будет оправдываться! — рассмеялась Лида, лукаво прищурясь. — Знаем мы эту дружбу! Мужа, значит, заменяешь?

— Ну вот что, Лидочка, — Степан взял ее руку в свои большие ладони и без обиняков предложил: — Давай перенесем наш разговор на более подходящее время. Идет? — Достал записную книжку, ручку. — Какой у вас там номер и когда лучше звонить?

Лида подняла на него глаза, как бы оценивая — заслуживает ли, — улыбнулась кокетливо.

— Давай лучше свой, может, и позвоню. Жди!

— Ну что, все забыть ее не можешь? — спросил Степана старый друг, Игорь Иванов, — который жил с ним в одном доме и заскочил починить телевизор как неплохой знаток радиотехники. — А я думал — внезапная смерть матушки у тебя все перешибла. Да и женским вниманием ты не обделен. — И с невольной завистью окинул друга взглядом.

— В душу она мне запала. Сам себя не понимаю — что в ней нашел? — откровенно признался Степан. — Ведь знаю женщин — стольких уже повидал... Что за колдовство? — Он встал из-за стола, где занимался, выпрямился во весь рост, расправил плечи, сделал несколько резких движений разминаясь. — Понимаешь, она какая-то особенная. Необычайно... естественная, что ли... искренняя. И красива необычно... До нее я таких не встречал. — Степан помолчал, вспоминая, добавил печально: — Расстались мы с ней паршиво. Приревновал ее к жениху, не стал даже слушать. Да что я тебе говорю — ты все знаешь. — Он горько усмехнулся. — Теперь уж не поправить! А смерть мамы только добавила тоски. Сильнее чувствую одиночество.

Игорь, продолжая возиться с телевизором, снизу вверх смотрел на друга.

— Это тебе-то жаловаться на одиночество? Да у тебя от женщин отбоя нет!

— Ты не веришь, а меня тошнит от этих нахалок! Наглые, беспардонные! — брезгливо поморщился Степан. — Ну что за секс без любви? И выкладываться неохота. Утолил желание — и все!

— Удивляюсь я тебе, Степа, — отозвался Игорь, не прекращая работы. — Мне всегда казалось, ты мужик без комплексов, но, вижу, у тебя пунктик. Ведь твоя пассия — простая деревенская девчонка, а ты — интеллигентный человек!

— А мне порой кажется, что как раз на селе еще и остались чистые, сердечные люди. Поиспортили горожан прагматизм, суета.

— Ну что же, бывай на природе почаще, еще встретишь такую же! — рассмеялся Игорь. — Главное — не унывай! — Проверил результаты работы, собрал инструменты и весело взглянул на Степана. — Вот и порядок: еще поработает ветеран. — И заметив, что Степан в своей лучшей рубашке, свежевыбрит, причесан, поинтересовался: — А ты что, ждешь кого-то?

— Одну знакомую. Между прочим, тоже деревенская. Очень интересная брюнетка. Немного прямолинейна, но зато — огонь!

— Ну тебе и карты в руки! — добродушно напутствовал его, уходя, Игорь. — Желаю полной виктории!

Когда раздались два звонка, известившие, что к нему пришли, Розанов уже покончил с работой. «Это наверное, Лида!» — обрадовался он и пошел открывать по длинному, слабо освещенному коридору, с грохотом задевая за предметы, выставленные за ненадобностью соседями.

— Добро пожаловать! — приветствовал он Лиду. — Долго пришлось добираться? — И распахнул дверь в свое скромное обиталище.

Лида вошла: большая комната, с красивым эркером; заставлена разномастной старинной мебелью; чисто, прибрано, но женскому глазу сразу становилось ясно — здесь живет холостяк. С удовольствием отметив это важное обстоятельство, Лида пришла в хорошее настроение. Длинная дорога в забитом народом транспорте порядком ее утомила, и она совсем повеселела, что Степан ее встречает как гостью: ставит на стол бутылку вина, фрукты, немудреную закуску.

— Извини, Лидочка, что так скромно принимаю. Давай отметим нашу встречу, чем Бог послал, согласна? — дружески предложил он с обаятельной простотой.

— Была бы согласна, если ты ради меня старался. — Лида ослепительно улыбнулась и поправила прическу. — Да ведь знаю, для чего пригласил. Не такая уж я дура! — Села за стол, аккуратно расправила красивое платье и томно подняла на Степана неотразимые глаза. — Ну что, сразу выкладывать все о Верке или сначала отметим встречу? — произнесла беспечно, со скрытой насмешкой.

— Обо всем успеем поговорить, Лидочка, — откровенно, по-мужски взглянул на нее Розанов, поддавшись ее очарованию. — Конечно, выпьем за нас, молодых и красивых! За нашу встречу! — И посерьезнел: — Мне и так ясно, что приятных новостей для меня нет.

Во взоре у Лиды зажглись мстительные огоньки — стараясь говорить спокойно, с иронией, поведала ему то, что его интересовало:

— Так вот, Верка живет не горюет. Не успел ты за порог — она тут же укатила в райцентр, к Ивану. Там и живут, квартиру получили. — Бросила на Степана быстрый взгляд — как он это примет — и, не выдержав, съязвила: — Верка своего добилась — районной начальницей стала. Выпе-ендри-вается! А чем гордиться-то? У них там грязь, все равно что у нас в деревне! Говорят, уже с пузом ходит.

При последних словах Розанов физически ощутил острую боль в сердце. «Так вот что... Вера ждет ребенка... Теперь-то точно все кончено!» Он, собственно, был готов к тому, что услышал: внешне казался спокойным, лицо не выдавало, какая буря бушует внутри. Он налил по полному стакану себе и Лиде, произнес с деланным равнодушием:

— Ну и Бог им в помощь! Мне просто интересно было. Давай лучше думать о себе!

Выпили, и Лида бойко стала рассказывать о своих делах, то и дело сверкая ослепительной, белозубой улыбкой.

Когда покончили со всем спиртным, что у него имелось, Степан изрядно захмелел, откинулся на стуле. Мысли его витали непонятно где, в голове полный сумбур. «Отключился парень», — поняла разгорячившаяся Лида и уселась к нему на колени, прижалась грудью, призывно зашептала:

— Ну будь мужиком! Посмотри на меня — разве не хороша?.. — Обняла его, поцеловала со страстью, расстегнула рубашку, запустила руку внутрь, ласково, нежно поглаживая его грудь. Степан откликнулся на ее любовный призыв — кровь заиграла; обхватил ее за талию одной рукой, а другой стал гладить полную, стройную ногу, скользя по бедру все выше, закипая неистовым желанием.

— Что, нравятся посадочные огни? — жарко прошептала она ему прямо в лицо. — Аэродром не хочешь увидеть? — И увлекла его к кровати.

Лихорадочно сбрасывая на ходу одежду, они упали на постель в тесном объятии. Ничуть не стесняясь своей искушенности, Лида уселась на него верхом, и они отдались во власть пьяного, бурного секса.

— До чего же неохота в деревенскую грязь возвращаться после столичной жизни! — заявила Лида подруге. — Какая там тоска! Ни тряпок, ни продуктов... вообще ничего. Пообщаться культурно не с кем!

Девушки хлопотали в уютной комнате женского общежития «Комсомольской деревни», приводя в порядок и укладывая свои пожитки: сборы кончены, послезавтра им домой.

— Разве Павлик тебя не ждет? — с любопытством отозвалась Нюра. — У вас ведь с ним была любовь. Неужели совсем забыла из-за Степана?

— Этот Павлик хорош на безрыбье, — призналась Лида с циничной усмешкой. — А так — хамло порядочное, грубый мужик, и все. К тому же ревнив не в меру. С тем не говори, этому не улыбнись... Нудный... Надоел!

— Со Степаном как у тебя, ничего не вышло? — сочувственно поинтересовалась подруга. — Вы ведь с ним часто встречались.

— Так он со мной от скуки развлекается, больше по моей инициативе. Ты же видела, какой красавчик? Избалован бабами! — Лида не скрывала разочарования. — И не думает о серьезном, о женитьбе.

— А нравится он тебе? Что-то не замечала, чтобы ты по нем сохла, — скептически констатировала Нюра.

— Да как может он не нравиться? Мне все встречные бабы завидуют, когда видят нас вместе! При этом москвич, комнату имеет, будущий кандидат наук! — со вздохом перечислила его достоинства Лида. — Куда мне до него!

— Так я тебе и поверила, что ты стушевалась! Это с твоим-то нахальством? — рассмеялась Нюра. — Если б влюбилась — тебе бы все нипочем!

— Головы я с ним, правда, не теряю — слишком мало старается. Позволяет только себя любить, — неохотно поделилась она сокровенным. — Бабы его испортили. Но мужик хорош — лучше не бывает.

— Тогда в чем же дело? Штурмуй! — посоветовала многоопытная Нюра. — Не устоит!

— Думаешь, не пыталась? — расстроенно призналась Лида. — И так и эдак уговаривала — ни в какую! Говорит — не могу семью содержать. Сначала диссертацию защитить надо.

— Но, вообще-то, Нюрочка, — сообщила она подруге потеплевшим голосом, в котором звучали горделивые нотки, — Степан уверяет, что лучше меня у него никого нет. И сама ему нравлюсь, и что все делать умею, не то что городские лентяйки!

Нюра любила подругу за энергию и веселый нрав; выдала беспроигрышный рецепт:

— Раз так, у тебя один выход остается — ловить его «на брюхо»! Он же интеллигент, хорошо воспитан мамочкой. Если еще и совесть есть — гарантирую стопроцентный успех!

Совет, однако, Лиду не воодушевил.

— Думаешь, не пробовала? — Она понурила голову. — Даже не пыталась предохраняться — ничего не вышло.

— Ну и простофиля! Считала я — ты хитрей! — рассмеялась ей в лицо умудренная подруга. — Да ты просто объяви ему об этом как можно правдоподобнее! Неужели не сможешь разыграть? При твоих-то способностях!

— А как откроется? — с сомнением покачала головой Лида. — Что за жизнь у нас тогда будет?

— Самая что ни на есть нормальная! — убежденно заявила Нюра. — Потому что простит! Ты молодая, могла ошибиться. В любом случае ты станешь москвичкой — и прощай, как говоришь, деревенская грязь!

По азартно сверкнувшим цыганским глазам подруги она поняла, что убедила: Лида задумалась, принимая ответственное решение.

— До чего заездили тебя бабы, Степа! — полушутя заметил приятелю Иванов, забежавший к нему по какой-то надобности перед уходом на работу. — На тебе лица нет, и сам — кожа да кости. Как тебе достает сил заниматься наукой? А эта Лида действительно хороша. Не женщина — мечта! Мне бы такую! — вздохнул он завистливо.

— Да, уж темпераментом ее Бог не обидел. Хорошо мне с ней, как ни с кем, — признался Степан. — Конечно, кроме той, о которой я тебе говорил. — Лицо его затуманилось. — Как бы тебе объяснить?.. Тело радуется, а душа у меня тоскует...

— По-моему, это у тебя бзик какой-то. — Игорь явно не понимал друга. — Чем же тебя околдовала та... ты говорил — Вера?

— Да не могу я толком этого объяснить даже себе! — с досадой воскликнул Степан. — Она никак не красивее Лиды, хотя тоже... статная, соблазнительная... — Наверно, в том дело, что мне по душе не яркие, самоуверенные, ловкие женщины, а скромные, уступчивые, нерешительные... Такие, которым хочется помочь, защитить. Мне показалось — Вера именно такая: душевная, мягкая... Таких, как она, красивых и с милым моему сердцу характером, я до нее не встречал. Ко мне лезли совсем другие!

— Но ты сам же говорил, что все это оказалось лишь видимостью и ты в ней разочаровался, — напомнил приятель. — Может, таких и нет вовсе, они только прикидываются тихими?

— Тут ты, пожалуй, прав, — печально согласился Розанов. — Глупо, конечно, гоняться за призрачной мечтой. Но ведь сердцу не прикажешь! Лишь однажды оно у меня открылось для любви. Захотелось все отдать, даже пожертвовать собой — и это оказалось ошибкой! — Степан тряхнул головой, будто сбрасывая груз прошлых ошибок. Голос его повеселел: — А с Лидочкой у меня все намного проще. Баба она горячая, деловая, энергичная и, что немаловажно, не белоручка. С такой по жизни шагать легко! Если честно — жаль мне, очень жаль с ней расставаться!

— Ну что ж, куда-нибудь тебя кривая выведет. А мне пора бежать на работу, — спохватился Игорь, с дружеской теплотой пожал Степану руку и торопливо выскочил в коридор коммуналки.

Степан долго еще стоял в задумчивости, — противоречивые чувства тревожили его душу. Инстинкт самосохранения противится союзу с Лидой, но за время горячих встреч он к ней сильно привязался, до боли в сердце не хочется и терять...

Он так и не смог разобраться в своих чувствах — даже после бурной ночи прощания, проведенной с Лидой накануне ее отъезда домой. Лежал обессиленный, боролся с подступающей дремотой, грустно думал, что с ее отъездом вновь навалятся на него хозяйственные и сексуальные проблемы, от которых встречи с Лидой его избавили.

А неутомимая его партнерша, чувствуя себя бодрой, будто не истрачено столько сил, нежно ласкалась к нему, лихорадочно размышляя и готовясь к решающему разговору.

— Ну что ж, милый Степочка, пора мне собираться на вокзал. — Неподдельная тоска прозвучала в ее голосе. Еще вчера она покинула «Комсомольскую деревню» и приехала к нему с вещами. — Хоть ты и клянешься мне в верности до гроба, но чует мое сердце — через неделю найдешь другую. Вернее, она тебя найдет и уведет от меня навсегда! Все вы, мужики, одинаковые! — с укором подняла она на него дивные черные глаза, затуманенные подступившими слезами. — Что ученые, что неученые...

Не в силах преодолеть физической и духовной расслабленности, отогнать мучительно подступающий сон, Степан только и вымолвил:

— Ну что ты сырость разводишь? Сказал же — ты мне нужна, я к тебе привык. И защиты ждать не буду. Диссертация на мази... Мне хорошую работу предложили, и я не отказался. На хлеб с маслом нам хватит. Вот только закончат расселять нашу коммуналку, дадут отдельную квартиру, как обещали, и я тебя вызову! — неопределенно пообещал он. — Будешь у меня хозяйничать, пока тебе не надоест... — Видно, эта заманчивая перспектива его ободрила — он продолжал более внятным, окрепшим голосом: — В Новых Черемушках строят целый массив домов из готовых панелей. Это очень быстро... К Новому году обещают сдать.

— А к какому Новому году? Следующему? — недоверчиво охладила его пыл Лида. — К тому времени ты меня уже бросишь...

— Это ты меня, наверно, бросишь, — поддел ее Степан. — Что-то не такой была сегодня твоя страсть. Или сказалось, что ты в растрепанных чувствах? Боюсь, забудет меня моя ветреная цыганочка... — Прижал ее к себе, поцеловал.

— Уж я-то не забуду, тебе бояться нечего. — Она решилась — пора начать атаку.

— Это откуда же у тебя такая уверенность? — с добродушной усмешкой посмотрел он на ее лицо: выражение какое-то... угрюмое, тревожное... — Да ты никак сердишься на меня?

— Как же мне не расстраиваться и как я могу забыть тебя, милый мой Степа, когда он вот где! — хлопнула она себя по животу. — Напоминальник твой! — Лида громко всхлипнула, и из глаз ее, к вящему удивлению, потекли настоящие слезы.

Она так вошла в роль, что искренне жалела себя и свою покалеченную жизнь.

Степан был потрясен этим неожиданным осложнением. Ну никак не предполагал, что деловая и практичная Лида допустит роковую оплошность. Он отнюдь не обрадован перспективой сделаться вдруг отцом — считает, что момент неподходящий. Но природное благородство потомственного интеллигента взяло верх.

— Лидочка, дорогая моя девочка! — Он ласково притянул ее к себе. — Стоит ли так бояться и горевать? Не думал я, что так скоро стану отцом, но, видно, судьбы не избежать... Родишь — будет одним больше в роду Розановых! — заявил с энтузиазмом, убеждая скорее самого себя. — Я буду очень рад! Хоть, конечно, не ко времени это... Ребенок... это все сильно осложнит... Но другого выхода нет! Поженимся — и конец всем проблемам!

Лида с радостными слезами осыпала его поцелуями — она торжествовала победу...

— Поезжай домой, собирай чемоданы и жди моего сигнала. Как все устроится — я дам знать. — Тон у него был обреченный, но и решительный. — А может, и сам за тобой приеду... если позволят обстоятельства. Не горюй, Лидок, — прорвемся!

Степан заключает ее в объятия, и Лида с любовью и благодарностью ему бурно отвечает. Их взаимная страсть вспыхивает с новой силой. Они наслаждаются друг другом так ненасытно, словно расстаются навсегда.

Лидия Сергеевна вспомнила свое возвращение в деревню и последующие переживания. Был солнечный день и уже лежал снег, когда к платформе маленького полустанка прибыл московский поезд. Молодые попутчики помогали ей выгрузить вещи. Она поблагодарила их, ослепительно улыбаясь. Поезд тронулся. В защитном шлеме и кожаной куртке подошел Павел Гущин. Лидия удивлена и разочарована. Небрежно бросила бывшему любовнику:

— Как ты здесь очутился? Меня, что ли, встречаешь? А где Лешка Савельев? Договорились же, что подбросит на директорской машине.

— А ты теперь только на легковых разъезжаешь? — криво усмехнулся Павел. — Стала важной особой после курсов? Со мной и знаться не хочешь? Почему не сообщила, что приезжаешь?

— Не слишком ли много вопросов, Павлик? Ну прямо допрос мне учинил, святой праведник! — с ходу перешла в атаку Лида, зная, что лучшая защита — нападение. — Думаешь, не слыхала, что с медсестрой Зинкой любовь крутил, пока меня не было? Чья корова мычала, а твоя бы — молчала!

С независимым видом встряхнула головой.

— Потому не сообщила. Между нами, дружок, теперь быть ничего не может! Все, кончилась наша любовь! Что, зря запал пропал? — насмешливо улыбается, видя, как у него вытянулось лицо. — Теперь меня не повезешь? Или вывалишь из мотоцикла по дороге?

— Не знаю, что тебе наплели насчет меня и Зинки, — мрачно процедил сквозь зубы Павел, — а только мне ясно — подцепила в Москве какого-то хлыща. У тебя это запросто!

— А хотя бы и так? Ты мне не муж и не опекун, — бесстрашно бросила ему в глаза Лида. — Если хочешь знать правду, скажу: да, я встретила там хорошего парня, скоро выйду замуж и перееду жить в Москву.

Видя, что Павел всерьез переживает их разрыв, сменила тон.

— Ну чего ты расстраиваешься? — мягко увещевает его. — Подумай сам: разве я гожусь тебе в жены? А так миловаться сколько еще можно? Мы ведь уже не дети. Давай расстанемся по-хорошему! Разве нам плохо было вместе? Есть чего вспомнить!

— Ладно! Что с тебя взять, — смягчился по доброте своей Павел. — Живи как знаешь. Немало ты мне нервов потрепала, Лидка, но ведь и правда: есть что вспомнить. А я без тебя не пропаду. Сама знаешь! — гордо повел своими широкими плечами. — Найду замену не хуже.

Павел поправил на голове шлем и без труда поднял тяжеленный чемодан ворча:

— Уж не знаю: чего ты туда натолкала и поместится ли в коляске? Пойдем! Придется тебе потрястись за моей спиной. Но ведь не в первой?

Вскоре мощный мотоцикл Павла Гущина с Лидией на заднем сиденье и коляской, доверху нагруженной ее вещами, уже несся по хорошо накатанной зимней дороге.

Не забыла Лидия Сергеевна и тот волнительный зимний вечер накануне Нового года. Когда, запоздав после работы, она вошла в жарко натопленную горницу избы, ее встретила встревоженная мать Анфиса Ивановна.

— Пошто так долго задержалась? Я уж подумала: не случилось чего? Вишь, все уже остыло! — указала она на накрытый стол. — Подогреть?

— Нет, мама! Есть не хочется — аппетита нет, — устало ответила Лида. — А задержалась потому, что в моей группе карантин объявили: двоих пришлось в больницу отправить с корью. Да вот еще Павел у дома встретился. Опять ко мне приставал!

— Вот кобель! Когда же он тебя оставит в покое? — недовольно ворчала мать. — А что, от твоего Степана так ничего и не слыхать?

— Наверно, ему сейчас не до меня. С учеными делами не ладится или с получением новой квартиры, — задумчиво ответила Лида, как бы стараясь разгадать эту загадку. — А может, завел себе другую. На него все бабы вешаются.

— Зачем так говоришь? Или что знаешь? — заволновалась мать. — Рассказывала ведь мне, что он — не из тех, которые обманывают.

— Так-то оно так, но эта его доброта и мягкотелость, боюсь, все погубят! — заволокли слезы черные глаза Лиды. — Не может он устоять, когда к нему лезут нахальные красотки. И на этот раз у него кто-то есть!

— Ну зачем терзаться-то понапрасну? Ведь тебе толком ничего не известно, — урезонивает ее мать. — Дай ему телеграмму! Должен же он ответить, коли такой благородный! Обязан!

— А почему, по-твоему, он не отвечает на мои письма? Уж черкнуть пару строк время-то найдется, — затуманенными от слез глазами Лида смотрела на мать. — Ответ один — совесть ему не позволяет! Наверно, Федор Трофимович мне правду сказал. Я ведь сегодня к нему забегала.

— Неужто он уже из Москвы вернулся? Что-то больно быстро, — удивилась Анфиса Ивановна. — Ты его просила разузнать о Степане?

Лида достала платок и, утирая слезы, неохотно ответила:

— Ни о чем я его не просила — не знала, что посылали в Москву на учительскую конференцию. Но он виделся со Степаном в его институте.

— Что же такое тебе сказал Федор Трофимович? О чем плохом мог узнать?

— Да не говорили они обо мне — только о своей школьной науке. Но Трофимыч сказал, что Степан любезничал с молодой ученой дамой и ему показалось, будто они в близких отношениях. Плохи мои дела, мамочка! — уже не сдерживала слез Лида.

Анфиса Ивановна ласково обняла ее, стараясь утешить. Хорошо зная боевой, неунывающий характер своей дочери, поражена тем, что так упала духом. «Знать, и правда бросил ее, подлец! Зачем она сдалась ему, московскому ученому? — лезли в голову горькие мысли. — Бедная моя Лидка!»

К дому Деяшкиных подкатили сани. Возница и лошадь заиндевели, от них идет пар. Брат Лиды Юрка, одетый в длинный тулуп и валенки, достал из саней пушистую елочку и тащит в сени.

— Ну и елку я вам привез — загляденье! — очень довольный, сказал сестре и матери, раздеваясь. — Пришлось немало порыскать по лесу, пока не отыскал такую, как хотелось. Будет с чем встретить Новый год!

Вчерашний десятиклассник Юрка — высоченный детина со смоляным чубом и черными жгучими глазами. Он и Лида совсем не похожи на свою мать — маленькую голубоглазую женщину с круглым лицом и русой косой, уложенной венцом на голове. Видно, когда-то засмотрелась на цыгана.

— Завтра я вам ее установлю, а вечером украсим и зажжем елочные огни. Новый год уже на носу! — деловито продолжал он. — Ну чего приуныла, Лидуха? Надо весело встретить наступающий. Сама знаешь: как встретишь — такой и год будет!

— Я бы рада, Юрок, да настроение не то, — пожаловалась Лида, накрывая на стол, чтобы покормить брата.

Непосредственный Юрка нахмурился. Он любил сестру и переживал в душе из-за того, что она оказалась в двусмысленном положении.

— А от твоего москвича по-прежнему — ни слуху ни духу? Что же это он себе позволяет? Обещал жениться или нет? Я, сеструха, ему этого не спущу. Будет иметь дело со мной! — грозился, поводя широченными плечами.

— Ладно, не горячись, Аника-воин! — с ласковой укоризной охлаждала его пыл сестра. — Ты хоть здоровенный малый, а жизни еще не знаешь. Такие дела силой не решить! Но, если потребуется, — добавила, видя, что брат обиженно засопел носом, — я тебя сама попрошу. Ладно?

— Вот какой у нас защитник вымахал! — порадовалась мать. — Жаль ваш отец не дожил, не видит... А что, Лидушка? Может, снарядим его, — пусть съездит в Москву к Степану? Узнает хоть, в чем дело, поговорит по-мужски! Уж больно некрасиво с его стороны получается, — ее кратковременная радость угасла.

— Будет вам тоску нагонять! И без того на душе кошки скребут, — рассердилась Лида. — Ничего не надо пока делать. Я ему на днях новое большущее письмо отправила. Должен ответить, если живой! Ну а обманет — он у меня попрыгает! — воинственно сверкнула глазами. — Не видать тогда ему научной карьеры!

Она с трудом успокоилась и скомандовала:

— Все, хватит пустых разговоров! Давайте ужинать!

Но сесть за стол они не успели. Дверь распахнулась, и в комнату вместе с клубами пара ввалился Степан Розанов. Это было для всех столь неожиданно, что Анфиса Ивановна, Лидия и Юрка не могли выговорить ни слова и лишь молча таращились на позднего гостя, не веря своим глазам.

Степан, улыбаясь во весь рот, молча оглядел своих новых родственников, которых видел впервые. Так же молча снял с плеч и поставил на пол рюкзак. И лишь расстегнув меховую куртку, весело пошутил:

— Что-то не вижу, чтобы вы были рады гостю. А, Лидочка? Наверное, сочли, будто никогда больше не появлюсь? Вообще-то, когда в снегу застряла попутка, на которой сюда добирался, я тоже подумал, что нам не суждено больше свидеться. Замерзну в степи, как ямщик!

— Ну ты и даешь, Степа! — оправившись от шока, наконец обрела дар речи Лида. — За все время от тебя не было никаких вестей! И вдруг свалился — как снег на голову! Мне бы впору обидеться, — произнесла с упреком, но не смогла сдержать рвущейся наружу радости: — Да я так счастлива, что снова вижу тебя!

— И умница, что не обижаешься! Все поймешь, когда расскажу, какие горы мне пришлось за это время свернуть, — с довольной улыбкой объяснил Степан. Ему хотелось ее обнять, но стесняло присутствие родни. — Может, все же познакомишь меня со своими? А то неловко.

Лида познакомила его с матерью и братом; повела умыться с дороги. Вскоре на столе появились бутылка, всяческие соленья, и все дружно уселись за стол праздновать встречу.

— Я ведь там с ног сбился, — охотно рассказывал Степан, разомлев от тепла и выпитого. — С утра и до поздней ночи — непрерывно в бегах. Приходя домой, валился замертво и тут же засыпал — не в силах был написать ни строчки.

— Какие же это у тебя были дела? — с осторожной настойчивостью поинтересовалась Анфиса Ивановна. — Лидочка здесь вся извелась.

— Я не снимаю с себя вины, но вы бы все поняли, если бы побывали в моей шкуре! Меня просто замотали бюрократы справками. — Степан досадливо поморщился. — Ни в какую не хотели давать двухкомнатную квартиру. Выручило то, что мне как ученому положена дополнительная площадь.

Бросив теплый взгляд на Лиду, продолжал оправдываться.

— Думаете, забыл о том, что обещал? Напрасно! Я собирался сразу же приехать, как только решится вопрос с квартирой. Но все время приходилось это откладывать. Вот почему ничего не сообщал — из-за неопределенности!

Не зная, что еще сказать в свою защиту, Степан умолк. Возникшее неловкое молчание разрядила Лида. Многозначительно глядя на мать и брата, мягко предложила:

— Может, хватит вопросов? Ты же устал с дороги, Степочка! Считай, что полностью оправдан. Пойдем, я уложу тебя отдохнуть.

Ничуть не стесняясь родных, она нежно обняла его за шею, прижавшись своей пышной грудью. Потом помогла подняться и повела в свою комнату.

Как только они остались одни, Степан стиснул Лиду в своих мощных объятиях. Она темпераментно ему ответила — соскучилась по мужской ласке.

— А как наш животик? — шепотом поинтересовался он, нетерпеливо запуская руку под распахнутый халатик. — Растет или еще рано?

— Растет, — не смущаясь, жарким шепотом лгала она, опуская его руку пониже и тесно прижимаясь. — А ты кого бы хотел: сына или дочь?

— Не знаю. Кого Бог пошлет, — неуверенно произнес он между поцелуями. — Во всяком случае, расти наше чадо будет в квартире со всеми удобствами! Я не сказал разве, что уже перевез туда вещи?

Эта замечательная новость так захватила воображение Лиды, что даже сдерживала ее чувственное томление. Ослабив объятия, она радостно восклицает:

— Степочка! Милый! Ты уже все это сделал? Просто не верится!

Гордясь проделанной огромной работой, он довольно повел плечами. Патетически воскликнул:

— Да! Все как в волшебной сказке. Как в чудесном сне! Но это, дорогая моя Лидочка, быль! Прощай, родное Замоскворечье! Прощай, родительский кров, где прошли детство и юность!

Догадавшись, о чем она порывается его спросить, весело сказал:

— Знаю, что тебе не терпится узнать. Где это? Что за квартира? Так вот, докладываю хозяюшке, — шутливо взял под козырек. — Район отдаленный, но зеленый и благоустроенный. Дом пятиэтажный, квартира из двух комнат. Все удобства, горячая вода. Санузел совмещенный, но что это после коммуналки?

Глядя на него сияющими от счастья глазами, Лида с несвойственной робостью спросила:

— Степочка, милый, а когда это можно будет увидеть? Хотя бы одним глазком! Умираю, как хочется!

— Да я же за тобой приехал, дуреха! Старался обустроить квартиру — чтобы там все было, что нужно для жизни. На новую мебель финансов не хватило, но ты ведь, — Степан бросил на нее ласковый взгляд, — и старью сумеешь придать новый блеск, не так ли? Наведешь красоту под стать хозяйке?

— О чем разговор? Конечно! Я так рада, милый! Так счастлива!

Лида бросилась целовать и обнимать его, не в силах сдержать бушующие эмоции. В этот миг ей казалось — нет женщины счастливее ее. Она торжествовала. Наконец, сбылись ее мечты! Куда там до нее везучей Верке. Пусть сидит со своим мужиком в жалком райцентре. Она же станет настоящей москвичкой, будет блистать в столице как жена ученого!

Полными радостных слез глазами Лида смотрела на Степана. Какой же он милый и красивый! Ей казалось — она влюблена в него, как никогда раньше. Не говоря ни слова, выражая охватившее ее страстное желание лишь красноречиво пылающим взглядом своих прекрасных глаз, потянула его к постели, на ходу срывая с себя и с него одежду. Они бросились в объятия друг друга, и пружины деревенской кровати жалобно заскрипели.

В эту ночь оба предавались любви с небывалым азартом и самозабвением; испытывая высшее блаженство, твердо верили, что им предстоит долгая и счастливая семейная жизнь. И Бог сжалился над Лидой: произошло невероятное — она забеременела, хотя уже не надеялась, что сможет стать матерью.

Лидия Сергеевна на мгновение оторвалась от своих воспоминаний и рассеянно посмотрела на мужа: все работает, ссутулился за обеденным столом... «Просто удивительно, — думала она. — Ведь он и сейчас такой красивый... а стал мне совсем неинтересен». А как хорошо начиналось — казалось тогда, счастливее ее нет на всем белом свете...

Она вновь откинулась на подушки и закрыла глаза — не видеть печальной действительности... попытаться возродить счастливые моменты их лучшей поры... И вспомнила, какую испытала радость, когда впервые перешагнула порог этой самой квартиры...

...Вот она уже в Москве, в Новых Черемушках... Огромный жилой массив панельных пятиэтажек. Морозный день, деревья запорошены снегом. Они со Степаном вошли в подъезд своего дома, держа в руках многочисленные свертки; поднявшись по узкой лестнице на четвертый этаж, остановились перед свежеокрашенной дверью.

— Фу, черт, плохо подогнали! — ворчал Степан, возясь с заевшим замком. — Ничего у нас не могут сделать по-человечески! Сплошь дефекты. Приходится все исправлять самому. Прошу, дорогая, — пригласил, открыв все же входную дверь; пошутил: — Будь как дома!

Весело улыбнувшись в ответ на шутку, Лида, на седьмом небе от счастья, вошла в свою новенькую малогабаритную квартирку. Она отнюдь не кажется ей жалкой и тесной. Конечно, многое нужно еще сделать, чтобы навести уют. Но все равно — какая красотища!

— А когда нас зарегистрируют? Долго еще ждать, Степа? — спросила, по-хозяйски разбирая принесенное и раскладывая по своим местам.

— Что, не терпится поскорее поставить печать в паспорте? — шутливо поддел ее он. — Думаю, недельки две еще протянут. Но ты не беспокойся! Очень скоро станешь законной гражданкой Розановой. Получишь фамилию красивее твоей!

Не обращая внимания на его шуточки, Лида поправила прическу перед большим старинным зеркалом в прихожей и деловито спросила:

— Степочка, а что вы с друзьями решили насчет новоселья? Будем ждать, пока распишемся или устроим пораньше?

— Нет, настолько оттянуть не выйдет! Придется пригласить на следующую субботу. И так друзья ворчат, что зажимаю! — ответил Степан, доставая дрель, чтобы сверлить отверстия под кухонные полки. — Думаю, Лидок, мы за неделю управимся? Да и день подходящий. Все успеют перед работой хорошо восстановиться.

Немного подумав, принял решение:

— А свадебный банкет устроим в ресторане, в узком кругу: только с Игорем и его подругой Жанной — они будут нашими свидетелями в загсе. Как там распишемся, так и отправимся пировать. На пышную свадьбу у нас, Лидок, — Степан бросил на нее извиняющийся взгляд, — денег нет, и взять их негде. Без того — в долгу как в шелку!

— Не бери в голову, милый! — беззаботно отозвалась Лида. — Я же понимаю! Делай так, как считаешь нужным. Конечно, хотелось бы пригласить своих, но что поделать? Напишу им и все объясню.

— Вот и умница! Трезво оцениваешь наше положение, — одобрительно улыбнулась Степан. — Но обязательно упомяни: как только немного оправимся, мы пригласим их в гости.

Первое огорчение она испытала, когда праздновали свадьбу. ...Красивый зал ресторана «Птичий полет» был полон. Гремел джаз. Среди танцующих — Степан, Лида и их свидетели — Игорь со своей подругой Жанной. Они уже побывали в загсе и теперь здесь празднуют это торжественное событие.

Кроме Розановых, в зале были еще молодожены. В правом углу за длинным столом расположилась шумная свадьба. Но взоры присутствующих прикованы к Лидии и Степану — так они эффектны и гармонично подходят друг другу: он — почти двух метров росту, в строгом темном костюме, с отливающими золотом волнистыми волосами, и Лида — высокая, статная брюнетка, в светлом шелковом платье, туго обтягивающем ее на редкость соблазнительную фигуру.

В перерыве между танцами Степан с Игорем усадили своих дам и вышли покурить, а Лида и Жанна, достав из сумочек косметику, стали подкрашивать губы и поправлять прически.

— Хоть мы, Лидочка, еще мало знакомы, но мне хочется с тобой пооткровенничать, — с дружеской простотой сказала Жанна, припудривая курносый носик перед зеркальцем — она была уже изрядно навеселе. — Открой секрет: как тебе удалось заарканить такого великолепного мужика? Не обижайся и пойми меня правильно! Спору нет — ты собой очень хороша, но я о другом: как же ты сумела затащить его в загс? Никому этого не удавалось, сколь ни старались! Поделись опытом!

Крепкому организму Лиды хмель нипочем, и делиться сокровенным она не собирается. Однако отталкивать от себя вновь приобретенную подругу ей тоже не хочется. Уклончиво, но доверительным тоном ответила:

— Я сама удивляюсь. Наверно, Игорь тебе говорил: не очень-то надеялась, что Степа на мне женится. Бескорыстно его любила! Но все же, — самодовольно добавила, закончив подкрашивать губы и любуясь на себя в зеркальце, — думаю, он нашел во мне то, чего нет в других женщинах.

Нотки превосходства, позвучавшие в ее голосе, больно задели самолюбие Жанны и, она не без ехидства возразила.

— Зря себя переоцениваешь! Я слышала от Игоря как раз обратное тому, что ты думаешь. Видно, секрет твой в чем-то другом. Ну не хочешь делиться со мной своим опытом и не надо! А жаль! Мы с Игорьком уже два года — и все ни в какую! Не хочет второй раз жениться!

— А что другое ты могла слышать от Игоря, — с деланным равнодушием произнесла Лида. — Он-то чего знает? Такими вещами не делятся — даже с близким другом.

— Вот и снова ошибаешься, — с усмешкой возразила простушка Жанна, решив проучить ее за самонадеянность. — Степан до последнего уверял Игорька, что все еще любит какую-то единственную и неповторимую. И вовсе не тебя имел в виду!

— Он случайно не называл свой идеал по имени? — насмешливо, как бы не веря, вскинула на нее свои жгучие черные глаза Лида. — Чушь какая-то!

— Никакая это не чушь! Степан много о ней говорил Игорю. Он запомнил ее имя и мне называл. Только вот я не удержала в памяти — ни к чему было, — равнодушно парировала Жанна.

— Уж не Верой ее звать, часом? — догадалась Лида. — Мне что-то Степа о ней говорил, — со злобным блеском в глазах приврала она. — Ну как, вспомнила?

— А ведь точно — Вера! — радостно воскликнула Жанна. — Вот видишь: я тебе правду говорила.

В конце зала показались Степан с Игорем, и подруги умолкли в ожидании своих мужчин. Обе были рады окончанию тягостного разговора.

С волнением вспомнила Лидия Сергеевна и тяжелые дни беременности. Ей тогда очень помогла дружба с Жанной. Прибежала она, отпросившись с работы и в тот день, когда ей пришлось лечь в больницу...

— А я тебя заждалась, Жанночка, — открывая входную дверь, мягко упрекнула ее Лида. — Думала уже, что не придешь, и мне придется двигать в больницу одной. Степа сегодня никак не смог вырваться — у него обсуждение диссертации на кафедре.

— Троллейбус в пробке застрял, — оправдывалась Жанна раздеваясь. — Какая-то автомобильная авария случилась. Ты мне лучше объясни, почему ложишься в больницу. По телефону я ничего не поняла.

— Врачи говорят, что у меня сложная гинекология. Как будто неправильное положение плода и что-то еще, — поделилась с ней своими женскими проблемами Лида. — Если даже не будет осложнений, наверно, придется делать кесарево сечение. А пока главное — не допустить выкидыша.

— И ты ни чуточки не боишься операции? Может, выкидыш безопасней для твоего здоровья? Сидела бы дома!

— Да что такое ты говоришь! Неужели не понимаешь? — с отчаянными нотками в голосе воскликнула Лида. — Мое сердце чувствует: это судьба дает мне единственный шанс родить ребенка! Знаю, что рискую жизнью, но если струшу — не видать мне счастья!

Жанна с интересом и уважением смотрела на свою красавицу подругу. Она осознавала, что сама на такой героизм вряд ли способна. Резонно предположила:

— А почему бы тебе, Лидочка, не повременить с рождением ребенка? Пока не подлечишь свою гинекологию? Вы же со Степаном еще молодые и сможете иметь детей, сколько захотите.

Лида бросила пристальный взгляд на подругу, как бы оценивая, можно ли ей довериться. Она перенервничала и испытывала необходимость излить кому-нибудь свою душу.

— Тяжело об этом говорить, но держать в себе еще тяжелее, — опустив голову, произнесла севшим голосом. — Ближе тебя, Жанночка, у меня здесь никого нет. Поэтому открою — что меня мучит. Не любит меня Степа! И женился на мне только из-за ребенка. Теперь все понимаешь? Не будет ребенка — и жизни у нас с ним не будет!

— Да что ты, Лидочка! — изумленно всплеснула руками подруга. — Я ведь не слепая — вижу, как трогательно он о тебе заботится, какими глазами на тебя смотрит. Просто у тебя на почве беременности развилась болезненная мнительность!

— Нет, ошибаешься! — возразила Лида с мрачным упорством. — Он, конечно, физически ко мне привязан — как к любовнице. И свою ответственность сознает, так как душа у него благородная и совесть есть. Но если не рожу — все пропало! Не смогу его удержать!

— Не понимаю! Ты что-то скрываешь, — недоумевала Жанна. — Неужели у него есть другая женщина? Я бы это знала от Игоря.

— А ты и знаешь. Сама мне говорила, — выкрикнула Лида, и ее глаза заволокли злые слезы. — Он до сих пор не может забыть мою бывшую подругу Верку. Это ей принадлежит его душа, а мне — только его тело!

— Вот оно в чем дело? Выходит, это — старая история, и ты Веру знаешь? — осознала, наконец, Жанна, что за пожар бушует в душе ее подруги. — Тогда мне многое понятно, хотя беспокоишься ты напрасно. Игорек говорил, что эта Вера замужем, счастлива, и у них вроде уже есть ребенок.

— Ладно! Что толку много рассуждать? Я просто объяснила тебе, почему так хочу этого ребенка, — чтобы лучше поняла мое состояние, — уже более спокойно сказала Лида, сумев взять себя в руки. — Вот рожу его, и все у нас со Степой будет в порядке! Забудет наконец проклятую Верку! Ну двинемся в путь! Что нужно, у меня уже собрано.

— Да, действительно пора! И не вздумай больше волноваться! Сама знаешь: в твоем положении это вредно, — поддерживала ее подруга. — Такси я не заказала, потому что поймать сейчас частника не проблема!

Одевшись и захватив с собой все необходимое, Жанна с Лидой закрыли квартиру и пошли ловить попутную машину.

Уже лежа в больнице, узнала Лида о неудаче Степана с защитой диссертации. Он ей рассказал об этом, ничего не скрывая.

— Работа у меня, конечно, не без недостатков, но завалили меня не из-за них, а потому, что против меня выступила жена нашего заведующего кафедрой. Она тоже член ученого совета, а муж — его председатель. Вот я и не добрал голосов! Теперь, по сути, придется все начинать сызнова. Но я, Лидок, не сдамся!

— Это не та ли дама, с которой я тебя видела в театре? Важная такая гусыня, — припомнила Лида. — Я тогда сразу поняла, что она твоя любовница. Значит, теперь старуха тебе отомстила?

Степан угрюмо молчал — врать ему не хотелось и обсуждать прошлое тоже.

— Не простила, выходит, что ее бросил и на мне женился. Ну что ж — как женщина я ее понимаю, — довольно спокойно заключила Лида и с неожиданной теплотой утешила мужа: — Ничего, Степочка, не унывай! Все говорят: ты очень талантливый! Прорвешься!

— Но мне теперь с кафедры придется уйти, — удрученно признался Степан. — Ведь все понимают, в чем дело. Старый профессор закрывал глаза на измены жены, однако, чтобы замять этот скандал, поспешит от меня избавиться.

Он уныло помолчал и объявил:

— Я решил, Лидок, временно устроиться на работу учителем в школу. А там — посмотрим!

— Ну и правильно, Степочка! Главное — не унывай, — поддерживает его Лида. — Ведь и я пойду работать, когда рожу и немного оправлюсь. Проживем — как все люди. А ты еще защитишься!

— Спасибо тебе на добром слове, — благодарно поцеловал ее Степан. — Ты права, все у нас будет в порядке.

Однако продолжал хмуриться, и Лида догадалась:

— Какие-то еще неприятности?

— Да так, это уже мелочь... по сравнению с незащитой, — мялся он. — Знаешь, кого я встретил, когда уходил из института? Федора Тимофеевича!

— Выходит, он снова в Москве? — насторожилась Лида. — Там у наших что-то стряслось?

Степан отрицательно качает головой.

— Нет, дома у вас все в порядке. Федор Тимофеевич кое-что сообщил мне о Вере, всколыхнул старое, — честно признался он, — то, что хотелось бы забыть...

— И что же такое интересное ты о ней узнал? — с деланным безразличием спросила Лида, хотя ее душу вновь захлестнула волна ревности и злобы.

Но Степан колебался, говорить ли жене то, что сообщил ему при встрече Федор Тимофеевич. «Если узнает, что Вера с мужем живут в Москве — вновь примется меня к ней ревновать», — резонно опасался он и решил сказать ей лишь часть правды:

— А они с мужем уже не живут в райцентре. Его перевели на другую работу — повысили вроде. Да еще — дочка у них родилась. Говорит: живут счастливо.

Это известие ранило Лиду в самое сердце, но она не подала виду и, стараясь казаться спокойной, посоветовала:

— Ты, Степочка, выбрось эту проходимку из головы. Знаю, до сих пор не можешь простить ей того, как с тобой поступила. Но былое — быльем поросло. А я тебе верный друг!

Как самое радостное событие вспомнилось Лидии Сергеевне рождение дочери... Было уже очень тепло — окна палаты родильного дома распахнуты настежь. Держа на руках долгожданную дочь и блаженно улыбаясь, она лежала на кровати — на седьмом небе от счастья, что все уже позади и ее страдания окончились.

Роды были очень тяжелыми и одно время обе — и она и дочь, находились в критическом состоянии. Но все обошлось — операцию сделали удачно, и вскоре они уже были вне опасности. Сильный организм Лидии быстро оправился после операции. Ребенок родился здоровым, упитанным и развивался нормально. Это с удовлетворением отметил дежурный врач, разрешив выписку.

— Все! Можете отправляться домой. Если не возражаете, сообщим вашему мужу, чтобы приехал вас забрать, — весело произнес он, любуясь на молодую мать и энергично сосущую грудь малышку. — Так что собирайтесь!

И вот она уже готова и нетерпеливо посматривает на часы. Наконец-то два часа! Это значит, что Степа с Игорем на его «Москвиче» уже прибыли и ожидают внизу. Лида волнуется: почему так долго нет персонала, чтобы помочь ей с ребенком выйти к встречающим? Но вот дверь открылась, и в палату вошел дежурный врач в сопровождении медсестры.

— Розанова, за вами прибыли, — сообщил он бодрым голосом. — Если готовы, то берите свои вещи, а мы поможем. Счастливого пути!

Они спустились вниз по лестнице, и у ее подножия Лидия видит своего красавца мужа с большим букетом живых цветов в компании с улыбающейся во весь рот Жанной. Они бурно выражают свою радость, что-то кричат, но она их не слышит. Не выдержав, Степан взбежал на несколько ступенек и вручил цветы.

— Лидочка, дорогая, как я счастлив, что все кончилось благополучно! — говорил волнуясь. — Мы тут все извелись! Значит, это — наша юная дочь Надежда? Дайте-ка на нее взглянуть!

— Можете не только взглянуть, а взять ее на руки, папаша! — авторитетно заявила медсестра, передавая крошечный сверток Степану. — Привыкайте с самого начала обращаться со своим ребенком.

Розанов неловко держит красиво уложенный конверт с дочерью на вытянутых руках, не зная, что с ним делать дальше. Он боится взять его покрепче, чтобы случайно не причинить вред столь хрупкому созданию. Присутствующие улыбаются, глядя на его замешательство.

— Да ты смелее обними свою доченьку, Степа! Чего это вдруг оробел? — весело смеется Лида. — Она такая же женщина, как все, только маленькая. — Да еще какая хорошенькая! Здесь ни у кого больше нет таких. Вся в папу!

Степан осторожно прижал свою дочь к груди, с любопытством всматриваясь в крошечное розовое личико, и ему кажется, будто узнает в нем черты, хорошо знакомые по старым семейным фотографиям. Сердце у него учащенно бьется; с удивлением чувствует — этот маленький комочек человеческой жизни навсегда стал для него любимым и родным.

С дочерью на руках в сопровождении Лидии и Жанны, осторожно ступая, Степан вышел на улицу. Неподалеку их поджидал в своем стареньком «москвичонке» Игорь. И хотя салон тесен, обивка потерта и пахнет бензином, все в отличном настроении! Смеясь и обмениваясь шуточками, они весело катят в Новые Черемушки праздновать прибавление в семье Розановых.

А ведь ей тогда казалось, что счастлива, и все было нипочем... Вспомнила, как Степан пришел домой из школы, получив продовольственные заказы. Лида уже укладывала дочь спать — укачивала ее, расхаживая по комнате и напевая вполголоса колыбельную. Убедившись, что ребенок уснул, опустила его в кроватку и побежала в прихожую встречать мужа. Обняла, поцеловала:

— Степочка, милый! Жду тебя не дождусь! Горячий ужин на плите. Очень вкусный! Наденьку я уже уложила. Она хорошо поела и теперь крепко спит. Ну как? Правда, я молодец?

Степан поставил на пол тяжелый портфель, передал ей сумку с продуктами. Отдуваясь, устало сказал:

— Вот, прими! Я взял все, что давали, — ведь мне в очередях стоять некогда. Но денег, конечно, не хватило. Пришлось у завуча одолжить до получки. Теперь не знаю, — озабоченно нахмурился, — что делать. Ведь вся зарплата уйдет на долги! Придется, видно, заняться репетиторством.

— Ничего, муженек, прорвемся! — с несокрушимым оптимизмом заверила его Лида. — Постараемся жить поэкономнее. Чай, не баре! Да и я очень скоро работать пойду. Как только нашу дочурку в ясли устроим, — бодро строила она планы на будущее. — А до этого донором стану! Я ведь здоровенная баба! От Наденьки не убудет.

— Конечно, ты права, Лидочка! Мы с тобой молодые, сильные и справимся с житейскими проблемами! — бодрился Степан. — Не нам одним трудно приходится. Просто я с непривычки очень устаю. Да еще портит настроение, что из-за сверхурочной работы у меня не останется ни сил, ни времени для занятий наукой.

Он встряхнул головой, как бы освобождаясь от груза досаждающих ему мыслей и, повеселев, обнял жену.

— А я все равно своего добьюсь! Стану ученым, не сомневайся! Сейчас у меня — временная пауза. Не собираюсь сдаваться! Ставь на стол ужин, а я пока пойду мыть руки.

Сидя в их маленькой кухоньке и с аппетитом поглащая вкусное жаркое, приготовленное умелыми руками жены, Степан делился впечатлениями от своей новой работы.

— Хотя встретили настороженно, мне быстро удалось установить контакт с моим классом и учителями. Ученикам понравилось, как веду занятия, а в маленьком коллективе сразу все становится известно, — он лукаво улыбнулся. — Вот коллеги и прониклись ко мне уважением. Понравилось, видно, и то, что ничего из себя не строю, — все же знают, что я окончил аспирантуру и вел научную работу.

— А как ваши педагогини? Наверное, сразу принялись тебе глазки строить, Степочка? Есть хоть красивые? — в цыганских глазах Лиды, ревнивые огоньки. — Да ты не отрицай, все равно не поверю! Знаешь сам, как действуешь на женские сердца.

— Не беспокойся, равных там тебе нет! — добродушно парировал ее обвинение муж. — Поначалу, правда, были попытки завязать более тесное знакомство. Но как только узнали, что я — молодожен и счастливый папаша, сразу потеряли ко мне интерес.

— Ну да! Будто и среди учительниц нет нахалок. Вся надежда лишь на то, что у тебя, мой миленький, силенок на них не останется. Уж я об этом позабочусь! — смеялась Лида. — Иначе ты из вежливости не сможешь отказать — так хорошо воспитан.

Однако, похоже, что Степану удалось погасить ее ревность. Подав десерт и наливая в чашки ароматно заваренный чай, она со счастливой улыбкой призналась:

— А вообще-то, у меня такая бесконечная радость на душе, что мне ничто не может испортить настроения. Я чувствую себя в силах преодолеть любые трудности, горы свернуть! Ведь сбылись все мои мечты, и даже более того!

Немного разомлевший от покоя и вкусной еды, Степан с живым интересом слушал откровения жены. Ему приятно то, что она говорила.

— Я с детства была хороша собой и, естественно, мечтала о возлюбленном, под стать себе. Но о таком, как ты, даже не гадала! — восторгалась Лида. — Когда подросла, задумала перебраться в столицу. Разве в провинции жизнь? Ведь все лучшее — в Москве. Но это было нереально. Ничего-то мне не светило. И вот тебе чудеса! Все, что снилось, — сбылось. А о том, чтобы родить ребенка, я даже не мечтала. До сих пор не могу в это поверить!

Перевела дыхание и с азартом продолжила изливать душу:

— Мне не очень-то везло, хоть я и старалась. Все самое лучшее всегда доставалось моей подруге Верке. Она меня опережала во всем. Лучше училась. За ней ухлестывали лучшие парни. Ей всегда — почет и уважение, а на мою долю — одни насмешки! Даже ты, Степа, поначалу обратил свое внимание на нее, а не на меня.

Эти воспоминания всколыхнули горечь в душе Лиды, и в ее черных глазах вспыхнули злые огоньки.

— Но теперь все! Верка повержена мной на лопатки, — восклицает она с мстительным торжеством. — Был у нее шанс, когда она тебя охмурила, да весь вышел! Теперь пусть сидит в нашей глухомани, локти себе кусает. Не думаю, что много радости у нее миловаться с неказистым Иваном. Такой же мужлан, как и все остальные! Ну наплодят детишек — вот и все ее счастье. Куда ей до меня!

Ее злобное торжество, черная завистливая ненависть к бывшей подруге неприятно поразили Степана, всколыхнули в нем боль и сожаления, о которых почти сумел забыть. Лида совершила роковую ошибку.

— Не понимаю, чего тебе далась Вера, если, как говоришь, безоблачно сейчас счастлива? — бросив недовольный взгляд, укорил ее Степан. — И вообще, мне кажется ненормальным, что ты так ее ненавидишь. Это патология какая-то! Ну лучше училась, кому-то больше нравилась? Нехорошо быть такой завистливой! Она же вроде ничего не делала, чтобы тебе навредить? И теперь тоже. Зачем же ты ей желаешь несчастья?

— Ну как же ты не поймешь? — выходя из себя, почти кричала Лида. — Верка ничуть не лучше меня, но измучила мою душу, постоянно доказывая свое превосходство. Сейчас же она по сравнению со мной — в дерьме! Как же мне не торжествовать, не радоваться своей победе? А ты это почему ее защищаешь, Степа? — бросает обиженно. — Неужели все еще не можешь забыть эту мерзавку?

Розанов с жалостью и недоумением смотрит на красивое лицо жены со сверкающими гневом черными глазами, в мгновение ставшее для него чужим. Его душа не приемлет злобы и несправедливости. «Вот и ошибаешься насчет Веры. Рано обрадовалась, — без всякого сочувствия, язвительно мелькает у него в голове. — Сказать, что ли, ей, что Вера в Москве? Нет, этого делать нельзя. Еще пропадет молоко!»

Решив прекратить неприятный разговор, он встал из-за стола. Вытер салфеткой руки и, не отвечая прямо на вопрос, предложил.

— Брось дурью мучиться, оставь Веру в покое и радуйся жизни! Какое теперь нам до нее дело? У нас своих забот и радостей вполне хватает.

Лида тоже поняла свою ошибку и как ни в чем не бывало принялась убирать со стола и мыть посуду. А Степан , все еще испытывая внутренний дискомфорт, отправился в комнату проверять школьные тетради.

Лидия Сергеевна вновь прервала воспоминания и открыла глаза: та же «хрущоба», но теперь она выглядит такой бедной, жалкой... Вот ведь как получилось... Она невольно закипала обидой, гневом. Думала — вырвалась вперед, чего-то добилась, а на деле оказалась в дерьме! Ну что это за жизнь! Она все более ожесточалась. Степан ничего не достиг — жалкий учителишка! Диссертацию так и не дожал, только трепался! Зарабатывает столько, что до получки не хватает, хоть и делает вид, будто напрягается!

Она чувствовала себя обманутой, с ненавистью смотрела на Степана, трудолюбиво склонившегося над ученическими тетрадями.

— Нет, я так не оставлю! Не смирюсь! — произнесла она вслух вполне отчетливо — пусть Розанов слышит. — Сама всего добьюсь! Не позволю Верке торжествовать, насмехаться надо мной!

В этот момент Лида совершенно забыла, что Вера никогда ничего плохого ей не делала, а, наоборот, она сама постоянно ей досаждала и строила козни. Остро ощутила, как в душе поднимается волна черной злобы и зависти к бывшей подруге — еще сильнее, чем в прежние времена.

— Ну погоди! Ты мне за все заплатишь! — прошептала с жгучей ненавистью и стала обдумывать план мщения.

Наконец вздохнула удовлетворенно, — кажется, нашла приемлемое решение. «Все это я сделаю ради моей ненаглядной Наденьки! — как бы оправдываясь в собственных глазах, убеждала себя Лидия Сергеевна. — Она — моя единственная радость, смысл моей жизни! Способная, смелая — вся в меня. Ради нее пойду на все, чтобы изменить жизнь к лучшему! Хоть здесь счастье мне улыбнулось, хоть в главном повезло!» Эта мысль ее немного успокоила, и Лидия Сергеевна задремала — треволнения совсем лишили ее сил.

Глава 5. ШАНТАЖ

Василий Семенович Чайкин восседал в своем кабинете, визируя срочные документы и откладывая в сторону второстепенные. Он так углубился в бумаги, что не сразу взял трубку местного телефона.

— Лидочка, ты? Откуда говоришь? Из бюро пропусков? — В тоне его, впрочем теплом, не чувствовалось прежнего энтузиазма. — Жаль, не предупредила — у меня по горло работы. — Он досадливо поморщился, придется ее принять — и нажал кнопку вызова.

Немедленно возникла секретарша и застыла в ожидании приказаний.

— Оформите заявку на Розанову, вы ее знаете, — распорядился Чайкин. — А когда придет, проводите ко мне и никого не впускайте. — Встал с кресла и, разминаясь, прошелся по кабинету.

Отношения с Лидией Сергеевной уже не такие бурные — у него появилась еще одна хорошая знакомая. Тем не менее они иногда встречались, к взаимному удовольствию. Супруга его по-прежнему ничего не ведает, и ему иногда кажется, что ее это нисколько не волнует. «Ну и рыбья кровь!» — не переставал он удивляться ее странной натуре.

Дверь кабинета приоткрылась, и Лидия Сергеевна заглянула, осведомившись официальным тоном:

— Можно к вам, Василий Семенович?

— Да заходи, не стесняйся! Зоечка — свой человек, не болтлива. Секретарша хорошо вышколена, знает свое место.

— Что привело, дорогая? Присаживайся сюда и выкладывай, — небрежным жестом указал он на мягкое кресло у журнального столика и сам сел рядом. — Ну что стряслось?

Розанова поудобнее устроилась в кресле, машинально поправила прическу и сказала уже без стеснения:

— Мне, Вася, срочно нужна кое-какая информация о Григорьеве Иване Кузьмиче. Сам понимаешь, это не телефонный разговор.

Видя, что у Чайкина от удивления поднялись брови, с усмешкой его успокоила:

— Да не волнуйся, я не закадрить его собралась, мне это нужно для другой цели. Так ты о нем достаточно осведомлен?

Василий Семенович бросил на нее настороженный взгляд, немного помолчал, размышляя; сдержанно ответил:

— Да кто же его не знает? Большой человек. А ты к нему какое имеешь отношение? — И еще раз взглянул на нее глазами, в которых светилось любопытство.

Розанова решила, зачем так уж темнить, и частично раскрыла правду:

— Представляешь, Вася, он оказался мужем одной моей знакомой, которую я знаю с детства. — Весело, с показной откровенностью подмигнула. — Вот я и хочу использовать это знакомство.

— Ладно, просвещу тебя, Лидочка. — Он уже все обдумал. — Пользуйся моей добротой! Григорьев, — он стал серьезным, — руководит хозяйственным комплексом в управлении делами ЦК. А мы ведь с тобой материалисты? Так что сама суди о его возможностях и влиянии там, наверху. — И, сделав выразительный жест, поднял глаза к небу. — Ведь знаешь, всем всегда чего-нибудь нужно. А Григорьев из тех, кто это может.

— А помочь получить квартиру может? — напрямую поставила интересующий ее вопрос Лидия Сергеевна.

— Еще как может! — заверил ее Чайкин. — Достаточно ему моргнуть — поднесут на блюдечке с голубой каемочкой. А ты что, серьезно?

— Куда как серьезно, Васенька. Это, пожалуй, мой единственный шанс вырваться из домашнего ада, уйти от моего дундука.

— А что, у тебя может и получится, — бесстрастно подтвердил Василий Семенович. — Если супруга Григорьева захочет тебе помочь. — И, закончив деловую часть беседы, взглянул на нее с нескрываемым восхищением. — Ну и аппетитная ты баба, Лидочка! Прямо смотреть на тебя равнодушно не могу! Лучше скажи — когда встретимся?

— Позвоню, самой хочется, — бросила на него игривый взгляд Розанова. — Но прости, сейчас мне не до этого. Созвонимся, как всегда! — И легкой походкой направилась к выходу.

Вечером того же дня Розанов сидел за ужином, как всегда, уткнувшись в газету и старался не слушать разглагольствований жены. Театр одного актера — они уже несколько дней не разговаривали. Он и спал бы отдельно, да негде.

— Ты бы только ее видел! Это не Верка! Этакая толстая, важная мадам, — с желчью в голосе поведала она ему о своей неожиданной встрече. — Что делаешь вид, будто тебе неинтересно? Знаю — до сих пор по ней сохнешь! — Голос ее поднялся до крика. — Сам всегда твердил: «Тихая, скромная, каких мало»! — передразнила она, бросив на мужа презрительный взгляд. — Слышал бы только, как она со мной говорила! Как смотрела! Свысока — как на шушеру. А по какому праву? В чем ее-то заслуга? — Лидия Сергеевна остановилась, задыхаясь от злости, зависти. — Это все Ваньки Григорьева заслуги! Это он высоко взлетел — не терял зря времени, как некоторые! Такой невидный был мужичок — метр с кепкой! Зато когти рвал, умел к начальству подладиться. — Она помолчала. — Ты и представить себе не можешь, какую силу Иван набрал! Он там, наверху, всех снабжает! К нему на поклон министры идут! Эх, в жизни такого не могла себе представить, дура я недалекая! — упрекнула она себя с горькой досадой.

— А как выглядит Вера? Говоришь, пополнела? — отложив газету, нарушил обет молчания Степан Алексеевич.

— Я же сказала: старая, толстая, как тумба, но важнющая! В общем, гусыня гусыней, — без зазрения совести привычно врала она мужу. — Это надо уметь — от хорошей-то жизни так опуститься! Я голливудская звезда против нее, хоть и горе мыкаю. — Лидия Сергеевна гордо выпрямилась и с черным от злобы лицом пригрозила: — Но она у меня попляшет!

— Да чем же ты можешь ей досадить? Соли на хвост насыплешь? — преодолевая отвращение к жене, насмешливо бросил Розанов. — За что ты ее так ненавидишь? Никогда не понимал этого.

— А хотя бы за то, что тебя мне подсунула, — как всегда, извращая факты, вполне серьезно уколола его Лидия Сергеевна.

— Ну опять у тебя крыша поехала! — устало произнес Розанов, снова беря в руки газету. — Сама из кожи вон лезла, чтобы нас разлучить. Добилась своего, а теперь ей же хочешь за это отомстить? Ты просто ненормальная!

— Да разве тебе понять, недоумок?! — взвилась от злости Лидия Сергеевна. — Не заслужила она такого счастья! Хвостом вертела, обманула Ивана-дурака, и все ей с рук сошло! Я ее отучу нос задирать! Ванька все узнает. Посмотрю тогда на ее рожу.

Степан Алексеевич хотел отмолчаться, но последние слова его заинтриговали, он не удержался:

— Какую же тайну ты опять выведала? Очередную клевету затеяла?

— И вовсе это не клевета, а чистая правда, — презрительно взглянув на Розанова и решив не раскрывать до времени все карты, процедила сквозь зубы Лидия Сергеевна. — Ребенок у нее не от мужа, я это точно узнала, а Иван и не подозревает. Теперь усек?

— Ну и яду в тебе, Лида, — у гадюки меньше! Уж лучше бы я тебя никогда не знал! — Степан Алексеевич встал, чтобы уйти. — Убедительно прошу — замолчи: Надю разбудишь. Это ужасно, если она уродилась в тебя!

Вернувшись из парикмахерской и отпирая входную дверь, Вера Петровна услышала настойчивый звонок телефона. «Наверно, Агаша на кухне — не слышит», — с досадой подумала она, торопясь поднять трубку.

— Ванечка, ты?! — воскликнула она обрадованно. — Я только вошла. А почему ты так рано? Что-то забыл дома? Да, слушаю вас внимательно, товарищ командующий! — шутливо произнесла она, вытягиваясь в струнку, будто он ее видел. — Ваш приказ будет выполнен! Значит, приедешь обедать не один? С Николаем Егоровичем? — Она удивленно подняла брови и продолжала уже серьезно и деловито: — Я обо всем позабочусь, обед будет на высоте! — Подумала немного, мысленно проверяя свои ресурсы, добавила: — Пожалуй, все есть... разве что из деликатесов... Пришлешь с водителем икры и рыбки? Не помешает, у нас на исходе. Ладненько! — И с улыбкой положила трубку.

Ее всегда радовало, когда муж обедал дома, и ничуть не досаждало, если он привозил с собой «нужных» людей, — даже интересно. Быстро переоделась, прошла на кухню и вместе с Агашей занялась стряпней. К прибытию Ивана Кузьмича все было готово. В просторной столовой, обставленной красивой полированной мебелью кавказского ореха, радовало глаз обилие изысканных блюд и закусок.

— Недурно вы с Агашей потрудились! — похвалил Григорьев, входя с Николаем Егоровичем в столовую.

Мужчины уже привели себя в порядок — готовы к трапезе. Николай Егорович, галантно поцеловав руку хозяйке — они уже знакомы, — весело заявил:

— А вы все хорошеете, Верочка! Очень рад вас видеть. Уж извините за вторжение. Моя-то половина в Карловы Вары укатила — лечиться. Вот Кузьмич и пожалел меня, — вернее, мой желудок. — Он сделал паузу, с удовольствием отметив, что щеки ее порозовели, и мягко продолжал в том же духе: — Всем известно, что вкуснее вас никто не готовит. Наши кулинары вам в подметки не годятся!

Веру Петровну смутил этот поток комплиментов, и она сделала протестующий жест рукой.

— Вы, конечно, это из вежливости говорите, Николай Егорович. Всем известно, что вы дамский угодник. Но слушать все равно приятно, — улыбнулась она ему, бросив благодарный взгляд.

— Какая уж тут вежливость! — запротестовал гость. — Да простит меня Иван Кузьмич, но свои успехи и авторитет он по справедливости должен разделить с вами!

Видя, что она хочет выразить свое несогласие, он предупреждающе поднял руку:

— Не спорьте, не возражайте! Ивану Кузьмичу совсем не вредит, что у него образцовая супруга, а вашу дружную семью всем ставят в пример. Не забудьте — вы живете «под колпаком»: у нас хорошо работают спецслужбы.

За обедом между Николаем Егоровичем и хозяином дома состоялся важный служебный разговор. Первым не выдержал Григорьев:

— Николай Егорович, мы все о том да о сем толкуем. Ну а если серьезно, скажи: почему решил нынче составить нам с Верой компанию? Чую я — неспроста, — обратился он к гостю со своей широкой, располагающей улыбкой.

— Тут ты не ошибся, Кузьмич. Есть проблема, которую я хотел обсудить в домашней обстановке. Верочка нам не помешает, она — свой человек, — подтвердил Николай Егорович. Лицо его приняло серьезное, значительное выражение. — Есть мнение — омолодить руководство нашим хозяйством. Ты, Кузьмич, успел показать, что не только хорошо знаешь дело, но тебе можно доверять, на тебя можно положиться. — И испытующе посмотрел на Григорьева, сохраняющего полную невозмутимость и терпеливо ожидающего, что последует дальше. — Так вот, есть мнение, что старик — ты знаешь, о ком я говорю, — слишком зазнался, считает себя незаменимым, развел родственников, стал чересчур алчным. Короче, им недовольны! — Николай Егорович снова сделал паузу и, пристально глядя на Ивана Кузьмича, открыл, ради чего приехал: — Завтра на бюро будем этот вопрос решать. Думаю, предложить тебя, но не хочу рисковать, — признался он с начальственной откровенностью и, помолчав, чтобы хозяин лучше почувствовал ответственность момента, потребовал: — Так что, Иван Кузьмич, если есть какие грешки — не подводи, выкладывай как на духу! По-дружески говорю: останется между нами, без последствий. Но если что утаишь — пеняй на себя! Ведь ты меня знаешь. Подумай, прежде чем ответить. — Брови его грозно сдвинулись, что свидетельствовало: требует полной искренности.

— Понял вас, Николай Егорович, — чувствуя важность момента и невольно переходя на «вы», твердо заверил высокого гостя Григорьев, глядя ему прямо в глаза. — Мне и думать нечего: я весь как на духу. Нет за мной лыка, которое могли бы поставить в строку. Чист как стеклышко! — добавил он с понятной гордостью.

Николай Егорович облегченно вздохнул, и лицо его разгладилось. В таких ответственных делах ему, несмотря на высокое положение, нельзя ошибаться. Он считал, что знает Григорьева, — изучил его анкетные данные; но ему нужно лишний раз утвердиться в своем решении.

— Ну и хорошо, ну и славно. — Он повеселел и оживился. — Будем здоровы, а остальное все придет. Выпьем, Иван Кузьмич, — обратился он к хозяину, — за твою новую успешную работу. Наливай-ка по полной! — И запросто попросил хозяйку: — Верочка, подвиньте, пожалуйста, поближе заливного судачка.

В пасмурный февральский день, когда колючий ветер швырял в лицо хлопья мокрого снега и вьюжило, к остановке детского сада подкатил переполненный троллейбус. Поеживаясь от холода, Лидия Сергеевна Розанова в толпе пассажиров выбралась наконец наружу и пошла по направлению к входным воротам. Уткнувшись в воротник шубки, она и не заметила, как ее обогнала черная «Волга»: остановилась у детского сада...

Выскочил молодой водитель, ловко открыл заднюю дверцу и помог выйти... Григорьевой и Свете.

— Ну солнышко мое, здесь сама иди, ножками, — напутствовала дочку Вера Петровна, открывая калитку во внутренний дворик.

Вернулась к машине и хотела уже садиться, как ее окликнула, подходя, Лидия Сергеевна:

— Вера Петровна, Вера! Поговорить нам нужно.

— Не о чем нам говорить, — холодно взглянула Вера Петровна. — Все, что нужно, выяснили уже.

— Глубоко ошибаетесь, уважаемая гражданка Григорьева, — возразила Лидия Сергеевна бывшей подруге с знакомой той спокойной наглостью. — Очень даже есть о чем. И так надо сделать, чтоб большой начальник Иван Кузьмич не узнал. Вы, думаю, в этом заинтересованы. — Грозный намек прозвучал в голосе, а во взгляде читалась откровенная угроза.

— Ты что же, шантажировать нас вздумала? — Вера Петровна старалась быть хладнокровной, но сердце ее учащенно забилось. «Ну вот, начинается! — подумала. — Сразу поняла, как ее увидела; сердцем почувствовала — опять козни будет строить. Не показывать бы ей, негодяйке этой, что боюсь...»

— Не стоит горячиться, Вера. — Розанова красноречиво указала на водителя, зло сверкнув глазами. — Иначе очень плохо все может обернуться. Ведь ты меня знаешь: я-то не боюсь — ничего и никого. — И добавила вкрадчиво: — Давай по-хорошему. — Видя, что Григорьева в замешательстве умолкла — вроде готова сдаться, — Лидия Сергеевна усилила натиск: — Ведь начну действовать — так уж поздно будет. Как бы вам с Ванечкой не пожалеть!

Вера Петровна, не сдержав охватившего ее гнева, резко повернулась и открыла дверцу, чтобы сесть в машину. Но трезвый ум, природный здравый смысл повелели взять себя в руки. Она сделала над собой усилие, обуздала гнев и самолюбие, приостановилась и, обернувшись к Розановой, не глядя на нее бросила:

— Ладно, может, позвоню — если сочту нужным.

На настойчивый звонок Лидии Сергеевны дверь долго не открывали. Наконец она распахнулась, показалась соседка — Марина: на голове бигуди, на лице косметическая маска.

— Прости, Лидочка, в ванной была, не сразу услышала звонок. Заходи! Вижу, у тебя ко мне дело?

— Знала, что ты занята, — не пришла бы. Раз красоту наводишь, — видно, спешишь на свидание? — проворчала Розанова, входя за Мариной в ее уютное гнездышко.

— А вот и не угадала! — не обращая внимания на брюзжание подруги, хозяйка весело усадила ее на софу рядом с собой. — У нас на работе сегодня торжественный вечер, меня отпустили пораньше, чтобы успела принарядиться.

— Так ты не спешишь? — облегченно вздохнула Розанова. — Мне срочно нужен твой совет.

Умная, опытная Марина много старше и жизнь знает лучше — поможет сориентироваться в затеянной ею опасной игре. Тем более что она без комплексов, нрава авантюрного и обожает всякие интриги. В таком деле — просто незаменима.

— Ну, так какие у нас проблемы? — с любопытством поинтересовалась Марина. — Излагай — время еще есть.

— Да вот решила прижать одну мерзавку, бывшую подругу, — не стараясь ничего приукрасить, но и не говоря всей правды, поделилась Лидия Сергеевна. — Много гадостей она мне сделала, мы давно порвали отношения, но недавно вдруг встретились. — Сейчас она высоко взлетела: муж ее стал влиятельной фигурой, многое может. У них ребенок — дочь. Как я узнала, семью считают образцовой. — И, не испытывая больше терпения подруги, перешла к главному: — Понимаешь, стало мне кое-что известно: дочка-то у нее не от мужа, а он и не подозревает!

Вот так сногсшибательная история — глаза у Марины расширились, азартно заблестели, но она терпеливо слушала.

— Сначала я просто хотела открыть ему глаза — пусть проглотит пилюлю. Такой человек унижения и обмана не простит! Вот я и решила... — И ровным голосом стала излагать план действий. — Ведь по ее вине я влачу жалкое существование. Мне нужна компенсация! — Перевела дыхание и, воздужденная, открыла наконец свой замысел: — Мужу ничего не скажу, но от нее потребую: настропали его сделать мне отдельную двухкомнатную, да еще полностью обставить на высоком уровне. Им по силам — есть и средства, и возможности!

Лидия умолкла и, не скрывая волнения, с тревожным ожиданием подняла взор на Марину.

— Мне нужно знать твое мнение: реально такое требование? Сегодня она мне позвонила, назначила встречу на завтра. Мне бы подготовиться, чтоб не свалять дурака. От этого зависит, изменю ли жизнь к лучшему! — Выговорив все это залпом, Лидия уставилась на подругу, с нетерпением ожидая ее реакции: не хватила ли она через край?

— Ой, какая же интересная у вас ситуация! Сразу и не оценишь, — откликнулась Марина после паузы. — Мне бы знать, что у тебя с этой дамой произошло, — тогда, может, разберусь. Только... сейчас времени нет. Но если и правда она у тебя в крупном долгу и может расплатиться — бей по банку! — решительно поддержала она. — Вроде ситуация позволяет. Не захочет она нарушать спокойствие семьи — даже если муж способен простить. Да и ударит сильно по авторитету — в верхах это большое значение имеет. — И, видя, что подруга разочарованно насторожилась, успокаивающе взяла ее за руку.

— Погоди, не паникуй. Тут в другом закавыка. Если муж узнает или догадается — все пропало! Ничего делать не станет. Значит, проблема в том, чтобы супруга нашла подходящий предлог. А сумеет она? От этого все и зависит.

— Она умная, та еще хитрюга! — не скрывая своей ненависти, воскликнула Лидия Сергеевна, стараясь убедить себя саму.

— Ну ладно, будем надеяться, — заключила Марина, давая понять, что разговор окончен. — Но ты хорошенько подумай! Может, ты и подскажешь ей, как быть. Дело нешуточное!

В «Национале», одном из лучших кафе Москвы, днем свободно. Беспрепятственно пройдя мимо швейцара в фойе, Лидия Сергеевна разделась и зашла в туалет привести себя в порядок. Нервничала она сильно: слишком многое для нее зависит от этой встречи. В зале Григорьевой пока нет. Лидия села за свободный столик.

— Кофе и пирожное, — попросила она подошедшего официанта. — Я жду приятельницу.

Она успела выпить чашечку и собиралась заказать еще одну, когда увидела Веру Петровну: идет между столиками...

Выглядит — лучше некуда; одета дорого, элегантно: туфельки невиданные и сумочка; строгий английский костюм; гладкая прическа, — в общем, вид прямо неприступный; красивые ножки демонстрирует — вон какой разрез на юбке... Заметила ее... подходит...

Вера Петровна села напротив Лидии и, не здороваясь, предложила:

— Ну выкладывай, что задумала. Ничего хорошего не ожидаю. И учти: разговор у нас будет короткий!

— Не кипятись, отдышись с дороги. — Розанова старалась произносить свой текст как можно спокойнее, увереннее. — Вот идет официант: выпьем по чашечке кофе. Я не лясы пришла с тобой точить. — Убедившись, что ее выслушают, Лидия сделала заказ и хладнокровно продолжала: — Считаю нужным восстановить справедливость. А ты хочешь, нет ли, — мне в том поможешь!

— Каким же образом? На что рассчитываешь?! — не выдержав, взорвалась Григорьева.

— Перебивать не будешь — все тебе растолкую, — мрачно подняв на нее жгучие глаза, пообещала Лидия. — По твоей милости я сижу в полном дерьме. Ивана тебе мало было — ты и Степана охмурила. Потом бросила, он с горя на мне женился и сделал меня несчастной.

— Да все же наоборот! — воскликнула Вера, испугавшись неподдельного страдания, отразившегося в глазах, прозвучавшего в голосе бывшей подруги. — Степа бросил меня и уехал навсегда. По твой вине — я же знаю!

— Пустые слова! — с презрением и злобой возразила Лидия. — Розанов мне, конечно, нравился — эдакий киногерой приехал! Но он на меня и не взглянул бы, не дай ты ему коленом под зад!

— Ну это дело прошлое, — взяла себя в руки Вера, желая прекратить бесполезные препирательства.

— Это для тебя — прошлое, а для меня — самое что ни на есть настоящее! — с неподдельной горечью парировала Лидия. И, мобилизовав всю накопившуюся боль и обиду, полная жалостью к себе за неудачную свою судьбу, стала коротко, жестко предъявлять счет: — Во-первых, хоть Степан и женился на мне, мужа я не получила. До сих пор по тебе сохнет, импотентом стал, расходимся мы с ним. Во-вторых, из-за тебя забросил диссертацию, работает простым учителишкой, семью прокормить не может, нормальную жизнь нам с дочкой обеспечить.

Слушала Вера эти лживые обвинения молча — невыносимо, глаза наполняются слезами... Наконец не выдержала:

— Врешь ты все! Он мне ни строчки потом не написал! Ни разу моей судьбой не поинтересовался!

— А что ему интересоваться? Все знали — ты вышла за Ивана, вы ждете ребенка.

Заметив, что при этих словах Григорьева как-то сникла, Лидия поняла: вот он, подходящий момент; с угрюмой решимостью перешла к делу:

— Я хочу, чтобы вы с Иваном заплатили за мою искалеченную судьбу. Мне нужно уйти от Розанова. Пусть сеет разумное, вечное, но без меня! Требую: вы с Иваном сделайте мне отдельную квартиру. Знаю — ему это под силу. Не для себя стараюсь — для дочери, чтобы ей хоть достойно жить.

Вера Петровна сдерживалась, памятуя, где они находятся.

— Я, конечно, не согласна ни с одним твоим словом. Не верю тебе ни на грош. — Она старалась не смотреть на шантажистку — противно. — Ты извратила факты, преподнесла все как тебе угодно. Никогда бы я тебя не подвела и Степу не отдала, если б ты не влезла между нами. Так что пеняй на себя! С чего это ты решила, что я приму всерьез твой бред и сделаю что ты просишь? — поинтересовалась она внешне спокойно, но испытывая внутреннюю дрожь — предугадывала ответ. — А если я не соглашусь?

— Куда ты денешься... — не скрывая мстительного торжества, сверкнувшего в глазах, опровергла ее спокойствие Лидия. — Представляешь свою семейную жизнь, когда все узнают, что твоя Света — не от Ивана. Прежде всего — он сам. — Развивать красочную перспективу она не стала — главный козырь впереди. — Ты уверена, многое уже в этом направлении продумала. Но, возможно, упустила из виду другое неприятное обстоятельство: ведь и Степан узнает, что Света — его дочь?

Да, Верка весь этот кошмар представляет: все ее мысли — на перепуганной физиономии. Кажется, победа близка, надо бить в одну точку.

— Степа же потомственный интеллигент, возвышенная душа! — издевательски продолжала Лидия, наслаждаясь эффектом. — Как узнает — в покое вас не оставит. Это я тебе гарантирую! Не бросит свое дитя на произвол судьбы.

Григорьева поникла головой — повержена на обе лопатки. Что же, пора ее немного успокоить.

— Напрасно ты так разволновалась. Договоримся — так я и не подумаю ему об этом докладывать. Пусть считает, что Наденька — его единственная дочь. Мне это на руку. Хоть он и гроши получает, но алименты мне пригодятся! — И цинично рассмеялась, с удовольствием наблюдая: Верка в шоке, никак не оправится.

Чувство одержанной победы помогло справиться с переполнявшей ее злобой и ненавистью. Примирительно дотронувшись до безвольно лежащей на столе руки Веры, она искренне пообещала:

— Не беспокойся! Если сделаете, что прошу, — никто никогда ни о чем не узнает! Буду сидеть тихо как мышка. Представляю себе силу и власть твоего мужа — наслышана. Не в моих интересах, чтобы он стер меня в порошок. Пусть лучше ничего не ведает!

Главное сделано, об остальном можно договориться потом. Лидия Сергеевна поднялась и взяла сумочку, собираясь уйти.

— Да, Вера, попрошу еще минуту внимания, — добавила она как бы между прочим. — Денег у нас совершенно нет, так что обстановка квартиры — за тобой. Это дело ты сможешь провернуть и без ведома мужа, — усмехнулась она со своей обычной самоуверенностью. — И направилась к выходу.

Григорьева, совершенно разбитая, осталась сидеть, пытаясь собраться с мыслями.

Глава 6. БЕГСТВО ВЕРЫ ПЕТРОВНЫ

— Иду-у! Одну минуту! — крикнула Вера Петровна, услышав нетерпеливые звонки в прихожей.

«Кто бы это мог быть? Никого вроде не жду»... И отправилась открывать входную дверь.

— Вот это сюрприз! — изумилась она, увидев весело улыбающуюся сестренку. — Как я рада тебя видеть! Проходи, проходи! Как это в Москву тебе удалось вырваться — рассказывай. — Взяла из рук Вари чемоданчик, повела по холлу.

— У нас экспедитор заболел, а надо ехать за дефицитными лекарствами — выделили по лимиту. Вот я и напросилась. — Варька сбросила легкое не по сезону пальтишко. — Так что принимай почетных гостей! — И бросилась Вере на шею, расцеловала, — так соскучилась...

Миловидное ее лицо, с ямочками на щеках, сияло здоровым румянцем. Сестры были похожи, только Варя ростом пониже и весь облик как-то круглее, что ли, проще.

— Пойдем — умойся, я жду тебя на кухне. Проголодалась ведь с дороги. Перекусим, обо всем поговорим.

— Спасибо, старшенькая! — охотно послушалась Варя. — Люблю повеселиться, а особенно — поесть!

Через полчаса, накормив сестру сытным, вкусным завтраком, Вера Петровна повела ее в гостиную и усадила рядом с собой на диван. За едой Варя уже успела рассказать о здоровье тети Дуси, о своей работе, изложить все деревенские новости.

— А теперь поведай-ка старшей сестре свои сердечные тайны, — попросила она мягко, задушевно. — Как личная твоя жизнь?

Несмотря на свой общительный, даже как будто легкомысленный характер, в сердечных делах Варвара скрытничала, неохотно делилась с близкими. Но здесь, в этой красивой гостиной так уютно... Приятная расслабленность и тепло разлились по телу после обильной еды; глаза сестры устремлены на нее с любовью и искренним интересом... Все располагает к откровенности.

— Не везет мне на этом фронте! — посерьезнев, призналась Варя и грустно вздохнула. — Ты не поверишь, но до сих пор у меня так никого и не было. Все думают — Варька разбитная, бойкая... а я в этих делах еще ничего и не смыслю. Ну и пусть думают! — Гордо тряхнула головой, задрав и так вздернутый носик.

— Да неужели за все время никто тебе по-настоящему не понравился, и в тебя никто не втюрился? — удивилась сестра. — Ты же такая заводная!

— Не без этого, конечно, сама знаешь... Только... кто мне нравился — смотрели как на шмакодявку. А парни, которые за мной ухлестывали, мне и на дух не нужны!

— Ну а теперь... ты взрослая, работаешь. Что же мешает? — Вера Петровна ласково взяла ее руки в свои, переживая за нее. — Больница большая — ты же встречаешь там хороших, интересных людей...

— Говорю тебе — не везет. — Варя начинала уже тяготиться этим разговором. — Всех стоящих давно расхватали. Кто ко мне лезет и нравится — женат, а я еще не так низко пала. «Хороших, интересных», как ты сказала, на горизонте что-то не видно. — Обняла старшую сестру, прижалась к ней, как в детстве, и шутливо пообещала: — Не горюй, все еще впереди! Какие наши годы? — И встряхнулась, вскочила с дивана, оправила платьишко, весело спросила:

— А как у вас сейчас — в театры попасть можно? Мне бы хотелось использовать свободное время на полную катушку! Чтоб было что вспомнить в нашей глуши.

Вера Петровна оторвалась от грустных мыслей: хоть и не везет Варьке на личном фронте, но ведь не останется ее миловидная, симпатичная сестренка старой девой.

— Мы с Ваней в театрах почти не бываем: ему все некогда, да и устает. Без него же мне ходить не пристало, да и неинтересно. Говорят, в кассах очереди, билетов не достанешь. Но для тебя — проблем нет!

— Это как же — для меня «нет»? — не поняла Варя. — На меня билет с неба, что ли, упадет?

— Считай, что так. У Вани есть книжечка специальная — абонемент. По нему в любой театр, на любой спектакль всегда можно взять два билета.

— А что он за особенный такой? Почему это для всех билетов нет, а для него — всегда пожалуйста? — недоумевающе подняла на сестру глаза Варя. — Несправедливо!

— А потому, что он не такой, как все! Почему вы с тетей Дусей никак этого не поймете? — досадливо поморщилась Вера Петровна. — У него высокая должность, ответственная работа — недосуг стоять в очередях за билетами. Ладно рассуждать! Вот, держи! — И протянула сестре маленькую красивую книжечку. — Предъявишь в кассу за час-два до начала — получишь билеты на любой фильм или спектакль. Для того специальная бронь.

Вера Петровна так соскучилась по своей единственной сестренке — не сдержала горячих чувств, обняла ее, расцеловала и только после этого отпустила:

— Ладно, беги по своим делам. Только об обеде не забудь! Святым духом сыта не будешь! В столовых кормят плохо.

Утром следующего дня, отправив Свету в садик с водителем, Вера Петровна решилась наконец за завтраком поговорить с мужем. Варя поднялась спозаранку и, наскоро перекусив, убежала: времени у нее в Москве в обрез — ночью уже ехать домой.

— Знаешь, после вчерашней поддачи так спалось — не слышал даже, как ты встала. — Иван Кузьмич, ласково взглянув на жену, развернул газету.

Просторную кухню заливал солнечный свет; уже веяло весной.

— Ты что, торопишься куда? — удивился он: что-то Вера необычно суетится, подавая на стол. — А где Агаша?

— Агашу я отослала на базар, за зеленью. — Вера Петровна немного смутилась, поняв, что муж заметил ее нервозное состояние. — Торопиться мне сегодня некуда. Маникюр обновить, но этим займусь днем. Для тебя все стараюсь. — И с кокетливой улыбкой взглянула на мужа.

— Думаешь, возражать буду? Рад, что ты всегда в порядке. Годы тебя не берут! Но меня не провести. — И взглянул ей в глаза. — Чем-то ты озабочена последнее время. Хотел вчера еще спросить, но устал очень и сразу уснул.

— Ты, Ванечка, насквозь все видишь, от тебя ничего не скроешь. — Она силилась говорить спокойно, шутливо, но улыбка получилась грустная: внутри все трепетало от страха. — Ты прав, у меня необычная проблема... не знаю, как к тебе с ней и подступиться.

— Ну ты даешь, Веруся! — самодовольно рассмеялся супруг. — Когда это было, чтоб я тебе отказал? Да я для тебя Луну с неба достану!

«Что ж, пора приступать! Но как трудно-то врать в глаза родному человеку... Да простит меня Бог!» — думала Вера Петровна. Угрызения совести терзали, вся ее честная, прямая натура протестовала против новой лжи в отношениях с мужем. Но она должна сделать все, лишь бы сохранить семейное благополучие.

— Понимаешь, Ванечка, произошло непредвиденное, — осторожно начала она, видя, что муж отложил газету и внимательно слушает. — В детский сад назначили новую заведующую. И ты знаешь, кем она оказалась?

— И кем же? Надеюсь, не Фурцеву так понизили? — иронически поднял он брови, удивляясь, почему ее волнует такой пустяк.

— Лучше бы кем угодно, только не Лидкой Деяшкиной! Надеюсь, помнишь такую? — Она не приняла его шутливого тона. — Положение очень неприятное.

— Да чем же это? Лиду помню: эдакая черноглазая краля... — Иван Кузьмич пристально смотрел на жену. — Помнится, вы с ней из-за чего-то рассорились. Ну и что? В гости не зови, не общайся. А хочешь — как ее назначили, так и уберут. В одно касание.

— Ни в коем случае! И не вздумай! — испуганно воскликнула Вера Петровна и, просительно глядя, нежно взмолилась: — Ну прояви терпение, Ванечка, выслушай меня! Это не каприз. — Кажется, теперь не перебьет. — Дело совсем не в том, что мы с Лидой когда-то поссорились. Она была мне близкой подругой, и, хотя мы разошлись, я как раз хочу ей помочь — в трудное положение она попала. Но об этом разговор впереди...

Так Ване, как всегда, — не терпится — в чем суть проблемы. Она сделала умоляющий жест рукой:

— Ну дай все объяснить, дорогой, не торопи! — Глубоко вздохнула и продолжила: — Важно то, что Светочка в этом садике не поладила с девочками в своей группе. Дело аж до драки дошло, представляешь? Она, конечно, не виновата! Знаешь нашу добрую малышку. В общем, решила я избавить Светочку от этих девчонок, тем более что среди них и Лидина дочка. — Она перевела дыхание и с надеждой взглянула на мужа. — Все трудности мы, Ванечка, можем решить разом. Ты ведь сам говорил, что нам предлагают новую квартиру — на Патриарших прудах? Ускорь это дело — и все станет на свои места!

«Бежать без оглядки! Вот выход из положения! — стучала в голове спасительная мысль. — Скорее уехать подальше от Лиды, порвать с ней все контакты! Не видеть ее больше, ничего о ней не слышать!» Она твердо решила форсировать переезд на новую квартиру.

Слушая жену, Иван Кузьмич отлично понимал: очень хочет поскорее получить новую квартиру в тихом центре Москвы — это по всем параметрам лучше того, что у них сейчас, на Кутузовском проспекте. Но какая связь между переездом на новую квартиру, появлением в детском саду бывшей подруги Веры и улаживанием отношений дочки с девочками в садике?..

— Объясни, пожалуйста, как повлияет наш переезд на проблему с детским садом. Я что-то не понял.

— Если переберемся в другой район — можно перевести Светочку в кремлевский сад. И по новой должности тебе ведь положено, да?

— Допустим. Ну и что?

— А то: Светочка сменит обстановку, а мне не надо будет видеться, даже изредка, с Лидкой Деяшкиной.

— Да что она за цаца такая, чтобы с ней так церемониться? Пошли ее... куда следует! — рассердился, но вовремя взял себя в руки Иван Кузьмич. — Ты, Вера, известно, добрая душа. Но носиться с этой... не заслужила она, это уж слишком!

Вере Петровне удалось наконец справиться с волнением.

— Какая бы она ни была, это бывшая моя подруга и твоя землячка. Она сейчас в ужасном положении: расходится с мужем, а жить приходится вместе в малометражной «хрущобе». Страдает ребенок. — С непривычной суровостью подняла свои ясные серые глаза на мужа, потребовала: — Ты должен устроить ей квартиру, Ваня! Не для нее, а ради меня, Светы, ради нашего счастья! Не просила бы, если б не знала — можешь. Сделай это для нас — не пожалеешь!

Иван Кузьмич был озадачен. С такой горячностью его обычно уравновешенная, сдержанная жена требует для бывшей подруги такого серьезного одолжения. Для подруги, с которой и встречаться больше не желает... Потакать не настроен, нет — глупость это! Но он инстинктивно чувствовал какую-то недоговоренность, какой-то подвох... Хотел резко возразить, однако, верный себе, сдержался, взглянул в ее взволнованное, милое лицо, мягко попытался образумить:

— Веруся, ты же у меня умная, рассудительная. — Он будто уговаривал малого ребенка. — Представляешь хоть, о чем просишь? В какое положение меня ставишь? Для себя и своей семьи я могу обо всем просить, даже требовать. Нам положено! Но для какой-то Деяшкиной? Что обо мне подумают?

Видно, доводы его не действуют — он сделал последнюю попытку:

— Ты правильно считаешь: обращусь — мне ни в одном районе не откажут. Но думаешь задаром? Ошибаешься! Эти коршуны потребуют столько, что мне придется идти на сделку с совестью, рисковать своим именем и положением!

Он явно преувеличивал, но прагматичная его натура противилась ненужным, вредным хлопотам. И зачем только настолько близко к сердцу любимая жена принимает эту ситуацию? Переживать станет — долго и глубоко... Ладно, придется пойти ей навстречу, ради спокойствия в семье.

— Ну будь по-твоему. — Он встал, подошел к Вере Петровне. — Ты не расстраивайся. Дело не простое, но попробую. Чего не сделаешь для драгоценной женушки! — Наклонился и заключил ее в объятия.

В прекрасный, солнечный мартовский день черная «Волга» Григорьевых, миновав Никитские ворота и выехав на Малую Бронную, свернула в тихий переулок рядом с Патриаршими прудами и остановилась у красивого, новенького кирпичного дома — восьмиэтажного. Он вклинился между старомосковскими домами, как свежий пирожок, вместо снесенного, сиял широкими окнами, зеркальными стеклами внушительного подъезда.

Из машины выскочил водитель Женя, открыл заднюю дверцу, помог выйти дамам — Вере Петровне и приятельнице ее, Капитолине Львовне. Приехали посмотреть новую квартиру — предоставили Ивану Кузьмичу после повышения в должности.

— У нас смотровой ордер на двадцать восьмую, — бросила на ходу Вера Петровна поднявшемуся навстречу вахтеру.

Прошли по широкому вестибюлю к лифтам, поднялись на шестой этаж. Квартира великолепна: просторный холл, коридор облицован дубовыми панелями; везде вместительные стенные шкафы. Светлая кухня размером с большую комнату; к ней примыкает кладовая — метров восемь. Оборудование кухни, сантехника — все импортное, самое современное.

— Ну как впечатление, Капочка? Правда, здорово? — Веру Петровну это великолепие очаровало.

— Знаешь, Веруся, кажется — лучше и быть не может! — выговорила онемевшая от восхищения Капитолина Львовна. — Я просто в телячьем восторге! — Завистью она не грешила, в жизни видела много хорошего, но человек ведь всегда стремится к лучшему. — Честно скажу — не отказалась бы от такого жилья, хоть переезды — дело тяжелое. — А вообще-то, если здраво рассудить, чем плохи наши с тобой «сталинские»? Потолки высокие, комнаты просторные, большие кухни... А все не то! — признала все же печально и решительно. — Старье выпирает, сколько ни ремонтируй. Да еще грязные подъезды, лифты... подонки гадят, как ни следи! Нет, что ни говори, здесь — новый уровень жизни. Дай Бог каждому!

— Сама не люблю переездов! — поддержала Вера Петровна. — Всегда что-нибудь бьешь, теряешь... Не считая хлопот. Но жить в таких роскошных условиях, конечно, счастье. Всем бы так... Не пойму вот, — она показала на цветной кафель, сверкающие хромом детали сантехники и оборудования, — где строители достали эту роскошь? В магазинах-то ничего подобного нет...

— Ну как — где? За границей, конечно, купили, для дома, построенного по спецзаказу. А говорят — стране валюты не хватает!

— Да уж, все это, особенно плита немецкая с грилем, стоит, наверно, недешево...

— Но не для вас, дорогая! — успокоила Веру Капитолина Львовна. — У них там, на Старой площади, расценки еще довоенные.

— А знаешь, Капочка, в подвальном этаже для каждой квартиры еще помещение предусмотрено — для хранения вещей, — вспомнила Вера Петровна. — Пойдем посмотрим?

— Интересно бы, но... — Капа с сожалением взглянула на часы, — времени уже нет. В общем, все ясно: замечательная квартира, чудный дом! Жаль, что так умно строят только спецдома, для себя, а об остальных и не думают. А мебель как — будете обновлять? Кухню?

— Вряд ли... Все совсем недавно купили. Разве что холодильник побольше...

— Со Светочкой как решили? В старый садик возить? Не далековато ли?

— Ни в коем случае! Иван Кузьмич уже договорился насчет кремлевского. Там ей лучше будет. Да нам уже к школе скоро готовиться. — Еще раз окинула взором свои будущие апартаменты и пригласила: — Пойдем, Капочка, пора — водитель заждался.

Непосвященным дома ЦК партии на Старой площади — обычные московские дореволюционной постройки — казались недостаточно комфортабельными для самого могущественного учреждения власти в стране. Однако за фасадным комплексом зданий, во внутреннем дворе, высились современные многоэтажные корпуса, оборудованные по последнему слову науки и техники.

В просторном, как кинозал, кабинете Иван Кузьмич разговаривал по одному из стоящих на столе телефонов.

— Виктор Ильич? Ничего, что потревожил? — И самодовольно усмехнулся: обрадованный секретарь райкома партии разразился целым потоком восторженных слов. — Говоришь — я вне конкуренции? Сразу все дела бросил? Ну это зря! Человек я простой, не гордый, мог и подождать. Ладно, к делу. — Он изменил тон на более служебный. — Заявка ваша удовлетворена полностью, но вами представлены не все документы. Пришли кого-нибудь, пусть разберутся и поправят. Соответствующее указание я уже дал. — Сделал паузу, выслушивая благодарственные речи.

— У меня еще для тебя приятная новость: ты включен в делегацию по закупке оборудования, которая отправится в Париж и ряд других городов Франции в мае. — Тихонько хмыкнул в ответ на радостное удивление собеседника. — «Далековато от идеологии»? Не по твоей специальности? — Иван Кузьмич заговорил совсем серьезно и важно: — Торговыми делами тебя, надеюсь, занимать не будут. Ну а познакомиться с их жизнью, с идеологией, так сказать, в натуре — не помешает. Ты ведь никогда не был во Франции? Вот и увидишь, откуда произошел коммунизм.

— Постой, Виктор Ильич, а то забуду, — мягко прервал он благодарности и комплименты в свой адрес: командировка во Францию в большой цене. — У меня к тебе небольшое дело. Ты весь внимание? Так вот. Нужно помочь одной женщине. Знаешь ведь — я всегда готов прийти на выручку. Тут землячка моя — выросли вместе — в беду попала: разводится с мужем. Словом, нужна двухкомнатная, для нее с дочерью. А у вас дом сдается. Откуда знаю? Разведка работает! Мы все здесь знаем! Значит, поможешь? У хорошего хозяина всегда есть резерв? Вот и лады. Мне нельзя отказать? Что ж, Виктор Ильич, знаю: на тебя можно положиться, — вновь перешел Григорьев на официальный тон. — Ее данные: Розанова Лидия Сергеевна; вся необходимая информация — у моего секретаря. Он с ней свяжется и пришлет, когда понадобится. Ну будь здоров!

Иван Кузьмич положил трубку и поморщился, будто проглотил кислое: неприятное дело. Виктор Ильич не подведет, но завалит новыми заявками. «Ладно, что поделаешь. Семейное благополучие дороже! — утешил он сам себя: начинал уже догадываться, в чем причина зависимости жены от бывшей подруги.

— Как доехала, тетя Дуся? Тяжело в дороге? — Вера Петровна помогла тетке выйти из вагона и передала ее скромный багаж водителю Жене.

— Тяжело, касаточка! Приболела я — желудок чтой-то подводит, — пожаловалась Евдокия Митрофановна. — Но разве усидишь дома, когда знаешь, что нужна тебе? — Они под руку пошли к машине. — Сразу собралась, как мне Варька передала твою просьбу. Она еще несмышленая, в таких делах не помощница. Пользуйся, пока тетка жива.

Вере не терпелось излить душу, спросить совета, но в дороге какой разговор: эта тема не для ушей водителя. Дома она накормила тетю Дусю, уложила отдыхать с дороги на диване в кабинете мужа, а сама села рядом, молча поглаживая ее руки и не зная — с чего начать.

— А я уж так рада, что тебя снова вижу, Веруся! Да и по Светочке соскучилась. Погощу немного, подсоблю. — Евдокия Митрофановна сочувственно глядела в глаза племяннице. — Что случилось-то? Варька толком не поняла. Иван обижает? Зазнался поди, забравшись еще выше? Теперь, видно, не просто ему угодить...

— Да что ты, Дусечка! — оживилась Вера Петровна. — Ваня ничуть не зазнался! Всем доволен. Только домой приезжает поздно — слишком много работает. Дело в другом, а посоветоваться не с кем.

— Ну рассказывай тогда. А я-то уж думала — у вас никаких бед, одни радости. Что стряслось? Говори, облегчи душу!

— Виной всему опять Лидка Деяшкина. Снова она мне поперек дороги, — без предисловий выложила Вера. — Знала я, что они со Степой поженились, живут здесь, в Москве. Но судьба миловала — не сталкивались. Мы с Ваней мало где бываем. — Вздохнула и, волнуясь, продолжала: — Думала, они со Степаном живут хорошо. Да вот недавно встретила ее неожиданно и призналась она: ненавидят друг друга, разводятся.

— Ну а тебе-то что? — не выдержала Евдокия Митрофановна. — Вновь заболело сердечко? Все еще не забыла Степана?

— Нет, родная. Былое быльем поросло. Ничего я не хочу менять в своей жизни! — решительно возразила Вера Петровна. — Хотя не скрою: легче мне стало после Лидкиного признания, что не любит он ее и не любил никогда. Наверно, правду говорит: Степан не мог полюбить такую — грубую, подлую...

— Тогда что же он тебя-то бросил и не вспомнил?! — возмутилась тетка. — Как это понять?

— Да жизнь так поворачивается иногда — трудно понять. Степан ведь думал — предала я его. Слишком поздно понял, что сам стал жертвой обмана.

— Ну и Бог с ними! Пусть пожинают, что посеяли! Тебе-то что убиваться?

— Беда не в том, Дусечка... — Голос Веры прервался от подступивших слез. — Прознала Лидка, что Света — Степина дочь. В детском садике ее увидела, а правду не скроешь: Светочка — вылитый отец.

— Ну и что? Позлится и перестанет. Думаешь, откроет все Степану? А какой ей резон? — рассудительно возразила тетка. — Одни убытки! Ты же от него ничего не требуешь? Ей на руку!

Вера Петровна лишь горько покачала головой.

— Будто Лидку не знаешь... Грозит все открыть Ване, шантажирует меня, негодяйка... И ведь может рассказать — запросто! Теперь понимаешь, что в душе у меня творится? Как я этого боюсь!

Евдокия Митрофановна помрачнела.

— Да-а уж... Дело сурьезное. — Видно, и она растерялась. — Лидка на это способна. Такого Ивану наплетет, так все извратит... жизнь вам отравит. — Но неунывающая ее натура взяла верх. — Только без паники, Веруся. В жизни и не такое случается. Иван — крепкий орешек. Дорожит тобой, семьей — справится. Не тот отец, кто родил, а кто вырастил.

Но эти простые слова не утешили Веру — лишь усилили ощущение безысходности.

— Дусечка, родная! — взмолилась она. — Давай лучше подумаем — как быть? Каково Ване узнать, что Света не его дочь? Ведь у нас детей больше нет и не будет. Врачи сказали. А самолюбие его? Авторитет, которым он так дорожит? — И горько разрыдалась, зарывшись лицом в теплую грудь тети Дуси.

Евдокия Митрофановна переживала молча, не находя слов: как утешить, успокоить? Поразмыслить надо, выход найти... Но что тут сделаешь?.. Наконец не выдержала:

— Ну хватит плакать, Верусь! Слезами горю не поможешь. Говори, что надумала, и мне, может, что в голову придет.

— Лидка за молчание, знаешь, что требует? Чтобы Ваня ей квартиру устроил двухкомнатную! Говорит — уйдет тогда от Степана и начнет с дочкой новую жизнь. Что делать, Дусечка?

Тетя Дуся молчала, осмысливая сказанное, а Вера возмущенно продолжала:

— Представляешь? Такой гадине за весь вред, который причинила, еще квартиру поднести?! Когда коренные москвичи годами очереди ждут! Как подумаю, что она своего добьется, — прямо с души воротит! — Она помолчала, успокоилась. — Но что поделаешь? Попросила уже Ивана. Правды, конечно, не сказала. До чего же тошно! — Вера понурила голову. — А что, если Лидка квартиру получит — и все же нагадит?.. С нее станется! Как ты считаешь?

Лицо у Евдокии Митрофановны стало жестким, суровым. Она грозно сдвинула брови и, успокаивающе взяв племянницу за руку, твердо пообещала:

— Пусть только попробует — будет иметь дело со мной! Я ей так и скажу: ты еще молодая, у тебя дочь, а мне своей старой жизни не жалко! Она характер мой знает. Если так — ей конец!

— Ну Дусечка, ты это слишком! На такую жертву, надеюсь, тебе идти не придется! Я сама предупреждала Лидку: Иван тогда сотрет ее в порошок. Ты права — ее только страх удержит! Да, еще: эта нахалка кроме квартиры, требует, чтобы я ей материально помогла — обстановку купить. Говорит, нет денег даже на переезд. Считает — я ей обязана.

— За какие же такие заслуги? — насторожилась, ничего не понимая, тетка.

— Говорит, Богу я должна молиться, что Степана у меня увела. А то мне, а не ей пришлось бы с ним горе мыкать. Этим, считает, обеспечила счастье мое с Ваней. Каково?..

— А что? В этом, пожалуй, она права, — повеселев, оценила юмор ситуации тетка Дуся. — И впрямь — заслужила. Если б не она — не видать вам с Иваном такой сладкой жизни. Деньги-то у тебя найдутся? Верно, немало надо? Как мужу объяснишь?

— Не понадобится тут ничего объяснять. Ваню денежные дела не интересуют. У меня на книжке скопилось. Сниму, сколько надо — он и знать не будет.

— Прости старуху за любопытство: откуда у вас столько денег-то? — удивилась тетя Дуся. — Ты не работаешь, живете на широкую ногу, сладко едите и еще остается?

— Ты просто не знаешь нашей жизни, — терпеливо объяснила Вера Петровна. — Продукты нам на дом присылают. Это положенный Ване продовольственный паек. Все вещи покупаем на валюту от его командировок. Так что почти все идет на книжку.

— Та-ак... вроде бы поняла. Так бы всем жить! — вздохнула Евдокия Митрофановна. — А как со Степаном решила? Ничего не говорить? Вообще-то жалко его.

— Жаль, конечно, — снова затуманилась Вера Петровна, — да нельзя. Тогда уж точно все открылось бы. А как трудно жить ему будет... Он и так теперь алименты Лидке должен платить, а зарплата учителя маленькая. Что же делать, придется кривить душой. Ложь во благо — не ложь! — заключила она, успокаивая себя и тетку.

— Лидия Сергеевна, с утра в дурном настроении, в волнении прохаживалась по своему кабинету. Ни за что накричала на уборщицу тетку Маню — некстати под руку подвернулась.

С тех пор как Григорьевы забрали дочь из детского сада, связь с ними прервалась, и Веру Петровну она ни разу не видела.

Навела справки, узнала: переехали с Кутузовского проспекта к Никитским воротам, в элитный, тихий район. Только вчера Василий Семенович сумел-таки (одному ему известными путями) раздобыть номер их домашнего телефона.

Розанова вне себя от злости и зависти, возмущалась: «Хапают себе самое лучшее, а до других им и дела нет! Но им еще отольются наши слезы! За все заплатят!» Она мучилась сомнениями: неужели допустила просчет, и Верка не сдержит слова? Здорово ведь тогда пронять ее удалось... Позвонить бы ей, поскорее все выяснить! Нет, нельзя: лишняя суета — делу во вред. Но все же не удержалась — уселась в кресло, набрала номер.

— Веру Петровну, пожалуйста. Вера? Привет! Это случайно не тетя Дуся подходила? Ну и память у меня! Сколько лет прошло, а голос ее узнала. Да что зря трепаться! Перейдем к делу. — Голос ее стал жестким. — Я смотрю — уж не убежать ли ты от меня вздумала? Не только Свету забрала из садика, но даже квартиру сменила. Насилу узнала твой новый телефон. К чему все это? Ты ведь знаешь — я от своего не отступлюсь!

Приняв окончательное решение, Вера Петровна перестала нервничать. Спокойно выслушала, не без удовольствия отметила в Лидкином голосе страх и беспокойство, прятавшиеся за резким, наглым тоном.

— Зря паникуешь! — ответила с презрением. — Думаешь, у меня только и дел, что тобой заниматься? Неужели всерьез считаешь, что способна кого-нибудь напугать? Переехали туда, где нам удобнее. А насчет твоего дела... — и умолкла, услышав, как тяжело, часто дышит в трубку ее врагиня, — оно, можно сказать, состоялось. Я слов на ветер не бросаю. Для тебя сделали исключение — внесли в список на двухкомнатную в районе ВДНХ. Под честное слово Ивана Кузьмича. Срочно оформляй развод, не то ордера тебе не выдадут! — Что-то еще надо ей сообщить... ах да: — Какие документы и куда подавать — тебя известят. Дом сдается через месяц.

Лидия Сергеевна почувствовала себя на вершине блаженства. Такого быстрого и плодотворного результата не ожидала... Но сумела сдержать первый порыв ликования и осторожно осведомилась, сама сознавая, что переходит все границы нахальства:

— А как насчет финансов, Вера? В пустую квартиру я Наденьку не повезу. На Степанову рухлядь у меня прав нет, да и не нужна она нам.

— Напрасно беспокоишься, у меня память хорошая. Нужная сумма приготовлена. Хочу думать, что, получив все, ты наконец угомонишься. Иначе тебе несдобровать! — Вера Петровна положила трубку и тяжело перевела дыхание. Какая все же неслыханная наглость! Это уметь надо... Как могла она не распознать, столько лет дружить с такой негодяйкой?..

Глава 7. РАЗВОД РОЗАНОВЫХ

В это солнечное утро погожего весеннего дня Лидия и Чайкин еще нежились в постели. Сегодня суббота, можно никуда не спешить: редкий случай, когда Василий Семенович может себе позволить не ночевать дома — жена уехала на неделю погостить у двоюродной сестры.

После бурной любовной ночи он чувствовал, что еще не восстановил силы. «До чего же темпераментная баба моя Лидочка! И что еще мне, дураку, надо? — лениво думал он, вспоминая недавний разрыв со своей второй подругой, молодой журналисткой, — познакомился по делам службы. Несмотря на юность, эта особа имела изрядный сексуальный опыт. Худенькая, стройная, не так красива, как энергична и инициативна. Перед ее молодым натиском Чайкин не устоял: узнав о неудачном его браке, сделала его объектом своего внимания. Наверно, и отбила бы у Лидии Сергеевны, не зайди слишком далеко.

Что задумала, о Господи! Чтоб он с женой развелся! Пробы негде ставить, а туда же: «Все жене расскажу!»... А та, конечно, сразу — в партком. Аморалку пришьют — и все. Хорошо еще застукал ее с прежним возлюбленным, а то не отделался бы легким испугом. Счастливо избавился...

Лидия Сергеевна, дремавшая на его плече, открыла глаза, села, лениво потянулась.

— Ты уже проснулся, Васечка? Полежи, милый, отдохни от трудов праведных! — рассмеялась она хрипловатым со сна голосом. — Сейчас встану, займусь завтраком... Как хорошо не спешить... Мой дурак сегодня обещал Наденьку в зоопарк сводить — полдня в нашем распоряжении. Есть хочешь: кофе, яичницу? — И вопросительно вскинула на него большие черные глаза.

— Да чего-то есть еще не хочется... Приляг лучше рядом, поговорим за жизнь, поворкуем как голубки, — благодушно предложил он. — В общем, расслабься.

После вчерашних возлияний у Лидии тоже не было аппетита. Она охотно опять легла, прижалась к нему, стала любовно поглаживать.

— Э-э, да ты не в фо-орме, — упрекнула разочарованно. — А еще в гости звал... Да ладно, давай просто поболтаем — ночью перетрудились. Ведь нам есть о чем поговорить?

— Начнем с моей благоверной, — предложил Василий Семенович. — Помоги мне как друг, как женщина разобраться наконец: что она за человек? Сколько живу — никак ее не пойму!

Последнее время Лида и Чайкин встречались у очередного его приятеля — тот отбыл с семьей за рубеж и предоставил квартиру в его распоряжение.

— А чего здесь не понять, — весело отозвалась Лидия. — Не любишь ты ее, а она — тебя.

— Чего же она тогда за меня цепляется? Папа-генерал, единственная дочка... На что я ей? Как собака на сене! — недоумевал Василий Семенович. — Сдается, она физически недоразвита: мужчины ее не волнуют. Фригидными, что ли, таких называют... — Невесело рассмеялся, поделился: — Понимает, конечно, что хоть иногда должна выполнять супружеские обязанности. И что же? Лежит колода колодой... Только меня терпит. Ну как жить с такой?

— А ты брось ее, Васенька, — осторожно предложила Лидия Сергеевна. — Неужели тебе это не надоело? Детей у вас нет. Так зачем же терпеть?

— Легко сказать, — возразил Чайкин. — Во-первых, уйти некуда, а во-вторых, такой скандал устроит! Я ее знаю. Чуть что не по ней — сразу жалуется в партком. Папаша научил. — И признался искренне: — А для меня, Лидочка, работа дороже всех баб на свете! Хоть и жить без вас не могу, такие вы сякие! — Рассмеялся, обнял ее, чмокнул в ушко.

— Положим, первую проблему решить можно. — Лидия мечтательно обволокла его бархатным взглядом. — Скоро квартиру получу — говорила уже тебе. Только развод с Розановым оформлю... — Она помолчала. — А ты не очень-то верил, что у меня это выгорит, а, Васенька? — напомнила она ему, торжествуя, гордясь своим успехом.

— Тут ты оказалась молодчиной! — похвалил он, нежно похлопав ее по мягкому месту. — А когда новоселье?

— Думаю, недельки через две, как суд состоится. — Довольная собой, она глубоко вздохнула, проговорила нежно: — Теперь нам, Васенька, не придется встречаться, как бездомным, по хатам твоих приятелей, одалживаться перед ними. А может, — она игриво покосилась на него с веселым вызовом, — тебе у меня понравится и расстанешься наконец со своей «колодой»?

«Ну вот, и ты туда же! — насмешливо подумал Василий Семенович. — Фиг тебе с маслом!» Но вслух сказал:

— А что? Все может быть. Лучше тебя, черноокой, мне все равно никого не найти!

Он уже почувствовал прилив новых сил и привлек Лидию к себе, умело возбуждая у нее ответное желание, и, позабыв о завтраке, они погрузились в любовную игру.

Как всегда, быстро — она вечно торопилась — Розанова шла к зданию с вывеской «Юридическая консультация», заметной издалека. Двое мужчин, беседовавших у входа, прервав разговор, восхищенно воззрились на нее. Несмотря на скромное, короткое платье, а может быть, именно благодаря ему, она выглядела очень эффектно: высокая, с пышной прической, красивыми, длинными ногами...

Ей нравилось, когда на нее смотрели мужчины, и она не осталась равнодушной. Бросив на них жгучий взгляд, порозовела от удовольствия; вошла в вестибюль, отыскала нужную дверь, постучала:

— Здесь консультируют по бракоразводным делам? — И вошла.

Ей указали нужный стол, она села в предложенное кресло и обратилась к юристу:

— Мне хотелось бы выяснить, какие трудности и подводные камни меня ожидают во время процесса. На днях суд, и для меня важно, чтобы все решилось с одного раза.

Она выложила на стол копии документов; юрист внимательно просмотрел, уточнил некоторые детали и заключил оптимистическим тоном:

— Мотивировка у вас в порядке, тем более что муж не возражает. Развод по взаимному согласию не слишком сложен; ребенок здесь не помеха. Обычное дело. Опасаться надо другого.

— Чего же именно? — насторожилась Лидия Сергеевна.

— Вы заявили, что вам с ребенком есть куда уйти от мужа — вам выделили квартиру. Даже просили ускорить оформление развода.

— В чем же затруднение?

— А в том, что судья может заподозрить авантюру: фиктивный развод с целью увеличения жилплощади. Это затянет процесс.

Увидев, что у нее от огорчения вытянулось лицо и она разочарованно затихла, консультант ободрил:

— Ничего страшного здесь нет. Вам не нужно бояться, поскольку в вашем деле все чисто. Ведь так?

Лидия Сергеевна утвердительно закивала головой и оживилась.

— Так что бы вы рекомендовали? Как себя вести, чтобы все кончилось благополучно?

— Будьте оба предельно честны и искренны. Ведите себя естественно, без театральных эффектов. Важно, чтобы вам поверили. Нужно, чтобы и муж держался соответственно — если он тоже желает развода. — Он явно проникался сочувствием к этой красивой женщине. — Вы оба должны на суде проявить серьезность, показать решимость покончить с неудавшейся совместной жизнью. Тогда вам поверят и разведут, к взаимному удовлетворению, — заботясь в том числе и о нормальных условиях жизни для дочери.

По мере того как он говорил, волнение Розановой улеглось.

— Спасибо вам, я немного воспряла духом! — заявила она юристу. — Думаю, все будет как надо. Муж — честный человек, вызывает доверие. Мне фальшивить не придется, все идет от души. Какая там фикция, когда мы все трое живем как в аду!

— Ну вот и отлично. Желаю вам успеха! — Консультант сложил бумаги и протянул Лидии Сергеевне: прием окончен.

— Отложи наконец в сторону свои тетради!

Был вечер того же дня; Лидия Сергеевна пришла домой с работы.

— Ведь в пятницу суд! Мы хоть все и обговорили, но, если начнешь мямлить и нас не разведут, я... я не знаю, что сделаю! — Она повысила голос, привычно себя взвинчивая. — Убью тебя, отравлю, зарежу! Мне нельзя упускать эту квартиру! Дорогой ценой далась!

— Ну что еще ты от меня хочешь? — равнодушно откликнулся Степан Алексеевич, неохотно отрываясь от работы.

— А то, что на суде ты не должен отмалчиваться, а сказать истинную правду! Что, мол, не любишь меня больше, терпеть не можешь такое положение. — И добавила язвительно: — Еще лучше, если признаешься, что любишь другую. Ведь так оно и есть, я-то знаю!

Розанов подумал немного, сказал серьезно:

— Со мной все ясно, а вот как с Наденькой? Каково ей будет без отца? — И замолчал, понурив голову.

— Уж лучше без отца, чем такой никудышный! — смерила его презрительным взглядом Лидия. — Думаешь, если родитель, то и отец? Ошибаешься! Отец — тот, кто помогает растить ребенка. А от тебя толку как от козла молока!

Видя, что Степан со страдальческим видом снова схватился за тетради, она вспомнила, зачем затеяла этот разговор, и спохватилась.

— Постой, не злись! Скоро от меня избавишься. Ну извини, — обратилась она к нему уже совсем иным тоном. — Давай поговорим по-хорошему. Ведь все равно нас будет связывать дочь.

Ее метаморфоза возымела действие: Степан Алексеевич, сжав зубы, повернулся к ней: что скажет на этот раз?

— Сегодня я снова советовалась с юристом, и не зря. — Сделав паузу, она серьезно взглянула на него. — Нельзя, чтобы суд заподозрил, что мы затеяли фикцию, чтобы получить еще одну квартиру. Сечешь? — И усмехнулась горько. — Это у нас-то с тобой — фикция? Когда мы оба мечтаем больше не видеть друг друга!

— Ну ладно, убедила, — не выдержал ее излияний Розанов. — Говори, что я должен делать? Мне работать нужно.

— Ты должен быть не только искренним, но и активным, чтобы судьи поняли: наша совместная жизнь невозможна! Ведь ты такой положительный — как тебе не поверить! — уже не без злой иронии добавила она. — Разрешаю даже расписать, какая я мерзавка.

В пятницу выдался чудный весенний день: звенела капель, светило яркое весеннее солнце. Лидия Сергеевна, вся во власти волнения и страха, после очередного совещания с опытной Мариной — они обсудили возможные острые моменты предстоящего испытания — прибыла в суд раньше назначенного времени. Степан Алексеевич (он все утро провел в библиотеке) уже ее ждал.

Заседание началось вовремя и протекало спокойно, в обычном порядке. Были зачитаны все документы, заслушаны обе стороны. Лидия Сергеевна осталась довольна: Розанов, с ее точки зрения, вел себя безупречно. Нисколько не пытался ее очернить, а себя представить в выгодном свете; серьезно и убедительно поведал о полном несходстве характеров, воспитания, проанализировал причины их ссор, делая упор на бытовую сторону жизни. Но признался, что накопившаяся ненависть к жене полностью атрофировала его к ней физическое чувство и продолжение брака невозможно. В заключение заверил судей, что любит дочь, но ребенку невыносима такая семейная обстановка.

Хотя его речь произвела на всех сильное впечатление, но формализм принятой процедуры взял верх. Судья, приятная немолодая женщина, тепло обратилась к Розановым:

— Может, дать вам все-таки время подумать? Неужели ради дочери невозможно перешагнуть через накопившееся зло и найти путь к примирению, не делать рокового шага? Ведь вы еще молоды и любили друг друга! — Она с надеждой смотрела на них, ожидая ответа.

Первой встрепенулась Лидия Сергеевна.

— Товарищ судья, — прочувствованно обратилась она к ней голосом, полным неподдельного страдания и горечи, — простите, если нарушаю этику, но вы женщина — поймите меня! Сколько же мне мучиться?! — Из глаз ее потекли обильные слезы. — Этот кошмар длится уже два года!...Все уже думано-передумано. Разве ребенку будет лучше?! У нас ведь — при ней! — постоянная ругань, а то и драки! До того уже дошло. Так ненавидим друг друга, что, не дай Бог... — она сделала паузу, словно не решаясь выговорить страшное слово. — А я не хочу в тюрьму! Мне надо дочь вырастить и на ноги поставить! — И умолкла, захлебываясь слезами.

— Неужели у вас зашло так далеко? — обратилась судья к Розанову, сохранявшему во время речи жены мрачное молчание. — Ваша жена говорит правду?

— Ну что ты онемел?! Скажи судье все как есть! — сорвалась на крик Лидия Сергеевна. — Ведь ненавидишь меня, не любишь! Не спишь со мной незнамо сколько!

— Гражданин Розанов, — снова, еще настойчивее спросила судья, — это правда?

— Да, это истинная правда, товарищ судья, — наконец выдавил из себя Степан Алексеевич, испытывая мучительный стыд под взглядами многочисленных любопытных глаз. — Ненавижу и жить с ней не смогу!

— Ну что ж, пожалуй, все ясно, — обменявшись взглядами с народными заседателями, подвела итоги судья и объявила:

— Суд удаляется на совещание!

Всем своим существом сознавая — дело выиграно, Лидия Сергеевна радостно утерла слезы.

В уже знакомое кафе «Националь» бывшая Розанова явилась после бессонной ночи, проведенной с сердечным другом Василием Семеновичем Чайкиным. Накануне они как следует отметили долгожданный развод Лидии Сергеевны и ее ордер на двухкомнатную квартиру — уже получила. Обильные возлияния и любовная невоздержанность оставили свой след — косметика, увы, не помогла сегодня: лицо опухло, глаза покраснели и под ними набухли некрасивые мешочки. В общем, вид помятый, она не так привлекательна, как обычно, — сама понимала.

Вера Петровна ждала за столиком у окна; видно, рассержена — ничего хорошего не жди.

— Извини меня, Вера, — смущенно, без присущего ей нахальства только и выдавила Лидия Сергеевна, усаживаясь за столик напротив нее. — Домашние обстоятельства задержали.

— Можно подумать, что наша встреча нужна мне, а не тебе, — не сдержала раздражения Вера Петровна. — Ну да ладно, надеюсь, сегодня мы закончим наши отношения раз и навсегда!

— Кому нужна наша встреча — замнем! — зло сверкнула глазами Лидия Сергеевна — привычная наглость возвращалась. — Главное, надеюсь, ты принесла.

Григорьева, взглянув на нее с нескрываемым отвращением, еле сдерживая гнев, открыла сумочку, достала толстый пакет.

— Здесь вполне достаточная сумма — купить современный мебельный гарнитур и оплатить расходы по переезду. Я цены знаю. — Она смотрела бывшей подруге прямо в глаза. — Хочу, чтобы ты хорошо усвоила, что сейчас тебе скажу. Подумав, я согласилась: своей счастливой семейной жизнью обязана тебе. Строя мне козни и поссорив со Степой, ты заставила меня вернуться к Ивану Кузьмичу. Иначе мы с ним не поженились бы. — Вера Петровна тяжело вздохнула, проговорила устало: — Надеюсь, ты довольна: всего добилась, можешь теперь начать новую жизнь. Зла тебе не желаю, несмотря на все твои подлые дела.

Лидия Сергеевна, подавленная переполнявшими ее противоречивыми чувствами, не отвечала. Григорьева встала и в заключение с достоинством и скрытой угрозой объявила:

— Твой счастливый вид, Лида, говорит о том, что мы с тобой полностью рассчитались и больше о тебе не услышим. Иначе разговор другой будет. Желаю удачи! — И повернулась, чтобы уйти.

Лидия Сергеевна слабым жестом руки ее остановила:

— Погоди, Вера, не задержу, — пообещала она просто. — Мне так надо, чтобы наконец повезло! Почему бы и мне не быть счастливой? Я ведь ничего еще себе?.. Неужели не смогу?..

— Сможешь, — если пить не будешь. От тебя уже с утра несет! — Не желая больше видеть и слушать эту негодяйку, Вера Петровна устремилась к выходу.

В тесной «хрущобе» Розанова царил беспорядок. Посреди узлов, картонных коробок, чемоданов, собранных Лидией для переезда на новую квартиру, Степан Алексеевич как ни в чем не бывало занимался своим обычным делом — проверял тетради учеников.

— Ты бы хоть сейчас очнулся, недоумок! — издевательски бросила ему бывшая жена, упаковывая очередную коробку — вещей оказалось на удивление много. — Красавица жена его покидает, дочь увозит, а ему все нипочем! Ну прямо робот, а не человек! — Пронять его никак не удавалось, но Лидия продолжала в том же духе: — Хоть бы помог напоследок — мужик все же! Из чувства благодарности. — И расхохоталась — достала все же: оторвался от работы, удивленно поднял на нее глаза.

— Ты это всерьез? За что же мне тебя благодарить?

— Да хотя бы за то, что квартиру тебе оставляю, мебель всю фамильную. Разве это не условия для вполне обеспеченной жизни? Другая, померкантильнее, чем я, уж точно потребовала бы свою законную половину, а на ребенка — еще больше.

— Ну что ж, делай расчеты, я не возражаю, — спокойно ответил Розанов. — Мне от тебя благодарности не надо. Проживу как-нибудь.

— Ладно уж, я не жадная! Тебе и так Наденьку больше десяти лет придется обеспечивать. Живи!

Да ее доброта нисколько его не растрогала — угрюмо насупился, опять уткнулся в тетради! Лидия решила позолотить пилюлю:

— На нервы ты мне теперь не будешь действовать — думаю, со временем мы с тобой поладим. Что бы я там на суде ни говорила, а отец ты неплохой, Наденьку любишь. Не стану мешать вам видеться.

Совесть ее не тревожила за то, что обманула, исковеркала его жизнь, но ей почему-то остро захотелось оправдать себя в его глазах.

— Хочу, чтобы ты знал, — заявила она, подойдя к нему вплотную и закрыв рукой тетрадь. — Я ухожу не только чтобы попытать счастья лично для себя. Делаю это главным образом для Наденьки. Наилучшие условия ей создам! Хоть ты меня в грош не ставишь, вот увидишь: такого мужика отхвачу — закачаешься! Знай, что потерял!

Мучения Розанова прервал резкий звонок в прихожей.

— Ну вот и машина пришла за вещами! — вздохнула Лидия с облегчением, — и ей долгожданное расставание нелегко оказалось перенести. — Будь здоров, не поминай лихом! — только и сказала она на прощание, навсегда покидая дом, в который когда-то вступала с такой радостью и надеждой на счастье.

— А вы, Раиса Павловна, довольны своей квартирой? — спросила Лидия Сергеевна соседку — та под благовидным предлогом зашла поболтать.

Раиса Павловна Конкина — еще молодая, но довольно тучная женщина, жена милицейского работника, проживала этажом выше. Добродушная, общительная, она нигде не работала — вела домашнее хозяйство: у них с мужем трое детей. С Лидией Сергеевной она познакомилась в тот день, когда грузчики заносили новую мебель, — дала ряд ценных советов.

За прошедшие после переезда недели Лидия Сергеевна успела обжить новую квартиру. Большую комнату уже обставила — в модном чешском гарнитуре есть все необходимое для домашнего уюта: красивый, удобный шкаф для одежды, буфет с баром и — гордость хозяйки — угловой раскладной диван-кровать; тут же кресла, журнальный столик. В маленькой, очень солнечной комнате — Наденькиной — пока только ее кроватка и тумбочка, перевезенные со старой квартиры.

Лидии Сергеевне удалось пораньше уйти с работы и сейчас она вешала на стену приобретенный по случаю эстамп, слушая доброжелательную болтовню соседки.

— Квартира у нас почти такая же, как была, — охотно рассказывала Раиса Павловна. — Кухня даже меньше, чем в блочном доме, откуда выехали. Но зато здесь дополнительная комната для младшеньких — там-то уже тесновато было.

— А как вам наш дом, район? — подала реплику хозяйка, лишь для поддержания разговора.

— Дом, конечно, не сравнить: кирпичный, первой категории. Стены-то какие! Вы обратили внимание, Лидочка? А подъезд какой красивый! И планировка очень удобная: большая прихожая, санузел раздельный. Вы же из «хрущобы» выехали? Так разве можно сравнить?! В малометражных повернуться негде и панели такие тонкие, а здесь — нормальные человеческие условия! — А ваше, Лидочка, впечатление от новой квартиры? — Соседка заранее радовалась ответу. — Вижу, что довольны — так и сияете!

— Ну, сияю я, положим, по другой причине. — Лидия Сергеевна решила, что солиднее не выдавать всей полноты своего счастья. — Наконец-то удалось освободиться от опостылевшего мужа, изменить судьбу к лучшему. Да я вам говорила уже. От близкой соседки секретов нет, — лукаво улыбнулась она, — все равно узнает! Что до квартиры и дома, так они на должной высоте, как мы того заслуживаем. Правда, Раечка? — Рассмеялась, напустила на себя важность. — В жизни все относительно. Ведь в цековской системе работаю, в курсе, как наша знать живет, какие сейчас дома и квартиры сооружают! Но я не завистливая — меня и эта вполне устраивает.

Их разговор был прерван дверным звонком — пришла Наденька с прогулки: Лидия Сергеевна по дороге с работы забрала ее домой.

— Ну и румянец! Хорошо погуляла? — Она помогала дочке раздеться. — Как девочки? С кем-нибудь уже подружилась?

Наденька лишь утвердительно закивала головой.

— В туалет, мам, и есть хочу! — заявила она, едва освободившись от верхней одежды. — Потом все расскажу...

— Ну тогда мой руки и за стол! — скомандовала Лидия Сергеевна, целуя дочь. — Обед давно готов.

Когда Наденька убежала, Раиса Павловна вполне искренне восхитилась:

— Ну и красотка у вас растет, Лидочка! Прямо с обложки журнала «Здоровье». А у меня одни мужики, — посетовала она, впрочем, без грусти. — А так хотелось девочку!

Раиса Павловна сделала паузу и задала вопрос, который давно вертелся у нее на языке:

— Мне только одно непонятно, Лидочка. Почему вы оставили такого видного и симпатичного мужа? Неужели из-за того, что мало зарабатывал? А может, он завел другую?

На минуту лицо у Лидии Сергеевны приняло недовольное выражение, но она хотела поближе сойтись с соседкой и решилась на откровенность.

— Конечно, нищенская зарплата отца Наденьки сыграла свою роль, — поведала ей доверительным тоном. — Но ушла от него не из-за этого. И не потому, что изменял.

— А из-за чего же? — нетерпеливо вырвалось у любопытной соседки. — Неужто руки распускал или, может, алкаш? На вид он такой солидный и достойный мужчина!

Лидия Сергеевна тяжело вздохнула.

— Вы снова не угадали, Раечка! Вовсе не то, и не другое, — со злыми нотками в голосе открыла ей «правду». — Розанов пренебрегал мной как женщиной. На вид он, может быть, и хорош, а на деле — полное дерьмо!

— Вот уж никогда бы не подумала, — изумилась Раиса Павловна, простодушно переходя на «ты». — Неужели коротышка, что к тебе наведывается, Лидочка, лучше отца Наденьки? Выходит, из-за него ты ушла от мужа?

— Да красавчик Розанов в подметки не годится Васечке! — выкрикнула в сердцах Лидия Сергеевна, тоже переходя на «ты». — То есть моему другу Василию Семеновичу, с которым ты скоро познакомишься. Сама знаешь, с лица воду не пить. Он, может, внешне не блещет красотой, но меня вполне устраивает.

— Значит, вы скоро поженитесь? Это хорошо! Тебе ведь будет намного легче, — порадовалась за нее добрая Раиса Павловна и тут же увяла, увидев, как у соседки вытянулось и потемнело лицо. — А что? Неужели женат?

— Женат и развестись пока не может, — решив быть до конца откровенной, сумрачно объяснила Розанова. — Такие сейчас у него обстоятельства. Поэтому до свадьбы еще далеко!

Осознав ее ситуацию, Раиса Павловна пригорюнилась:

— Выходит, соседушка, что и с милым другом тебе ничего не светит, и такого видного мужика, как отец Наденьки, ты тоже потеряла. Неужели не жалко? Хоть убей, не верю! — от сопереживания у нее на глаза навернулись слезы.

Искреннее сочувствие доброй соседки наполнило Лидию Сергеевну жалостью к себе, и ее дивные черные глаза тоже заволокли слезы.

— А вообще-то неправду я сказала тебе о Розанове. Хороший он человек, и мужик что надо. Но женился на мне без любви и до сих пор любит другую. За это я презираю его и ненавижу! Ну скажи: чем я плоха? — воскликнула она, гневно поводя своими цыганскими глазами. — Поэтому его и мерзавку, которую любит, не прощу до конца своих дней!

— Ты очень хороша, Лидочка! Просто раскрасавица! — с искренним чувством горячо произнесла Раиса Павловна. — Не горюй! Будешь еще очень счастлива! Я в этом уверена!

Она достала платочек, чтобы вытереть слезы и спохватилась:

— Ну все! Домой пойду! Скоро мои обедать притопают. Ты, Лидочка, не стесняйся — зови, если что понадобится. Я всегда к твоим услугам.

«Хорошая, простая баба. Везет мне на соседей, — закрыв за ней дверь, подумала Лидия Сергеевна. Дружеская поддержка соседки придала ей сил, у нее вновь поднялось настроение, и она отправилась на кухню кормить дочку.

— Не тужи, Степа! Теперь, когда Лида уехала, скажу откровенно: от дрянной бабы избавился, — с искренним сочувствием глядя на пригорюнившегося Розанова, утешал Игорь Иванов, — для того и зашел: поддержать старого друга.

Они сидели за столом на кухне опустевшей «хрущобы» — отмечали начало новой, холостяцкой, жизни Степана Алексеевича.

— Дело прошлое, — признался Игорь после небольшой паузы, — но она ведь и ко мне клеилась — жаловалась на тебя, наговаривала всякое. — Поднял на друга извиняющийся взор, добавил: — Красивая же такая, стерва. Поняла, наверно, что я в этом плане тебе завидовал. Но разве мог я предать тебя, воспользоваться вашими неладами? Не стал, конечно, ее слушать, понять дал — не на того напала. Тебе ничего не сказал — считал бестактным.

— Знаю, Игорек, и то, что можешь мне сказать, и много больше. Не один год с ней прожил, — тяжело вздохнув и не поднимая глаз, медленно, будто каждое слово давило его, отвечал Розанов. — Думаю, другой на моем месте вряд ли выдержал бы столько оскорблений и унижений. Но я терпел, нес свой крест. Сам допустил ошибку — сам ее расхлебывал, как мог. Ради дочери, Наденьки. Но ничего не вышло! — Он тряхнул крупной, красивой головой. — Не будем больше о ней, о Лиде. Что толку? Да и пересуды всякие, пусть и справедливые, не мужское дело! — И расправил нахмуренные брови, пытаясь взять себя в руки; как боец, потерпевший поражение в схватке, он остро переживал фиаско в личной жизни. — Налей-ка, дружище, водочки — выпьем за то, что жизнь продолжается, и есть в ней, кроме женщин, цели, за которые стоит бороться!

— Ну ты и джентльмен, Степа! Сразу видно — профессорский сынок. О женщинах — либо хорошо, либо никак, — одобрил Игорь, наливая в рюмки и раскладывая по тарелкам закуску. — Я-то — мужик пролетарского воспитания: не могу вспоминать свою стерву без матерной характеристики. Столько крови она мне попортила! Давай лучше о будущем, и выпьем за то, чтобы оно было счастливым. Нам обоим здорово досталось!

Чокнулись, закусили чем Бог послал; помолчали; потом Игорь спросил:

— Что думаешь делать дальше? Какие ближайшие планы? Боюсь, к тебе тут же приклеится новая пассия, еще похлеще. Ты на это везучий.

— Нет уж! Тут требуется большая передышка — так все внутри перегорело, — признался Розанов. — Не расположен я сейчас к общению с прекрасным полом. Спасет меня, наверно, от тяжелых дум, — с мягкой иронией продолжал он, и в голосе его зазвучала надежда, — работа, и только работа. А ее как раз невпроворот. Я вовсе не расстался с мыслью о защите.

— Неужели найдешь в себе силенки для этого? После такой-то нервотрепки? Тогда ты просто двужильный!

— А что остается? Для меня главное — восстановить уважение к себе. Заняться делом, которое целиком бы меня захватило. — Степан Алексеевич глубоко, свободно вздохнул, чувствуя, что к нему возвращаются уверенность в своих силах и оптимизм. — Какое счастье, что я удачно выбрал тему и она еще не устарела. Верю я в успешную защиту и добьюсь этого во что бы то ни стало!

— Ну что ж, друг, от всей души желаю тебе победы!

Они еще раз чокнулись, заговорили о текущих делах.

Часть II. ЧЕРЕЗ ДЕСЯТЬ ЛЕТ

Глава 8. ПРИНЦИПЫ ГРИГОРЬЕВА

Солидная «Чайка» Григорьева затормозила у подъезда его красивого дома на Патриарших прудах. В последние годы этот тихий московский микрорайон близ Никитских ворот стал одним из самых престижных.

Иван Кузьмич вышел из машины и в сопровождении водителя, несшего солидный кейс и объемистые сумки, доверху набитые пакетами с провизией, быстрым шагом направился к дому. Пожилой водитель еле за ним поспевал.

Кивнув в ответ на услужливое приветствие вахтера, Григорьев проследовал к лифтам. Вместе с водителем они поднялись на шестой этаж. «Наверно, собрались уже все. — Иван Кузьмич, нажав кнопку звонка, ощутил укол совести. — Предупредить надо было, что задерживаюсь. Ведь обещал Вере привезти к столу деликатесы. Ждут ведь, без меня не сядут».

За прошедшие десять лет Иван Кузьмич заметно прибавил в весе, обрюзг, полысел; крестьянская, коренастая фигура несколько оплыла, появился двойной подбородок. Открытое его лицо и широкая улыбка по-прежнему вызывали симпатию, но взгляд светло-голубых глаз стал настороженным, холодным.

«Ничего страшного, — решил он, оправдывая себя. — Свои люди — не баре, потерпят! Должны понимать: мои дела поважнее». Дверь распахнулась, и Вера Петровна, веселая, нарядная, на пороге встретила мужа.

— Наконец-то, Ванюша! Заждались! Вечно тебя задерживают! Знаю, знаю! У вас там заботы — не нашим чета. Но и о семье помнить надо!

Если Григорьев заметно сдал, то Веру Петровну прошедшие годы миловали. Она стала немного полнее, что в сочетании с хорошим ростом и природной стройностью делало ее еще женственнее и привлекательнее. Кожа на румяном, с ямочками на щеках лице по-прежнему гладкая, серые глаза такие же ясные; гладкая строгая прическа будто создана для ее милого, домашнего облика.

— Ну ладно! Давай скорее что привез! — перешла она на деловитый тон. — Пора за стол садиться — голодные все, как волки!

— Савелий Ильич, — попросила она водителя, — отнесите, пожалуйста, это на кухню и передайте Агаше!

— Ванечка, дорогой, — снова повернулась она к мужу, ласково помогая ему снять пиджак, — иди-ка быстро умойся — и к гостям! Я повешу.

Убрав все лишнее в стенной шкаф, Вера Петровна прошла на свою образцово оборудованную кухню. О таких вещах, как огромный финский холодильник и немецкая плита с грилем, рядовые граждане могли только мечтать.

— Давай-ка я займусь закусками, а ты иди на стол накрывай, — предложила она суетившейся на кухне Агаше и с ходу принялась нарезать, раскладывать по тарелкам, украшать зеленью и лимоном привезенные Иваном Кузьмичом сервелат, осетрину, икру.

Агаша — минувшие годы превратили ее в маленькую, сухонькую старушку — побежала в столовую выполнять указание хозяйки. Вскоре все красовалось на столе — свежее, аппетитное.

Семейное торжество в доме Григорьевых организовано было по случаю помолвки Варвары, младшей и единственной сестры Веры Петровны. Бойкой, острой на словцо, ей долго не везло в личной жизни: за тридцать уже, а замужем не была.

Привлекательная, как и старшая сестра, и такая же добрая душа, она отпугивала претендентов на свою руку кажущейся несерьезностью и легкомыслием. Отзывчивая, увлекающаяся по натуре, так строила свои романы, что все они оказывались скоротечными.

Вера Петровна и тетя Дуся, самые близкие люди, поставили было на ней крест, как вдруг в ее судьбе произошел поворот. Очередной роман — с молодым доктором, всего год назад прибывшим в больницу, где работала Варя, — перерос в истинное чувство и привел к благополучному финалу.

— Слава мой без комплексов, — счастливо улыбаясь, поведала Варя сестре и тетке. — Ему до лампочки, что у меня раньше там было. Потому что знает: люблю его одного — всей душой. И он меня обожает, мне сердце сказало, а оно не обманывает. Мы со Славой — на всю жизнь!

— Вот и не верь после этого, что браки заключаются на небесах! — радовались за нее и Вера, и тетя Дуся.

Жених Вари — Вячеслав Никитин, среднего роста молодой человек, в очках — красотой не блистал; но во всем его облике — худощавой, подтянутой фигуре, продолговатом лице, увенчанном шапкой распадающихся надвое русых волос, — было много мужского обаяния.

— Слава без отца вырос, — рассказывала Варя. — Мать его, Калерия Ивановна, сумела его воспитать и трудолюбивым, и самостоятельным. Мечтала, чтоб продолжил дело ее отца — знаменитого нефтяника. Но Слава захотел детским врачом стать — и стал. Представляете — она и словечка не сказала против! Какая женщина!

Естественно, Григорьевым хотелось узнать будущего родственника поближе, вот они и устроили обед: Слава и Варя как раз приехали в Москву — делать покупки перед свадьбой — в провинции с продуктами по-прежнему туго.

Когда Иван Кузьмич вошел, гости смотрели цветной телевизор. Варя вскочила, подбежала, обняла шурина.

— Ванечка! Как я рада тебя видеть! — Она сияла счастьем. — Разреши тебя познакомить со Славой. Он уже знает, какой ты большой начальник, побаивается, конечно. — И рассмеялась, ободряюще взглянув на смущенного Никитина.

Подвела Григорьева к жениху, тот встал им навстречу; мужчины пожали друг другу руки.

— А почему я Светочку не вижу? — обведя гостиную взглядом, удивился Иван Кузьмич. — Она что, у себя в комнате отсиживается?

— Вера сказала — у подружки: к зачету по музыке готовятся, дуэтом будут петь, — объяснила Варя. — Светочка с нами обедать не будет, придет попозже. Надеюсь, кавалера у меня не отобьет — слишком старенький для нее, — пошутила она, ласково прижимаясь к Славе и показывая в улыбке ровные белые зубы.

За столом разговор долго не клеился. Хотя женщины с присущим им радушием окружили Славу вниманием, а Иван Кузьмич не чинясь, по-свойски расспрашивал о больничных делах, Никитин поначалу робел и отмалчивался, смущенный роскошью обстановки и высоким положением будущего родственника. Но когда подали чай, уже освоился и стал активно участвовать в общей беседе: охотно отвечал на вопросы, делился своими планами.

— Слава, а хотели бы вы перебраться в центр, в какую-нибудь клиническую больницу? — поинтересовалась Вера Петровна. — В сельской, хоть и большой, вам, наверно, не у кого поучиться?

Вопрос она задала неспроста: давно втайне лелеяла мечту, чтобы сестра перебралась жить поближе, а лучше всего — в Москву.

— Думаю, мне полезно поработать самостоятельно, набраться опыта, — убежденно ответил Никитин. — У меня сейчас такая богатая практика, какой нигде не будет, а это для врача главное. Мне никто не помогает, самому приходится принимать ответственные решения; читать много, работать над собой. В нашей тиши это все сподручнее!

В прихожей раздался нетерпеливый звонок.

— Ну вот, опять ключи забыла! — добродушно посетовала Вера Петровна и позвала домработницу: — Агаша, открой Светочке дверь!

— Явилась наконец! — приветствовала она дочь, когда та, наскоро умывшись и причесавшись, вошла в столовую. — Познакомься с Вячеславом Андреевичем. Ты знаешь — скоро он станет нашим родственником.

Светлана, на пороге своего шестнадцатилетия, такая же серьезная, цельная натура, как мать, внешне совсем на нее не походила. Ростом выше, белокурая, синеглазая, с горделиво посаженной головой — величавая, как принцесса. Это впечатление усиливали неторопливые движения, плавная походка — сказались гены Розанова.

Подводя дочь к Никитину, Вера Петровна пошутила:

— Это и есть наша Светочка — будущая знаменитая певица. Для твоей пациентки она слишком взрослая, не находишь?

— Рада с вами познакомиться! — не смущаясь словами матери, приветливо улыбнулась Светлана вставшему навстречу Никитину. — А тебя, Варенька, поздравляю от всей души! — Девушка не назвала ее тетей, чтобы не подчеркивать разницу в возрасте. — Пусть ваша семейная жизнь будет счастливой и радостной! — С этими словами она обняла и расцеловала тронутую до слез Варвару, шепнув ей на ухо: — А он симпатичный!

— Ну что ты все ворочаешься? И мне заснуть не даешь, — проворчал Григорьев, чуя, что жена мучается без сна, чем-то озабоченная. — Не пойму, что тебя так растревожило. Ведь все прошло хорошо. По-моему, Варя с женихом остались довольны тем, как их приняли.

— Дело не в этом, — после некоторого молчания призналась Вера Петровна. — Можешь считать, что я ненормальная, но у меня на душе кошки скребут. Считаешь, я должна плясать от радости, раз Варя замуж выходит? — И, видя, что муж молчит, удивленно ее слушает, грустно продолжала: — Лежу вот и думаю: ну что за жизнь у них будет? Переживаю. Жалко мне их обоих!

— Не понимаю устройства твоих мозгов. — Иван Кузьмич придвинулся к ней поближе. — Просто интересно — что тебя так огорчает? Вроде оба вполне всем довольны...

— Был бы повнимательней — не удивлялся бы... — обиженно откликнулась она. — Сколько лет тебе об этом твержу!

— Давай, Вера, без загадок, а? — попросил он недовольно. — На что это я не отреагировал? Кажется, ни в чем тебе не было отказа.

— А сколько раз я тебе жаловалась на тяжелую жизнь тети Дуси и Вари в деревне? Сколько говорила: мечтаю, чтобы и они в хороших условиях жили. Чтоб Варя работала в коллективе, где больше интересных людей. Может, тогда раньше устроила бы свою жизнь. Ведь ей уже за тридцать! — всхлипнула она, доставая носовой платок и утирая навернувшиеся слезы.

— Ну вот, приехали! Веселились-радовались, а теперь в слезы! Пойми-ка женскую логику! Верно говорят: женщина — друг человека, — пошутил Григорьев, пытаясь развеять дурное настроение жены. — Дело-то прошлое. Надо смотреть вперед!

— Вот я и пытаюсь — какое у них будущее... Ничего отрадного не вижу: однообразная деревенская жизнь, постоянная нужда... Ванечка, дорогой, — горячо обратилась она к мужу, решив сделать еще одну попытку, — ты же многое можешь! Неужели нельзя устроить Вячеслава в какой-нибудь крупный медицинский центр? В большом городе, а лучше — здесь, в Москве? Их же так много! — Приняв его молчание за благоприятный признак, она продолжала: — Ведь видно, Вячеслав способный, трудолюбивый — он себя проявит! Да и Варя работать умеет, всегда была на хорошем счету. А, Ванечка? Боюсь, засосет их там болото.

Иван Кузьмич молчал, обдумывая ответ. В нем боролись противоречивые чувства. Давнишний их спор — по его убеждению, от родственников лучше держаться подальше. Но он любил жену — жаль, что она из-за этого расстраивается. Вообще-то, перевести Никитина в центр — для него пара пустяков. Однако решил не изменять своим принципам; вздохнул, взял ее за руку, сказал ласково, но твердо:

— Вот что, Веруся, давай покончим с этим раз и навсегда! Ты права, я и раньше старался уйти от этого вопроса, потому что не имею права ничего делать для родственников и знакомых. — Как ее убедить, какими словами? Понимаешь ведь: на меня как на члена Центрального Комитета устремлены миллионы глаз, я просто обязан быть примером для других. Ну как я могу разводить кумовство, когда сам за это наказываю?

— А как же ты Лидке Деяшкиной устроил квартиру? По блату! — не без ехидства напомнила мужу Вера Петровна, поймав его на противоречии. — Ты и тогда говорил: «Рискую авторитетом, будут неприятности!» Ведь ничего страшного не произошло! Ну что плохого, когда помогают родным и друзьям? Если, конечно, они этого заслуживают, — недоумевающе подняла она на него ясные серые глаза. — Например: почему не посодействуешь братьям? — Перевела дыхание и продолжала неодобрительно: — Разве не достойны они лучшей жизни? Отличные мужики — работящие, способные. А ты пальцем о палец для них не ударил. Как копошились в навозе, так там и остались.

— Нет, ничего ты не поняла за долгие годы! — искренне возмутился Григорьев, решив не уступать. — Ты, Вера, как жена партийного руководителя, должна знать: у нас каждому открыты все пути, без протекции брата или свата, — напомнил он менторским тоном агитационную истину. — Кто мне помогал, когда я пробивался? Может, братья? Как бы не так! Пусть сами стараются! Бог их не обидел ни умом, ни здоровьем. Нужно больше инициативы проявлять! — И, чувствуя по молчанию жены, что не убедил, усилил аргументацию: — Пойми наконец: кумовство, протекция — страшный партийный грех. Пошатнись я, допусти серьезную ошибку в работе — и это тут же поставят мне в строку. Сожрут с потрохами! Вокруг меня — серые волки, не люди! — впервые откровенно признался он. — Да, для себя и членов семьи я могу обо всем просить, и мне пойдут навстречу, воспримут как должное. А друзьям и родственникам — не положено! Это наши принципы! Правила, которым я обязан следовать. Ну хватит кукситься, давай спать. Выключи-ка свет — мешает.

«Вот пристала ко мне со своей Варькой, как банный лист! Уж слишком она с ней носится», — вспомнил на следующий день Иван Кузьмич ночной разговор с женой. Он прогуливался по своему огромному кабинету, разминаясь после работы с неотложными документами.

Кабинет его — типичные рабочие апартаменты советских сановников высокого ранга. В глубине, прямо против входа, — внушительных размеров рабочий стол с множеством телефонных аппаратов; над ним — большой портрет Брежнева. Вдоль окон — длинный стол для совещаний с рядами стульев; по стенам — книжные шкафы, портреты членов Политбюро. В углу кабинета — диван, журнальный столик, два мягких кресла.

Григорьев испытывал беспокойство, непривычную для себя растерянность: впервые между ним и женой пробежала черная кошка. Утром, когда он собирался на работу, Вера Петровна, всегда провожавшая его, осталась в постели, сославшись на головную боль.

«Прости меня, Ваня, — и еще глаза отвела, — мне нездоровится. Агаша покормит тебя завтраком». Ничего, у нее это пройдет, — успокаивал он себя. — Вера отходчивая. А поступил он разумно: нужно видеть дальше своего носа! Подумав, утвердился он в своей правоте. Допустим, исполнил бы ее просьбу — что тогда? Конец домашнему покою! Взаимные визиты, общие заботы — ни минуты свободной у Веры. Нет уж! От родственников лучше держаться подальше. Пусть сами карабкаются, если смогут! Он самодовольно уселся в кресло — надо продолжать работу.

— Иван Кузьмич, вас Нехорошев спрашивает, по городскому, — сообщил секретарь, входя в кабинет. — Соединить или сказать, что заняты?

— Ладно, поговорю. Ему отказывать не стоит, — согласно кивнул Григорьев. — Ведь частенько заказываешь у него билеты?

С Нехорошевым, первым заместителем министра культуры, Иван Кузьмич постоянно контактировал в связи с различными мероприятиями.

— Привет, Владимир Николаевич! Как здоровье супруги? Слышал, операция прошла благополучно? — с подчеркнутым вниманием приветствовал его Григорьев как равного, давая понять, что у него полная информация о тех, с кем имеет дело. — Не стоит благодарить! Я ценю вас как очень полезного для нас человека. Так какие проблемы? Ну что ж, послушаем, — доброжелательно добавил он и умолк; несколько минут выслушивал собеседника.

На лице его появилось брезгливое выражение — видно, просьба Нехорошева ему не понравилась; досадливо поморщился, вздохнул, задумчиво произнес:

— Что ж, добро. Посмотрю, Владимир Николаевич, что можно для тебя сделать. Говоришь, твой зять из Краснодара, главврач санатория? А стаж какой? Анкета чистая? Родственников за границей, судимостей нет? Так, так... А по национальности — не из этих?.. Характер? Ладно, я с тобой свяжусь. Рано благодарить!

Хотел уже положить трубку, не дожидаясь конца благодарственных излияний Нехорошева, но приостановился, как бы вспомнив важное.

— Постой, Владимир Николаевич, я люблю должников, — повеселел, сообщил он уже более мягким тоном. — Пожалуй, есть подходящее предложение. Возьми ручку, запиши. — Он помолчал и продолжал четко и деловито: — Мы открываем под Москвой новый шикарный санаторий. Красивейшее место, в часе езды от центра города. Всего на восемьдесят мест — для работников аппарата. Современнейшая отделка, импортное медицинское оборудование. Набираем двести человек персонала. Будут жить в кирпичных домах со всеми удобствами, в меблированных квартирах с цветными телевизорами. Через три года безупречной работы — московская прописка! Каково?

Сделал паузу, наслаждаясь произведенным эффектом, и произнес наконец то, чего от него ожидали:

— Главный врач уже назначен, но нужен зам. Подумайте, но недолго. Время еще есть. Если подойдет, все данные сообщи моему секретарю и всю дальнейшую связь держите с ним. Ну пока! — И с довольным видом положил трубку, не дав оторопевшему от радости Нехорошеву выразить свою благодарность. «Пусть мучается со своими родственниками, — злорадно усмехнулся Иван Кузьмич, — а я пока воздержусь!»

— Входи, Капочка! Я так соскучилась по тебе и всей вашей семье! — приветливо встретила Вера Петровна приятельницу, которую давно не видела.

Капитолина Львовна заехала к ней, чтобы потом, как они условились по телефону, отправиться вместе в меховое ателье на примерку: у них там заказаны новые шубки.

— Как редко мы стали встречаться, не то что раньше, когда были соседями, — посетовала Григорьева. — Ну, пойдем в гостиную. Посидим поболтаем. Ты мне обо всех расскажешь по порядку.

Удобно устроились на диване; Капитолина Львовна поведала о своих семейных новостях:

— У нас все благополучно, слава Богу! Сергей с Инной живут дружно, ждут ребенка. Скоро произведут меня в бабушки! — И сделала вид, будто огорчена, но глаза выражали радость. — С мужем ладим, но вот что беспокоит: неприятности у него на работе.

— А что случилось? Он ведь ценный специалист — сочувственно поинтересовалась Вера Петровна.

— Работает успешно, да мешают ему, нервы треплют. Завелась какая-то сволочь — пишет анонимки, возводит на него всякую напраслину.

— Это почему же?

— Да всем же не угодишь! Наверно, отказал кому-то. Человек обиделся и мстит. По его должности часто приходится отказывать: он не может удовлетворять любые просьбы.

— Но каким же образом ему нервы мотают? Ведь анонимки по закону не рассматриваются. Это же подметные письма, подлость!

— На бумаге — так, а в жизни все по-другому! Бездельники в парткоме только и ждут таких «сигналов»: создают всякие... комиссии по расследованию. Борис Ефимович нормально работать не может! Человек он честный, трудится хорошо, и, конечно, проверяющие ничего не накопают. Но удар по авторитету и репутации огромный — врагу не пожелаешь! Ну хватит о плохом! У тебя своих забот достаточно, — спохватилась Капитолина Львовна, что слишком докучает приятельнице своей бедой. — Как у тебя, Веруся? Иван Кузьмич, говорят, все в гору идет? Не отражается это на ваших с ним отношениях?

— Я понимаю, о чем ты. Да нет, Бог миловал. Ко мне и к Свете по-прежнему внимателен. Любит. Стал, правда, посуше, поэгоистичнее. Видимо, положение его, большая ответственность сказываются. Устает очень — работает по двенадцать часов. У них стиль такой — друг друга пересиживать. Приходит усталый, раздраженный. Но мы умеем его успокаивать, — засмеялась Вера Петровна и немного смутилась своей откровенности.

— Значит, у вас с ним все в порядке, — заключила Капитолина Львовна. — А как музыкальные успехи у Светочки? Она что, увлеклась пением?

— Представляешь, Капочка, педагоги уверяют, что у нее неплохое сопрано, — похвасталась Вера Петровна. — Слух абсолютный. Она и раньше хорошо пела, но мне как-то не верилось — у подростков ведь часто голос меняется. — И поделилась мечтательно: — Если у Светочки и правда настоящий голос, отдадим после школы в консерваторию. Таланту нельзя дать пропасть!

— А как у нее насчет мальчиков? — затронула приятельница важнейшую для каждой матери тему. — Наверное, отбоя нет? Ведь обещает стать прямо красавицей!

— Представляешь, к удивлению и счастью, пока героя что-то не видно. Конечно, мальчики проявляют к ней интерес. Особенно племянник очень влиятельного сослуживца Ивана Кузьмича — зовут Олегом. Свете он нравится. — Умолкла на мгновение, как бы припоминая поклонников дочери, добавила: — Есть еще один мальчик, из музыкального училища. Провожает ее каждый день, как паж. Но он вроде не очень ее интересует. Дремлют в ней еще инстинкты, хоть с виду уже взрослая. А на деле — еще ребенок! — с довольным видом закончила она характеристику дочери.

— Ну а вообще что нового, хорошего?

— Большая радость есть в нашей семье — долгожданная свадьба Вареньки. Дай-то Бог ей счастья! — Глаза у Веры Петровны засветились радостью за сестру. — Мы со Светочкой ездили — погуляли. Жаль, Иван Кузьмич из-за работы не смог выбраться, молодожены огорчились.

Помолчала, раздумывая: стоит ли говорить приятельнице о новой привилегии Григорьева?

— Да, Капочка! Я тебе еще не рассказывала: летом будем жить на новой даче — там же, в Серебряном бору, только на другом берегу Москвы-реки. Ивану Кузьмичу она положена по их иерархии. — И напомнила: — Вы ведь с мужем бывали у нас на старой. Хорошая была дача, но с соседями и территория маленькая. А новая — прекрасный зимний дом, с большим участком соснового леса, со своим маленьким пляжем. Мы уже там побывали. Красотища! Да вы сами посмотрите — пожалуете ведь к нам в гости.

— Принеси нам по чашечке кофе и сам знаешь, что еще, — красноречиво щелкнув пальцами, отдал распоряжение Иван Кузьмич своему вышколенному секретарю.

Он удобно расположился в мягком кресле у журнального столика у себя в кабинете. Николай Егорович с обычным своим хозяйским видом сидел в таком же кресле напротив. Время его сильно изменило. Он и тогда был не молод, а сейчас перед Григорьевым восседал высохший, седой как лунь старец. Но глаза его смотрели так же высокомерно и холодно. Он не только сохранил и упрочил свое положение, но обрел еще большую власть.

Как всегда, без предупреждения, запросто, будто к себе, зашел к Григорьеву, и тот сразу же отложил в сторону все дела.

— Так чем могу служить, дорогой Николай Егорович? — Он преданно взглянул в глаза своему старшему другу и начальнику. — Я весь в вашем распоряжении!

— Да я так, по дороге. Не будет поручений, — приветливо улыбнулся шеф, но его прозрачные глаза не изменили выражения. — Ты, Кузьмич, мужик умный и не допускаешь ошибок. Ведешь себя правильно. Давай так и дальше!

Он был доволен своим протеже. На бюро, иногда в очень сложной обстановке, Григорьев всегда умел найти способ, верный ход, чтобы поддержать своего шефа.

— Я вот о чем хотел тебя спросить, — наконец выдал Николай Егорович цель своего визита. — Ты уже видел дачу, которую тебе выделили? Доволен?

— Конечно! Такая роскошь! Но я — человек скромный. Меня и прежняя вполне устраивала, — соврал Григорьев, зная, что его собеседнику это приятно услышать. — А что?

— Мы же соседи, ты не знал? — не поверил ему Николай Егорович. — Я специально это устроил, хотя тебе такая дача еще не по чину. Ну-ну, не благодари, — сделал он жест рукой, останавливая Ивана Кузьмича, порывавшегося выразить свою признательность. — Я это сделал из своекорыстных соображений. — И, поймав удивленный взгляд Григорьева, пояснил: — Люблю я вас с Верочкой, да и Светлана мне очень нравится. Словом, вся ваша дружная семья. Рядом будем отдыхать — чаще сможем видеться. — Лукаво взглянул, улыбнувшись одним ртом, добавил: — У меня хоть и диета, но надеюсь, мне еще кое-что перепадет из стряпни Веры Петровны.

Бесшумно вошел секретарь, поставил перед ними бутылку французского коньяка, две рюмки, открытую коробку шоколада, фрукты.

— Слышал я краем уха, племянник мой, Олег, интересуется твоей дочкой, Кузьмич. Ты в курсе?

— Да знаю, что они еще с детских лет знакомы, но какие такие интересы? Света еще ребенок! — уверенно заявил Григорьев, настороженно взглянув на шефа и не понимая, куда тот клонит — к хорошему это или к худому.

— А мне понра́вилась эта перспектива, — серьезно, даже немного мечтательно протянул Николай Егорович, с искренней приязнью глядя на своего верного сподвижника. — Олег — парень видный, учится неплохо, собирается поступать в МГИМО: дипломатом мечтает стать. Чем не пара для твоей Светы?

И, отлично понимая, что Иван Кузьмич вряд ли откажется от такой чести, если возникнет реальная ситуация, предложил:

— Налей-ка по маленькой за то, чтобы наши молодые поладили. Или, может, не хочешь со мной породниться?

— Обижаешь, Николай Егорович! Разве я заслужил? — изобразил радостное оживление Григорьев, поблагодарив шефа своей широкой, симпатичной улыбкой.

Глава 9. СВЕТЛАНА

— Привет, Марик! Хочешь проводить меня в училище? Идет! Жди напротив булочной. Через десять минут, — ответила Света приятелю, с которым вместе училась музыке, и положила трубку.

Она уже собралась на занятия, но никак не могла отыскать ноты последнего урока. Наконец нашла, положила в папку и стала прихорашиваться перед зеркалом.

Накануне получения паспорта Светлана выглядела вполне взрослой девушкой и была хорошо сложена: высокая, тонкая, с узкой талией и длинными, стройными ногами. Весь ее облик оставлял ощущение редкой женственности, трогательной беззащитности. Оно еще усиливалось, когда она обращала на собеседника вопрошающий взгляд ярко-синих, чистых, как родниковая вода глаз. Ее яркая индивидуальность в сочетании с безыскусной скромностью и душевной чуткостью притягивали к ней сверстниц, ставили в центр внимания. Но подруги относились к ней хорошо, и жилось ей легко. Она ни перед кем не заискивала, но и не выказывала своего превосходства, не была выскочкой; училась средне — сказывались занятия музыкой, отнимавшие много времени и сил.

Света набросила на плечи пальто и, не застегиваясь, выскочила на улицу. Хотя май выдался не очень теплым, погода стояла хорошая — тихая, солнечная. В назначенном месте ее уже ждал верный оруженосец Марк. Он взял у нее из рук папку, и они, весело болтая, двинулись по направлению к училищу, расположенному не так далеко.

Марк, одного с ней возраста, выглядел моложе: не ниже ее ростом, но довольно хрупкого сложения, узкоплеч и по-мальчишески неловок. Но выглядел он приятно: всегда дорого и со вкусом одет, опрятен, хорошо подстрижен; черные глаза за стеклами очков светились умом; черты лица правильные; прямые темные волосы красиво причесаны на косой пробор.

Они со Светой уже несколько лет учились по классу фортепиано. Но в последнее время, когда девушка увлеклась пением, виделись редко — не совпадали часы занятий.

Марк был влюблен в нее давно. По внешности незрелый юнец, он отличался темпераментом и был инициативен. На одном из вечеров в училище, когда они со Светой отдыхали в укромном уголке, юноша признался ей в своих чувствах и попытался дать волю рукам. Светлана испугалась и обиделась: Марк не вызывал у нее никаких чувственных эмоций, даже любопытства.

— Немедленно прекрати! — возмущенно прошептала она, пугливо оглядываясь, не видал ли кто этого безобразия. — Иначе я с тобой дружить не буду!

Он покорно послушался, покраснел:

— Светочка, прости, я больше не буду!

И так он умоляюще на нее смотрел, что она смягчилась:

— Ладно, забудем. Останемся друзьями. — И, улыбнувшись, нашла выход из неловкого положения: — Лучше пойдем потанцуем!

Увлекла его, все еще смущенного, в ярко освещенный зал, и они закружились среди других пар.

После этого эпизода Марик активности больше не проявлял, вел себя как покорный раб, безропотно выполнял любые ее поручения. Часто провожал ее до дома и нес папку с нотами. Многие, не зная сути их отношений, считали Марка и Свету состоявшейся парой, и «ходоки» к ней не приставали.

В общеобразовательной английской спецшколе, где училась Светлана, никто из мальчиков к ней и близко не подходил. Все знали, кто от родителей, кто от учителей, что она дочь большого начальника, аж со Старой площади, и ее боялись. Даже самые смелые и нахальные из школьных кумиров опасались последствий своей возможной победы. Зная ее скромный и строгий характер, ловеласы выбирали в качестве объектов внимания более доступных школьных красоток.

В музыкальном училище монополия Марка пошатнулась, лишь когда в вокальный класс поступил новенький. Его отца, военного, с Дальнего Востока перевели на работу в Москву. По фамилии Курский, звали его Денисом, но в училище к нему почему-то сразу приклеилось некрасивое прозвище Курица, — наверное, из-за фамилии. Прозвище Денису не подходило; длинного, с веснушчатым лицом и бронзовыми волосами, его, скорее, можно было прозвать Рыжиком. В детстве он обладал чистым альтом, а когда подрос и голос изменился, обещал стать сочным баритоном.

Денис рано возмужал, имел уже опыт общения с девочками. Вскоре после начала занятий он, что называется, положил глаз на Свету: бросал красноречивые взгляды, писал любовные записочки — все тщетно. Не дождавшись отклика, однажды после занятий, когда Марик по какой-то причине отсутствовал и Светлана собиралась возвращаться домой одна, Курица подошел к ней и без предисловий нахально предложил:

— Света, разреши тебя проводить? Ты мне давно нравишься, сама знаешь. Давай дружить, гулять вместе. Я парень что надо!

Светлану Денис не интересовал; больше того, она смотреть на него не могла без смеха. «Рыжий, рыжий, конопатый, убил дедушку лопатой!» — всякий раз, глядя на него, вспоминала она детскую дразнилку. Но чуткая душа не позволяла ей обидеть человека — она спокойно ответила:

— Деня, гулять мне еще рано, мне этого не нужно! А провожатый у меня есть, ты его знаешь — это Марик. Мы с ним уже много лет дружим.

Курица — он был выше ее ростом — насмешливо воззрился на девушку сверху вниз и брякнул с откровенной злостью и презрением:

— И что ты нашла в этом еврее? Неужели, кроме него, нет хороших ребят?

— Вот ты и высказался, а еще дружить предлагаешь! — возмутилась Света. — Ты комсомолец или расист? Чем тебе евреи не угодили? Они что, не такие люди, как все?

— Конечно, не такие! Лезут всюду! Хуже негров... Россия — для русских!

— Темный ты человек, Курица! — оборвала его Светлана, невольно применив прозвище. — У нас не Россия, а Советский Союз, братство народов! Или первый раз это слышишь? Тогда брось комсомольский билет и иди в эсэсовцы! — Повернулась к нему спиной и пошла домой.

Парень так и остался стоять с разинутым ртом, не нашелся, что сказать в ответ.

Прошло немного времени, и в один прекрасный день Света и Марк, подходя к музыкальному училищу, увидели у входа в здание группу ребят, которые курили и балагурили, и среди них — Курицу. Чувствовалось, что он тут заводила. Поравнявшись с ними, Света услышала, как во внезапно возникшем враждебном молчании Курица процедил сквозь зубы:

— Этого жиденка надо проучить — пусть не лезет к нашим девочкам!

Он проговорил это тихо, но отчетливо, явно чтоб дошло до их ушей, и достиг своей цели. Марик остановился и пропустил Свету вперед:

— Иди, Светочка, а то опоздаешь. Мне нужно сказать кое-что этому подонку.

Светлана справедливо опасалась, что этот конфликт плохо кончится, но она и впрямь уже опаздывала. Преодолела испуг, быстро прошла в дверь и направилась в свой класс, успокаивая себя: «Мальчишки сами разберутся».

Марк приблизился к Курице и, бесстрашно глядя снизу вверх ему в глаза, громко произнес:

— Вижу, ты из тех храбрецов, что всемером одного не боятся. Здесь, сам знаешь, нам не поговорить — исключат обоих. Меня — так уж точно! Назначай сам — где хочешь. Я тебя не боюсь! Только чур — один на один!

Понимая, что отстает в физическом развитии, Марк уже год занимался в боксерской секции и был уверен: сумеет противостоять и более сильному противнику.

Курица смотрел на него с нехорошей усмешкой; пренебрежительно бросил:

— Обязательно встретимся — я тебе обещаю. Сам тебя подкараулю. Ты у меня попляшешь, гад!

О том, что встреча Марка с Курицей состоялась, Светлана узнала только через неделю: она простудилась и пропустила несколько занятий в училище.

— Ну расскажи, как все было, — попросила она Марика, когда они вместе возвращались домой. — Все говорят, ты проучил Курицу. Вот уж не думала, что сумеешь с ним справиться! — И с уважением окинула синим взглядом совсем не героическую фигуру приятеля.

— Почему не позвонил? Это же здорово!

— А чем гордиться-то? Что в этом здорового? Дикость одна! — нахмурился Марик. — Не люблю трепаться о таких вещах.

— Ну, ладно скромничать. Расскажи! Неужели он караулил тебя около дома?

— Я только вошел в Малый Афанасьевский — смотрю, он и еще трое ребят стоят у подворотни, что ведет в наш дворик, — неохотно начал Марк. — Тут я сразу понял — драки не избежать.

— А дальше что было? Говори, а не то обижусь! — потребовала Света.

— Ладно, слушай, — сдался Марик. — Значит, подхожу я к нему и говорю: «Ты что же, телохранителей привел? Боишься, что ли?» Он смерил меня взглядом: «Тебя, что ли, бояться, гнида? Да я один тебя по стене размажу! Это зрители: не могу лишить их удовольствия». И смазал меня по морде — так, знаешь, сверху вниз.

— Ну а ты почему не убежал? — удивилась Света. — Их же четверо, да и Курица на голову выше тебя!

— Во-первых, не выше, а длиннее, а во-вторых, лучшая защита — это нападение! Я ведь думал, что его дружки и вправду пришли поболеть — вроде секундантов.

Ну, в общем, решил — пора действовать. Со всей силой двинул снизу ему под подбородок — он аж язык прикусил. Нас в боксе так учат.

— И что, они отвалили?

— Если бы! — вздохнул Марик, — Курица опешил, стушевался. Я его еще раз — в солнечное сплетение, резко так — дыхание сбил. Он согнулся, а я ему — между глаз! Третий день с фингалом ходит!

— Ну и что, Курица успокоился?

— Он-то отключился, но его дружки не выдержали и набросились на меня. Двое сзади за руки ухватили, а третий свободно съездил меня по носу. Кровь пошла, очки разбились — жалко.

— Здорово побили? — посочувствовала Света.

— Прилично. Потому что Курица очухался и тоже пару раз мне врезал. Но я изловчился и двумя ногами так ему в живот двинул, что он завопил от боли. — Марик вздохнул и решил закрыть неприятную тему: — Вообще, могли вчетвером и прибить, но тут Мишка из нашего двора подоспел. Он самбо занимается, здоровенный малый. Ну он им и дал! Долго будут помнить.

— И чем все кончилось? Говори же, интересно! — возмутилась Света. — То болтаешь всю дорогу без умолку, а сейчас — клещами слово не вытянешь!

— «Секунданты» сразу деру дали. Ушиблись, когда он их об асфальт шарахнул. А Курица неуклюжий хотел бежать, но Мишка съездил ему кулаком по роже, подсек — он и свалился, как куль. Мишка завернул ему руку за спину, прижал коленом и предупредил: «Если хоть пальцем Марика тронешь — я до тебя доберусь!» Тут мы ушли, а Курица так и остался сидеть — плохо, видно, соображал.

Светлана не одобряла рукоприкладства, но на этот раз сочла, что Курица получил по заслугам. И действительно, Денис с тех пор их не задирал, к ней больше не подкатывался, а при встрече отводил глаза в сторону.

Иногда, читая любовные романы, Светлана удивлялась самой себе, недоумевая: «Почему меня так мало волнуют мужчины? В романах описываются такие страсти, а я не испытываю ничего подобного! Может, по натуре холодная? Или у меня какой-то дефект?» Так она задумывалась все чаще, не в силах в кого-нибудь влюбиться. Ей очень хотелось этого — ведь почти у всех подруг уже свои любовные истории и тайны. Убедилась, что ошибается в себе, только вновь встретив Олега.

Произошло это зимой, когда Светлана с несколькими школьными подругами отправилась на Петровку покататься на коньках. Была прекрасная погода — небольшой морозец. «Вьется легкий вечерний снежок, голубые мерцают огни» — лилась из репродукторов нежная старая мелодия. Круг за кругом они скользили по отличному льду, падали, вставали, хохотали, радовались зиме и своей молодости...

Неожиданно на Свету налетел высокий парень в красивом цветном свитере с оленями: он размашисто «расписывал» лед на «норвегах» и, зацепив, сбил ее с ног.

— Простите, пожалуйста, девушка, я не нарочно! — горячо извинился он, искренне огорчившись. — Надеюсь, я вас не ушиб? Как вы себя чувствуете? — И, убедившись, что с ней все в порядке, широко улыбнулся, показав белые ровные зубы.

Света не на шутку испугалась, рассердилась, собралась уже выпалить что-нибудь резкое, но обаятельная улыбка, статная фигура, приятное лицо и такие извинения...

— Можно бы и поосторожнее, молодой человек! Вы же здесь не один! — тихо упрекнула она.

Улыбка его погасла, он хотел отъехать, но вдруг остановился, — похоже, что-то вспомнил.

— Еще раз прошу прощения, но... где я мог видеть вас раньше? — Это прозвучало вполне естественно. — У меня такое ощущение, что ваше лицо мне знакомо... Но вспомнить не могу... — Он беспомощно развел руками.

«Где мы с вами раньше встречались» — стандартный прием ловеласов, и Света дала бы отпор, но... тоже уловила что-то знакомое в чертах его лица, во взгляде, в этой белозубой улыбке... В памяти вдруг всплыли чудесные праздники новогодней елки в Колонном зале Дома Союзов: ведь родители привозили их туда в детстве, ведь они знали друг друга...

— А вы не Олег, племянник Николая Егоровича, который работает вместе с моим папой? — неуверенно произнесла она, вопросительно глядя на юношу.

— Ну конечно! Теперь вспомнил! — хлопнул себя по лбу Олег. — Вот голова дырявая! Потому и в школе у меня дела неважные! — пожаловался он с шутливой досадой. — Вы же Света Григорьева! Ведь так? Мы в детстве на новогодних елках встречались. Какая же вы, Светочка, за это время стали красавица! Это не комплимент, а истинная правда! Не надо смущаться — вы же смотритесь в зеркало? Давайте покатаемся вместе? — предложил он весело и просто, как старый знакомый. — Расскажете, что произошло с тех пор в вашей жизни.

И они, взявшись за руки, заскользили по льду. Олег двигался очень осторожно, боясь снова зацепить ее «канадки» своими длинными, острыми «норвегами». Удивленные подруги Светы недоуменно смотрели им вслед: от такой строгой, неприступной девицы подобного легкомыслия не ожидали...

С тех пор они часто встречались. Принятый у них дома как свой, Олег, бывало, запросто забегал повидать ее — по поводу и без повода. Родители между собой знакомы, и Света раза два бывала дома у Олега, на Котельнической набережной. Чувствовалось, что родные довольны их дружбой и поощряют ее.

Олег очень нравился Свете; ей даже казалось — он и есть идеал, о котором может мечтать девушка. В театрах, на концертах и выставках, на спортивных соревнованиях — везде, где они бывали вместе, она любовалась им, учащенно билось ее сердце, томило что-то сладкое, дотоле незнакомое...

Что же это, если не первая любовь? Свою влюбленность Светлана объясняла не только прекрасной внешностью Олега. А он действительно красив, как породистый жеребец: высокий, мощный, белокурый — прямо сказочный варяг. Резкие черты, нос с горбинкой, светлые, прозрачные глаза придавали его мужественному лицу суровое, надменное выражение, которое однако сразу исчезало, стоило ему добродушно улыбнуться. Вся его фигура дышала силой; он любил спорт и занимался тяжелой атлетикой.

Но Светлане казалось, что главная причина ее влюбленности — их духовная общность, единство взглядов на жизнь, на культуру и искусство. Спорили они редко, сходясь во мнениях по самым разным вопросам.

Преисполненная совершенно новым, неизведанным еще чувством, постоянно думая о нем, видя его в романтических снах, девушка с волнением ждала новых встреч.

В тот день, когда произошло свидание, принесшее Светлане первый любовный опыт и несколько охладившее разгоравшуюся страсть, она не ждала звонка Олега: он вместе с родителями собирался пойти куда-то в гости.

Света пришла из школы и, пообедав, села делать уроки. Когда настойчиво зазвонил телефон, она не сразу подняла трубку. «Неужели мама не может подойти? — досадливо морщась, подумала она. — Вечно мне приходится отрываться». Оказалось — Олег.

— Светочка, я соскучился. Все время думаю о тебе, не могу заниматься! — пожаловался он своим бархатным голосом, сдерживая волнение. — А ты что делаешь?

— Постой, а почему ты дома? Вы же собирались в гости! — удивилась Света.

— Что я там забыл? Скучища! Я сачканул, — весело признался он. — Сказался больным, и предки одни укатили. Ты знаешь, Светик, у меня идея, — выразительно сказал он заговорщицким тоном и сделал паузу, ожидая ее реакции.

— А что за идея? — охотно откликнулась она, ощутив, как внутри у нее все замирает от предчувствия чего-то необычного. — Мне тоже заниматься неохота.

— Знаешь, мне ребята дали на один день занятную книжку — кто-то привез тайком из-за бугра. — Олег старался говорить спокойно, но голос выдавал внутреннее напряжение. — Эротическую, с картинками. Хочешь взглянуть одним глазком? — невинным тоном предложил он. — Мы же взрослые.

Света ничего не ответила, но по ее учащенному дыханию он понял, что она борется с искушением.

— Думаешь, почему на Западе молодежь такая грамотная? А просто их не держат в темноте, как нас, — мягко уговаривал он ее. — Я посмотрел бегло и считаю — тебе тоже нужно.

— А как же я посмотрю? — наконец тихо отозвалась Света, стыдясь своего любопытства. — Ты же говоришь, дали всего на один день. Хочешь к нам приехать?

— Ну нет! У тебя неловко — могут внезапно войти. Ничего не получится, — усомнился Олег, как бы обсуждая эту возможность — для себя он уже давно все решил. — Вот что я тебе предлагаю: скажи своим, что я пригласил тебя в кино. Какой фильм мы недавно смотрели? Ага! Скажем — на него. Тогда нас не засекут. А сама бери такси — и ко мне! Если с финансами туго, я тебя выкуплю. Богат как Крез! — И умолк. Потом горячо, искренне взмолился:

— Светочка! Мне хочется тебя видеть!

Она ощутила, как чувственное возбуждение, сквозившее в его голосе, передалось и ей, заряжая нетерпеливым желанием увидеть любимого. Светлана понимала, конечно, что подвергает испытанию не только чувство к нему, но и свою стойкость и волю. Однако ей страстно хотелось все это пройти — решила ехать.

Сказав матери придуманную Олегом ложь, она не теряя времени выскользнула из дома, поймала такси и помчалась по знакомому адресу.

Повесив трубку, Олег в радостном возбуждении заметался по комнате. Об этом моменте в их отношениях со Светой он так долго мечтал! С первых встреч с ней он неистово желал ее, умело скрывая свою страсть под маской дружеской сдержанности.

Несмотря на свою красоту и физическую силу, Олег не имел большого любовного опыта. У него было несколько связей с женщинами старшего возраста, но краткосрочных — он их разочаровывал. Это развило в нем комплекс неполноценности, и он стал бояться распутных дам, стремился к связям только с неискушенными девушками.

— Светочка, наконец-то! — радостно воскликнул Олег, когда она вошла и, смутившись, остановилась, не зная, что делать и что говорить: впервые у него дома в отсутствие родителей, с ним наедине...

Олег, тоже с трудом справляясь с волнением, немного стеснялся. Чтобы разрядить возникшую неловкость, сказал первое, что пришло в голову:

— Ну как доехала? Быстро поймала тачку? Когда надо, их не найти, а когда ни к чему — стоят с зелеными огнями.

— На этот раз повезло, — благодарно взглянув, ухватилась Света за протянутую соломинку. — Правда, таксист нахальный такой, запросил двойную плату. Пришлось дать. — Она уже пришла в себя и немного успокоилась.

— Не горюй — убытки компенсирую. Джентльмен я или нет? — тоже обретая свою обычную уверенность, заверил Олег. Ласково, спокойно привлек ее к себе, напомнил: — Не будем терять времени — книга большая. Пойдем, она у меня в комнате. — Взял девушку за руку и, не ожидая ее согласия, увлек в свою небольшую комнату, где, кроме дивана-кровати, стояли только письменный стол и два кресла.

Усадив на диван, он раскрыл перед ней книгу, а сам в кресле у письменного стола с нетерпеливой надеждой стал наблюдать за ее реакцией, обуреваемый страстью и жаждой ею обладать, лихорадочно обдумывая: как лучше подготовить, не спугнуть...

Ему стоило немалого труда и денег раздобыть эту книгу — он наврал Свете, что ему дали ее на один день. Авось она успешно сыграет свою роль...

Олег нисколько не опасался Григорьева, как другие, не заботился о последствиях — наплевать. Если он ей понравится и она его полюбит — это здорово! Общаться с ней, бывать везде — прекрасно, но он хочет любовной связи — она наконец-то принесет ему, верно, физическое удовлетворение. «А если произойдет непредвиденное, — без страха и сомнений думал Олег о возможных последствиях близости, — я всегда готов! Лучше Светы мне никого не найти. Все наши будут только рады».

Книга, которая лежала перед Светой, называлась «Азбука любви», и текст ее был иллюстрирован таким количеством непристойных рисунков, что она, никогда не видевшая ничего подобного, пришла в смятение. Картинки поплыли перед глазами, от стыда и возбуждения кровь ударила в голову.

Осознав, что она во власти эротических переживаний и сам мучимый острым желанием, Олег горящим взором смотрел на нее, мысленно раздевая и завоевывая. Возбуждение его сделалось нестерпимым, он не выдержал и срывающимся голосом предложил:

— Света, давай вместе посмотрим, мне тоже хочется!

Стараясь скрыть волнение и страстную дрожь, ласково обнял ее мощными руками, помог встать с дивана и, мучаясь от жгучего желания поскорее прижать ее к себе, увлек к письменному столу. Книгу положил на стол, развернув на самом пикантном месте.

— Сейчас устроимся в кресле... вот так... — прошептал он; сел в кресло, легко, словно пушинку, приподнял ее, усадил к себе на колени.

Ощутив его напряженную, втиснувшуюся в нее плоть, Света испытала стыд, смешанный с любопытством, и в то же время обнаружила, что ей приятно — по всему телу разлилась сладкая истома. Растерявшись, она уставилась в лежавшую на столе книгу, делая вид, что читает.

Выручило ее то, что Олег, почувствовав близко ее горячее тело, быстро удовлетворил свое желание, стиснув зубы от острого наслаждения. Азарт улетучился, и ему стало неловко.

— Кажется, кто-то звонит. Не вернулись ли предки? — находчиво вскрикнул он с фальшивой тревогой в голосе; быстро встал, поставив Свету на ноги, а затем опять усадил ее в кресло. — Подожди минуточку, посмотрю! — бросил он на ходу, стараясь, чтобы она не заметила мокрое пятно, быстро расползающееся на брюках.

Через несколько минут вернулся — спокойный, в легком спортивном костюме, выгодно подчеркивающем стать его атлетической фигуры.

— Решил переодеться по-домашнему — так удобнее, — как ни в чем не бывало пояснил он, придвигая второе кресло и садясь рядом со Светой. — Давай почитаем, а лучше посмотрим картинки, — предложил он, чувствуя, как желание вновь охватывает его.

Однако наваждение, временно завладевшее Светой, уже прошло. Она чувствовала себя подавленной и была разочарована своим состоянием. Не такими представляла она романтические любовные отношения. Все слишком грубо, прозаично... А главное, ей очень стыдно за себя, за свою несдержанность. «Теперь не будет меня уважать», — грустно подумала она, переживая случившееся.

Собралась с духом, встала с кресла и, стараясь говорить со спокойной иронией, тихо произнесла:

— Спасибо, Олежка, за теплый прием. Все было интересно — и немного пошло, — не удержалась она, чтобы не дать происшедшему оценку. — Хотя у меня, наверное, устаревшие взгляды. — И, видя, что разочарованный Олег порывается протестовать против ее ухода, сделала решительный жест рукой:

— Прошу тебя, не удерживай!

Ей стало немного жаль его — такого большого и беспомощного: она понимала, что он физически страдает.

— Серьезно, Олежка! Мне заниматься надо. Очень много задали. — Она старалась говорить как можно мягче, бросила на него ласковый взгляд. — Успокойся! Мы молодые, и у нас все впереди.

Олег понял, что ее не уговорить, с явным неудовольствием встал, чтобы проводить ее домой.

— Ты посмотри, Светочка, какие краски! — выразительным жестом Олег указал на знаменитую картину Яблонской: в очередной раз они пришли в Третьяковскую галерею.

Он восхищенно разглядывал сочно написанных румяных колхозниц, убирающих спелые яблоки, по-мужски оценивая пышущие здоровьем тела деревенских женщин. Как заразителен оптимизм жизни — им так и веет от этого полотна, — как прекрасно передан яркий день!

Ощутив обычное для себя чувственное волнение, Олег покосился на Свету, невольно сравнивая ее с этими задорно смеющимися, бойкими селянками. Стройная, тонкая, элегантно одетая — совсем на них не походит. Однако именно ее изящество и чистота вызывали у него куда больше эмоций, чем грубоватая женственность дородных фигур.

— Я тоже всегда останавливаюсь перед этой картиной, — охотно согласилась Светлана. — Изумительно — прямо шедевр реализма! А ведь многие считают реализм в живописи простой фотографией действительности. Здесь же есть и идея, и живая душа!

Они продолжали живо обсуждать картину, не обращая внимания на посетителей — иные приостанавливали шаг, награждая эту эффектную пару любопытными взглядами. Его — большого, мощного, в дорогом замшевом пиджаке и фланелевых брюках; ее — высокую, юную, в строгом, плотно облегающем красивую фигуру костюме из джерси. Оба яркие, световолосые, они обращали на себя всеобщее внимание гармоничной красотой.

— Американцы, что ли? — донеслась до них приглушенная реплика. — Ну прямо парочка королевских кровей!

Пожалуй, это не было преувеличением — столько в них чувствовалось сытого лоска и молодого величия.

После волнующей интимной встречи молодые люди продолжали видеться и проводить вместе время как ни в чем не бывало. Им по-прежнему было хорошо в обществе друг друга, да и льстило всеобщее внимание и восхищение. Но Олег вследствие постигшего девушку разочарования не вызывал уже в ней затаенных чувств и мечтаний, как прежде. Больше него никто ей все же не нравился: замечательный у нее спутник, все женщины на него смотрят и ей завидуют.

«Наверно, возвышенная любовь существует только в воображении романистов, — печально думала Света, успокаивая свое непослушное сердце. — Я должна любить Олежку таким, какой он есть».

В то время Светлана была уверена, что лучше него нет и не может быть никого во всем мире.

Глава 10. НАДЕЖДА

В тот год майские праздники омрачила плохая погода. Второго мая, в пасмурное, дождливое утро Василий Семенович и Лидия Сергеевна завтракали у нее на квартире: привычно опохмелялись после обильного первомайского возлияния и бурно, как всегда, проведенной ночи.

Накануне Чайкин участвовал в демонстрации на Красной площади, возглавляя свой коллектив. Он пришел к Лидии Сергеевне сразу после окончания, не заходя домой, и не расставался с ней до сих пор.

— Ну, Лидушка, ты просто женщина-вампир! Никогда не жаловался на здоровье, а тут чувствую, — посетовал он, прижав ладонь к левой стороне груди, — сердчишко стало пошаливать. Перебои, что ли? Стучит, стучит... потом — пауза...

Видя, что Лидия Сергеевна подняла на него насмешливый, недоверчивый взгляд, он рассмеялся:

— Да ты не бойся, утомляй! Выдюжу! Люблю это занятие!

За прошедшие годы Василий Семенович здорово постарел. Остатки волос исчезли, голова стала голой как колено; выросло и выдавалось вперед бюрократическое брюшко. Костюм из-за него сидел неважно — весь облик стал каким-то неряшливым. Но характер у Чайкина оставался прежним — легкомысленным и жизнерадостным.

— Ты знаешь, Лида, какое сногсшибательное открытие я сделал недавно? — Он округлил глаза. — Как ты думаешь, почему я не тороплюсь домой?

Лидия Сергеевна и сама удивлялась: Чайкин всегда боялся недоразумений с женой и ночевал не дома, только когда та куда-нибудь уезжала. А сегодня тем более — праздник...

— Наверно, твоя «колода» опять уехала гостить к сестре? — предположила она самое очевидное.

— А вот и ошибаешься! — помрачнев, возразил Чайкин. — Как раз наоборот: так называемая сестра приехала к ней погостить на праздники — что-то понадобилось ей в Москве.

— Тогда как же тебе удалось от них вырваться, Васенька? Им же тебя будет недоставать, — иронически усмехнулась Лидия Сергеевна.

— Им вполне хватает общества друг друга. Поняла? — Он горько усмехнулся.

Видя, что Лида, удивленно и недоверчиво вытаращила глаза, он подтвердил ее догадку:

— Вот именно! Лесбиянки... Я их застукал на следующий день после приезда «сестрицы». Понадобилось мне вернуться домой; вхожу тихо; слышу какую-то возню в спальне... Заглядываю, а они там... Представляешь, какая гадость? Бесполезно и отпираться!

Лидия Сергеевна, пораженная услышанным, не знала, что и сказать, а он с мстительной радостью заключил:

— Теперь она будет у меня как шелковая. Пусть только попробует вякнуть! Если бы не позор и угроза подорвать авторитет, а это, сама понимаешь, конец карьеры, — Чайкин выразительно посмотрел на нее, — немедленно все бросил бы и ушел к тебе. Приняла бы?

Уверенный, что ее молчание — знак согласия, повеселел и, наливая по новой, беспечно заявил:

— Пусть милуются сколько хотят, мне это до фени. Я теперь вольный казак! Давай выпьем, подруга дней моих суровых, за свободную, естественную любовь!

Они чокнулись, продолжая болтать и быстро хмелея.

— Все пьете? — неодобрительно заметила Надежда, входя в комнату и окидывая хмурым взором грязь и беспорядок вокруг.

Девушка возвратилась с утренней пробежки и еще не полностью успокоила дыхание. Как истинная спортсменка-разрядница, она строго соблюдала режим, и для нее не существовало ни выходных, ни праздников. Не слушая невнятных оправданий захмелевших взрослых, она ушла в свою комнату.

Надежда бросила спортивную сумку в угол и уселась перед зеркалом, рассматривая себя, рассуждая. Собой она очень хороша, это она знает. Рослая, пропорционально сложенная, физически развитая, она в то же время не походила на тех грубо сколоченных девчат, вместе с которыми занималась в спортшколе. Фигура у нее женственная, сложение как у Венеры, а кожа на теле и лице бело-розовая, нежная. Горделиво посаженная темноволосая головка, спокойный, уверенный взгляд ярко-синих глаз.

Думала она о матери, о ее и своей жизни. Ведь мать еще красивее ее, а так низко опустилась... Ей в начале пути не мешает сделать для себя полезные выводы. Что же предпринять, как переломить злую судьбу? Пока все складывается для нее не лучшим образом. И почему ей так не везет? Ведь так она старается быть лучше всех!

С самого детства, в школьной учебе, в занятиях спортом Надя, поощряемая матерью, напрягала все силы, полностью выкладывалась, чтобы быть первой среди своих сверстниц, но удавалось ей это редко. Невезение, конечно, есть, но ведь фортуне нужно помогать! Своим рвением, эгоизмом Надя отпугивала подруг и всегда оставалась в одиночестве — ее обходили. Коллективная поддержка немало значит, а ей никогда никто не помогал — так независимо она держалась, демонстрируя превосходство: мол, я в помощи не нуждаюсь!

В ней рано пробудились темперамент и сексуальное любопытство, чему немало способствовало сожительство матери с Чайкиным, их неумеренные, бурные любовные отношения — они давно уж не стеснялись подрастающей Нади.

По этой причине, да еще потому, что была хорошо физически развита и выглядела старше своего возраста, Надя, когда ей не исполнилось и четырнадцати, потеряла невинность. На нее обратил внимание красивый пионервожатый Павел — все девчонки из ее отряда были в него влюблены. Он прекрасно видел, что и она трепещет при виде его. Однажды после отбоя он увел ее на прогулку, обсуждая разные пустяки из лагерной жизни. Проходя мимо густых зарослей акации, Павел прижал к себе дрожащую от его близости и сладкого предвкушения девочку. Чутко уловив ее состояние, потащил Надю под сень ветвей, жарко шепча:

— Ну давай, давай, Наденька! Я же вижу — ты тоже этого хочешь! Тебе будет хорошо... У меня железный!

Вспоминая, как она при встречах строила ему глазки, он не сомневался, что у нее уже были связи с мальчишками, и действовал уверенно, энергично. Повалил на землю, задрал платье, прижал грудью, так что она не могла пошевелиться, и без прелюдий принялся за дело. Быстро расстегнул брюки, щелкнул какой-то резинкой и уткнулся в нее своим «железным», помогая ему пальцами войти внутрь. Сопел от усилий, но у него ничего не выходило.

— Да ты целочка! — удивленно и испуганно прошептал он, поняв, в чем дело. — Вот уж не думал!

Но остановиться не захотел; действуя резко и грубо, справился наконец со своей задачей. Наде было и больно, и приятно от новых, неизведанных ощущений; тепло его уже стало разливаться по ее телу... Но вот в результате долгих усилий Павел утолил свою страсть, ослаб и, отвалившись, пробубнил с нескрываемой досадой:

— Ну, Надя! Знал бы, что ты целка, — никогда бы на тебя не полез. Не люблю сопливых! — Помолчал и добавил: — Да что теперь делать? Назад не вернешь. Иди-ка спать! — И, воровато оглянувшись — не видел ли их кто, — удалился.

Надя, натянув трусики, пошла к себе в палату как оплеванная. Больше он к ней не подходил до конца смены, при встречах смотрел в сторону. И она не проявляла к нему интереса, страдая от обиды и разочарования.

Не вынесла она ничего хорошего из своего первого интимного контакта и посчитала, что навсегда утратила естественное влечение к противоположному полу. Целиком переключила свою энергию на спорт и сделала немалые успехи. Физическая сила и выносливость, упорные регулярные тренировки позволили ей добиться высоких результатов. К шестнадцати годам она стала кандидатом в мастера спорта по плаванию, имела первый спортивный разряд по лыжам и водному поло.

Занятия спортом поглощали ее целиком, и потому Надя не сразу заметила, что мощный красавец грузин, тренировавший их по водному поло, стал выделять ее из других членов команды, бросая красноречивые взгляды жгучих черных глаз. Постепенно ему удалось пробудить в ней ответное желание, и она, глядя на его атлетическую фигуру и туго натянутые плавки, стала мечтать об интимном свидании.

Однажды, когда она по какой-то причине задержалась в раздевалке, когда все подруги уже ушли домой, он заглянул в дверь. Убедившись, что она одна, быстро вошел и заключил ее в свои могучие объятия.

Охваченная страстным желанием и дрожа от нетерпения, она обвила его шею руками, плотно прижалась к нему, чтобы лучше ощущать его близость. Так, не говоря ни слова, они стояли несколько минут, сжимая друг друга в объятиях, слив губы в жарком поцелуе... Потом, не сговариваясь, подошли к столику у окна. Он помог ей стянуть тренировочные брюки, нагнул спину; немного помешкав, предохраняясь, мощно вошел в нее сзади и резкими толчками стал наносить удары, как бешеный бык, завывая от страсти.

Надя сгорала от жажды наслаждения, но испытывала в основном боль и страх. Однако постепенно ощущение его мужской силы наполнило ее теплотой, предвкушением острого удовольствия... И в этот момент он вдруг резко остановился, зарычал и, ослабнув, навалился на нее всей тяжестью. Полежав несколько мгновений, выпрямился, мгновенно оделся и выбросил что-то в урну. Надя все еще стояла, согнувшись, не понимая, что случилось и ожидая продолжения. Он не удержался от грубого смеха:

— Ты что, совсем глупая?! Хорошенького понемножку! Давай быстро одевайся, пока нас не застукали! — Подождал, пока она облачится в тренировочный костюм, и, насвистывая, направился к выходу.

Надя шла за ним, опустив голову, как побитая собачонка. Проходя мимо вахтера и всей кожей ощущая его мерзкую, понимающую ухмылку, так и зарделась от стыда и отвращения к себе. На улице они без единого слова разошлись в разные стороны.

Небольшой, но неудачный любовный опыт привел Надю к убеждению, что половая жизнь — не главный фактор человеческого счастья. Такому выводу способствовала и любвеобильная связь матери с Чайкиным.

«Ну что дала маме эта страстная любовь? Чего она добилась в жизни? — всякий раз твердила она себе и решила твердо: — Нужно добиться материальных благ и положения в обществе. А любовь, наслаждения — это все, наверно, приложится».

С отцом Надежда редко виделась, и это тоже способствовало самостоятельному формированию ее жизненной философии.

Прошедшие десять лет изменили в жизни Розанова очень многое, по существу, поставили ее с головы на ноги. Внешне пережитые невзгоды и огромное напряжение мало на нем отразились. Он носил теперь дорогие, прекрасно сшитые костюмы и казался еще крупнее и представительнее. В волосах появилась седина, на лице там и здесь пролегли морщинки.

Но глаза остались такими же ярко-синими, а весь его облик — подтянутым и моложавым.

За это время, целиком отдавшись напряженной работе, он защитил наконец кандидатскую диссертацию; не переводя дыхания и не давая себе расслабиться, тут же принялся за докторскую.

— Ты что, загнать себя хочешь? — не одобрял его рвения старый друг Игорь Иванов. — Передохни немного! Куда так спешишь?

— Нельзя иначе, слишком много времени потеряно, — не соглашался Розанов. — Да и интересно мне — в этом вся моя жизнь!

Он успешно справился с поставленной задачей и блестяще защитился. Степан Алексеевич сохранил свою контактность и обаяние; стал профессором педагогического института; завоевал известность как специалист по методам Макаренко; его приглашали для выступлений на радио и телевидение.

Однако профессор Розанов оказался не из тех, у кого голова кружится от успехов, хоть и испытывал удовлетворение достигнутым. «Просто ирония судьбы: учу других, как воспитывать молодежь, а сам не смог воспитать собственную дочь, — мысленно критиковал он себя. — Но что я мог противопоставить влиянию матери?» Он не мог упрекнуть себя, что после развода с Лидией бросил дочь на произвол судьбы. «Можно повидать Наденьку?» — много раз просил он ее, звоня по телефону на работе или дома, но, не утруждая себя поисками предлога, бывшая жена отвечала отказом.

«Не нужно нервировать ребенка! — был ее стереотипный ответ. — Она о тебе и не думает».

Розанову удавалось ежемесячно видеть дочь только после защиты докторской, когда он догадался собственноручно вручать ей алименты. Лидия Сергеевна не оформляла исполнительный лист, зная, что он подрабатывает на стороне, — так ей выгоднее.

В силу своего характера она не щадила его чувства и не жалела, что оставила его, даже когда он пошел в гору, — жила чувствами.

— Мамуля! Папу передают по телеку! Представляешь?! — сообщила ей однажды сияющая Наденька, вбежав на кухню. — Я у соседки видела! Скорее включай ящик!

— А что мне на него пялиться? — не поворачиваясь от плиты, равнодушно встретила Лидия Сергеевна эту потрясающую новость. — Насмотрелась, больше не надо!

— За что ты его так не любишь? — непонимающе поглядела на нее Надя. — Папа такой хороший, красивый! Что он тебе сделал плохого? Твой Васючок против него просто клоп, а ты его обожаешь... Да я такого урода на порог не пустила бы!

Лидия Сергеевна считала неправильным говорить с дочерью о своих сердечных делах, но ее грубая натура дала себя знать и, не выдержав этого укола, она взорвалась:

— Да я ни за что не променяю своего Васеньку на этого импотента! Будь он хоть академиком! Много ты понимаешь в мужиках, соплячка! Поживи и помучайся с мое, как я — с твоим папочкой. Только молодость с ним загубила! Ну что с тобой говорить? Станешь взрослой — все поймешь, — заключила она уже миролюбиво, утирая непрошеные слезы.

Только когда Надя подросла и сама стала приезжать к отцу за деньгами в его маленькую, опрятную, уютную квартирку, он получил возможность оказывать на нее влияние. Вот и сегодня — он так обрадовался ее звонку.

— Это ты, Наденька? Наконец-то! А я уже усомнился, приедешь ли. Только поторопись, чтобы у нас с тобой было побольше времени: вечером я должен принять коллегу.

«Знаем мы этих коллег», — мысленно улыбнулась Надя. По чистоте, особо тщательно наведенной в квартире отца, было ясно: здесь не обошлось без женских рук. Вслух она весело пообещала:

— Полечу как на крыльях, папуля, — со скоростью самолета. Я соскучилась по тебе! Мне нужно было только знать, дома ли ты!

Розанов по-прежнему жил в «хрущобе»: хоть у него и стали водиться деньги, не считал необходимым улучшить жилищные условия. В женщинах он разочаровался и, наученный горьким опытом, вторично надевать на себя ярмо не собирался.

Сделал в своей маленькой квартире отличный ремонт, обставил ее хорошей мебелью, завел неплохую библиотеку; жил в тишине и покое — одному ему места вполне хватало.

— Вот и ты, моя голубка! — приветливо встретил он дочку, раскрасневшуюся от быстрой ходьбы и подъема на пятый этаж. — Куда пойдем? На кухню или в комнату? Есть хочешь?

— А что у тебя вкусненького, отче? — шутливым басом вопросила Надя. — Как насчет ананасов в шампанском?

— Деликатесов нет. Их доставать надо, а у меня ни связей, ни времени, — серьезно объяснил Степан Алексеевич. — Но яйца, молоко, кефир, масло в холодильнике есть. — И добавил, улыбнувшись: — Могу предложить коробку шоколада — всегда держу для любимых дам.

— Тогда бери эту коробку и пойдем посидим рядышком на диване, — предложила Надя. — Я сегодня уже обедала.

— Возьми сразу деньги и положи при мне в сумочку, а то забудешь, — напомнил ей Розанов и повел в комнату. Ну, что новенького? Как твои спортивные успехи? В школе у тебя вроде хорошо? — забросал он ее вопросами, когда они удобно устроились на подушках широкого, мягкого дивана.

— Результаты растут: скоро буду чемпионкой! — бодро пообещала Надя, улыбаясь, и, посерьезнев, добавила: — Но для этого, папуля, приходится очень много трудиться. Никакой романтики — один упорный труд.

— Само собой понятно — без труда не вытащишь и рыбку из пруда, — одобрил ее отец. — Так повелось испокон веку. А помимо спортшколы и соревнований, где бываешь? Что за последнее время прочитала? Вы с матерью выписываете какие-нибудь газеты, журналы?

— Да нигде не бываю, — серьезно и грустно ответила Надя. — Ни сил, ни времени нет. Не помню, когда брала в руки книгу, кроме учебников. Газеты мама выписала — «Правду» и «Вечерку», — но их я даже не вижу. По-моему, мать в них селедку заворачивает. — Когда достанет, конечно, — весело рассмеялась она; потом опять опечалилась. — А в театре, не помню, когда и была. Разве что с подружками в кино схожу. Представляешь — даже телек не смотрю!

— Может, не стоит надрываться, а жить, как другие девочки? — озабоченно высказался Степан Алексеевич. — Уж слишком много сил ты отдаешь спорту. По-моему, такое одностороннее развитие тебе повредит, доченька. Нужно уделять внимание не только физическому, но и духовному развитию!

— А как же я поступлю в Инфизкульт? Не будет результатов — не пройду по конкурсу! — уверенная в своей правоте, заявила Надя. — Для меня главное — физическая культура. Я верю в свой спортивный талант! Повезет — стану рекордсменкой! А тогда-а... — мечтательно протянула она, — известность, заграница, деньги, модные тряпки... Словом, роскошная жизнь! — Она помолчала. — Ну что меня ждет, если я займусь своим, как ты говоришь, культурным развитием? — вопросительно посмотрела она на отца. — Кем стану? Что получу? Жалкие гроши, как все? Нетушки! Не хочу!

Розанову не по душе пришлась философия дочери, ее чрезмерный прагматизм, но что скажешь — во всем этом много жизненной правды... Он все же счел своим долгом заметить:

— Что ж, ты уже взрослая, Наденька. Сегодня я это как-то особенно ясно увидел. Делай что считаешь нужным, к чему лежит душа. Но прислушайся иной раз к отцу. Любя тебе говорю: не станешь культурным человеком — с тобой будет общаться неинтересно. В личной жизни трудно придется... Подумай, дочь!

Наученная неудачным любовным опытом, Надежда не поощряла ухаживаний мужчин: все они эгоисты и заботятся лишь о том, чтобы удовлетворить свою похоть. Но однажды все же не выдержала характер. Бескорыстная преданность и постоянное дружеское внимание долговязого, сутуловатого Кости из мужской волейбольной команды возымели свое действие. Не скрывая, что влюблен, он почему-то всегда оказывался у нее под рукой.

Спрашивал с дружеской улыбкой:

— Как дела, Наденька? Какие у нас проблемы?

И если таковые были — приходил на помощь. Мужской красотой он не блистал, но был физически развит, силен и резок в игре. Надя знала, что ребята его побаиваются — был скор на руку, если надо дать сдачи. Несколько раз он уже защитил ее от хамства «ходоков», которые к ней приставали. Постепенно она привыкла, что Костя всегда ждет ее после тренировок, провожает домой, болеет за нее на соревнованиях, и стала отвечать взаимностью.

Ходили вместе в кино, на танцы, и ни разу Костя не докучал объяснениями — видел: не расположена она к еще большему сближению. Его терпение и выдержка наконец заинтриговали девушку. «Интересно, а он вообще нормальный парень? — думала она иногда. — Если нет, тогда зачем он за мной ходит?» Так, незаметно для нее самой, в Наде проснулся к нему чисто женский интерес, и она вдруг открыла, что он привлекателен как мужчина, что волнует ее.

Однажды, когда они возвращались домой после тренировок, Костя повел ее новым путем.

— Это куда же ты меня потащил? — запротестовала Надя. — Мы здесь никогда не ходили.

— Погоди немного, узнаешь. — Он посмотрел на нее загадочно и широко улыбнулся. — Есть одно дело!

Что ж, прогуляться она не против — погода прекрасная, время не поджимает... Вышли на Сретенку; Костя завернул в узкий переулок и остановился у старой, облупленной трехэтажки.

— Вот здесь я живу, вместе с мамой. Может, зайдем?

— Никак соблазнить меня решил? — рассмеялась Надя. — Долго же собирался!

— Лучше поздно, чем никогда, — так же весело ответил он. — Не хочешь познакомиться с моей мамой?

— Если ты, Костя, жениться на мне решил, то зря, — в том же шутливом тоне заметила Надя. — Я еще несовершеннолетняя — ничего не выйдет!

— А что, это идея! — не сдавался он, сохраняя тон шутки. — До твоего совершеннолетия рукой подать, а вместе жить веселее.

— Как знать, всякое может быть, — посерьезнела Надя, но тут же, как бы отбросив сомнения, тряхнула головой. — А впрочем, пойдем посмотрим! Думаю, твоя мама тоже хороший человек!

Костиной мамы, конечно, не оказалось дома, — Надя поняла, что это только предлог, но это не смутило. Она беспечно уселась на узкий диван в его маленькой комнатке.

— Ну что, правильно я оценила твое коварство? Решил подвергнуть меня искушению?

Не боялась она ничуть: он сильный, но, если захочет, она сумеет дать достойный отпор.

— Ты права, как всегда, — не смущаясь, признался Костя. — Мне давно уже надо с тобой поговорить, да все откладывал, опасался плохих для себя результатов. — И поднял на нее теплые карие глаза. — Как видишь, наконец решился. А к себе привел, потому что дома и стены помогают.

— Так что ты хотел сказать? Говори! — Надя все еще пыталась дружески шутить. — Боюсь, если сейчас не скажешь — еще на полгода замолчишь!

— Тогда слушай. — Он сел рядом, коснулся ее рукой.

Ей тут же передалось его волнение, его трепет и искренность.

— Я почему тебя заметил и полюбил? — без предисловий начал он, горячо глядя ей прямо в глаза. — Видел, как ты нуждаешься в поддержке, понял — жестоко кем-то обижена. Это ведь не скроешь под маской безразличия — ну там ко мне, к другим... кому ты нравилась.

Видя, что Надя молчит потупив взгляд, он понял, что недалек от истины, и с жаром продолжал:

— Ты красивая, Наденька, очень, но есть и другие симпатичные девчонки. Я не мальчик и сразу понял: тебя мучает сердечная боль. Вот ты сразу и запала мне в душу. Мужчина создан, чтобы защищать женщину! — Сел поближе, прижал ее к себе, обхватив большой, сильной рукой. — Что же стряслось с тобой, Наденька? Ты нормальный человек, а сколько я провел с тобой времени — ты на меня вот ничуть не реагировала. А ведь я знаю, что нравлюсь женщинам. — И, повернув ее лицом к себе, нежно обнял обеими руками, прижал ее волнующуюся грудь к своей — широкой, мускулистой.

Ей и хорошо было с ним, и очень жалко себя. Он по-человечески к ней относится — с любовью и заботой. В его поведении нет и намека на животное стремление лишь удовлетворить плотское желание, чем отпугнули ее прежние избранники. Но она все еще не верит ему, нет... «Неужели и он такая же скотина? Неужели лжет, разыгрывает комедию, чтоб доверилась? Ну если и в нем я ошибаюсь... — с болью в сердце думала она и, не выдержав горьких воспоминаний, разрыдалась.

Он растерялся, чувствуя к ней подлинное сострадание. Не зная, как утешить, стал покрывать поцелуями ее лицо и шею, постепенно загораясь желанием и страстью. Захлебываясь слезами, ручьем лившимися из глаз, она доверчиво к нему прижалась, отвечая страстными поцелуями. Такой бурный отклик с ее стороны после долгого безразличия совсем его распалил, но он любил ее и сдержался. Не стал спешить: нежно, едва касаясь, расстегнул на ее груди блузку, стал тихо ласкать большой, теплой рукой.

— Поверь, Наденька... ты мне так дорога... я так желаю тебе счастья... — шептал он, задыхаясь от избытка чувств. — Просто нет у меня слов!

Девушку захлестнула горячая волна страстного томления — ни о чем не надо думать... отдаться желанию... пусть это произойдет, и поскорее! Сама сняла с себя трусики, откинулась на спину, увлекая его за собой.

— Костенька, Костенька!... — шептали ее губы. — Больше она ничего не могла вымолвить, только стонала от нетерпения.

Он тихонько разделся, не торопясь, давая ей время, и лег рядом; стал целовать, ласкать руками, губами ее горячее, юное тело. Он был терпелив и нежен, он довел ее до сладкого исступления и только тогда, помогая себе рукой, мягко, осторожно — не дай Бог сделать ей больно, неприятно, — вошел в нее и стал медленно двигаться, чутко прислушиваясь к ней, к ее дыханию, к ее эмоциям.

Когда она застонала, страстно прижимая его к себе, он усилил темп, и Надя впервые испытала высшее наслаждение, осознала, что теперь лишь, с ним, стала женщиной... Он продолжает двигаться, ей все еще так изумительно сладко... Но вдруг он остановился, отстранился с мучительным стоном, и вскочил, выбежал из комнаты... Вернулся быстро, ласково обнял, поцеловал:

— Прости меня, так было нужно.

Надя не произнесла ни слова, только благодарно улыбнулась и, обняв, прижалась к нему всем телом. «Какая же я была дура! — Есть же настоящие мужчины!»

Они лежали рядом, молчали, отдыхали, радовались оба, что судьба соединила их. А потом снова обняли друг друга...

Жарким июльским днем, в воскресенье, когда тысячи москвичей отдыхают, устремляются за город, на природу, поближе к деревьям и к воде, Костя позвонил.

— Наденька, тут ребята из команды собрались поехать на пляж в Татарово — в волейбол поиграть вместо тренировки. Не хочешь присоединиться? Тоже потренируешься: вода в

Москве-реке теплая. А потом... — он сделал паузу и жарко прошептал: — Ко мне заглянем. Маманя моя в гости собралась. Ну как ты?.. Как тебе такая перспектива?..

Ей понравились его неуверенность, его горячий шепот в телефонную трубку.

— Сам знаешь... — И зарделась, чувствуя, как горят щеки и грудь. — С тобой — хоть на край света!

— Тогда живо собирайся — встречаемся на «Соколе» в десять. И не опаздывай! — с шутливой строгостью приказал он. — Ребята наверняка прихватят девчонок — не одна будешь.

Когда шумная компания добралась до модного Татаровского пляжа, уже стоял полдень. Нашли подходящее место, пристроили вещи и затеяли пляжный волейбол.

Загорая на пушистом мелком песочке, Надя наблюдала: классно играют, и все такие стройные, сильные, молодые...

— Люблю своего Костика! — вдруг прошептала она, радуясь переполнявшему ее горячему чувству, искренней вере: он — ее судьба.

Перерыв... Костя, тяжело дыша, опустился рядом с ней на песок.

— Знаешь, уже после того, как ты из дома выехала, я чуть всех не подвел, — сообщил он ей то, чего не хотел говорить раньше, чтобы не испортить настроения. — Мама прихворнула, так что планы наши на сегодня... сама понимаешь... рухнули. Мне надо пораньше домой вернуться. Огорчена ты, да? — И ласково растрепал ее коротко остриженные волосы.

Вместо ответа Надя попросила:

— Давай полежим немного рядышком, поговорим... Мы так мало знаем друг о друге.

— Да я и сам хотел... — Он перевернулся на спину. О чем сначала? Выбирай сама, Надюша.

— Я вот давно не решаюсь тебя спросить... Почему вы с мамой живете вдвоем? А где отец?

— Не люблю говорить на эту тему, но тебе скажу. Разошлись они — другую нашел. Банальная история.

— А кто он? Вы с ним видитесь?

— Очень редко. Он сейчас большой человек — областной прокурор. В Иркутске. Его мадам против наших встреч.

— А он вам не помогает? Вы так бедно живете...

— Очень слабо помогает. А последнее время — никак. Мама с ним не была зарегистрирована.

— Поня-ятно... У меня ведь похожая история, Костик.

— Похожая, да не совсем. Твой отец — порядочный человек, хоть и не прокурор. — Нахмурил брови и, желая закончить неприятный разговор, признался: — Теперь понимаешь, почему я землю рою на тренировках, стараюсь поскорее мастером спорта стать, попасть в сборную!.. Ничего так не хочу, как утереть нос этому законнику — он знать не хочет собственного сына. Вот прославлюсь — пожалеет тогда! — Вздохнул, спохватился, что грустить не время и не место. — Пойдем лучше искупаемся, а? Поговорим о чем-нибудь более приятном...

Они взялись за руки, побежали к воде и с разбега окунулись в речную прохладу. Плавали, ныряли, окатывали друг друга водой, радуясь жизни, молодости и прекрасному летнему дню, — чувствовали себя счастливыми.

Глава 11. СПАСЕНИЕ НА ВОДАХ

В начале того лета город оказался во власти антициклона — стояла жара; вода в Москве-реке прогрелась до 23 градусов, как в теплом море. Москвичи задыхались от духоты и пыли в раскаленном городе.

Но на шикарной даче Григорьевых царила тенистая прохлада (рядом большой участок соснового леса, и потому воздух чистый, свежий). Света, свободная от всех дел, позавтракав на террасе, удобно расположилась в кресле-качалке с «Иностранной литературой» в руках — давно собиралась почитать новый роман. Ох, конечно, зазвонил телефон, а трубку снять некому — родители ушли на утреннюю прогулку. Девушка, досадливо поморщившись, неохотно встала — вот некстати!

— Светлана Ивановна! Тут к вам молодые люди пришли. Передаю трубку Олегу Хлебникову, — услышала она голос дежурного охранника: он хорошо знал Олега, часто приезжавшего к Григорьевым и к своему дяде, на соседнюю дачу, но правила службы требовали — докладывать.

— Пропусти их, Степаныч! — разрешила она.

Вздохнула невольно: сегодня почему-то хочется побыть одной, усталость, видно, накопилась. «Сейчас, конечно, потащат к реке — купаться, кататься на лодке...» — подумала безрадостно. Плавает она плохо, воды боится — в детстве не научили. Мама плаванием не увлекалась: у них в деревне и речки не было настоящей — так, узкий ручей. А Иван Кузьмич все умел, но тут как-то оказалось недосуг. Вот идут по аллее Олег, его школьный приятель Вадик... Светлана отложила журнал, встала и пошла им навстречу.

— Так и знал — в тени отсиживаешься. Это в такой-то чудесный день! Непорядок! — с энтузиазмом воскликнул Олег, тепло пожимая ей руки и ласково глядя в глаза; поцеловать ее при Вадике все же не решился — счел неудобным.

— Прости, что мы без предупреждения. Собирался к дяде Коле нагрянуть — у него тоже своя лодочная станция. Ведь на общем пляже сейчас не протолкнешься! — Он будто оправдывался. — А по дороге вот передумал. — И горячо посмотрел на Свету. — Так вдруг захотелось тебя повидать, пообщаться! Ты ведь знакома с Вадимом? Помнишь, мы встречались с ним в театре?

— И не только в театре, — еще на концерте в консерватории, на футболе... Ты, верно, забыл? — поправил его Вадим, подходя к Свете. — Здравствуй, Светочка, и, пожалуйста, относись ко мне как к старому знакомому!

Ростом он немного пониже Олега, но такой же крупный, тяжелый; вместе они занимались штангой. Молодые люди стояли, переговариваясь, у террасы огромного бревенчатого дома, с широкими, светлыми окнами в резных наличниках, утопающего в декоративных кустарниках и цветах. Вся территория вокруг тщательно ухожена. Болтая, они и не заметили, как к ним подошли, поднимаясь по склону от реки, Иван Кузьмич и Вера Петровна.

— Так у нас гости? — удивилась хозяйка и поздоровалась. — Ты, Олег, всегда сваливаешься как снег на голову, — слегка пожурила она. — А кто этот мальчик с тобой?

— Мой товарищ Вадим — мы с ним вместе и в школе, и на тренировках; штангу толкаем, — весело представил Олег приятеля. — Светочка меня уже простила за вторжение. И у вас прошу прощения! — Он с шутливой покорностью склонил белокурую шевелюру. — Повинную голову меч не сечет!

— Ну ладно, придется простить. Как, папочка? — взглянула на мужа Вера Петровна: она любила молодежь, и кутерьма, которую всегда затевала юная компания, ей не досаждала. — Чайку хотите? Или чего-нибудь посущественнее? — радушно предложила она. — Мы с Иваном Кузьмичом, например, проголодались после прогулки.

— Спасибо огромное, но мы с утра хорошо заправились, — за обоих ответил Олег. — Наша единственная цель — песочек, река, лодочка! Мы пришли, чтоб и Светочку вовлечь в эти удовольствия.

— Ну и отлично! Только, пожалуйста, будьте поосторожнее! — напутствовала Вера Петровна.

После недолгих сборов троица вышла из дома, переодетая по-пляжному. Светлана, выступавшая с царственной грацией, — в красивом двухцветном купальнике, облегающем ее юные, соблазнительные формы, и босоножках; ребята, оставившие верхнюю одежду на даче, — в безрукавках нараспашку, плавках и сандалиях на босу ногу.

По травянистому склону спустились к крошечному пляжу, с кабиной для переодевания и деревянным помостом для схода в воду. К нему пришвартована моторка, привязаны цепью две маленькие свежеокрашенные лодки.

— Эх, жаль, никто из нас с мотором не умеет обращаться! — огорчился Вадим. — А здорово бы по реке прокатиться, на людей поглядеть, полюбоваться окрестностями...

— Пустяки! Мы и на лодочке... Вам, лодырям, грести не придется, не бойтесь! — заверил Олег, поводя широкими плечами и немного рисуясь. — Мне полезно немного размяться.

— Ну как, поплывем? — дуэтом обратились ребята к Светлане.

— Да я не против! — охотно согласилась она. — Только обещайте не бузить: я очень боюсь воды и плохо плаваю. — Сказать «совсем не умею» почему-то постеснялась.

— С нами тебе нечего бояться, — снисходительно заверил Олег. — Ты только посмотри, какие мы сильные! Ну а плаваем как рыбы!

Взяли весла и уключины из раздевалки, отвязали лодку, удобно в ней устроились: Олег сел на весла, а Вадим и Света — на широкую, удобную лавочку на корме. Вадик управлял рулем. Мощными гребками, красиво раскачиваясь в такт атлетическим торсом и получая от этого большое удовольствие, Олег быстро вывел лодку на середину реки.

Поплыли мимо Серебряного бора, с огромным пляжем, усыпанным до отказа отдыхающими. Москвичи любили Серебники — здесь все, что необходимо для отдыха: благоустроенный пляж со спасательной станцией, кафе, закусочные, кинотеатр. В общем, одна из заповедных зон отдыха. Главное достоинство — чистый воздух, сосновый лес — все заботливо оберегается. Здесь ведь и частные дачи, и казенные, и пансионаты, спортивные базы. Вот и приезжали сюда в большинстве простые москвичи — в выходные дни, семьями, компаниями и поодиночке.

Блеск воды, солнечные лучи, пестрый калейдоскоп «жанровых сценок»... а сколько лодок, сколько купающихся переплывают с берега на берег... Ребятам, видно, нелегко давалось управление лодкой в этой тесноте и многолюдье.

— Светочка, здесь что-то слишком много народу. Давай обратно, в сторону Татарово, а? Там река свободнее! — предложил Олег, переглянувшись с приятелем.

— Да как хотите, мне все равно... — Света блаженно откинулась на спинку сиденья, с бумажкой, приклеенной к носу, — она загорала.

Осторожно, чтобы не задеть головы купающихся, молодые люди развернули лодку и поплыли в обратном направлении.

В этот солнечный, жаркий день на молодежном пляже в Татарово, на берегу Москвы-реки неподалеку от Серебряного бора, народу было полно, конечно, — не меньше, пожалуй, чем там, откуда наши герои уплыли на лодке.

В одной из маленьких компаний, усеявших весь пляж, среди группы товарок из команды по водному поло, загорала Надежда Розанова. Не развлечься в такой замечательный выходной день грешно, да и форму надо поддерживать, плавать, готовиться.

Надя предпочла бы очутиться здесь сегодня с Костей — она очень к нему привязалась. Но друг ее отбыл с командой на Украину — на межреспубликанские соревнования. Встречались они в последнее время редко из-за беспрестанных разъездов: то сборы, то состязания... Спортивные профессии у них разные, да пусть хоть и одна — все равно у мужчин и женщин пути расходятся.

Но существовала и еще одна, может, даже более огорчительная причина: Костю не приняла, знать не хотела Лидия Сергеевна. Ревностно следила она за спортивными делами дочери и заметила, разумеется, что у Нади появился постоянный друг — часто провожает до дома.

Лидию Сергеевну давно удивляло, что, несмотря на красоту и привлекательность дочери, у нее до сих пор нет подходящего (по ее материнским меркам) ухажера. «Не везет, что ли, Наденьке на мужиков, как когда-то мне?.. Не дай-то Бог! — невольно думала она и печалилась, и гнала от себя неприятные мысли. — Мала еще... Пусть пока что спорту себя посвящает...»

Но вот на горизонте замаячила долговязая фигура Кости; Лидия Сергеевна терпеливо ждала — поделится ведь дочка... Но надежды ее не сбывались, и однажды она спросила как бы между прочим:

— А что это за парня я возле тебя приметила? Длинный такой, вроде твоего папаши. Твой новый приятель?

Надя собиралась рассказать матери о своем чувстве, не открывая, конечно, всей правды об их отношениях. Все равно придется, не избежать — шила в мешке не утаишь. Ей хотелось, чтобы он приходил к ним как свой, запросто: ведь у нее есть хоть и маленькая, но своя, отдельная комната, где они могут побыть наедине... Но решиться на это признание никак не могла: смущала свинская обстановка пьянок матери и Василия Семеновича, которые происходили все чаще. Стыдно — так не хочется, чтобы Костя стал свидетелем этих сцен, — осудит мать, да и к ней станет по-другому относиться... Понимала и то, что Лидия Сергеевна сочтет Костю «неперспективным», препятствовать станет их встречам.

Так и случилось, когда на вопрос матери Надя вкратце поведала, что да, влюблена в этого парня, и не скрыла ничего, что о нем знала.

— Ну вот, идешь по моим стопам! — огорченно всплеснула руками Лидия Сергеевна. — Безотцовщина, нищий! Живет с мамочкой, а куда он от нее денется, даже если и захочет?! Об этом ли я для тебя мечтала?! А ты что же? Такого же хочешь благополучия, как у меня с твоим отцом?!

И, разгневанная неразумным поведением дочери, расстроенная роковой невезучестью, заплакала, роняя злые слезы, кляня незадачливую судьбу. Но потом внезапно успокоилась и решительно выпрямилась.

— Но что это я так расквасилась? Ты у меня еще несовершеннолетняя. Пусть только попробует что-нибудь с тобой сделать — я его в тюрьму посажу! — Сверкнула на дочь черными глазами и властно приказала: — Чтобы духу его здесь не было! Знаешь, доченька, как я тебя люблю! Живу лишь тобой. Но ослушаешься — рассержусь. Так и знай! — Как всегда, завелась, повысила голос: — Ты должна знать себе цену, не продешевить, как твоя мать! Будешь умницей — поднимешься на самый верх. Все тебе будет доступно. Опомнись! Константин не тот, кто тебе нужен: он потянет тебя вниз!

«Да-а, моя мамочка — это серьезная проблема, — грустно рассуждала про себя Надежда, навзничь растянувшись на песке и закрывая рукой глаза от солнца. — А может, она права?.. Ведь любит меня, лучшего желает...» Вздохнула, перевернулась на живот — пусть загар ровно ложится.

— Надька! У тебя вся спина красная. Сгоришь! — заметила лежавшая рядом подруга. — Пойдем-ка лучше сплаваем, охладимся.

Девушки встали, стряхнули с себя песок и, войдя в воду, поплыли кролем, красиво выбрасывая руки.

— Вот и Татарово! Может, повернем обратно? Есть уже захотелось, — предложил Олег, — не хотелось признаваться, что просто изрядно устал.

— У матросов нет вопросов! — пошутила Света. — Поворачивай!

Хватит с нее этого удовольствия — солнце уже ее утомило, и она мечтала о каком-нибудь тенистом уголке. Вадим промолчал: он-то заметил, что Олег устал, и понял его горделивое нежелание сдаваться перед девушкой.

— Что-то я засиделся, — пришел он на выручку другу. — Слушай, Олежка, не будь эгоистом, дай и мне немножко погрести!

— Не хотел я нарушать ваш покой, да разве другу откажешь, — с деланной неохотой согласился Олег, радуясь, что может наконец растянуться на лавочке. — Ну что ж, давай пересаживаться!

Приподнялись и осторожно, чтобы не нарушить равновесия лодки, стали меняться местами. Оба крупные, неповоротливые — типичные тяжелоатлеты, — молодые люди не справились со своей задачей. Зацепившись длинной ногой за сиденье, Олег пошатнулся, невольно ухватившись за Вадима. Тот передвигался по другому борту, старательно балансируя, но не сумел удержать веса приятеля — потерял равновесие и полетел в воду. Олег оторвался от него — поздно... Утратив противовес, лодка резко накренилась в его сторону, зачерпнула воды и опрокинулась. Олег и Света пошли ко дну...

Характеризуя себя как отличного пловца, Олег сильно преувеличивал: плавать он умел, даже нырять, но никогда не переплывал более или менее широкой реки. На море, где соленая вода лучше держит, позволял себе плавать до бакена, больше надеясь на свою физическую силу, но, как правило, старался не удаляться от берега.

Вадим вообще плавал только «по-собачьи» — просто держался на поверхности, не тонул. Первым вынырнув на поверхность — он бешено колотил по воде мощными руками, — добрался лишь до перевернутой лодки и судорожно ухватился за нее, стараясь забраться повыше.

А Света, — она не успела даже сообразить, в чем дело, даже испугаться, — так быстро все произошло. Вода сразу сомкнулась над ее головой, и она ушла на глубину... Смертельный ужас пронизал все ее существо: что ей грозит гибель — это дошло до ее сознания. Догадавшись при падении сомкнуть рот, отчаянно, неумело двигая руками и ногами, она показалась на поверхности, громко взывая о помощи, и тут же опять погрузилась в воду...

Олег, с его тяжелым телом, погрузился почти до самого дна — река в этом месте неглубокая, и на поверхность вынырнул последним. Света... где она?.. Нет ее поблизости... Лодка перевернута... А вот и Вадик... вцепился в нее... Олег сделал несколько сильных взмахов длинными руками — и добрался до лодки, ухватился за борт рядом с другом. В этот момент из воды показалась голова Светы — и девушка, успев сдавленно крикнуть: «Помоги-ите!..» — снова ушла под воду.

— Света-а, держи-ись! — крикнул Олег и, оторвавшись от лодки, поплыл на выручку.

С татаровского берега видели, как одна из лодок перевернулась и трое сидевших в ней оказались в воде. Никто не придал этому значения, лишь посмеялись — такое часто случалось. Но отчаянный девичий вопль о помощи возымел действие: многие вскочили, побежали к берегу; некоторые пловцы сразу попрыгали в воду — надо спасать!..

Надя и ее подруга — они как раз оказались поблизости от места происшествия, — едва услышав крики, со всей скоростью, на какую были способны, устремились на помощь.

В очередной раз Света вынырнула с поднятой рукой буквально в трех метрах от плывущего к ней Олега. Он сделал отчаянный рывок, пытаясь схватить ее за руку, не дотянулся и ушел глубоко в воду... Когда его вынесло на поверхность, Олег испугался: рывок стоил ему больших усилий, он потерял уверенность и думал только одно: «К лодке... скорее... скорее!..»

— Нырять надо — иначе не спасти! — раздался рядом с ним задыхающийся мужской голос — кто-то подплывал. — Да здесь... говорят... омут!..

«Этого еще не хватало!.. — мелькнула у Олега паническая мысль. — Я-то уж точно не выплыву!..» Но совесть, совесть... ведь Света тонет!.. И, устыдившись своей слабости, он решился. Преодолел страх, собрал все свое мужество — и отчаянно нырнул с открытыми глазами... В мутной темноте он не видел ничего, лишь почувствовал — сила подводного течения тянет его вниз... Паника завладела им. «Света... жаль ее... но себя... тоже... Что делать?.. Кому нужны два трупа?..» Он инстинктивно вынырнул на поверхность — воды наглотался вдоволь и, уже не думая ни о чем и ни о ком, кроме себя, из последних сил устремился к лодке. Доплыл до нее, мертвой хваткой уцепился за край и замотал головой, отряхиваясь, сплевывая воду...

— Жаль девушку! Совсем еще молоденькая, — переговаривались пловцы, достигшие места аварии. — Говорят, сейчас осводовцы прибудут — им сообщили. Может, еще спасут?..

Надя — она плыла как торпеда, — в момент, когда Света вынырнула из воды с поднятой рукой, была еще далеко. «Еще раз покажется — все сделаю, что смогу, все... Обязательно спасу!» — честолюбиво решила она, не снижая темпа. И ей повезло. Света, уже захлебнулась, но из каких-то последних резервов здорового молодого организма, полного жажды жизни, вновь попыталась всплыть на поверхность, — но на этот раз из воды показалась только ее рука...

Увидев в каком-то метре, сбоку от себя, эту руку, Надежда, молниеносно отреагировав, резко развернулась и в невероятном прыжке, в полете по воздуху, попыталась ухватиться за нее — не удалось... Рука мгновенно снова ушла под воду...

Надя не сдалась — бесстрашно нырнула, стала осматриваться вокруг, пытаясь сориентироваться и в воде, и под водой. Напрягая зрение в замутненном полумраке, она сразу приметила внизу светлое пятно: это струились золотистые волосы Светланы... Добравшись до этой струи и схватив ее накрепко рукой, она устремилась вверх, мощно отталкиваясь от воды, напрягая все силы. Но водоворот притягивал жертву, усилия Надежды, казалось, тщетны... Она долго умела держаться под водой, но всему есть предел. Боролась с течением — безуспешно! — старалась не поддаваться отчаянию, чувствовала: еще немного — и она не выдержит, у нее просто не хватит кислорода в легких...

Но все же ее воля, упорство спортсменки, мобилизация всех сил взяли верх — с восторгом она ощутила, что устремляется ввысь... Выскочила на поверхность как пробка, крепко сжимая золотистую мокрую массу.

Это ее первая большая победа!.. Только одержав ее, девушка почувствовала: все, силы полностью исчерпаны... Не все ли равно теперь?.. Какое-то безразличие, апатия ее охватили; голова затуманилась — Надя потеряла сознание.

Обе — тонувшая и ее спасительница — снова ушли под воду, но их тут же подхватили сильные руки — множество рук...

Надежда пришла в себя только на пляже — ее и Свету перевезли сюда осводовцы: как раз вовремя подоспели... Она открыла глаза: какие-то люди хлопочут вокруг нее... Ах да, это медики! Сразу все вспомнила, вяло, еле разжимая губы, проговорила:

— Что... что с девушкой?.. Жива?..

— Жива-жива, не волнуйся! Давно откачали! Она и под водой-то пробыла всего ничего, — успокоила Надю пожилая медсестра. — Сама-то ты еле жива осталась! Такое перенап-ряжение! Мы уж думали — инфаркт. Это в твоем-то возрас-те! Оказалось — просто шок. И воды здорово наглоталась.

— Где же... она... эта девушка?.. Хочу... на нее посмотреть... — Голос спасительницы еще не окреп — еле слышался.

— Вот она сидит, — показала глазами медсестра, — тебя ждет не дождется. За ней папаша на машине приехал — ва-ажный такой... Сразу как сообщили. Только что ушел. И мать здесь — рядом с дочерью.

Надя приподняла голову: высокая, худенькая блондинка, глаза заплаканы... Она ей понравилась — симпатичная... И ее мать тоже: темноволосая, красивая, все время утирает сле-зы, держит дочь за руку, будто боится — отнимут... «Стоило потрудиться...» — почему-то мелькнуло в голове. А что все могло для нее самой скверно кончиться — об этом не думала тогда.

Надежду уже окружила небольшая толпа: и девчонки из команды, и двое незнакомых здоровенных парней (ей сказа-ли, те самые ребята с перевернутой лодки), и сама спасенная со своей все еще плачущей мамой, и еще какие-то незнако-мые люди. Все они — как смешно губы двигаются — что-то лопочут, восхищение выражают... ну да, говорят: «подвигом», благодарят за спасение... А теперь потихоньку расходятся — остались только ее девчонки и та морская царевна с мамой и своими богатырями...

— Наденька, Наденька! Так ведь вас зовут? — с неизбыв-ной благодарностью и лаской глядя на нее, обратилась к ней темноволосая мама.

Вера Петровна уже осознала — страшное осталось поза-ди, — отплакалась и не знала теперь, как выразить свои го-рячие чувства, свою признательность этой храброй, доброй незнакомой девушке — единственную ее дочку спасла, от смерти увела!

— Наденька... Надюша! Сами понимаете, чем наша семья вам обязана! Мы в неоплатном перед вами долгу теперь! Слов у меня нет... Вы столько пережили, потерпели... не оправи-лись еще... шок у вас... — Вера Петровна судорожно вздохну-ла, борясь с вновь подступающими слезами.

Очень прошу, дорогая, родная! Поедемте сейчас вместе с нами на дачу к нам — это рядом совсем! Вас и Свету врач хороший осмотрит — мы уже вызвали. Вы отдохнете, подкрепитесь. А потом... потом, когда захотите, отправим вас домой, на машине, конечно. Девочки ведь не будут возражать? — повернулась она к Надиным подругам.

Те молча, с удивлением слушали, что говорит эта... дама — такая интересная, одета так хорошо.

— Так ведь для Наденьки лучше, да, девочки? К ней еще не полностью силы вернулись!

Надя, которая еще не пришла в себя до конца, тоже молчала, растерянная. Что сказать?.. Она так устала... Новые приключения? Нет, что-то не привлекают, хотя интересно, конечно... Домой бы сейчас, в свою постель... и чтоб не шумел никто...

Видя, что Надя колеблется, а мама пострадавшей девушки терпеливо ждет, как она решит, а уговорить не умеет, Таня Сидоренко, самая серьезная, умная в команде ватерполисток, наклонившись, заглянула ободряюще подруге прямо в глаза.

— Соглашайся, Надя! Так лучше. Не переоценивай своих сил! — И не выдержала: — Ну ты и молодчина! Не ожидали от тебя такой прыти! Я бы так, наверно, не смогла! — С искренним чувством восхищения чмокнула Надю в щеку (чего никогда раньше не делала) и, снова став серьезной, скомандовала:

— Все, мы поехали! Девчата, за мной! Беспокоиться нечего — Надя наша в надежных руках!

За все время Света не произнесла ни слова — никак не могла осознать происшедшего. В сомнамбулическом состоянии — в полудреме, не в силах вернуться к реальности, она только уставила широко раскрытые глаза на свою спасительницу, пытаясь представить — как все это было... и ничего не помнила. Надя казалась ей какой-то необыкновенной, загадочной... Узнать ее лучше, не отпускать от себя...

— А если я тебя попрошу, Надя? — схватила ее за руку, умоляюще глядя ей в лицо такими же, как у нее, ярко-синими глазами. — Мама хочет сделать как лучше! Ведь ты теперь нам не чужая... Поедем, а?..

Не дожидаясь ответа, все вместе окружили Надю, подхватили под руки, забрали у девчонок ее одежду, сумку и буквально силком повели к машине. Уселись все в «ЗиМ» и поехали на дачу, где уже ждал врач.

— С тобой мы потом поговорим, — ледяным тоном пообещала Вера Петровна Олегу — (тот сидел рядом с ней, понурив голову). — Не ожидала, что ты бросишь Свету в беде!

Врач, вызванный Григорьевым из Кремлевки, внимательно осмотрел девушек и заверил, что их молодому здоровью ничто не угрожает. Тогда Вера Петровна отправила Олега и Вадима домой.

Непростительно, что они подвергли девушку, ее дочь, смертельной опасности! Но подробностей она знать не желает: вновь переживать весь этот ужас — нет, с нее хватит.

— Забирайте свои вещи и уезжайте! — велела она ребятам. — Сегодня я... вас больше видеть не могу. Не знаю, что там произошло, но никогда, видно, не пойму: почему два таких бугая не сделали того, что совершила Наденька?! Потом разберемся... Вот успокоюсь... Если после такого вообще можно успокоиться! — добавила она, не забывая все же, чей племянник Олег.

Те, сознавая свою вину, топтались, обескураженные, не пытаясь оправдаться. Куда девалась их обычная самоуверенность!

— Мы, Вера Петровна, только подождем, что скажет врач, — хмуро, но упрямо заявил Олег. — Что бы вы ни думали, а Свету я люблю.

Вскоре они исчезли — самим хотелось очутиться как можно дальше от места своего позора.

Во время обеда Надя, которую Григорьевы окружили благодарным вниманием и не знали, куда усадить и чем еще попотчевать, рассказала о себе, о своих спортивных достижениях.

— Ты для нас, Наденька, теперь член нашей семьи, никогда тебе этого не забуду! Считай, что у тебя есть еще один отец! — заявил ей Иван Кузьмич с дружеской улыбкой, которая ему так шла и стала в последнее время редкостью. В нем говорило не только чувство отцовской благодарности — Надя ему и внешне, и вообще очень понравилась. — А как твоя фамилия и отчество?

— Розанова, а по отчеству Степановна. А что, это важно? Мне еще работать рано, — ответила Надя.

Вопрос понятный, но почему-то вызвал у нее неприятное чувство, и она сочла за благо ощетиниться.

— Красивая фамилия и отчество подходящее. Что-то есть, кажется мне, знако-омое... — протянул Григорьев, явно не припоминая: забыл за давностью лет мужнину фамилию Лиды, ведь эпизод с ее квартирой лишь мелочь в масштабе дел, которыми он ворочал.

Но Вера Петровна, естественно, все помнила. Услышав, что сказала Надя, она поперхнулась и закашлялась. «Да быть такого не может! Это же ирония судьбы! — молнией пронеслось у нее в мозгу. — Неужели... дочь Лидки и Степана?.. Может, совпадение? Случается ведь... — твердила про себя с надеждой — и сама не верила. Сердце ее обливалось кровью: она обязана жизнью Светочки дочери своей злейшей врагини!.. Обуреваемая противоречивыми чувствами, смотрела широко раскрытыми глазами на Надю, стараясь найти в ней черты Лиды и Степана, и не видела сходства...

Надежда походила на отца только ярко-синими глазами — очень красивый контраст в сочетании с темно-русой головкой. От матери у нее ничего — правда, вот высокий рост, вызывающая стать... Лидка-то — жгучая брюнетка, на цыганку походит, а эта нет, совсем другая. Но так ли, иначе, а Наденька не в ответе за грехи родителей. А если бы не она... И представить страшно!

«Да это Божий промысел, что Светочку спасла родная сестра! Судьба мне посылает новое испытание — пусть, значит, так надо. Будь что будет! Пусть Наденька войдет в нашу семью!»

— Это ты, Наденька? Поздравляю! — услышала Надежда взволнованный голос отца: Розанов позвонил с работы, как только узнал радостную новость. — Читала сегодняшнюю «Комсомолку»?

— Папочка, я так тороплюсь! Уже собралась выходить, а тут звонок... У нас сегодня игра со второй командой. — Надя ерзала от нетерпения — догадалась, о чем речь пойдет, но на всякий случай спросила. — А что там сногсшибательного?

— Будто не знаешь! Статья, фотография! О твоем смелом поступке... да что я говорю — подвиге! — Чувствовалось, что отец горд и счастлив.

— Ах об этом, — спокойно откликнулась Надя. — Ладно. Прости, но сейчас не могу говорить. Заскочу, раз тебя так радует мое геройство, и все подробно расскажу. Будешь дома? Тогда целую!

Игра, на которую так торопилась Надежда, — обычная тренировка, но она пригласила прийти поболеть Свету: они часто в последнее время виделись, и Надя прониклась к ней большой симпатией. Ведь всегда больше любишь тех, кто тебе обязан, а не благодетелей.

Да и вообще, у Григорьевых бывать интересно, приятно ощущать их благодарное внимание, желание угодить... Видеть воочию то благополучие, к которому сама так настойчиво стремишься...

Света, не зная, не ведая, что у них в жилах течет одна кровь, чувствовала истинное тяготение к своей спасительнице. Ей импонировали Надины черты — самостоятельность, целеустремленность, сила, смелость. Переполняло желание получше узнать новую подругу, теснее сблизиться; если потребуется — помочь; словом, отплатить добром за добро.

Когда Надя прибыла во Дворец спорта и по дороге в раздевалку заглянула в зал, она увидела среди болельщиков Свету и Олега.

— Привет, помощнички! — шутливо приветствовала она их. — Прошу болеть не жалея сил — игра предстоит трудная.

— Света плохо разбирается в поло, но я ей все объясню. — Олег с нескрываемым восхищением смотрел на блестящие от воды атлетические фигуры ватерполисток. — Я же в спорте кое-что смыслю. Если это зависит от нашей поддержки — победа вам обеспечена!

После игры все настойчиво звали Надю посидеть в кафе-мороженое на улице Горького — там всегда полно молодежи: и весело, и интересно.

— К сожалению, не могу — у меня встреча с блудным отцом, — отказалась она. — В другой раз — с удовольствием!

Надя помчалась в Новые Черемушки — давно хотелось побыть с отцом.

— Ну садись и расскажи, как все было, — задушевно предложил он дочери, усаживая ее на диван (они уже поели на кухне и попили чаю). — Газета газетой, но первоисточник — важнее. Там тебя захвалили!

— Профессия у них такая, — заметила Надя с взрослым прагматизмом. — Я бы на их месте тоже расписывала. А вообще-то нам, спортсменам, слава во как нужна! — Она сделала выразительный жест рукой. — Мы с прессой дружим. Газету мне читать ни к чему — догадываюсь, что там сплошные восклицательные знаки. — Она посерьезнела и испытующе взглянула на Степана Алексеевича: как он отреагирует? Если хочешь знать правду, то, как ты есть мой законный отец, скажу: ты мог свободно потерять дочь.

— Это как же понимать? Эта девушка, что тонула... Потащила тебя за собой? — испугался Розанов. — Ты что, тоже тонула? В газете об этом ни слова. Там упирают на то, что вокруг, мол, много мужиков, а никто не помог, кроме хрупкой девчонки. Хотя какая же ты хрупкая? — И он с гордостью оглядел ее — статную, крепкую.

— Понимаешь, папа, ее водоворот засосал, я еле оторвала, думала — сил не хватит нам выбраться. Была на грани фола. — Надя уже перешла на свой обычный, шутливый тон. — Воды наглоталась... теперь век пить ее не стану. Перейду, как мать, на спиртное.

— А что это за семья — Григорьевы? Приличные люди? Он какой-то большой чин...

— Для кого — чин, а для меня — просто Иван Кузьмич. Очень даже симпатичный лысенький старикан. Меня любит, удочерить предлагает — твой конкурент. — Надя и не подозревала, как близка к истине.

— Погоди, доченька, не так быстро... — У Розанова мелькнула вдруг догадка. — А как... маму этой девочки зовут? Кажется, ее саму — Светлана?

— Маму — Вера Петровна. Очень милая, представительная дама. Совсем не чинится — душевная, добрая. Ко мне они, как к дочери, относятся, а Света... просто мечтает стать мне поближе, стать моей подругой.

Радостный энтузиазм Розанова как рукой сняло, он умолк растерянный. Ну и дела! Поистине пути Господни неисповедимы. Что же теперь будет?

— Скажи, доченька, — осторожно осведомился он, — Григорьевы интересовались, кто ты, откуда, кто отец и мать? Ведь большие люди, с кем попало им водиться нельзя.

— А-а, мне до лампочки! Не захотят меня знать — и не надо! Хоть Иван Кузьмич допытывался: как фамилия, имя-отчество и все. Будто на работу брал. Обещал, между прочим, во всем содействовать. Каково? Теперь моя карьера обеспечена, а?

— Ты этим не шути, — с упреком посмотрел на нее отец. — Полно балагурить! Этот и карьеру тебе может устроить — запросто! — Он подумал, помолчал. — Вот что, — заговорил наконец как-то строго. — Ты... хочу, чтоб ты знала: ты для них и правда не посторонняя. И не потому, что спасла их дочь. Они тебя знают... вернее, меня и маму. Так получилось. Ты с их Светой ходила в один детский сад. — И, видя, что у Нади от изумления стали круглые глаза, мягко добавил: — Ты же, доченька, меня знаешь. Раз я говорю — так и есть. Хотят дружить с тобой? Что ж, я не против. Люди они хорошие, особенно мать Светланы. А что, маме ты об этом рассказывала?

— Так, в общих чертах. Она подробностями не интересовалась. Все спрашивала, будет ли вознаграждение.

— Наверно, в газетах прочитала?

— Я же тебе говорила — она их не читает, хоть и выписывает. Думаю, на работе заставляют. А может, для макулатуры.

— Почему ее так твое вознаграждение волнует? Мало зарабатывает? На жизнь-то вам хватает?

— Вполне хватало бы, да пьют они с Васючком слишком много. Тут никаких денег не напасешься. А интересует ее только одно — как увести своего хомяка от законной супруги. — Чувствовалось, что Надя немало страдает из-за такого поведения матери и осуждает ее.

— Запомни, Надежда, — строго взглянул на нее отец, — ты знаешь, я добрых чувств к ней не питаю. Но прошу тебя — уважай законы этики: говори о матери хорошо или молчи!

Глава 12. НОВОЕ ЧУВСТВО

Прошло больше месяца, прежде чем Светлана обрела душевный покой и сумела хоть как-то простить Олега. Не доходило до нее: такой мощный парень, да еще вместе с Вадимом, не выручил ее из беды, а спасла девушка — ведь намного слабее его. Находчивый Олег, обстоятельно все обдумав, сочинил как будто приемлемую версию.

— Напрасно обижаешься, Светик! — твердил он всякий раз при встречах. Это просто злой рок! Ну спроси у Вадика, у всех, кто там был! Я не бросил тебя, не бежал, — нырял, искал! Беда в том, что я в воде ничего не вижу! Верь мне, прошу! — взывал он к ней с истинным пафосом. — Не допустил бы я крайности! Если б не Надя — сам бы тебя вытащил! И ОСВОД бы не потребовался! Поверь, пойми! — горячо убеждал он. — И маме все объясни, а то она меня возненавидит!

По-прежнему они вместе ходили в кино, театр, на стадион, бывали всюду, где им хотелось. Вскоре Олег снова стал появляться у Григорьевых и на даче, к вящему удовольствию Ивана Кузьмича и Николая Егоровича. Светлане было с ним и легко и интересно — все как раньше; но ореол сказочного героя, несколько померкший уже после достопамятного интимного эпизода, погас теперь навсегда. Девушка уже не любовалась его мужеством и мощью, — не проявил их в минуту грозившей ей смертельной опасности. Наступило разочарование, сердце ее вновь свободно...

На попытки Олега возобновить интимные отношения она отвечала:

— Прости, но я поняла, что еще не созрела для этого. Когда соберусь замуж, может быть... А если тебе невтерпеж, — добавляла она, начиная сердиться, — я ведь тебя не держу! Вон сколько дамочек на тебя пялятся — только выбирай. Могу предложить только дружбу.

Понимая, что ничего не добьется, Олег смирился. У него нет пока девушки лучше Светы, и ему приятно появляться с ней везде, ловить восхищенные, порой завистливые взгляды, которые все на них кидают... Так бы у них, видимо, и долго тянулось, если бы не произошло событие, расставившее все точки над «i».

Однажды поздно вечером — Григорьевы еще жили на даче — раздался телефонный звонок. Трубку подняла Светлана — родители уже спали.

— Марик, ты? — Голос ее звучал недовольно, приглушенно. — Почему так поздно?

— Прости, Светочка, но уже второй день не могу с тобой соединиться. Виноват ваш коммутатор, а не я, — поспешно оправдывался он. — Дело срочное.

Света была удивлена и заинтригована: что такое? Во время летних каникул они никогда не встречались.

— Ну и что это за дело?

— У меня послезавтра день рождения, — немножко обиженно напомнил он. — Ты ведь бывала у меня раньше.

— Мало ли что «раньше» — то в детстве, — попыталась отшутиться Света. — Не стоит делать из этого далеко идущие выводы.

— Но это же особенный день рождения — шестнадцать лет! Мне очень хочется, чтобы ты пришла! Я же всегда у тебя бываю, когда зовешь!

И правда, Марик — постоянный член компании на всех ее празднествах: ведет себя скромно, аккомпанирует ей, если просят спеть. Любит джаз, знает все шлягеры и, когда надоедают пластинки, прекрасно исполняет модные вещи... Света быстро прикинула в уме свои планы на ближайшие дни — нет, приглашение это их не нарушает. Ну что ж...

— Хорошо, Марик, я приду. А можно прийти с подругой?

— Это не с той, что тебя из воды вытащила? — заинтересовался Марик. — Я в «Комсомолке» прочитал. Звонил, хотел тебе сочувствие выразить, так к вам и не пробился. А она красивая? Ложку-вилку в руках держать умеет? Мои предки ведь аристократы — не хочу опозориться.

— Для твоих аристократов Надя вполне подходит: очень милая, умная девушка.

— Ну так и быть! Можешь даже своего Олега привести. Если хочешь, я его приглашу. Он не откажется. Я бы на его месте тоже тебя одну не отпустил! Ну как?

— Хорошая мысль! Олег компании не испортит и домой нас с Надей проводит. Так ведь надежней?

— Вот и отлично. До встречи! Еще раз извини за поздний звонок. — Марик, видно, не очень рассчитывал на успех и был счастлив.

Собираясь к Марику на день рождения, Светлана испытывала противоречивые чувства. С одной стороны, ей хотелось порадовать своего верного оруженосца: безнадежно влюблен, а она, хоть и не питает ответных чувств, дорожит им. Приятный мальчик — интересный собеседник, талантливый музыкант.

Что ей не очень нравилось — так это атмосфера его дома. Родители Марика — люди, кажется, интеллигентные, достойно держатся, прекрасно, со вкусом одеваются... Отец — полный, выше среднего роста, с крупными чертами лица, важный, представительный. Мать — маленькая, хрупкая брюнетка, всегда элегантная, эффектная, сверкает дорогими, с толком подобранными украшениями.

Но запомнилось Свете неприятное ощущение заискивающей приторности в их внимании к ней — в детстве и юности люди остро чувствуют неискренность, фальшь. Ощущение это усиливалось отрицательным отношением к этой семье Ивана Кузьмича: он категорически возражал против знакомства домами; как оказалось, знал отца Марика. Отзывался он о нем пренебрежительно.

— Темный человек, торгаш. Директор самой крупной базы промтоваров. От таких лучше держаться подальше.

Однако Марик во время прогулок рассказывал об отце совсем другое.

— Папа — замечательный человек: фронтовик, инвалид войны. По специальности акустик, управлял передвижной громкоговорящей установкой. Представляешь? Каждый раз рисковал жизнью!

— Каким же образом? — не поняла Света.

— Эта машина перемещалась вдоль передовой, — охотно объяснил Марик, — агитировала фашистов сдаваться. Конечно, по ней били из всего, что могло стрелять!

— Вот это да! — поразилась она. — Счастье, что после этого жив остался.

— Но несколько раз был ранен, получил тяжелую контузию, оглох. Вернулся домой — не мог работать по специальности, — Марик помолчал. — Друзья помогли, награды. Подлечился отец и устроился на новую работу.

— Но как же он работает, если не слышит? Ведь он же у тебя директор, — значит, руководит людьми.

— У него слуховой аппарат. И вообще... он добрый, отзывчивый; хорошо ладит и с начальством, и с подчиненными.

Когда Светлана объявила, что идет на день рождения к Марику, Вера Петровна поморщилась, но возражать не стала.

— Ладно, как-никак — шестнадцатилетие! Хорошо, что идешь с Олегом и Надей, — так мне будет спокойнее. — Подумала и добавила: — А отцу мы ничего не скажем. Придет он поздно, как всегда, и сразу спать ляжет. Что-то последнее время сильно переутомляется — даже не ужинает. — И наказала дочери строго: — Но ты не задерживайся!

Встретиться договорились в вестибюле метро «Арбатская» — Олег, Светлана и Надя.

— Ну, женщины верны себе! И почему считаете необходимым всегда опаздывать? — посетовал истомившийся от долгого ожидания Олег, когда Света и Надя наконец к нему подошли — почти одновременно. — Чем вы там занимаетесь так долго? Таким красоткам и косметика не нужна!

Сам он выглядел очень импозантно: темно-синий в полоску импортный костюм сидел как влитой на его атлетической фигуре, эффектно оттеняя светлые вьющиеся волосы; белоснежная рубашка с ярким галстуком в «турецкий» рисунок; в руках — красивая сумка с подарками и большой букет цветов.

— Это я для вас купил на всякий случай: вдруг пригодится, — улыбнулся он девушкам, протягивая букет.

Все вместе быстрым шагом двинулись к выходу из метро: уже здорово опаздывали. Пересекли Арбатскую площадь, свернули в Малый Афанасьевский переулок; вот и тесный дворик, окруженный старыми кирпичными домами. Семья Марика жила в обшарпанной трехэтажке с дровяным отоплением и газовыми колонками. Крутая лестница, последний этаж; дверь не заперта... Молодые люди вошли — и невольно остановились, пораженные роскошью квартиры. Все безукоризненно отремонтировано, простор, чистота, высокие потолки; дорогая мебель, хрустальные люстры и светильники, богатая, изящная отделка — прямо дворцовый блеск...

Когда девушки, быстро «почистив перышки» перед огромным трюмо в холле, вступили в сопровождении Олега в большую, светлую комнату, где был сервирован стол, пир уже начался. Все шумно, радостными возгласами приветствовали вновь прибывших.

— Наконец-то, Светочка! Я уж боялся, что не придете! — Марик встал из-за стола и устремился им навстречу. — Спасибо вам всем за внимание! — Принял он поздравления и подарки. Обернулся к гостям, представил: — Светлана, моя подруга по училищу, ее друзья — Надежда и Олег. Прошу любить и жаловать! А теперь к столу! — сделал он широкий жест рукой и, когда все заняли места, весело скомандовал: — Налить опоздавшим штрафные!

На праздничном столе разве птичьего молока не было: шампанское, французский коньяк, марочные вина, разные водки; изысканные, дорогие закуски; даже осетр и поросенок — целиком. Надя, в жизни не видевшая такого изобилия, даже у Григорьевых, подумала: «Не зря иностранцы удивляются, что в магазинах у нас пусто, а на столах такое, чего у них не бывает».

Свету — она-то этому великолепию не особенно удивилась — больше интересовал не стол, а те, кто за ним сидел. Родители Марика хоть и постарели, но выглядят еще более холеными — хоть куда, а на матери, кажется, еще больше бриллиантов, отметила она.

С трудом узнавала товарищей Марика — видела ведь их у него совсем еще маленькими. Вот этот крупный молодой парень, ее визави, с веселым загорелым лицом и теплыми карими глазами (как красиво контрастируют с ними прямые соломенные волосы!), — неужели... ну да, Миша! Разговаривает со своей соседкой по столу — этакая очаровательная худенькая брюнеточка, видно, он хорошо ее знает...

Перед мысленным взором Светланы вдруг всплыл образ ершистого, белобрысого мальчишки, запомнившегося ей из-за скандала, что произошел когда-то на дне рождения Марика. Мальчишка этот обычно отмалчивался, уплетая угощение с аппетитом голодного волчонка. А тут обиделся на какое-то насмешливое замечание Марика и, не смущаясь тем, где находится, врезал хозяину «леща», разбив ему нос, повернулся и спокойно отбыл восвояси... Все тогда — и родители, и гости — были шокированы. Но Марика быстренько умыли, успокоили, и праздник продолжался.

«Уж не тот ли это Мишка, друг Марика, который избавил нас от приставаний Курицы?!» — размышляла Света, с интересом разглядывая исподтишка интересного юношу, — он ей нравился все больше.

Танцевали в просторном кабинете хозяина — там и пианино, и шикарная радиола, и магнитофон.

Светлана оказалась как-то на отшибе: она плохо танцевала модный шейк, а рок-н-ролл ей вообще не давался. Олег сразу переключился на Надю — та в этих танцах показывала высший пилотаж, — и они образовали великолепную танцевальную пару. Он, высокий и мощный, и она, стройная и сильная, отлично подходили друг другу и виртуозно владели самыми сложными па. Олег всегда классно танцевал рок и вечно страдал из-за отсутствия равной партнерши; Надежда продемонстрировала, что мало в чем ему уступает, и он от нее уже не отходил.

— Ну ты и даешь, подруга! — восхищался он, едва отдышавшись. — Да ты просто мечта поэта! Давно не получал такого удовольствия.

Олег и крутил Наденьку, и бросал через голову — в общем, выделывал такие трюки, что все расступились, образовав круг, и азартно хлопали в ладоши, пока они исполняли свой сольный номер.

Светлану чаще других приглашал Марик, но его отвлекали обязанности хозяина. Она не скучала — ей не по душе были резкие движения, быстрые ритмы: по натуре неторопливая, она предпочитала медленные, плавные танцы. А что касается Олега, так она к нему вполне охладела и ничуть не ревновала к подруге, наоборот, — с удовольствием наблюдала, как они здорово танцуют. Но истинное внимание было приковано к Мише — она тайно продолжала наблюдать за ним: ей нравилось, как он говорит, двигается, какое у него выражение лица, — весь его облик симпатичен ей... Девушка вдруг почувствовала — что-то шевельнулось в душе, сердце забилось сильнее...

Женственной, нежной, ей всегда импонировали сильные, уверенные в себе мужчины — такие, как отец, как Олег... Теперь, невольно сравнивая их с Михаилом, отметила: отец явно приземист; Олег, пожалуй, грузноват, физически переразвит. Внешность Михаила — идеальна... Нельзя сказать, что он красив, как голливудский киногерой. Лицо типично славянское, с широко поставленными глазами и заметно выдающимися скулами; полная шея, крутые плечи, сильные руки борца гармонично сочетаются с узкой талией и бедрами, длинными, стройными ногами. Он еще совсем юный, но высокий, прекрасно физически развит — фигура взрослого мужчины. Никогда еще ни один молодой человек не казался ей столь привлекательным.

Танцевал он почти все время со своей соседкой по столу, той самой худенькой брюнеточкой, — ей он, по всей видимости, очень нравится. Они все время весело болтают, обмениваются улыбками... Но Света безошибочным женским чутьем отметила: нет у него особого интереса к партнерше. Кажется, что ее саму он будто и не замечает...

Прием хорошо владеющего собой мужчины — это она тоже вскоре поняла: в один из перерывов он как бы ненароком поравнялся с ней.

— Похоже, Света, вас не привлекают эти современные танцы? А как танго, вальс? Правильно я угадал? — Михаил мягко гладил ее взглядом ярких карих глаз, не скрывая намерения завязать разговор, а может быть, и знакомство.

— Я люблю смотреть, как танцуют рок и шейк, но мне они плохо даются, — честно без всякого кокетства призналась она.

Вновь зазвучала радиола — Марик очень кстати поставил «Студенточку» Лещенко: у него целая коллекция пластинок этого чудного исполнителя — Света его очень любила.

— От танго, надеюсь, вы не откажетесь? — И, не дожидаясь согласия, Миша решительно увлек ее в гущу танцующих.

Он вел уверенно, четко следуя ритму, и Света покорно подчинялась его безмолвной силе. Ни с кем раньше у нее так здорово не получались все па танго, даже сложные. Светлана и Михаил так увлеклись слаженностью и гармонией танца, им так хорошо оказалось в объятиях друг друга, прислушиваться к трепету своих сердец, что они и не заметили — пластинка кончилась... Оба продолжали ритмично двигаться, пока их блаженное состояние не нарушили смех и аплодисменты.

— Не находите ли, друзья, что вы несколько увлеклись? — заметил им немного раздосадованный Марик. — Светочка, следующий танец по праву — за мной!

Всего восемь вечера, веселье в самом разгаре, но Светлана не забыла о своем обещании маме — не задерживаться допоздна, обернуться до прихода Ивана Кузьмича. Пора возвращаться домой! Однако ее спутникам, Олегу и Наде, уходить не хотелось.

— Светочка, может, чаю попьем? Такой аппетитный торт на кухне дожидается! — попыталась остановить ее Наденька.

Но Светлана была непреклонна:

— Вы остав

Без Светланы оставаться как-то неудобно... Пришлось и им распрощаться с хозяевами. Марик огорчился, что эта троица покидает его праздник, но уговаривать бесполезно.

— Ну что поделаешь! Только я обязательно провожу вас до метро. Миша! Пойдем прогуляемся — составь компанию, — обратился он к приятелю. — Нужно Светочку проводить.

То ли он что-то приметил в поведении Михаила, то ли от него не ускользнуло безразличие Светы к Олегу, Михаил будто этого и ждал — мгновенно поднялся и последовал за ними. Они гурьбой спустились по лестнице, пересекли дворик и вышли в Малый Афанасьевский.

После душной, несмотря на распахнутые окна, квартиры так приятна вечерняя прохлада — дышалось легко и свободно. Светлана понимала — надо поторапливаться, а то не успеет до прихода отца; но домой не хочется... «И чего я так боюсь папу? Съест он меня, что ли? Ведь я уже взрослая», — рассуждала она, в общем-то, здраво. Даже обрадовалась, когда на углу у Гоголевского бульвара Марик неожиданно предложил:

— Ребята, давайте прогуляемся до метро «Кропоткинская», а? Сядете в метро там. Хочется подышать воздухом. У вас на это уйдет лишних пять минут, а нам-то с Мишей возвращаться — душновато в доме.

Возражений не последовало, и все пятеро направились по бульвару к станции метро «Кропоткинская»: впереди — Олег с девушками, немного позади — Марик и Миша. В этот теплый августовский вечер на Гоголевском было еще многолюдно: шли по аллее прохожие, гуляли пожилые и юные пары; веселились компании молодежи.

Одна из таких, разухабистая, неприятная, разместилась на лавочках по обе стороны главной аллеи: подвыпившие парни блатного вида что-то мычали под гитару, наяривали цыганочку прямо поперек дороги. Стоило Олегу со Светланой и Надей с ними поравняться, как путь загородили двое.

— Вот это крали! — восхищенно воскликнул один. — Куда торопитесь? Присоединяйтесь-ка к нам! — И с неуклюжей, издевательской галантностью протянули руки девушкам, будто их спутника не существовало.

— Ребята, вы что, не видите? Девушки заняты, — с суровым видом, но миролюбиво выступил вперед Олег, выпрямившись во весь свой могучий рост и расправляя плечи.

Страха он не чувствовал: в этот час, на виду у многочисленной публики шпана не посмеет затеять драку.

— А ты, шкаф, подвинься! — презрительно-добродушно посоветовал жилистый тип, с белобрысой челкой, спадающей на глаза из-под кепки. — Лучше двигай-ка отсюда, не то перо в бок получишь, — почти ласково прошепелявил он.

— Ты слушай, слушай, что тебе говорят, слоненок! — так же тихо, приветливо обратился к нему второй, повыше и покрепче на вид. — Не лезь на рожон — не стоит.

Олег понял — с ними не шутят; страх охватил его. Он оглянулся: Марк и Миша остановились позади, наблюдают за развитием событий. Он приободрился, собрался с духом и, рисуясь перед девушками своей мощью, сделав угрожающий шаг вперед, предупредил.

— Вы что, парни? А ну, прочь с дороги! Кого пугаете? Вон, милиция рядом! На нары захотели?

При этих словах вся компания вскочила на ноги как по команде. Ах так?! Теперь уж не до девушек! Жилистый так двинул Олегу кулаком ниже пояса, что тот, взвыв от боли, согнулся пополам. Тогда противник нанес ему удар в лицо — заплыл глаз, потекли «кровавые сопли». Вся остальная компания вмиг набросилась на Олега со всех сторон, и он завертелся среди них, как медведь среди своры охотничьих собак, вопя:

— Что вы делаете?! За что?!

Он даже не пытался дать сдачи — не умел драться: рос большим и сильным от природы; самый рослый в классе, никого не обижал; ну и к нему не лезли — побаивались. Сам он считал, что, если понадобится, постоять за себя сумеет. А теперь вот растерялся, поддался...

И Марк, и Михаил ребят этих из своего района давно знали — о них шла дурная слава — и потому не вмешивались —

авось все кончится миром. Да и от Олега веет силой, вид у него суровый и внушительный, а урки силу уважают. Но, поняв, что из него сейчас сделают отбивную, а может, и ножом пырнут, не сговариваясь бросились на выручку.

— Ребята, атас! Смывайтесь! Эй, Батон, ты что — не видишь? — Подбежав, Марк схватил за руку коренастого, толстого громилу, замахнувшегося на Олега ногой. — Кончай! Это свой парень!

— А ты чего здесь мельтешишь? — огрызнулся, узнав его, Батон. — Вали отсюда, а то и тебе достанется!

Михаил не разговаривал, — он действовал умело и быстро: в мгновение ока расшвырял нападавших, загородил Олега своим большим телом и, бесстрашно глядя на это хулиганье, решительно заявил:

— Хватит, братва! Вы его прилично отделали. Говорят вам — это свой парень. Кто его тронет — будет иметь дело со мной!

«Братва» заколебалась — Михаила здесь хорошо знали.

— Это Мишка-самбист... Крутой малый... — слышалось в прошелестевшем ропоте.

Справиться-то они с ним справятся — их вон сколько, — да не стоит связываться: не всегда ведь ходят компанией...

— Светочка, тихо-тихо идите в метро, — подойдя сбоку, шепнул Марик, воспользовавшись возникшим замешательством. — Это опасные ребята, мы тут сами разберемся. Выручим Олега!

Неизвестно, чем кончилась бы стычка, если бы вдруг не раздался истошный крик:

— Полу-ундра! Фарао-оны!!

От метро, не слишком торопясь, бежали в сторону «происшествия» два милиционера, — видимо, кто-то из прохожих сообщил, что на бульваре драка, и потребовал от них действий. Шпана бросилась врассыпную. Миша и Марик под руки подвели избитого, растерзанного Олега к лавочке, усадили и стали приводить в чувство.

Подоспевшие, как всегда, поздно стражи порядка хотели составить протокол, благо в свидетелях недостатка не ощущалось. Поначалу Олег согласился, переполненный жаждой мести за боль и унижение. Но друзья, выручившие его из беды, отсоветовали:

— Это уголовная шпана, Олег, — многие сидели. Тебе же будет хуже, с ними лучше не связываться!

— А вы что же не предупредили, ведь видели, как они пристают?! — набросился на них Олег. — Тоже мне друзья! Вы же их знаете!

— Мы бы помогли. Тебе не стоило им угрожать — для них это что красная тряпка для быка, — спокойно объяснил Марик. — Не обижайся! Нескладно вышло, но царапины заживут, а нам еще отдуваться.

— Никогда не имел дела с подонками и, надеюсь, не буду! — проворчал Олег, потирая ушибы и поправляя на себе костюм, потерявший, разумеется, в драке свой шикарный вид.

Он уже полностью оправился от шока, боли не чувствовал, но обидно ведь и стыдно — проявил полную беспомощность, так и не сумел дать сдачи...

После нового удара, нанесенного его мужскому достоинству и авторитету, Олег понял: в сердечных делах со Светланой он потерпел окончательное фиаско. Она теперь долго этого не забудет — женщины беспомощности не прощают! Вот не везет! Мало было этой несчастной лодки, так шпану нечистый на него наслал! Дяде не понравится — недоволен будет, если Светлана от него отвернется. Что поделаешь, придется разыгрывать бескорыстного друга, а там он что-нибудь придумает. К нему скоро возвратился природный оптимизм — Олег не привык унывать. «Позвоню-ка Наденьке, — решил он, — благо вниманием не избалована: кроме спорта, ничего не видит. Зато танцует — высший класс! Может, с ее помощью и Свету подзаведу?»

Однако надежды Олега были беспочвенны: Светлана не придала новому инциденту большого значения; он не открыл для нее в Олеге ничего нового, лишь подтвердил, что он герой не ее романа. Огорчительное, конечно, происшествие, жаль Олега — ведь он пострадал из-за них с Надей. Но ее больше занимал Михаил — она восхищалась, как отважно он вступил в схватку с опасными подонками из своего района и, что самое главное, вышел победителем. Какое счастье, что она согласилась пойти к Марику, — ведь иначе не познакомилась бы с Мишей... К нему прикованы сейчас все ее помыслы. Вот как случается — никогда нельзя знать заранее, что тебя ожидает.

Так размышляла она, уютно устроившись в кресле у открытого окна. Здесь, на даче, в своей комнате, ей хорошо: из сада струится душистый сосновый воздух августовского леса, не жарко, тишина... Встретиться бы с ним еще раз, убедиться, что не ошибается в нем, что не обманывает ее опять природный женский инстинкт...

Из этой мечтательной задумчивости девушку вывел телефонный звонок. Никого в доме нет — Света подняла отводную трубку.

— Марик! — обрадовалась она. — Как раз о тебе вспоминала! Удивлен, что легко дозвонился? А у меня аппарат такой: когда мне надо — сразу соединяет! — Не испортило ли впечатления вчерашнее? Да нет, нисколько! Удивлен? — Вздохнула — как ему лучше объяснить? — Понимаешь, жалею я Олега, что ему крепко досталось. Но... он такой большой, сильный парень — должен бы уметь постоять за себя. А он даже не сопротивлялся. Поделом ему — пусть учится! Понравилось ли мне у тебя? Даже более того! Не знала, что у тебя такие интересные друзья! Заметил, что я Мишей заинтересовалась? А почему бы нет? Он что, недостоин? Жена и много детей? Да не-ет, не разыгрывай — когда ему так преуспеть! — И умолкла, слушая, что говорит Марик; посерьезнела. — Вовсе не портит он тебе перспективу! На этот счет, по-моему, мы с тобой уже договорились — и давай больше не будем! К Олегу ведь ты не ревновал и тут не надо! Тем более что Миша — твой друг. — Вдруг ее осенила неожиданная мысль.

— Вот что: если правда, что он обо мне расспрашивал, пожалуй, дам ему шанс. — Она делала вид, что шутит, но сильно волновалась. — Приезжайте ко мне в ближайшие выходные! Когда вам удобнее... Мы скоро уже в город переезжаем, а на даче у нас так здорово! Вам с Мишей понравится... — Согласится Марик или нет? Она замерла в ожидании. — Ну что, поговоришь с ним? Буду ждать твоего звонка — нужно предупредить охрану.

В субботу после обеда Света вернулась с прогулки по лесу, грустно отметив явные признаки уходящего лета — пожухшие травы, пожелтевшую листву деревьев... На пороге террасы ее окликнула мать:

— Светочка! Тебе Марик звонил. Я сказала, что тебя нет, и он просил, чтобы ты срочно перезвонила. Что ему от тебя понадобилось? Надеюсь, у вас с ним ничего нет? Папе он не нравится!

— Ну знаешь, мама! Я что, должна выбирать друзей по папиной указке? Встречаться только с теми, кто ему нравится?! — возмутилась Света. — Это же домострой! — Одернула себя, объяснила: — Чтобы вы зря не волновались, могу заверить: Марик меня не интересует. Просто товарищ по училищу. — Открыть матери свою сердечную тайну? Так и тянет поделиться. — Мамулечка, дорогая, дело вот в чем... У Марика есть друг — Миша. Мы познакомились на дне рождения. Это такой парень... — Она остановилась — как его описать? — И лишь беспомощно махнула рукой. — Не могу подобрать слов!

Вера Петровна, обеспокоенная, смотрела на дочь.

— Доченька, ты что же — влюбилась? А как же Олег?

— С ним у меня все покончено!

Кажется, мать еще больше встревожилась — надо ее успокоить.

— Да ты не волнуйся, мам! Мы не поссорились, по-прежнему друзья. Но только он... он не настоящий мужчина, понимаешь?.. Я это еще тогда поняла... он же сплоховал на реке. — Девушка серьезно смотрела в глаза матери. — Нет у меня к нему больше уважения, разочаровалась... Значит, и полюбить не смогу!

Вера Петровна молча слушала; в душе ее шла борьба жизненного опыта с горячей любовью к дочери. Естественное чувство взяло верх.

— Вот что, доченька. По правде сказать, я давно поняла, что Олег, несмотря на рост и силу, человек слабовольный, да и слишком избалован родителями. — Она вздохнула и тихо продолжала, огорченно глядя на дочь ясными серыми глазами: — Но идеального в природе нет. Поживешь — сама убедишься. Ты совсем юная, и я как мать должна все за тебя взвешивать. Лучше ведь знаю жизнь.

Она взяла дочь за руку.

— Главная проблема, признаюсь тебе, — в папе. Он так настроен породниться с Николаем Егоровичем... И тебя очень любит. Но скажет: «Если не Олег, так выбери еще лучше» —

по его меркам, конечно. Любого не примет. Он считает, что ты достойна самого лучшего, и он прав!

После такого ушата холодной воды Светлана стушевалась. Какие найти аргументы, чтобы мать разрешила пригласить Марика и Мишу на воскресенье? Не лучше ли всего не кривить душою перед ней, чистосердечно признаться, раскрыться... Она прижалась к матери, поцеловала ее нежно, заговорила еле слышно, но решительно:

— Мамулечка, мне очень нравится Миша. То, что ты сказала, справедливо. Но почему ты думаешь, что он хуже Олега? Сама же говоришь — папа не будет против, если окажется, что Миша лучше. — Она остановилась. — А я знаю: он лучше всех! Мне о нем вот оно все сказало. — Девушка прижала руку к сердцу — как сильно, часто бьется... Надо собраться с духом. — Мне хочется, мамочка, чтоб ты сама убедилась, посмотрела! Прошу тебя — разреши пригласить Мишу к нам на дачу — завтра!

Мать озадачена, не знает, что ответить, для нее эта просьба — полная неожиданность.

— Он вместе с Мариком приедет, иначе неудобно. Вы с папой, пожалуйста, с этим примиритесь. А Миша вам понравится — обязательно! Если же ошибаюсь — все! Буду жить только по твоей подсказке! — повеселев, пошутила она, видя что уговоры подействовали. — Мамуля, папа должен знать: у меня есть право выбора. Пусть не спешит расстраиваться. — Она лукаво улыбнулась. — Договорились, мамочка, да? Тогда пойду позвоню Марику.

— Ты знаешь, Ванечка, завтра тебя ждет сюрприз, — сообщила мужу Вера Петровна, когда они улеглись спать. — Светочка пригласила на завтра к себе ребят — Марика и его друга — Михаила. Этот парень ей очень нравится, — торопливо добавила она, памятуя, что Иван Кузьмич недолюбливает юного музыканта и против дружбы с ним дочери.

— А что, Олег больше не устраивает? — насторожился Григорьев. — Зачем ей еще какой-то Миша?

— Ну, Ванечка, ты уж слишком болеешь за Олега, — с вкрадчивой настойчивостью внушала ему жена, — сам знаешь. Я не против породниться с Николаем Егоровичем, и Олег, конечно, парень и интересный, и перспективный. Но согласись, избалован очень, эгоистичен. Разве это хорошо для Светы?

— Нехорошо... коли так. А почему ты решила, что он эгоистичен?

— Да уж больно дорожит собой. Как ты думаешь, почему он на реке оплошал?

— Пора забыть эту историю! И на старуху бывает проруха. Он же все объяснил.

— А Светочка не забыла. Они друзья по-прежнему, но вижу — не по сердцу он ей. Какая тогда жизнь? — И, заглядывая ему в глаза, ласкаясь, как бы ненароком предложила: — Может, дадим ей шанс, а Ванечка? Ты же любишь ее! Может, Миша этот по душе ей придется? И нам тоже. Как скажешь, а Ванечка?

— Ну ладно, посмотрим, — благодушно отозвался Иван Кузьмич: он и в субботу работал, очень устал, и ему хотелось спать.

Таким образом вопрос был улажен, и на следующий день, около часа, Света побежала встречать гостей к проходной, как только вахтер сообщил — прибыли. До обеда еще далеко, можно повести их на прогулку. Прошли по большому участку соснового леса, по ухоженному парку, спустились к реке и обогнули дом.

Размеры и богатство государственной дачи Григорьева поразили Михаила — никогда подобного не видел, и представить не мог, что в Советском Союзе кто-то может жить в таких шикарных условиях, пусть и члены правительства.

— Это же настоящее поместье! Зачем семье государственного чиновника выделяется такая огромная территория? — удивлялся он, считая: нецелесообразно это, излишество. — А дом похож скорее на дворец, чем на дачу. Сколько же в нем комнат? Зачем вам так много?

Марик отнесся к увиденному спокойно. Он много знал от отца, но вопросы, заданные Мишей, и у него вызывали неподдельный интерес.

— Это на первый взгляд так кажется, Миша, — охотно объясняла Света. — Просто у нас люди не привыкли жить нормально. Увы, но пока это доступно лишь... ну, крупным государственным деятелям... народным артистам там... академикам, авиаконструкторам и всем таким. Но придет время — все так будут жить, все! Это папа говорит, а я... я ему верю! — Она перевела дыхание. Вот сам посуди — много ли комнат. Прихожая, гостиная с камином, столовая... кабинет, музыкальный салон, три спальни — для нас и гостевая, — комната прислуги, кухня, кладовая... Как говорится, без излишеств. Просто комфорт! Ведь красиво жить не запретишь! — Света произнесла все это вполне серьезно, но глаза у нее смеялись — чувством юмора она обладала.

Однако Миша не воспринял юмора — он внимательно смотрел ей в глаза, словно желая прочитать в них, что она думает на самом деле.

— Все это было бы понятно, если б большинство имели хоть приличные человеческие условия. Хоть маленький клочок земли за городом — отдохнуть летом. А так... пир во время чумы получается. Прости, Света, за откровенность.

В ожидании обеда долго сидели у реки. Купальный сезон уже кончился; кататься на лодке ребята не предлагали, помня, что у Светы на этот счет теперь аллергия. Говорили в основном о кинофильмах — обсуждали содержание, игру известных актеров; потолковали и о школьных делах, и даже о международных событиях.

Света как хозяйка активно поддерживала разговор, но ее эти темы мало интересовали. Она страстно желала узнать все о Мише, о его жизни, увлечениях; главное — встречается ли он с кем-нибудь... с девушкой... Расспросить бы его, поговорить с ним одним... Но как к этому подступиться?..

За обедом беседа шла оживленная — всем было интересно. Приглашая ребят, Света очень боялась, что родители неласково его примут — из-за Олега, — и сам он станет дичиться и выкажет себя хуже, чем есть на самом деле. Но она ошибалась.

Михаил явно понравился обоим — и Вере Петровне, и, что особенно обрадовало Свету, Ивану Кузьмичу. Отец был строг, внимательно приглядывался к ее новому знакомому, как бы оценивая, на что тот годится, и не выказывал сразу возникшей несомненной симпатии.

Держался Михаил как ему свойственно — просто и уверенно, не стараясь «произвести впечатление»; охотно отвечал на вопросы и сам, не стесняясь, спрашивал обо всем, что его интересовало. Марик — тот больше молчал, опасливо косясь на Григорьева, — побаивался его, что ли. А Мишу, казалось, нисколько не смущало высокое положение хозяина дома.

— В идеальных условиях вы живете, Иван Кузьмич, — спокойно говорил он. — Я, конечно, еще молод и мало знаю жизнь, чтобы судить, но мне кажется, что наше руководство не может себе позволять излишества, пока уровень жизни народа так низок. Ведь известно: скромность вождей в быту помогает людям легче переносить трудности.

Тон его был дружелюбный, безукоризненно вежливый, но критический смысл высказывания от этого не уменьшался. Света заметила, что отцу эта сентенция пришлась не по вкусу. Тем не менее он взглянул на Михаила с уважением, приняв его речи как равного.

Как выяснилось, у Миши уже есть цель в жизни: отец его погиб от рук преступников, и он решил посвятить себя борьбе с этой язвой общества.

— Хочу работать следователем, а если повезет, стать прокурором — способствовать тому, чтобы в стране царил единый господин — закон! — без всякого пафоса высказал он свою мечту.

— Но это же война без линии фронта. Очень опасное дело! — сразу откликнулся Иван Кузьмич. — Вы уверены, что вам это по силам?

— Да вот готовлюсь уже поступать на юрфак; по физподготовке программу выполнил. — Миша непроизвольно, без всякой рисовки повел могучими плечами. — Мастера спорта получил — по самбо.

— Хороший парень у тебя появился! — шепнула Вера Петровна, когда Света собралась провожать гостей к проходной. — Молодец, дочка!

Иван Кузьмич внешне не проявил эмоций, но его предложение, произнесенное небрежным тоном, прозвучало достаточно красноречиво:

— Я распорядился, чтобы вас подбросили до города, машина ждет у проходной.

Прежде за ним такое не водилось — он никогда не баловал Светиных гостей. Для нее это свидетельствовало об одном: в Мише отец признал альтернативу Олегу.

— Что вы, Иван Кузьмич! — смущенно запротестовал Марик. — Мы отлично доберемся общественным транспортом. — И взглянул на друга, ожидая от него проявления такой же скромности.

— Глупо отказываться, Марик. Спасибо, Иван Кузьмич, это очень кстати, — не поддержал его Миша. — Добираться от вас долго, а мне завтра рано на тренировку. — И добавил, улыбаясь: — Очень рад был познакомиться с родителями Светланы. Такими вас и представлял. У вас замечательная дочь! — Еще раз поблагодарил Веру Петровну за теплый прием, крепко пожал протянутую Григорьевым руку и, широко шагая, вышел из дома. Марик и Света с трудом за ним поспевали.

Прощаясь у проходной, Миша по робкому вопросительному взгляду Светы понял: девушка ждет от него какого-нибудь знака — для новой встречи. Он подождал, когда Марик пройдет первым, взял ее руки в свои большие ладони и ласково посмотрел ей в глаза.

— Чудесно провел день — как никогда. Очень хочется видеть тебя снова и снова. — Замолчал, понурил голову. — Но должен сказать честно — я смущен и растерян. Не знаю, что делать!

Света растерянно молчала, ничего не понимая. Он объяснил печально:

— Мы с тобой — на разных ступенях общества. Ты обитаешь в тепличных условиях. А я привык рассчитывать только на свои силы, милостей не ждать, — мне это претит. Боюсь, ничего у нас не выйдет. — Но, видя, что она чуть не плачет, смягчился и тепло улыбнулся ей на прощание. — Да ты подожди расстраиваться. Мне надо хорошенько подумать — уж очень трудно от тебя отказаться. С первого взгляда ты у меня — здесь! — И, повинуясь внезапному порыву, прижал ее руку к сердцу.

Светлана долго еще стояла у проходной, роняя слезы, — она была влюблена...

Глава 13. ДВОЙНАЯ ИГРА

— Что-то я давно не вижу твоего долговязого? — спросила Лидия Сергеевна Надю, когда они завтракали на кухне. — Вы еще с ним хороводитесь? — И насмешливо взглянула на дочь.

Надежда молчала. «И правда, как давно мы не были с ним вместе... — тоскливо думала она, пытаясь вспомнить: когда виделись последний раз? — Как я соскучилась!..»

Стояла жаркая пора — соревнования. Костя подавал большие надежды, обещая стать одним из лучших нападающих юношеской сборной, — упорные тренировки сделали свое дело. Он строго соблюдал режим, но, будучи нормальным, здоровым парнем, тяготился, конечно, разлукой с Надей, мечтал о новых встречах, видел ее в романтических снах. Но неумолимое расписание состязаний, сборов на спортивной базе исключало все возможности общения с любимой. Приходилось выбирать — или то, или другое. Честолюбивый Костя выбрал спортивную карьеру. Замкнутый по натуре, он переживал все это в душе, не подавал о себе вестей, не звонил Наде, не желая тревожить ни ее, ни себя.

После жарких встреч Надежда не могла понять: что случилось?.. «Неужели у него другая? — иногда приходила ей в голову ревнивая мысль, но она тут же ее отбрасывала. — Нет, Костя не такой, не бегает за каждой юбкой! Просто выматывается, отдает все силы спорту. Мне-то это понятно». И терпеливо ждала, когда он даст о себе знать. Тем более что скучать ей не приходилось: начались занятия в школе, регулярные спортивные тренировки; утром — уроки, вечером — спортзал и бассейн.

Да еще Олег, получивший отставку у Светланы, регулярно названивал: приглашал то на танцы, то еще в какие-нибудь заманчивые места. Но свободного времени так мало — и Надя редко отвечала ему согласием.

— А я только рада, если между вами кошка пробежала, — «обрабатывала» дочь Лидия Сергеевна. — Подумай сама: что тебя ждет, если свяжешь с ним свою судьбу?

Заметив, что Надя прислушивается, стала развивать свою мысль:

— Ну станет Костя знаменитым спортсменом. Если взаправду, как говоришь, талантливый волейболист. Ну а дальше-то что? — Сделала паузу, с видом превосходства уставила черные глаза на притихшую дочь. — Известно: поездит по заграницам, накупит шмоток, разного барахла; настрогает тебе деток в редкие побывки. Поживете, пожалуй, в достатке и почете лет десять. А потом что, ты подумала?

— Ну и что, по-твоему? — Надя насмешливо глядела на мать, но прогнозом заинтересовалась.

— А вот что — не жизнь, а сплошные слезы! Спортивная карьера — короткая! Как станет сдавать — все, никому не нужен. Все заслуги забудут! Что так посмотрела? Неправду, что ли, говорю? — И с еще большим жаром насела на дочь: — В лучшем случае чемпион твой станет захудалым тренером, а не получится и это — пойдет работать кем попало. Разочарованный неудачник — раздражительный, озлоблен на жизнь... Начнется у вас нужда неприкрытая. Ну, как тебе перспектива? Об этом мечтаешь? Отвечай, когда мать спрашивает! — в ее жгучих глазах блеснуло торжество: проняла-таки дочку.

— Тебя послушать — так у всех не жизнь, а одни страдания. А как же любовь, которая помогает все преодолеть? Хватит брюзжать, настроение портишь! — огрызнулась Надя, не желая принимать всерьез все эти злые пророчества.

Так хочется, так в молодости легко верить в свою удачу, в счастье... Но слова матери все же запали в душу — много в них житейской правды, с этим она не стала бы спорить.

Придя из школы и наскоро пообедав, Надежда погладила спортивную форму, стала укладывать в сумку — пора на тренировку. Уже в прихожей ее остановил телефонный звонок.

— Наденька, здравствуй! — услышала она в трубке бодрый голос Олега. — Какие планы на вечер? — И не дожидаясь ответа, предложил: — Пойдем в Театр Образцова! У меня два билета, сегодня там «Король-Олень». Говорят, очень хороший спектакль. Забываешь, что куклы играют! Ну как?

— Спасибо, Олежка, не смогу! — вздохнув, отказалась Надя. — У нас сегодня тренировка по поло. Скоро ответственная игра, а я — в основном составе. Не подводить же и тренера, и девчат!

— Жа-аль! — разочарованно протянул Олег. Он любил появляться с Надей повсюду не меньше, чем со Светланой: товарищи завидуют — какие у него красивые подружки. — А когда повидаемся? Куда бы ты хотела пойти? Как насчет Третьяковки?

Надю подкупили теплота, дружеский тон, каким это было предложено. В Третьяковской галерее ей довелось побывать всего один раз, и то во втором классе. Ничего уже, если честно, не помнит, а так хочется самой увидеть все эти прославленные шедевры живописи...

— Знаешь, мне эта идея нравится, я не прочь. Надо ведь повышать свой культурный уровень!

— Вот и отлично! Когда у тебя намечается «окошко»? — обрадовался Олег, уверенный: уж его знание живописи и умение красноречиво о ней рассказывать произведут должное впечатление.

— Пожалуй, лучше всего в четверг, — подумав, решила Надя. — У меня, правда, тренировка по плаванию, но куда ни шло, один разок пропущу. Как-нибудь оправдаюсь... А билеты туда трудно достать?

— Для кого — трудно, а для меня — нет вопроса! Лучше скажи, где и когда встретимся?

— Давай на «Библиотеке...», а оттуда пройдемся пешком, прогуляемся. Буду около четырех. Подойдет?

— Порядок! Жду тебя! — Очень довольный, Олег повесил трубку.

В четверг, собираясь на встречу с Олегом и прихорашиваясь перед зеркалом, Надежда размышляла: правильно ли она поступает? Она любит Костю, томится в ожидании свидания с ним, ей не нужен другой. Но самолюбию льстит, что такой видный, интересный парень оказывает ей внимание, а может быть, и влюблен. «Вот бы увидела его мама! — приходило ей в голову, когда они бывали вместе и на Олега пялились дамочки. — Пришла бы в восторг! Наверно, о таком кавалере для меня мечтает».

Надя не допускала мысли, что, встречаясь с Олегом, проводя с ним время, изменяет Косте. «Сам виноват! — оправдывала она себя. — Что мне, засохнуть от скуки, если его никогда нет рядом? Надо же хоть немного отдохнуть от занятий — потанцевать, повеселиться. Олег просто хороший товарищ».

Эту уверенность укрепляло и поведение Олега: не форсирует событий, не делает поползновений к физической близости. За Светой ведь ухаживает — поссорились небось, временная размолвка, отсюда и повышенное внимание к ее особе. Да и вообще, Олег ее ценит в основном как партнершу по танцам. Почему ей не иметь доброго приятеля — с ним интересно... Вот вернется ее Костя, и она порвет с Олегом, если любимый против. А пока Олег просто спасает — расширяет ее кругозор, приобщает к искусству. Нет, Костя не вправе предъявлять претензии!

Олег уже ждал ее в вестибюле метро, — элегантно одетый, представительный, заметен издали.

— Ну вот и я. Отправляемся! — Надя запыхалась от быстрой ходьбы.

Решила про себя: они быстро совершат задуманный культпоход, а вечером предстоит еще управиться с уроками. Ей приятно, что Олег так решительно берет ее под руку. Вышли из метро, пешком двинулись по направлению к Каменному мосту. Был прекрасный сентябрьский день — бабье лето. Пересекли мост, ненадолго остановились, залюбовавшись панорамой Кремля, с его древними зубчатыми стенами и золотыми куполами соборов.

— Красотища! — восторженно прошептала Надя и, как бы очнувшись, поторопила:

— Пойдем, Олежек! Мне хочется побольше увидеть в Третьяковке, а времени у нас мало.

Медленно ходили по залам галереи, останавливались, подробно обозревали то, что особенно привлекало.

— Нет, ты только посмотри на эти глаза, — обратил ее внимание Олег, когда подошли к знаменитой картине Репина.

Здесь, перед огромным полотном, он с жаром знатока, ценителя стал объяснять ей отдельные детали:

— Обрати внимание — какой в них ужас, сколько боли! Царь Иван Грозный осатанел — осознал, что в безудержном гневе он наделал. Есть версия, что эти безумные глаза Репин рисовал с натуры, — это глаза писателя Гарина-Михайловского. Тоже, наверно, параноиком был. — Рассмеялся Олег, довольный собственной остротой.

Надя с интересом рассматривала картину: да, не просто мастер — гений. Она не раз видела репродукции, но то, что переживаешь непосредственно здесь, конечно, несравнимо.

Олег, многократно видевший свои любимые картины, умел, надо отдать ему справедливость, всякий раз открывать их для себя заново, находить прежде не замеченные яркие детали. Особенно почитал русских классиков; они с Надей подолгу рассматривали портреты Репина, Тропинина; пейзажи Левитана, Саврасова; батальные полотна Верещагина; марины Айвазовского.

Сильнейшее воздействие на Надю, как на многих, кто впервые знакомился с шедеврами галереи, произвело гигантское полотно Иванова «Явление Христа народу»; «Апофеоз войны» Верещагина; «Боярыня Морозова» Сурикова; менее заметные, но не менее впечатляющие полотна ей еще предстояло узнавать, учиться понимать. У суриковской Морозовой провели почти полчаса — долго. Олег знакомил Надю с историей знаменитой раскольницы, обращал ее внимание на композицию, колорит, значение отдельных фигур.

Когда покидали эти священные стены, Надя, переполненная новыми чувствами, ощущая какое-то возвышенное просветление души, благодарно улыбнулась своему спутнику и уважительно пошутила:

— Ну, Олежка, ты настоящий профессор живописи! Ты сам-то не художник случайно?

— Вовсе нет, просто очень люблю это искусство, — честно признался он. — Впрочем, не только это. Я еще известный ценитель балета... особенно балерин. — Рассмеялся и добавил: — Надеюсь, скоро убедишься. У меня еще уйма достоинств.

Он проводил ее до станции метро «ВДНХ» — здесь, вблизи, она жила. Предложил сопровождать до дома. Надя заколебалась: такой он высокий, красивый, — лестно, чтоб увидели ее с таким кавалером. И она так благодарна за прекрасно проведенное время... но все же отказала:

— Нет, Олежка, не сегодня! Нагулялась — мне еще нужно заниматься.

Она же видела, как он на нее смотрит, — это провожание, а особенно расставание, займет немало времени. Правда, впервые у нее проснулся к нему чисто женский интерес: не только хорош собой, но привлекателен внутренним содержанием, культурой. Таких юношей она еще не встречала — это человек из другого мира.

В раздевалке, с мокрой после душа головой, Надя складывала вещи, собираясь домой. Внезапно дверь распахнулась — влетела Таня Сидоренко: вернулась сообщить подруге важную весть:

— А ну, Розанова, быстро на выход! — весело скомандовала она, подмигивая. — Догадываешься, кто тебя ждет?

«Неужели Костя вернулся? — Сердце у Нади екнуло. — Конечно, он! Олег сюда не приходит, и девчонки его не знают». Вскочила с места и пулей бросилась к дверям, сияя от неожиданной радости. Да, Костя: сидит в вестибюле на лавочке, поджидает ее. Вот встал, идет ей навстречу, широко улыбаясь... За два месяца, что они не виделись, возмужал, кажется еще выше, мощнее...

Не стесняясь любопытных взглядов, обнял ее и поцеловал прямо в губы.

— Наконец-то! — прошептал, задохнувшись. — Только и думал о тебе все время!

— А я-то, Костик, как истосковалась — слов нет! — так же тихо шепнула она, косясь на невольных зрителей и заливаясь румянцем смущения. — Пойдем скорее отсюда! Неудобно — все смотрят...

Взявшись за руки, они вышли на улицу и побрели, тесно прижавшись друг к другу, куда глаза глядят. Моросил мелкий, противный дождик, но они его не замечали, счастливые встречей.

— Знаешь, Надюша, у меня для тебя сюрприз, — горячо глядя ей в глаза, объявил он. — Нам не обязательно путешествовать по улицам, у нас сегодня есть собственный дом.

— Что-то я не совсем понимаю... — вопросительно вскинула на него Надя счастливые глаза. Женским чутьем она сразу осознала, что он имеет в виду. — Ты... комнату снял?

— Все проще, — посерьезнел Костя, — маму положили в больницу. Да нет, ничего страшного, обычное обследование: у нее давно уже диабет. — Он остановился, обнял ее и страстно зашептал на ухо: — Можем вдоволь побыть наедине после этой долгой разлуки — без всяких помех, хоть всю ночь! Представляешь?..

Надя чувствовала всем своим существом, что он жаждет того мгновения, когда они окажутся друг у друга в объятиях. Она и сама ощущала, как по всему телу разливается сладкая истома, голова кружится, ноги слабеют в предвкушении близости... Поскорее бы очутиться рядом с ним в теплой постели...

Не видя ничего вокруг, не помня себя от охватившего их страстного желания, действуя как автоматы, они проделали путь до его квартиры. А достигнув заветной цели, сразу бросились друг другу в объятия, срывая на ходу одежду. Все окружающее, само время перестали для них существовать... Несколько часов, не вставая, как запойные пьяницы, без устали наслаждались друг другом. Надя опомнилась в третьем часу ночи.

«Что же я наделала?! Мама с ума сойдет! — Она пришла в ужас, лихорадочно обдумывая, как поступить. — Позвонить сейчас? Но телефона здесь нет... И что я ей скажу?.. — Чем больше думала о матери, тем сильнее боялась объяснения. — Я же несовершеннолетняя! Мать упечет Костю, это точно! А-а, ладно! Позвоню рано утром, по дороге домой. Ничего, до утра потерпит — она крепкая! — успокаивала себя Надя, прижимаясь к задремавшему Косте и чувствуя, как снова накатывает горячая волна желания...

Он словно почувствовал, мгновенно проснулся и с ненасытной жадностью человека, вернувшегося с необитаемого острова, вновь заключил ее в объятия. Не думая ни о чем, не опасаясь последствий, не испытывая ни усталости, ни голода, они любили друг друга, освежаясь лишь прохладой, струившейся из открытого окна.

Ранним утром Надя пробудилась — тревога за мать подняла ее с постели; она быстро оделась. Костя забылся коротким сном... Сначала она решила воспользоваться этим и незаметно уйти. Однако передумала: «Нехорошо... Что он подумает, когда проснется? Нам так хорошо вместе! — рассуждала она, боясь сделать неверный шаг. — Не поймет, почему я ушла не прощаясь. Да и договориться надо о встрече». Жалко как будить...

— Костенька, милый! — Она слегка тронула его за плечо.

Он открыл глаза; она наклонилась к нему, поцеловала, прошептала:

— Мне домой надо, Костенька! Мама, наверно, извелась за ночь... Не расставаться бы, да что поделать? Когда увидимся? Когда позвонишь?

Костя сел на кровати, приходя в себя, стряхивая сон. Глаза его приняли осмысленное выражение, и вдруг он нахмурил брови, — видно, вспомнил о чем-то неприятном.

— Постой, Надюша! Присядь-ка на прощание. — Он старался не смотреть ей в глаза. — Мать и так скандал закатит, это ясно. Придумаешь что-нибудь, пока доедешь. Ты ее лучше знаешь.

Видя, что Надя смотрит на него с недоумением, испуганная происшедшей переменой, так же хмуро объяснил:

— У меня к тебе один неприятный вопрос. Не хотел вчера говорить об этом, чтобы настроения не портить — ни тебе, ни себе.

«Какой предусмотрительный, — невольно отметила про себя Надя, сердцем чувствуя — ничего хорошего не последует. — О чем это он?» Вслух ничего не сказала, только присела рядом с ним на постель.

— Я тут узнал от ребят, — со свойственной ему прямотой заявил Костя, испытующе глядя ей в глаза, — что тебя видели с каким-то пижоном. Таким гладеньким, холеным красавчиком. — Он сделал глотательное движение, будто ему мешал застрявший в горле кусок. — Я не поверил. Знаю, как ты ко мне относишься. Сегодня еще раз доказала. — Взгляд у него потеплел, но он продолжал: — У нас трепаться любят, мне ребята завидуют. Но дыма без огня не бывает. Хочу знать правду!

Надя растерянно молчала. Она уже не раз думала: как Костя отреагирует, узнав о ее встречах с Олегом? Что же ему сказать?.. Лучше всего — правду, да и не виновата она ни в чем.

— Я и не собираюсь ничего скрывать. Ты знаешь — я люблю тебя, и никто другой мне не нужен. Почему не спросишь прямо? Я скажу: не изменяла! — Прямо посмотрела ему в глаза, взяла за руку. — Ты мне должен верить, Костя! Ведь мы редко бываем вместе, а вокруг так много людей. Я же верю тебе!

— Мужчина и женщина в разном положении. Но ты ушла от ответа: что это за парень? Он действительно существует?

«Ну что ж, скажу все как есть, — отважилась Надя. — Нельзя Костю дурить — сама же уважать не буду».

— Я тебе ничего не сказала, зная твое самолюбие. Тем более что ничего серьезного в моих отношениях с Олегом нет. — Она старалась говорить спокойно, но голос дрожал. — Он друг моей новой знакомой, Светланы, — девушки, которую я летом спасла. Ты ведь знаешь.

— Ну а при чем здесь ты, если это ее парень? — не удержался он от естественного вопроса.

— У нас одна компания, а Света плохо танцует. Олег — мой постоянный партнер. Ты же знаешь, как я люблю танцы. И он тоже. Но у нас с ним ничего нет! — Она умолкла, собралась с духом. — Костик, тебя же никогда нет рядом! Ты хоть раз подумал, как мне скучно, когда я свободна? — Она невольно повысила голос, жалея себя, осуждая его за черствость. — Что же мне теперь — в монастырь записаться?

Костя не показал, какая буря бушует у него в душе, огромная выдержка помогла. Только еще сильнее насупил брови и горько заключил:

— Значит, ребята сказали правду! — Мрачно уставился на Надю, усмехнуся презрительно: — Красиво ты все описала... Но мне лапшу на уши не повесишь! Знаем мы эти товарищеские танцульки! — Помолчал немного. — Ну что ж, Надя! Вижу не по душе тебе наша скучная спортивная жизнь. Но у меня другой нет и не будет!

Он встал с постели, взял со стула ее спортивную сумку.

— Очень сочувствую, что заставил скучать. Но делить тебя ни с кем не желаю! Считаю ниже своего достоинства. Наверно, мы не подходим друг другу, и нам лучше не встречаться. Прощай и еще раз — прости!

Не помня себя от горя и обиды Надя и не сообразила, как очутилась на улице.

Почти весь путь от Колхозной площади до ВДНХ Надежда прошла пешком: в метро еще не пускали, а наземный транспорт почему-то попадался только навстречу. Но она не чувствовала усталости, оплакивая ссору с Костей. Неужели они расстались навсегда? Нет, ей не верится...

Только за Крестовским мостом ее нагнал троллейбус. Усевшись наконец и вытянув здорово уставшие ноги, она утерла слезы и стала обдумывать, что скажет матери, когда придет домой. По зрелом размышлении пришла к выводу, что открыть всю правду нельзя.

«Представляю, как мама взовьется, если узнает, что я всю ночь была у Кости. Да она меня запилит, а главное, его со свету сживет. Уж во всяком случае, добьется, чтоб его выгнали из сборной за аморалку. Знаю я мамину злую энергию! Что же делать? Что сказать?» — лихорадочно спрашивала она себя — и не находила ответа. Только уже у самого дома ей пришла в голову удачная мысль: вот выход! Она даже остановилась, обдумывая детали.

Конечно, обманывать нехорошо, но что поделаешь, другого ничего не придумаешь. А это угомонит маму — придется сыграть на ее тщеславии, тогда замолчит. Приняв решение, она успокоилась и с покаянным видом переступила порог своей квартиры. Услышав шорох в прихожей, выбежала ей навстречу Лидия Сергеевна, с опухшим от слез лицом. Даже ругать не стала, а только, всхлипывая, причитала жалобно:

— Доченька, солнышко мое! Слава Богу, живая! Всю ночь не спала, всех подняла на ноги! Больницы, морги обзвонила. Ох, горюшко-горе! — И дала волю слезам радости и облегчения.

Убедившись, что дочь, живая и здоровая, стоит понурившись, с виноватым видом, она пришла в себя и немного успокоилась. Слезы высохли, глаза зажглись гневом.

— Та-ак... я, кажется, догадываюсь, что с тобой произошло. Этого следовало ожидать, — тихо проговорила Лидия Сергеевна, поначалу сдерживая накопившуюся боль и негодование. — Не послушалась матери, не выдержала характера — уступила ему! Эх ты, слабачка! — И горестно всплеснула руками. — Ну что ж это, судьбой нам, бабам, такая участь предписана?

Видно, пережив за бессонную ночь все самое худшее, она считала случившееся наименьшим злом и смирилась.

Надя молча слушала мать, спокойно обдумывая свою версию и ее возможные последствия.

— Ну я ему теперь задам! Он у меня узнает, как несовершеннолетних совращать! Уж я до него доберусь! — Лидия Сергеевна, как обычно, перешла на крик. — Что на меня уставилась? Думаешь, я дура? — Голос у нее сорвался, и она, подбоченясь, уже спокойнее заявила, поучая дочь: — Подождем немного, посмотрим, какие последствия будут. Может, он тебе ребенка заделал?! Тогда придется крепко подумать. — Злоба и гнев ее захлестнули, мстительная ненависть прозвучала в голосе: — Ну а если обойдется — мокрого места от него не оставлю! Не видать ему спортивной карьеры!

Надежда терпеливо ждала — пусть мать немного выдохнется. Наконец наступил подходящий момент.

— Ты о ком это, мама? О Косте, что ли? Он здесь совсем ни при чем.

Произведенный эффект превзошел все ее ожидания — на Лидию Сергеевну жалко было смотреть: она стояла съежившись, с изумленно выпученными глазами, будто на нее вылили ушат холодной воды.

— Так это... не Костя? А кто... кто же тогда? — только и промолвила она запинаясь.

Наде стало так жаль и мать, и Костю, и себя, что слезы ручьем полились у нее из глаз — сказались и усталость, и нервное напряжение. Она опустилась в кресло и закрыла руками загоревшееся стыдом лицо. Стыдно за себя, за придуманную ею беспардонную ложь... Но другого выхода нет. Она опустила руки.

— Прости, мама, что не говорила тебе. У меня давно уже есть друг, мы с ним много раз встречались. — Надя подняла взор на мать и с упреком продолжала: — Ты же постоянно пилила меня за Костю, вот я и побоялась тебе признаться. Заметила, наверно, наряжаюсь, на танцы хожу, в театры. Кости же нет и в помине — он все время в разъездах, ты знаешь.

Лидия Сергеевна была ошеломлена и сбита с толку. Ей и в голову не приходило, что дочь может увлечься кем-то другим. Дать бы ей трепку хорошую за такое-то поведение, за свою бессонную ночь... Но как тогда узнаешь, кто тот негодяй, кому она уступила? Жгучее любопытство пересилило, и она, смирившись, изменила тактику — ведь по-плохому от дочери ничего не добьешься, это точно.

— Ну ладно! — Она вздохнула, подошла к Наде и подала руку, поднимая ее с кресла. — Слезами и руганью делу не поможешь. Пойдем сядем на диванчик и подумаем, что делать. Ты ведь теперь взрослая женщина, а? — произнесла она с горечью.

Надя с покорным видом встала и последовала за ней. Она не станет отмалчиваться, иначе мать не даст ей покоя.

Они устроились на диване.

— Мам, я устала очень и спать хочу, но ты ведь ждешь, пока я тебе все скажу... — Надя нарочно сделала паузу — пусть мать сгорает от нетерпения. — Мне, знаешь, неудобно как-то... обсуждать подробности. Скажу главное, что ты хочешь знать, — кто мой возлюбленный. Он на два года меня старше; высокий, сильный; блондин; собирается поступать в Институт международных отношений — хочет быть дипломатом. И будет, я уверена. — И, видя, что Лидия Сергеевна скептически поджала губы, перешла в наступление: — Сомневаешься? Сейчас перестанешь! Олег — сын высокопоставленных людей, племянник члена Политбюро. Что, проняло?

Она заметила: у матери глаза заблестели от радостного удивления — уж очень ей хочется, чтоб все так и было.

— Эти люди все могут, сама знаешь. Познакомилась я с ним у той девушки, которую спасла. Олег за ней ухаживал, а я отбила. Она плохо танцует, а он отличный партнер. Парень что надо!

Кажется, мать еще не совсем верит — Надя пустила в ход убедительный довод:

— Да что ты волнуешься? Я тебя с ним познакомлю. Давно бы это сделала, просто боялась. Ты же поедом меня ешь: этот плох, тот не годится... А Олег, скажешь, слишком для меня хорош — не по себе, мол, дерево рублю! — Надя огорченно вздохнула и встала. — Ну все, мам! Спать — умираю. Не пойду ни в школу, ни на тренировку — нужно восстановиться. — И ушла к себе в комнату, оставив мать в радостном недоумении.

«Неисповедимы пути Господни! — размышляла растревоженная Лидия Сергеевна, как всегда, строя радужные планы на будущее. — Может, что у Нади и получится? Зря она, конечно, ему уступила... Но дальше будет умницей, — как знать?.. Ну а если подзалетела, а он ее бросит — я ему покажу! Не посмотрю на чины! Никого не побоюсь! Будет знать, как совращать малолеток. И не на таких управа есть!»

Зарядив себя таким образом на новое отчаянное сражение за счастье дочери, Лидия Сергеевна отправилась спать.

Прошло больше месяца после ссоры с Костей и объяснения с матерью; жизнь Нади вошла в обычную колею. Костя уехал на очередные сборы куда-то на юг, вестей о себе не подавал. Олег по-прежнему регулярно звонил, иногда они встречались.

Размолвка не охладила сердечное влечение к Косте, лишь усилила мечты о новой встрече. Он часто ей снился, и она не смотрела ни на кого, с ходу отвергая все попытки сближения.

Олег пытался усилить на нее давление, склоняя к близости, но безуспешно — он ее не волновал; она не могла забыть Костю. Да и вообще, ощущала к Олегу какое-то инстинктивное недоверие — он похож на красивый манекен...

Однако, развивая затеянную интригу, Надежда должна была представить матери Олега как своего возлюбленного, поэтому сохраняла с ним дружеские отношения, балансируя, наподобие канатоходца.

После жарких танцев или приятной прогулки, если он предпринимал слишком активные действия, она, всегда начеку, находила поводы уйти от решающего, отделываясь туманными обещаниями, вроде:

— Ну не горячись, остынь! Не могу я... Ты настоящий мужчина — владей собой! — И лукаво улыбаясь, ускользала из его объятий.

А когда приходилось особенно туго, использовала его ахиллесову пяту:

— А что, со Светой у тебя все кончилось? Больше не сватаешься? Не хочу ее обижать, мы же подруги. Объяви ей сам, что предпочитаешь меня!

После этого Олег обычно скисал и долго не приставал. Он еще не поставил крест, не отказался от Светланы, думал оптимистично: «Все впереди, многое может измениться», не желая смириться со своим поражением. А Надя никуда не денется, нужно только проявить выдержку — яблочко еще не созрело.

Однажды на вечеринке у приятеля он уже был близок к успеху. Надя не любила спиртного, но коктейли, которые мастерски сбивал Олег, охотно пробовала и по неопытности превысила свою норму. Разгоряченная, хмельная, позволила ему увлечь себя в кабинет хозяина квартиры; там, на широком кожаном диване, Олег, придавив ее своим мощным торсом, дал волю рукам.

Надя полулежала с закрытыми глазами, тело ее вспоминало ласки Кости, голова затуманилась, она чувствовала, что воля ее слабеет, что волна желания ее захлестывает... Думала только о Косте, ей казалось — это он рядом... Когда Олег попытался стянуть с нее трусики, она открыла глаза — обман рассеялся, она мгновенно опомнилась, вырвалась.

— Ну нет! Этого не будет! Только через ЗАГС!

— Наденька, милая, я же на все согласен! Зачем ждать так долго? — жарко шептал Олег, продолжая свои усилия. — Обещаю тебе!.. Неужели не веришь?..

Она ласково, но решительно отвела его руки.

— Ладно, Олежка, пойдем ко всем, а то неудобно. Подумаю. Но сначала хочу познакомить тебя с мамой. Не возражаешь?

— Конечно! Буду очень рад, — оживился приунывший Олег. — Я умею нравиться мамам! — И глубоко вздохнул, отгоняя возбуждение и досаду.

Она его обнадеживает? Отлично! Он, как всегда, не станет заботиться о последствиях — важно добиться желаемого. А Надю он покорит, сделает своей постоянной подружкой. Чистая девушка, — не то что эти развратные дамочки... С ней ему будет хорошо...

Он неохотно поднялся, оправил на себе помятую одежду, подал Наде руку, и они вернулись к остальной компании.

— Папочка, как я рада тебя видеть! — Надя расцеловала отца, в очередной раз заехав к нему за «получкой». — Хорошо выглядишь, только похудел немного. Много работаешь?

— Работаю в обычном режиме. — Розанов, как всегда, проводил дочь на свою уютную кухоньку. — Поедим-попьем, спокойно поговорим. «Чай не пьешь — совсем сил не будет» — так в Средней Азии говорят. — Он искренне радовался свиданию с дочерью. — А похудение у меня запланировано — брюшко что-то стало расти. Избавляюсь от лишнего веса: занялся пробежками, да немного, видимо, переборщил. А у тебя как обстоят дела? Как настроение?

— Если честно — паршивое, — призналась Надя, решив поделиться с отцом своими горестями. — Мама меня совсем запилила. Голова кругом идет!

— А ты открой мне все, не бойся, — предложил, любовно глядя на нее, Розанов. — Твой отец не ханжа — поймет!

— Ну ладно, папуля. Может, что посоветуешь? — Ей не терпелось излить, что накопилось на душе. — Вот скажи: как мне быть? — Откинулась на спинку стула, и, решив быть до конца честной, открыла свою тайну: — Нравится мне один парень — очень. Любим мы друг друга. Но он — бедный: спортсмен, старается пробиться. Но выйдет ли? — Глаза ее сверкнули. — Мать в своем репертуаре — перепилила меня пополам: «Брось о нем и думать!» Тобой в глаза тычет: в какой, мол, нищете жили... Замучила... Знать моего Костю не хочет. — Надя судорожно вздохнула. — Вот я и позарилась на другого. Олег. Красивый парень, даже... сверх меры. Но он мне не по душе. А мама за него горой! То, о чем она для меня мечтает: сын большого человека, будущий дипломат. Стала я с ним встречаться. К тому же мой парень, Костя, все время в отлучке, на сборах. В общем, запуталась я, папа! — Горестно покачала головой, беспомощно взглянула на отца, как бы прося защиты и утешения. — Поссорились мы с Костей — крупно. Из-за Олега. Что делать — не знаю! — И умолкла, опустив голову.

Розанов слушал не проронив ни слова. Ему так близко и понятно состояние дочери, он сердечно ее жалеет. Жестокая все-таки штука жизнь! Как много значат в ней материальные обстоятельства... Сознавая сложность ситуации и свою ответственность перед дочерью, он решился высказать то, что подсказывали ему опыт, ум и сердце.

— Тебе придется самой решать свою судьбу, доченька. В таких делах и родители могут ошибиться. А совет мой простой: делай то, к чему душа зовет, но не бездумно. Все взвесь перед выбором. Ведь и чувства иной раз подводят. — Он задумался, нахмурился. — Материальное благополучие — не лишнее в жизни, но для счастья — вещь второстепенная. Это мое глубокое убеждение! Можно быть очень счастливым и при скромном достатке и несчастным — имея все блага.

Он встал — пора заканчивать разговор: надо еще зайти в библиотеку, там литература заказана.

— Больше ничего тебе не скажу. Ты уже взрослая — паспорт получаешь. Подумай над моими словами — сделаешь свой выбор сама.

Обнял и поцеловал дочь, проводил ее до дверей. Надя, раздумывая над его словами, отправилась на тренировку.

В вестибюле Дворца спорта группа волейболистов — товарищей Кости по команде вели взволнованный разговор. Как только вошла Надежда — сразу умолкли. Один вышел к ней навстречу, хмуро взглянул, сообщил:

— Тут для тебя, Розанова, одна новость есть — не из приятных.

«Что-то с Костей!» — екнуло у нее сердце, предчувствуя беду. Она остановилась как вкопанная, расширенными глазами глядя на парня, ожидая.

— Костя в больнице. Ногу повредил на тренировке — порвал связки. Операция предстоит. — Прозвучало это сурово. Он скривил губы в иронической усмешке. — Тебе, вижу, не очень это интересно? Другого нашла? — Круто развернулся и направился к товарищам.

В иной ситуации Надя достойно ответила бы на эту несправедливость, но сейчас не до этого! Нагнав парня, она схватила его за локоть.

— Где он? В какой больнице? — не спросила, а крикнула она, позабыв обо всем на свете.

— В Склифе, — буркнул тот не оборачиваясь.

Еле набрав денег и поймав «левака», Надя примчалась туда сломя голову, хотя предстоящая операция никакой угрозы для жизни не представляла.

— Мне нужно видеть Уколова, хирургическое. Какая палата? — обратилась она в окно справок, стараясь быть спокойной, унять сердцебиение: ведь так мчалась — боялась не успеть в позволенные часы.

Все еще взбудораженная, с замирающим сердцем, постучала, открыла дверь в палату — и сразу увидела Костю: побледнел, но в остальном такой, как всегда; лежит на первой от окна кровати, забинтованная нога вытянута поверх одеяла; газету читает — «Советский спорт»... Бросилась к нему, молча сжала его большую руку в горячих ладошках, боясь вымолвить хоть слово, выразить обуревающие ее чувства — здесь посторонние...

Костя встретил ее спокойно, будто между ними и не произошло тяжелой размолвки.

— А я знал, что ты сразу прискачешь, — не могла ты не пожалеть своего инвалида. — И окинул ее теплым, любящим взглядом, в котором она прочла, что давно им прощена.

Часть III. ТРУДНЫЙ ВЫБОР

Глава 14. НА ВЕРШИНЕ КАРЬЕРЫ

Последние пять лет Николай Егорович непрерывно болел; ему уже около восьмидесяти, похож на ходячую мумию. Раньше — диабет, потом — сердечная недостаточность и разные другие недомогания: старость не радость, известно.

Однако Серый Кардинал, как за глаза называли его партийные аппаратчики, не утратил ни влияния, ни власти. Человек тонкого ума, опытный интриган, он, как шахматист, умел предвидеть развитие событий и своевременно принять меры, чтобы сохранить и упрочить свое положение.

В этой сложной игре большую роль он отводил верному своему сподвижнику — Григорьеву. Решив с ним срочно поговорить, Николай Егорович нажал кнопку вызова. Немедленно возник секретарь, замер в ожидании указаний.

— Пригласите ко мне Ивана Кузьмича! — повелел он, вставая с кресла. — Распорядитесь, чтобы подали перекусить в комнату отдыха.

Дверь в глубине огромного, как дворцовый зал, кабинета Николая Егоровича вела в небольшую, уютную гостиную. Туда он и направился, прихрамывая, страдая от астматической одышки. Удобно расположившись на красивой мягкой кушетке, стал обдумывать предстоящий важный разговор.

— Поставьте все вот сюда, — попросил вошедшего с подносом официанта, указав на стоящий перед ним столик.

Тот расстелил скатерть, расставил тарелки и приборы, вынул из холодильника коньяк, минералку, шоколадный набор, фрукты и, сделав свое дело, бесшумно удалился.

Раздался стук в дверь, и с почтительной улыбкой вошел Григорьев.

— Я, как всегда, по первому зову. Все дела — в сторону. Готов к труду и обороне! — пошутил он, но глаза смотрели настороженно — чувствовал ответственность момента: обычно Николай Егорович давал задания по телефону или сам заглядывал минут на десять—пятнадцать — любил обходить подчиненных.

— Садись, дорогой, устраивайся поудобнее! Разговор будет долгий, — предупредил Григорьева шеф, указывая рукой на мягкое кресло. — Налей себе коньячку, а мне — минеральной. Сам знаешь — рад бы в рай, да грехи не пускают, — криво усмехаясь, пошутил он над своей немощью.

Иван Кузьмич сел, налил себе рюмку коньяку, шефу — стакан боржоми и приготовился слушать. За прошедшие годы он обзавелся солидным брюшком; двойным подбородком; с лица исчезла маска доброжелательности, оно все чаще принимало холодное выражение собственной значимости.

— Я весь внимание, дорогой Николай Егорович. — И воззрился на шефа преданными глазами.

— Мы с тобой уже много лет трудимся рядом, и мне ни разу не пришлось в тебе усомниться. Поэтому буду с тобой вполне откровенным, — начал Николай Егорович, буравя Григорьева холодными, «рыбьими» глазами, будто читающими тайные мысли.

«Ну да, так ты и выложишь все свои карты, старый пройдоха, — мысленно усмехнулся Иван Кузьмич. — Я-то тебя хорошо знаю — будешь ходить вокруг да около». Но он ошибся: дело неотложное, шеф решил взять быка за рога.

— Вот мы похоронили нашего «финансового бога», лучшего моего друга и соратника. Мир праху его! Жаль, конечно, хорошего и нужного человека, но жизнь идет, и встает проблема, которую нужно срочно решать. — Он помолчал, еще раз испытующе взглянул на Григорьева. — Ты хоть представляешь во всей полноте, что значит заведовать деньгами партии, партийной кассой? Управлять движением огромных сумм в рублях и валюте? Знать тайны всех секретных счетов и, следовательно, самых конфиденциальных операций?

Николай Егорович задохнулся от внутреннего напряжения — слабое его здоровье с ним не справлялось — и, когда отпустило, подошел к главному:

— Я все эти дни плохо спал, мозги набекрень вывихнул, думая: кто сможет заменить моего незабвенного друга? Это же важнейший пост в партии! Огромная власть и сила! Его нельзя отдать кому попало!

Он опять замолчал, чтобы передохнуть, и у Григорьева, давно смекнувшего, что сейчас произойдет, радостно забилось сердце. Но лицо его не выдало, что происходит в душе; скромно потупился, молча слушал.

— Ну, я и подумал о тебе, — уже не скрывая мучительных сомнений, объявил свое решение Николай Егорович. — А почему бы и нет? Ты проявил себя отличным хозяйственником. Ворочал огромными партийными средствами и ничем себя не замарал. Тебе доверяют, тобой довольны. Думаю, твоя кандидатура пройдет.

Снова задохнулся, сделал паузу, приходя в себя. Иван Кузьмич затаил дыхание, понимая — именно сейчас все решится.

— Но вот справишься ли ты? По Сеньке ли шапка? — Он оценивающе, с сомнением смотрел на своего подчиненного. — Я имею в виду не работу — ты человек способный и быстро освоишься. Меня беспокоит другое: выдержишь ли испытание властью, не закружится ли голова? Обычное дело. Не ты первый, не ты последний. Не зазнаешься ли? Не сочтешь себя выше тех, кто тебя сделал тем, что ты есть?

«Вот чего он боится — моей независимости. Опасается, сохранит ли мою верность и поддержку», — догадался Иван Кузьмич и, не колеблясь ни секунды, горячо заверил шефа:

— Ну как ты можешь сомневаться во мне, дорогой Николай Егорович? Неужели я заслужил? Я всем тебе обязан, и твое слово всегда будет для меня законом!

— Ладно, поживем — увидим. Считай это дело решенным, — устало промолвил, тяжело и прерывисто дыша, его старший друг и наставник. — Займусь трудной подготовкой к заседанию бюро. Ты становишься очень важной фигурой. Будут оценивать всесторонне.

Григорьев поднялся, горячо пожал руку Николаю Егоровичу, благодаря за оказанную высокую честь и доверие, и бодрым шагом вышел из кабинета.

В душе его все пело от восторга — открывается невиданная, блестящая перспектива. При всем его самодовольстве и переоценке собственной личности он и представить себе не мог, что поднимется на такую высоту — станет одной из ключевых фигур в партии власти.

— Как же я рада, Варенька, что вы тоже стали москвичами. — Вера Петровна обняла и поцеловала сестру — та зашла ее навестить по дороге с работы.

— Сколько лет я об этом мечтала, сколько раз приставала к Ване, чтоб посодействовал. Но ты ведь его знаешь — «образцовый коммунист». Все боялся изменить так называемым принципам — перестраховщик.

Варя раньше не слышала, чтобы она так осуждала лицемерие мужа.

— Да брось ты расстраиваться, дело прошлое! Теперь мы часто будем видеться. Я ведь тоже по тебе тосковала. Особенно после того, как мы схоронили нашу незабвенную тетю Дусю.

Сестры прошли в гостиную и уютно устроились на диване, взявшись за руки и с любовью глядя друг другу в глаза. Веру Петровну интересовали деревенские дела.

— Расскажи — на кого ты оставила дом, кто будет ухаживать за могилкой? — спросила она с грустью в голосе. — Так жалею, что не настояла похоронить Дусечку здесь, — навещали бы часто.

— Зря ты так говоришь, — не согласилась Варя. — Ей лучше у себя в земле, рядом со своей родней. А за могилой и домом присматривает Дарья Тимофеевна, она мне обещала. Старики Ларионовы в колхозе больше не работают, на участке копошатся. Так что время найдут.

— Ну как твои семейные дела? Что-то выглядишь ты неважно. — Варя обеспокоенно разглядывала сестру.

За минувшие годы Вера Петровна внешне мало изменилась, только немного похудела да под глазами и в уголках губ появились предательские морщинки, выдававшие, что ей уже за сорок. Выглядела она и впрямь нездоровой: румянец исчез, лицо бледное, а в серых глазах по-прежнему светилась печаль.

Варя, наоборот, располнела, от нее так и веяло здоровьем. Мать двух очаровательных малышей, она была полна жизненной энергии.

— Да так, ничего серьезного вроде нет... — замялась Вера Петровна — она не решалась откровенничать с сестрой. — Женские болезни...

— Ну вот, ничего себе! — всплеснула руками Варя. — С чего это они у тебя? Ведь раньше не сетовала.

Вера Петровна помолчала немного, — теперь, после смерти тети Дуси, ей не с кем поделиться сокровенным, кроме младшей сестры.

— Не с чего-то, а Ваниными молитвами — лез ко мне слишком часто, — пожаловалась она с несвойственной ей грубоватостью и раздражением. — Знаешь, наверно, как он силен.

— Так что ж ты скорбишь? Другая бы радовалась, — шутливо заметила Варя, задорно взглянув на сестру. — Столько лет все было ладно, а теперь... чего-то не так?

Не понимала она ни состояния Веры, ни ее уныния — сама счастлива в браке, обожает мужа.

— Раньше и было хорошо, — пояснила старшая сестра, отводя глаза, чувствуя себя неловко. — Ваня-то терпелив был, ласков. А последние годы резким стал, спешит... со мной не считается... Одна боль и неприятности после этого. Вот лечусь. Да что обо мне — вылечусь! — прекратила она неприятный разговор. — Расскажи лучше — как устроились, какие планы?

— Живем на территории клинической больницы. Славе дали служебную квартиру — двухкомнатную, на первом этаже. Он все-таки завотделением. — Варя подняла на сестру сияющие счастьем глаза. — Главное, работой доволен — делает сложные операции. И условия здесь прекрасные. Живем, правда, в тесноте, но не в обиде.

— Теснота — это одно. А самое плохое, что казенная площадь — дело ненадежное, — практично рассудила Вера Петровна. — Вдруг Слава с начальством не сработается или сам захочет уйти? Где тогда жить будете? Снимать квартиру?

— Славу уже прописали по лимиту — станем пробивать кооператив. Деньги на взнос соберем, Слава после защиты прилично получает! — жизнерадостно заявила Варя. Сейчас о другом думаем: как отдыхать летом, где? Надоело в деревне-то...

— Куда решили поехать? На юг, к морю?

— Нет, это исключается — дети еще маленькие. Хотелось бы нам на теплоходе по Волге — до Астрахани или Ростова-на-Дону.

— Ну что ж, отличная идея!

— Мы со Славой тоже так считаем. Плывешь себе с удобствами, а вокруг все время меняются пейзажи — один другого краше... Причаливаешь, отчаливаешь, города, где раньше никогда не бывали... Сердце России... — размечталась Варя, откинувшись на спинку дивана.

— Значит, дело решенное?

— Да не очень-то... с билетами не просто. Люди по полгода в очередях переписываются. Хотя Славе обещали в профкоме помочь. — Вздохнув, Варя вернулась к действительности. — И вот что еще меня смущает: каково с детьми в душной каюте? Ведь в лучшем случае удастся достать первый класс. — И вдруг остановилась — новая мысль пришла в голову; придвинулась ближе к сестре, ласково взяла ее за руку. — Послушай-ка, Веруся, а твой Ваня не мог бы сделать нам люкс? Ему, наверно, ничего не стоит? Уж для него-то найдется. Официально все каюты поступают в продажу, но люксы всегда заначивают для важных персон.

Вера Петровна тяжело вздохнула, прижала к себе локоть сестры, грустно пожаловалась:

— Думаешь, я могу в чем-то тебе отказать? Да в лепешку бы расшиблась, если бы от меня зависело! Знаешь, что он мне скажет? «Им не положено». Можешь ты это понять? — И бросила на Варю возмущенный взгляд. — Ему только положено; им, господам, положено. А вам — нет! Это при том, что он борется, как говорит, за всеобщее равенство! Фарисеи! Знала бы ты, Варенька, как устала я от этого вечного лицемерия!

Варя молча слушала сестру, поражаясь происшедшей в ней перемене. Ясно, что в отношениях с мужем у нее серьезная трещина. А ведь так дружно жили!

— Успокойся, родная! — Она обняла и расцеловала Веру, чувствуя глубокую с ней солидарность. — Не вздумай перед ним унижаться! Как-нибудь обойдемся без его помощи.

— Да ты, Света, совсем уже взрослая. И хозяйка хоть куда! Можно замуж выдавать! — похвалил Григорьев дочь, когда она подала ему завтрак. — Садись, давай поедим вместе и немножко поболтаем. А мать где? Опять лечится? Совем она у нас стала хворая. — И недовольно поморщился.

Но лицо его сразу разгладилось, когда посмотрел на присевшую напротив дочь. Светлана — в расцвете молодости и красоты. В свои без малого двадцать лет куда как хороша. Фигура замечательная, ножки длинные, стройные, полненькие; грудь высокая, талия тонкая, красивые бедра... Совсем зрелая стала.

— А ты разве не заметил, что цвет лица у нее нездоровый и хромает немножко? — огорчаясь за мать, упрекнула Света. — По-моему, ты к ней невнимателен стал. Между вами что, кошка пробежала?

— Да нет, что ты! Просто куксится — из-за болезни, видно. Ну, мы сами разберемся, — решил он сменить тему разговора. — Скажи лучше отцу: как у тебя обстоят дела с Михаилом? Не передумала насчет Олега? Знаешь, что его направляют на работу в Париж? Дело решенное, но ему нужно срочно жениться — холостых не посылают.

«Ну вот, опять обработка начнется! Когда же от меня отстанут с Олегом?» — подосадовала Светлана, а вслух ответила:

— Папочка, дорогой! Пусть его хоть послом в Вашингтон назначат — мне безразлично. Ты же знаешь, так зачем начинать все сначала? — Она глубоко вздохнула и перешла в наступление: — Ведь Миша тебе нравится? Неужели ты все еще хочешь угодить Николаю Егоровичу? Ты же теперь от него не зависишь. Кстати: поздравляю с новым назначением — мне мама сказала. У тебя теперь еще больше власти, папуля. Зачем тебе это надо?

— За поздравление спасибо, но в дела мои не лезь, все равно тебе их не понять. Занимайся своей музыкой! — отрезал Иван Кузьмич. — Перед Николаем Егоровичем я вовсе не заискиваю. Он вообще на ладан дышит. Просто по-отцовски о тебе пекусь. Сама посуди, — заговорил он мягко, доброжелательно. — У Михаила впереди неизвестно что, а у Олега — блестящая перспектива. Не забудь — он кончает Высшую дипломатическую школу. Привилегированная кормушка, оттуда — прямой путь наверх! — Длинная тирада утомила Григорьева, он умолк: что скажет дочь?

— Насчет Олега, по-моему, давно уже все ясно, папа. Ты много раз расписывал выгоды, что меня ожидают. И разве я сама себе враг? — как всегда, дала ему отпор Света. — Но не люблю я его, хоть убей! Разве смогу быть с ним счастлива? — Перевела дыхание и продолжала: — С Мишей у нас все хорошо. Мы любим друг друга и мечтаем о дне, когда наконец будем вместе. Но знаем — не готовы еще к семейной жизни. В этом ты прав. — Светлана серьезно, по-взрослому смотрела на отца; смущенно призналась: — Мы с ним давно договорились — потерпим до окончания учебы. Ему совсем немножко осталось до получения диплома, и у меня в этом году выпуск в консерватории. Сразу поженимся!

Григорьев слушал внимательно, пытливо глядел ей в глаза, будто старался уловить несказанное.

— Знаю, ты девушка умная, порядочная, верю — не поступишь безрассудно. Но задумывалась ли ты, какая жизнь вас с ним ждет? Действительность сурова, а я невечен.

Света встала — окончить бы поскорее этот неприятный разговор, только настроение испортишь.

— Папочка, не стоит паниковать заранее. Волков бояться — в лес не ходить. В Мишу я верю. Он волевой, целеустремленный, надежный — не подведет! Сказал, что поступит в юридический, — заканчивает. Сказал, что будет следователем, — уже работает. Правда, есть одна угроза. — Лицо ее погрустнело. — В армию могут забрать. Он внештатно работает, в военной прокуратуре, а там реально светит Афганистан. И зачем вы затеяли эту ужасную войну?..

— Ну ладно, не твоего ума такие дела! — опять оборвал ее Иван Кузьмич, тоже вставая. Ему самому хотелось поскорее избавиться от этого разговора, тем более что не разделял он оптимизма тех, кто учинил афганскую бойню. — Пора мне, дочка, на работу. — И с важным видом он вышел из дому к ожидавшей его машине.

— Ну вот, а ты боялась, — успокоила Капитолина Львовна приятельницу: они с Верой Петровной вышли из поликлиники и направились к стоянке такси.

Для Капитолины Львовны годы не прошли бесследно: располнела, постарела — на вид уже бабушка, да и не только на вид. Но по характеру осталась такой же — энергичной, доброжелательной; не пожалела вот времени, чтобы сопровождать Веру Петровну к врачу и морально ее поддержать.

— Видишь, с гинекологией у тебя все в порядке. Необходим только небольшой курс лечения. А что, у тебя с мужем серьезный разлад? — не сдержала она удивления: ей всегда казалось, что Григорьевы — идеальная пара, — были, значит, «невидимые миру слезы»?

— Не совсем так... Раньше все шло хорошо. Но постепенно Иван Кузьмич слишком... — Вера Петровна замялась — хотела сказать «зазнался», но сочла неэтичным, — уж очень высоко начал ценить свою персону, думать только о своих удобствах... А в последнее время стал... просто невыносим. — И печально взглянула на приятельницу, подводя итог своим признаниям.

Она торопилась на утренний прием — очень плохо себя чувствовала, всерьез опасалась за свое здоровье, — и потому не вызвала дежурную машину Григорьева. Глубоко на него обиженная за невнимание и холодность, не пожелала пользоваться его привилегией; решила: «Отлично доберусь на такси»; позвонила Капитолине Львовне, договорилась, что утром заедет за ней по дороге в Кремлевку.

Теперь, после приема у врача, тоже намеревалась взять такси и доставить верную подругу домой, к внукам. На стоянке, однако, ни одной машины не оказалось. Долго мерзли на пронизывающем ветру; наконец перед ними затормозила бежевая «Волга» с шашечками.

— Куда вам, дамы? Могу захватить, если по дороге, — смилостивился таксист.

Рядом с ним, на переднем сиденье, — пассажир, высокий мужчина солидного вида, с рыжеватой бородкой.

Вера Петровна собиралась уже отказаться — боялась таких ситуаций. Но Капитолине Львовне нужно поскорее вернуться домой, а этот пассажир профессорского вида не вызывает никаких опасений... Капитолина Львовна, движимая теми же соображениями, назвала свой адрес, он оказался по дороге, и водитель услужливо открыл заднюю дверцу.

Удобно устроившись на мягком сиденье и придя в хорошее настроение от тепла кабины и обнадеживающих результатов визита к врачу, Вера Петровна с возрастающим интересом изучала затылок сидящего впереди. С самого начала ей почудилось в нем что-то очень знакомое... О Боже, да ведь такой рыжевато-золотистый кудрявый затылок может быть только... И вздрогнула от внезапно осенившей ее догадки.

— Извините меня, ради Бога! Ваша фамилия не Розанов? — запинаясь, трепеща от волнения, Вера Петровна слегка тронула пассажира за плечо.

При первом же звуке ее голоса тот резко обернулся и уставился на нее широко раскрытыми от изумления глазами.

— Не может быть!.. Вера?.. — не в силах осознать реальность этой чудесной встречи, прошептал пораженный Степан Алексеевич.

Он не обратил особого внимания на попутчиц, но этот проникающий в самое сердце грудной голос... Сколько лет постоянным упреком звучит он у него в душе...

Глядя на изменившуюся с годами Веру, на это милое, привлекательное еще лицо, пытался узнать в ней ту трепещущую, непосредственную девушку — свою первую настоящую любовь, что до сих пор лелеет в сердце. После долгого молчания, видя, что уже подъезжает к месту назначения, Степан Алексеевич предупредил водителя:

— Еду дальше. Провожу знакомую — много лет не видел. Потом вернемся. — И умолк, погрузившись в воспоминания.

Непредвиденная, потрясающая встреча с Розановым посреди огромного города всколыхнула в душе Веры Петровны совсем, казалось, перегоревшие чувства. С удивлением и сердечной болью осознала она, что этот сидящий перед ней человек не стал для нее чужим, несмотря на пролетевшие годы.

Осторожно наводя о нем справки у Нади, она всегда опасалась вызвать подозрения, — не хватало еще, чтобы все открылось. Хорошо хоть, что Лидия по каким-то своим соображениям скрывает правду от бывшего мужа, — Вера сама старательно поддерживала это неведение.

Из того, что удалось узнать о Степане от Нади, Вера Петровна вынесла одно: профессор Розанов живет в свое удовольствие, занимается любимой наукой, о ней, Вере, забыл и думать. Сама она радио не слушала; по телевидению ни разу его не видела; политикой не интересовалась — лишь иногда смотрела любимые издавна фильмы; все свободное время отдавала чтению. И вот теперь вновь и вновь восстанавливала в памяти ту поездку...

Капитолину Львовну уже высадили; из деликатности она не задала ни одного вопроса — потом все выяснит, по телефону. Заинтригованная, провидя женским чутьем истину, всю дорогу с любопытством поглядывала исподтишка на Розанова — интересный какой мужчина...

Только когда такси приближалось к Никитским воротам, Степан Алексеевич, зная от Нади, где Вера живет, обернувшись, тихо предложил:

— Мне хотелось бы сказать тебе несколько слов, Вера. Давай отпустим такси, и я провожу тебя до дома. По дороге и поговорим.

Видя, что она колеблется, попросил:

— Пожалуйста, Вера! Надеюсь, твоя безупречная репутация от этого не пострадает?

Он остановил такси, щедро рассчитался с водителем, дав ему «отступного». Все еще не говоря ни слова, они пошли по направлению к ее дому. Вера Петровна шла ног под собой не чуя, осознавая, что поступает она, конечно, неправильно. Не должны ее видеть рядом с этим красивым, похожим на киногероя мужчиной. Но ей так хорошо рядом с ним — ничего она не может поделать...

— Вот что хотел я тебе сказать, Вера, что бы ты об этом ни подумала. Никогда тебя не забывал. А в тот роковой день... погорячился; но всей душой, всю жизнь о том жалел. — И, тяжело вздохнув, добавил: — Все поправил бы, но узнал, что ты счастлива и ждешь ребенка. Вот и все!

Он мучительно вздохнул, как бы сбрасывая с души тяжелый камень.

— Все эти годы мне не давала покоя мысль, что ты думаешь обо мне хуже, чем есть на самом деле. Ведь ты была и останешься лучшим, что мне дала жизнь! Знаю — ты счастлива с другим. Видно, таков уж мой жребий. Но я... очень рад тебя снова встретить... и всегда буду тебе рад. — Не ожидая и не желая слушать ее ответа, повернулся и зашагал прочь.

Иван Кузьмич прибыл в закрытое охотничье хозяйство со своими зарубежными друзьями в пятницу, еще в первой половине дня. Видных представителей братских компартий вызвали в Москву на конфиденциальное совещание; цель — противодействовать очередной американской экспансии в «холодной войне».

Как всегда, конкретные вопросы свелись к оказанию финансовой помощи. Разумеется, гости с энтузиазмом откликнулись, когда Григорьев, от которого зависело, будут ли удовлетворены их запросы, пригласил всех принять участие в традиционной русской охоте. В неслужебной обстановке, за дружеским столом надеялись они, можно добиться большего, чем действуя официально.

— Ну и чудо эта ваша русская баня! — Кубинец Анхель зябко кутался в белоснежную простыню. По-русски он говорил хорошо, но с характерным испанским акцентом. —

Чувствуешь себя так легко, словно сбросил лет десять, не меньше!

Расслабленные, в охотку попарившись и похлестав друг друга душистыми березовыми вениками, все сидели в чем мать родила, завернувшись в простыни, в уютном, жарко натопленном предбаннике. Обшитый тесом под старину, декорированный коваными деталями и лубочной росписью, зальчик располагал к откровенной беседе. Братья-коммунисты дружно выпивали, с аппетитом отдавая честь щедрому, вкуснейшему угощению. Перебрасывались шуточками, рассказывали анекдоты, но не забывали о насущных делах, группируясь вокруг Григорьева, заискивая, стараясь угодить.

Около гостей сновали вышколенные официанты, пополняя запас спиртного и всевозможной снеди. Доставало и женского персонала, подготовленного, чтобы исполнить любое пожелание гостей.

В прекрасном состоянии духа, окруженный почтительным вниманием, Григорьев чувствовал себя помолодевшим и бодрым. Он господин положения, от него зависит — казнить или миловать. Кровь его заиграла, он ощутил прилив сил, захотелось острых ощущений...

Елена Александровна, крупная блондинка в безукоризненном медицинском халате, соблазнительно обтягивающем ее пышные формы, приблизилась к нему — проверить пульс.

— Спасибо, Аленушка! — приветливо улыбнулся ей Иван Кузьмич как старой знакомой. — Что, соскучилась?

— Всегда вам рада, — угодливо откликнулась она, откровенно косясь смеющимися глазами на простыню, вздыбившуюся у него выше колен. — Может, массаж сделаем?

— Хорошая мысль! — шутливо, но с достоинством поддержал Григорьев. — К вашим услугам!

Не торопясь, выпил стопку коньяку, закусил добрым куском отварной белуги и, провожаемый понимающими, веселыми взглядами, вперевалку направился в медицинский кабинет, небрежно поддерживая рукой спадающую простыню. Там он лег на спину и, скомкав простыню, не стесняясь сбросил на пол.

— Ну давай, Аленушка! — проговорил нетерпеливо. — Ты ведь знаешь, у моей благоверной то голова болит, то там, где надо...

Елена Александровна делала массаж с французским искусством, сама загораясь неистовым желанием. Убедившись, что он готов и постанывает от нетерпения, глядя как завороженная на внушительный предмет своих вожделений, она с удивительной для своей комплекции легкостью забралась на него сверху. Приподнялась — и стала медленно опускаться, кряхтя от удовольствия. Накрыв Ивана Кузьмича пышной грудью, горячо дыша, покрыла его лицо мелкими поцелуями...

Когда Григорьев вернулся к зарубежным друзьям, он не испытывал ни малейшего угрызения совести, что изменяет жене.

«Что же я, поститься должен, если у нее там все болит? Пусть лечится, если не хочет, чтобы я вожжался с другими бабами. Вон как они меня любят! — самодовольно рассуждал он. — Вот Алена — классно знает свое дело! И трудиться не надо».

После его возвращения дружеский пир разгорелся с новой силой, хотя отдельные члены компании периодически отлучались — для прохождения процедур.

Разговор в основном вертелся вокруг предстоящей охоты, но наиболее настойчивые просители продолжали осаждать Григорьева, стараясь выбить для своих партий побольше финансовых средств. «Вот попрошайки ненасытные!» — презрительно думал Иван Кузьмич, с приветливой улыбкой выслушивая просьбы. — Сколько ни дашь — все улетучивается как в прорву. Воруют, что ли? Но придется давать, ведь за этим только и приехали. Наплевать им на мировую революцию!»

Заядлых охотников между ними почти не было — наоборот, большинство любили животных и не понимали тех, кто питал страсть к этой узаконенной форме убийства. Поляк Вацек держал дома очаровательного малого пуделя, любимца всей семьи, и отрицательно относился к охоте.

— Неужели вам не жалко убивать беззащитных животных? Что за удовольствие? — поинтересовался он за столом.

— А чего их жалеть, — ответил как организатор Иван Кузьмич, — все равно отстреляют. Не мы, так другие охотники — в сезон. Охота — царское развлечение, всем известно.

Но мысли его вились далеко от охоты — он с сожалением думал об испорченных отношениях с женой. «Неужто конец пришел нашей долгой, спокойной семейной жизни? И в чем причина? — пытался он разобраться, проанализировать ситуацию и найти выход. — Вера стала совсем не такая, как раньше. Внешне незаметно — все та же «ягодка», но ведет себя со мной намного хуже. Прежде не была такой неласковой, раздражительной...»

Он пытался взвалить вину на нее, но по зрелом размышлении почувствовал, что не прав. У нее добрый, отзывчивый характер, и, если сердится, значит, есть тому серьезная причина. Себя он считал непогрешимым. «Это все родственнички! — раздраженно заключил он, обиженно поджав губы. — Варвара плохо влияет! Вера и раньше на меня из-за нее дулась, а стоило ей переехать в Москву — все перекосилось. Всегда я знал, что Верино внимание и забота будут делиться между Светой и младшей сестрой, а мне ничего не достанется. Как в воду смотрел! Нет, родственники — это стихийное бедствие».

На следующей неделе Иван Кузьмич, выдержав два дня «холодной войны» в семье, решил сделать попытку примирения. Вернувшись с охоты вполне удовлетворенный и в хорошем настроении, он не форсировал объяснения с женой — выжидал, надеялся: сама не выдержит, и все у них потечет как бывало.

Но разочарование и обида, овладевшие Верой Петровной, вкупе с продолжающимся недомоганием охладили ее чувства к мужу, а неискренности, фальши не принимала ее честная душа. Она с ним почти не разговаривала, отделывалась короткими репликами.

Зная, как раньше Вера любила совместные обеды, он позвонил домой, сообщил — сможет приехать пораньше, составить им со Светой компанию. И не ошибся: ее, видно, тоже тяготит их размолвка — откликнулась приветливо.

— Вот и хорошо. Только приезжай к трем — Света полпятого должна быть в консерватории.

По дороге домой Григорьев обдумывал, с чего бы начать общий разговор, чтобы создать благоприятную атмосферу семейного согласия. Зная, что жена, когда сердится, встречать его не выходит, Иван Кузьмич своим ключом открыл дверь, сбросил дубленку и, наскоро умывшись, вошел в столовую с самой широкой, лучезарной улыбкой, на какую был способен: знал, что она до сих пор его красит.

Вера Петровна и Света ждали его за накрытым столом, спокойно о чем-то беседуя; увидев его, сразу замолкли.

— Папочка! Как хорошо, что ты приехал! — радостно улыбнулась ему дочь. — Мы с тобой последнее время очень редко видимся. Я уж решила, что тебе совсем не до нас — весь в государственных делах! — И сделала забавную гримасу передразнив: надула щеки, высокомерно поджала губы.

— А вот ты и не права! — весело возразил Иван Кузьмич, усаживаясь за стол. — Надоели мне эти дела хуже горькой редьки! Никогда их не переделаешь. Так вдруг захотелось побыть с вами, поговорить о семейных делах, узнать, что у вас на уме да на сердце. А то и не заметим, как отдалимся друг от друга. — И со значением посмотрел на молча внимавшую ему супругу.

Вера Петровна, хорошо изучив мужа за долгие годы совместной жизни, поняла, что он ищет пути к примирению, и ей это было приятно. «Может, что-то до него дошло? — думала с надеждой. — Может, изменится? Ведь он умный и меня любит. Просто зазнался и распустился».

— Ну давайте обедать! — Она бросила на мужа потеплевший взгляд. — А то Света на занятия опоздает.

Она встала, принесла из кухни супницу под крышкой с горячим супом и стала разливать его по тарелкам.

— А почему я Мишу последнее время у тебя не встречаю? — как бы между прочим осведомился Иван Кузьмич перед десертом. — Вы часом не поссорились?

— Напрасно надеешься, у нас с ним все о'кей, — весело откликнулась Света. — Просто ты всегда слишком поздно возвращаешься домой. Миша сейчас в отъезде — помогает что-то расследовать.

— Зря ты на меня нападаешь. Я же говорил — ничего против него не имею, даже против его татарской фамилии. — И добродушно посмотрел на дочь. — Кстати, почему у него такая странная фамилия — Юсупов? Он разве татарин? Вроде не похож... блондин.

— Никакой он не татарин; разве в седьмом колене! — запальчиво возразила Света. — Маме рассказывала, а тебя я практически не вижу.

— Ну и что ты рассказывала о нем маме? Мне тоже интересно знать, — миролюбиво попросил он. — Поверь, я не виноват, что поздно прихожу домой.

— А у него отец — древнейшего русского рода Юсуповых, — кажется, отдаленно татарского происхождения. Зато мать — чистокровная русская, из столбовых дворян Стрешневых, — не без удовольствия доложила отцу Света. — Я их родословную видела. Так что жених твоей дочери — потомственный аристократ, чем очень гордится.

Григорьев не без любопытства взглянул на дочь — неприятно удивленный, он ничем этого не выдал. «Парень-то не пролетарского происхождения. Хотя это сейчас и не так важно, как раньше. Но дочка какова? Гордится, что ее жених голубых кровей; не чурается класса эксплуататоров. И чему их в комсомоле учат?» Но вслух так же добродушно произнес:

— Хорошо все-таки, что не татарин. Он что, из тех Юсуповых, чей князек Распутина утопил? Хорошее дело для России сделал. Значит, Миша вправе претендовать на их поместье Архангельское? — И рассмеялся своей шутке, глядя на дочь веселыми глазами.

Вере Петровне и Свете тоже понравился его юмор.

— Хорошо бы хоть дворец оттягать — там такой музей роскошный! Да жаль, ничего не получится! Не вернет добро победивший пролетариат, — смеясь, поддержала Света.

Григорьев наконец почувствовал, что семейная атмосфера потеплела.

— А как же ваши с Николаем Егоровичем матримониальные планы? — впервые улыбнувшись, спросила мужа Вера Петровна. — Ты от них отступился? На тебя не похоже.

— Вот как ты меня знаешь, Вера! Тебя не проведешь! — лукаво улыбаясь, признался Иван Кузьмич. — Конечно, не отступился — мы с ним обязательно породнимся. — Видя, что жена и дочь непонимающе уставились на него, засмеялся и пояснил: — Просто я внес в свой план корректировки. Мы выдадим за Олега другую нашу дочь — Надежду. Ведь мы приняли ее в нашу семью? Она почти так же хороша, как Света. Так пусть Олег и получит в жены ее сестру! — И Григорьев пристально, как-то остро посмотрел в испуганные глаза Веры Петровны.

Неужели узнал правду? Ох, неспроста это сказано! Она обомлела от мелькнувшей догадки, смущенно отвела глаза, не выдержав его испытующего взгляда, инстинктивно чувствуя подвох.

Покончили с десертом; Света ушла на занятия в консерваторию. Иван Кузьмич взял жену за руку и ласково предложил:

— Пойдем, Веруся, на диванчик — посидим рядком, поговорим ладком. Ведь есть о чем?

Вера Петровна молча последовала за ним в гостиную; супруги удобно устроились на диване, подложив под спину мягкие подушки. Вкусный обед, согласие, что во время него установилось, располагали к задушевному разговору.

— Знаешь, Веруся, я вида не показывал, но в душе переживал, что ты от меня как-то отдалилась, — беззастенчиво соврал Григорьев, стремясь поскорее добиться примирения. — Если чем тебя обидел — не лучше ли прямо сказать? Ты же не любишь кривить душой.

— Дело не в обиде, Ваня. Просто последнее время вижу вместо тебя другого человека. Не того, кто любил меня, а такого, для которого важны только собственные интересы. — Вера Петровна проговорила это залпом, словно боялась, что муж ее перебьет, и умолкла, глядя на него с печалью и укором; все же облегчила душу — тяжело столько времени носить это в себе.

Горькая ее критика больно кольнула самолюбие Григорьева, но, верный себе, он сдержался и с деланным недоумением развел руками.

— Ну знаешь, Веруся, я не согласен! Все, что я делаю, — все для тебя, для Светы, для нашей семьи. Чем же я тебя так обидел?

— Ничего ты, стало быть, не понял, Ваня! — понурившись, тихо прошептала Вера Петровна, но собралась с духом, прямо посмотрела ему в глаза — последняя попытка донести до него простую, как ей казалось, истину. — Что ты сейчас сказал — только красивые слова. Ты считаешься лишь с собой, со своими удобствами. До других тебе дела нет. — Надо удержать подступающие слезы. — Почему я болею? А потому, что... и в постели ты все делаешь... как тебе хорошо... А обо мне и не думаешь! И еще: что ты сделал доброго для близких нам людей? Мы не раз с тобой об этом говорили... Я своего мнения не изменила.

«Ну вот, начинается! — разозлился Григорьев, ожидая конца этой паузы и отлично понимая, о чем пойдет речь. — Сколько можно говорить об одном и том же?» Но опять сдержался и с показным смирением приготовился слушать жену.

— Я тебя стала... бояться. Мне трудно делиться с тобой заботами, сомнениями. Мы перестали понимать друг друга, словно чужие! — Не выдержав напряжения, Вера Петровна расплакалась, захлебываясь слезами, — горько сознавать крах своего семейного счастья.

Но Григорьева не растрогали ее слезы. «Эх, никогда Вера умом не блистала, а к старости так просто сдурела. Такую жизнь ей создал, а она, неблагодарная, не ценит!» — мысленно возмущался он, но вслух мягко, как раньше, предложил:

— Слушай, Веруся, будет слезы лить. Лучше скажи конкретно — что сделать, чтоб ты стала мною довольна?

От такого прямого вопроса Вера Петровна растерялась. В душе она чувствовала: не понял он, не осознал суть ее обиды. Но не мешает убедиться, что муж готов считаться с ее мнением. И она так же прямо высказала свое горячее желание помочь сестре:

— Вот ты сейчас сказал, Ваня, что все для меня сделаешь, — конечно, в разумных пределах. — И с надеждой посмотрела ему в глаза. — А я хожу и переживаю, боюсь к тебе обратиться: знаю — откажешь.

— Да говори же, не мучай! — не выдержал Григорьев, закипая злостью — догадался, о ком пойдет речь.

— Помоги Славе и Варе получить квартиру. Чтобы у них и их детей были нормальные условия, как у нас с тобой. Если не государственную, то хотя бы кооперативную.

— Вон чего захотели! Такую квартиру, как у нас! — уже не скрывая злой иронии, процедил сквозь зубы Иван Кузьмич. — А кто они такие? Лимитчики! Пусть поработают, заслужат. — Вновь став самим собой, почувствовал облегчение. — Ну никак не могу вдолбить в твою тупую голову! — уже не сдерживаясь, крикнул он в запальчивости. — Для нас — все сделаю! Для всяких там родственничков — и думать не стану! Не хочешь ты, видно, со мной больше ладить. Ну что ж, пускай! — Резко поднялся и ушел в кабинет, ругая себя за несдержанность, но абсолютно убежденный в своей правоте.

Трещина в их отношениях грозила перерасти в пропасть.

Глава 15. «ЗОЛОТАЯ МОЛОДЕЖЬ»

В доме Григорьевых готовилось большое празднество: Светлане исполнялось двадцать лет — знаменательная, круглая дата!

Несмотря на размолвку с мужем, а может быть, именно из-за нее Вера Петровна целиком посвятила себя хозяйственным заботам. Надо переделать массу дел, предусмотреть каждую мелочь, чтобы семейный праздник прошел безупречно, запомнился Светочке на всю жизнь.

Иван Кузьмич помогал ей обеспечить празднование дня рождения дочери всем необходимым: никто пусть не заметит трещины, образовавшейся в отношениях с женой. Званый вечер решили провести в городской квартире: она достаточно большая, чтобы разместить гостей, и дома куда уютнее и комфортнее, чем в ресторане.

Накануне, сговорившись с Надей, Светлана с утра поехала в парикмахерскую на улице Горького. Девушкам хотелось сделать необычайно эффектные прически — под стать празднику.

Встретились в метро, на станции «Охотный ряд»; поднялись наверх и пошли пешком: в такой чудесный, солнечный мартовский день как не прогуляться. Звенела капель; шагали, весело болтая, обмениваясь впечатлениями. Все на них смотрели — и засматривались: богата Россия красавицами! Обе высокие, видные; одна — яркая блондинка, утонченная, элегантная; другая — синеглазая шатенка, по-спортивному подтянутая, длинноногая. Каждая по-своему неповторимо хороша. Мужчины неизменно провожали их восхищенными взглядами.

— Завидую тебе, Светка, белой завистью! — Надежда замедлила шаг у витрины магазина «Подарки» — что-то ей там понравилось. — Твой Миша — такой уверенный в себе, спокойный, положительный. Он-то своего добьется! — И, вздохнув, поделилась своей заботой: — А вот мой Костик меня все больше разочаровывает.

— Это почему же? Говорила ведь — любит и тебе, кроме него, никто не нужен, — удивилась Светлана.

Она лишь раз видела Костю, и то издали, на соревнованиях. Он сам не хотел знакомиться — чуждался их компании.

— Знаю я эту «золотую молодежь» — папочкины детки. Не желаю с ними иметь ничего общего! — каждый раз говорил он Наде, отвергая все попытки включить его в число друзей Светланы. — Ты хороводься с ними, раз уж так любишь подругу, но меня уволь! Хотя и тебе они не компания, не нашего поля ягоды.

Но главная причина заключалась, конечно, в том, что Костя ревновал Надю к Олегу и не желал с ним общаться. Как ни убеждала она его, что равнодушна к другу Светланы, как ни доказывала ему свою любовь — он инстинктивно чувствовал со стороны Олега угрозу их счастью.

— Любит меня Костя, старается чего-то достичь, да не выходит ничего! — пожаловалась Надя. — Вот в Инфизкульт не сумел поступить, Я прошла, а он — нет. Мастера спорта получил, а в сборную не взяли — нога подвела, так и не вылечил до конца. Что ему светит? Без диплома и тренером хорошо не устроится. — Печально взглянула на подругу, как бы ища ее поддержки, и заключила: — Просто не знаю, что и делать. Ссоримся мы с ним все время... А ведь я его люблю!

Светлана взяла ее за руку, тепло пожала, сочувствуя всей душой.

— Успокойся, Наденька! Главное, не горячись. Костя — волевой, сама говорила. Найдет себе подходящее дело. А ты приободри, поддержи в трудную минуту жизни, — посоветовала она то, что подсказывала ее добрая, чуткая душа. Немного помолчала, поинтересовалась: — Так вы, пока у него все не определится, не поженитесь?

— Какое там — пожениться! — раздраженно ответила Надя. — Мать такой концерт устроит! Она, между прочим, это все предвидела, у нее чутье на несчастье. Теперь торжествует... — Вздохнула и призналась: — Да я бы ее не послушала. Ни на кого бы не посмотрела, кроме моего Костика! Но сама вижу, какая нас с ним жизнь ждет. Не о том я мечтала...

Но долго унывать — не в характере Надежды. Она тряхнула коротко стриженной головкой, будто сбрасывала тяжкий груз сомнений.

— Расскажи лучше ты, Светик, как у вас с Мишей. Позаимствую полезной опыт — пролей бальзам на душу! Когда подадите добрый пример и поженитесь?

— Ну, до этого еще далеко, — рассудительно ответила Светлана. — Что касается меня, я хоть завтра готова! Так мне хочется, не скрою, поскорее быть с ним вместе. Но Миша считает, что сначала должен крепко стать на ноги, получить хорошую работу. От родителей зависеть категорически не желает, гордость обнищавшего аристократа! — заключила она весело.

— Слушай, Светик, — Надя невольно понизила голос до шепота, — неужели вы с ним ни разу не были вместе? Ну признайся? Нам же по двадцать лет, мы взрослые люди! Неужели?..

— О таких вещах говорить неприлично, даже с лучшей подругой, — спокойно, серьезно отвергла ее любопытство Светлана. — Скажу одно: когда любишь и уважаешь друг друга по-настоящему — можно терпеть очень долго. Проверено! Хоть порой и очень тяжело! — честно призналась она, вздохнув.

Так, задушевно беседуя, достигли парикмахерской и пошли занимать очередь к мастерам.

— Привет, Михайло! Пришел за советом! — заявил Марик другу, едва тот открыл дверь на его настойчивый звонок. — Прости, старик, что без предупреждения, но знаю — дамочек ты дома не принимаешь.

Миша молча, не выражая ни радости, ни досады, проводил его в свою комнату и, указав рукой на стул, приготовился выслушать.

Они с матерью занимали комнату в небольшой квартире с еще одними соседями — бывшей дворницкой старого московского дома. Комната имела два окна, и для Миши был отгорожен свой угол. Обстановка носила следы былой роскоши: комод и горка красного дерева, секретер с потайными ящиками, столик черного дерева, бронзовые скульптуры на красивых резных подставках — все предметы антиквариата, заслуживавшие внимания коллекционеров. Комната была чисто прибрана; Мишина мама отсутствовала.

— Что смотришь на меня такими удивленными глазами? — между тем продолжал Марик. — Разве ты не собираешься к Свете на день рождения?

— Собираюсь, но не вижу связи, — коротко ответил Михаил. — Так что тебе нужно?

— Понимаешь, полдня толкался по магазинам, но ничего подходящего так и не выбрал. Вот зашел по дороге домой. А ты что даришь? Уже решил?

— Конечно, и давно. — Миша смотрел на него насмешливо. — Я слишком уважаю Свету, чтобы тянуть с таким важным делом до последнего дня.

— Так что же? Не томи! — взмолился Марик. — Хотел купить духи, но в последний момент одумался — слабо для такой круглой даты!

— Я дарю старинное издание Собрания сочинений Лермонтова: огромный фолиант, а иллюстрации лучших русских художников. Букинистическая редкость! — с гордостью объявил Михаил, очень довольный, что в состоянии сделать такой подарок. — Надеюсь, память на всю жизнь.

— Вот это да! — восхитился Марик — Ну а мне что посоветуешь?

— Я бы на твоем месте, — немного подумав, серьезно порекомендовал Миша, — преподнес что-нибудь ваше, профессиональное. Всякими там духами, побрякушками ее не удивишь — этого добра у нее полно. — Михаил прикрыл глаза, как бы размышляя над трудной задачей, и после недолгой паузы предложил: — Ну вот хотя бы такой вариант. Света готовится стать певицей, так? Значит, ее интересует все, что касается истории музыки, вокала. Почему бы тебе не поднести дорогое издание о великих певцах, например? С деньгами, похоже, у тебя проблем нет.

— Ну, Мишка, и голова у тебя — прямо Совет Министров! — Марик пришел в восторг от совета друга. — Немедленно бегу искать! Куплю книжищу еще большего формата, чем твоя! Так... А теперь еще вопрос — на засыпку: когда вы со Светой поженитесь? Уже решили? Ты ведь без пяти минут дипломированный юрист. Дату наметили?

В отличие от Миши, который за прошедшие годы почти не изменился, лишь немного потяжелел, Марка трудно было узнать. За одно лето он вытянулся на десять сантиметров: теперь он выглядел долговязым молодым брюнетом, с напомаженным красивым пробором, в отлично сшитом костюме, скрывающем недостатки слишком худощавой, узкоплечей фигуры. Время оказалось не властно над его неугасимой любовью к Светлане, но он это умело скрывал.

— К сожалению, дружище, здесь возникли непредвиденные трудности. — Миша погрустнел. — Работаю я вольнонаемным в военной прокуратуре. Сейчас нашу группу готовят к отправке в Афган — там непорядок в войсках: спекуляция, наркотики... — Он тяжело вздохнул и как-то обреченно взглянул на друга. — Не хотел Свете об этом говорить, расстраивать, но, видно, придется. Меня вполне реально могут призвать и отправить с группой. Как говорится, труба зовет...

Марк молча слушал, и лицо его выражало печальную солидарность. Но он прямо физически ощутил, как в душе у него шевельнулась подленькая надежда. Все уже знали: Афганистан — место, откуда не все возвращаются домой...

Он распрощался, вновь отправился на поиски и раздобыл прекрасно изданную монографию о миланском театре «Ла Скала» и его знаменитых оперных звездах. Потом, лежа в постели, долго размышлял о своей жизни, о Светлане, о Михаиле...

«Неужели так и не смогу вырвать ее из сердца? — тоскливо думал Марк, пытаясь понять, в чем причина ее колдовской власти над ним, над его судьбой. — Ведь столько вокруг других, ничуть не хуже...» Много раз пытался он освободиться от безнадежного чувства к Светлане, встречаясь с другими женщинами. С тех пор, как в одночасье скончался от инсульта отец и появилась нужда в деньгах, он, не бросая консерватории, по вечерам подрабатывал в джаз-оркестре. Имел там немалый успех у ресторанных красоток, но ни одной из них, даже самой привлекательной и страстной, не удалось оттеснить Светлану.

— Нет, я просто на ней помешался! — заключил он в отчаянии, не в силах справиться с этой безнадежной любовью. — Мне нужна помощь психиатра!

Была в этом, пожалуй, доля правды: и во взрослой Светлане, и в любой другой женщине, которой увлекался, он всегда видел только маленькую златокудрую девочку — ее и полюбил на всю жизнь.

Олег Хлебников пребывал наверху блаженства — ничто не могло испортить его безоблачного настроения. «Хоть бы никогда не кончалась эта полоса везения!» — мысленно радовался он, уверенный, что все именно так и сложится.

Внешне он изменился не в лучшую сторону: заметно полысел, прибавил в весе; грузная его фигура выглядела еще внушительнее, но утратила атлетический вид; старые, добротные костюмы едва на нем сходились.

Но на неудачи в последние годы пожаловаться не мог — почти все сбывалось, о чем мечтал. Всесильный его дядя устроил ему поступление в Высшую дипломатическую школу, а ведь отбор производился особенно тщательно. Сумел он, при своей любви «сачкануть», и довольно успешно ее окончить. Правда, с занятиями спортом пришлось навсегда расстаться.

Наконец-то повезло и в интимной сфере. С Надей и Светланой у него ничего не вышло; зато удалось осуществить заветную мечту и сделать своей постоянной любовницей молодую, неопытную девушку.

Однажды, придя после занятий домой, он обнаружил хлопотавшую на кухне незнакомую молоденькую женщину. Вид совсем юный, в платочке и грошовом ситцевом платьице; на миловидном личике заметны следы перенесенной оспы.

— Где вы откопали эту деревенщину? — спросил Олег за обедом у родителей. — Забавный экземпляр — в городе такие уже перевелись.

— Это наша новая домработница — Лиза. С Орловщины. Приехала ухаживать за больной теткой, выходила и стала ей не нужна. Обратно возвращаться не хочет — голодно там у них, — объяснил отец.

Скоро Лиза примелькалась, и он обращал на эту пигалицу внимания не больше чем на любой предмет домашней обстановки. Но, поймав как-то на себе жаркий взгляд этой обиженной судьбой девушки, понял: да ведь она в него влюблена... «А у нее недурной вкус!» — посмеялся в душе Олег, не принявший это всерьез. Однако в дальнейшем, видя, как Лиза смущается и пылает, когда он останавливает на ней взгляд, поймал себя на ответном чувстве.

В какой-то будний день — родители ушли, а он еще валялся в постели, так как с утра занятий не было, — Лиза зашла к нему в комнату протереть мебель от пыли. Олег уже проснулся и лежал — как всегда, поутру, — обуреваемый острым желанием. Когда она поравнялась с его постелью, он, не говоря ни слова, схватил эту малышку в охапку, повалил на себя и заключил в объятия.

Лиза что-то шептала, трепеща всем телом и слабо отбиваясь, но скоро затихла. Развернувшись и не встречая сопротивления, он попытался ею овладеть — не удалось. «Да она еще девушка... Нетронутая...» — догадался Олег, почувствовав к ней уважение и неожиданный прилив нежности. Он быстро ослабевал, каждый раз получая наслаждение, и вновь принимался за дело со спортивным упорством. Лиза, как кроткая овечка, терпеливо все сносила. Наконец он одержал победу.

С тех пор они вступали в близкие отношения часто, как позволяли обстоятельства. Олег безумно боялся скандала; после первого свидания ходил сам не свой — опасался: вдруг забеременеет... Но, к счастью, обошлось, и он уже не забывал предохраняться. Так благодаря Лизе, своей безответной рябой наложнице, он перестал быть рабом вожделения и мог теперь спокойно заниматься и развлекаться с друзьями.

С окончанием Высшего дипломатического училища у Олега Хлебникова возникла неотложная проблема: необходимо срочно жениться. Молитвами всемогущего Николая Егоровича его решили направить на работу в советское посольство во Франции. Простой смертный в его возрасте и мечтать не мог о такой волшебной карьере. Но холостых за границу не выпускали — таков закон. «Начну со Светланы, — без всякой уверенности решил Олег, отваживаясь сделать новую попытку. — Может, соблазнится Парижем? Что-то давненько не видел ее с Михаилом... Чем черт не шутит!» Он предпочел бы атаковать Надежду — понимал, что здесь его шансы выше, — но боялся проблем с родителями. Нравились ему обе девушки, и он справедливо считал, что любая из них достойна стать супругой дипломата.

В таком радужно-неопределенном настроении он набрал номер Светланиного телефона — она как раз должна прийти домой из консерватории.

— Светик, здравствуй! Ты, конечно, знаешь: одной ногой я здесь, а другой — уже в Париже?

— Да так, кое-что слышала, — весело отозвалась Света. — Когда отправляешься? Хотя тебе еще жениться надо.

Она в курсе этой его непростой проблемы и от души сочувствует; как друг он всегда был добрым, отзывчивым и компанейским.

— У меня к тебе дело, связанное с днем рождения, — соврал он, зная, что иначе разговор не состоится. — Встретимся или я заскочу к тебе на минутку?

— Лучше зайди. Я не смогу выйти из дома — столько дел... Может, по телефону скажешь? Если ты с предложением руки и сердца, то не стоит трудиться! — рассмеялась она, исключая этот вариант: давно уж обо всем договорились.

— Все! Через полчаса буду. Лечу! — обрадовался Олег, подхватывая на ходу дубленку.

Когда он приехал к Григорьевым и они со Светой уединились в ее комнате, он без обиняков заявил, надеясь исключительно на свое красноречие:

— Светочка! Как твой старый и верный друг я прошу у тебя пять минут для зачтения своей декларации. Только прояви терпение и не перебивай! — Он принял покорный вид и с мольбой в голосе пояснил: — Молча и без комментариев выслушай и подумай над тем, что я тебе скажу. И не спеши с ответом. Ты его дашь потом. А можешь ничего не говорить. Я и так пойму!

— Ну ты меня и заинтриговал! Валяй — излагай декларацию, а то мне некогда. — Света сложила руки на коленях и изобразила полную готовность слушать со вниманием.

— Так вот, Светочка! Ты знаешь о моих чувствах к тебе, но не отвечаешь взаимностью. Тебе кажется, что ты любишь Мишу, хотя, может, и сама еще не знаешь, чего хочешь от жизни. Все как в тумане! — Он сделал паузу и приосанился. — А я предлагаю тебе ясное, как стеклышко, будущее — стать женой посла! Чем плохо? А пока, реально, — несколько лет интереснейшей жизни в Париже! Франция, да что я говорю — вся Европа открывает перед тобой двери!

Видя, что она как завороженная его слушает, он с жаром продолжал приводить свои аргументы:

— Ты сомневаешься, получится ли у нас? А почему бы и нет? Идеальной любви не существует. Мы — отличная пара, подходим друг другу. А если окажется, что нет, — так разойдемся, как культурные люди. В чем дело? — Он произнес все это залпом, на одном дыхании.

Света, ошеломленная его натиском, сначала онемела, но, придя в себя, сделала нетерпеливый жест, желая его остановить. Боясь, что сейчас с ее стороны последует обычная отрицательная реакция, Олег быстро добавил:

— Нет-нет! Мы договорились: сейчас — ни слова! Ответишь после дня рождения. Спасибо, что выслушала. Я сам себе открою. — Вскочил на ноги, резко повернулся и вышел, не попрощавшись, как обычно, с Верой Петровной.

«Вряд ли мы с ней договоримся, — размышлял он по дороге домой. — Но попытка не пытка! Не выгорит тут, значит, судьба указывает на Надю». В конечном успехе он был уверен.

После того как Надя познакомила мать с Олегом Хлебниковым, Лидия Сергеевна не могла и не хотела видеть рядом с дочерью никого другого.

Он произвел на нее неотразимое впечатление не своими могучими физическими кондициями — к этому она после Розанова относилась скептически, — а безупречной воспитанностью, интересным внутренним содержанием — в общем, сразил.

«Сошлись характерами», — насмешливо думала о матери и Олеге Надежда, видя, как они приятно беседуют, пока она прихорашивается, собираясь куда-нибудь с ним пойти.

— И какого рожна тебе еще надо?! — наседала на нее мать всякий раз, как Надя отказывалась встретиться с Олегом. — Это же твой счастливый лотерейный билет! Открытый путь в высший свет, сливки нашего общества! Шутка сказать — будущий дипломат! Может быть, даже посол! А ты — супруга посла! Каково? — И Лидия Сергеевна мечтательно поднимала на дочь цыганские глаза.

— Это еще бабушка надвое сказала! — неизменно охлаждала ее пыл Надежда. — Ты вот тоже видела себя женой академика. Ну и что?

267

— Не упусти свой шанс, доченька! — умоляла ее мать. — Поднажми на него, пока не позабыл той ночи и не нашел другую! Очень уж ты далеко его от себя отпускаешь...

— Никуда он от меня не денется! — весело врала Надя, лишь бы успокоить и отделаться от приставаний. — Он-то влюблен, но мне не больно нравится — не мой тип мужчины. Сама меня против таких красавцев настроила! — не упустила она случая поддеть мать. — Я Костю люблю, ты знаешь. Может, еще больше, чем ты своего Васючка.

После этого верного тактического хода Лидия Сергеевна сердито умолкала — дочь наступила на любимую мозоль. Неумеренная страсть и любовь к спиртному оказали свое разрушительное действие: Лидия Сергеевна здорово постарела. Ей исполнилось только сорок, но выглядела она много старше. В волосах полно седины — она, конечно, красила, но корни предательски быстро отрастали. Под дивными, темными, как ночь, глазами набрякли мешки, а некогда овальное лицо стало круглым — припухло. Она располнела, формы ее как-то обвисли.

Единственная страсть и цель в жизни (ей теперь подчинялось все ее существование) — соединиться в законном браке со своим ненаглядным другом Василием Семеновичем Чайкиным. Она была близка к успеху, как никогда раньше. Его грешная жена после длительного сопротивления согласилась дать ему развод. Детей у них не было. Родители ее, которых она не желала огорчать разводом с мужем, умерли. Теперь ей даже хотелось получить свободу. А единственное, чего боялся Чайкин, — это скандала и осложнений по службе, которой дорожил больше всего на свете.

К Лидии Сергеевне он привык, любил ее, и ему уже давно не нужны были другие женщины — ее одной более чем достаточно!

— Так что, мамочка, тебе лучше не вмешиваться. Как говорится, чья бы корова мычала... — закрепляла свой успех Надя. — Я ведь не меньше тебя желаю себе удачи в жизни.

Как Костя ни злился, Надежда не прекращала регулярно встречаться с Олегом: по-прежнему его основная партнерша на танцевальных вечерах, она любила бывать с ним в театрах, на концертах и выставках. Ее устраивало, что он больше не пристает с объяснениями в любви. Она изредка встречалась с Костей, и никто другой ей не нужен. Однако пассивность Олега ее удивляла, даже немного интриговала.

«Наверно, дамочку старше себя завел, с ней и гасит свой пыл, но не может появляться вместе», — догадывалась она, с удивлением отмечая: ей это... неприятно.

«Да я просто собака на сене, — порицала она себя за ревнивое чувство. — Сама не ам и другому не дам».

Отправляясь на очередное свидание с Костей, она начисто забывала о существовании Олега, но после ссоры или в его отсутствие все чаще думала о своем знатном кавалере, особенно когда он долго не звонил. Да и постоянное давление со стороны Лидии Сергеевны сделало свое дело: Надя боялась и не хотела потерять Олега.

Когда ей стало известно, что он получил дипломатический ранг и отправляется во Францию, она не на шутку разволновалась. Знала ведь: Олег всегда мечтал жениться на Свете, до сих пор родные толкают их на этот брак. Но он и ей много раз признавался в любви, жаждал близости. Даже с мамой познакомился... У нее шансов ненамного меньше! «Нет у меня все же настоящего характера, — осуждала она себя. — Слабость проявляю: когда все было нереально, Олег меня не интересовал. А сейчас, когда он может ускользнуть от меня навсегда, аж сердце болит!»

Таким упадочническим настроениям способствовали фактический крах честолюбивых спортивных планов и Кости, и Нади: обоих подвело здоровье.

— Ты подумай-ка получше, доченька! — настойчиво убеждала Лидия Сергеевна, опасаясь, что она упустит Олега. — Ведь тебе уже не светят рекорды. Когда твой успех был близок — зашалило сердечко. Пока подлечили — ушло время! Стара ты теперь для высших достижений. Так что не теряйся, пока на тебя заглядываются. Красота ведь не вечна!

Все эти мысли и чувства особенно одолевали Надежду с тех пор, как она ясно поняла: настал момент принимать решение. Душа ее металась между любовью к Косте и блестящей перспективой стать женой дипломата и уехать в «загранку». Терзаемая сомнениями, Надежда потеряла покой и сон.

Празднование двадцатилетия Светланы проходило на самом высоком уровне. Гости собрались на удивление дружно и вовремя. В холле их приветствовали Вера Петровна и Света, принимали цветы и поздравления. Иван Кузьмич стоял поодаль, тоже принимал поздравления и приглашал пройти в гостиную.

— Поздравляем нашу золотенькую! — по-родственному стиснули Свету в объятиях тетя Варя и ее муж, Вячеслав Андреевич, выражая самые теплые чувства и пожелания.

Еще из родных прибыл поздравить племянницу младший брат отца, Дмитрий Кузьмич, с женой — сумел подгадать командировку в Москву.

Из друзей родителей были приглашены Капитолина Львовна с мужем, родители Олега и Николай Егорович, — но последний прибыть не смог, сказавшись больным.

Светлана пригласила, конечно, своих постоянных друзей и товарищей из консерватории.

— Здоровья, счастья! Больших успехов на сцене! — первой из них поздравила и расцеловала ее Алла Климук, высокая, полная украинка, с уложенными короной на голове косами и ярким румянцем на круглом, веселом лице.

В сверкающем вечернем платье, она пришла со своим другом Ладо, смуглым красавцем грузином. Алла обладала контральто, и они со Светланой составляли прекрасный дуэт, имевший успех на студенческих вечерах и концертах.

Как всегда, в полном великолепии явился Олег: в смокинге он был так импозантен, что мог бы украсить любой светский раут. Надежда, в очаровательном мини, выгодно подчеркивающем ее статную спортивную фигуру и длинные, стройные ноги, привлекла всеобщее внимание.

Светлана улыбалась, рассеянно выслушивала поздравления и комплименты гостей, но сердце ее тревожно билось: нет Михаила...

«Неужели не придет? Что могло с ним случиться?» — тревожно стучало в голове. Без него праздник для нее не в радость... Но вот наконец в дверях появился, пригнув голову, чтобы не задеть за притолоку, Михаил — и глаза ее просияли. Вечернего костюма у него нет, но спортивный пиджак серого букле и темно-синие брюки очень ладно облегали его высокую фигуру.

— Желаю очень много здоровья и счастья! Успехов — больших и ценных, как это издание Лермонтова. — Он обжег ее горячим, нежным взглядом и вручил огромного формата книгу в прекрасном старинном переплете.

Большой букет роз он перед этим преподнес Вере Петровне, поздравив ее и поцеловав руку. Эх, обнять бы Свету, прижать покрепче к себе!.. Но нельзя... И он только ласково стиснул ее руку в сильных ладонях.

Последним поздравил Марик: преподнес букет пышных гвоздик и свой «музыкальный» подарок — почти такой же большой, как у Михаила. Выглядел он весьма элегантно: в модном темно-сером, в черную полоску костюме, бордовом мохеровом свитере и в белоснежной сорочке, длинный и худощавый, в очках и с блестящим косым пробором, он смахивал на безукоризненного английского клерка.

— Марик! Какой же ты стал интересный! — воскликнула приятно удивленная Светлана.

Тот так и просиял от радости — редкий случай, когда она выразила ему свое одобрение.

— Прошу всех к столу! — раздался громкий призыв Веры Петровны.

Гости шумно двинулись в столовую, где было сервировано роскошное угощение.

Пиршество организовали с шиком. У Григорьевых в данное время не было постоянной домработницы — старенькая Агаша лежала в больнице. Для Ивана Кузьмича выделили в помощь жене двух вышколенных официантов; они с профессиональной ловкостью обслуживали гостей — быстро и бесшумно.

Стол, как всегда, ломился от всего лучшего, что могла предложить гастрономия, и гости отдавали должное «Золотому кольцу», марочным винам и изысканным закускам. Звучали тосты, шутки, веселый смех; рассказывались интересные случаи; обсуждались новости культуры и искусства.

Когда все насытились и разговоры выдохлись, решили сделать перерыв. Перешли в просторный кабинет Ивана Кузьмича, где стоял прекрасный «Бехштейн».

— Аллочка, Света! Спойте, девочки, ваш дуэт из «Пиковой дамы»! — дружно попросили любители музыки — их здесь было большинство.

Алла и Светлана не ломаясь охотно согласились: петь они очень любили — ведь в этом вся их профессиональная жизнь. Марик хотел сесть за пианино, но Алла его остановила:

— Спасибо, Марик, нам аккомпанирует Ладошка! Он концертмейстер и уже несколько раз нас со Светой сопровождал.

Вот Ладо взял первые аккорды, и девушки, став вполоборота друг к другу, начали знаменитый дуэт. Они пели так слаженно и красиво, что все затаили дыхание, боясь проронить хоть слово. Высокий голос Светланы прекрасно сочетался с грудным контрально Аллы, образуя сложное, гармоничное звучание.

Когда они закончили, раздались дружные, искренние аплодисменты. Девушки исполнили еще несколько популярных вещей — и вместе, и поодиночке.

Затем общий разговор переключился на литературу: спор разгорелся вокруг книги Дудинцева «Белые одежды». Все считали это произведение интересным, но одни осуждали его запрет, а другие считали его правильным.

Постепенно представители старшего поколения разошлись по домам, а молодежь продолжала веселиться. Взяли с большого стола часть спиртного, кое-какие закуски, закрыли поплотнее дверь кабинета и опробовали мощь нового магнитофона, привезенного Григорьевым из последней поездки в Европу.

Веселье разгорелось с новой силой.

Весь вечер Олег не отходил от Нади, а когда начались танцы, они сразу же задали тон — в азартном шейке. Правда, Ладо и Алла мало в чем им уступали.

— Света мне сказала, что ты к ней снова сватался, — невинным тоном, стараясь казаться безразличной, шепнула Надя своему партнеру, когда шейк сменила плавная мелодия блюза «Сан-Луи».

— Это просто трагедия! — признался Олег слегка заплетающимся языком, крепко прижимая ее к себе и жарко дыша ей в ухо; он много выпил и порядочно захмелел: причина уважительная — Светлана и Миша неразлучны, наглядно демонстрируют, что его предложение отвергнуто. — Предки настояли. Знаешь ведь — давно об этом мечтают, вот я и поддался их уговорам.

— Ну и что же? Думаешь, оставит она Мишу? — осторожно закинула удочку Надя.

Света не открывала ей душу в интимных вопросах и лишь мельком, с иронией сообщила о предложении Олега.

— По-моему, ответ ясен. Вот он, перед нами. — Олег указал глазами на слившихся в танце Светлану и Мишу.

Тесно обнявшись, эти двое упивались близостью друг друга, — кажется, окружающее для них не существует.

— Но меня это не колышет. Мне давно куда больше нравишься ты. — Он еще сильнее прижал Надю к себе и пьяно зашептал ей в ухо: — Ведь сама знаешь... разве не так?..

Крепко обнимая ей молодое, горячее тело, Олег чувствовал острый прилив желания. Ему вновь, как и раньше, страстно хотелось обладать ею. «Все! Со Светой покончено! Нужно заняться Надей, завоевать ее! Родители согласятся. Они видели, что мы с ней все время вместе и как она хороша», — мелькнуло в хмельной голове.

— Наденька! А ну ее, Свету! Пойдем лучше выпьем за нас с тобой! Тоже мне принцесса! — И потянул Надю к письменному столу, где стояли бутылки и закуски.

Надя не любила алкогольных напитков и, как истинная спортсменка, ограничивала себя, бывая в компаниях. Но сегодня обычная сдержанность ей изменила. Душевное смятение, вызванное интригой с Олегом, ощущением утраты первой любви, сделало свое дело. Она позволила себе забыться, напиться чуть не до потери сознания...

В этом своем желании Надежда не осталась одинока — у нее был соратник в лице Марика.

Весь вечер он, всегда такой умеренный в этом, необычно много пил — оплакивал в душе свою неразделенную, безнадежную любовь. Нелегко ему наблюдать откровенное поведение Светланы и Миши — они и не думают ни от кого скрывать, что минуты не могут пробыть друг без друга... Растянувшись в мягком кресле, Марик мрачно взирал на Свету и ее милого друга: те, обнявшись, уютно устроились на широком кожаном диване и, отдыхая, о чем-то нежно ворковали.

В комнате царит полумрак; обстановка самая интимная. На другом конце дивана, тихонько посмеиваясь, целовались Алла и ее Ладошка. Из углов кабинета доносились шепот и возня влюбленных парочек...

Марик глоток за глотком пил шотландское виски прямо из бутылки, заедая конфетами из коробки у себя на коленях. Все усилия Эллочки, хорошенькой блондинки, подающей надежды меццо-сопрано, расшевелить его оказались тщетны. Иногда он выходил с ней танцевать, но вел себя индифферентно. Эллочка переключилась на своего товарища, молодого скрипача, — этот Марик безнадежен...

После нескольких рюмок неразбавленного джина Надя почувствовала сильное опьянение. Душевная боль отступила; она повеселела и ощутила прилив нежности к своему ласковому, внимательному партнеру.

Олег к тому времени уже, как говорится, лыка не вязал, но смотрел на нее с откровенным вожделением. Оба были возбуждены и, когда зазвучало зажигательное танго «Поцелуй огня», начали танцевать, страстно заключив друг друга в объятия...

В середине танца, видя, как Надежда прижимается к нему, дрожа от возбуждения, и почувствовав сквозь хмель, что желание обладать ею стало нестерпимым, Олег мягко, но настойчиво потянул ее к выходу из кабинета. В холле никого... не говоря ни слова, он увлек ее в ванную и запер дверь.

— Ты с ума сошел! Олежка... не надо! — слабо сопротивлялась Надя, плохо соображая, что он делает и где они находятся. — Я не хочу!..

Ее тело говорило ему обратное.

— Наденька, дорогая, мы же все решили! Будь моей... моей навсегда! — бессвязно бормотал Олег, делая свое дело.

Он усадил ее на край ванны, торопливо раздел и быстро овладел ею, суетясь и постанывая от наслаждения. Надежда, ничего не чувствуя, крепко ухватилась за него, боясь опрокинуться навзничь. Тут он, охнув, ослаб и выпрямился...

— Пора... пора уходить... а то нас застукают... — Он оправил костюм и причесал перед зеркалом растрепавшиеся редеющие волосы. — Наденька... выйдем... поодиночке... — Опьянение не прошло, но в голове у него немного прояснилось, и чувствовал он себя превосходно.

Оставшись одна, не получив никакого удовольствия и чувствуя лишь неудовлетворенность и раздражение, Надежда совершенно протрезвела. Ей стало жаль себя, стыдно за свою слабость, за то, что уступила ему, за измену Косте... Но натура ее не позволяла осуждать саму себя — она во всем винила Костю.

— Сам довел меня до этого, неудачник несчастный! — шептала она в расстройстве, проливая обильные слезы. — Вот и получай теперь!

Наконец она взяла себя в руки, воспользовалась биде, умылась, привела себя в порядок перед зеркалом. Вглядываясь в свое лицо, она убеждалась, что, несмотря на злоключения, очень хороша... Настроение изменилось. «Ну и что?! Ну и ничего страшного!» — убеждала она себя, возвращаясь к компании. — Просто было очень неудобно, он торопился... Он такой добрый, предупредительный... В нормальной обстановке все будет по-другому». Не хотела и боялась сравнивать его с Костей. «Да что на нем, долговязом, свет клином сошелся? Нужно будет — найду другого Костю!» — утешала она свое сердце, сжимавшееся от тоски.

Когда, приняв свой обычный, уверенный вид, Надежда вошла в кабинет, там царила суматоха: случилось чепе — мертвецки напился Марик, до бесчувствия. Сначала, когда его стало тошнить, он засел в туалете, и никто не мог туда попасть. Пришлось его оттуда извлечь и уложить на диван: пусть проспится. Но тошнота не отпускала, и его еще несколько раз под руки водили в туалет и в ванную. Всем стало не до веселья; давала уже себя знать усталость, решили расходиться.

— Не беспокойтесь, я доставлю Марика в целости и сохранности, с удобствами, — заверил всех Михаил и пошел одеваться. Он нежно простился со Светой и, не стесняясь окружающих, крепко прижал к себе и поцеловал.

— Это был лучший вечер в моей жизни, — прошептал он ей на ухо. — Никогда не забуду!

«Правильно сделал, что не сказал о скором отъезде в Афганистан, — думал он по дороге домой, запихнув бесчувственного Марика в такси. — Зачем омрачать настроение в такой знаменательный для нее день?»

Конечно, жаль расставаться, но он смотрел в будущее с молодым оптимизмом и даже приятным ожиданием. Его влекла перспектива повидать дикие горы, экзотику Востока. А работать предстоит в военной прокуратуре — не стрелять на передовой.

Олег вез Надежду домой, развалясь с ней на заднем сиденье такси и окончательно протрезвев. «Вот и хорошо! Вот и ладненько! — благодушно размышлял он, ласково прижимая к себе притихшую девушку. — На худой конец все же выход. Альтернативы-то нет! Досадно, что у нее уже был кто-то, но все девушки нынче таковы. Разве что еще одну рябенькую найду?» С теплым чувством вспомнил о Лизе, но тут же ироническая усмешка тронула его губы: он представил ее в роли супруги дипломата. Анекдот, да и только!

Надежда в это время думала о том, как обрадуется ее мать, если у них с Олегом все получится, и эта мысль ее несколько утешала.

Глава 16. ЗЛОКЛЮЧЕНИЯ НАДИ

На занятия в Институт физкультуры Надежда приехала в ужасном настроении. Она совсем не выспалась — долго не могла уснуть, ее терзали мысли о своей дальнейшей судьбе. К тому же с утра допекла мать: начала со своих обычных расспросов об Олеге, а закончила сногсшибательной новостью. Когда Надя рассказала матери о назначении Олега и его скором отъезде за границу, Лидия Сергеевна словно взбесилась.

— И ты его так отпустишь? Дашь какой-нибудь мерзавке его окрутить и уехать с ним вместо тебя? — завелась она неудержимо и скоро. — Говори, что намерена делать, а то я за него возьмусь! — грозно подступила она к дочери, вытаращив черные глаза, в которых пылал воинственный огонь.

— Да что ты, мама, паникуешь? Я все, что нужно, предпринимаю, — стараясь говорить спокойно, подчеркнула Надежда последнее слово. — Куда уже больше? — И запнулась, живо вспомнив все, что произошло там, в этой ванной...

— Наденька, неужели вы с ним снова?.. — сразу снизила тон Лидия Сергеевна. — Ну и что он обещает?

— Как — что? Жениться, конечно, но довольно туманно обещает. Родителей боится, — мол, против будут. Я его предков видела: симпатичные старички, но меня он с ними не познакомил.

— Это почему же? — встрепенулась мать. — Что за игру затеял? А ведь производит впечатление порядочного парня.

— Они заставили его сделать предложение Свете. Их семьи давно об этом мечтают. Но у Светки есть свой парень, — постаралась успокоить ее Надежда. — Она Олега не любит и за него не пойдет. Так что не расстраивайся.

Глаза у Лидии Сергеевны погасли; она села, понурила голову и, помолчав, печально спросила:

— Это доколе же, доченька, нас будет преследовать судьба? Сколько я натерпелась от Верки, матери ее, а теперь уж ее дочь встает у нас поперек пути! Что же это за несчастье такое?! Неужели тебе дорогу переступит родная сестра?..

— Ты говори, да не заговаривайся! — рассердилась Надя. — Всерьез, что ли, приняла слова Ивана Кузьмича, что я им вторая дочь? Он давно забыл об этом и не вспоминает. Я им до лампочки!

Мать подняла на нее цыганские глаза, и в них вспыхнули насмешливые огоньки.

— Ты не торопись из меня клоуна делать. Знаю, что говорю! Может, это и неразумно с моей стороны, но пришла, видно, пора. — Она глубоко вздохнула, собираясь с духом и объявила:

— Никакая ты им не чужая. У тебя и у Светланы в жилах течет одна кровь, вы сестры. Она тоже дочь твоего отца. — И уронила голову на руки, будто эта правда отняла у нее последние силы.

Надежда так и села, изумленная, не сразу осознав значение того, что сообщила ей мать. Наконец до нее дошло: нет, это не фантазия, не бредни, а реальность! «Так вот почему они со мной так хороводятся, а особенно Вера Петровна. Значит, дело не в том, что я Светку из воды вытащила?! Они действительно все знают? А Света? Не похоже!..» В голове у Нади был полный сумбур.

Поначалу Надежду даже обрадовало, что у нее вдруг появилась сестра, да еще какая — Света. Но затем на душе заскребли кошки. «Это что же получается? Значит, у отца я не одна?.. У Светки есть все, а ей еще и мой отец достался!» — мысленно резюмировала она, терзаемая обидой и ревностью. — Так у меня, выходит... пол-отца? — с горечью сказала она матери. — Почему же тогда он мне о ней ни разу не говорил? Не похоже это на него!

— А он до сих пор ничего не ведает, блаженный! — презрительно процедила сквозь зубы Лидия Сергеевна. — Знает только, что ты спасла жизнь дочери его бывшей любовницы и та тебя за это приголубила, хоть ты и дочь человека, который ее бросил.

— Но как же он до сих пор не узнал, что у него ребенок от Веры Петровны? — поразилась Надя. В душе ее разгорелось страстное желание немедленно выяснить все, что связано с этой вдруг открывшейся тайной.

— Все очень просто, — со злой иронией объяснила ей мать. — Хитрая Верка сразу вышла за Ивана Григорьева, с кем крутила до Розанова. Он и сейчас не знает, что вырастил кукушонка. — Она тяжко вздохнула и, уже серьезно глядя на дочь, открыла ей всю правду: — Отцу твоему я ничего не говорила, чтоб он не делил свою любовь и зарплату между тобой и Светланой. Сама узнала об этом не сразу. — Умолкла на мгновение, злобно блеснув глазами. — Верка не искала встреч и ничего не говорила Розанову по понятным причинам. Григорьев и сейчас ни о чем не догадывается. Хотела я ему открыть глаза, да Верка заткнула мне рот вот этой квартирой, где мы с тобой живем.

Трудно описать бурю чувств, поднявшуюся в душе Нади после признаний матери. «Должна ли я рассказать все отцу? — спрашивала она себя, движимая любовью к нему и желанием его обрадовать. — Как он счастлив будет узнать, что у него еще одна дочь, да еще такая чудесная!»

Но практичный ее ум протестовал: «А что потом для всех нас? Сплошной кошмар! Папа, конечно, заявится к Григорьевым. Светка расстроится, что она не дочь Ивана Кузьмича. Для ее родителей — катастрофа — после стольких-то лет семейной жизни! — Нет, этого делать нельзя! Во всяком случае, не сейчас. Ради всех нас! — решила она наконец после тяжких раздумий. — Папа тоже станет терзаться совестью, злиться, что его отлучили от собственной дочери».

Однако пережитое потрясение оказалось только цветочками — ягодки ждали Надежду впереди. Недаром говорят: «пришла беда — открывай ворота!»

В тот день первой пары лекций не было, и Надя зашла в медсанчасть, получить результаты очередного обследования.

Наверно, она поступила неосмотрительно: когда так во всем обстоят дела, лучше было отложить это до другого раза.

— Конец спортивной карьере! — шептала она, убитая, читая заключение врача. — Если с плаванием все стало ясно к двадцати годам, то хоть по водному поло оставалась надежда. Теперь и здесь тупик! Новое сердце не вставишь...

— Ну как? — спросила Таня Сидоренко — с ней вместе Надя поступила в Инфизкульт, они учились в одной группе, играли в одной команде.

— Списывают, — коротко ответила Надя и, забрав спортивную сумку, решила уйти с занятий: все равно не способна ни о чем думать, кроме своих бед.

— Не горюй! — бросила ей вслед Таня. — Жизнь на этом не кончается!

«Вот уеду за границу — будете знать, как меня жалеть!» — пыталась утешить себя Надя, но ей почему-то стало еще больнее. Ведь столько душевных и физических сил отдано спорту!

К ее удивлению и огорчению, в вестибюле ей встретился Костя. В другое время обрадовалась бы, бросилась ему на шею: ведь за годы ее учебы в институте они были вместе считанное число раз... Но после всех переживаний, после дня рождения Светланы, чувствуя свою вину, она, еще не в силах порвать с Костей, не желала ни говорить с ним, ни встречаться.

— Наденька, я так соскучился по тебе! Мы только вчера прилетели из Сочи, у меня свободный день, вот я и прискакал сразу сюда — сорвать тебя с занятий! — скороговоркой выпалил он, радостно бросившись ей навстречу. — Как перспектива?

— Очень жаль, — непривычно холодно ответила Надя и увидела, что глаза у него сразу погасли. — Я сегодня плохо себя чувствую — голова просто разламывается. Вот и с занятий из-за этого ушла. — Посмотрела в его потемневшее от огорчения лицо и немного смягчилась: — В другой раз встретимся и поговорим, я сегодня не в форме. Забраковали меня по сердцу! — Не в силах выдержать муку, терзавшую ее, она заплакала, уткнувшись носом ему в плечо.

— Ну что ж, коли так... Успокойся, Надюша, люди смотрят, — утешал Костя, обнимая ее и оглядываясь по сторонам. — Пойдем-ка отсюда. Я провожу тебя до метро.

Они вышли в прекрасный, солнечный день и молча зашагали по мартовским лужам. Чувствуя себя морально раздавленной и не смея смотреть ему в глаза, Надя решила: она во всем ему признается — он не заслуживает обмана.

— Я изменила тебе, Костя. Ты вправе презирать меня и бросить, — подавленно произнесла она после долгого молчания. — Наверно, я скоро выйду замуж за Олега. — Голос ее прервался. — Все равно нам ничего хорошего не светит. — И скорбно замолчала, только дала волю слезам, которые обильно лились, капая на воротник спортивной куртки.

— Продалась, значит. — Костя мрачно взглянул на нее — давно уже он ждал этого удара, но услышанная горькая правда его не сломила. Отпустил ее руку, развернул к себе, сказал горячо, страстно: — Посмотри мне в глаза! Не смеешь? Понятно. Дрогнула, значит, испугалась трудной жизни. Думаешь, легкая будет очень сладкой? Ну ладно, Бог с тобой! Ошибся я, не такая мне нужна подруга жизни. Но я найду! Кое-чего стою.

Наде нечего ему было сказать. Она только чувствовала, как голова и сердце разрываются от боли. Испытывая такую же, а может, еще большую муку, Костя сквозь зубы процедил:

— Прощай. Между нами все кончено. Это бесповоротно! — Помедлил секунду, круто повернулся и быстро зашагал к метро, опережая прохожих, — бежал от нее без оглядки.

Двигаясь как во сне, Надежда по инерции дошла до метро, но в вестибюле остановилась: ехать домой не хотелось. В то же время она сознавала: ей нужно срочно принять лекарство от головной боли, передохнуть, а то плохо...

— Поеду-ка я к папе! Хоть немного душу отогрею. Вот только дома ли он? — Она нашла желанный выход из горестного положения.

Порывшись в карманах, достала монетку, пошла к кабине телефона-автомата.

— Папочка, ты дома? — обрадовалась она, услышав такой знакомый, родной низкий голос. — Почему хриплю? Плакала, — честно призналась она. — Что случилось? Много чего. Вот приеду — расскажу. Будешь ждать? Спасибо. — Повесила трубку, глубоко вздохнула — стало немного легче.

«Хоть в этом повезло, — думала она, оживая. — Может, начнется другая, более светлая полоска?» Но она ошибалась, ее злоключения еще не кончились.

— Ну рассказывай скорее, что за беда у тебя случилась? — участливо спросил Степан Алексеевич, как только она перешагнула порог. Как всегда, обнял, поцеловал, помог раздеться.

— Сначала дай мне что-нибудь от головной боли, пап, а потом я прилягу, отойду немного, и мы с тобой поговорим, — попросила она, морщась от пульсирующих ударов в виски. — Еле на ногах стою...

Пока отец искал таблетки, Надя наскоро умылась, смочила виски холодной водой — боль немного отпустила. Она улеглась на диван, подложила под голову подушку и стала ждать отца. «Говорить или нет? — сверлила в мозгу одна мысль. — Должен ведь он когда-нибудь узнать о Свете?» Но все ее существо противилось, и она решила не открывать ему пока всей правды.

— Что же с тобой приключилось, дочка? — повторил вопрос Розанов, убедившись, что она удобно устроилась, отдохнула и голова у нее как будто проходит.

— Сначала мама с утра меня ошарашила: рассказала, что вы с Григорьевыми старые знакомые, что ты... был любовником Светиной мамы и ее бросил, — это раз. — Надя сделала паузу, загнула один палец и взглянула на отца. — Потом узнала — прочитала заключение врача, — что моей спортивной карьере — конец, у меня миокардит, — это два. — И загнула еще один палец. — В довершение всего у меня произошел полный разрыв с Костей — я его сильно любила; ты ведь о нем знаешь? — Надя хотела загнуть третий палец, но передумала и подвела горький итог! — Так вот, мы с ним расстались навсегда! Достаточно для одного дня?

Видя, что отец подавленно молчит, понимая, как ей тяжело и не зная, чем помочь, она устало, безразлично добавила:

— Кроме всего этого, меня, похоже, обманет один... извини, сукин сын, который обещает взять замуж и увезти за границу. — И не выдержав напряжения, Надя разрыдалась, зарывшись лицом в подушку.

Профессор Розанов долго ничего не говорил в ответ на бурные признания дочери — только ласково гладил ее по голове, раздумывая над ее несчастьями и пытаясь представить себе — как все это ей преодолеть, что он может сделать для нее. Наконец вместо совета решил высказать то, что у него на сердце.

— Мать сказала тебе, доченька, как всегда, полуправду. Я любил Светину маму и расстался с ней не по своей воле. Ее оклеветали, а я... погорячился. Она же подумала, что я ее бросил, и вышла замуж за другого. До сих пор не могу себе этого простить.

Он наклонился, поцеловал дочь и так же грустно продолжал:

— Для тебя ничего обидного в этом нет. Я люблю тебя с тех пор, как ты появилась на свет, и всегда буду любить. И рад, что ты дружна с Верой Петровной, потому что она очень хороший человек.

Надя слушала, и душа ее полнилась любовью и состраданием к отцу — такому большому, красивому, но обделенному личным счастьем. «Может, все-таки сказать?..» — снова настойчиво стукнуло в голову требование совести, но она опять не решилась.

— А в отношении остального рецепт один: ты должна жить так, как подсказывают разум и сердце. Тебе сейчас тяжело, но это пройдет. — Он с любовью смотрел на дочь; потом взял ее руку в свои большие ладони. — Смелее смотри в будущее, больше верь в себя! Если этот «сукин сын», как ты его назвала, — тот самый Олег, будущий дипломат, — то дай Бог тебе счастья! Это же замечательно, если ты получишь возможность увидеть то, что недоступно гражданам «невыездным».

Степан Алексеевич прервался и, крепче сжав ее руку, серьезно взглянул на Надю.

— Но еще раз хочу повторить свое убеждение: красивая жизнь хороша, но, если не полюбишь мужа — счастья у тебя не будет! Только ты это знаешь — тебе и решать. Насколько я в курсе, Олег и внешне симпатичный, и добрый, хорошо воспитанный молодой человек. Он любит тебя и постарается сделать счастливой. А в любви всегда есть риск. Всего наперед ведь не узнаешь...

«Папа прав: зачем заранее всего бояться? Надо верить в лучшее. — Надя несколько приободрилась. — И с Костей, как ни тяжело, все равно нужно было расстаться. Так скорее все пройдет. Время вылечит...»

Голова прошла, Надя почувствовала себя лучше; пора ехать...

— Спасибо тебе, папочка, за все! — поблагодарила она, встав на цыпочки и целуя его. — Поеду домой — я уже оправилась. Буду держать тебя в курсе своих дел.

Она вышла на улицу и поехала к себе на ВДНХ, уже более спокойно все обдумывая. Знала бы, что ждет ее дома!

Василий Семенович Чайкин с важным видом вышел из своей служебной «Волги», отпустил водителя и вперевалочку вошел в такой знакомый подъезд Лидиного дома. Он спешил обрадовать свою верную подругу: накануне наконец-то передал в суд документы на развод. До чего же ему опостылел собственный дом! Каждый день видеть ненавистную лесбийскую физиономию жены — быть женатым и не спать с женой! Тянуть эту комедию столько лет! Такое мог вытерпеть лишь он, человек с поистине ангельским характером...

«Лида, конечно, уже накрыла на стол. Сейчас отметим мое освобождение! — весело думал он, предвкушая теплую встречу и приятное времяпрепровождение. — Тьфу ты, черт! Опять лифт не работает! — выругался он и досадливо поморщился. — Снова придется топать на шестой этаж!» Такое начало не предвещало удачи, но легкий нрав не позволял Чайкину впадать в уныние. «А мы ножками, да с остановочками! — подбадривал он себя, кряхтя и тяжело отдуваясь, пока преодолевал бесконечные, как ему казалось, лестничные марши.

В последние годы здоровье Чайкина основательно расшаталось. Большой объем работы, нервная обстановка, сидячий образ жизни в сочетании с неумеренным чревоугодием и любвеобильностью наградили его гипертонией и подорвали работу сердца. Выглядел Василий Семенович и того хуже: тройной подбородок, обвислые щеки, мешки под глазами, нездоровый цвет лица — в общем, совсем болезненный вид. Маленького роста, с большим животом, он был кругл как шар и фигурой до смешного напоминал известного персонажа из сказки Джанни Родари — Сеньора Помидора.

Но даже находясь в таком плачевном состоянии, Чайкин оставался жизнерадостным и легкомысленным, как прежде. Он не придавал серьезного значения своим недомоганиям.

— Вот подлечусь и снова буду силен, как зубр! Еще с молодыми потягаюсь! — уверял он приятелей, отправляясь в очередной раз в свой любимый Кисловодск.

Но и самые лучшие спецсанатории ему что-то плохо помогали.

— Василий Семенович, здравствуйте! — приветствовала его Раиса Павловна, соседка Розановой, спускавшаяся ему навстречу: она дружила с Лидией Сергеевной и хорошо его знала. — Вы не захворали часом?

Чайкин стоял на площадке четвертого этажа — отдыхал, вытирая пот носовым платком.

— Уж больно лестница крутая... — отдышавшись, ответил он, игриво ей подмигивая. — Ты, Раечка, не смотри на мой живот, я еще ого-го!

— Да уж знаю твою прыть, дамский угодник, — в тон ему откликнулась Раиса Павловна. — Давно у врача был? Что-то выглядишь неважно.

— Не люблю эскулапов... Им только в руки дайся — залечат! То нельзя, это — не рекомендуется... Тьфу! — Он скривил презрительную гримасу. — Уж лучше сразу белые тапочки надеть, — Чайкин остался верен себе.

Лидия Сергеевна его ждала; услышав чутким ухом поворот ключа в замке входной двери, выбежала в прихожую.

— Входи, родной! Что, опять лифт не работает? Вот бездельники проклятые! За что квартплату берут! — бранилась она, помогая ему снять пальто и глядя на него с любовью и нежностью.

Выше его ростом на целую голову, все еще интересная, эффектная женщина, она не знала и не хотела знать никого, кроме этого смешного, жалкого на вид человека. Он ей мил, он один занимает все ее помыслы.

Лидия Сергеевна знала из телефонного разговора с Чайкиным, что долгожданный суд уже назначен, и жаждала узнать подробности.

— Проходи, Васенька, отдохни! — приговаривала она, оправляя на нем костюм. — А я пока на стол накрою.

— Как там твоя лесбиянка? Ведет себя тихо? На суде фортелей не выкинет?

Немного позже сидели на своих местах в светлой, уютной кухне, привычно бражничали.

— Да не пикнет! Пусть только попробует... Закон у нас насчет всяких этих гомиков и прочих строг! — беспечно ответил Чайкин, устремив на верную подругу взгляд, в котором читалось проснувшееся желание, — как всегда, после второй-третьей рюмки. — Меня это не беспокоит, суд-то нас разведет. — И погрустнел, представив неприятную перспективу. — Боюсь все же осложнений на работе... Какая-нибудь сволочь интриговать начнет, слухи распускать, подрывать авторитет... А-а, ничего, думаю, сейчас все обойдется. — К нему вернулся обычный оптимизм. — Не те времена, что раньше, — легче смотрят. Да и знают давно, что жена плохая, детей нет... Все! Рубикон перейден. Давай чокнемся за нас, за нашу новую жизнь!

Выпили, обменявшись горячими, любящими взглядами, чувствуя свое неразрывное единство. Обильные возлияния, хорошая закуска всегда приводили Лидию Сергеевну и ее друга в активное эмоциональное состояние — их любовная страсть со временем не угасла. Почувствовав прилив сил и желания, они расстелили ложе и заключили друг друга в объятия.

Василий Семенович физически сдал, зато Лидия Сергеевна была полна энергии и ее активность компенсировала его недостаток. Все шло хорошо, как обычно, — оба стонали от наслаждения; вдруг, в самый решающий момент Чайкин мучительно вскрикнул, схватился обеими руками за сердце и замер неподвижно... Почувствовал ужасную боль в груди и сразу понял, в чем дело. «Боже мой, умираю!..» — только и успел подумать он, быстро холодея. Смерть наступила мгновенно. («Обширный инфаркт» — такой диагноз поставили позже врачи.)

Несчастная Лидия Сергеевна поняла только, что ему стало плохо, и растерялась. В последние годы бывали случаи, когда Василий Семенович в процессе встреч испытывал недомогание, но, терпеливый по натуре, мужественно переносил боль и плохое самочувствие. Лишь принимал лекарства, всегда стараясь делать это незаметно, чтобы не беспокоить подругу.

На этот раз она так перепугалась, что даже не заплакала. Первым ее порывом было — скорее к телефону, вызвать «неотложку»!.. Но глаза его остекленели, он не дышит... Боже! Он мертв!.. И завыла, как раненая волчица, слезы полились ручьем, в голове все перемешалось... До сознания никак не доходила реальность постигшего ее несчастья. Она рухнула на постель рядом с холодеющим трупом, повторяя как безумная:

— Этого не может быть!.. Это несправедливо! Боже мой, за что?..

В таком ужасном состоянии застала ее Надежда, вернувшись домой от отца. Услышав громкие, страшные причитания матери, она, оставив незапертой входную дверь, стремглав бросилась в ее комнату. При виде неподвижного тела Чайкина и рыдающей в истерике матери замерла на пороге как пораженная громом. Чайкин не подает никаких признаков жизни... Да он умер!.. Надя страшно перепугалась; стояла и растерянно смотрела на мать — вот сейчас она очнется и начнет действовать... Но Лидия Сергеевна оставалась невменяема. «Скорую» вызвать... в милицию сообщить... — лихорадочно думала Надежда, не зная, что предпринять. — Какой ужасный день!..»

Призвав на помощь все свое хладнокровие и мужество, она старалась найти выход из этой жуткой ситуации, постепенно осознавая всю ее скандальность.

— О Господи! — вырвалось у нее, когда она с отчаянием представила себе картину, которую застанут прибывшие представители власти и, конечно, вездесущие соседи.

Да уж, такое чрезвычайное событие в доме долго не забудут! «Были бы они женаты... — размышляла она в полном замешательстве. — А теперь... хоть на другую квартиру переезжай. Ведь проходу не дадут...»

Но делать нечего, сообщить о происшедшем придется. Преодолевая страх и отвращение, Надя попыталась одеть Чайкина. Нельзя, чтобы его застали в таком виде! И без того выйдет порядочный конфуз. — Взяла со стула его одежду, без труда натянула на голое тело нижнее белье, носки; затем облачила его в сорочку, брюки... Но когда стала надевать ботинки, возникла проблема; ступни уже одеревенели, и ботинки не налезали...

Лидия Сергеевна невидящим взором наблюдала за мучениями дочери. Плакать она перестала, но все происходящее видела словно во сне.

— Что ты делаешь? Зачем? — наконец прошептала она, садясь на кровати.

— А, очухалась? Я уж думала, и тебе врач нужен! — раздраженно отозвалась Надя, продолжая свои настойчивые попытки.

К счастью, Чайкин носил обувь на размер больше, и ей удалось-таки вбить ему на ноги ботинки, — слава Богу, хоть на резинках, зашнуровывать не пришлось...

— Он... живой еще?.. — с робкой надеждой выговорила Лидия Сергеевна, не в силах смириться с безвозвратной потерей. — Ты... «неотложку» вызвала?

— Какую еще «неотложку»? Тут катафалк нужен! — огрызнулась Надя; на грани нервного срыва, она не в состоянии была в данный момент сострадать горю матери. — Ты лучше... оденься-ка побыстрее! Сейчас «скорую» буду вызывать и милицию.

Пока мать одевалась, постепенно приходя в себя и вновь теряя чувство реальности от постигшего ее удара судьбы, Надя попыталась перетащить тело Чайкина с кровати в кресло. Рослой, сильной девушке, ей такая тяжелая ноша все же казалась не под силу — тут мужик здоровенный нужен...

«Как бы грыжу не заработать!» — серьезно забеспокоилась она, делая бесполезные попытки ухватить и сдвинуть с места грузное тело. Отчаялась было, хотела призвать не помощь мать, но нашла выход: завернула Чайкина в простыню, стащила с кровати на пол и подтянула к креслу. Бездыханное тело несчастного Василия Семеновича осталось лежать на ковре, можно подумать, что он внезапно упал...

Вроде все выглядит вполне прилично, в комнате и во всей квартире порядок. Пора делать заявление о происшествии; Надя подошла к телефону. До приезда «скорой» и милиции еще раз осмотрела комнату — не осталось ли чего лишнего. Убрала со стола грязную посуду, оставила кое-какое угощение — в гости ведь приходил...

Выполнив все эти действия с хладнокровием, не свойственным молодой девушке, тяжело опустилась на стул, чувствуя себя совершенно разбитой. Бедная, несчастная мама! — с глубокой печалью думала она теперь, сердце ее сжималось острой жалостью к матери. — Как, чем будет она теперь жить? Ведь рухнули все ее мечты! А меня и вовсе со свету сживет, — трезво решила Надежда, возвращаясь к суровой реальности. — Надо срочно уезжать! Олег — единственное мое спасение!

Проводив Надю до дома и пообещав на следующий день позвонить, Олег Хлебников обдумывал, как ему быть дальше. Ну, со Светой все ясно: не променяет она Михаила своего ни на какую Францию, хладнокровно рассуждал он. Малый действительно симпатяга. Да и она человек, который решений не меняет. Пустой номер!

Олег вздохнул, без особой грусти расставаясь с этой идеей навсегда, — несчастным он себя не чувствовал, лишь ощущал легкую досаду, как игрок, проигравший некоторую ставку. Полюбив однажды себя одного, он не способен оказался на подлинное, глубокое чувство.

Итак, судьба указывает ему выход — Надежда (вот и имя обнадеживает!). Тоже неплохой вариант, не без удовольствия подытожил он свою брачную перспективу. Представил ее в длинном вечернем платье на дипломатическом приеме; ее соблазнительную фигуру — на фешенебельном пляже... Вспомнил, как восхищались ими обоими — партнерами на танцах и вообще повсюду, и душа его возрадовалась. Ну что ж, нужно срочно знакомить ее с родителями. Они ее уже видели, не понравиться не могла, — это облегчает задачу.

На следующее утро, за завтраком, Олег попробовал прозондировать почву.

— Как тебе понравилась Надя — та девушка, с которой я все время танцевал? — обратился он к матери (отец уткнулся носом в газету). — Высокая шатенка с синими глазами.

— А почему она должна мне понравиться? — осторожно, вопросом на вопрос ответила Лариса Федоровна. — У тебя что, со Светой дело не двигается? Я заметила — она много внимания уделяла этому долговязому блондину. Ты ей в пику привел эту красивую девушку?

Она боготворила сына и, как всякая мать, считала, что лучше и красивее его нет никого на свете.

— Вовсе не в пику. Надя — моя любимая девушка. Мы с ней уже несколько лет встречаемся, отношения у нас дружеские! — решительно объявил Олег, подчеркнув последнее слово, чтобы не подорвать Надиной репутации — родители на этот счет очень консервативны.

— Вот так новость! Не из приятных, — включился в разговор отец, Сергей Тимофеевич, отложив газету. — Теперь понятно, почему Светлана позволяет ухаживать за собой другому молодому человеку. А я-то надеялся, что мы породнимся с Григорьевыми. Разочаровал ты меня, сын.

— Вы просто какие-то у меня несовременные. Будто не по земле ходите и ничего не замечаете, — спокойно парировал его упрек Олег. — Ну нет между нами со Светой таких чувств, чтобы жениться. Этот Михаил ей давно больше нравится, чем я, и ничего здесь уже не поделать! Они скоро поженятся, — добавил он, повысив голос для большей убедительности.

Олег понимал, что, не разрушив их давнюю мечту, не добьется согласия познакомиться поближе с Надей.

— И это окончательно? — со вздохом переспросил отец. — Уж больно неприятно слышать. Нам так нравилась Светочка! Красивая, добрая, воспитанная; одаренная певица. Хорошая была бы тебе пара! Да и родство с Григорьевым тебе не помешало бы. Дядя твой скоро ничем не сумеет помочь.

— А Надя разве плоха? Вы хорошо ее рассмотрели? — не сдавал позиций сын. — Красотой не уступает Свете, спортсменка, прекрасно плавает. Это она спасла ее тогда, пять лет назад.

Видя, что родители безмерно удивлены, Олег поспешно стал развивать свой успех:

— Вы что, против здорового потомства? Света — она слишком нежненькая, плохо танцует например. А мы с Надей — лучшая пара! Все от нас в восторге! Я почему вас раньше с ней не знакомил? — с чувством собственного превосходства объяснял он притихшим родителям. — Потому, что Света мне тогда еще окончательно не отказала. Знал, о чем вы мечтаете, пытался угодить. Даже в ущерб себе! — Хотел на этом поставить победную точку, но, подумав, добавил: — А Иван Кузьмич от нас тоже никуда не денется. Надя со Светой — близкие подруги. Она у них принята как своя и вообще... оказалась им родственницей — из одной местности происходят. А отец у нее известный профессор. Розанов — может, слышали? — И умолк, ожидая реакции родителей.

Но те сидели молча — переживали утрату своих давнишних надежд.

Вопреки характеристике, данной им Олегом, Хлебниковы были люди реального склада мышления, вполне прагматичные. Не сразу, но до них дошло, что мечту о женитьбе сына на Светлане Григорьевой придется похоронить. Первой вышла из транса Лариса Федоровна:

— Ну что ж, девушка твоя довольно эффектна. Посмотрим, какова она вблизи, — смилостивилась она, все еще сердясь и досадуя. — Проверим, годится ли в жены будущему дипломату, — раз так уж тебе она нравится. А какой вуз окончила? Может, и без высшего образования? — И обеспокоенно взглянула на сына.

— С высшим, с высшим: Институт физической культуры. Осталось только диплом получить, — добродушно заверил Олег. — Это ведь то, что надо: будет за нашим здоровьем следить. И меня подтянет, чтоб не разжирел!

Уговорив таким образом родителей, он, как обещал, позвонил Наде, но ни ее, ни Лидии Сергеевны в первой половине дня дома не застал. В обед позвонил еще раз — результат тот же.

Около шести вечера услышал наконец ее голос.

— Наденька, это я! — возвестил с радостным воодушевлением. — Договорился на завтра о нашей встрече с моими предками. А что у тебя голос как у умирающей?

— У нас дома очень плохо, Олежка, — с глубокой печалью в голосе сообщила Надя. — Мамин лучший друг внезапно умер... — чуть было не сказала «у нее в постели», но вовремя спохватилась. — Ты его у нас видел — некий Чайкин. Они вот-вот собирались пожениться, он разводился. Понимаешь, что творится с мамой?

— Какой кошмар! Бедная, бедная Лидия Сергеевна! — искренне ужаснулся Олег. — Передай ей мое сочувствие, соболезнования. Он вроде не отличался здоровьем, но все равно — жаль человека! — Помолчал, обдумывая ситуацию, объявил решительно: — Но матч должен состояться при любой погоде! Ты же знаешь, Наденька, — времени у нас мало. Так что приводи себя в порядок: завтра вечером у тебя первый дипломатический прием.

Надя долго не отвечала, и он подумал, что их разъединили, но тут послышался ее тихий, подавленный голос:

— Я всей душой за, Олежка, понимаю, что так надо, но... наверно, не смогу. Ужасно себя чувствую. — Вздохнула, объяснила: — У меня такой сейчас страшный вид, что испугаю твоих родителей, и вообще... я не в форме. Мне нужно пару дней, чтобы прийти в себя.

Однако для Олега, как всегда, превыше всего были собственные интересы. Как это такая сильная, уверенная в себе девушка может столько времени переживать из-за смерти какого-то Чайкина? Он резко возразил:

— Сочувствую и понимаю твое состояние. Но прошу тебя — возьми себя в руки, приободрись! Нельзя нам откладывать. Считаешь, нас поженят за один день? Или ты передумала? — Запрещенный прием с его стороны, но как еще ее убедить?

— Ну что ж, — после продолжительной паузы согласилась она, — постараюсь... привести себя в порядок — внутренне и внешне. Позвони завтра — утро вечера мудренее.

Надежда любила мать — пусть и вздорный у нее характер, и она ее осуждает за это. Просит не оставлять ее ночью одну — как тут откажешь? Надя покорно улеглась в постель с ней рядом, хоть и понимала, что не сумеет нормально выспаться. «Ничего, доберу днем», — утешала она себя: завтра у нее такая важная встреча — с родителями Олега. Напичкав себя лекарствами, быстро забылась тревожным сном. Мать тоже приняла снотворное и всю ночь не просыпалась, только стонала и металась, будто и во сне ей являлись кошмары. Несколько раз дико кричала, будила Надю — она потом долго не могла уснуть.

В первой половине дня прилечь и «добрать», как планировала, не пришлось: слишком много хлопот с матерью и по дому. Когда позвонил Олег, она попыталась перенести встречу, взмолилась:

— Олежка, милый, может, все-таки отложим до завтра? Ужасно себя чувствую — голова как чугунная! Мне и так трудно вести интеллигентные беседы, а тут и вовсе буду молоть все невпопад.

— Ничего, прорвемся! А я на что? Выручу! — с веселой энергией убеждал Олег. — Ты только не говори много — все больше «да» и «нет». Я своих стариков знаю: они говорливых не любят, но ты — ты как раз не из таких.

Надежде оставалось лишь сдаться и начать приготовления к смотринам. Первое: что бы такое надеть?.. Остановилась на темно-сером трикотажном шерстяном костюме — отец купил в «Березке» на день рождения: красиво сидит, элегантный, скромный. Из бижутерии выбрала только клипсы и красивую польскую заколку для волос.

Самочувствие по-прежнему отвратительное, но выглядит, как убедилась, взглянув на себя в зеркало, — в полном порядке: двадцать лет спасают.

В назначенное время она вышла из дома; Олег уже ждал в такси у подъезда.

— Как ты себя чувствуешь? — взяв ее за руку, ласково осведомился он. — Отошла немного?

— Могла бы и получше. Но что об этом толковать? Расскажи хоть немного о своих родителях — ведь мы раньше о них никогда не говорили. Мне бы следовало кое-что знать.

«А Наденька совсем не глупа», — с удовлетворением подумал Олег и дал краткую справку:

— Папа работает в Комитете по внешнеэкономическим связям. Зовут Сергеем Тимофеевичем. Любит хорошеньких женщин, но не вертихвосток. Таких, как ты, — пошутил он, бросив на нее подбадривающий взгляд. — Мама — Лариса Федоровна, женщина строгих правил, особенно по отношению к другим. С ней, вообще-то, надо держать ухо востро, — серьезно предупредил Олег, но глаза смеялись. — Хотя нам она не страшна — сделает в конечном итоге все, что я захочу. Вот отец — это кремень: что не по нем — его не свернуть. Однако мы приехали, — прервал он свою информацию; машина остановилась у высотного дома на Котельнической набережной.

В квартире Хлебниковых, большой, красивой, со стильной, дорогой обстановкой, все же чувствовалось, что дому уже много лет, — даже великолепный ремонт не мог этого скрыть.

Олег открыл дверь своим ключом; родители встретили их сидя в гостиной: смотрели что-то интересное по большому цветному телевизору «Темп». Когда молодые люди вошли, они поднялись им навстречу, доброжелательно улыбаясь.

— Очень рад познакомиться, — галантно произнес Сергей Тимофеевич, целуя Наде руку и с видимым удовольствием ее оглядывая.

— Давайте пройдем на кухню — там и познакомимся поближе, по-домашнему, за чашкой чая, — радушно предложила Лариса Федоровна.

Никто, естественно, не возражал и, проследовав на просторную, современно оборудованную кухню, все вчетвером уютно расположились за обеденным столом у окна. Сергей Тимофеевич неторопливо расспрашивал Надю об отце. Когда она сказала — ученый, преподает в педагогическом институте, вспомнил:

— А это не тот профессор Розанов, который проповедует методы Макаренко?

— Интересный мужчина, — присовокупила Лариса Федоровна: как всякая домашняя хозяйка, она слушала радио и много времени проводила у телевизора.

— Да, это мой папа. Его иногда показывают по телеку, — коротко, как научил Олег, ответила Надя, скромно опустив глаза.

Видимо, это произвело должное впечатление — о Розанове больше не спрашивали.

— А давно ваши родители в разводе?

— Больше десяти лет. Мама сразу ушла, как только получила квартиру.

— Простите, Наденька, за нескромный вопрос, но все же интересно бы знать причину, — очень деликатно полюбопытствовала Лариса Федоровна.

— Насколько мне известно, папа любил другую женщину, но точно не знаю. Мама не расположена откровенничать.

— Между прочим, мама — очень красивая женщина: жгучая брюнетка, стройная — ну прямо цыганка, — восхищенно подал реплику молчавший доселе Олег.

— Ваша мать, что же... цыганка? — насторожился Сергей Тимофеевич — ему это не понравилось.

— Ничего подобного. Русская, из одного села со Светиными родителями. У них, Деяшкиных, весь род чернявый. Мама с Верой Петровной в детстве дружили.

— А правда, что вы, Наденька, им вроде как родственница? — задал старший Хлебников вопрос, что давно вертелся на языке.

— Да, есть кое-какое родство. Я раньше и не знала об этом, — все так же коротко ответила Надя чистую правду.

Перекрестный допрос Нади, видимо, утомил Сергея Тимофеевича, — главное, что его интересовало, узнал, а остальное предоставил своей умной, предусмотрительной жене.

— Вы, дамы, нас извините, но мы должны ненадолго уединиться. — Его тон не терпел возражений. — Пойдем, сын, мне надо познакомить тебя с одним закрытым материалом о Франции — хорошее подспорье в твоей работе.

Довольные друг другом, отец и сын оставили женщин вдвоем: по-видимому, пока все идет хорошо.

— А теперь, Наденька, раз мы одни, поговорим по душам, как женщина с женщиной, — вкрадчиво начала Лариса Федоровна с видом доброжелательным и ласковым. — Мы, конечно, очень мало знакомы, но Олег сказал, что вы собираетесь пожениться, а он мой сын. — Она не скрывала волнения. — Любите ли вы Олега? Единственный ли он в вашем сердце? Я ведь только и знаю, что все время вы с ним были просто товарищами. — И пытливо всматривалась Наде в глаза, словно хотела заглянуть в тайники души. — Как женщина, как мать, хочу вас предупредить от ошибки. Если любите другого и идете замуж ради карьеры — уверяю: будете несчастны и вы, и мой сын! — Умолкла, взяв ее руку в свои, терпеливо ждала ответа.

В другое время Надя, с ее смелой находчивостью, безусловно, нашла бы нужные слова, избежала щекотливого положения. Но бурные события и переживания, свалившиеся на нее несчастья подорвали ее духовные силы.

Ни слова не отвечая, она лишь потупила взор, тяжело, прерывисто дыша. Мать Олега попала в самую точку! Умудренная жизнью, Лариса Федоровна поняла ее состояние. Глаза ее потухли, и, поджав губы, она дипломатично закруглила разговор:

— Простите меня, Наденька. Я, видимо, слишком многого хочу от нашей первой встречи. Вы, наверно, меня просто боитесь. А ведь я только хочу для вас и Олега настоящего семейного счастья!

Но Надю не обманули эти красивые слова; она ясно понимала: Лариса Федоровна чуткая, любящая мать, сумела разгадать ее истинное отношение к Олегу. «Ну и дура же я! — выругала она себя. — Кому нужна моя честность?!» Своим женским чутьем она с тревогой и горечью осознала, что не выдержала испытания у матери Олега. Полоса злоключений продолжается.

Глава 17. ПЕРЕД РАЗЛУКОЙ

В этот день Миша уехал со службы раньше обычного. «Ну вот и свершилось», — озабоченно думал он, собирая в портфель свои личные вещи из письменного стола, чтобы отвезти их домой. Нужно еще успеть получить воинские документы и обмундирование.

Накануне ему наконец официально объявили, что он призван в армию в звании лейтенанта юридической службы и направляется в составе своей группы в ограниченный воинский контингент советских войск, выполняющих интернациональный долг в Афганистане. Для Михаила это не явилось новостью — он давно морально подготовил себя к предстоящей опасной командировке. Он не трус, верит в свою звезду и даже с интересом ждет встречи с новой, необычной жизнью.

Однако, когда отъезд стал реальностью, сердце его сжалось от тоски — предстоит разлука. Так трудно расставаться со Светой! Так жаль оставлять в одиночестве мать! Ему ли не понимать ее состояние: как она будет бояться и переживать за единственного сына...

Когда он открыл дверь и вошел, Ольга Матвеевна встретила его вся в слезах: Миша уведомил ее по телефону, и она ждала от него подробностей — что его ожидает, в чем состоит его миссия.

Ольга Матвеевна, высокая, сухощавая блондинка, с карими глазами и сединой в пышно взбитых волосах, несмотря на скромную одежду, имела величественный, полный собственного достоинства вид — как в кино у аристократок (из них и происходила по рождению). Бросалось в глаза ее внешнее сходство с сыном.

Она обняла Михаила и прижалась к его груди мокрым от слез лицом; какое-то мгновение постояла молча, а потом повела его в комнату.

— Ну рассказывай — куда путь держите? Что будете делать? Как скоро отъезд? — забросала она его вопросами, когда они уселись на широкую оттоманку. — Уж не знаю, как мне жить без тебя. Дождусь ли возвращения? Что-то тревожно у меня на сердце...

Миша смотрел на нее с любовью и жалостью. Тяжко ей придется одной, и вовсе не из-за бедности. Мать прекрасно владеет иностранными языками, преподает французский, подрабатывает переводами и в деньгах особенно не нуждается. Беда в том, что Ольга Матвеевна живет только им одним. Мужа потеряла, когда сыну не было и пяти лет, замуж, снова так и не вышла, хотя интересна и привлекательна. Отца Михаил почти не помнил, и, когда подрос, ему было непонятно, почему его прекрасная мама одинока. На вопросы его она неизменно отшучивалась:

— Слишком мелкий народишко пошел. Такой, как твой папа, мне не попадается, а худшего и даром не надо!

Но все дело в ее характере: однолюбка, все нерастраченное сердечное тепло она отдала сыну. Он, впрочем, тоже пошел в этом в мать.

Рассказывая о своих делах, Михаил старался всячески преуменьшить грозившую ему опасность для жизни; задача его состояла в расследовании воинских преступлений в фронтовой обстановке: в Афгане шла настоящая кровопролитная война, и опасность, конечно, была велика. Но вот он закончил; Ольга Матвеевна взяла его руки в свои и посмотрела в глаза с мужественной печалью.

— Ну что ж, дорогой мой сын! У нас в роду свыше определено честно выполнять воинский долг, служить своему государству — России. С этим ничего не поделаешь. Это твоя судьба! — Обняла его дрожащими от волнения руками и, умоляюще глядя ему в глаза светящимся любовью взором, попросила: — Только, родной мой мальчик, будь разумным и осмотрительным! Не лезь на рожон! Не подставляй свою голову! Я знаю, благородная кровь не позволит тебе прятаться за спины товарищей, но и не геройствуй понапрасну! Мне неведомо, что там происходит, но это не защита Родины. Какая-то дурная, грязная война, вроде той, что вели американцы во Вьетнаме. Ради меня, умоляю, — будь осторожным! — Этот крик души, эта длинная речь, произнесенная страстно, на одном дыхании, опустошила Ольгу Матвеевну, и она подавленно замолчала.

Понимая, что мать во всем права, и не найдя слов, чтобы ее утешить, Михаил молча заключил в объятия самую дорогую ему на свете женщину и покрыл ее мокрое лицо сыновними поцелуями.

На следующее утро Михаил позвонил Свете и договорился о встрече. В этот погожий, безветренный и теплый апрельский день, когда ярко светило солнце, текли ручьи, в ветвях деревьев щебетали птицы, они сидели на лавочке в сквере у Патриарших прудов, радуясь хорошей погоде и своему свиданию.

Светлана, в модном плаще и дорогих, изящных ботиночках на шнурках, пребывала в отличном настроении и ласково смотрела на любимого: что он ей скажет? Проходящие мимо люди улыбались, глядя на эту красивую пару.

Миша тоже в хорошем расположении духа, греясь в солнечных лучах и наслаждаясь ее близостью, еще раз обдумывал предстоящий разговор. Расставание неизбежно, но в чем трагедия? Им еще не раз в жизни придется испытать разлуку. Ничего не страшно, если они по-настоящему любят друг друга!

— Светочка, дорогая моя малышка! — нарушил он наконец затянувшееся молчание. — Сегодня нам надо о многом поговорить. О самом серьезном. — Взглянул на ее радостное, беспечное лицо и вздохнул — так не хочется ее расстраивать. — День сегодня неподходящий для решения проблем — поболтать бы просто, но что поделаешь? Надо.

Он увидел, что глаза у Светы посерьезнели, и она заинтересованно сосредоточилась, вздохнул и перешел к главному:

— Давно собирался тебе об этом сказать, еще на дне рождения. Да не хотел зря огорчать, поскольку многое было неясно; но теперь все решилось. Нам придется на время расстаться. Меня призвали в армию и посылают в Афганистан с нашей следственной группой. Верь мне, я постараюсь как можно скорее вернуться!

От неожиданно свалившейся на нее беды Света лишилась дара речи. Не меняя позы, она смотрела на него широко раскрытыми глазами, в которых изумление постепенно сменялось выражением неподдельного горя: она не желает с ним расставаться!

Михаил терпеливо ждал — надо дать ей время опомниться. Наконец Света пришла в себя, и сердцем ее завладела тоска.

— Так я торопилась тебя увидеть, Миша, летела как на крыльях! И это все — чтобы услышать от тебя такое? — Горестно вздохнула и замолчала: что теперь с ними будет? Все ее воздушные замки растаяли. Слезы полились ручьем. — Что же мне теперь делать? Как жить? — Она глядела прямо перед собой и глотала слезы. — Ведь я думала — мы скоро поженимся... Так мечтала об этом! — И зарыдала, погрузившись в свое горе, не обращая внимания на прохожих. — Ты уедешь так надолго... А может быть, навсегда!

— Успокойся, Светик! Возьми себя в руки — люди ведь смотрят! Нет никакой трагедии! — Михаил чувствовал, что надо положить этому конец; он не придавал разлуке столь большого значения, смотрел в будущее с оптимизмом.

— Тебе легко говорить, ты — мужчина! А для меня, может, жизнь с этим кончается!

— Ничего не кончается, а только начинается! Да перестань ты! — нетерпеливо воскликнул он. — Послушай, я тебе скажу, что я решил. Мама со мной согласна. — Обнял рыдающую Светлану и, целуя ее мокрые щеки, пытался привести в чувство, беспокойно оглядываясь по сторонам.

Проходящие мимо люди, приостанавливали шаг, с любопытством глядя на эту бурную сцену.

Его ласковые губы и теплые руки немного успокоили девушку. Достав носовой платок и утирая слезы, она тихо прошептала:

— Ну и что ты решил? Что тут вообще можно поделать? Дезертировать?

Понимая ее состояние, Михаил пропустил мимо ушей эти горькие слова и, стараясь говорить как можно увереннее, пояснил:

— Мы с тобой успеем пожениться до моего отъезда. Впереди почти пять недель. Нам предстоят учебные сборы с таможенниками по изучению техники. Так что проведем законный медовый месяц! Ну будет кукситься! — Он ласково прижал Свету к себе и, видя, что она затихла, услышав его предложение, с преувеличенным энтузиазмом добавил: — А как ждут своих мужей жены моряков дальнего плавания? Разве мало у них счастливых семей? У меня в роду было много предков, которые всю жизнь провели в походах и сражениях. Их жены любили и ждали. Так говорит мама. А почему у нас должно быть иначе? Если мы по-настоящему любим друг друга — перенесем любую разлуку и будем счастливы!

Вернувшись домой в расстроенных чувствах, Светлана не пошла в консерваторию: приняла успокоительное и заперлась в своей комнате; бросилась на постель и стала размышлять над предложением Миши, все еще переживая постигший ее удар судьбы. Она и не думала отказываться от своего избранника, попытаться забыть его. Она любит Мишу всем своим существом, и ей не нужен никто другой во всем мире! Ей нетрудно представить себе, как плохо жить без него, — понадобится вся ее воля, все душевные силы, чтобы справляться с долгой разлукой и всем, что с ней связано. О худшем лучше просто не думать... Но в глубине души таилась страшная мысль: ведь он может вообще не вернуться с этой необъявленной войны...

Но пока, сейчас... так жарко пульсирует кровь, так часто и сладко бьется сердце... Она пойдет на все, лишь бы быть вместе с ним. Она жаждет этого, живет ожиданием своего женского счастья... Так она лежала, переживая случившееся и обдумывая, как поступить. Настойчивый телефонный звонок ворвался в тишину...

Светлана подняла трубку: Мишина мама, Ольга Матвеевна...

— Светочка, здравствуй! Наверно, ты удивлена? — Она не скрывала волнения. — Никогда раньше тебе не звонила, но тут у нас, сама понимаешь... — Голос ее прервался, она помолчала немного и продолжала: — Нам нужно с тобой срочно поговорить — о вас с Мишей. Он сегодня задержится — тренировка на стрельбище, — и мы сможем спокойно, как мать с дочерью, все обсудить. Ведь мы обе любим Мишу, правда? Давно к тебе присматриваюсь и все вижу. Так ждать мне тебя?

О, как это вовремя! Ей ведь надо с кем-нибудь поделиться, посоветоваться... К разговору с родителями она не готова — разобраться бы сначала в собственных чувствах.

— Конечно, приеду! Спасибо большое, Ольга Матвеевна! — с чувством ответила она, полная признательности. — Мне так сейчас тяжело!

Торопливо оделась и, бросив на ходу удивленной Вере Петровне: «Обедать не буду!» — выскочила на улицу. Голода она не чувствовала — аппетит пропал. Пометавшись несколько минут напрасно в поисках такси, она быстрым шагом направилась в сторону Арбатской площади, благо до нее рукой подать.

Ольга Матвеевна встретила Светлану в дверях и, не говоря ни слова, проводила в комнату. Там они уселись друг против друга за круглым столом, покрытым старинной бархатной скатертью, и только тогда хозяйка заговорила:

— Спасибо, Светочка! Я знала, что ты примчишься по первому зову. Миша все делает правильно. — Выпрямилась на стуле, строго и требовательно взглянула на Свету и наставительно произнесла: — Буду говорить с тобой как с невестой моего сына, ты для меня как дочь. Миша мне сказал о своих планах, и я считаю, что он поступает мудро. В нем говорит кровь его славных предков.

Сделала паузу и, убедившись, что Светлана уважительно ее слушает, торжественно продолжала:

— Вы правильно делаете, что женитесь. Я уверена, что ваш брак благословили небеса, — так идеально вы с Мишей подходите друг другу. Закрепите его по Божьему закону — а вы повенчаетесь, такова традиция нашей семьи, — и вам не страшны любые испытания! Господь соединит вас неразрывными узами навсегда!

Ольга Матвеевна остановилась, перевела дыхание и уже без прежнего пафоса тихо произнесла:

— Если же вам выпадет тяжелый жребий, то, даст Бог, останется живая память о моем дорогом сыне. Не допустит Господь, чтобы угас древний русский род! — И, не выдержав душевного напряжения, она всплакнула, утирая глаза изящным батистовым платочком.

Понимая, что творится у нее в душе, сама еле сдерживая готовые прорваться слезы, Светлана встала, подошла к ней сзади, ласково обняла за плечи.

— Успокойтесь, дорогая Ольга Матвеевна! Все будет в порядке. Миша обязательно вернется! — И прижалась щекой к ее мокрой щеке, шепча: — Я... я это сердцем чувствую! Можете не сомневаться — не оскорблю памяти Мишиных предков, хоть сама я черная крестьянка, — не удержалась она от мягкого упрека: ее задели нотки, как ей показалось, дворянского высокомерия, прозвучавшие у будущей свекрови.

Ласковое объятие и слова Светланы подействовали, и Ольга Матвеевна немного успокоилась. Не замечая укора в последних словах, она решила показать ей семейные реликвии, сохраненные в самые тяжелые времена как святыня. Ей и в голову не приходило, что подобный тон может как-то обидеть Светлану. Наоборот: приобщаясь к их старинному боярскому роду, она должна испытывать, казалось ей, такую же гордость, свойственную ей самой от рождения.

Ольга Матвеевна открыла секретер и достала из потайного отделения маленький резной ларец. Когда она подняла крышку, в комнате будто стало светлее от сияния бриллиантовых украшений, переливающихся разноцветными огнями; они стоили целое состояние.

— Наши фамильные драгоценности. В основном — моей семьи, Стрешневых. Наш древний боярский род не имел титулов, но после царя и Троице-Сергиевой лавры был третьим землевладельцем в России. Многое, как ты понимаешь, сохранить не удалось, но здесь у меня — самое ценное, священное, что переходит из поколения в поколение.

С этими словами Ольга Матвеевна вынула из ларца старинной работы диадему, ожерелье, серьги и браслет, усыпанные драгоценными камнями.

— Эти украшения передаются по семейной традиции жене старшего сына, — пояснила она, показывая их Свете. — Но я была единственной наследницей, и они остались у меня. Теперь по законному праву их обладательницей станешь ты. — Подняла строгие глаза на девушку, пораженную красотой и роскошью этих музейных экспонатов, и невозмутимо продолжала: — Я расстанусь с ними без сожаления, потому что верю: ты будешь носить их с достоинством Стрешневых! Прошу тебя лишь об одном: ни при каких обстоятельствах не отдавай в чужие руки! Пусть после тебя они достанутся жене твоего старшего сына.

Светлану тронули до глубины души доброта и доверие к себе этой бывшей аристократки. Она не разделяла ее дворянской гордости, считая всех людей равными по рождению. Но в душе у нее все-таки шевельнулось что-то, — мысленно она дала себе твердое слово хранить фамильную честь Мишиной семьи.

— Доченька, почему так рано? — удивилась Вера Петровна, когда Светлана вернулась домой из консерватории раньше обычного. — У вас сегодня отменили занятия? И вообще, ты последние дни будто в облаках витаешь. — Она тревожно смотрела на дочь: какое-то у нее отсутствующее выражение лица... — Что с тобой происходит?

— А я пришла пораньше, чтобы посоветоваться с тобой и отцом, — серьезно ответила Света. — Откладывать дольше нельзя. Второй день думаю, как вам об этом сказать.

— Что же такое случилось и почему понадобился отец? — всполошилась Вера Петровна, пытливо вглядываясь в бледное, озабоченное лицо дочери. — Он же придет, как всегда, поздно, усталый и сразу ляжет спать. Ты знаешь, мы с ним последнее время не ладим.

— Пора бы уже помириться... Столько лет прожили вместе! — проворчала Света, занятая своими мыслями. — Ладно, сама ему позвоню — оторву от строительства коммунизма. — И усмехнулась, не выдержав серьезного тона. — Все равно ведь не построит! Вот Хрущев обещал к восьмидесятому году, а где он, коммунизм? И с Брежневым не построит, хоть они все время и «ускоряются».

Когда удалось дозвониться до отца, ей немедленно ответил секретарь:

— Иван Кузьмич занят. Просил ни с кем не соединять. А кто его спрашивает?

Света в очень редких случаях звонила отцу, и секретарь не узнал ее голоса.

— Скажите — его дочь. Думаю соединится, — весело ответила она.

Действительно, в трубке сразу послышался голос Ивана Кузьмича:

— Доченька, в чем дело? Говори побыстрей, я очень занят!

— А ты всегда очень занят... — хотела добавить «сам собой», но сдержалась, — но сегодня я прошу тебя отложить дела и срочно приехать домой на семейное совещание. Я выхожу замуж.

Григорьеву совсем не улыбалось так рано ехать домой, тем более на семейное совещание. Отношения с женой оставались прохладными, и обсуждение такого важного вопроса в случае разногласий грозило совсем их испортить.

— Слушай, дочь! А нельзя ли все-таки отложить этот вопрос до вечера? Что за пожар? — досадливо морщась, пытался он удержать ее от активных действий: кто знает, может, еще передумает?..

— Ты правильно сказал — пожар! Приедешь — узнаешь! — решительно заявила Светлана. — А не явишься — не говори, что я поступила по-своему, не испросив родительского благословения!

Этот довод сразил Григорьева, и он пообещал:

— Ну ладно! Что поделаешь? Придется отменить совещание. Вот что ты со мной делаешь! Ждите — еду!

Вскоре в прихожей раздался звонок: Иван Кузьмич, как часто с ним бывало, забыл ключи.

Когда уселись в гостиной вокруг журнального столика, Света сообщила родителям о решении выйти замуж за Мишу и обвенчаться в церкви. До приезда отца она выдержала характер и ни слова не сказала матери.

— Мамуля, не могу я говорить с каждым в отдельности! У меня просто не хватит сил! — умоляла она ее немного потерпеть. — Не обижайся — без отца тут никак не обойтись.

Теперь, стараясь говорить как можно короче и увереннее, сохраняя серьезный, независимый вид, она спокойно изложила суть дела:

— Мишу через месяц-полтора отправляют в Афганистан. Вы знаете — мы любим друг друга по-настоящему. Поэтому решили срочно расписаться, чтобы крепче связать себя и легче перенести разлуку. Мы обвенчаемся церковным браком: боярскому роду нужен законный наследник, — улыбнулась она, не выдержав торжественного тона.

Застигнутые врасплох родители сидели неподвижно, будто их парализовало. Допускали — при определенных условиях, — что ее союз с Михаилом возможен: если дочь не передумает; если сам он покажет, на что способен. Но вот так, скоропалительно? Да еще когда его отправляют в Афганистан, откуда можно не вернуться?! Оба, долго не раздумывая, настроились отрицательно, но не знали, каким образом лучше отговорить дочь от опрометчивого шага. Первым проявил находчивость Иван Кузьмич — помог расчетливый, прагматичный ум:

— Ты знаешь, доченька, как мы хорошо относимся к Михаилу, — медленно произнес он мягким, отеческим тоном, как бы еще размышляя над ее словами. — Помнится, говорил я тебе, что ничего не имею против того, чтобы вы поженились, хотя предпочел бы парня... рабоче-крестьянского. Однако не возражаю и против внука голубых кровей. Мы, русские, — единый народ! — Бросил на нее теплый взгляд, ласково положил свою руку на ее. — Но к чему такая спешка? Ты же у нас умная девочка? Зачем вам жениться до его отъезда?

Иван Кузьмич сделал паузу и, глядя ей в глаза, чуть повысив голос, спросил:

— Как ты думаешь, почему Миша торопится? Чтобы связать тебя по рукам и ногам? Чтоб была верной чувству долга и дождалась? — Снова помолчал и сам же ответил: — Нет! Он спешит потому, что знает: уже тысячи молодых ребят не вернулись оттуда домой. А он что, заговоренный? Конечно, он любит тебя, но поступает как эгоист! Вот мое мнение. Пусть сначала вернется. Вы еще молоды, можете подождать.

Светлана хотела возразить, но тут заговорила, волнуясь, Вера Петровна:

— Доченька, солнышко мое! Я ли не люблю тебя, не желаю тебе счастья? Мне Миша по душе, по-женски чувствую — будешь ты с ним счастлива. — Она задохнулась от избытка чувств и продолжала так же горячо и сбивчиво: — Как я тебя понимаю! Ты ведь боишься его потерять? Хочешь, чтобы память осталась, если что? Разве не так? Но нельзя! Ты не представляешь, что такое женщина с ребенком — без отца! Разве ты росла в таких условиях? — И осеклась, поймав на себе мрачный взгляд мужа; но главное высказала: —

Я тоже против того, чтобы вы поженились до его возвращения. Отец прав. Мы желаем тебе счастья и не пойдем у тебя на поводу. Это мое слово — окончательное. Не послушаетесь — мы с отцом поздравить вас не придем. Так, Ваня?

— Мать дело говорит, — немедленно поддержал Иван Кузьмич. — На нас в этом случае не рассчитывай! — И желая показать дочери, что решение его бесповоротно и слушать больше ничего не будет, поднялся и важно проследовал в свой кабинет.

У Веры Петровны внутри все сжалось от сострадания к дочери, но и она не могла проявить сейчас слабость: встала и отправилась на кухню заниматься своими хозяйственными делами.

Света осталась одна, с отчаянием осознавая: ей не преодолеть сопротивления родителей...

Весь вечер, полночи и утро следующего дня Светлана провела в мучительном раздумье: как поступить? Ее разум и душа не воспринимают советы родителей; она целиком на стороне Миши и Ольги Матвеевны, думает и чувствует, как они. Давно для себя решила — только он будет первым мужчиной в ее жизни; с радостью вверит ему свою судьбу. Что бы ни случилось, только ему, своему избраннику, отдаст свое первое страстное мгновение и сохранит о нем память на всю жизнь. Смогла же так поступить Ольга Матвеевна, — значит, сможет и она! Посвятит себя ребенку, если он родится. А нет — своему профессиональному творчеству, искусству.

Но пренебречь мнением родителей, вырастивших ее с такой заботой и любовью, невозможно; не смеет, не хочет она так жестоко их оскорбить, и мысли не допускает, что свадьба пройдет без участия отца и матери.

Терзаемая совестью, она вновь и вновь ломала голову, стараясь найти компромиссное решение, примирить непримиримое. Так ничего и не придумав, ушла на занятия в консерваторию, провела их скверно и получила замечание от своего педагога за невнимательность и ошибки.

Когда вернулась домой и хотела незаметно пройти к себе, чтобы в спокойной обстановке еще раз все обдумать, из гостиной выглянула Вера Петровна.

— А у нас Наденька, тебя ждет. У нее приятная новость.

Как не хочется сейчас вести посторонние разговоры... Но она поборола чувство досады и покорно пошла в гостиную. Там на диване сидела сияющая Надежда; при виде ее она сразу подвинулась и указала рукой на место рядом с собой — ей не терпелось сообщить Свете о своем счастье.

— Как твои дела? — заставила себя быть вежливой Светлана. — Кончились твои неудачи?

— Кончились, да еще как хорошо! — весело откликнулась Надя. — Представляешь, Света? Прихожу из института, сажусь обедать и только думаю: «Когда же кончится эта черная полоса?» — как звонит Олег и по всей форме предлагает руку и сердце! У меня накануне встреча была с его родителями, и я не без основания решила: все, моя кандидатура не прошла! У матери — так точно! Проницательная такая старуха — поняла что-то про меня и Костю.

Надя перевела дух, глаза ее азартно блестели.

Олег мне признался — все так и было! Отцу понравилась, а мать — ни в какую! «Не любит она тебя, — говорит, — чую: любит другого. Не будешь с ней счастлив». А он ей так здорово ответил, — Надя весело рассмеялась, — «Мне на тебе, что ли, жениться? Да мы с ней, считай, уже поженились — отступать некуда! Я ей обещал». Мать было в обморок, но потом сдалась.

— Ну и молодцы, что договорились. Ты, Надя, его полюбишь. Он добрый и интересный парень, но... слабый. Зато ты — сильная! Правильно говорят: противоположности сходятся! — искренне порадовалась за нее Света.

— Вот и я так считаю. Что мне еще нужно? Луну с неба? С Костей мы окончательно разошлись. Это уже в прошлом. Мне теперь одна дорога — в Париж, разгонять тоску! — произнесла она это по инерции веселым тоном, но лицо омрачилось.

— Я, Светочка, собственно, пришла пригласить вас всех — родителей и тебя с Мишей — на свадьбу, — сообщила Надя о цели своего визита. — Хлебниковы собираются раскошелиться на «Прагу». Мой фатер тоже обещал подбросить. Так что свадьба будет — шикарная! — Она помолчала. — И есть еще один деликатный вопрос, который мы с тобой должны прояснить. — Посерьезнела, вопросительно посмотрела на Свету. — Ведь я знаю, что недавно и тебе Олег делал предложение. Мне важно знать: не нарушаю я твои планы? У меня сердце будет неспокойное, если я делаю что-то против тебя. Мы ведь с тобой как сестры — или забыла?

Светлане было приятно услышать от нее слова заботы и солидарности, сознавать, что Надя подумала о ней в такой момент, когда у любой девушки все помыслы — только о новой жизни, о предстоящей свадьбе.

— Спасибо за чуткость. — Она благодарно взглянула на подругу. — Мы обязательно погуляем на твоей свадьбе. А насчет меня и Олега — не беспокойся. Ты ведь знаешь: кроме Миши, для меня мужчин не существует. Кстати, мы тоже собираемся пожениться и обвенчаться, но у нас серьезная проблема: Мишу призвали и отправляют в Афганистан.

— Да что ты говоришь?! — Веселье с Надежды как рукой сняло. — Как же тогда вы поженитесь? Ведь его там убить могут! — Поняла, что брякнула глупость, спохватилась: — Тьфу! Типун мне на язык, дуре! Не обращай внимания. Конечно, он вернется живой и здоровый!

— И я в этом уверена, — спокойно ответила Светлана. — Бог нас не обидит. А если пошлет мне это испытание — буду жить воспоминаниями о нашей любви. Я решила принадлежать только ему, и больше никому. У нас с Мишей еще есть в запасе медовый месяц.

«Ну, свихнулась сестренка, — подумала Надя. — Может, сказать ей про отца? Ведь уеду на несколько лет...» Но в этот момент отказалась от естественного порыва открыть сестре правду. «И без того у нее сейчас проблем выше головы. Пусть сначала с ними разберется. Будет еще случай», — решила она про себя.

— Ну что ж, Светочка, ты лучше знаешь, чего хочет твое сердце. Желаю тебе с Мишей еще большего счастья и удачи, чем у меня с Олегом.

В эту ночь Светлана после долгих раздумий нашла наконец соломоново решение, — вероятно, этому способствовал визит Нади и ее предстоящая свадьба. Зная, что Миша с нетерпением ждет, чем окончатся ее затянувшиеся переговоры с родителями, она, как условились, позвонила в следственную группу, которая занималась подготовкой к отправке в Афганистан.

Миши на месте не оказалось; попросила передать ему о своем звонке. На занятия не пошла — не до этого. Наконец зазвонил телефон.

— Светочка! Ну как наши дела? Что они говорят? Удалось убедить?

«Волнуется, милый...» — поняла Света.

— Все решила, но не могу говорить по телефону. — Она невольно понизила голос. — Можешь срочно приехать? Я одна дома, и мы обо всем спокойно поговорим. Сумеешь вырваться? — И, получив положительный ответ, облегченно вздохнула и направилась в ванную приводить себя в порядок.

Веру Петровну положили в гинекологическую клинику на обследование; отец убыл в очередную загранкомандировку; помешать им никто не может.

Когда приехал Миша, она повела его в свою комнату и усадила в мягкое кресло. Присела рядом на кушетку, взяла его руку в свои.

— Мне хочется говорить с тобой именно здесь, в моей комнате, потому что это наша с тобой суверенная территория. В гостиной ты чувствовал бы себя более стесненно.

— Ты права, как всегда, умненькая твоя головка. — Он ласково потрепал ее по волосам, испортив прическу. Перед его приходом Света уделила ей немалое внимание, но ей так приятно...

— И что советуют тебе родители? Конечно, подождать до моего возвращения?

— Так, и только так! Но мы ведь это уже проходили. Я их мнение не разделяю. Ты все правильно решил, и мама твоя — тоже.

— Тогда в чем проблема? Они смирились с твоим решением?

— В том-то и дело, что нет. В один голос заявили о своем несогласии в категорической форме!

— А ты хочешь поступить по-своему? Я на все готов! Как в старину. Увезу тебя на тройке, обвенчаемся! Будешь жить с мамой, пока они не одумаются.

— Это хорошо выглядит лишь в романах, а в жизни все сложнее, — спокойно заметила Света.

— У тебя есть еще какой-то вариант? — тоже спокойно, немного с иронией поинтересовался Миша. — Нашла иной выход?

— Да, нашла! Несколько ночей не спала. Думаю, другого пути у нас нет. Послушай, что я решила. — И посмотрела на него теплым, любящим взглядом — в нем светилась надежда: поймет...

Он, сдерживая волнение, молчал, опустив глаза, будто ожидая приговора.

— Ни венчаться, ни регистрировать брак мы не можем! — твердо произнесла Света.

Он протестующе замотал головой, но она быстрым движением руки его остановила.

— Не горячись, прошу тебя! Выслушай! — Подождала, когда он успокоится. — Мама с отцом меня предупредили, что, если ослушаюсь, на свадьбу не придут. Сам понимаешь — не могу я этого допустить! Они у меня не заслужили, чтобы я их так грубо игнорировала. По-своему они желают мне добра.

Михаил снова протестующе встрепенулся, и Света, сжав его руку, чуть повысила голос:

— Ты погоди... не нервничай! Я ведь считаю, что они не правы. Мы все равно поступим по-своему. Только неофициально, тайно!

Миша резко откинулся в кресле, лицо потемнело.

— Ты думаешь, что говоришь?! Как же я с тобой так поступлю? Да ты... ты для меня дороже всего на свете! — Порывисто встал, подсел к ней на кушетку, ласково обнял за плечи. — Глупенькая моя! Разве я могу принять твое самопожертвование? — укорял он ее, чувствуя прилив любви и нежности.

— А мне все равно, женаты мы формально или нет! — шептала она, блаженствуя в его объятиях. — Мы решили, что станем мужем и женой, и сделаем это! Без лишнего шума, чтоб не огорчать моих родных. А когда вернешься — устроим пышную свадьбу, как они того хотят. И волки будут сыты, и овцы целы. Я тебя так не отпущу!..

— Но моя мама... она будет против! Она старомодная, сочтет, что без венчания мы поступим непорядочно, грешно! — с досадой произнес Миша, отстраняясь. — Душа ее этого не примет!

— Нам самим решать, что порядочно, а что нет, — тихо молвила Света, глядя на него как-то особенно доверчиво и беззащитно. — Я не вижу греха в том, что тебя люблю. А порядочная ли я — тебе судить. У меня в жизни другого мужчины не было — и не будет! И тебе я верю, как самой себе.

Самоотверженность, искренность и безыскусность ее слов глубоко растрогали Михаила. Теплая волна нежной страсти захлестнула его, и он крепко прижал к себе ее трепещущее тело, покрывая его жаркими поцелуями.

— Миша, дорогой, милый! — горячо шептали ее губы, в то время как она изнывала от любви и желания в его объятиях. — Я хочу, чтобы это было сегодня, сейчас! Возьми меня! Я так хочу!

Он давно уже сдерживал свою страсть, считая месяцы и часы до того счастливого дня, когда они соединятся. Но у него сильная воля — он умел держать себя в узде. Сейчас, в этот решающий момент, его разум и воля ослабли... Сказались треволнения, реакция ее родителей, скорый отъезд в неизвестность... И он уступил велению ее и своей страсти.

Ласково, медленно, едва касаясь, помог ей раздеться и, когда она осталась в одной тоненькой сорочке, как ребенка уложил в постель. Не торопясь, только тяжело и прерывисто дыша, разделся сам и лег рядом с ней под одеяло. В нем боролись врожденное благородство с горячей любовью и страстным желанием ею обладать... Не в силах дольше сдерживаться, он заключил ее в объятия. Зная, что она еще девушка, действовал нежно, осторожно, не торопясь. Целовал ее, долго гладил грудь, бархатистый живот и пушистый холмик под ним; хорошо изготовился и энергичным движением вошел в нее, преодолев сопротивление девственности.

Острая боль пронзила Свету; потом она ощутила его тепло и какую-то упоительную заполненность. «Мы — единое существо!.. — радовалась ее душа. — Какое блаженство — быть с любимым!..»

— Тебе хорошо? Тебе... не больно? — тихо, нежно спрашивал он, стараясь двигаться плавно, постепенно.

— Хорошо... Молчи! Я люблю тебя! — горячо шептала она ему в ответ и целовала его мокрую от пота волосатую грудь.

Тепло его разливалось по всему ее телу, перерастая в чувство острого наслаждения; она неумело помогала ему, крепко обнимая, шепча его имя. А он был неутомим, нежен, внимателен, заботлив... Не думал о себе, — лишь о том, чтобы его любимой было лучше... еще лучше... старался доставить ей больше радости, блаженства...

В какой-то момент, на грани терпения, хотел прерваться: он любит ее всем сердцем, он не желает, чтобы она попала в беду!.. Но она, осознав его намерение, воспротивилась:

— Нет! Нет, Мишенька! Не надо! — простонала она, еще крепче прижимая его к себе, целуя. — Я не боюсь! Я хочу этого больше всего на свете!..

Его любовная энергия и самоотдача легли на благодарную почву. Получая все больше наслаждения от их близости, обожая своего избранника, Светлана испытала высшее блаженство, пронизавшее все ее существо до потери сознания, — она растворяется в нем... она умирает... Так получилось, что с первой интимной близости она почувствовала себя с ним женщиной.

Потом лежали обессиленные, счастливые друг другом, испытывая высокую радость от того, что все у них так хорошо, так ладно и сладко завершилось. Они совсем забыли о времени и о том, где находятся: строили планы, мечтали, как будут жить, когда он вернется домой...

Миша опомнился первый: взглянул на часы, рассмеялся.

— Светик ты мой, кажется, мы, немного... отвлеклись от реальности. Ведем себя будто в своем семейном гнездышке.

Он долго и нежно целовал ее в губы; еле-еле оторвался, сел, стал одеваться.

— Пойду умоюсь и подожду тебя на кухне. Отпразднуем нашу скромную, нашу такую чудесную свадьбу! — Наклонился и вновь поцеловал ее; любовь и нежность к ней переполняли его. — Теперь мы с тобой муж и жена! — заключил он с радостью и, немного помедлив, добавил: — Моя княгиня Юсупова.

— Навсегда, до самой смерти! — прошептала Света, провожая его счастливым взглядом.

Глава 18. БУДУЩИЙ ДИПЛОМАТ

Рассказывая Надежде о том, как он сломил сопротивление матери, Олег не сообщил ей всей правды. На деле баталия была более затяжной и трудной. Когда, проводив Наденьку, он вернулся домой, родители ждали его с ужином за столом на кухне, ожесточенно споря: в мнении о его избраннице не сошлись.

Сергею Тимофеевичу Надя понравилась — похвалил: ведет себя умно, скромно, вежливо. Конечно, она не то что Света, но зачем мечтать о журавле в небе? Все-таки дочь известного профессора. И с семьей Григорьева связь сохраняется. В общем, он одобряет.

У Ларисы Федоровны сложилось иное мнение: она не отрицала, что жена с такой блестящей внешностью может способствовать карьере дипломата, но...

— Девушка скрытная, неинтеллигентная! — твердила она. — А главное, я не почувствовала, что она влюблена в нашего сына. Меня женское чутье не подводит. Боюсь, Сережа, карьеристка она, замуж выходит по расчету. За границу рвется.

— Да ты не преувеличивай! У страха глаза велики! — не соглашался муж. — Сама же говоришь — лучше парня, чем наш Олег, во всей столице не сыскать. Да она на седьмом небе от счастья, только показать стесняется.

— Нет, сердце матери не обманешь! Боюсь, дорогой, не будут они счастливы, — сокрушалась Лариса Федоровна.

— Хватит каркать! — рассердился он. — Подумай лучше какие очаровательные у нас родятся внуки — рослые, крепкие, красивые. Эта девушка подарит нам замечательное потомство! — И жизнерадостно рассмеялся, представив толстых, розовощеких карапузов.

Однако рассеять опасения жены ему не удалось — Лариса Федоровна лишь глубоко вздохнула; лицо ее выражало несогласие. В этот момент в кухню и вошел Олег.

— Ну вот и наш будущий дипломат! — весело приветствовал его Сергей Тимофеевич. — Садись, будем ужинать. Вот мать почему-то расстраивается. Успокой-ка ее.

— Давайте сначала перекусим, а? — в тон ему отвечал Олег. — Проголодался, как волк. Ну-ка, маман, изобрази хозяйку во всем блеске! Наверно, долго буду вспоминать из своего далека твою вкусную стряпню! А политбеседу с тобой после проведу.

После сытного, обильного ужина, когда Сергей Тимофеевич, отдуваясь, удалился отдыхать, мать и сын продолжили откровенный, задушевный разговор. Первым начал Олег, без лишних церемоний предложив:

— Ну, мамулечка, выкладывай свои против. Я уже все вижу по твоему лицу. Что тебе в ней не нравится?

Лариса Федоровна только этого и ждала; взяла сына за руку, согрела любящим взором.

— Очень многое. Даже — что слишком красива и заставит тебя ревновать. Но это не главное.

— А что главное? — нетерпеливо прервал Олег, зная наперед, что она скажет. — Не тяни, бери быка за рога!

— Хорошо, раз ты этого хочешь! — согласилась мать со злым блеском в глазах. — Боюсь, карьеристка она, замуж за тебя выходит ради заграницы. Не будет тебе верна.

— Ну вот, приехали! — всплеснул руками Олег, решив — пора переходить в наступление. — Чем же я так плох? Да на меня все женщины заглядываются — сама говорила!

— А вот Надя — нет! — Хотела добавить: «И Светлана тоже», но побоялась сделать сыну больно. — Я материнским сердцем чувствую — в душе у нее темно. Боюсь, не станет она тебе доброй женой и верной подругой в жизни.

— Тоже мне телепат! — насмешливо отверг ее доводы Олег. — Не хотел говорить, памятуя строгую мораль, но, раз уж так далеко зашло, знай: Надя, хоть долго сопротивлялась, но из любви ко мне все же уступила один раз. — Победно взглянул на мать и поставил жирную точку: — Так что фактически мы муж и жена. Я ей обещал!

Лариса Федоровна была ошеломлена и шокирована этим признанием. Сидела, молчала, переваривала неприятную новость. Олег было подумал — сдается, но ошибся. После недолгой паузы она подняла на него укоризненный взгляд.

— Ничего хорошего в этом не вижу — ни с твоей стороны, ни с ее. Только слабость характера и распущенность. Чего и опасаюсь! — Лариса Федоровна выпрямилась, и глаза ее приняли жесткое выражение. — Не будь тряпкой и не размякай. В таких делах виновата всегда женщина.

Олег не ожидал такого сопротивления матери и разозлился:

— Не узнаю тебя, мама! Ты всегда была на моей стороне, поддерживала мои решения. Что я, мальчик? Не понимаю, что делаю? Надя мне подходит — и точка! — Посмотрел на мать, раздраженно напомнил: — Мне что, не ехать в Париж? Или на тебе жениться? Уж ты меня, конечно, не подведешь! Кто знает, что нас ждет впереди? Зачем предполагать худшее? — Вскочил и нервно заходил по кухне — мать все-таки его достала.

Глядя на него, Лариса Федоровна осознала, что его не переубедит, если не будет альтернативы, и решила временно отступить. Нужно срочно искать замену; не найдет — придется согласиться. За счастье сына она намеревалась бороться до последней возможности.

— Ну что ж, сынок, ты взрослый и способен отвечать за свои поступки. Делай, как считаешь нужным. Обещаю уважать твое решение.

В то время как Олег сообщил Наде о благополучном исходе переговоров с родителями и договаривался о совместных действиях по оформлению брачных документов, его мать действовала по собственному разумению. Если срочно не найдет подходящую невесту, сын женится на Наде. Не то чтобы она ее категорически отвергает, — нет, просто чувствует к ней недоверие.

Вот и отправилась после завтрака, предварительно созвонившись, с визитом к своей приятельнице Виктории, дочери известного в свое время авиаконструктора академика Скамейкина. Хлебниковы гордились близкими отношениями с этой знатной семьей. В Отечественную войну истребители конструкции Скамейкина славились как гроза для фашистских асов. Семья академика занимала семикомнатную квартиру в «сталинском» доме на углу улицы Горького и государственную дачу в ближнем Подмосковье, площадью несколько гектаров.

Лара и Вика — подруги со школьных времен. Лариса Федоровна с удовольствием вспоминала поездки на дачу в роскошном, вместительном «ЗиМе», трапезы за длинным столом на втором этаже огромного загородного дома — во главе неизменно восседал старый, доброжелательный генерал.

Бывая в дальнейшем у Скамейкиных с мужем и сыном, она еще в детские годы познакомила Олега с дочерью подруги — Наташей; одно время дети даже сдружились. Этому способствовал добрый, общительный характер Олега — Наташечка была капризна и избалована.

Наблюдая, как они славно играют и ладят, подруги с надеждой думали: дай Бог, дружба эта со временем перерастет в нечто большее...

— Посмотри, как твой бутуз защищает Наташечку, — всегда за нее заступается, — шутливо намекала Вика. — Как знать, может, не изменится к ней и когда вырастет?.. Она тоже в нем души не чает!

Однако по мере взросления детей надежды на их союз становились все призрачнее. Олег, высокий и сильный, стал юным красавцем, а хорошенькая, кудрявая девочка с возрастом сильно подурнела, очень вытянулась, деда переросла, а он, высокий, полный, с лицом приятным, но некрасивым. У девушки баскетбольного роста, с крупной, громоздкой фигурой, сложился легко ранимый характер; в сочетании с вечно обиженным видом все это отнюдь не способствовало привлекательности.

— Корова, да и только, — отозвался о ней Олег, когда мать поинтересовалась, почему он стал меньше уделять внимания Наташе во время визитов к Скамейкиным.

Ната же, наоборот, проявляла к нему большое расположение, но он этого не замечал — привык уже, что девушки откровенно любуются им. Он и виду не подавал, что она ему не нравится, был любезен, предупредителен, чем только подогревал ее надежды. Мамаши не очень-то рассчитывали на их дальнейшее сближение — слишком велико внешнее несоответствие. Но чем черт не шутит...

Однако вскоре произошло событие, поставившее крест не только на развитии отношений между Олегом и Натой, но и значительно охладившее дружбу их родителей. В гости к Скамейкиным приехала с Украины погостить летом на даче их родственница Оксана, хорошенькая, рыжеволосая хохотушка. Ей очень понравился Олег, и она, не разобравшись в ситуации, принялась с ним кокетничать. Не ведая ничего о чувствах своей двоюродной сестры, темпераментная и активная, она сумела пробудить в нем отклик.

Скандал разразился очень скоро. Их взаимную склонность заметили; однажды, когда они целовались в укромном уголке сада, их застала Наташа и устроила ужасную сцену: надавала пощечин своей гостье, ругала ее последними словами и в довершение всего закатила истерику.

Оксана вскоре с дачи исчезла, скандал кое-как замяли, но прежние близкие отношения уже не восстановились. Олег больше у Скамейкиных не появлялся. Подруги перезванивались, но видеться стали совсем редко.

Сейчас Лариса Федоровна ехала на встречу с Викторией с некоторой надеждой. Изредка бывая у Скамейкиных, она обратила внимание, как похорошела Наташа. Последние годы девушка усиленно занималась своей внешностью, значительно похудела, выглядела миловидной. Окончив факультет журналистики, она работала на радио; характер деятельности, живая атмосфера, — видимо, все это сделало ее общительной и контактной. Но замуж она не вышла.

— Не везет моей Натусе! — сетовала Вика Ларисе Федоровне. — Ну где ей найти подходящего и по сердцу человека — при ее-то росте, да еще на каблуках ходит? Этакая коломенская верста! Да к тому же привередливая. Никто не нравится — такие духовные запросы! Чую, останется в старых девах! Я уж потеряла всякую надежду.

«А это вариант... — размышляла Лариса Федоровна по дороге. — Вытащу к ним Олега, авось старая дружба оживет. Натуся, конечно, не без недостатков, но с детства нам знакома, порядочная девушка; журналистка — это как раз удачно для дипломата». Олега, конечно, поразит перемена происшедшая с Наташей... как знать?.. А ростом он не обижен — под два метра вымахал. Заодно надо узнать и об Оксане — она, кажется, из хорошей семьи, вспомнила Лариса Федоровна о давнем увлечении сына. Хотя, похоже, недалеко ушла от Нади.

Но всемогущая судьба не покровительствовала ее отчаянным усилиям, ее ждало разочарование.

— Ларочка, дорогая, как ты кстати! — обрадовалась Вика, открывая ей дверь, — она так и сияла от счастья. — Входи скорее, мне не терпится тебе все рассказать! Сама позвонить собиралась, но совсем закружилась в этой суматохе...

— А что случилось? Уж не Наточка ли замуж собралась? — У Ларисы Федоровны сердце упало в предчувствии неудачи. — Когда же она успела, ведь мы недавно виделись?

— Вот что значит верная подруга! — восхитилась Вика. — Сразу догадалась! А чему удивляться? В молодости все это быстро делается. — Рассмеялась, потом посерьезнела и объяснила: — Вернулся тут из-за границы спецкор «Известий»: длинный, интересный такой... в летах, с женой разведен. Произошла встреча — и две половинки нашли друг друга. Вот она — рука судьбы! — восторженно заключила Вика.

Этот новый удар отнял у Ларисы Федоровны способность к дальнейшему сопротивлению. «Значит, так предначертано свыше. — Она готовилась сложить оружие. — Придется полюбить Надю».

Уселась рядом с подругой на диван и стала терпеливо выслушивать подробности о Наташиных взаимоотношениях со спецкором, делая вид, что ей очень интересно.

Когда Надежда объявила матери, что ее заветная мечта сбылась и у них с Олегом все идет как по маслу, Лидия Сергеевна, вопреки ее ожиданиям, восприняла эту радостную весть индифферентно. После смерти Василия Семеновича она как-то погасла, стала ко всему равнодушна. Как заводная кукла делала необходимое по дому, по хозяйству. На работу приезжала вовремя, но выполняла свои обязанности без прежнего старания, не заботясь о том, что все видят, как она изменилась.

На похороны Чайкина она не поехала.

— Пускай уж эта проклятая лесбиянка изображает безутешную вдову, — ответила она на удивленный вопрос дочери, мрачно сверкнув цыганскими глазами. — А мне это теперь ни к чему!

Никак не могла она пережить потерю ненаглядного друга и крах всех связанных с ним надежд — ведь счастье было уже на пороге... Лидия Сергеевна, крепкая и выносливая от природы, не смогла справиться с этим горем.

— Что же, с удачей тебя, доченька! — без обычной эмоциональности поздравила она Надю. — Хоть тебе везет... Помогла, видно, моя беда — природа любит равновесие. А когда свадьба? Отцу уже сказала?

Надежде стало жаль мать — просто неузнаваема. Как бы приободрить ее, утешить?

— Конечно, еще нет. Как только решилось — я сразу к тебе! Ведь все вышло по-твоему. Ты — полководец, это твоя победа! — пошутила она, стараясь польстить самолюбию матери и хоть немного поднять ее настроение.

Да нет, все бесполезно — замкнулась она в своем горе...

— Ну будет тебе убиваться! Что прошло, того не вернуть! — ласково уговаривала Надя. — Давай лучше думать о наших делах, о будущем. Представляешь, сколько предстоит суеты и всяких хлопот? Прежде всего, приготовься встретиться с родителями Олега. Мамочка, прошу тебя — возьми себя в руки, приободрись! Нужно ведь не только познакомиться, а завязать родственные отношения. Попрошу их позаботиться о тебе в мое отсутствие.

Да слушает ли ее мать? Никак не реагирует...

— Мама, очнись же ты наконец! — Надя уже начинала сердиться. — Нам решить нужно, до того, как я к отцу поеду, как вы с ним выступите — врозь или, может... вместе?

Оказывается, мать слушает, — встрепенулась, переспросила:

— Это как же — вместе? Ты что, не сказала, что мы в разводе? Ведь Олег знает.

— В курсе они. Не ведают только, что ты с ним постоянно собачишься. Пора бы это кончать... обоим вести себя как культурные люди.

— Вот что я предлагаю. — И бросила на мать требовательный взгляд. — На днях мы все должны собраться, все обговорить: день свадьбы, хозяйственные вопросы и все такое. Вы с папой должны быть вместе! Мы встретимся и приедем втроем. Можете не разговаривать, только не ругайтесь! — Надя сделала паузу — слушает. — Свадьбу они хотят пышную — в ресторане «Прага». У них много друзей, родственников, да и положение обязывает. Расходы берут на себя, но, думаю, отец захочет поучаствовать — он самолюбивый. С ним тебе нужно заключить мир, хоть на время!

Она с мольбой взглянула на Лидию Сергеевну.

— Ну переломи ты свой характер — дочь замуж выходит! Сама же мечтала о такой свадьбе! — Так, теперь главный камень преткновения, — Надя глубоко вздохнула. — Вы с отцом должны сидеть рядом, во главе стола, как и родители Олега. — И, видя, что мать сделала протестующее движение, возмутилась: — Да это у тебя просто болезнь какая-то! Ты что же, не можешь посидеть спокойно рядом с ним всего несколько часов? Он что — прокаженный?! Он мой отец или нет? Говори правду!

Это возымело действие. До Лидии Сергеевны дошло наконец, что дочь права.

— Ладно, потерплю, — тихо промолвила она. — Не волнуйся — не подведу.

— Вот и молодец, мамуля! — обрадовалась Надя. — А то сама посуди — как вас расположить? Самим же обидно будет выступать на ролях бедных родственников. Да и зачем всему миру знать, какие у нас в семье отношения? Ты готовься, а я к отцу поеду!

Всю следующую неделю Надежда вертелась, как белка в колесе, разрываясь между институтом, где оформляла академический отпуск, и предсвадебными делами.

С отцом особых проблем не возникло. Он, как и прежде, воспринял ее решение выйти замуж за Олега Хлебникова положительно, был согласен со всеми условиями и изъявил желание принять участие в расходах. Однако ему надо лететь на неделю с лекциями в Сибирь, — встречу с родителями жениха пришлось отложить.

За это время Надя успела провернуть массу дел. Вместе с Олегом собрали все необходимые документы и подали заявление в загс. Большая забота — вовремя сшить подвенечное платье. Чтобы расшевелить мать и отвлечь от горестных мыслей, Надя возложила на нее эту ответственную миссию, и Лидия Сергеевна взяла ателье на свой контроль — проснулась привычная энергия.

Наконец вернулся из командировки Степан Алексеевич. Заехал за Надей и Лидией Сергеевной на такси, и они втроем прибыли к назначенному времени в дом на Котельнической набережной.

Олег с родителями уже ждали. Хлебниковы — в полном параде: Сергей Тимофеевич — в дорогом твидовом костюме, неплохо сидевшем на его приземистой, плотной фигуре и придававшем ему еще более важный и представительный вид; крупная, ростом выше мужа и не менее величественная Лариса Федоровна, в элегантном темно-сером костюме, по торжественному случаю сверкала бриллиантами. Олег, похожий в клубном пиджаке с золотыми пуговицами и водолазке на олимпийского чемпиона — тяжеловеса, с приветливой улыбкой вышел им навстречу и представил своим.

Мать и отец Надежды тоже не подкачали. Степан Алексеевич, как всегда, привлекателен и осанист; темно-синий финский костюм из переливающейся ткани прекрасно сидел на его высокой, подтянутой фигуре; волнистые волосы, усы и короткая, «профессорская», бородка красиво подстрижены — по-прежнему он выглядел красавцем киноактером. Лидия Сергеевна, отдохнув, подкрасившись, смотрелась очень эффектно: в нарядном, в меру ярком туалете, слегка подчеркивающем ее цыганский стиль, с модной пышной прической.

Олег и Надежда были в восторге от своих «стариков» — чувствовалось, что родительские пары сразу понравились друг другу.

Все уютно расположились в гостиной вокруг журнального столика; хозяева поставили угощение по-европейски — ликеры, шоколадный торт, предусмотрительно нарезанный на куски, фрукты. Завязалась непринужденная беседа. Для затравки Сергей Тимофеевич поведал о трудностях торговли с развивающимися странами:

— Поставляем им оборудование и вооружение на миллионы долларов, а полезной отдачи — почти никакой. Не хотят платить долги, сволочи!

И с усмешкой взглянул на родителей Нади, — видимо, этот прискорбный факт его не слишком заботил.

— Уж очень снисходительно к ним наше руководство. Конечно, друзей-коммунистов мы должны поддерживать, но не в ущерб жизни своего народа. — Сделал паузу и добавил, округлив глаза: — Мой заместитель на совещании предложил приостановить поставки, пока не выплатят долги, — так его чуть с работы не сняли! Присутствовал Микоян, кинул реплику: «Убрать этого дурака!» Еле отстояли хорошего специалиста!

Сергей Тимофеевич обвел слушателей глазами, как бы приглашая разделить его открытие.

— До этого считал, что «двадцать седьмой бакинский комиссар» — самый премудрый пескарь из старого руководства, а после случившегося усомнился: да в здравом ли он уме?

— Интересно, а почему вы назвали его «двадцать седьмым бакинским комиссаром»? — поинтересовался Розанов. — По-моему, их расстреляно двадцать шесть.

— А потому, что, как шушукаются историки, выдал их англичанам «двадцать седьмой», спасая свою шкуру, — хохотнул Сергей Тимофеевич. — Ему и сейчас никого и ничего не жалко. Лучшего своего друга Никиту Хрущева и то предал. — И спохватился, что зашел в своей критике дальше, чем следовало. — Что же, давайте выпьем ликерчику за наше приятное знакомство!

В течение всего вечера Сергей Тимофеевич Хлебников инициативно поддерживал беседу, варьируя темы по своему усмотрению.

— Вот о чем хотел бы спросить вас, Степан Алексеевич. Думаю, и нашим дамам это будет интересно. Чем вызван такой спрос на методы Макаренко в наше время? Разве они не устарели? Мне довелось слушать ваше выступление, и Ларочке тоже. Вот и сейчас вы вернулись из Сибири, где тоже проповедовали эти методы. — И замолчал в ожидании ответа.

— Не знаю, получится ли коротко объяснить, но попробую, — охотно откликнулся Степан Алексеевич. — Главное — традиционные методы и официальная пропаганда не дают нужных результатов. Посмотрите, чем дышит, во что верит поколение, которое приходит нам на смену, — о комсомольских руководителях уж не говорю. Карьеристы, стяжатели. С такими не только коммунизм — нормальную жизнь не построишь. А Макаренко — гениальный педагог; самородок! Без красивых теорий сделал из отбросов общества порядочных, хороших людей. — Кажется, он слишком увлекся любимым предметом. — Я понятно говорю? Меня нужно останавливать — на эту тему я могу говорить часами.

Больше всего Надю удивила и обрадовала мать, неожиданно поддержавшая бывшего мужа.

— Вот это очень верно! Современная педагогическая наука никуда не годится! То, чему учат наших воспитателей, на практике не дает нужного эффекта. Вот в детском саду, которым я заведую, специалисты прекрасные — считаются лучшими в стране. Стараются, бьются, а дети сами по себе растут и родители предъявляют претензии.

В общем, поговорили на самые разные темы, обсудили все насущное, что связано с подготовкой к свадьбе, и состав гостей тоже. Хлебниковы, люди состоятельные, все расходы пожелали взять на себя: по традиции, мол, это долг родителей жениха. Но Розанов настоял на том, что и родители невесты примут участие — «на приданое».

— Я вот гонорар недавно получил за свою последнюю монографию — хочу преподнести молодым на обзаведение. Думаю, эти деньги им в хозяйстве пригодятся. — Он обращался больше к Олегу и Наде.

— Благодарствуем, Степан Алексеевич, за подарок. Но мы же уезжаем, — напомнил Олег.

— Запас никогда не жмет, — с улыбкой возразил Розанов. — Не там, так по приезде понадобятся.

Так, к взаимному удовлетворению, закончилась эта важная для них встреча. И родители, и молодые с еще большей энергией и радостным ожиданием стали готовиться к свадьбе.

С момента первого своего тайного свидания Михаилу и Светлане удалось быть вместе всего два раза. Медового месяца не получилось.

После возвращения из клиники слегла с гриппом Вера Петровна. Отправляться в больницу категорически не захотела, лечилась дома. Свете пришлось заниматься хозяйством, ухаживать за мамой да еще сдавать зачеты в консерватории. О какой личной жизни тут речь!

А потом Михаила перевели на казарменное положение на загородной базе — вырваться не получалось. Вот и выдалась вместо месяца только медовая неделя, но зато какая незабываемая неделя!

Волею судьбы Светлана осталась одна на целых девять дней: Иван Кузьмич улетел с инспекцией в Казахстан; Вера Петровна приняла приглашение Вари провести декаду в загородном пансионате, где та отдыхала с детьми.

Миша как раз находился в Москве, так что все вечера и ночи в их распоряжении. Этот драгоценный период в их жизни стал настоящим подарком судьбы. Обожая друг друга, полностью растворяясь в своем ненасытном чувстве, отдавая ему всю силу молодости, они превратили его в подлинный пир любви.

Никогда не забыть им того упоительного наслаждения, какое испытывали, проводя ночи в объятиях друг друга —

без сна и устали. Освежал и бодрил их лишь прохладный ночной воздух, струившийся в открытые фрамуги, да истошные крики мартовских котов.

Переживая этот короткий, но счастливый период своей жизни, полный радости и наслаждений, они старались не думать о том, что близости их скоро придет конец и наступит момент расставания. А момент этот настал еще раньше, чем следовало.

В середине апреля Светлана, придя домой после экзамена в консерватории, услышала, как ее зовет Вера Петровна:

— Светочка, тебя к телефону!

Звонила Ольга Матвеевна. После памятного разговора они больше не виделись и по телефону не общались. Чувствовалось, что она обижена на Свету и ее родителей за отказ от венчания.

— Света, срочно приезжай! — услышала она взволнованный голос Ольги Матвеевны. — Звонил Миша, он заедет через час проститься. Их отправляют этой ночью, досрочно. Ему дали увольнительную до двенадцати. — И не сказав больше ни слова, повесила трубку.

Светлана обмерла, плохо соображая: что же произошло? Ведь у них с Мишей в запасе еще полмесяца! Они и на свадьбу к Наде собирались вместе пойти... Как же так? Что за мерзавцы вертят живыми людьми, словно чурками?..

Смертельно жаль и себя, и Мишу, и утраченного своего молодого счастья... И она залилась горючими слезами. Поплакав вволю и ощутив, что стало полегче, умылась и привела себя в порядок перед предстоящим расставанием с любимым. Как бы скрасить ему дорогу? Зашла на кухню собрать пакет с угощением.

— Ты чего такая зареванная? С Мишей поссорилась? — спросила Вера Петровна, продолжая орудовать у плиты.

— Он сегодня ночью улетает... — прерывающимся голосом ответила она, глотая слезы. — Сейчас соберу ему кое-что в дорогу и поеду прощаться. — Вынула из холодильника баночку икры, сырокопченую колбасу, несколько банок консервов. Немного подумав, присовокупила еще бутылку водки, пару пива, шампанское. Сложила все в большой заграничный бумажный пакет с удобными ручками и, не простившись с матерью, выбежала из дома.

Когда, с замирающим сердцем, она нажала два раза на кнопку звонка, Ольга Матвеевна открыла сразу, словно ждала в прихожей. Сурово взглянула на заплаканную Свету, молча сделала приглашающий жест рукой и, только когда переступили порог комнаты, не выдержала характера, зарыдала и заключила ее в объятия.

— Бедные вы мои! Дорогие! — шептала она сквозь слезы. — Как же вы теперь жить будете вдали друг от друга?! Разве для того растила я моего мальчика, чтобы где-то в горах его подстрелили разбойники?

Света рыдала с ней в унисон, не в силах вымолвить ни слова в утешение, — сама была безутешна. Обе ни о чем не могли думать, кроме своего горя, ничего не видели и не слышали.

— Ну вот, так и знал, что сырость разводите! — привел их в чувство деланно бодрый голос Миши: он стоял в дверях, немного растерянный, — застал такую картину страданий. — Рано меня хороните! Я собираюсь вернуться живым и здоровым. Обещаю! — И мягко разъединил их своими сильными руками. — А ну, давайте чайку попьем на прощание. Обсудим, чем будете заниматься до моего возвращения. Мамулечка, сделай милость, поставь чайник! Что-то горло пересохло с дороги.

Деловой его тон привел Свету в чувство, и она вспомнила о своем пакете.

— Мишенька, я тут кое-что собрала в дорогу, — засуетилась она, разыскивая пакет, который сунула куда-то, когда вошла не помня себя от горя. Нашла, поставила перед ним на стол. — Как там с едой в дороге — кто знает... Пожуешь — лишний раз меня вспомнишь. Между прочим, есть и бутылка шампанского. Может, выпьем на посошок?

— Это ты здорово сообразила, молодец! Когда в дороге проголодаемся — похвастаюсь перед ребятами, какая у меня заботливая женулечка.

Крепко обхватил ее за талию, приподнял и нежно расцеловал заплаканные глаза, щеки, трепещущие губы.

— Разве можно забыть чудесное время, что мы провели вместе? Разве я забуду счастье, которое мне дала твоя любовь? — страстно прошептал он ей на ухо; опустил на ноги и, склонившись, стал жадно целовать — с такой силой, будто хотел вобрать ее в себя целиком.

Наконец оторвался от нее, взял себя в руки.

— А теперь, дорогая моя женушка, наберемся терпения ждать от судьбы новой порции счастья. Будем крепки духом и телом, и она воздаст нам с лихвой — не сомневайся. Верь и надейся! Это наш девиз! Будем заниматься своим делом, а личная жизнь... подождет!

Миша был возбужден, — так много ему надо сказать, облегчить душу перед расставанием. Но в этот момент вошла Ольга Матвеевна с чайником в руках, и он умолк, не отрывая от Светы горящих любовью глаз.

Чай пить не стали, а открыли бутылку шампанского и коробку конфет. Пили из старинных хрустальных фужеров; Ольга Матвеевна и Света наперебой желали: пусть все поскорее кончится и он благополучно вернется домой. Михаил в свою очередь поднимал бокал за здоровье и счастье матери и любимой.

Перед самым расставанием он пристально поглядел на мать извиняющимся взглядом, снял с себя маленький золотой медальон, усыпанный мелкими бриллиантами, и надел его на шею Светлане.

— Храни его до моего возвращения. Не снимай никогда! А у меня останется мой талисман — крестик. — И еще раз тепло взглянул в глаза матери. — Он будет оберегать меня от опасностей.

Снова обернулся к Светлане и, не стесняясь матери, обнял, нежно поцеловал и наказал мягко, но настойчиво:

— Не оставляй без внимания маму, помогай ей в случае чего. — Сделал небольшую паузу, снова взглянул, на этот раз с укоризной, на мать. — Не обижайся на нее, что не вручила тебе причитающееся по праву. Она это сделает после нашего венчания. Что поделаешь, мама человек верующий.

Михаил не разрешил им провожать себя к месту сбора группы, еще раз обнял на прощание, взял в руки дорожную сумку и вышел в ночь.

После прощания с Мишей Светлана долгое время жила как во сне. Внешне это не бросалось в глаза: делала все, что обычно, — ездила в консерваторию, сдавала экзамены, помогала матери по дому, — но действовала как сомнамбула или как робот. Так пролетело время до Надиной свадьбы.

Настроения веселиться нет, без Миши белый свет не мил. Но Наденька спасла, и Светлана от всей души желала ей счастья. Стала добросовестно готовиться к ее торжеству.

И вот настал этот знаменательный день. Для проведения торжества сняли банкетный зал в «Праге» — одном из лучших ресторанов Москвы. Стол в виде огромной буквы «П» был накрыт на восемьдесят персон. Гости — в основном родственники и друзья Хлебниковых; их братья и сестры с взрослыми детьми; близкие друзья, знавшие Олега с малых лет; наиболее значительные сослуживцы Сергея Тимофеевича. Супруги Григорьевы также были приглашены стороной жениха, как, разумеется, и почтенный дядя Николай Егорович (но он сильно занемог и не вставал с постели).

Со стороны Надежды приглашенных намного меньше: из Надиных подруг, кроме Светланы, Таня Сидоренко и еще две девушки из Инфизкульта, которые ничего не знали о Косте. Из взрослых — только старший тренер по плаванию, с женой и сыном, известным пловцом (старик был польщен приглашением в столь высокое общество).

Розанов счел нужным пригласить на такой прекрасный банкет некоторых своих коллег с женами и, разумеется, Игоря Иванова с его новой подругой; еще — журналистов с радио и телевидения, с которыми сотрудничал.

Меньше всего приглашенных оказалось со стороны Лидии Сергеевны: только ее близкие подруги с мужьями и приятелями — всего три пары.

В банкетном зале, у входа, стеллажи были завалены букетами цветов и подарками. В ожидании приезда молодых из загса гости, нарядные, радостно-оживленные, прогуливались по фойе и залу, разбившись на группы.

В одной из групп Вера Петровна беседовала с Хлебниковой и другими знакомыми дамами.

— А почему вы предпочли «Прагу»? — поинтересовалась одна из дам у Ларисы Федоровны.

— «Прага» славится отличной европейской кухней; имеет много залов, прекрасный зимний сад на верхнем этаже, — охотно объяснила Хлебникова. — Надоест танцевать — можно просто пройтись по залам, посмотреть на публику и себя показать.

Розанов в компании коллег боролся с искушением поговорить с Верой Петровной: узнать бы, как она живет, все ли в порядке со здоровьем... да просто услышать ее голос... В конце концов не выдержал, подошел к дамам.

— Прошу прощения, если прерываю. Лариса Федоровна, молодые, похоже опаздывают? — осведомился он для приличия и как бы между прочим обернулся к Григорьевой.

— Вера Петровна, здравствуйте! Слышал от Наденьки, вы недавно побывали в больнице...

Вера Петровна быстрым взглядом отыскала мужа и Лидию Сергеевну. Григорьев разговаривал с Хлебниковым в центре самой многочисленной группы. Зная его могущество, многие стремились воспользоваться случаем и завязать с ним знакомство.

В другой группе Лидия Сергеевна, окруженная друзьями, увлеклась разговором. Кажется, никто не наблюдает...

— Спасибо, Степан Алексеевич, ничего серьезного. Сейчас мне намного лучше, — улыбнулась она Розанову. — Вы, конечно, рады за свою дочь? Они с Олегом — блестящая пара. Только вот уезжают надолго...

Чутким сердцем она понимала его отцовское состояние. Да ведь он и не подозревает, что с ним остается еще одна дочь...

— Да уж! Мне ее будет недоставать, хоть и видимся мы нечасто. — Он поблагодарил ее теплым взглядом. — Но не буду мешать вашей беседе, еще раз извините! — И вернулся к коллегам.

— Какой интересный мужчина! — глядя ему вслед и любуясь его импозантной фигурой, заметила одна из дам. — Это же отец невесты! Вы что, хорошо его знаете, Вера Петровна?

— Его дочь — подруга моей Светланы, спасла ей жизнь. Вы разве об этом не слышали?

Прибыли молодые, и гости, выстроившись в длинный ряд, потянулись поздравлять.

Жених был великолепен: в беготне и хлопотах, связанных с отъездом и свадьбой, Олег похудел и, в вечернем костюме выглядел прямо-таки скульптурно, возвышаясь над большинством гостей, как молодой бог. Невеста, в белоснежном воздушном наряде, сияла молодостью и красотой. Вместе они, кудрявый блондин и темная шатенка, оба высокие, статные, составляли пару — хоть в кино снимай.

— Божественно хороши молодые! Завтра улетают в Париж! — слышались восторженные с оттенком зависти голоса в толпе гостей.

Когда все расселись, образовалось как бы два общества: главное — за центральным столом, с молодыми в середине, а по их бокам — родители и самые почетные гости.

Рядом с Сергеем Тимофеевичем оказалась, в отсутствие Николая Егоровича, чета Григорьевых; с Лидией Сергеевной — ректор Педагогического института с женой.

За боковыми столами расположились с обеих сторон ближе к центру — родственники, знакомые рангом пониже, а по краям, как всегда, молодежь.

Угощение фантастическое, веселье било ключом, после обязательных тостов гости разделились на группы, и каждый делал что хотел. Молодые, сначала оказавшиеся, естественно, в центре внимания, с течением времени растворились в водовороте гостей.

Празднество подходило к концу. Некоторые еще танцевали и веселились в банкетном зале; остальные, в основном молодежь, прохаживались по другим залам ресторана — везде играла музыка, все красиво, интересно...

Наконец гости постарше стали разъезжаться; среди первых собрались домой Григорьевы: Иван Кузьмич считал для себя неприличным участвовать в нетрезвом веселье разношерстной публики.

Светлана решила уехать вместе с родителями. В течение всего вечера она старалась вести себя компанейски, танцевала, когда приглашали, чтобы не выделяться и не портить Наденьке настроения. Но ей было невесело, мысли ее бродили далеко — там, с Мишей, в пути...

Заметив, что они собрались уходить, Надежда — сама она почти не пила — подошла к Светлане.

— Светочка, помоги мне, лапонька, привести себя в порядок! — И, предвидя, что откажется, сославшись на уход родителей, быстро добавила: — Я тебя задержу всего на две минуты, твои старики не уедут — их предупредят. Мне сказать тебе нужно... что-то очень важное.

Светлана ожидала, что Надя поведет ее в туалетную комнату, но нет: невеста остановилась на площадке, ведущей на этажи, и как-то необычно себя повела — она явно волновалась, искала слова.

— Светонька, мы разлучаемся с тобой надолго, кто знает, — может быть, навсегда. Обязана я теперь... открыть тебе эту тайну. Давно бы следовало, да я все не решалась никак. — И умолкла на мгновение, наблюдая за реакцией подруги.

Светлана, ничего не понимая, молча ждала объяснений.

— Ты ведь обратила внимание, что я называю тебя сестрой? Думала, наверно, потому, что тебя спасла и вы меня приняли как свою? Ошибаешься! Мы и правда с тобой сестры. Самые что ни на есть единокровные!

Увидев, что у изумленной Светланы распахнулись еще шире глаза и вытянулось лицо, Надя остановила ее жестом руки.

— Не спрашивай меня сейчас ни о чем, кроме того, что скажу сама. Обо всем поговорим, когда вернусь. По почте из-за границы об этом распространяться не стоит.

Глядя прямо в синие Светланины глаза открыла ей наконец правду.

— Иван Кузьмич тебе не родной отец. Настоящий твой родитель — это мой фатер, Степан Алексеевич Розанов, — сидел рядом со мной. Надеюсь, ты его хорошо разглядела? Видный такой из себя, интересный; красивый даже. Твоя копия, в мужском варианте. Тебе и убеждаться не надо — достаточно поглядеть на себя в зеркало. — И честно призналась: — Можешь мне поверить — тогда на реке я и представить не могла, что спасаю сестру. Сама недавно узнала.

Надя с чувством посмотрела на ошеломленную Светлану и по-дружески ее встряхнула.

— Ладно, не впадай в транс! Переваришь это со временем — как я! — А сейчас хочу поблагодарить за все хорошее, что от тебя видела, и, конечно, за Олега. — Она почувствовала прилив нежности и признательности к сестре. — Знай, я тебя люблю и буду тепло вспоминать. И ты не поминай лихом грешную Надежду! — Обняла Светлану, чмокнула в щеку и беззаботно вернулась обратно в банкетный зал.

Потрясенная услышанным, не зная — верить ли, нет ли, — Светлана на подгибающихся ногах пошла на выход, к ожидавшим ее родителям.

Глава 19. ПРИЗНАНИЕ

На следующий день, в воскресенье, Светлана, успокоившись и поразмыслив, отнеслась к сенсационному сообщению Нади более спокойно и скептически.

Она хорошо отдохнула, выспалась и, свободная от дел, стала оценивать правдоподобность услышанного, постепенно проникаясь все большим сомнением в достоверности фактов. Все в ней восставало против нелепого, невероятного открытия, переворачивающего ее жизнь с ног на голову.

«Здесь какая-то роковая ошибка. Надю ввели в заблуждение», — пришла она в конце концов к утешительному выводу. Нельзя не признать: внешнее сходство с отцом Нади у нее и правда удивительное. Припомнила она и то, что матери их из одного села, бывшие подруги; из-за чего-то поссорились на всю жизнь. Эти факты могли, конечно, послужить злым языкам почвой для интриг и сплетен.

С другой стороны, сходство это могло ведь быть и случайным. Мало ли парадоксов в жизни? Ведь Надя — его дочь, а очень мало похожа. Да и вся история взаимоотношений матери и отца, их семейная хроника до подробностей известна Светлане из рассказов матери. С отцом они дружили и встречались задолго до женитьбы, сама она была свидетельницей их счастливой жизни.

«Мама не такая, чтобы проявлять легкомыслие и неверность. Не способна она на это, уж я ее знаю! — мысленно заключила она свой анализ. — Чепуха все это! Нужно выбросить из головы неумные и вредные мысли, сейчас не до этого!»

Уверенности Светланы, что Надя ошибается, способствовало и ее впечатление о профессоре Розанове. Невероятно, что человек с такой привлекательной, истинно благородной внешностью спокойно делает вид, будто не замечает родной дочери, — пусть она и выросла в чужой семье. И столько лет совершенно ею не интересоваться?.. Быть не может! Да и Надя всегда отзывалась о нем как о чутком, заботливом отце и друге, очень хорошем, душевном человеке. Не было между ним и матерью ничего общего в прошлом! Заметила бы по их поведению на свадьбе...

Однако версия о его отцовстве — хотя Света в нее и не верила — вкупе с приятным впечатлением, им произведенным, пробудили в ней к профессору Розанову повышенный интерес. «Нужно при случае узнать получше, что он за человек. Из простого любопытства, — решила она. — Порасспрошу о нем между прочим у матери».

Так Светлана успокоила свою душу принятым решением — не придавать значения ошибке Нади, и всеми ее помыслами вновь завладели тоска по Мише и тревога за его судьбу. Отвлечься все-таки не мешает, немного развеяться... Включила радиолу, поставила долгоиграющую пластинку с ариями из любимых опер. «Послушаю-ка лучше классику и помечтаю о нашей радостной встрече, когда Миша вернется домой!» И она удобно устроилась на кушетке.

Жизнь между тем продолжалась, и в круговерти повседневных событий острота переживаний Светланы сгладилась. С возрастающим оптимизмом и надеждой на счастливое будущее ожидала она весточек от Миши. Регулярно перезванивалась с Ольгой Матвеевной, два раза ее навещала. Их отношения после проводов Миши стали ближе, теплее, обе старались поддерживать друг друга.

Письма от него приходили редко, — очевидно, из-за сложных условий, в которых он находился; тон коротких сообщений был бодрым. Они знали, что он уже прибыл в Кабул и проходит вместе с группой дополнительную подготовку с учетом сложившейся обстановки. Но оптимистичные эти письма ничуть их не успокаивали.

— Знаю я его: никогда не скажет нам суровую правду о своих делах, как бы трудно и опасно ни было. Миша привык рассчитывать только на свои силы, не перекладывать на других горести и заботы. Тем более на своих близких, — приговаривала Ольга Матвеевна, когда вместе читали и обсуждали его письма. — Слава Богу, жив и здоров!

Так продолжалось месяца полтора, и Светлана уже адаптировалась к своему душевному состоянию, когда обнаружила, что беременна. «Боже мой! Это все-таки случилось! Случилось! — со смешанным чувством тревоги и радости твердила она себе, возвращаясь домой из женской консультации. — Тамара Александровна Малкова — врач опытный, ошибиться не могла!» Страха она не испытывала — давно подготовила себя морально к такому исходу и была счастлива мыслью, что у них с Мишей будет ребенок.

Чувства более сложные переполняли ум ее и душу. У нее и в мыслях нет избавиться от ребенка, сделать аборт. Однако светлая радость ожидаемого материнства омрачена сознанием предстоящих семейных неприятностей. С душевной болью думала она о том, как воспримут это известие родители, — тяжело им будет, обидно. Ведь она ослушалась и попала в постыдное, по их мнению, положение. «Да, Светлана Ивановна, вот так сюрприз преподнесете вы любящим отцу и матери! — С горькой иронией старалась она приободриться и подготовиться к предстоящей тяжкой сцене. — Вот уж чего они не ждут... Но ничего, придется пережить! Это не самое страшное в жизни. Если любят меня — поймут и простят. Предупреждала же их! Это они помешали нам с Мишей обвенчаться!»

Отбросив последние сомнения и укрепив дух сознанием своей правоты, Светлана повеселела; к ней вернулось обычное чувство юмора. «Радоваться должны, что обзаведутся внуком! — Почему-то она уверена, что родится мальчик. — Разве лучше для них, если б я никогда не родила? Маме будет чем заняться, а то она совсем скисла. Да и отец хоть немного оттает — стал сухарь сухарем. Полюбит он мальчика — уверена!»

Однако по мере приближения к дому бодрое настроение исчезло и в душу закралось тревожное предчувствие скандала. Но она уже настроилась на боевой лад. «Ну что ж, пусть попробуют! Отвернутся от меня, проявят черствость — уйду из дома! Не посмотрю на трудности, которые нас ждут с ребенком! Слава Богу, есть куда: Ольга Матвеевна не выдаст, знаю! В тесноте, да не в обиде!» Светлана не без основания рассчитывала здесь на солидарность, хорошо помня ее горячее желание иметь внука. Но проснувшийся материнский инстинкт потребовал убедиться в прочности запасных позиций. «Не буду объясняться с родителями, пока не поговорю с Ольгой Матвеевной. Это она меня сагитировала — пусть первой и услышит радостную весть», — предусмотрительно решила она.

Придя домой, позвонила, чтобы договориться о встрече, но Ольги Матвеевны не оказалось дома. «Наверно, ушла по делам. Созвонюсь вечером, — обескураженно подумала Света. — Придется отложить разговор до завтра». Тяжело вздохнув и не переставая думать о своем новом состоянии и связанных с ним сложных проблемах, она переключилась на домашние дела.

Ольга Матвеевна сидела за столом и с грустью разглядывала фотографии сына, когда два звонка в прихожей известили, что пришла Светлана. Накануне, договариваясь по телефону, она ничего ей не сказала о цели визита, — пришла, наверно, просто поговорить о Мише, отвести душу.

— Что-то долго нет писем! — посетовала она, провожая Светлану в комнату. — Садись родная, расскажи, что у тебя нового. Знаешь, — продолжала она, не дожидаясь ответа, — я все думаю: а в самом Кабуле спокойно ли? Люди говорят, там какие-то душманы завелись, вроде наших партизан. Так они, головорезы, могут всадить нож в спину или выстрелить из-за угла... Что-то неспокойно у меня на сердце...

Но почему это Света слушает ее опустив глаза? Ольга Матвеевна уже привыкла, что та активно обсуждает все касающееся Миши, особенно если ему угрожает опасность.

— Что с тобой сегодня? О чем задумалась? — все тревожилась она. — Уж не скрываешь ли чего от меня?

— Не знаю, как вам это сказать... — наконец промолвила Света, смущенно подняв на нее взор. — В общем... беременна я. Вчера врач сказал — шесть недель. Что теперь делать, Ольга Матвеевна? — И умолкла, дав волю слезам.

Ошарашенная новостью, Ольга Матвеевна сидела молча, пытаясь осмыслить это важное событие. Широко раскрытыми глазами она смотрела на Свету, будто впервые увидела. Затем лицо ее просветлело и она торжественно произнесла:

— Ну что ж, свершился Божий промысел! Небеса благословили ваш союз ребенком, хоть и зачали вы его в грехе. — Встала, подошла к Светлане, обняла за плечи, поцеловала ее опущенную голову. — Слава Богу, наконец случилось то, о чем я мечтала больше всего на свете. У меня будет внук, продолжатель нашего рода! Вот увидишь — у тебя родится сын. Мои предчувствия меня никогда не обманывают!

Ее откровенная радость и поддержка не успокоили Светлану, она все еще плакала.

— Но что... что мне теперь делать? Как сказать об этом родителям? Ума не приложу! Ведь они разъярятся, что я их ослушалась. Что, если Мишу не отпустят из части к тому моменту, когда мне рожать? Я хочу, чтобы все знали, что это его ребенок! — И еще пуще зарыдала, уронив голову на руки.

Ольга Матвеевна не находила слов, чтобы ее утешить, только гладила по голове, приговаривая: — Ну успокойся, будь умницей! Тебе вредно волноваться!

Почувствовав, что напоминание подействовало, постаралась приободрить:

— Вот увидишь, ему дадут кратковременный отпуск. Миша заслужит, будет стараться, когда сообщим ему об этом. Не сомневайся — сумеет вырваться, чтобы зарегистрировать брак и ребенка.

Ее ласковая поддержка и оптимистический прогноз успокоили Светлану; она перестала плакать и заговорила о том, зачем приехала:

— А как мне поступить, если родители категорически потребуют избавиться от ребенка или откажутся помогать? Как быть тогда? Куда деться с ребенком? — Она робко смотрела, с замиранием сердца ждала ответа.

Нет, не ошиблась в этой благородной и сильной женщине: Ольга Матвеевна верна себе. Она выпрямилась на стуле, нахмурила брови, и во взгляде ее появилась твердая решимость.

— Не думаю, что они так поступят. Ты единственная дочь, они тебя вырастили, любят и должны примириться с неизбежным. — Ее долг прежде всего успокоить девочку. — Ну а если станут толкать тебя на аборт — получу право усомниться, действительно ли они дорожат своей дочерью!

Она сделала паузу, будто взвешивая то, что собиралась сказать, и важно заверила:

— Если произойдет что-либо подобное, в общем такое, что не сможешь оставаться дома, знай: здесь тебя ждут любовь и забота. Я сумею помочь тебе воспитать и вырастить моего внука!

С успокоенной душой, переполненная чувством благодарности, Светлана обняла и расцеловала Ольгу Матвеевну. Она стала ей теперь еще ближе и роднее.

Укрепив свою волю и решимость в этом разговоре, Светлана сочла, что пора сообщить все матери. Вера Петровна с утра уехала на прием к врачу, но к обеду, как всегда, должна быть дома.

Сославшись на нездоровье, Света пораньше освободилась от занятий в консерватории. В последние недели ей приходилось усиленно работать — на носу выпускные экзамены. Домой она приехала к обеду: мать уже вернулась, накрывает на стол. Света быстро привела себя в порядок, и они, сидя друг против друга за столом на кухне, принялись за еду.

— Что-то в последнее время у тебя неважный аппетит, доченька, — обеспокоенно заметила Вера Петровна. А вчера тошнило... И вообще ты... не так выглядишь: побледнела, круги темные под глазами... С желудком что-нибудь или все по Мише тоскуешь?

Обед подошел к концу, и Светлана, отодвинув тарелку, решила выложить матери всю правду.

— Со здоровьем у меня все в порядке. — Ей казалось, что она говорит спокойно. — А выгляжу так и тошнит, потому что это положено женщине в моем положении.

— Ты о чем это, доченька? — встревожилась Вера Петровна, начиная понимать, что с ней случилось; побледнела, испытующе подняла на дочь чистые серые глаза. — Не пугай меня так... Неужели успели? Ты что... беременна?.. — Голос у нее прервался, и она умолкла, все еще надеясь, что это розыгрыш.

— Вот именно, — так же спокойно, даже равнодушно подтвердила ее догадку Света. — Я вас с папой предупреждала, что люблю серьезно и не могу так просто расстаться с Мишей. Мы решили пожениться — так и сделали. Пришлось встречаться тайно, чтобы не было скандалов. — Светлана умолкла, из глаз у нее потекли слезы, но она их вытерла и бросила матери гневный упрек:

— Это вы с отцом во всем виноваты! Не дали нам сыграть свадьбу по-человечески. А наша с ним вина только в том, что мы больше не могли друг без друга жить. Теперь давайте вместе расхлебывать!

Все, главное сказано. Она успокоилась, встала из-за стола, взяла заварной чайник и налила себе и матери по полной чашке.

Вера Петровна долго сидела молча, воззрившись на дочь скорбным взглядом. Не узнает она свою тихую, добрую Светочку... Перед ней была новая Светлана — взрослая женщина, защищающая свою любовь и своего еще не родившегося ребенка... Наконец она тихо, горестно промолвила:

— Значит, не послушала отца и мать, поступила по-своему. Мы ведь желали тебе добра — не хотели, чтобы ребенок рос без отца.

Тяжело вздохнула, но вопреки ожиданиям Светланы ни ругать ее ни упрекать ее больше не стала. Говорила как бы сама с собой, печально жалуясь на судьбу: — Видно, у нас на роду написано — страдать по вине любимых мужчин. Не похожа ты на меня внешне, доченька, но гены у тебя мои, по моей дорожке ведут.

Светлана ничего не поняла — о чем это мать? — но ясно, что она уже примирилась с происшедшим, она на ее стороне. Ей стало невыносимо больно: не оправдала надежд матери, отплатила злом за все добро, любовь и заботу, что видела от нее с самого рождения... Бросилась к ней, обняла и, глотая слезы, стала утешать:

— Ну не надо так расстраиваться, мама, мамулечка! Миша любит меня. Он сумеет вырваться к рождению сына! Должны ведь его отпустить по такому случаю?! Люди же, а не звери! — Горячо расцеловала мать и пообещала, сама стараясь поверить в то, что говорит: — Вот увидишь, все кончится хорошо! Миша приедет, и мы с ним обвенчаемся. У ребенка будет отец!

Однако Вера Петровна подавленно молчала, и ее мрачный вид показывал, что не очень-то она надеется на счастливый исход. Понимая, о чем думает мать, и желая показать ей, что взвесила все обстоятельства, Света тихо заключила:

— Если же Миша не вернется — у меня на всю жизнь останется живая память о человеке, сильнее которого уже не полюблю никого. Неужели, мамулечка, мы с тобой не сможем вырастить моего сына?! — И с мольбой во взоре подняла заплаканные глаза на притихшую мать.

«Ну вот, моя история повторяется... Не в точности, но похоже...» — думала Вера Петровна, вновь вспоминая пережитое когда-то потрясение. Тяжело вздохнула, тряхнула головой, будто сбрасывая груз прошлого, и спокойно произнесла:

— Делать нечего, дочка, — будешь рожать! Отца я беру на себя. Ребенка мы, разумеется, вырастим сами, если с Мишей что, не дай Бог, приключится. Но зачем предполагать худшее? Помолчала, с грустью глядя на свою красавицу дочь, и добавила покаянным тоном: — Напрасно мы с отцом препятствовали вашей воле. Забыли, что молодые все равно поступают по-своему, — может, и более верно. Будем надеяться, что ты, доченька, сумеешь устроить свою жизнь и будешь счастлива!

Заметив, что Светлана сидит с просветленным лицом, наполненная радостным ощущением материнской поддержки, и сама испытывая счастье от установившегося взаимопонимания, Вера Петровна перешла на деловой тон:

— Теперь ты меня постоянно держи в курсе своих дел и самочувствия. Проблемы будут с отцом: уж очень общественным мнением дорожит. Но вместе-то мы с ним справимся, как считаешь? — И улыбнулась впервые за все время разговора. — Иван Кузьмич — реалист и смирится, когда поймет, что ничего изменить нельзя. С ним я поговорю завтра, когда вернется со своей любимой охоты.

После этого разговора Светлана вздохнула свободнее. Почувствовала себя уверенно и перестала опасаться предстоящих осложнений, готовясь стать матерью.

Иван Кузьмич вернулся домой из охотничьего хозяйства только на третий день, после обеда. Там проходила очередная неофициальная часть важных переговоров; он изрядно утомился от чревоугодия и разного рода увеселений: даже его железный организм уже не выдерживал такой нагрузки.

— А у нас что, гости? — спросил он у жены, войдя в холл и услышав громкие голоса, доносившиеся из столовой.

— Это Варенька с мужем. Пригласила их поужинать с нами. Думала, ты и сегодня не вернешься.

— Гости — это хорошо! — бодро отозвался Григорьев, но в душе подосадовал: «Опять их черти принесли! Не дадут спокойно отдохнуть дома!» — И объяснил:

— Только мне есть совсем не хочется — нас просто перекормили. Зарубежные друзья па-адки на халяву! Столько жрут и пьют — будто голод у них. — Презрительно хмыкнул и пошел умываться.

Однако аппетит приходит во время еды: за столом он отдал должное вкусному домашнему жаркому — произведению умелых рук Веры Петровны. Такого не только в охотхозяйстве — ни в каком ресторане не подадут!

За ужином завязался оживленный разговор. Никитины только что вернулись из Болгарии — отдыхали на курорте вместе с детьми — и охотно делились впечатлениями. Планы провести отпуск на теплоходе, в плавании по Волге, не осуществились. Председатель горкома профсоюза, хороший знакомый Никитина, не сумел сделать путевки с детьми, а просьбу жены, как она и предполагала, Иван Кузьмич проигнорировал.

Зато мучимый совестью профсоюзный босс — Никитин успешно прооперировал его ребенка — изловчился и достал его семье путевки в Болгарию. Первый их выезд за границу был очень удачен; вернулись прекрасно отдохнувшими, в восторге от «ненашенского» сервиса и уровня жизни.

— Знаешь, Веруся, я просто поражена чистотой, уютом, культурой обслуживания в этом пансионате, где мы жили! — рассказывала Варя. — Просто здорово! Чудесные песчаные пляжи, всякие там зонтики от солнца — сколько хочешь, — инвентарь разный... развлечения — и для взрослых, и для детей. Нам бы такое!

— Все это хорошо, — заметила Вера Петровна, — но, говорят, черноморский берег Болгарии довольно голый, растительность скудная, погулять негде, — не сравнить с Кавказским побережьем. Совсем не то, что в Сочи или Гаграх.

— Не могу согласиться, Верочка, — добродушно возразил Никитин. — Возьми, к примеру, Рижское взморье: тоже довольно голое место, одни сосны. А какой популярностью пользуется Юрмала, как там уютно! Так же и в Болгарии: чистота, порядок, но главное — культура обслуживания! — Он обвел глазами собеседников. — Ну вот куда деваться вечером в Адлере или Хосте? Кроме замызганного ресторана, кино или танцплощадки. Некуда! А там — любые развлечения, на любой вкус. Рестораны все стилизованы, в каждом свое шоу — «Ханский шатер», «Пиратский корабль», — чего только не придумывают, чтобы было интересно и весело.

— А как там народ живет? Обратил внимание? — поинтересовался Иван Кузьмич — он не бывал в Болгарии. — Очень ведь отсталая страна. Неужели лучше, чем у нас?

— Даже сравнения нет! — решительно заявил Никитин. — В магазинах полно товаров. Толпятся, закупают оптом и наши коммерсанты, и другие иностранцы. Особенно много поляков. И все же Болгария страна в основном сельскохозяйственная. Какие ухоженные поля, сады! А изобилие овощей и фруктов...

К концу ужина разговор, как всегда, перешел на свои, отечественные дела и неурядицы.

— Интересно, Ваня, почему у нас постоянно плохо с продуктами? — простодушно задала вопрос Варя. — Ну сравнения нет с той же Болгарией!

— Будто сами не знаете почему, — поморщившись, грубовато ответил Григорьев. Постоянный этот вопрос — все задают! — набил оскомину. — Хрущев своим волюнтаризмом подорвал наше сельское хозяйство. Насаждал повсюду кукурузу. Сколько лучших пахотных земель погубил! А пресловутая целина? Дает урожай раз в пять лет. Только пастбища зря распахали, поголовье скота снизили.

— Ну, Ваня, ты и демагог! — не выдержала Вера Петровна. — Извини меня за резкость, но тут все свои. Долго я молчала, а сейчас вот — скажу. Когда Хрущев свою кукурузу всюду сажал и целину распахивал, кто громче всех кричал «ура!», — разве не ты? А теперь на него одного все сваливаешь! Вы что же, высокие руководители, ни за что не отвечаете? Не вы ли эти годы управляли страной? А если нет — так вы просто бездельники и вас надо гнать в шею!

Григорьев обомлел и испугался; подумал даже — сейчас инфаркт хватит... эк ее прорвало... Да это же сущий бунт на корабле! Безумная, по его мнению, выходка!

Однако, верный себе, Иван Кузьмич сдержал гнев и, не выказывая озлобления, с деланным добродушием обратился к притихшей Светлане:

— Что это с матерью сегодня, доченька, уж не заболела ли? Тут трудишься по двенадцать часов в сутки — и вот тебе благодарность от народа.

Приосанился и тоном, не терпящим возражений, снисходительно заметил:

— Так кажется только тем, кто ничего не видит и не понимает. Вот таким домохозяйкам, как моя благоверная. Разве дело в отдельных ошибках, которые неизбежны? Да никогда мы не будем жить как в Европе! Потому что мы — азиаты, лентяи! Над нами еще вековое рабство тяготеет. Вы сравните, как работают люди у них — и у нас, а потом уж судите!

Не спеша приложил к губам чистую салфетку, встал из-за стола и как ни в чем не бывало распрощался:

— Благодарю хозяек за вкусный ужин и всех — за компанию. А мне перед сном надо еще просмотреть сегодняшнюю прессу. — Повернулся и с важным видом вышел из столовой.

— Зачем ты с ним так, мама? — мягко упрекнула Света Веру Петровну. — Обиделся, только виду не показывает.

— Верно Света говорит, — присоединилась к ней Варя, — уж очень резко ты... Но если по-честному — молодец! Здорово врезала! Кому-то надо сказать ему правду. Ладно уж, вы тут сами меж собой разберетесь. А нас дети ждут!

Никитины засобирались домой, и Вера Петровна со Светой вышли в холл их проводить.

— Ну, мамочка, теперь держись! Папа тебя пополам перепилит. Он весь внутри кипел, когда ушел из-за стола, — я по глазам видела. Будет тебе взбучка, — посочувствовала дочь.

Вера Петровна совершенно спокойно посмотрела на Свету и честно призналась:

— А я даже довольна, что закусила удила. Довел он меня! Я уж давно, доченька, на пределе. Не могу видеть, как он и другие высокие руководители живут только для себя, а людям становится все хуже. Сама пользуюсь всеми благами и льготами, а на душе муторно. Надоела их демагогия! — Она остановила себя. — Ну ладно, иди отдыхать. — Поцеловала дочь и направилась в спальню к мужу — как на Голгофу.

Лежа в постели и делая вид, что просматривает газеты, Григорьев с нетерпением ожидал прихода Веры Петровны. Давно уже он не был так взбешен, все внутри у него кипело от злости. «Уж я ей задам! Что это она о себе возомнила? При людях мне возражать, да еще в такой форме! Что это с ней происходит? Так оставлять нельзя! Дальше уж ехать некуда!»

Необычное поведение жены за ужином вывело Ивана Кузьмича из равновесия. Да, последние годы между ними произошло охлаждение; из-за ее болезни и вечных недомоганий редкими стали интимные отношения. Годы дают о себе знать...

Но до сих пор его верная жена, добрая и внимательная, всегда была послушна, не выходила из подчинения. Разве мог он подумать, что она способна на такое неприличие? Еще немного — станет совсем неуправляемой! «Отношения между нами могут быть любыми, но она обязана соблюдать внешние приличия, и я ее заставлю!» — твердо решил Григорьев, готовясь к серьезному разговору.

Когда в спальню вошла Вера Петровна, не спеша причесалась перед зеркалом, аккуратно повесила в шкаф одежду и облачилась в ночную сорочку, Иван Кузьмич терпеливо ждал, не говоря ни слова. Но стоило ей устроиться в постели с книгой в руках, повернувшись к нему спиной, — сразу перешел в наступление.

— Отложи, пожалуйста, книгу, Вера! — обратился он к ней непривычно резким тоном. — Нам нужно объясниться. Так продолжаться не может!

Вера Петровна, демонстративно зевнув, повернулась на спину, показывая всем своим видом, что готова слушать, хотя ничего хорошего и не ждет. Книга с ее стороны лишь дипломатическая уловка: знала, что читать он ей не даст, да и сама жаждала поговорить с мужем начистоту.

— Наши отношения подошли к критической черте. До сих пор я со многим мирился, надеясь на твой здравый смысл. Но сегодня убедился, что ты и его лишилась. — Иван Кузьмич сердито умолк, ожидая протеста с ее стороны, но она молчала, и он продолжал, стараясь сдерживать накопившуюся злость: — Ты давно уже ко мне неласкова, всегда отказываешь, ссылаешься на болезни, но я не жалуюсь, терплю. Потому что ты по-прежнему прекрасная хозяйка и вела себя всегда умно и достойно. Что с тобой, Вера? Ты стала другой!

На этот раз Вера Петровна не смолчала:

— Ты сам давно уже стал другим, Ваня. Черствым, грубым. Не жалеешь никого, даже меня. Больно делаешь, вот у меня все и пропадает. И еще спрашиваешь, почему отказываю... болею. — Смущенная, замолчала, но его лицемерие помогло и она добавила с презрением в голосе: — А что до твоего терпения, так не лги и не считай меня дурой. Скажу:

мне от доброжелателей давно известно о твоих... подвигах на охоте. Да и без них я догадалась, какая у тебя там «охота» — духами от тебя разит, когда возвращаешься домой.

«Вот так раз! Да она, оказывается, все знает!» Григорьев боязливо и уважительно покосился на жену, но смутить его не так легко.

— Ну и что же? Я здоровый еще мужик, и мне требуется. Ты должна быть только довольна. Ведь я больше к тебе не пристаю. Лечись себе на здоровье! — И сменил тон на более мягкий, миролюбивый. — Ладно, послушай, что тебе скажу. — Разоблачение его измен явно подействовало на него охлаждающе. — Я знаю, ты, несмотря ни на что, ведешь себя как порядочная женщина — по-прежнему безупречно. У нас спецслужбы хорошо работают. — Усмехнулся, бросил на нее иронический взгляд. — Тоже скажу правду: мне не по себе стало, когда появился рыжий профессор. Но былое не взыграло — вот и хорошо!

Он снова сделал паузу и, серьезно глядя ей в глаза, мягко произнес:

— Давай договоримся по-доброму. Мне от тебя нужно одно: чтобы, как прежде, вела себя достойно, вызывая уважение и симпатию всех, кто нас знает. Ведь ты сумеешь? Болезни, думаю, явление временное. Буду нужен — к твоим услугам. А нет — не вини! Быль молодцу не в укор!

Впервые за все время разговора прикоснулся рукой к ее плечу, осторожно развернул к себе, просительно завершил:

— Ну разве много я от тебя требую? Всего-то пустяки — не перечить, быть уважительной, соблюдать внешние приличия. Поздно ведь нам что-либо менять — у нас взрослая дочь. Что она нам скажет, если дурить начнем? — И умолк, ожидая реакции на свои слова, чувствуя, что сумел довести свои доводы до ее сознания.

Вера Петровна долго молчала, размышляла над словами мужа. Нарисованная им перспектива семейных отношений, конечно же, ее не устраивала, с ее-то прямой, честной натурой, но она понимала, что требовать от него большего бесполезно, — он уже не изменится. Очевидно, ей остается только делать что он хочет. Особенно теперь, когда Света беременна... Что ж, пора обсудить с ним и это.

— Ладно, Ваня, — молвила она примирительным тоном. — Ты прав в одном — нам поздно что-либо менять. Давай доживать век вместе. Тем более с дочерью у нас возникла проблема, которую мы же сами с тобой создали. Нам вместе и расхлебывать!

— Это какая еще проблема у Светы? — встрепенулся Иван Кузьмич. «Похоже, меня ждет еще один сюрприз», — мелькнуло у него в голове.

— Не послушались они нас с Михаилом, не стали ждать его возвращения. Словом, внук у тебя будет, Ваня.

— То есть... как это? Беременна она, что ли? — пробормотал ошеломленный Григорьев. — Хороша же наша тихая, послушная дочь!

— А чего ты ждал? — перешла в наступление Вера Петровна. — Сам их толкнул на это. Разве не ты запретил им пожениться? И меня втянул, — побоялась я, убьют его и Света рано овдовеет. Все твоя черствость, нежелание понять и пожалеть других, даже собственную дочь!

— Опять ты за свое! — вновь вскипел Иван Кузьмич, но тут же сдержался, боясь испортить с трудом вроде налаженные отношения с женой. — Не знаешь ты меня до сих пор, хоть и прожили мы вместе долгие годы. Я ведь смотрю на вещи намного глубже, чем ты, и вижу дальше. Разве стал бы я тем, что есть, если б был как все?

И объяснил самодовольно:

— Хотел только оттянуть, ну и по возможности разрушить их союз, потому что люблю дочь и хочу дать ей все лучшее в жизни. Вот с Олегом не было проблем! Выйди она за него — помог бы ему подняться как можно выше, с его-то биографией и данными. Михаил — дело другое: у меня на него имеется вся информация, только не говорил. — Лицо его приняло скорбное выражение. — Отец его имел небольшие заслуги, погиб при исполнении служебного долга; но дед — бывший белогвардеец, расстрелян в тридцать седьмом. — Сделал паузу и продолжал так же враждебно: — Да это еще полбеды. Михаил правду сказал о своем происхождении: он действительно со всех сторон потомок самых аристократических фамилий России. Это установлено точно.

— И что же? Что в этом плохого? — как эхо отозвалась Вера Петровна.

— Все-таки дурочка ты у меня, непрактичная, — без злобы обругал ее Иван Кузьмич — Ну как ты не понимаешь? У него же куча родственников за границей! Эмигрировали от революции и отнюдь там не бедствуют на фамильные капиталы. Даже в Америке полно! А тут и одного достаточно, чтобы повсюду красный свет зажгли! Даже я ничем помочь не смогу. Поняла теперь, какая их жизнь ожидала?

— Все, значит, рассчитал. Только их чувства не учел. Доволен? — горько упрекнула его Вера Петровна.

Ум ее воспринимал практический смысл доводов мужа, но душа категорически их отвергала.

— Опять не поняла ничего! Теперь ясно, почему дочку не сумела воспитать. В тебя она такая распущенная! — разъярился Григорьев — он не мог больше владеть собой. Годами сдерживаемая, загоняемая в глубь горечь прорвалась наружу. — Душа у тебя нежная, отзывчивая. Это ты так считаешь. А я говорю — слаба на передок! И дочь вся в тебя! По твоим стопам пошла! — И умолк, кипя и негодуя.

Когда остыл немного, почувствовал недовольство собой и горечь: выдал себя и прощен вряд ли будет.

Веру Петровну потрясло сделанное открытие. По некоторым признакам она и раньше подозревала, но теперь убедилась: муж знал, знал все с самого начала...

Немного придя в себя, прошептала едва слышно:

— Так ты столько лет прикидывался... а сам обо всем догадался?..

— А мне и догадываться нечего было! — признался запальчиво. — Ты что же, шило в мешке думала утаить? В деревне секретов нет! Старик Ларионов видел, как он к тебе бегал. И я не дурной — сразу понял: бросил он тебя, вот ты ко мне и прибежала. А потом мне и Лешка Савельев рассказал.

— Так как же, Ваня, ты меня принял, ни словом не попрекнул? Это при твоем-то самолюбии!

— Что ж, растолкую тебе, раз на то пошло. Может, поумнеешь. Баба ты совестливая, с душой, из себя видная, мне пришлась по душе. Хозяйка хорошая. Зачем рисковать? Вон сколько карьеристок, нерях, ну и... всяких там распущенных кругом вертится... Разве наперед их разгадаешь? А тебя я знал. — Перевел дыхание и со спокойным цинизмом продолжал саморазоблачение: — Чужой ребенок мне был не помеха. Знал — привяжет он тебя ко мне намертво. Вообще-то я не люблю сопливое племя, но без ребенка нет семьи. А мне нужна была семья — крепкая, образцовая. — Снова умолк, поглядел на нее с саркастической усмешкой.

— Да ты... не человек ты, Ваня, ты... компьютер, — произнесла Вера Петровна как-то отчужденно, бесстрастно. — Неужели никогда не любил Свету, раз знал, что она не твоя дочь, а только разыгрывал... и отца образцового?

— Нет! Никогда не поймешь ты мою душу! Видно, тебе это не дано, — с грустным самодовольством возразил Григорьев. — Разве отец ребенка — кто зачал? Нет! Всем известно — кто воспитал. А Светочку люблю как родную дочь. И ничуть не ревную ни к тебе, да и ни к Розанову. Знаю — я лучше его, во всех отношениях. Вон — мыкается один. Меня-то бабы любят!

Высказав все, что накопилось за долгие годы, Иван Кузьмич, почувствовал облегчение и успокоился. Для его холодной, расчетливой натуры главное — сохранить видимость мира в семье. Подавленное молчание жены он расценивал как полную утрату способности к сопротивлению; теперь он и воспользуется трудным положением, в котором оказались его женщины. Покровительственно взял притихшую Веру Петровну за руку, заключил со спокойной уверенностью:

— В отношении Светы никакой трагедии не вижу. Во-первых, есть отличный выход — медицинское вмешательство. В Кремлевке прекрасные условия, избавиться от ребенка можно совершенно безопасно для здоровья. Во-вторых, если захочет — пусть рожает! Ребенок наш, и никому нет дела, что у него в жилах голубая кровь. Огласки я не боюсь, сейчас не патриархальные времена. А Светочка без хорошего мужа не останется. Ты нашла, а она — тем более. Давай-ка лучше спать, завтра все-таки рабочий день. — С этими словами Иван Кузьмич слегка пожал ей руку, повернулся на бок и быстро уснул — будто и не было нервного, тяжелого объяснения.

Вера Петровна долго лежала с открытыми глазами, печально размышляя над своей неудачной, несмотря на все внешнее благополучие, личной жизнью. Она совершенно по-новому смотрела на спящего Григорьева: вот лежит рядом, мерно дыша и похрапывая во сне, абсолютно чужой, незнакомый человек...

Глава 20. МАТЬ-ОДИНОЧКА

С развитием беременности Светлана наряду с физическими метаморфозами организма ощутила и изменения психологические. Ее по-прежнему часто одолевала тревога за Мишу, беспокоило отсутствие писем, но она стала спокойнее, уравновешеннее. Постепенно все ее помыслы переключились на поселившееся в ней еще неведомое существо. С первого же дня, когда почувствовала, как ребенок шевелится, внимание ее было поглощено новыми ощущениями, а сознание — возрастающей ответственностью за благополучное появление маленького человечка на свет.

Теперь она старалась меньше волноваться, избегать резких и опасных движений, правильно питаться. Ребенок рос не по дням, а по часам, и живот становился все заметнее.

— У нее что, уже три месяца? — обеспокоился Иван Кузьмич, когда они с женой вместе обедали.

Светлана отдыхала у себя в комнате: питалась она по собственной программе, руководствуясь советами врачей из женской консультации и медицинскими журналами.

— Ошибаешься, больше четырех, — ответила Вера Петровна, подавая второе. — А что ты, собственно?..

— Да так... Надеялся на ваше благоразумие, — недовольно проворчал он, нахмурив брови. — Напрасно аборт не сделала. Ребенок здорово руки свяжет. Ведь у Светы голос хороший, лучше бы ей карьерой заняться. Успеет еще нарожать детей, когда замуж выйдет! — Сердито замолчал и принялся за еду.

— А ты не расстраивайся, время еще есть. Но что аборт безопасен — напрасно так уверен. Знаешь ведь, сколько женщин, особенно после первого, остаются бесплодными на всю жизнь.

— Чепуха! Это зависит от врачей и от условий! — убежденно возразил Григорьев. — В нашем медицинском центре все — лучшее в стране. Прыгать будут вокруг моей дочери!

Больше он ничего не сказал, просмотрел сидя за столом свежие газеты и только потом отправился в комнату дочери.

— Светочка, к тебе на прием можно? — пошутил он, приоткрыв дверь и убедившись, что она не спит. Вошел, присел рядом с ней на кровать. — Как твое самочувствие, дочка? От Миши есть что-нибудь?

Светлана приподнялась на кровати, взбив повыше подушки.

— В консультации говорят — все у меня идет как надо. Самочувствие вполне приличное, а аппетит — прямо гигантский. Ем за двоих, а может, за троих! — пошутила она, делая испуганные глаза; но тут же приуныла. — От Миши давно никаких вестей... В последнем письме к матери, месяц назад, сообщил, что выезжает с товарищами на задание; с тех пор — ни строчки!

— Думаю, Светочка, волноваться не следует, — постарался он ее успокоить. — Обстановка там сложная; боевые действия идут по всей стране. Письма могут проваляться в блокированном районе, а то и совсем пропасть. — Помолчал, подумал; потом спросил осторожно: — А как твои музыкальные планы? Совсем забросила? С распределением-то прояснилось? Уж не решила ли бросить пение в связи с родами?

— Меня, папа, стажером направили, в труппу Театра музыкальной комедии. Да ты знаешь, я говорила. Но пока мне полагается законный отпуск, а там посмотрим. — И, видя его недовольное, озабоченное лицо, добавила: — Не беспокойся, я свой талант в землю зарывать не собираюсь. Вот увидишь — буду знаменитостью. Я и псевдоним уже придумала — Светлана Светланова. Как тебе, а?

— Вот это ты дело говоришь, доченька! — Григорьев решил, что настал благоприятный момент. — Нельзя, конечно, бросать дело, к которому чувствуешь призвание, столько лет готовилась... — Посмотрел на нее испытующим взглядом и с преувеличенной тревогой поинтересовался: — Как же ты в театре будешь работать, когда родишь ребенка? Он же свяжет тебя по рукам и ногам. Да и вообще, зачем вам с Мишей торопиться? Вы совсем молодые, вам для себя пожить бы. А ему, как вернется, еще сколько работать, чтобы встать на ноги и содержать семью.

— А что ты предлагаешь? — насторожилась Светлана, и лицо ее потемнело. — Избавиться от ребенка?

— Ну зачем же так резко? — Иван Кузьмич немного смутился от прямоты поставленного вопроса, но решил не отступать. — Хотя, в общем-то, я счел бы правильным воздержаться от шага, который осложнит жизнь вашей молодой и неокрепшей семьи. И тебе и Мише нужно реализовывать себя как личностям, а ребенок... он не даст.

— Хватит меня агитировать, папа! — Светлана начинала сердиться. — Я твою позицию знаю и не разделяю. Мне мой ребенок дороже всего на свете — любой карьеры! Понял ты меня? Между прочим, твой внук. Неужели не хочешь стать дедушкой? — Она как будто смягчилась от своих слов.

— На этот счет возражений, конечно, нет. Но для меня главное — это ты, доченька, твоя судьба! А внуки — дело второстепенное, — не сдавался Григорьев. — Я тебя люблю больше... всего остального.

— Что-то сомневаться в этом начинаю, — покачала головой Светлана. — Если я тебе дорога, зачем же толкаешь меня на аборт? Не боишься за мое здоровье? Думаешь, это не опасно?

— Вы что же, сговорились с матерью?! — взорвался Иван Кузьмич — обычное самообладание оставило его: видно, с возрастом нервы сдают. — У вас обеих... дефект какой-то в голове! Какая опасность — это в блестящих-то условиях Кремлевки? Всего бояться — так и жить не стоит! — И, ругая себя за несдержанность, опасаясь в раздражении сказать дочери еще что-нибудь лишнее, поднялся и вышел.

«И это говорит мне родной отец? Не дорожит мной, не хочет иметь внука! А если аборт кончится плохо? Не похоже, что его это беспокоит, а ведь он такой предусмотрительный. Странно все это! — недоумевала Светлана, поневоле вспоминая признание Нади. — Неужели это правда, и отец... мне не родной? Что-то не почувствовала в нем сейчас голоса крови, — удрученно думала она. Но тут же отбросила печальные мысли. — Нельзя мне волноваться! Для маленького моего вредно!»

Иван Кузьмич об аборте больше не заикался, но Светлана, как ни старалась, не могла избавиться от неприятного осадка, — он остался из-за его настойчивости и возродил ее сомнения. Как-то, завтракая с матерью на кухне после его ухода на работу, она не удержалась:

— Мамулечка! Давно вот собираюсь тебя спросить... — издалека начала она, глядя на нее невинными глазами. — А почему у вас с папой, кроме меня, нет детей? Ведь я теперь взрослая, скоро рожу сама, и ты можешь откровенно все мне сказать. Или это секрет?

— Да какие уж тут секреты? Особенно от тебя. — Вера Петровна не почуяла подвоха. — Роды у меня были непростые, с осложнениями, вот и не получилось у нас больше никого. А ты что, недовольна?

— Да... как тебе сказать... не совсем. Иногда мне кажется, что папа добрее был бы, если кроме меня еще кто-нибудь был — брат или сестра...

— Думаю, ты ошибаешься. Он мне сам признавался, что не любит детей. Но это-то я много позже узнала, а сначала даже боялась снова забеременеть. Казалось мне: если рожу еще ребенка — тебя меньше будет любить.

Светлана отметила в уме последнюю фразу и решила подойти к главному.

— Ты знаешь, мне иногда кажется, папа меня разлюбил. Так пристает ко мне с абортом, будто совсем не дорожит... и внука вроде не жаждет иметь... Разве может так... родной отец?

Вера Петровна бросила на дочь быстрый испытующий взгляд: «Неужели о чем-то догадывается?» Но не стоит опережать события.

— Он такой человек — сухарь. И по сути таким всегда был. По-своему он тебя любит.

— Но прости меня, мама, почему же ты вышла за него — такого? Неужели никого у тебя не было, кто нравился бы тебе больше?

«Что-то все-таки знает... Может, сказать? Все равно когда-нибудь да откроется правда...». И все же ушла Вера Петровна от прямого ответа — время еще не настало.

— Любила я, доченька, одного человека, как ты, больше всех на свете. Но... разочаровал он меня. — Она внимательно смотрела на дочь, пытаясь понять — что ей известно. — Потому и вышла за отца — знала хорошо, встречалась до этого. Он был свой парень, надежный. Мне казалось — очень меня любит.

— Значит, с горя вышла за папу? — заключила Светлана, по-женски поняв мать. — А того... до сих пор любишь?

— Экая ты, дочь, настырная! — рассердилась Вера Петровна, чувствуя, как заколебалась почва у нее под ногами. — Ну прямо допрос мне устроила! Для тебя это знать очень важно? Разве не о другом думать надо?

— Очень важно, мама, — серьезно ответила Светлана. — Если говоришь, что секрета нет, — ответь мне, пожалуйста, и мы к этому больше не вернемся.

— Ну ладно, коли так, — сдалась Вера Петровна, боясь потерять доверие дочери, но не в силах открыть ей всю правду. — Если хочешь знать, отца я никогда по-настоящему не любила, хоть многие годы мы прожили с ним дружно, в мире и согласии. Просто привыкла к нему, ценила, уважала. Всегда был он хорошим отцом и мужем. Но в последние годы я по-другому к нему относиться стала. Огромная власть его испортила. Стал он таким, как вот есть, и сейчас для меня... словно чужой.

— С отцом ясно. Сама вижу — не ладите вы — и считаю: он в этом виноват, — выразила свою солидарность Света и добавила настойчиво: — Но ты не ответила на мой вопрос.

— А что я могу тебе сказать? — Лицо у Веры Петровны затуманилось, она задумчиво смотрела на дочь, вновь вспоминая минувшее. — Любовь моя к тому человеку была, как твоя — на всю жизнь. Потом было угасла — когда думала, что бросил он меня. Но вот узнала, что мы стали жертвами интриги, она и разрушила наше счастье. Хочешь знать?.. Тот огонь не дает мне покоя и сейчас — по-другому все, конечно.

— Так что же, вы с папой... разойтись можете? — с замирающим сердцем тихо проговорила Светлана. — Это после стольких лет совместной жизни?.. И тебе не будет жалко?

— Вот здесь и кроется секрет моего несчастья — в натуре моей, — печально призвала Вера Петровна, словно вынося себе смертный приговор. — Как бы ни оплошал Ваня — а он, доченька, давно уж мне изменяет, — первая его не оставлю. Буду нести свой крест до конца. — Подняла на дочь чистые, ясные серые глаза и произнесла торжественно: — Мы с ним в церкви не венчаны, но, если сам меня не покинет — навек буду ему верной женой.

Этот день с самого утра начался для Светланы неудачно. Еще до завтрака, когда она лежала в постели, тихонько ощупывая, поглаживая огромный свой живот и радостно ощущая толчки ребенка, зашел к ней Иван Кузьмич и устроил безобразную сцену — почему отказывается от аборта. И это на пятом месяце беременности... До этого он еще держал себя в рамках приличия, но теперь, когда прошли все сроки и он понял, что ничего не добился, не постеснялся в выражениях. Каких только оскорбительных слов не наговорил в адрес ее и Веры Петровны. «Дуры безмозглые» — это еще самая мягкая характеристика. Выпустив пар, Григорьев, багровый от злости, уехал заниматься государственными делами.

«Да-а... не завидую сотрудникам его аппарата и посетителям», — думала Света со спокойной иронией. За последние месяцы она привыкла к его гневным демаршам, и они отлетали от нее как от стенки горох. И мать безответно выслушивала его ругань и проповеди. Не обращая на них никакого внимания, обе они добросовестно и деятельно готовились к важнейшему событию — рождению малыша.

Вскоре после ухода отца Светлану ждала еще одна, более серьезная неприятность. Сначала раздался телефонный звонок.

— Здравствуй, Светочка! — послышался в трубке сочный баритон Марка. — Как твое самочувствие? А настроение? — Помолчал и продолжал грустно: — Наверно, я тебе его испорчу, но деваться некуда — обязан.

— А что случилось? С Мишей что-нибудь?.. Или с Ольгой Матвеевной? — взволновалась она.

От Миши по-прежнему никаких известий, а мать его в последнее время сильно сдала — все к врачам приходится обращаться.

— Знаешь что, Марик, — нашлась она, чувствуя, что он не знает, как изложить по телефону неприятное известие, — ты не мог бы зайти ко мне и все подробно рассказать? Ты далеко находишься?

Последние месяцы они почти не виделись. Светлана со своим животом старалась на людях не показываться, но Марика она не стеснялась.

— Да совсем рядом! Я, собственно, за этим и звоню. И тебя хочется повидать, — честно признался Марк.

Когда он явился и проследовал за ней в гостиную, бросив печальный взгляд на ее подурневшее лицо и огромный живот, она усадила его в кресло, сама присела на диван.

— Ну выкладывай все не стесняясь. Я ко всему готова. Ты меня не щади!

— Значит, так... — Марк помолчал, собираясь с духом. — Вернулся из Афгана Сало... хотя ты же наших прозвищ не знаешь! — спохватился он. — Сальников Витек, парень из нашего двора. Насовсем вернулся, без ноги. Считает, что ему повезло.

— Ну и что? Говори скорее! Что с Мишей? — выпалила Светлана, сама не своя от охватившего ее волнения и страха.

— Так вот, он слышал... — мямлил Марк, не в силах выговорить роковые слова, — до него дошли слухи... от ребят из других частей, он с ними лежал в госпитале перед отправкой в Союз... — Он опять замолчал, тяжело дыша и с жалостью глядя на притихшую Светлану.

— Да скажешь ты наконец? Я с ума сойду! — простонала она, умоляюще глядя на него.

— Ну, в общем, то ли убили его, то ли в плен взяли моджахеды — это повстанцев так называют, — пробормотал он, опустив глаза. — Если в плен — то переправили в Пакистан, там у них базы. — И умолк, видя, что она близка к обмороку; попытался утешить: — Но ты... не спеши горевать. Если б убили — пришла бы похоронка. А если попал в плен — может вернуться. Ведь эта война когда-нибудь кончится... Сало пытался справки о нем навести, но ничего путного не узнал.

«Так вот почему писем нет! — мелькнуло в голове у Светланы. — Но он жив, я знаю! Сердце мое предчувствовало бы беду! — внушала она себе, стараясь успокоиться. — Мне нельзя волноваться! Это повредит нашему ребенку!» Ей удалось взять себя в руки.

— Вот что, Марик. Пока я не получу доказательств... неопровержимых — ничему не поверю! Мое сердце знает: он жив! Я верю: наша судьба будет счастливой! И не подумаю волноваться! — С гордостью посмотрела на своего верного товарища, взяла его, ничуть не стесняясь, за руку и приложила ее к своему животу. — Вот оно — мое счастье! Ты только посмотри, Марик, как он там шевелится... Чувствуешь?..

Осторожно прижимая руку к ее теплому, тугому животу, Марк ощутил толчок этой новой, зарождающейся жизни и его захлестнула жгучая зависть к далекому, возможно, уже мертвому другу. «Был бы это мой ребенок — считал бы себя счастливейшим человеком!» — думал он, с любовью глядя на Свету. Даже в таком состоянии она для него желаннее всех женщин в целом мире...

«Надо навестить Ольгу Матвеевну; привезти фруктов, еще что-нибудь вкусное; поддержать морально. Наверняка этот Сало и ей уже все рассказал», — решила Светлана и, переделав с утра все неотложные дела, стала собираться.

— Меня до обеда не будет, — предупредила она Веру Петровну, заглянув к ней на кухню.

Светлана решила тихонько прогуляться пешком. В последние месяцы Ольга Матвеевна тяжело болела. Увы, ее сразил рак желудка, да еще в какой-то особо агрессивной, быстротекущей форме. С присущим ей мужеством и энергией она боролась с недугом; согласилась на операцию, но судьба ее была предрешена. «Слишком поздно, все поражено» — таков был приговор врачей; ей лишь зашили разрезанные ткани.

После операции Ольга Матвеевна уже не смогла работать; дома почти не вставала с постели. Светлана, Марк, другие Мишины друзья, собственные коллеги не оставляли ее без внимания, заботились как могли, стараясь облегчить остаток дней.

Света часто навещала Ольгу Матвеевну, ухаживала за ней, прибирала, покупала продукты. Подолгу говорили о Мише, о его ~~детстве, ее~~ интересной и поучительной родословной их семьи. Ольга Матвеевна, большая патриотка России, любила и знала ее историю, гордилась созидательным вкладом своих предков.

— Откуда вы все знаете?! — изумлялась Светлана. — Ведь вы родились после революции, а в учебниках, в книгах доступных об этом ничего нет.

— Советские учебники никуда не годятся — только фальсифицируют историю, — отвечала она. — А ведь память историческая о славных делах предков, гордость за родную историю всегда русский народ вдохновляли. Взять хотя бы Великую Отечественную. Как туго пришлось — сразу вспомнили о царях да о князьях. Смотрела ведь ты фильмы... «Иван Грозный», «Петр Первый», «Александр Невский»... — Длинная, взволнованная речь утомила ее, она замолчала, отдыхая. — А историю России, Светланочка, и рода нашего древнего знаю по рассказам родителей, людей прекрасно образованных; еще — из семейного архива, из старых учебников; дома у нас исторической литературы полно было. Да вот пропало многое при переездах...

Светлана знала, что Ольга Матвеевна и сейчас вместе с фамильными реликвиями хранит исторические документы музейной ценности. Так, вспоминая эти беседы, размышляя о тяжелом ее состоянии, добралась она до знакомого дома в Малом Афанасьевском переулке. На звонок открыла соседка.

— Пожалуйте, Светочка! — И участливым взором окинула ее живот. — Ольга Матвеевна прилегла — плохое совсем самочувствие, слабость...

Войдя в комнату, Света застала грустное зрелище: Ольга Матвеевна лежит, постанывая от боли; на тумбочке полно лекарств, да видно, плохо они помогают... А похудела как... Подняла на Светлану глаза, в которых читалось страдание, и сделала слабый жест рукой, приглашая садиться.

— Как вы, Ольга Матвеевна, дорогая? Боли очень мучают? — Светлана склонилась над ней, поправила одеяло. — Что говорят в клинике?

— А что им говорить? Я сама все знаю... Лгут они... мол, обострение язвы желудка... Только напрасно... Последние месяцы, может, дни живу на белом свете... Господь призывает к себе мою несчастную душу! — Глаза ее затуманились слезами, но она справилась с собой, тихо произнесла: — Тебе сказали про Витю Сальникова, я вижу. Потому и приехала. Не верь никому — только своему сердцу!.. На краю могилы тебе говорю: жив Миша и к тебе вернется! Нужно только верить и ждать!..

— Конечно, Ольга Матвеевна, дорогая! Я знаю: Миша сильный, умный, осторожный... Действует решительно, но на рожон не лезет. Он к нам вернется!

Она говорила с такой страстью и искренней верой, что у больной стало легче на душе, мучившая ее боль, казалось, немного отступила и в глазах засветилась робкая надежда.

Глядя на затихшую Ольгу Матвеевну, Светлана подумала — задремала. Но та вдруг шевельнулась, попросила тихо:

— Наклонись ко мне, моя голубка! Прости, что не могу обнять, но дай хоть погладить тебя по головке... Скоро, скоро тебе рожать... Неужели не доведется мне увидеть внука?.. Нет, Господь этого не допустит! Обязательно доживу! — И подняла глаза, беззвучно произнося слова молитвы.

Утешить бы ее, заверить... но не смогла Светлана — слишком очевиден скорый конец...

— Я перед тобой, Светочка, виновата... Но мне убедиться надо было... что ты не дрогнешь, не согласишься на... Прости, что не поверила тебе до конца... Вижу — не права... — Она умолкла, восстанавливая дыхание, и продолжала: — На днях меня в ведомственный стационар положат как жену чекиста, погибшего при исполнении долга. Сколько пролежу там — не знаю; выйду ли оттуда — тоже. А ты тем временем родишь. — Снова пауза.

Светлана слушала затаив дыхание, чувствуя — произойдет нечто важное.

— Вот я и решила передать тебе в руки то, что Миша оставил мне, готовясь к отъезду. Собиралась вручить тебе после родов, но боюсь, состояние мое... не позволит. — Ольга Матвеевна сняла с шеи и передала ей маленькую связку ключей на тонкой цепочке. — Открой, родная, правое отделение секретера... выдвинь нижний ящик... Там увидишь голубой пакет. Возьми и передай мне...

Светлана все сделала как ей сказали.

— Так... теперь открой, достань из пакета документы... Да, эти... Это, дорогая, нотариально заверенное заявление Миши о признании своими рожденных тобой детей и согласии на ношение ими его фамилии. Я им горжусь и умру с чувством выполненного материнского долга!

Светлана в изумлении рассматривала бумаги. Ольга Матвеевна пояснила:

— Миша считал — это практически не понадобится. Но он так тебя любит... счел необходимым предусмотреть... вдруг не вернется...

Светлана чувствовала себя счастливой. Тихо-тихо целуя лицо Ольги Матвеевны, произнесла:

— Милая, дорогая Ольга Матвеевна! Не сомневайтесь — вы увидите своего внука... Я день и ночь молюсь об этом... Но если... если вас призовет к себе Господь — клянусь: мы с Мишей навсегда сохраним память о вас, о вашей прекрасной, благородной душе!..

В приподнятом настроении, с горячей любовью к Мише и Ольге Матвеевне она покинула их дом.

В канун Нового года Светлана родила Мише его первенца — здорового младенца мужского пола. Весил он более четырех килограммов, что говорило само за себя. Роды прошли благополучно; новорожденный и мать чувствовали себя превосходно.

На женском совете (Иван Кузьмич особой активности не проявлял) решено было назвать его Петром, в честь Светланиного дедушки, погибшего на фронте в Великую Отечественную войну. При регистрации ребенка возникли осложнения. Мальчику присвоили отчество родителя, и он стал Петром Михайловичем, но на фамилию отца записать категорически отказались: доверенность, оставленную Мишей, сочли недостаточной.

— Вы по ней сможете получить по суду алименты, если он передумает, — пояснили Светлане в загсе. — Для присвоения же фамилии требуется регистрация брака. Придется вам, милая, подождать, когда он приедет и усыновит ребенка.

Так новорожденный Петр Михайлович временно стал Григорьевым — к вящему удовлетворению Ивана Кузьмича, которого это обстоятельство примирило с состоявшимся, таким нежеланным для него фактом.

Сменив гнев на милость и признав внука, он тем не менее все реже появлялся дома — ночевал на зимней даче или уезжал в выходные на охоту.

Понять его было можно — в городской квартире царил теперь ералаш, а в центре его — Петр Михайлович. Несмотря на здоровый вид, он сразу начал болеть всеми возможными детскими хворями.

В круговерти забот о сыне боль и тоска по Мише, страх за его жизнь как-то притупились, отошли на второй план. Так длилось до тех пор, пока не вернулась из Афганистана следственная группа, в составе которой был направлен Михаил.

Когда раздался телефонный звонок и Светлана услышала в трубке знакомый голос Мишиного начальника, она чуть было не лишилась чувств от волнения.

— Светлана Ивановна, — сказал он ей строгим и усталым голосом, — наша группа выведена после выполнения задания на отдых. Мы пробудем неделю на базе, а потом разъедемся. Если хотите получить информацию о Михаиле Юрьевиче, приезжайте завтра к одиннадцати. Вы знаете куда. — И умолк, слыша ее учащенное дыхание; добавил быстро: — Не надо только заранее горевать. Миши с нами нет, но и его гибель — не факт.

Все время, прошедшее с момента звонка из воинской части и до встречи, Светлана считала минуты... Осунувшаяся, бледная, к десяти часам прибыла она к проходной загородной базы. Ей выписали пропуск и попросили подождать, пока за ней придет сопровождающий. Несмотря на то что она приехала раньше времени, ее сразу проводили к начальнику.

Представительный майор юридической службы, лет сорока, с небольшой проседью на висках, вежливо усадил ее на стул перед собой и предупредил:

— Светлана Ивановна, хочу сразу с вами договориться о следующем: никаких слез, никаких сцен! Мы не няньки, а солдаты; вернулись с войны. Мы много пережили и устали.

Майор не был дипломатом и не выносил женских слез. Ему уже не раз приходилось разговаривать с членами семей погибших, и всегда он испытывал муки.

— Приведу голые факты, — начал он траурным тоном, сочувственно глядя на Светлану. — Михаил Юрьевич принимал участие в опасной операции по задержанию преступников с партией краденого оружия. Оперативная группа ехала по горной дороге вблизи границы с Пакистаном. Когда передние бронетранспортеры обогнули второй поворот и ушли вперед, последняя машина, в которой был и он, подорвалась на мине, и экипаж попал в засаду.

Быстро взглянул на Светлану — держит себя в руках, ждет.

— Оттуда послышалась стрельба, взрывы. Передние машины немедленно повернули обратно, на помощь товарищам, но, когда прибыли на место, короткий бой был уже окончен. Они застали лишь горящую искореженную машину, убитых и раненых товарищей. Михаила среди них не было.

Он тяжело вздохнул, с жалостью посмотрел на Светлану: сидит опустив голову, ожидает приговора, но, к его удивлению, не плачет.

— Сначала думали — погиб: двоих взрывом гранат и мин разорвало в клочья. Но при идентификации останков установить гибель Михаила Юрьевича комиссии не удалось. Поэтому и не было официального извещения.

Светлана подавленно молчала, не зная, как отнестись к услышанному. Майору захотелось хоть чем-то утешить сидящую перед ним красивую молодую женщину.

— При опросе местных жителей выяснилось, что ушедшие в Пакистан моджахеды везли на ишаках вместе со своими ранеными какого-то русского. Поэтому есть вероятность, что Михаил у них в плену.

Немного подумав, он усомнился все же — вправе ли давать ей столь призрачную надежду?

— Не думаю, однако, что на это можно особенно надеяться. Мы полгода непрерывно запрашивали о нем компетентные органы. Наша разведка работает повсюду. Но Михаила Юрьевича среди пленных установить не удалось. Он до сих пор числится в пропавших без вести. Что с ним произошло, никто не знает. Уповать можно только на чудо. — И поднялся с места, опасаясь, что с молодой женщиной, как часто бывало, случится истерика.

Но Светлана сидела молча, осмысливая сказанное, и постепенно проникалась тупым чувством безысходности. «Ничего нового, ничего конкретного... А я так надеялась! Когда же кончится эта проклятая неизвестность? Сколько мне еще ждать? Неужели всю жизнь?» — стучали в голове горькие мысли. Очнулась, вспомнила, где находится, поблагодарила майора за внимание и поплелась к выходу. «Что ж, пока есть еще какая-то надежда — буду ждать. Ждать столько, сколько нужно. Хоть всю жизнь!» — упрямо твердила она себе по дороге домой к сыну.

Не успела Светлана опомниться после безрадостной информации, полученной от боевых товарищей Михаила, как ее ожидал новый тяжелый удар. После обеда, когда она уложила малыша спать, позвонила соседка Ольги Матвеевны с просьбой срочно приехать.

— Представляешь, Светочка, какие мерзавцы! — возмущалась эта обычно спокойная, уравновешенная женщина. — Умирающую отправили домой, где за ней и ухаживать некому! Какую-то свою статистику улучшают... А на людей наплевать! И это медики, клятву Гиппократа давали!.. Спасибо друзьям Миши, Вите и Марику, — сообща ночную сиделку наняли. «Наверно, последние дни доживает! — ужаснулась Света, чувствуя, как сжимается сердце острой жалостью к Ольге Матвеевне. — А ведь я еще и внука ей не показала!»

Она задумалась: Петенька еще слишком мал для такого путешествия, мало ли что... Но любовь к Мише и его матери помогла преодолеть страх; она принялась пеленать сына.

Когда они приехали к Ольге Матвеевне, у ее постели они увидели Марка.

— Вот и Светочка навестить вас пришла, — предупредил он больную, взяв за руку.

Видную, представительную женщину ужасный недуг превратил в высохшую мумию. Она будто стала вдвое меньше; на обострившемся лице жили лишь большие глаза.

— Светочка... наконец-то! Боялась — не дождусь... — произнесла она с тихой радостью. — Сегодня мне немного полегче, хоть боль утихла. — Вдруг глаза у нее оживились, она попыталась приподняться. — Светочка, родная моя, неужели?.. Принесла Петеньку? Спасибо, голубушка! Поднеси мне его поближе... дай рассмотреть!

Светлана молча выполнила ее просьбу — положила конверт с малышом на постель, рядом с бабушкой. Марк осторожно приподнял легонькую, как пушинка, Ольгу Матвеевну повыше, подбив под спину подушки, чтобы ей было удобнее разглядеть долгожданного внука.

— Какой крепенький, щекастый! Ну вылитый Миша в детстве! — прошептала она, и счастливая улыбка тронула ее губы. — Теперь я могу умереть спокойно. Бог внял моим молитвам... Наш славный род не угаснет, а там... как знать — может, и Россия наша возродится...

Светлана и Марк изумленно переглянулись — оба подумали об одном — о патриотизме русского дворянства: даже на смертном одре — забота о судьбе родины...

Радость вызвала некоторый прилив сил, и Ольга Матвеевна чуть окрепшим голосом попросила:

— Марик, пожалуйста, сними у меня с шеи ключи... у меня сил не хватает... Открой теперь правую дверцу секретера... возьми из верхнего ящика все, что там находится...

Она следила внимательным взглядом за его движениями; когда он выложил содержимое ящика на стол, произнесла тихо, с оттенком торжественности:

— В твоем присутствии, Марик, как свидетеля вручаю наши семейные реликвии невесте моего сына Светлане.

Она собрала оставшиеся силы и чуть-чуть приподнялась на взбитых подушках.

— Все, что находится в этой комнате, — указала она глазами, сделав слабый жест рукой, — пусть остается до возвращения Миши в неизменном виде. Когда меня не станет, комнату заприте и опечатайте...

Немного передохнула и продолжала с небольшими паузами:

— В резном ларце — фамильные драгоценности, Свете о них известно. Пусть сохранит их до возвращения Миши. Он знает, как ими распорядиться.

В белом конверте — завещание на имя Светланы, заверено. Оно дает ей право унаследовать все мое достояние в случае смерти Михаила. Светочку прошу также взять на хранение наш фамильный архив и исторические документы. Оставлять их в пустой квартире считаю опрометчивым.

В большом желтом конверте — доверенность на твое имя, Марик, и все мои документы для похорон. Там же сберкнижка моя и наличные деньги. Думаю, хватит покрыть расходы... и церковный обряд. Надеюсь, не откажешь мне, как лучший друг Миши... Знаю твою порядочность.

Последнее напряжение, длинная речь оставили ее без сил.

— Простите меня, устала очень, — еле слышно заключила Ольга Матвеевна и закрыла глаза, — не забыла ли о чемто важном?.. Но ничего больше не сказала.

Чувствуя, что теперь ей лучше остаться одной, Марк и Светлана убрали все со стола, заперли секретер, оставив связку ключей на тумбочке у изголовья больной, и бесшумно вышли.

Всю дорогу от Арбатской площади до Патриарших прудов Марк шел рядом со Светланой, осторожно и бережно держа на руках конверт с малышом. Он был горд и счастлив, как если бы шел с женой и собственным ребенком. Они почти не разговаривали. Света была подавлена тяжелым состоянием

Ольги Матвеевны, предчувствием скорого конца, безысходной неизвестностью о судьбе Миши.

А верный ее оруженосец думал в это время совсем о другом, убежденный в гибели друга, как и все возвратившиеся «афганцы», которые знали Михаила. Даже из плена приходили весточки — работал восточный «беспроволочный телеграф»: пленных обменивали, ими торговали. Вырвавшиеся из пакистанских лагерей рассказывали о тех, кто остался в плену. Словом, прошедшего времени достаточно, чтобы сделать для себя решительные выводы.

Шагая рядом с ней — своей единственной любовью, — с ее ребенком на руках, Марк обдумывал, как ему правильнее, чтобы все не испортить, завести с ней разговор о том, чтобы им пожениться. Эта идея преследовала его с тех пор, как Михаила отправили в Афганистан и Марк осознал, что друг может оттуда не вернуться. Когда Миша пропал без вести, робкая надежда превратилась в назойливую мысль, а с рождением ребенка обрела реальные очертания: Марк считал, что у него появились шансы.

— Только не спешить! — твердил он себе, обуздывая рвущееся наружу нетерпение. — Действовать осторожно, шаг за шагом; подготовить Свету и Веру Петровну.

Григорьева он боялся, инстинктивно чувствовал в нем недоброжелателя.

— Светочка, милая, постарайся поменьше переживать, — нарушил он затянувшееся молчание. — Я тоже очень привязан к Ольге Матвеевне, но что поделать — нужно мириться с неизбежным.

Когда подошли к дому, он передал ей ребенка.

— Чудный у тебя малыш, Светик! Прямо хоть выставляй напоказ! У меня сразу к нему сердце присохло, особенно вот... когда на руках держал... Мне кажется, я уже люблю его как собственного сына. Наверно, потому, что это ведь твой ребенок. — Он смотрел на нее преданными глазами.

— Спасибо, Марик. Давно знаю — ты мой самый преданный друг из всех, кто у меня еще остался. — Светлана приняла у него из рук сына, благодарная за любовь и поддержку в этот трудный период жизни.

«Неплохое начало!» — радостно думал Марк, шагая в обратном направлении, к своему дому.

С этого дня он стал часто бывать у Григорьевых, выполняя разные поручения и помогая в хозяйственных делах. Вере Петровне и Свете постоянно требовалась мужская рука, а ее в доме фактически не было. Иван Кузьмич редко заезжал теперь на городскую квартиру. С работы он обычно отправлялся в Серебряный бор и гулял по парку, наслаждаясь чистым воздухом. Он все чаще надолго выезжал за рубеж, ведая, по сути, всеми валютными финансовыми операциями партии.

Ни словом, ни делом не выдавая своих намерений, помогая бескорыстно и по первому требованию, Марк постепенно стал в доме просто незаменим. Особенно сблизился он с Верой Петровной, которая изрядно эксплуатировала его по хозяйственным вопросам.

— Не пойму, Марик, откуда у тебя столько времени, чтобы помогать нам! — удивлялась она, давая ему новое задание. — Когда же ты работаешь?

— А у меня жизнь такая — вечерняя, — с улыбкой успокаивал ее Марк. — Днем только репетиции, и то через раз.

Пианист известного эстрадного ансамбля, чьи выступления и концерты проходили, как правило, во второй половине дня, Марк был занят даже не все вечера.

— Не хочешь пойти в пятницу на концерт Образцовой? — предложил он однажды Светлане как бы между прочим. — Приятель не может, отдал мне билеты. Ты же ее любишь — чудесное меццо-сопрано.

Светлане так надоело сидеть вечерами дома и искать чем заняться, особенно после того, как укладывала Петра Михайловича спать. Ее давно уже тянуло в консерваторию, в театры — вообще в людные места. Кажется, она немного одичала.

— А что! Хорошая идея!

Они провели этот вечер вместе и, оба музыканты, получили от концерта огромное удовольствие; расстались довольные друг другом. Марк с волнением отметил, что его план начинает осуществляться.

С течением времени Светлана и Марк стали довольно часто совместно посещать и музыкальные вечера, и театральные спектакли, и выставки. Света чувствовала, что постепенно возвращается к нормальной жизни. В обществе их уже привыкли видеть вместе, и никто из друзей этому не удивлялся.

Наконец, Марк решил: пора действовать. Однажды, когда Светланы не было дома и он что-то мастерил у Григорьевых на кухне, он обратился к Вере Петровне с вопросом:

— Как вы думаете, Миша когда-нибудь вернется? Неужели Светочка действительно собирается ждать его всю жизнь и оставить Петю без отца?

Вера Петровна сразу поняла, к чему он ведет, — она Марка никогда не принимала как возможного спутника для дочери, зная, что она к нему равнодушна.

— А ты что, опять принялся за старое?! — напрямую отрезала она. — Света же тебя не любит. Думаешь, испугается остаться одна с ребенком?

Марк ни слова больше не промолвил, взял дрель и стал сверлить отверстие в стене. «Что же, придется ждать. Яблоко еще не созрело, — успокаивал он себя. — Главное — выдержка! Они сами к этому придут».

Недалек он был от истины: брошенное им зерно упало на благодатную почву. Вера Петровна стала все больше задумываться над положением дочери и внука. Главное, что ее заботило, — ближайшее будущее Петеньки. Время бежит так быстро, — не успеешь оглянуться, как в школу пойдет. Ну как он будет без отца? Что скажет ребятам? И вообще ребенку нужен отец, особенно мальчику! Постепенно она пришла к убеждению, что через год-два Светлане придется подумать о замужестве. Решение никого больше не знать, кроме Михаила, конечно, юношеская романтика. Помыкается одна год-другой — сама решит; молодая кровь свое возьмет. Дойдет до нее окончательно, что Миша никогда не вернется, и, может, полюбит другого.

В то же время Вера Петровна сознавала, что ее дочери не так-то просто угодить и новая любовь проблематична, если вообще возможна. Останется в одиночестве надолго... Или влюбится, не дай Бог, в женатого... Тогда что?..

Вот так, постепенно мысли ее обратились к Марку. «А собственно, чем он плох? — размышляла Вера Петровна, оглядывая его длинную фигуру: Марк возился с швейной машиной, собирался отвезти в ремонт. — Симпатичный, домашний, Свете предан, любит Петеньку. У них одна, по сути, профессия, общие интересы. И хоть сегодня на все готов! Усыновит Петю — и дело с концом!»

В общем, она-то уже почти готова принять Марка в зятья, но вот насколько это реально? Главная закавыка, как ни странно, не в Светлане, — сердцем материнским чувствует: при определенном стечении обстоятельств оценит она преданность старого друга, хотя бы ради счастья сына. Главное препятствие на пути ее союза с Марком — это ее собственный муженек. «Со Светой нечего и толковать, не договорившись с Ваней. Мы теперь целиком от него зависим», — решила Вера Петровна и стала готовиться к трудному разговору с Григорьевым.

День похорон Ольги Матвеевны не под стать настроению выдался солнечный и ясный. На небольшой площади у ворот Ваганьковского кладбища собралась немногочисленная группа ее друзей и знакомых, проводить в последний путь.

Тут были работники издательства, где она сотрудничала; авторы, чьи книги переводила на европейские языки; друзья Миши. Родственников у нее в Союзе не было, а может, она просто о них не знала — ведь долгие годы они вынуждены были скрывать свое дворянское происхождение.

Отпевание прошло в маленькой церкви недалеко от входа на кладбище. Похоронить разрешили в той же могиле, где покоился ее муж. Фамильный участок Стрешневых был на Новодевичьем, но оно с некоторых пор считалось правительственным и там хоронили только знатных деятелей Советского государства.

— Слушай, Марик, а почему отпевают сразу двоих? — тихонько спросила его Светлана, с неудовольствием глядя на стоящий рядом второй гроб, окруженный кучей родственников. — Разве так можно?

— Когда двоих сразу — дешевле берут, — так же тихо ответил Марк. — А если бы было нельзя, то они бы этого не делали.

Похороны прошли вполне прилично. Их организовал и оплатил Марк. Когда ритуальный обряд был завершен, Виктор Сальников пригласил всех желающих на поминки, которые устроил в своей квартире.

Светлана и Марк принять участие в них не захотели и решили прогуляться до метро пешком. Некоторое время они шли молча, скорбя в душе о прекрасном человеке. Но Светлана не выдержала.

— Бедный, дорогой Мишенька, — тихо произнесла она, глотая слезы. — Ты не представляешь себе, что тебя ждет, когда вернешься. Сколько всего на твою голову сразу обрушится! Сколько горя и радости!

— Ты прости меня, Светочка, но я не в силах молчать, — Марк остановился и, взяв за локоть, развернул ее к себе. — Неужели ты еще надеешься, что Миша вернется? Так ведь и умом тронуться можно.

Светлана ничего не ответила, и он горячо продолжал:

— Я разговаривал со многими афганцами. Да и Сало то же самое говорит. О пленных со временем все становится известно. Подумай сама: ведь скоро год как он пропал! Так что же, ты его всю жизнь собираешься ждать? Может, у тебя их две?

— Всю жизнь, — просто ответила Света. — Я ему поклялась.

— Ну и глупо! — запальчиво выкрикнул Марк. — Клятва — это слова, а реальная жизнь сильнее слов! Если себя не жалеешь, подумай о ребенке! Каково ему будет расти без отца?

— Хватит, Марик! — рассердилась Светлана. — Опять ты за свое! Будто я сама все не понимаю. Дело не в словах, хотя данное слово нужно держать. Пока не придет похоронка, ни о чем и думать не стану!

— Ладно! Время тебя образумит, — успокоился Марк. — Давай я отвезу тебя домой. Наверное, тебе нужно поторопиться к сынишке. Да и у меня чего-то голова разболелась.

Он быстро поймал такси и подвез ее к дому.

— Я тебе завтра позвоню. И вы с матерью не стесняйтесь, вызывайте, когда понадоблюсь, — крикнул он ей вслед. — Поцелуй за меня Петеньку!

Такси отъехало, и Светлана в мрачной задумчивости вернулась домой.

— Ну как вы тут без меня? — с беспокойством спросила она у открывшей дверь матери, снимая пальто и вешая в стенной шкаф.

— А как же я тебя вырастила? — вопросом на вопрос ответила Вера Петровна. — Думаешь, позабыла, что надо делать с маленьким ребенком? Лучше, чем ты, с ним управляюсь. Тебе скоро снова его кормить.

— Ладно, не обижайся, — Света обняла мать и всплакнула. — Ты знаешь, Марик уверен, что Миша уже не вернется. Считает, что все сроки прошли. Если б был в плену, это стало бы известно.

— Если честно, — Вера Петровна посмотрела на дочь своими ясными серыми глазами, — я тоже так думаю, но не говорю, чтобы тебя не расстраивать. А больше он ни о чем не толковал? — как бы ненароком спросила она. — Сдается мне, у него к тебе не только дружеский интерес.

— Это уж точно. Хоть сейчас готов заменить погибшего, как считает, друга, — равнодушно сообщила матери Светлана. — Уверяет, что будет любить Петю как родного сына.

— А что, и мне кажется, что Марик для этого подходит. Он ведь давно по тебе страдает, — неожиданно поддержала его Вера Петровна. — Только его кандидатура у отца не пройдет.

— Меня эта проблема не волнует, но все же интересно знать причину, — полюбопытствовала дочь. — Старая неприязнь к евреям? Это у него какая-то болезнь.

— Вот именно, — подтвердила Вера Петровна. — Никогда не понимала, почему он, коммунист, делит людей по национальности. Но может, отец переменился? Давно уж по этому поводу не высказывался. Марик — хороший парень и очень любит тебя, доченька! Я все-таки прозондирую почву, — упрямо наклонила голову. — Вдруг ты передумаешь? Петенька ведь быстро растет. Ладно, иди кормить ребенка.

Иван Кузьмич Григорьев появился дома только в конце следующей недели. На этот раз он по служебным делам посетил Париж и Брюссель, и настроение у него было отличное. Приняв горячую ванну и отдохнув с дороги, он произвел традиционную раздачу подарков и явился к обеду в новой дорогой тройке.

— Ты, Ваня, хотя бы пиджак снял, — резонно заметила Вера Петровна. — Ведь пятна посадишь.

— Нам, богачам, это нипочем, — весело отозвался Григорьев, но все же повесил пиджак на спинку стула. — Вы знаете, сколько этот костюм стоит? Дороже нового цветного телевизора! На Елисейских полях покупал. Самый шик!

Он налил себе бокал коньяка, пододвинул блюдо с заливной осетриной и начал делиться впечатлениями.

— В Европе уже весна, а в Брюсселе вообще тепло. Какие там рыбные ряды! Думаете, это базар? Вовсе нет, — восторгался он столицей Бельгии. — Это улица сплошных рыбных ресторанов. Почти у каждого выставка даров моря, и чего на ней только нет! Я таких экземпляров никогда и в глаза не видывал.

— Ты хоть посидел там в ресторанчике? Отведал эти диковины? — поинтересовалась Светлана.

— Да некогда было. Прошлись вечером, поглазели. Но зато, когда ехали в аэропорт, что я видел, — он машинально понизил голос, и глаза у него замаслились. — Вдоль канала, а может быть, речки стоят низенькие домики, и в их окнах, как в витринах, сидят проститутки. Каких только там нет! Белые, черные, худые, грудастые — на любой вкус. Во — как загнивают капиталисты!

— А ты, папуля, поближе с ними познакомился? — насмешливо спросила дочь. — Как они на твой вкус?

— Чего ты мелешь? — смутился Иван Кузьмич. — Я это привел, чтобы показать, что капитализм делает с женщинами.

Он окинул Свету недовольным взглядом и с явным намеком сообщил:

— А в Париже я повидал Надю с Олегом. Мы даже вместе поужинали в самом шикарном ресторане, «Максиме». Ну и здорово живут. Выглядят, как настоящие европейцы. Ведь и ты могла бы так жить, если бы захотела, — не преминул уколоть он дочь. — Ты должна была быть на месте Нади!

— Я бы от Парижа не отказалась, — спокойно возразила ему Светлана. — Если бы на месте Олега был Миша. Но жить без любви, — она осуждающе взглянула на отца, — это значит не знать счастья!

— Однако Надя не жалуется! — разозлился Григорьев. — Сглупила ты, дочка, вот теперь и маешься одна с ребенком. Ну ладно, извини, что погорячился, — спохватился он, — мне просто за тебя стало обидно. Думаешь, приятно было слушать, что они тебе сочувствуют?

— Нужно мне больно их сочувствие, — беззлобно парировала его выпад Света. — Зато у меня есть Петенька! А им еще нужно постараться.

— Ладно, замнем, — дал задний ход отец. — Я лучше расскажу вам про Париж. Вот, к примеру, знаете вы, почему, приходя в богатую квартиру, люди сравнивают ее с Лувром? — Обвел их снисходительным взглядом, объяснил:

— Потому, что в этом музее всего напихано невпроворот. Картины, скульптуры, древности и богатства французских королей. В общем, сборная солянка. За месяц не осмотришь.

— Значит, не удалось как следует познакомиться? — глухо отозвалась супруга.

— К сожалению, так. Не на экскурсию ведь ездил, — с важным видом взглянул он на нее. — Но основное все же показали. Ночной Париж с Эйфелевой башней, красиво подсвеченной огнями, Монмартр, где мы побывали в «Мулен руж».

— А в Версаль вас свозили? — дорожа миром, подала голос Света.

— Само собой. Но он меня разочаровал, — снова повеселел Иван Кузьмич. — Ничего особенного! Наш Петергоф мне больше нравится. Даже твое родовое Архангельское, — хохотнул он, — мало чем ему уступает.

Они закончили обедать, и Светлана ушла к себе заниматься с сыном, а Иван Кузьмич и Вера Петровна перешли в гостиную. Супруг удобно устроился на диване и взял было в руки газеты, но она его остановила.

— Послушай, Ваня, нам нужно посоветоваться, — требовательно произнесла она, присаживаясь рядом, — насчет Светы и Петеньки. Отложи газеты!

— Так вроде с ребенком все в порядке, — насторожился муж. — Что случилось?

— Ты вот не спрашиваешь, — печально промолвила Вера Петровна, — а похоже, Мишу мы больше не увидим.

— А что, похоронка пришла? — равнодушно спросил Григорьев. — Я знал, что так и будет.

— Нет, но все считают, что он погиб. Кроме Светы. Она все еще надеется.

— Ничего, когда-нибудь перестанет дурью мучиться, — со злостью произнес он. — Пусть пожинает, что посеяла.

— Будь благоразумным, Ваня, — укоризненно покачала головой Вера Петровна. — Это же касается не только Светы, а нашего внука. Мальчику нужен отец! Такой, который бы по-настоящему любил нашу дочь и Петеньку.

— Ну и что: ты знаешь такого человека? — усмехнулся супруг. — Если так, то считай, нашей дочери повезло!

— Есть такой человек, и ты его знаешь, — просто и серьезно ответила она, не принимая его иронии, — это Марик. Он много лет влюблен в Свету, лучший друг Миши, и сможет заменить его сыну отца. Кроме того, у него с нашей дочерью общее дело — служение искусству.

По мере того как она говорила, лицо у Ивана Кузьмича все более багровело, а брови сошлись в одну гневную линию. Однако он совладал с собой и лишь сокрушенно развел руками.

— Ну что можно от тебя услышать путного? Когда ты растеряла последние шарики, — хрипло произнес он, кипя от возмущения. — Ты совсем хочешь загубить жизнь дочери? — Повысил тон, продолжал срывающимся голосом.

— Мало того, что позволила ей сойтись с парнем без загса и стать матерью-одиночкой, теперь вообще хочешь из нее подстилку сделать?

Григорьев выпрямился и с ненавистью поглядел на некогда любимую жену.

— Так вот. Слушай и запоминай! Никогда мой внук не будет носить фамилию Авербах, а дочь не выйдет за него замуж! Пусть лучше умрет. В своем доме, чтобы я его больше не видел. Ишь чего захотел?

— Но я не пойму, Ваня, чем Марик перед тобой провинился? — пыталась возразить Вера Петровна. — Если тебе его фамилия не нравится, то дети по закону могут носить фамилию матери.

— Ты, значит, считаешь, что у нас еще мало Ивановых по матери? — скривил губы супруг. — Еще нужно наплодить?

— Значит, все дело в национальности, — укоризненно покачала головой Вера Петровна. — Какой же ты коммунист, Ваня? Ведь у вас на знамени написано: «всеобщее равенство и братство», вы ведь — интернационалисты!

— А ты все всерьез, как ребенок, воспринимаешь? Может, и то, что царапают на заборах? — издевательски рассмеялся Григорьев. — Да уж, ума ты и к старости, видно, не наберешься.

Он встал и грузно навис над испуганной Верой Петровной.

— Вот результаты твоей глупости. Дочка хитрой Лидки Деяшкиной замужем за дипломатом, живет в Париже, счастлива. А твоя дочь — горе мыкает, — он презрительно скривил губы. — Стала матерью-одиночкой. Позор!

Выпустив пар, Иван Кузьмич немного остыл, взял себя в руки и, сознавая собственное превосходство, объявил:

— Мы с тобой давно перестали понимать друг друга. Но не все еще потеряно. Главное — не доводи меня, Вера, чтобы вы со Светой стали мне противны. Ну что вы без меня? Нуль без палочки. На что будете жить? Так что, если у нас не получается мир — пусть будет перемирие!

Сказав это, Григорьев, не дожидаясь ее ответа, величественно проследовал в свой кабинет, а Вера Петровна осталась сидеть одна, проливая слезы и упрямо повторяя:

— Неправда, Света будет счастлива! Она достойна этого. Есть Бог на небе!

РАСПЛАТА

Часть IV. НЕВЗГОДЫ

Глава 21. КРАХ ГРИГОРЬЕВА

Солидный черный лимузин Григорьева, миновав посты охраны, въехал во внутренний двор комплекса зданий ЦК партии на Старой площади. Эти длинные машины с пуленепробиваемыми стеклами в народе насмешливо прозвали «членовозами».

Водитель выскочил первым, открыл дверцу, и Иван Кузьмич с величественным видом проследовал к себе, почтительно приветствуемый встречными сотрудниками аппарата и посетителями.

Минувшие годы наложили, конечно, отпечаток на его внешность: он пополнел, обрюзг. Но на здоровье, в отличие от большинства высших партийных руководителей, пока не жаловался. Достиг, ему казалось, вершины влияния и могущества. В его руках — все нити управления финансами партии, через него осуществляются тайные валютные операции. Меняются первые лица государства, но он незыблем, как гранитный утес.

Всего два года назад с большой помпой отмечено его пятидесятилетие. К многочисленным орденам и медалям прибавилось звание Героя Социалистического Труда. Славословия лились рекой, поздравления пришли со всех концов страны и из-за рубежа. Банкеты и праздничные встречи длились целую неделю.

Однако Григорьев не ощущал себя счастливым, — какое-то шестое чувство подсказывало: приближается конец его благополучия. В последнее время почва явно стала уходить из-под ног.

— Ни с кем меня не соединять! — на ходу бросил он секретарю, вставшему при его появлении, и прошел в кабинет.

Сел в широкое, мягкое кресло и, не разбирая бумаг, задумался. Его новые апартаменты еще больше, солиднее прежних; обстановка кабинета в основном такая же; традиционные портреты членов Политбюро на стенах, большой портрет Горбачева над рабочим столом. Но наряду с кабинетом в его распоряжении теперь уютная гостиная с баром и холодильником, личный санузел и комната отдыха. Там можно провести интимную беседу, принять душ или ванну, просто прилечь и отдохнуть от трудов.

И все же одолевала его одна и та же тревожная мысль: «Похоже, они хотят сместить все прежнее руководство, и ко мне подбираются!»

Опасения Григорьева не были безосновательными: положению его впервые за долгие годы грозила реальная опасность. Новый, молодой и энергичный генсек повел решительную борьбу со «старой гвардией», заменяя ее в руководстве страной своими людьми.

Такое бывало при каждом новом генсеке, но раньше перемены не касались столпов идеологии и хозяйственно-финансового аппарата. Первые лица государства заботились главным образом о том, чтобы лично преданные им люди возглавляли силовые структуры — те, что гарантируют абсолютную власть.

Однако Горбачев, начав знаменитую перестройку, неизбежно столкнулся с ожесточенным сопротивлением партийных ортодоксов. Лицемерно поддерживая его на словах, на деле они всячески тормозили начатую им демократизацию страны и партии. Эта борьба не могла не коснуться и Григорьева. Связанный крепкими узами со старым руководством, он лишился доверия «архитекторов перестройки».

Ох, не вовремя отправился на тот свет Николай Егорович! Вот кто был мастер расхлебывать кашу. Уж он-то знал бы, что делать; посоветовал бы, как поступить!

Только сейчас почувствовал Григорьев, как недостает ему бывшего шефа и покровителя. Когда Николай Егорович почил в бозе и его с надлежащими почестями похоронили, Григорьев слишком не переживал. Конечно, жаль терять влиятельного друга, но они уже играли на равных, и опека ему больше не требуется. Иван Кузьмич считал, что и сам не промах: не глуп, осторожен, умеет лавировать.Но вот шахматными способностями покойного он не обладает. Тот умел все рассчитать на много ходов вперед, а ему это не дано.

Надо что-то предпринять, чтобы доказать свою преданность новому руководству. Показать, что ему можно доверять, что он с ними, а не с этими старыми мухоморами, — так думал он, думал лихорадочно, не в силах ничего изобрести и испытывая одновременно страх перед грядущей опасностью и стыд от сознания своей готовности к предательству.

Нет, не в состоянии он сегодня работать — весь какой-то разбитый.

— Поеду-ка лучше домой! Повожусь с Петенькой, поделюсь с Верой. Может, на душе полегче станет...

Когда раздался настойчивый звонок, Вера Петровна неохотно потянулась к трубке радиотелефона. Она с увлечением читала внуку сказки Пушкина; он слушал ее с удовольствием, то и дело прерывая самыми разными вопросами. Петенька подхватил в детском саду ветрянку и лежал теперь дома, — Вера Петровна отказалась отправлять его в больницу.

— Не настаивай! — сердито сказала она Светлане, которой казалось, что в больнице сын скорее поправится. — Хочешь, чтоб с оспинами на всю жизнь остался? Да не уследят они там за ним! Начнет чесаться, сдерет повязку — и все! — объяснила уже спокойно. — Знаю, как это бывает. Сама переболела и в больнице насмотрелась. Не станут его все время за руки держать! А я от него не отойду ни на минуту!

Как ни странно, перенесенные за прошедшие годы волнения и заботы почти не отразились на внешнем облике Веры Петровны, — она осталась привлекательной женщиной. А что крутилась целые дни как белка в колесе, много двигалась — так это даже к лучшему. Многие ее приятельницы безуспешно «худели», а она, ничуть о том не заботясь, поневоле сбросила лишний вес, фигура ее стала более гибкой и подтянутой. В гладко зачесанных волосах появились серебристые пряди, но кожа на лице по-молодому гладкая, ясный, чистый взгляд серых глаз прежний. Только ранняя седина да едва заметные мелкие морщинки у глаз и в углах губ выдавали, когда приглядишься, а так на вид не более сорока. («Тридцати», говорила дочь, желая сделать ей приятное.)

— Мамуля, что ты не подкрасишься? — часто приставала к ней Света. — Зачем тебе эта седина?

— А для кого мне стараться? — неизменно отвечала Вера Петровна. — Петеньке я и так нравлюсь.

Все заботы свои и помыслы она отдавала воспитанию внука. Неизбежные детские болезни, проблемы физического и умственного развития мальчика занимали ее время без остатка.

Потому и Светлана, как только Петенька вышел из грудного возраста, могла начать работу и почти весь день была занята в театре.

С мужем у Веры Петровны отношения так и не наладились. Оба соблюдали внешние приличия и видимость нормальной семейной жизни. Иван Кузьмич раза два в неделю появлялся в городской квартире, играл с внуком, обедал, иногда ночевал. Делился с женой служебными новостями, давал средства на жизнь, проверял, все ли необходимое у них есть. Иногда предпринимал попытки к сближению — безрезультатно.

Вера Петровна была не из тех, кто наступает на горло собственной песне, — физически не способна кривить душой. Чувство ее к нему умерло, и ничего с этим не поделаешь. Упрекать себя за невыполнение супружеского долга ей не приходилось: знала, что Григорьев женской лаской не обделен — получает, когда вздумается. Стало ей известно, что на даче, где живет постоянно, завел он наложницу из персонала; собиралась положить этому конец, лишь когда придет время везти туда Петеньку. «Пусть себе устраивается пока на стороне, ему несложно, — решила она. — А без дачи летом мы обойтись не можем».

Вот почему удивилась немного, услышав голос Ивана Кузьмича.

— Не ожидала такого раннего звонка, — не скрыла она недовольства. — Приезжай, конечно, если хочешь. А что, неприятности у тебя на работе? — Уловила-таки расстроенные нотки в его голосе. — Ладно, за обедом разберемся. Я сейчас с Петенькой занимаюсь.

Григорьев застал жену на кухне — обед готовит.

— Проходи, Ваня, садись, отдыхай. — Вера Петровна сразу заметила его непривычно озабоченный, сумрачный вид. — Поскучай тут со мной, пока у плиты вожусь. Петенька только уснул — спешу пока все приготовить. Сейчас за ним глаз да глаз нужен. — Взгляд ее не отрывался от плиты. — Не углядишь — и внук у нас рябой станет.

Чувствуя, что Иван Кузьмич сидит сам не свой и тупо глядит в одну точку, словно не слыша, о чем идет речь, она повернулась к нему.

— Ну вот что. Выкладывай все свои неприятности, пока Света не прибежала. Тогда уж некогда будет поговорить.

Григорьев тряхнул головой, будто отгоняя навязчивые тяжелые мысли, и заговорил каким-то чужим, надтреснутым голосом:

— Плохи мои дела, Вера. Не представляешь даже, как мне худо! — И умолк: как ей объяснить?

— Да ты что? Не заболел ли? — испугалась она, недоверчиво глядя на него: невероятно — Иван Кузьмич всегда отличался железным здоровьем.

— Думаешь, меня рак или инфаркт прихватил? — криво усмехнулся Григорьев. — Ошибаешься! С болезнями иногда можно справиться, хоть несколько лет пожить. А тут... близкий конец просматривается.

Вера Петровна поняла наконец, что дело нешуточное. Уменьшила огонь на плите, сняла фартук и уселась за стол напротив мужа.

— Хватит говорить загадками! Объясни, что произошло! Сняли? Понизили? В этом, что ли, трагедия?

Иван Кузьмич посмотрел на нее как-то неузнаваемо — растерянно и жалко. Он потерял вдруг всю свою самоуверенность; сказал просто:

— Меня, наверно, убьют, Вера. И очень скоро.

Это прозвучало так дико, что она усомнилась, в своем ли он уме, но вопрос застрял у нее в горле. Григорьев вдруг вытаращил глаза и, задыхаясь, схватился за грудь.

— Скорее... дай мне что-нибудь!.. Сердце... Валидол, что ли... — прохрипел он, сползая на пол.

Впервые у Ивана Кузьмича произошел сердечный приступ. В тот раз она так и не узнала, о чем он собирался рассказать.

В клинической больнице Григорьев пробыл больше месяца. Обнаружили у него микроинфаркт, самочувствие быстро пришло в норму, но ему предписали лечение в стационаре.

Все это время Вера Петровна и Светлана по очереди регулярно его навещали. Условия в Кремлевке идеальные, но, невзирая на это, они всегда что-нибудь ему приносили — фрукты, напитки, коробку конфет.

Здоровье его улучшалось, но не настроение. Занимаясь делами, можно еще отвлечься от мрачных мыслей, но здесь, в больнице, когда целыми днями предоставлен самому себе, они просто одолевают. Предчувствуя приближение беды, Иван Кузьмич сделался нервным, капризным и раздражительным.

В этих условиях он не возобновлял прерванного разговора с женой — не время здесь и не место. Лишь когда врачи разрешили ему подолгу гулять по территории, открыл он ей свою тайну. В тот день они сидели на лавочке в укромном уголке парка, тепло укутавшись, — погода стояла прохладная, был конец мая. Первой заговорила Вера Петровна:

— Очень ты нервным стал, Ваня. Врачи говорят — здоровье твое в норме, но я этого не чувствую. Что же с тобой все-таки происходит? Неужели есть доля правды в том, что ты мне тогда сказал? — Она строго глядела ему прямо в глаза, словно требуя прямого, честного ответа.

Иван Кузьмич помялся — никак не мог решиться, — но потом, посмотрев на жену теплым, как когда-то, взглядом, молвил тихо:

— Тебе наши дела трудно понять, да и незачем знать все детали. Попробую донести главное. — Поглубже вздохнул и начал монотонно объяснять:

— В моих руках — финансы партии, в том числе секретные вклады в зарубежных банках. Огромные суммы в валюте. Номера счетов, по которым можно получить к ним доступ, известны очень узкому кругу лиц, в том числе, конечно, мне.

Увидев по побледневшему лицу жены, что до нее доходит смысл его слов, печально подтвердил:

— Вот-вот. Сообразила? Отсюда и грозит мне беда. Слишком много знаю! Пока нужен — цел. А снимут — постараются ликвидировать. Не поверят, что безвреден. Не станут рисковать.

Пораженная этими простыми и страшными словами, этим жутким открытием, Вера Петровна не знала, что подумать, что сказать. Наконец выдавила из себя:

— Неужели, Ваня, у вас там есть... такие люди? Способные убить своего товарища, заслуженного человека, Героя Труда?

Григорьев только взглянул на нее, как взрослый на ребенка, и нервно рассмеялся.

— До чего же ты наивна, Вера! Раньше ты меня этим зли́-ла, а теперь мне просто жаль, что до сих пор ничего ты не поняла в нашей сложной, жестокой жизни. — Перестал сме́яться и с откровенной ненавистью изрек: — А это и не люди, а серые волки в человечьей шкуре, оборотни! Не зря говорят в народе: нет хуже тех, кто из грязи да в князи. Стелют мягко, делают вид, что скромные, служат народу, а ради денег и власти не пожалеют ничего и никого.

Искренне негодуя, Иван Кузьмич начисто забыл, что история собственной его жизни очень схожа с биографиями тех, кого так страстно обличает. Умолк на минуту, мрачно размышляя, и заключил, будто говоря об обыденном, простом деле.

— Убивать сами, конечно, не будут, белых ручек не замарают. У них в распоряжении спецслужбы, располагающие профессиональными убийцами: те умеют ликвидировать людей без шума, без скандала. Так что можно заказывать гроб и белые тапочки, — невесело пошутил он, чтобы хоть как-то разрядить напряжение.

Вера Петровна подавленно молчала. В голове у нее не укладывалось, как такое возможно... А где же закон? Неужели для них он не писан и никто не может их остановить?..

Все эти вопросы ей хотелось задать мужу, но, видя его состояние и понимая их бесполезность, она не произнесла больше ни слова. Григорьев тоже угрюмо молчал, только прощаясь у ворот, пообещал, чтобы немного приободрить и себя и ее:

— Но ты не думай, я не сдамся. Буду бороться как могу. Считал только нужным тебя предупредить, потому что это очень серьезно.

Вполне резонно готовясь к самому худшему, считая такой исход не только реальным, но и близким, Григорьев не мог не думать о дочери. Не родной он ей отец, но он ее вырастил и по-своему любил. Ему ли не знать все стороны советской действительности — не только лицевую, но и изнанку. Предупредить придется дочь о подводных камнях, что ее подстерегают, когда отца не будет рядом. С болью в душе сознавал он, что жизнь может с ней обойтись особенно круто, — ведь жила и росла она в тепличных условиях и практически не знала забот.

Сегодня, в этот солнечный, теплый день, Светлана обещала его навестить; прогуливаясь по парку, он пошел ей навстречу, на ходу обдумывая, о чем и как с ней говорить. Еще издали он увидел ее стройную фигуру: идет своей красивой, плавной походкой, гордо неся златокудрую головку. На ней длинное джинсовое платье, в руках пакет. Красива, эффектна, что и говорить... Он даже остановился, любуясь дочерью, и издали помахал ей рукой, самодовольно оглядываясь по сторонам: пусть все видят, какая у него дочь!

Когда она подошла и поцеловала его, Григорьев предложил:

— Давай посидим где-нибудь в укромном местечке, потолкуем за жизнь, а? Не хочется идти в душное помещение. А фрукты я потом заберу с собой.

В его любимом уголке парка они уселись рядом на белую скамью.

— А теперь расскажи: как идут твои дела в театре, какие успехи? — Он взял ее руки в свои, любуясь ее свежим цветом лица и синими, как небо, глазами.

«Все-таки здорово похожа на чертова профессора! — беззлобно подумал Иван Кузьмич. — А этот дурень даже не подозревает... Вот ведь что жизнь с нами делает».

— Давай выкладывай отцу все досконально. Я ведь знаю эти театральные интриги, — добавил он требовательно и ворчливо, но глаза его смеялись.

Светлану обрадовало его хорошее настроение — привыкла уже, что отец всегда хмурый и озабоченный. Ответив ему улыбкой, она охотно стала посвящать его в закулисные тайны:

— Сначала, пап, меня зачислили в хор, сольных номеров совсем не давали. И так довольно долго: в театре хороших голосов много, пробиться в солисты, даже на третьи роли, очень трудно. — Оглянулась, не слышит ли кто, и понизила на всякий случай голос: — На первых ролях у нас только жены нашего руководства или любовницы членов правительства. Да тебе ведь это ведомо...

Григорьев промолчал, и она продолжала:

— Поскольку к их числу я не отношусь, пользоваться этим методом не намерена, то вроде проявить свои способности мне не светит. Тем более что не принимаю участия во всяких групповых склоках, что постоянно будоражат труппу.

— Интересно, какую же цель преследуют эти склоки? Ведь неспроста, говорят, они есть в каждом театре? — полюбопытствовал Иван Кузьмич.

— Артисты, папа, народ очень самолюбивый и тщеславный. Каждый считает себя гением, и это, на мой взгляд, нормально, — рассудительно и немного грустно пояснила Светлана. — Сам знаешь: плох тот солдат, что не мечтает стать генералом. Вот они и борются сообща против протеже начальства, — а те часто бывают вовсе бесталанны.

Но тут лицо у нее прояснилось, она весело взглянула на отца.

— Решила я уже, что из хора так и не вылезу, как вдруг вызывает меня главреж и говорит: «Светлана Ивановна, есть мнение — дать вам небольшой сольный номер. Мы должны выдвигать молодежь, а у вас хорошие внешние данные». Представляешь, папа, в чем секрет карьеры? Так и сказал: не голос, а «внешние данные»!

«Ну да! Помогли бы тебе внешние данные, если б не мой звонок Нехорошеву», — самодовольно подумал Григорьев.

— Рассказывай дальше, доченька. Все это очень мне интересно!

— А что — дальше? Правильно говорят — важен почин. Стали давать небольшие роли. Видно, голос у меня есть, да еще, как сказал режиссер, внешние данные. Сейчас занята почти во всех спектаклях. Но дальше хода не будет, знаю.

— Это почему же, коли тебя заметили? — не понял Иван Кузьмич.

— Да все потому же. Не продамся я карьеры ради. Хотя предложений много, просто отбоя нет, — призналась она немного смущенно и вместе с тем гордо.

— В общем, папа, замуж мне надо! — неожиданно заключила Светлана, смело глядя в глаза отцу. — А то проходу не дадут, хоть из театра беги!

— А как же Миша? — осторожно задел он больную тему. — Ты же поклялась его всю жизнь ждать.

— Я бы и дальше ни на кого не смотрела. Хотя прошло больше пяти лет — и никакой надежды, — серьезно ответила Светлана: боль ее за эти годы, конечно, притупилась. — Дело в том, что мне нужна опора, статус замужней женщины, если хочу и дальше жить в мире искусства.

— Значит, так тому и быть! Одобряю, как говорят, целиком и полностью. Неужели не найдешь какого-никакого режиссера или директора театра? А может, министра? — рассмеялся Григорьев, стараясь обратить эту тревожную тему в шутку.

— К сожалению, тут со свободными вакансиями туго — эти деятели нарасхват. Или женаты, или отъявленные дон-жуаны! — охотно подхватила Светлана шутливый тон отца. — Но будем стараться!

— Вот что я давно хочу сказать тебе, дочка, — нарочито беззаботным тоном, как бы между прочим, перешел он к главной для него теме разговора. — У тебя есть все, что нужно молодой певице для успеха, ты и сама это знаешь. Поэтому жаль, если тебя затрут, не дадут проявить свой талант во всем блеске. А это вполне может произойти.

Он остановил свою речь и взглянул на Светлану с характерным для него видом собственного превосходства.

— Думаешь, почему к тебе, как говоришь, пристают, но довольно умеренно, интеллигентно? — спросил он и сам же ответил: — А потому, что не забывают, кто твой отец. Почему тебя из хора выдернул любитель «внешних данных»? Ему директор приказал, получив распоряжение из Министерства культуры!

Видя, что дочь изумлена, готова протестовать, остановил ее жестом руки.

— Погоди, Света, не кипятись! Сама только что говорила, что одним талантом жив не будешь. Тем более что все это скоро кончится и отец тебе помочь ничем не сможет. Так что прости за вмешательство: Ведь я люблю тебя, вот и хочу позаботиться... пока в моих силах.

Светлана замерла, уловив со свойственной ей чуткостью мрачный смысл его слов, и обеспокоенно подняла на него глаза.

— У тебя какие-то осложнения со здоровьем, папа?

— Не совсем. Мама в курсе, она тебе объяснит. Важно не это. — Иван Кузьмич обнял ее за плечи и по-отцовски требовательным тоном произнес:

— Доверься мне без возражений и критики! Я знаю, что делаю. Есть у меня хороший друг, он мне многим обязан. Будет твоим ангелом-хранителем.

— А кто этот твой друг? — не сдержала любопытства Светлана.

— Да всего лишь заместитель министра культуры, так сказать, рабочая лошадка. Министры приходят и уходят, а он там работает давно и всех, кого нужно, знает. — Иван Кузьмич выпрямился и с сожалением посмотрел на часы.

— Хотелось еще о многом с тобой поговорить, но скоро обход, мне надо в палату. Значит, договоримся так, — добавил он, принимая от нее пакет с фруктами. — Как только выйду на работу — приглашаю Нехорошева и вас знакомлю. Поверь, никакого вреда тебе это не принесет.

Приступив после болезни к работе, Григорьев по поведению окружающих и по ряду других признаков пришел к выводу, что никаких изменений пока не предвидится. Это возродило у него надежду, хотя и не успокоило окончательно. «Может, еще обойдется, отделаюсь легким испугом, — размышлял он. — Ведь умный начальник не заменит хорошего бухгалтера, а генсек умен, в этом ему не откажешь».

Воодушевленный появившейся надеждой, Иван Кузьмич работал с утроенной энергией, безоговорочно поддерживая все решения нового руководства и выполняя самые сложные поручения. Однако пережитый стресс не прошел для него даром. Хваленая выдержка его оставила: он стал резко реагировать на ошибки сотрудников, распекать их, чего раньше за ним не водилось.

С домашними у него за время болезни отношения потеплели, но, как оказалось, ненадолго. Скандал разгорелся, когда Григорьев заехал повидаться с внуком — незадолго до переезда на дачу.

В квартире он застал беспорядок: Светлана и Вера Петровна собирали и укладывали вещи, стараясь предусмотреть каждую мелочь. Света отправлялась с театром на гастроли, а бабушке предстояло просидеть на даче вдвоем с Петенькой безвыездно; потому и собирались более тщательно, чем обычно.

— Ну что, ты вроде живой и здоровый, — не слишком приветливо встретила мужа Вера Петровна. — По твоему внешнему виду понятно, что все обошлось. Только напугал нас до полусмерти.

— Станешь вдовой — убедишься, пугал я тебя или нет. — Григорьев помрачнел: ему теперь несложно испортить настроение. — На который час завтра заказывать для вас машину?

— Думаю, к двенадцати будем готовы, — немного поразмыслив, ответила Вера Петровна; потом поморщилась, будто проглотила что-то горькое, прекратила сборы и решительно заявила: — Но есть одна... просьба. Давно хотела сказать, но болел ты, а потом... неприятности эти у тебя на работе. — Она сделала паузу, подбирая слова, чтобы высказать все в возможно мягкой форме. — Так вот. В наше отсутствие ты завел на даче собственный медпункт. Прошу я тебя: до нашего приезда — ликвидировать.

Видя, что Григорьев побагровел и умоляюще взглянул на нее, указывая глазами на дочь, бросила еще жестче:

— Не нужно на меня так смотреть! Света — взрослый человек и все знает. Потребуется тебе медицинская помощь — вызову. А если еще какая нужна — поищи на стороне. Мы об этом давно уже договорились. А у нас ребенок там будет жить!

«Надо же! Все знает... И Света тоже... Совсем не любит меня больше Вера, раз терпела это столько времени», — уныло думал Григорьев. Ничего не ответил, опустился в кресло. Как выполнить ее требование? Не так-то это просто...

Медпункт на территории государственной дачи он приказал создать специально для своей любезной Алены. Считал, что убил сразу двух зайцев: во-первых, решил проблему — кем заменить в постели болезненную жену. Случайных связей он боялся, был однолюбом, не стремился к переменам и разнообразию, а тут — подходящая женщина.

Во-вторых, обеспечил, как ему казалось, соблюдение внешних приличий. Елена Александровна — замужем, у нее трое детей; с мужем живет дружно. На даче он с ней никогда не проводил ночь вместе, общались они только при закрытых дверях, во время процедур.

«Кто же мог натрепаться? — терялся в догадках Иван Кузьмич. На даче никому это точно неизвестно, да и кому понадобилось доносить жене?.. Наверно, все же этот паршивый сутенер, муж Алены, отомстил, — решил Григорьев. — Ну и сукин сын! Я им и квартиру, и прописку московскую сделал, на шикарную работу устроил, а он... Из-за детей, что ли? Но давно знал — и молчал! Вот и делай после этого добро людям!» — искренне возмущался он в душе.

Однако что ответить жене?

— А если я не сделаю того, что ты просишь?

— Мы не переедем на дачу; правда, Светочка? Нам, как ни странно, хочется себя уважать. Или ты думаешь, что мы должны терпеть присутствие этой женщины и пересуды обслуги? По-моему, кто-то хотел соблюдать приличия! — язвительно и твердо заявила Вера Петровна.

— Ну и куда же вы денетесь с ребенком? — уцепился за последний аргумент Григорьев.

— Придется отправить Петеньку с детским садом, хоть мне это не по душе. Кроме болезней, он ничего хорошего оттуда не выносит. — Вера Петровна явно обдумала все заранее.

— Ну а сама ты... в городе все лето торчать собираешься или, может, к своему профессору побежишь? — не выдержал Григорьев — и тут же пожалел о сказанном.

Вера Петровна побледнела, выпрямилась, потом лицо ее запылало негодованием. Светлана, тоже бросив сборы, встала рядом с матерью.

— Ну вот что, Ваня, — тихо, печально произнесла Вера Петровна, чувствуя слабость от охватившего ее волнения, — прости, но ты сам напросился. — Собрала все свое мужество и заявила ему в глаза окрепшим голосом: — Все эти пять лет я не имела личной жизни, свято соблюдала правила, установленные тобой. Отреклась от себя. Спасибо, выручил внучок. Ему я отдавала всю неистраченную заботу и любовь. Соблюдала приличия. Но теперь — все!

Вера Петровна бесстрашно смотрела на притихшего Григорьева.

— Ты хочешь жить в свое удовольствие, не считаясь с нами? Пожалуйста! Но и мне дай свободу! Я ведь не старуха. Попрекаешь меня Розановым? Ну что ж, он одинок и, кажется, все еще ко мне неравнодушен. Да и, по-правде сказать, хоть и вечность пролетела, чужим мне не стал.

При этих словах Иван Кузьмич вскочил с места, будто подброшенный пружиной.

— Только посмей пойти к нему, только попробуй сказать о Свете! — заорал он во весь голос и осекся, увидев, как у дочери вытянулось лицо; но остановиться уже не мог. — Ну и пусть узнает! Все становится известным — рано или поздно. Кто ее вырастил, кто отец? Я, и только я! Он до сих пор ничего не знает! Тоже мне папаша. — Тут он ощутил боль в сердце и тяжело опустился на стул, схватившись за грудь и бормоча: — Ну вот... С вами снова инфаркт заработаю...

Боль отпустила неожиданно, как и возникла. Надо держать себя в руках, говорить спокойно.

— В общем, так. К вашему приезду на дачу медпункта там не будет. Очень жалею, что погорячился и сказал лишнее. Прошу прощения, — особенно у тебя, Светлана. К старости глупеть стал. Бывает. Но тебя, Вера, предупреждаю: если что до меня дойдет про вас с Розановым — я его уничтожу! Не физически, конечно, — морально и материально. Сделаю так, что его отовсюду выгонят. Козам на огороде будет лекции читать! Имею право: немало он мне крови попортил! — С этими словами, чувствуя себя опустошенным и больным, Григорьев, почему-то прихрамывая, вышел из дома и направился к ожидавшему его «членовозу».

После тяжелой сцены, устроенной Григорьевым, Вера Петровна и Светлана еще долго сидели в траурном молчании, переживая случившееся; они отчетливо сознавали окончательный крах семейных отношений.

«Ну зачем он это сделал? Взял и сам все порвал!» — горевала Вера Петровна, понимая, что возврата к нормальным отношениям с мужем уже никогда не будет.

«Вот все и выяснилось. Правду мне Надя сказала. Сам он признался, — с болью в сердце думала Светлана. — А кому это нужно? Жаль и его, и себя!»

— Послушай, мама, — нарушила она наконец тягостную тишину. — Мне трудно поверить, что за это время Степану Алексеевичу ничего не было известно. Неужели ему так никто и не сказал? Невероятно! — Помолчала, добавила: — Ведь с ним удар может случиться. Он производит впечатление очень порядочного человека.

— Не знаю, доченька. — Лицо у Веры Петровны затуманилось. — Наверно, так и есть, хоть и непонятно. Он дал бы мне знать при встрече. Да что говорить, — конечно же, захотел бы тебя видеть!

— Ты права, — согласилась Светлана. — Я бы тоже это заметила на свадьбе у Нади. Он смотрел на меня приветливо — ведь я твоя дочь. Но... не так! Я бы почувствовала!

И они снова замолчали, — каждая думала о своем. Вера Петровна печалилась, размышляя над своей неудавшейся личной жизнью. Со своей прямой натурой не сможет она теперь соблюдать и видимости семейных отношений. Как ей вести себя с Григорьевым?

Душа ее подсознательно искала выход, ощущая неистраченный запас любви и нежности. Постепенно ее помыслы обратились на Розанова: «Как ему живется? Думает ли еще обо мне иногда? — мелькнуло у нее в голове. — Как жестоко обошлась жизнь с таким чудесным человеком! Ведь с отъездом Нади он, наверно, совсем одинок...»

Светлана предавалась скорби об отце — об Иване Кузьмиче Григорьеве. Не ведая о его расчетливости и прагматизме, она исходила из того благородства, которое он проявил, приняв ее мать с чужим ребенком и всю жизнь окружая их любовью и заботой.

Она охотно прощала ему резкость, и сердце ее разрывалось от жалости к нему и от того, что, как ей казалось, жизнь к нему несправедлива.

— Ты знаешь, мама, — вновь нарушила она гробовое молчание, — я, наверно, никогда не смогу относиться к профессору Розанову как к отцу. Он хороший человек и ни в чем не виноват, но... для меня он все же... чужой, незнакомый... Хотя, не скрою, где-то здесь... — и прижала руку к сердцу, — что-то екнуло... И тянет узнать о нем побольше.

Но тут душу ее захлестнула волна любви, и нежности, и жалости к Ивану Кузьмичу и на глазах появились слезы.

— Степан Алексеевич никогда не сможет заменить мне папу! С рождения не было у меня другого отца — и не будет! Ты меня прости, мама, но, как бы ни сложились у вас дальше отношения, а я его не оставлю. Ему очень тяжело, и нужно ему мое внимание.

Мать молчит, и попытки не делает возражать.

— Вот видишь, я права, мама! Так велит мне сердце... А ты... ты вправе поступать по-своему. Я не скажу ни слова против. Мне понятно твое состояние, и ты должна быть счастлива.

Они еще некоторое время сидели молча, а потом не сговариваясь возобновили сборы на дачу.

Почти весь летний период прошел у Григорьева в напряженной работе. Такого количества сложных финансовых операций он не проворачивал за все время пребывания в аппарате ЦК. Он еще не стар, и здоровье восстановилось, но к концу дня так уставал, что буквально еле волочил ноги. Если и появлялся на даче, то обычно поздно вечером.

— Не остается сил даже поиграть с Петенькой, — жаловался он Вере Петровне, молча подававшей ужин, и сразу шел спать.

Григорьев добросовестно, в поте лица выполнял все поручения, хотя его не посвящали в их тайный смысл и он многого не понимал из того, что ему приходилось делать. Операции совершались секретно и сводились к размещению крупных сумм партийных денег в совместных с частными лицами предприятиях.

— Ну зачем переводят новые шикарные гостиницы в совместное владение, тем более с иностранцами? Ведь только что построили на партийные деньги, — недоумевал Иван Кузьмич. — С какой целью вкладываем партийную казну в коммерческие банки? Делать деньги? Но и так же все в своих руках!

Перестройка возродила частную собственность. Как грибы после дождя росли кооперативы, частные предприятия, коммерческие банки. Но для чего нужно было это делать на деньги партии? Только для того, чтобы ими завладела партийно-комсомольская элита? Для личной наживы?

Григорьев считал, что в таком крупном масштабе это маловероятно, и не ошибся. К концу лета, когда противостояние между центральной властью и президентом России достигло кульминации, ему стал наконец ясен дальний прицел партийного руководства.

— Просто не хочется верить, Владимир Николаевич, — неужели было необходимо создавать ГКЧП и отстранять Горбачева? — поделился Иван Кузьмич с Нехорошевым, приехавшим к нему на прием с очередной просьбой. — Зачем стягивать к Москве столько войск и бронетехнику? Зачем пугать людей?

Официальное объявление — солдаты посланы для уборки картофеля. Это же курам на смех! Не такой уж дурак наш народ. — Он озабоченно взглянул на Нехорошева и понизив голос добавил: — Неужели боятся, что Ельцин их скинет? У него же никого нет, кроме толпы крикунов из «Демократической России». Он — карлик против военно-партийного руководства! Зачем нужна армия, когда достаточно спецназа? Одной «Альфе» под силу всех скрутить и доставить в Лефортово.

Они дружески беседовали за рюмкой коньяка, удобно расположившись в мягких креслах в комнате отдыха. В последние месяцы ради Светланы он сблизился с Владимиром Николаевичем, который не преминул этим воспользоваться.

— Колосс, мне сдается, на глиняных ногах, — не скрывая сарказма, высказал свое мнение Нехорошев. — Боятся они Ельцина, потому что за ним народ. Вот и войска нагнали, чтобы люди испугались и сидели дома, пока его будут брать.

«Ну и дела! Неужели пойдут на кровопролитие? — мысленно ужаснулся Григорьев. — Можно ли было еще год назад представить, что такое возможно?» Вслух же мрачно предположил:

— Если у Ельцина есть шансы победить, так для партии это катастрофа! Он не простит гонений, которым подвергался, запретит КПСС — это точно!

Теперь он уже четко представлял себе смысл тайных операций: прятали партийную казну на случай поражения! Это означало, что победа Ельцина считается реальной и приняты крайние меры.

— Вот вы сказали, Иван Кузьмич, что «гекачеписты» отстранили Горбачева. А так ли это на самом деле? — осторожно, как бы боясь зайти за грань дозволенного, спросил Нехорошев. — Что он изолирован и не ведает, что творится?

— Говори яснее, — попросил Григорьев, хотя сразу отлично понял, что тот имел в виду, — и сам об этом догадывался.

— Сдается, что ГКЧП только ширма. За всем этим стоит сам генсек, которому Ельцин поперек горла.

— Но тогда зачем нужен этот фарс?

— Чтобы сохранить имидж поборника демократии. А Ельцина иначе как насильственным путем не убрать, — довольно логично изложил свое мнение Нехорошев. — Вот он и решил оказаться как бы в стороне. Как всегда! Вспомните Тбилиси, Баку, Вильнюс. Но простите, Иван Кузьмич, разве вам не лучше, чем мне, известно все это? — удивился он, проницательно глядя на Григорьева.

— Такие вопросы решаются у нас в узком кругу ближайших соратников. Я же — хозяйственник и не принадлежу к их числу, — объяснил Иван Кузьмич, хотя знал, что не посвящен потому, что не доверяют.

Резонные доводы Владимира Николаевича заставили Григорьева всерьез задуматься. До этого ему казалась абсурдной возможность поражения такой могучей силы, как КПСС. С присущим ему прагматизмом он стал анализировать свои перспективы на случай победы демократов. Поразмыслив, пришел к выводу, что некоторая надежда у него все-таки есть.

— Куда они денутся? Придут ко мне на поклон, — без особой уверенности предположил он, стараясь себя успокоить. — Поинтересуются, куда подевались партийные миллионы.

Вместе с тем его не оставляла мысль о грозящей ему опасности. Все это возможно, если только его не прихлопнут. Одна надежда — потеряют власть над спецслужбами.

Немного успокоившись, Григорьев стал ждать дальнейшего развития событий, отчетливо сознавая, что наступил самый опасный и решающий поворот в его судьбе.

Решив для себя, что катастрофа КПСС вполне вероятна, Иван Кузьмич задумал обеспечить себе «запасной аэродром», предоставив в случае прихода новой власти ценнейшую информацию, которой располагал. Отобрав самые важные документы, он уложил их в большой пакет, опечатал его и положил в кейс.

Эти документы он решил хранить в домашнем сейфе — пусть будут в нужный момент под рукой, если придется дать им ход. Следует спешить, обстановка в столице накаляется, и можно ожидать всего. Его радовало, что нет свидетелей, — жена с внуком еще на даче.

Однако, придя домой, он был неприятно удивлен — квартира полна народу: за обеденным столом Вера Петровна с Петей и супруги Никитины с детьми. Оказывается, они сговорились совместно посетить зоопарк и теперь заехали домой отдохнуть и пообедать. Иван Кузьмич заглянул в столовую, поздоровался, а потом пошел к себе в кабинет, спрятал пакет в сейф и примкнул к шумному обществу.

— Как хорошо, что ты пришел, Ваня! — взволнованно обратилась к нему Варвара. — Ну убеди моего ненормального мужа! Нечего ему, отцу двоих детей, делать у Белого дома! Там же война может начаться!

— А чего тебе там понадобилось, Вячеслав? — поинтересовался Григорьев, мрачно взглянув на мужа Вари. — Считаешь, без тебя там не обойдутся?

— Вот на это и рассчитывают негодяи, — убежденно ответил Никитин, — на извечное обывательское «моя хата с краю»! На испуг берут. Но я не поддамся!

— Но что тебя все-таки заставляет? Почему так рвешься? У тебя же дети! — наступал на него Иван Кузьмич: ему интересно знать: что движет такими людьми, как известный хирург Никитин, чем вызвана их готовность к самопожертвованию. — Ты что же, риска не боишься?

— Боюсь, — честно признался Вячеслав Андреевич. — И детей жалко, и Варю, если что. Но иначе поступить не могу! — Глубоко вздохнул и с вызовом поглядел в глаза Григорьеву.

— Сейчас, возможно, решается судьба России — освободится или нет народ от жестокого, лицемерного гнета коммунистического режима. Как живут наши люди? Хуже всех в Европе! Что дала революция? Построили коммунизм? Вот видишь — тебе самому смешно. А тут не смеяться — плакать надо! — Осуждающе посмотрел на Григорьева. — Тебе бы покаяться, Иван Кузьмич! Столько лет дурили народ! Вот Ельцин обещает покончить с этим, возродить Россию — и я с ним. Ради будущего своих детей! Хочу помочь, защитить! Я врач — могу понадобиться.

Однако Григорьева его пламенная речь не смутила и ни в чем не убедила. Сытый голодного не понимает!

— Ну ты и карась-идеалист! Прости, это я по-свойски, без обиды. Значит, от коммунистов решил Россию освободить, Ельцину поверил? — И насмешливо п качал головой. — А кто такой Ельцин? Один из партийных воротил, только шкуру сменил. А кто вокруг него? Секретари и члены ЦК, партийно-комсомольский актив, профессора научного коммунизма. Все —

перевертыши! В одночасье демократами стали! И ты, наивный, им веришь?! Просто к власти рвутся, к жирному куску! С ними может быть еще хуже. Бедная наша Россия!

— Пожалел волк кобылу! — решительно возразил Никитин. — Ну и что? В партии было много честных людей, поверивших в красивые слова. Хуже не станет! За время вашего правления народ богатейшей по ресурсам страны так и не вылез из нищеты, отстал от европейцев на сто лет! Наши люди не хуже других. Не умеете управлять — убирайтесь с дороги! — Он взглянул на часы и встал из-за стола. — Думаю, Иван Кузьмич, когда народ тебя одернет, ты многое поймешь, — миролюбиво заключил он. — А не поймешь — тем хуже для тебя, да и для всех нас. Пойдемте, Варенька, дети! Пора домой! — позвал он своих. — Спасибо, Веруся, за компанию и за вкусный обед. Извини, если что не так. Нам надо поторапливаться. Мне, наверно, сегодня спать не придется!

Как известно, «гекачеписты» не решились бросить армию на безоружный народ, тем более что в войсках началось брожение и отдельные подразделения стали переходить на его сторону. «Путч трясущихся рук», как прозвали эту неудавшуюся попытку партийного руководства сохранить свой режим, с треском провалился. Участь его была предрешена. Отставка Горбачева и запрет КПСС стали вопросом времени.

К осени, когда вернулась с гастролей Светлана и переехали с дачи Вера Петровна с Петей, Григорьев уже перестал ездить на работу; кабинет его, как и все апартаменты ЦК на Старой площади, новые власти опечатали. Он замкнулся в четырех стенах городской квартиры и никуда не выходил. Целыми днями играл с Петенькой или перебирал бумаги, запершись в кабинете. Свой архив и наиболее важные документы хранил в маленьком стенном сейфе, спрятанном за копией картины Грекова «Тачанка», висевшей над письменным столом.

Всю заботу об отце охотно взяла на себя Светлана, — Вера Петровна, не в силах побороть возникшее отчуждение, почти не общалась с мужем, отделываясь короткими фразами. Дочь выполняла все поручения отца, заботилась о бытовой стороне его жизни.

Зарплаты Иван Кузьмич не получал, но в деньгах они не нуждались: у него оказались изрядные накопления.

— Мои «неприкосновенные запасы», — с усмешкой объяснил он дочери, доставая из сейфа толстую пачку сотенных в банковской упаковке, — я человек предусмотрительный. Это тебе на текущие расходы. — Подумал немного и достал из глубины сейфа толстое кожаное портмоне. — А вот это спрячь понадежнее. — Иван Кузьмич смотрел на дочь серьезно и многозначительно. — Здесь немалая сумма в валюте. Пригодится вам на черный день. Мало ли что со мной может случиться? Могут, например, арестовать.

— Неужели, папочка, дойдет до этого? За что же? Что ты такого натворил? — Светлана подняла на него испуганные глаза.

— Да ничего особенного. Не видишь разве, какие гонения идут на партийных лидеров? К ногтю берут, если ты не «перевертыш»!

— Но откуда у тебя столько валюты?

— А ты как думаешь? «Быть у воды и не напиться»? — пошутил Григорьев, но тут же пояснил спокойно: — Не бойся, все честно! Это у меня скопилось от многих командировок. Я же там ничего на жизнь не тратил, а мне много полагалось. Но ты это храни лучше в банковском сейфе или у надежных людей, иначе при обыске отберут.

— Брось ты, папуля, мрачные мысли! Был бы ты им нужен — давно бы посадили. Вон ведь скольких упекли в «Матросскую тишину», — постаралась успокоить его Светлана.

— Твоими бы устами да мед пить, доченька! Я и сам на это рассчитываю, — признался Григорьев, запирая сейф и ставя картину на место.

У него действительно с течением времени появилась надежда, что о нем забыли. Но он жестоко ошибался.

Однажды в дождливый день, когда Григорьев чем-то занимался у себя в кабинете, а Вера Петровна кормила малыша на кухне, раздался резкий звонок в дверь. Оставив внука за столом, она пошла открывать.

— Вы к кому? — оставив дверь на цепочке, спросила она у стоявших на площадке двух солидного вида мужчин.

— Товарища Григорьева нам, мы из Управления капитального строительства, пришли осмотреть состояние квартиры. — Один показал какое-то удостоверение. — А хозяин ваш дома?

— Он в кабинете, — вежливо ответила она посетителям. — Проходите, пожалуйста, только просьба получше вытереть ноги.

Вошедшие неторопливо выполнили ее просьбу.

— Мы сначала с хозяином поговорим, а потом с вами. Не возражаете? — осведомился тот, что, очевидно, был за старшего.

Они направились в кабинет, а Вера Петровна вернулась на кухню к внуку. Занимаясь с Петенькой, она уже позабыла о визите посторонних, как вдруг услышала за окнами дикий вопль, и ей почудилось, будто что-то тяжелое ударилось о землю... Оставив внука, перепуганная, она выскочила в холл, но тут из кабинета вышли посетители.

— Вы слышали — там кто-то кричал?! — задыхаясь от ужаса, проговорила Вера Петровна.

— Может, что и случилось, — равнодушно ответил старший, глядя на нее холодными, рыбьими глазами и настойчиво предложил: — Попрошу вас вернуться на кухню. Нам нужно сказать вам нечто важное.

Говорил он спокойно, ровным голосом, но Вера Петровна почувствовала озноб, таким холодом от него веяло — будто не человек, а робот... Понимая — пришла беда, сама не своя от страха, она прошла с ними на кухню, усадила за стол и присела рядом с Петенькой, обхватив его рукой и прижав к себе, будто боялась, что отнимут.

— Уважаемая Вера Петровна, — так же ровно и холодно, как автомат, произнес старший, — мы не ремонтники, а сотрудники органов. — Сделал небольшую паузу и с угрожающими нотками в голосе продолжал: — С нами, как вы понимаете, шутки плохи. Что бы ни случилось, о чем бы вас ни спрашивали, нас здесь не было! Нас вы никогда не видели! — Снова сделал паузу и, отчеканивая каждое слово, жестко предупредил: — Если хоть слово вами будет сказано, неважно кому, даже дочери, своего внука вы больше не увидите никогда! — И выразительно указал глазами на притихшего, ничего не понимающего мальчика.

Не прощаясь оба встали и направились к выходу. Вера Петровна растерянно смотрела им вслед, обратив внимание:

под мышкой старший несет большой пакет с какими-то бумагами, — когда вошли, она его у них не видела.

Не успела за ними закрыться входная дверь, как снова затрещал звонок — на лестничной клетке стоял перепуганный дежурный вахтер.

— Вера Петровна! — воскликнул он, возбужденно тараща глаза. — Там, на улице, — Иван Кузьмич... С балкона упал!.. Зашибся насмерть!.. — И тяжело побежал по лестнице вниз.

Не помня себя, оставив дверь нараспашку, как и он, позабыв о лифте, она бросилась вниз по лестнице... Увидев бездыханное тело мужа, окруженное гудящей толпой, Вера Петровна дико закричала и опустилась рядом с ним на мокрый асфальт...

Григорьев лежал раскинув руки, уткнувшись лицом в мутную жижу, образовавшуюся под ногами прохожих после прошедшего осеннего дождя. Так Иван Кузьмич завершил свои дни.

Глава 22. ПРЕДАТЕЛЬСТВО

После смерти отца у Светланы наступили нелегкие времена. Дела в театре шли ни шатко ни валко. Союзное министерство ликвидировали, и она лишилась покровителя в лице Нехорошева. Куда он исчез, ей было неизвестно.

— Покрутится теперь папина дочка! Не все коту масленица! — злорадствовали некоторые в труппе. — Останется без ролей.

И правда, другой пришлось бы круто, но честный и бесхитростный характер Светланы, ее доброжелательность и незлобивость помогли: постепенно ее оставили в покое. Правда, новых ролей тоже не давали, что сказалось на заработке.

Пока не кончились деньги, оставленные Иваном Кузьмичом, жить еще было можно. Но потом наступила катастрофа — ни на что не хватало.

— Ну и цены! Просто астрономические! Ни к чему не подступишься, — жаловалась Вера Петровна дочери, возвращаясь из похода по магазинам.

— Зато полно всего — выбирай что хочешь! Магазины забиты товарами, — резонно заметила Светлана. — Хотя мы ведь привыкли, что у нас все задаром.

Все блага и льготы, которыми пользовались Григорьевы, закончились. Никакие заслуги Ивана Кузьмича в зачет не шли. Лишились Кремлевки, машины, спецобслуживания, продовольственных заказов. Дачу отобрали — теперь надо думать, куда везти Петеньку на лето. Даже накопления на сберкнижке пропали в результате реформ и инфляции.

— Пойти, что ли, работать? — предложила Вера Петровна дочери. — Я все-таки какой ни есть ветеринар: диплом имею, кое-что еще помню.

— А кто с ребенком останется? — отрезала Светлана. — Няньку наймешь? Нет уж, сиди дома! Я что-нибудь придумаю.

В спектаклях она занята мало, есть у нее возможность подработать на стороне, в каком-нибудь эстрадном ансамбле, благо их расплодилось в последнее время как грибов. И она начала поиски. Однако вскоре пришла в отчаяние. Возможностей устроиться оказалось немало, чему способствовали и ее красота, и хороший голос. Но так уж, видно, устроен мир искусства: путь к успеху для нее, как она убедилась, пролегает через постель продюсера или руководителя ансамбля.

— Что делать, мамулечка? — горестно делилась она с Верой Петровной. — Ведь надо работать и хочется, но разве я могу пойти на такое?! Себя не буду уважать! Неужели нет другого выхода?

Но безвыходных ситуаций не существует. Выручил, как всегда, Марк Авербах. Он позвонил сразу, как вернулся с гастролей.

— Привет, Светик! — услышала она в трубке его бодрый голос. — Как поживаешь? Как мама и Петенька? Прости, что долго пропадал: мы все Штаты объездили: сегодня здесь, завтра там. Позвонить — денег не было: гонорар выплатили перед самым отъездом.

— Ну и ладно! Живой-здоровый вернулся, и на том спасибо! — обрадовалась Светлана. — Нам нужно повидаться, Марик. Мне срочно требуется твоя помощь.

— А я для этого и звоню! Мне надо сувениры вам вручить, которые привез. Говори, когда приехать? Хотя лучше бы — в первой половине дня.

— Понятно. Творческие работники — пташки ночные! — рассмеялась Светлана. — Как насчет завтра, часика в три? Идет? Тогда ждем.

Повеселев, она стала готовиться к свиданию со старым другом. Ожидание предстоящей встречи приятно ее взволновало, и Светлана удивилась: что это с ней происходит?

— Наверно, просто соскучилась, — решила она недоумевая. — Ведь раньше была к Марку совершенно равнодушна.

Марк явился ровно в назначенное время, в великолепном виде: прибавил в весе, раздался в плечах и не казался теперь худым и длинным; темно-синий клубный пиджак и черные брюки сидят безукоризненно; весь по-иностранному выхоленный, в больших, красивых очках и с безупречным пробором.

— Ты, Марик, прямо как американец! — поразилась Вера Петровна, открыв ему дверь. — Тебя не узнать — до чего стал интересный!

Он поблагодарил за радушный прием, вручил букет роз, поцеловал руку, галантно польстил:

— Вы тоже отлично выглядите! Неприлично молодо для бабушки! Кстати, как чувствует себя внучок? Я по нему соскучился. А где Света?

— Петенька набегался, спит у себя в детской. А Светочка пошла в булочную за хлебом, сейчас будет. Проходи, не стесняйся! Поскучай пока в гостиной, посмотри телевизор. — И ушла на кухню заниматься обедом.

Удобно расположившись в широком, мягком кресле, Марк вытянул длинные ноги; «ящик» включать не стал, а предался мечтам о будущем, как всегда, связанном, разумеется, со Светланой. Все годы, прошедшие с момента своего неудачного сватовства, он не переставал думать о своей единственной любви и отнюдь не отказался от намерения добиться счастья.

Пока был жив Иван Кузьмич, он не решался снова проявить инициативу и лишь упорно надеялся на благоприятное изменение обстоятельств — верил в свою счастливую звезду.

— Все равно ее добьюсь! — постоянно твердил он, открывая душу своему другу Виктору Сальникову.

Оба «старые холостяки», они жили в одном дворе и тесно сошлись после исчезновения Михаила; им было что сказать друг другу. Сало сделал себе хороший протез, но инвалидность развила в нем комплекс неполноценности и он не женился, боясь, что брак будет ненадежен и принесет ему лишь разочарование. Афганистан опустошил его душу, он во многом разуверился. Там попробовал «наркоту» — и не смог уже избавиться от пагубной привычки. Зарабатывал он хорошо, торгуя в коммерческой палатке, но все дочиста проживал и постоянно нуждался в деньгах.

Марк, получив очередной «левый» гонорар, всегда заходил к нему — ссудить деньгами и поговорить за жизнь. Сидели допоздна, в меру выпивая, покуривая травку, — в общем, кейфуя.

— Ну что ты заклинился на Свете? За тобой же бабы бегают! Не то что за мной, безногим, — произнес с горечью Сало. — Она ведь, я думаю, никогда не забудет Мишку. Сильно его любила! Просто не верится, что есть еще на свете такие девчонки! Мне бы такую, да где она?

— Не могу ничего с собой поделать, Витек. Это как неизлечимая болезнь, — грустно признался Марк. — Как однажды поселилась она у меня в душе, так и не хочет оттуда уходить.

— Вот я два года встречаюсь с одной... Вдова известного режиссера-киношника, — откровенно поделился он с другом. — Ты видел его фильмы, знаешь. Души во мне не чает, красивая женщина. Большая квартира, машина, дача... Казалось бы, чего не жениться? — Помолчал, как бы удивляясь сам себе, и упрямо выставил подбородок. — Нет, не могу! Мне нужна только Света! Да и как друг Миши чувствую, что обязан ее защитить, поддержать в жизни. Не может ведь она оставаться одна с сыном до конца дней. Не отдам никому другому!

В таком состоянии Марк жил все последние годы. Время от времени он заводил связи с женщинами, но никогда не забывал интересоваться жизнью Светланы, Веры Петровны и малыша, оказывая им, тайком от Григорьева, разные услуги. Теперь, когда нет у них отца и мужа, зная в каком трудном положении Светлана, ее мать и сын, он решил, что настала пора действовать.

Когда пришла Светлана и разбудила Петеньку, Марк вручил любовно подобранные в Штатах подарки. Вере Петровне — красивый кухонный набор, Свете — дорогую косметику, а малышу — огромного плюшевого медведя.

— Это чтобы не забывал отца! — со значением пояснил он, вручая Петеньке это чудо, которое тот восторженно схватил. — А для тебя, Светочка, я приготовил сюрприз, который оставил пока дома. Потом вручу, — таинственно объявил он.

— Что же это за сюрприз? — В ее глазах засветилось естественное женское любопытство. — Ты меня заинтриговал.

— Простите меня, дамы, но это пока секрет. Скоро узнаете, — мягко, но решительно ответил Марк, давая понять, что дальнейшие расспросы бесполезны.

«Пусть немного поломают головы — это полезно». Он остался доволен, что сумел разжечь их любопытство.

Получив солидный гонорар, перед отъездом из Штатов Марк купил великолепную короткую шубку из пушистого мормота — для будущей жены. Сначала решил держать это в секрете, но что-то подсознательно толкнуло приоткрыть его Светлане, — видно, сама судьба подсказала.

Обедать они сели как бы всей семьей: Марк расположился напротив Светы с сыном, а Вера Петровна — во главе стола: ей ведь все время приходилось вставать — подавать, убирать. Душа его ликовала: принимают уже не только тепло и приветливо, но и как своего, близкого человека.

За едой много не говорили. Марк, любуясь Светланой — ее свежим, румяным лицом, синими, как июльское небо, глазами, высокой, полной грудью, открывающейся в вырезе блузки, — изнывал от страстного желания, но вел себя безупречно, ничем не выдавал своих устремлений.

Наблюдая за симпатичнейшим Петенькой, с удовольствием отметил, что любовное внимание и забота бабушки дали свои плоды: мальчик растет здоровым, крепеньким; за столом держит себя спокойно, воспитанно. Удивительно похож на Михаила: такой же кареглазый, круглолицый; те же прямые, соломенного цвета волосы... Ну и отлично — он ничуть не ревновал, — живая память о замечательном парне, его друге. Он уверен в себе и не боится морального с ним соперничества. Трезво все оценивая, он понимает: Света никогда не полюбит его как Мишу. Но в нем живет надежда, что она сумеет оценить его любовь и заботы, привяжется к нему, станет верной женой и подругой.

После десерта Марк интересно рассказывал о жизни и быте американцев, о их характере и нравах, восхищался:

— До чего же богатая страна! Изобилие всего — фантастическое. Просто не верится, что у нас когда-нибудь будет нечто подобное! Но люди выглядят... хоть и приветливыми, но какими-то неприятно самодовольными, примитивными, что ли, — дополнил он объективности ради. — Но в общем нам до них шагать и шагать! — заключил он и решил, что пора перейти к насущным делам.

— Так какие, Светик, у тебя проблемы?

— Мне нужна «левая» работа, Марк, чтобы не бросать театра, — без предисловий призналась она. — Мама сидит дома с Петей, ей с ним и по хозяйству дел по горло. А на жизнь нам не хватает.

Марк не нуждался в объяснениях: много лет работая в шоу-бизнесе, хорошо знал, какие там порядки и с чем связаны перспективы для молодой, хорошенькой певицы.

— Это нелегкий вопрос, — серьезно отозвался он. — Здесь надо тщательно все обдумать, слишком много подводных камней. Хотя я... есть вроде один интересный вариант, — задумчиво протянул он и сделал паузу, размышляя.

— Да говори же, Марик! — торопила его Светлана. — Не мучай бедную женщину.

— Ладно. Вот что мне пришло в голову, — начал он, прикидывая в уме некую комбинацию. — В нашем ансамбле основная солистка, жена руководителя, Ракитина, слаба здоровьем. Несколько раз из-за нее чуть не срывались концерты.

— Думаешь, меня возьмут вместо нее? — не поверила Светлана. — Как бы не так!

— Я и не говорю, что вместо нее. Это пока невозможно, — спокойно пояснил Марк. — Скорее, на подмену. У вас одинаковый голос, и внешне вы очень похожи, только она темноволосая. Но это поправимо: покрасишься или наденешь парик. Думаю, муж ее, Аликперов, эту идею одобрит.

Светлана изумилась — ей и в голову не приходило, что возможны такие мистификации.

— Нет, ничего не выйдет! Разве это честно? Как можно обманывать публику? — возмутилась она. — Не смогу я так!

— А ты не горячись, Светик, — спокойно возразил Марк. — Сама знаешь — многие эстрадные звезды зачастую выступают под фонограмму. Это что, не обман публики?

Наша-то все время «гонит фанеру», голос часто садится. — Он взял ее за руку и, успокаивающе глядя поверх очков, как взрослый ребенку стал рисовать заманчивую перспективу: — Рассуди трезво: речь идет об эпизодических заменах, за них хорошо заплатят, гарантирую. Совесть твоя будет спокойна. Ты должна выходить и петь — без «фанеры». Какой уж тут обман! Заменяют же исполнителей в театрах.

Кажется, этот аргумент не возымел действия, и Марк привел еще один довод:

— Если сумеешь реализовать свой талант, показать, на что способна, тебя заметят и оценят. В мире шоу-бизнеса все тайное становится явным. Так что тебе стоит использовать этот шанс! — И добавил, будто сомневаясь: — Но есть одно отягчающее обстоятельство — неприятно о нем с тобой говорить.

Светлана — она уже настроилась согласиться — снова насторожилась.

— Не стесняйся, Марик, давай все как есть. Мы с мамой поймем — многое уже знаем об эстраде.

— Тебе проходу не дадут, — просто объяснил Марк. — Житья не будет от навязчивых поклонников. Да и наш руководитель похотлив, как павиан, ни одной юбки не пропускает. А уж тебе покоя не даст — это точно!

Воцарилось неловкое молчание. Наконец его нарушила Вера Петровна:

— Так что же ей делать прикажешь — повеситься? Лучше было уродиной родиться?

— Тогда вообще говорить бы не о чем. Уродинам у нас не место, — весело ответил Марк. — Есть выход, и, мне кажется, неплохой.

Обе женщины смотрели на него во все глаза, — долгожданный момент наступил.

— Выходи замуж за меня, Света. Тебе больше оставаться одной нельзя, сама видишь. Мою жену никто пальцем не тронет. — Поглядел на нее горячим взглядом и тихо, с глубоким чувством заговорил: — А Миша, там, где он есть, на нас не обидится. Он знает, что мы оба его любим и верны его памяти. Я буду воспитывать его сына как своего!

Произнеся все это на одном дыхании, Марк умолк и решил, что больше не вымолвит ни слова. Пусть подумают хорошенько. Сейчас решается его судьба — пан или пропал!

Так они сидели молча и не смотрели друг на друга. И снова первой собралась с силами Вера Петровна:

— Мне думается, ты прав, Марик. У Светочки не будет лучшего выбора. Ты испытанный друг и давно любишь ее и Петеньку. Решать, конечно, Свете. А я — за! — И добавила после небольшой паузы: — Только жить нам здесь, всем вместе.

Светлана, вся пунцовая от нахлынувших чувств, словно онемела, не зная, что говорить и думать. Такой Марк видел ее впервые, сердце его радостно встрепенулось: согласится! Его долготерпение и отчаянная любовь победили!

Выйдя замуж за Олега, Надя искренне радовалась предстоящей семейной жизни. Первый год заграничного существования, подбадриваемая необычной обстановкой и красочными впечатлениями, она боролась с разочарованием, терпеливо ждала, что у них все наладится.

Оказавшись впервые в Париже, все свободные дни и вечера они посвящали знакомству с его достопримечательностями. Один Лувр чего стоил! Оба любили живопись, много дней провели в залах Национального музея, где часами простаивали перед картинами импрессионистов.

— Теперь я уверенно могу отличить Моне от Мане! — шутила Надя, чувствуя себя чуть ли не профессиональным искусствоведом.

Вечерами с наслаждением посещали уютные парижские кафе и рестораны, начиная с уличных и кончая «Максимом». Однако, не получая никакого удовольствия от близости с мужем, Надежда поняла, что они не подходят друг другу, и поддалась смятению.

«Как жить дальше? Я просто этого не выдержу! — тоскливо думала она, стараясь представить ожидавшее их будущее. — Надо заставить его пойти к специалисту. Ведь есть какие-то способы... А лучше всего завести ребенка! Это и есть выход: займусь воспитанием малыша, и он отвлечет на себя всю мою энергию и эмоции».

Однако и здесь у них ничего не вышло, и Надежда совсем затосковала. Дома ничего не радовало, Олег раздражал. На людях она не показывала вида, что у них не все ладно. Но когда они оказывались одни, ему доставалось! Постоянно в плохом настроении, Надя дерзила мужу и огрызалась по любому пустяку.

Немного выручало ее, что Олег взял напрокат «пежо». Вспомнив о своих спортивных навыках, Надя успешно сдала на права и все время проводила в разъездах — исколесила всю Францию.

Постепенно она начала флиртовать с незнакомыми мужчинами, тем более что недостатка внимания со стороны галантных французов к столь привлекательной женщине не было. Уже нависла угроза дипломатического скандала, когда судьба ей улыбнулась.

— Съезжу-ка я на «русское кладбище»! Денек уж больно хорош — нехочется сидеть дома, — заявила она мужу, собравшемуся идти на службу.

— Охота тебе дергаться в пробках на дороге, — равнодушно отозвался Олег, завязывая галстук. — Сходи лучше еще раз в Музей живописи или в Лувр, — посоветовал он: искусство по-прежнему его хобби. — Или пройдись по магазинам.

Однако Надежда поступила по-своему; добралась до отдаленного французского кладбища, чистенького и зеленого, где на отдельном участке множество могил русских и советских эмигрантов, и стала с интересом разглядывать надписи на надгробных изваяниях. Кто только здесь не похоронен! Великие князья, богатые промышленники, известные артисты и писатели... Она почтительно задержалась у могил Ивана Бунина и советских эмигрантов — танцора Нуриева, писателя Некрасова.

Когда она возвращалась домой, у нее заглох мотор. Остановившись на обочине, она подняла капот и стала вспоминать: что же надо сделать, как обнаружить неисправность?.. Поняв после нескольких неудачных попыток, что своими силами не обойдется, решила обратиться за помощью к проезжавшим мимо водителям. И тут произошло настоящее чудо: рядом с ней затормозила знакомая машина с номерами российского посольства, и с широкой улыбкой на лице вышел военный атташе Шкляров.

Валентин Осипович Шкляров, сорокалетний мужчина, роста среднего, кряжистый, ладный, уже два месяца жил на положении холостяка: жену и маленького сына отправил на родину — жена находилась в приятном ожидании и хотела рожать под присмотром матери.

Жену его нельзя было назвать красавицей — ни лицом, ни ростом, ни дородством. Женился он еще молоденьким лейтенантом, когда служил в погранвойсках на далекой заставе. Но она миловидна, обладает хорошим характером, родила ему сына, и жили они дружно.

Сам он тоже не блистал мужской красотой — какой-то рядовой, неприметный. Но крупные черты лица придавали ему мужественность, а широкая улыбка и веселое выражение глаз очень его красили.

С самого первого знакомства он не мог оторвать глаз от прекрасной жены второго секретаря и ее очаровательных синих очей, но никаких попыток познакомиться поближе не делал. Однако, томясь в одиночестве, всякий раз, когда встречался с Надеждой в посольстве или еще где-то, бросал на нее горячие взгляды, и она не могла этого не заметить.

— Какое счастье, Валентин Осипович! — радостно воскликнула Надя. — Сама судьба вас ко мне послала! У меня авария...

«Хорошо, если судьба... — подумал Шкляров. — Я бы не отказался!» Послала его сюда, разумеется, не судьба, а интересы службы: выполняя по совместительству некие деликатные функции, он возвращался после встречи с агентом, которая состоялась на том же кладбище.

Осмотрев мотор и все проверив, он убедился, что неисправен карбюратор.

— Придется, к сожалению, оставить машину здесь, заключил он, вытирая салфеткой руки. — Вернемся — вызовем из гаража техпомощь. А пока — прошу вас к себе! — И сделал широкий жест рукой.

Делать было нечего: Надежда, с сожалением взглянув на свою брошенную машину, уселась рядом с ним на кожаное сиденье «мерседеса». Шкляров включил магнитолу, поставил кассету: Ольгу Воронец «А где мне взять такую песню»... Полилась знакомая с детства, проникающая в душу мелодия; как-то особенно она воспринимается здесь, на чужбине.

Шкляров бросил на Надю свой горячий, пристальный взгляд, и ей передались его чувства. Боясь выдать охватившее ее томление, она слушала чудесную песню, и ее молодое, здоровое тело полнилось жаждой любви и мужской ласки...

Некоторое время ехали молча, лишь изредка обмениваясь взглядами, которые выдавали их красноречивее слов.

Когда проезжали лесистым участком дороги, мимо зеленых зарослей кустарника, он вдруг остановил машину.

— Ну вот и приехали! — Он старался придать лицу озабоченное выражение. — Теория двойственности в действии. Недаром говорят, что беда никогда не приходит одна. — Сочувственно пожал ей руку и, ощутив, как она дрожит, понял, что близок к успеху. — Пойду взгляну, не случилось ли чего с двигателем. Что-то дернуло несколько раз...

Вышел из машины, заглянул в мотор, быстро вернулся и обрадованно сообщил:

— Ничего страшного. Полчасика постоим и покатим дальше. — Он сделал паузу. — Только придется убрать машину с дороги: место здесь узкое, еще какой-нибудь большегруз зацепит...

Без труда завел мотор и, съехав с дороги, укрыл машину в густом кустарнике.

Надежда с замиранием сердца молча следила за его энергичными действиями. Она давно поняла, что он задумал, и ее смешили эти примитивные уловки. Но от его крепкой фигуры веяло мужеством, а она так соскучилась по физической близости...

— Думаю, нам пока лучше немного размяться... — Он открыл дверцу и протянул руку, помогая ей выйти. — А еще лучше, — почти не скрывая своих намерений, глядя ей прямо в глаза и полуобняв за талию, прошептал он, — удобно расположиться на заднем сиденье и перекусить. Тут у меня кое-что припасено.

Усадил Надежду на широкое кожаное сиденье, сел рядом, потянулся за пакетом, лежавшим на задней полке у стекла.

— Не трудись! Хватит представляться! — жарким шепотом проговорила Надя, изнемогая от пламенного желания.

Повернулась в пол-оборота, обвила его шею руками и поцеловала в губы страстным поцелуем, упиваясь теплой влагой его губ...

Он, оказалось, был готов к порыву ее пылкой страсти. Очень ловко и быстро ее раздел и, откинувшись на спинку сиденья, удобно устроил у себя на коленях, ласково поглаживая ее обнаженные бедра. Легко приподнял одной рукой, изловчился и мощно овладел ею, постанывая от наслаждения.

Почувствовав его мужскую силу, задыхаясь от страсти, Надежда остро до боли вспомнила своего далекого, любимого Костью, и душа ее, и тело наполнились давно забытым счастьем... Она закрыла глаза и отдалась во власть страсти, вспоминая лучшие мгновения преданной ею любви...

С тех пор встречи их стали регулярными. Пылая друг к другу непреходящей страстью, они изыскивали всевозможные способы для коротких, но бурных свиданий. Это продолжалось еще долго после возвращения его жены, пока она не раскрыла измену мужа и не подняла скандал, завершивший их роман.

— Конечно, дорогая, не сомневайся. Все выполню! — радостно заверил Светлану Марк и положил трубку, на седьмом небе от счастья.

Долгожданный подарок судьбы окрылил его. С того самого момента, как Светлана дала свое согласие, он переживал необыкновенный прилив энергии. Казалось, горы может своротить, и, в самом деле, все получалось, за что ни брался.

Заявление в загс уже подали, и это позволило Марку вести переговоры с Аликперовым «на законном основании» — ходатайствует за будущую жену. Правая рука продюсера, он знал — тот ему не откажет. К тому же это в интересах всего коллектива. Марк не сомневался, что Аликперов не пожелает ссориться с ним и не станет приставать к его жене, а от других они уж как-нибудь отобьются! Но сомнения другого рода грызли его: лишь бы у Светочки получилось... Не приспособлена она для эстрады: голос-то хорош, даже более чем, — движения мало, живости не хватает!

Опасения Марка были не напрасны. Будучи от природы неторопливой, даже несколько медлительной, Светлана плохо осваивала быстрые и резкие движения, бурные ритмы, присущие современному шоу-бизнесу.

Однако на практике все вышло просто удачно. Музыкально очень одаренная, Светлана, просмотрев несколько видеороликов Ракитиной, довольно быстро скопировала ее манеру двигаться, показав незаурядное актерское мастерство, — помог опыт работы в Театре музкомедии.

— Действуй в свою нормальную силу. Не слишком старайся и не выпендривайся! — напутствовал ее Марк перед просмотром. — Важно, чтобы Алиса тебя не приревновала.

Чуткая и тактичная Светлана его не подвела. Умело загримировавшись и пародируя манеру Ракитиной, она не стремилась ее затмить, а просто показала, что способна исполнить свою партию не хуже.

Это был успех! Первой ее поздравила Алиса Ракитина; с очень довольным видом сказала просто, по-товарищески:

— Я очень тебе рада, Светлана. Наконец-то мне можно немного расслабиться. Уж слишком велика нагрузка — я просто не выдерживала! — И добавила с некоторым самодовольством, удовлетворенно окинув взглядом Свету с ног до головы: — Мне не так легко найти подмену, с моими-то данными. Но ты похожа на меня, и голос вполне приличный. Надеюсь, не подорвешь мою популярность — горбом заработана! Молодец, Марк, — выручил! Дай вам Бог счастья! Уверена, Светлана, — мы будем подругами!

Все знали, что она вертит Аликперовым как хочет, так что после такой ее оценки вопрос был решен, и Светлана приступила к репетициям.

Часть времени ей приходилось по-прежнему посвящать Театру музкомедии, всюду надо успевать, и все хлопоты, связанные с регистрацией брака и подготовкой свадьбы, легли на плечи Марка. Ему пришлось без отрыва от работы провернуть уйму всевозможных дел, включая хозяйственные вопросы. Но его энергии хватало на все.

— Мою квартиру временно сдадим, — весело делился он со Светой своими заботами. — Встретил на днях знакомого американца, он имел с нами дело на гастролях в Штатах. Здесь возглавляет отделение своей фирмы; прибыл с семьей на два года; предлагает кучу денег — в валюте. Искал квартиру в Центре; моя подходит. Да, кстати, не забудь: во вторник у тебя примерка подвенечного платья, я договорился за дополнительную плату, сделают вовремя.

Марк избавил Светлану от всех забот. Даже Веру Петровну не привлекал к подготовке свадебного банкета — решил организовать в ресторане; только обсудил с ней меню.

— Может, все-таки устроим свадьбу дома? — пыталась она его отговорить, пугаясь безумной стоимости мероприятия. — При том же количестве гостей — куда как дешевле. Квартира у нас большая, места хватит.

— А сколько вам работы, хлопот! Посуду побьют, грязь убирать — недели не хватит! — безапелляционно возразил Марк. — Да и непрестижно, — наш артистический мир любит тусовки в хороших ресторанах. Деньги — дело наживное! Сделаем все так, чтобы этот день мы со Светой запомнили навсегда!

Ему ничего не жаль для самого торжественного момента своей жизни, к которому стремился столько долгих лет!

За два дня до свадьбы, когда приготовления были практически закончены, произошло событие, которое чуть не обратило все в прах.

В круговерти событий Марк давно не виделся со своим другом Сальниковым, но не пригласить на свадьбу не мог и решил сделать это не откладывая.

На его настойчивые звонки долго никто не открывал. Он уже собрался уходить, когда в коридоре раздались неуверенные шаги. Марья Ивановна, понял он, соседка Виктора, — подслеповатая, глухая старушка.

— Заходи, Марик. — Она пропустила его вперед. — Прости уж меня! Плоха стала, совсем ничего не слышу. — И ответила на его немой вопрос: — А Витек в больнице, в наркологической. У него какая-то... ломота, что ли, была. Вот его и увезли. Допился, что ли, сердешный? Что война с хорошими людьми делает! Куда молодому без ноги?

Она, наверно, еще долго причитала бы, но Марк, почувствовав угрызения совести — в радостной суете совсем забыл о друге детства, — повернулся и выбежал на улицу. «Успею! Еще не кончились приемные часы. Эх, такси бы найти!..»

Узнав в наркологическом диспансере, где находится Сало, он удачно поймал «левака» и вовремя добрался до больницы. Виктор лежал небритый, в большой общей палате, уставившись в потолок, и не расположен был разговаривать.

— Что, плохо тебе? Прости, что не заходил. Знаешь — женюсь; замотался, — скороговоркой оправдывался Марк. — Вот зашел тебя на свадьбу пригласить. Когда выпишут? Может, сумеешь?

Сальников перестал смотреть в потолок и сел на кровати, по-прежнему стараясь не встречаться глазами с другом. Потом не выдержал и осуждающе, мрачно произнес:

— Тяжко мне очень, Марик. Иногда даже кажется, хуже не бывает. Только некоторым, может, еще тяжелее.

— Это кому сейчас хуже, чем тебе? — насторожился Марк, инстинктивно чувствуя приближающуюся беду.

— Кому же еще, как не Мишке, — еле слышно произнес Сало, пронзительно взглянув ему в глаза. — Он ведь жив, а ты его Свету уговорил!

Марка словно молнией ударило. Ноги сами собой подкосились, он покачнулся и обессиленно опустился на кровать рядом с Виктором.

— Ты, Сало, говори да не заговаривайся. Такими вещами не шутят! — прерывающимся голосом промямлил он, глядя на друга так, будто хотел прочитать, что у него там, внутри. — Как это — Мишка жив? А ты... откуда знаешь?

— Оттуда! Левка Челкаш недавно вернулся. Три года в плену да столько же по госпиталям провалялся. Живой Мишка! Сбежал вместе с каким-то чудаком на самолете, — поведал Виктор, с сочувствием глядя на бледного как смерть Марка. — Его с этим другом долго прятали. Не хотели обменивать или еще что-то. Словом, это вполне достоверно. Левку полгода на допросы таскали, точно знает!

— А где он сейчас? Уже вернулся? — упавшим голосом пролепетал Марк.

— Они на самолете то ли в Индию, то ли куда-то еще южнее перелетели, и там их местные власти интернировали. Пока неизвестно, где он, — пояснил Сало. Поднял лохматую голову и глядя в упор на Марка мутными, в красных прожилках глазами потребовал: — Свете надо все сказать, Марик! Иначе... нехорошо. Ведь Мишка вернется. Ты его знаешь! — И вновь уронил голову на грудь, в сердечной тоске и печалях.

Находясь в столь незавидном положении, он не думал о себе, — душа его была полна сочувствием и состраданием к незадачливым друзьям детства.

Марк был ошеломлен; состояние его было близко к тому, что испытывает боксер в нокдауне. Соображал он медленно, но одно ясно: стоит заикнуться об этом Светлане — и свадьбе не бывать. О последствиях и думать не хочется... Несколько минут он молчал, постепенно приходя в себя, а когда в голове немного прояснилось, заверил Виктора:

— Ну конечно, скажу. О чем речь? Пусть сама решает — ждать или нет.

Видя, что Сало бросил на него взгляд, полный законных сомнений в его искренности, поспешил их развеять:

— Напрасно не доверяешь! Что хорошего нас ждет, если Михаил вдруг заявится? Я же с ума не сошел!

Не в силах больше ни о чем говорить и желая поскорее остаться наедине с самим собой, Марк встал и попрощался:

— Поправляйся побыстрее, Витек! Звони, если что надо. Дома не будет — продиктуй на автоответчик. Ну пока, не поминай лихом!

В полной растерянности, обуреваемый противоречивыми чувствами, добрался он до дома. Нервы его не выдержали, — не стал ужинать и, не раздеваясь, повалился на постель.

— Надо успокоиться, собраться с мыслями и что-то решить! — твердил он себе. — В таком состоянии я ни на что не гожусь!

Принял успокоительное и вскоре забылся тревожным сном. Ему снились кошмары, и в них фигурировал Мишка, который либо душил его, либо пытался убить. Марк метался во сне, страдал; несколько раз просыпался от собственного крика, но тут же снова его голову дурманили сновидения. Часу в третьем ночи сон окончательно оставил его, и до утра он уже не сомкнул глаз.

Он с малых лет привязан к Мише, любил его. Тот всегда защищал более слабого Марика, и между ними никогда даже кошка не пробегала, — если не считать, что его предпочла Света.

«Не могу, не имею права сделать ему такую подлянку! — шептал он, мучаясь совестью. — Я ведь стольким ему обязан. Но правда ли?.. Жив ли?.. Почему я должен верить какой-то болтовне?»

На минуту представил, что передал услышанное Светлане, и ужаснулся. «Конечно, все рухнет! Свадьбы не будет! У нее возродится пустая надежда... Произойдет непоправимое: будет разбита и ее жизнь, и моя. А скандал?.. Обратно ничего вернуть нельзя...»

Как нужен ему сейчас совет любящего, близкого человека! «Мама родненькая! Только ты могла бы подсказать мне, как поступить!» — скорбел он о матери, безвременно погибшей в авиакатастрофе.

Лишь под утро к нему пришло решение.

«Будь что будет! Не могу отказаться от своего счастья, столько лет о нем мечтал! — Слезы туманили ему глаза. — А

Света? А Петенька и Вера Петровна? Что с ними будет, если все, что говорил Челкаш о Мише, лишь легенда, а может, просто вранье?»

Перед его мысленным взором поплыли жуткие картины: они в нужде и лишениях, Светлана в лапах какого-нибудь проходимца... Он застонал, как раненый зверь. Нет! Не отдаст ее никому! Не скажет ни слова!

Приняв это решение, Марк ясно понимал, что делает: если Миша действительно жив — обманом отнимает у него любящую его женщину и сына, предает лучшего друга. Боль, испытываемая им, казалась невыносимой... Но, мужественный по натуре, он терпеливо переносил эту боль. Вообще он редко плакал, но сейчас слезы непроизвольно текли из глаз, — он оплакивал свое предательство.

Для проведения свадьбы Марк снял банкетный зал ресторана в Доме туриста: несколько лет работал там по совместительству в джаз-оркестре, был дружен с администратором — тот стал директором ресторана.

— Тебе, дорогой, сделаем крупную скидку! — расплылся в улыбке добродушный, толстый армянин. — Кавказского вам здоровья и счастья!

Несмотря на это, свадьба стоила Марку всех накоплений, которые удалось сколотить за несколько лет напряженной работы. В первоклассном ресторане гостей набралось более полусотни. Родственников — очень мало; из родителей — только Вера Петровна. Розанова после долгих обсуждений решили не приглашать.

— Может, откроем ему все, доченька? — мучилась сомнениями мать. — Ну сколько можно держать его в неведении? Неужели всю жизнь? Имеем ли мы право? Тем более такой день — свадьба дочери!

Ей было жаль его, и душа у нее страдала. Но Светлана воспротивилась, решительно возразила матери:

— Нет, мама! И ему будет плохо, и нам. Для меня отец — не он! Так в какой роли ему выступать на свадьбе? Столько лет его не было — и вдруг бац, явился! Мне его тоже очень жаль, мама, но слишком поздно!

Так что из родни на свадьбе присутствовали только Варя с мужем и младший брат Григорьева, Дмитрий Кузьмич, с семейством, — с ними поддерживали отношения.

Еще меньше родственников — со стороны Марка.

— Веруся! А у Марка что, совсем родных нет? — спросила Варя у сестры, когда в ожидании молодых та знакомила ее с прибывающими гостями.

— Я и сама всех не знаю, — призналась Вера Петровна. — Видишь вон того, большого, полного? Правда, похож на Крокодила Гену? Так это дядя Марка со стороны отца. А те двое молодых людей — братья его двоюродные. — И добавила с явным неодобрением: — У него мало кто здесь остался. Все, как только можно стало, перебрались на историческую родину.

Зато знакомых, друзей и, конечно, нужных людей — в избытке, никого не забыли. Присутствовали также и супружеские пары Винокуровых и Хлебниковых, друзья Светланы по консерватории и из Театра музкомедии. Со стороны Марка — в полном составе его ансамбль во главе с руководителем; вся знакомая артистическая тусовка; дружественные представители прессы.

Среди гостей Светланы выделялась яркой внешностью и самоуверенной осанкой Алла, та самая обладательница контральто, — единственную из выпуска ее приняли в труппу Большого театра. Рядом с ней, крепко держа ее за локоть, возвышался незнакомый жгучий брюнет восточной внешности: вкусы ее не изменились.

— А куда Ладо подевался? — они ведь собирались пожениться? — осведомилась меццо-сопрано Эллочка у товарища по консерватории.

Их пути с Аллой давно уже разошлись, и она была удивлена. Сама уже успела выйти замуж, развестись и тоже пришла на свадьбу с новым другом.

— Говорят, его родители так и не дали согласия, чтобы женился на русской, и она его прогнала. Надо же — столько лет тянул резину! — охотно поделился бывший сокурсник сплетнями. — Но она, как видишь, не горюет. Еще бы — такой великолепный голос!

Разношерстная публика, веселая и раскованная, в большинстве знакомая между собой, переговариваясь, пересмеиваясь, рассказывая анекдоты, ожидала прибытия новобрачных.

Но вот они показались в дверях зала, в сопровождении свидетелей. Молодожены выглядели чрезвычайно эффектно. Златокудрая, синеглазая Светлана, в воздушном подвенечном платье, с маленьким венком на голове, казалась принцессой из волшебной сказки. Высокий, стройный Марк, в черном дорогом костюме и ослепительной сорочке, в солидных очках и с красивым пробором в черной шевелюре, гармонично дополнял новобрачную, оттеняя ее сияющую красоту.

Оба, веселые, оживленные, радостно отвечали на поздравления гостей. По традиции их буквально завалили цветами и подарками.

За свадебным столом веселье било ключом. Соблюдением процедуры и чередованием тостов остроумно руководили тамада и его помощник — оба известные эстрадники, один в прошлом знаменитый конферансье.

— Слушай, а это не Трунов ли? — толкнула локтем Веру Петровну сидевшая рядом Варвара. — Вон тот, пожилой, с оттопыренными ушками? Он уже вроде не выступает.

— Ну да, он друг Марика: под его руководством работал в театре эстрады, — шепнула Вера. — Редко уже выступает, но его любят приглашать на все тусовки. Прекрасный человек, и очень остроумный.

В перерыве организовали импровизированный концерт, — ведь здесь присутствовали талантливые артисты, и немало. Особенно всем понравился пародийный эстрадный танец и виртуозное исполнение Марком мелодий Глена Миллера. Позволили себя уговорить и Светлана с Аллой — исполнили свой знаменитый дуэт из «Пиковой дамы», и после долгого перерыва он прозвучал великолепно.

Ну а потом, как принято, общие танцы, — энергичные, подвижные представители шоу-бизнеса продемонстрировали в узком кругу свое блестящее искусство — не хуже, чем на подмостках сцены.

В общем свадьба прошла на высоком уровне. Все вкусно поели, от души повеселились и, довольные, разошлись только перед закрытием ресторана.

Весь день Светлана была в приподнятом настроении. После долгих колебаний и мучительных сомнений, когда все наконец определилось, она испытала облегчение и душа ее успокоилась.

А когда совершалась процедура бракосочетания в загсе, ее охватило радостное волнение и она ощутила себя счастливой. К Марку она испытывала самое доброе и благодарное чувство; пришел конец черной полосе смутных надежд и болезненных переживаний.

На свадьбе она вместе со всеми веселилась и искренне радовалась жизни. Однако, когда вернулась домой, в свою комнату, веселье исчезло, настроение омрачилось. Она вдруг осознала, что не сможет провести с Марком первую брачную ночь здесь, в этой комнате, где они с Мишей так пламенно любили друг друга... «Ну что за ребячество? Какая-то закомплексованность! Пора с этим кончать, нельзя же мучиться всю жизнь!» — ругала она себя, но ничего поделать с собой не могла.

Пока Марк и шофер переносили в дом из машины многочисленные подарки и охапки цветов, Светлана зашла в спальню к матери. Вера Петровна за день очень утомилась и уже готовилась ко сну.

— Мамулечка, у меня к тебе просьба! — обратилась она к удивленной ее неожиданным появлением матери. — Переночуй сегодня, пожалуйста, у меня.

— Что-то я тебя не очень понимаю! — испугалась Вера Петровна. — Ты хочешь... здесь? А где же Марик? Что за фокусы? Вы что, уже поссорились?..

— Успокойся, мамуля, у нас все в порядке. Мы проведем ночь вместе, — умоляюще глядя на мать, объяснила Света. — Здесь, у тебя в спальне. Ну не смогу я в своей комнате! Не мучай меня и не спрашивай почему!

Но Вера Петровна и не собиралась спрашивать. Она все поняла и молча стала собирать свои ночные принадлежности.

Марк нисколько не удивился тому, что они проведут первую брачную ночь в большой родительской спальне, — счел это в порядке вещей. Ему было все равно где, лишь бы со Светой!

Светлана уже легла в постель и пребывала в томительном ожидании, когда он, приняв холодный душ, вошел в спальню. Благоухая дорогим мужским одеколоном, Марк сбросил халат и осторожно прилег рядом с ней.

— Светочка, женушка моя дорогая! — нежно прошептал он, поворачиваясь к ней и чувствуя, как его охватывает страстное желание. — Наконец-то свершилась самая заветная моя мечта!..

Он ласково и бережно обнял ее и легкими прикосновениями губ стал целовать губы, шею, грудь, горячо шепча:

— Если бы ты знала, как я тебя люблю, как ты мне дорога! Я докажу тебе, что ты во мне не ошиблась, что я достоин тебя!

Светлана давно уже мысленно подготовилась к тому, что должно произойти между ними. Она истосковалась по мужской ласке и испытывала острое желание, смешанное со страхом и любопытством.

Активности она не проявляла, однако не сопротивлялась, позволила делать все как ему хотелось. Приятно чувствовать прикосновения ласковых рук и губ, ощущать, как все сильнее разгорается в ней страстное желание его близости... Любовная игра приносила ей радость, но уже хотелось большего... Чутко уловив ее желание, он готов был овладеть ею, как вдруг почувствовал сопротивление и остановился. Ласково шепнул, целуя ее в ухо:

— Что с тобой, любимая? Что-нибудь не так?..

Увидев у нее на глазах слезы, постарался успокоить:

— Не надо, не плачь, милая, родная!.. Я ничего не сделаю против твоей воли! У нас впереди целая жизнь...

В самый неподходящий момент Света вдруг ощутила острую боль в сердце — и сразу все пропало — желание, радость... Она услышала какой-то внутренний голос, он приказывал ей: «Остановись, опомнись! Не изменяй своей любви, ты же поклялась!» Этот укор совести наполнил душу горечью, и слезы ручьем полились из глаз...

«Нет, так нельзя! Я просто сумасшедшая! Какая же это измена, когда он давно уже мертв?.. Я теперь жена другого, жена Марика. Я должна начать новую жизнь!..» Но у нее ничего не получалось... И тогда она интуитивно нашла выход: нельзя ей обидеть мужа отказом в первую же брачную ночь, но и забыть Мишу она тоже не в силах... Она закрыла глаза, представила на месте Марка своего первого, своего любимого... Это он, он ее обнимает, он шепчет ей ласковые слова...

Глотая горячие, обильные слезы, Светлана обняла мужа, доверчиво прижалась к нему — и ее снова охватила горячая волна желания. Обрадованный ее страстным порывом, Марк возобновил свои нежные ласки и овладел ею со всей силой любви, на какую был способен.

В страстном угаре, видя мысленным взором только своего ненаглядного Мишу, она вспомнила — ее тело вспомнило — их жгучие ласки и испытало прежнее блаженство.

Но Марк ничего не видел и не слышал — тоже испытывал пик счастья. У него было немало подруг, и он пользовался у них успехом. Однако и не мыслил до этого, что мужчина может быть так счастлив, обладая любимой женщиной.

Глава 23. ПОБЕГ ИЗ ПЛЕНА

В первую брачную ночь Светланы и Марка Михаил Юсупов, за много тысяч километров от Москвы, проснулся в холодном поту с ощущением боли в сердце. Ему приснился ужасный сон. Вдвоем с товарищем, в одной связке, поднимается он по отвесному скалистому утесу. Взобравшись на небольшой уступ, подтягивает друга, тот цепляется за край, но в этот момент веревка обрывается и он еле успевает схватить товарища за кисть руки.

Напрягая все силы, пытается его удержать; тот кричит: «Спаси, Миша!» — но почему-то голосом Светланы... Он смотрит вниз — и видит, что это вовсе не друг, а она, она отчаянно взывает о помощи. Вот он уже подтянул ее выше, чтобы подхватить второй рукой, — и вдруг острая боль в сердце... Хватка его ослабевает, ее кисть выскальзывает, и Светлана летит в пропасть...

На этом сон оборвался. Михаил пришел в себя: он все еще здесь, в грязном гостиничном номере, куда его поместили до прибытия российского консула. «Неужели с ней стряслась какая-то беда?! Не дай Бог! Однако впервые мне снится о ней такая чертовщина... — думал он, растревоженный, стараясь не шевелиться, чтобы успокоилось сердцебиение. Михаил был в какой-то мере суеверен и доверял втихомолку вещим снам.

За годы плена и рабства он часто видел Светлану в лучших своих сновидениях. Она являлась к нему, ощутимая как наяву. Ему снились их жаркие объятия, он физически чувствовал ее близость; она любила его и дарила ему наслаждение...

Эти воспоминания, эти сладкие сны помогли ему — перенести годы тяжких лишений, сохранить бодрость духа и мужество. Что это были за годы!

Лежа без сна на жесткой, продавленной кровати, где в полный рост не помещался, Михаил вспоминал все, что довелось пережить. Он закрыл глаза — и картины долгих лет плена одна за другой медленно поплыли перед его мысленным взором...

Узкая горная тропа; он приторочен поперек спины ишака. Только что пришел в себя и пытается сообразить, что с ним и где он находится. Рядом, таким же способом, везут раненых моджахедов; на их вопли и стоны никто не обращает внимания. Постепенно до него доходит горькая истина: он попал в плен... Но непонятно: зачем им такая обуза? Уж очень тяжела дорога!

— Почему меня не убивают? — спросил он на привале афганца, который поил его водой и немного говорил по-русски. — Куда и зачем тащат?

— Твоя большой, здоровый. Наш командир Абдулла нужен такой. Радуйся, шурави, — живой будешь! — Моджахед осклабился, показывая гнилые зубы.

Низенький, тщедушный; огромный круглый берет с широкими полями делает его похожим на гриб-поганку. Страшно горд, что сумел взять в плен такого огромного русского и выполнить наказ командира. Вот и старается всячески его оберегать и доставить к месту назначения в целости и сохранности.

Разговорчивый Али, так звали моджахеда, относился к пленнику не только без вражды, но, как показалось Михаилу, даже с симпатией.

— Ты поначалу была совсем плохой, — охотно рассказывал он, без устали шагая рядом. — Твоя большая осколка по голове шарахнул, твое счастье — на излете. Контузил сильно. Но Али — умный, — и с гордостью выпятил слабенькую грудь, — понял: будешь в порядок, нужно ждать.

Михаил попытался вспомнить, что произошло там, на горной дороге, но в памяти всплыло лишь одно мгновение: он выскочил вместе с другими из горящей машины и услышал грохот разорвавшейся мины... Остальное как в плотном тумане...

За двое суток, пока добирались до дальнего лагеря полевого командира Абдуллы, расположенного почти на самой границе с Индией, от общительного Али Михаил узнал, зачем понадобился его начальнику. С надеждой, что его ценят как офицера и намерены использовать для обмена, пришлось расстаться.

Его везли теперь связанным, в повозке, где постелена вонючая солома, вместе с ранеными моджахедами, а рядом шагает неутомимый Али и рассказывает:

— Абдулла имеет четырех жен, он богатый. Семья большая, много детей. Ему работника надо. — С восхищением окинул взглядом мощную фигуру Михаила и продолжал: — Надо здоровый, такой, как ты! Женщин много, а что толку! Хозяйство, нужны мужские руки.

— Куда же делся их прежний работник? Раз ты меня к нему везешь, значит, у них нет никого? Что с прежним работником сталось?

— Совсем плохое дело, — покачал головой Али, — он младшую жену хотел соблазнить. Не советую! Не любим, когда шурави на наших женщин смотрят. Принимай ислам и бери в жены — только так!

— А зачем Абдулле пленные враги в доме? — поинтересовался Михаил. — Разве не лучше использовать своих? Он же богатый человек.

— Афганцам воевать нужно, а не прислуживать, — презрительно ответил ему маленький человечек, с чувством превосходства взглянув на высоченного русского. — Нам для того шурави хватает!

«Эх, не контузило бы меня — показал бы тебе «шурави». Задавил бы как вошь!» — мысленно вскипел Михаил, но, понимая, что дать волю гневу не может, проглотил его, лишь спросил, не без дальнего прицела:

— Но ведь работая на дому и сбежать нетрудно. Это не в тюрьме сидеть! С чего же работникам такое доверие?

— Давай попробуй убеги! — от души рассмеялся Али, удивляясь наивности русского. — Или сам в горах разобьешься, или с голоду подохнешь! А то еще раньше пристрелят. Ты же приметный, как белая ворона!

«А ведь он прав, — тоскливо подумал Михаил, представив как он, с его ростом и соломенной шевелюрой, пробирается тайком через всю страну. — Абсурдное дело... Верная погибель!» Безысходность, отчаяние его охватили, — придется временно смириться...

Так у молодого князя Михаила Юсупова начался отсчет годам рабства.

Полевой командир Абдулла руководил действиями большого отряда пуштунов, почти поголовно связанных узами кровного родства. Его многочисленная семья жила в большом доме, окруженном дувалом, посреди лагеря. После проведения рейдов и других военных операций отряд и его отдельные боевые группы неизменно возвращались к месту базирования.

Абдулла, крупный мужчина, жилистый, худощавый, с лицом, заросшим черным волосом настолько, что видны были только желтые, как у волка, глаза, всегда сохранял вид суровый и мрачный. Михаил ни разу не заметил, чтобы он весело рассмеялся или хотя бы улыбнулся. Казалось, он постоянно пребывает в плохом настроении. «Неужели он и с женами всегда так же хмур и серьезен, — не без иронии подумал он о хозяине, — даже с детьми не поиграет? Ну и экземпляр! Неужели ни о чем больше не думает, кроме войны?»

Однако вскоре по ряду признаков Михаил убедился, что суровый Абдулла и вся семья ему симпатизируют. Это он понял еще тогда, когда его стали лучше кормить, подавая то же, что ели сами хозяева. Потом он с удовольствием отметил, что ему перестали давать унизительные поручения и нагружали работой хоть и тяжелой, но сугубо мужской.

«Наверно, ценят, что тружусь с раннего утра и до ночи, добросовестно делаю любую работу, — объяснил он это себе, но удивился. — Вот уж не думал, что такие дикари способны уважать тех, кто находится в жалком положении. Но ведь ни разу меня никто не оскорбил — ни женщины, ни дети!»

Большую роль сыграло, видимо, и то, что женщин он демонстративно сторонился, причем не только жен хозяина, но любого существа, если оно носило юбку.

Дни тянулись за днями, складывались в однообразные месяцы, и, хотя внешне казалось, что Михаил привык к своему скотскому состоянию, мозг его неустанно работал — изучал окружающую обстановку, пытался найти путь к освобождению.

Надежд на обмен он не питал — тут у него шансов нет. Ему удалось узнать от Али, что по приказу Абдуллы его не внесли в список пленных. По существу, его с самого начала облюбовали, надежно упрятали: в этот дальний лагерь другие пленные, за исключением работников Абдуллы, не поступали.

Так за полтора года Михаилу Юсупову ничего конструктивного придумать не удалось. На безнадежную авантюру он решил не идти: твердо поставил задачу не подводить своих любимых людей — Светлану и мать — и вернуться, как обещал им, живым и здоровым.

— Не может того быть, случай обязательно представится! — горячо шептал он по ночам, мобилизуя всю волю, обдумывая все новые варианты освобождения. — Нужно заставить себя терпеть — и верить!

Только к концу второго года рабства впервые возник у Михаила реальный план, как вырваться на волю.

Обычно все работы, которые он выполнял, производились внутри приусадебного участка и он редко бывал за его пределами. Чтобы не вызывать подозрений, старался не общаться с моджахедами и ни с кем не заговаривал. Потому он долго и не подозревал, что в лагере, кроме него, есть еще русские. А узнал об этом, когда Кривого Мустафу в одной из операций ранило и после госпиталя он полгода долечивал перебитую ногу у себя в семье, проживавшей на базе Абдуллы. В доме хозяина об этом много говорили, и событие не прошло мимо ушей работника.

Так Михаилу стало известно, что Мустафа, начальник штаба и правая рука командира Абдуллы не кто иной, как русский офицер: он перебежал на сторону моджахедов и принял ислам.

Кривой — курчавый брюнет, высокий, сутулый, с черными, навыкате глазами — один глаз стеклянный. Кожа то ли смуглая, то ли загорелая; носит курчавую бороду и усы и походит если не на афганца, то уж точно на цыгана. Михаилу и в голову не пришло бы, что это его соотечественник.

— Мустафа совсем не любит нашу Дильбар. Только свою русскую. Он и женился на ней, чтоб породниться с Абдуллой. Шурави — чужаки! — услышал он, как переговаривались женщины, когда, наколов дров для мангала, сидел, отдыхая, в тени чинары. — Надо сказать Абдулле, чтоб не обижал сестру. Напрасно так ему доверяет!

Постепенно и осторожно наведя справки, Михаил выяснил все, что его интересовало. За долгие месяцы плена он уже сносно объяснялся по-пуштунски, во всяком случае все понимал. Многое узнал от беззубого Али — тот вроде ординарца при полевом командире.

— Мустафа — толковый офицер, капитаном был у русских. Грамотный. Яценко фамилия. Я его конвоировал, когда и он, и его баба — санинструктор она — к нам перебежали, — поведал он Михаилу. — Ну вот так, как тебя.

Али доверительно относился к своему «крестнику», искренне веря, что тот доволен своей жизнью у Абдуллы.

— Так он что, перешел по идейным соображениям или украл чего-нибудь? — с деланным безразличием осведомился Михаил.

— Нет, он честный! — убежденно возразил Али. — Выгоды для себя не ищет. Коммунистов ненавидит.

«Это надо взять на заметку. Важная деталь, — подумал Михаил. — Может, отсюда подход удастся найти». Вслух равнодушно произнес:

— Наверно, ислам полюбил. Две жены имеет. У нас так нельзя. Закон строгий — только одну! Надоела, видно, ему русская, ваши погорячее? — И подмигнул Али.

Дома вспомнил разговор, решил уточнить ситуацию.

— Говорят — совсем наоборот. С нашей Мустафа только для виду, жалуется она на него, — охотно передал сплетни Али. — Дождется — поссорится с Абдуллой. Сестра это его.

— Ну ладно. Без нас разберутся, — зевнул Михаил. — Пойду. Работы много.

Но в разговоре с Али у него созрел оригинальный план действий; центральная роль в нем принадлежала Кривому Мустафе — Яценко.

Благоприятный случай для сближения с Кривым представился Михаилу нескоро. Но за это время ему удалось продумать свой план во всех деталях.

В один из мусульманских праздников в доме Абдуллы собрались его близкие родичи на плов. Среди них был и Мустафа — Яценко со своими женами. Отправил их на женскую половину, а сам сидел в тени, наблюдая, как Михаил ловко разводит огонь под огромным казаном с пловом. Заметив, что работник Абдуллы не отрываясь от дела все время бросает на него любопытные взгляды, Кривой не выдержал, спросил по-русски:

— Ты чего на меня так таращишься? Давно своего брата не видал или спросить что хочешь? — Поднялся и подошел поближе к огню, — чувствовалось, что ему самому захотелось перемолвиться на родном языке.

— Говори, не бойся, — предложил он. — Живой останешься!

Михаил не спеша подбросил в огонь сухих дров и повернулся к Кривому.

— Прошу меня извинить, если что не так скажу, — начал он, делая вид, что немного робеет. — Давно хочу вас спросить: это правда, что вы идейный борец против коммунистов? Что ненавидите их и потому бьете?

— Допустим. А почему тебя это интересует? — насторожился Кривой.

— Потому что они для меня тоже враги. Отца и деда убили. Россию разрушили. — Он насупился. — Мой дед против них воевал, и я готов, если можно.

После долгих раздумий Михаил пришел к выводу, что единственный реальный путь к освобождению — это вступить в войско моджахедов и при первой возможности перейти к своим. Но эта идея, как говорят, шита белыми нитками, особенно для Мустафы — Яценко, применившего ее на практике.

— Смотри не перехитри сам себя! — Кривой с насмешкой, пронзительно взглянул одним глазом — будто видел его насквозь. — Думаешь, только так можно отсюда сбежать?

— Напрасно вы мне не верите, — спокойно ответил Михаил, выдержав его взгляд. — Для чего мне бежать? Чтобы голову сложить за мерзавцев, которые отняли у моей семьи все, что мы имели? Я здесь уже два года и доволен, что отделался от них и остался жив, хоть и на положении раба.

Он посмотрел на Яценко как можно дружелюбнее и добавил:

— Если бы вы больше обо мне знали — не стали бы сомневаться!

В это время из дома выглянул Али и позвал:

— Мустафа, ты нужен командиру! Абдулла тебя по всему дому ищет!

Кривой повернулся, чтобы идти, и, еще раз пристально посмотрев на Михаила, бросил:

— А ты, я вижу, занятный парень.

Больше он ничего не сказал и ушел к гостям, чтобы принять участие в праздничном пиршестве.

Прошло не меньше недели до того дня, когда к Михаилу, чинившему в сарае упряжь, заглянул Али и объявил:

— Пойдем, друг, провожу тебя к Мустафе. Ты ему зачемто нужен.

Когда он вошел, Яценко сидел на кошме, по-восточному скрестив ноги, и пил зеленый чай. Стояла очень жаркая погода, но в доме это не ощущалось — веял легкий сквознячок.

— Садись! — указал он Михаилу на место рядом с собой. — Сульфия! Принеси гостю пиалу и фруктов! — приказал он круглолицей женщине, одетой по-восточному, — она им прислуживала. — Хотя погоди минутку! — Моя жена, по-нашему Софья, — представил он ее Михаилу и, указав на него, объяснил: — Этот крепкий парень, Софочка, — москвич и говорит, что хочет воевать на нашей стороне против коммуняков. Он тоже офицер, лейтенант. Вот решил поближе с ним познакомиться.

Михаил поудобнее расположился на кошме и отхлебнул из пиалы. Гок-чай приятно охлаждал разгоряченное тело. Несмотря на разницу в положении, он решил держаться с Яценко как равный. В той игре, что он начал, это правильный ход. Нужно показать, что он знает себе цену.

— Ну, так расскажи немного о себе. Прошлый раз ты говорил довольно интересные вещи, — предложил хозяин, вперив в него свой единственный глаз.

— Скажу все как есть, — со спокойной уверенностью начал Михаил. — Может, кое-что вас удивит, но это факты, чистая правда. Проверить нелегко, но можно. Дома, в Москве, у матери, есть все фамильные документы. Если понадобится, то пакистанская или американская, — он проницательно посмотрел на Яценко, — агентура может в этом убедиться. — Сделал паузу и так же серьезно и уверенно продолжал: — Я происхожу из старинной дворянской семьи Юсуповых — Стрешневых. Мог быть очень богат, носить титул князя. Большевики, разорившие Россию, отняли все и у моей семьи. Дед воевал с ними, и его расстреляли. Отца тоже убили.

Михаил собрался с духом и, стараясь, чтобы в голосе не проскользнули нотки фальши, твердо заявил, глядя прямо перед собой:

— Я хочу драться с ними, чтобы их режим ослаб и рухнул. Если не возьмете, мне бы хотелось вернуться домой к матери. Она больна и одинока. Но я готов пожертвовать наши фамильные драгоценности, которые хранятся у матери, на святое дело. Эти старинные украшения много стоят. Неизмеримо больше, чем моя жизнь!

Посидели молча, попивая гок-чай, каждый думал о своем. Видно, сказанное Михаилом произвело впечатление на хозяина дома. Наконец Яценко произнес:

— Ну что ж! Я сразу понял, что ты интересный парень, не из простых. Негоже тебе уподобляться рабочему скоту. Попробую взять тебя в свою группу. — Пожевал губами, досадливо морщась, будто съел что-то неприятное, и добавил: — Но забрать тебя из дома Абдуллы ох как будет непросто! Привыкли они к тебе, да и работник ты отменный. — На секунду умолк и как бы между прочим спросил: — А эти твои фамильные драгоценности каковы? Могут заинтересовать Абдуллу, как считаешь? До денег он не жадный, а вот камушки любит!

— У нас есть ювелирные изделия и бриллианты, которым по справедливости место в музее! — с гордостью, вполне честно заверил его Михаил, потому что так и было.

— Ладно, попробую найти тебе замену. Мы еще поговорим. — Яценко вытер руками бороду, давая понять, что разговор окончен. — Дорогу сам найдешь или дать провожатого?

— Лучше провожатого, так надежнее, — предусмотрительно откликнулся Михаил и поднялся.

Он понял, что лед тронулся.

Перед мысленным взором Михаила всплыли картины того года: напряженная подготовка в группе Яценко; это должно было принести ему освобождение, но не принесло. Как же не повезло ему тогда!

К этому времени они уже сблизились, даже сдружились, если можно так считать, учитывая двойную игру Юсупова и скрытный, волчий нрав непосредственного его начальника. Но все кругом так думали, поскольку видели их почти всегда вместе, когда Мустафа возвращался на базу после очередной вылазки. Михаила он все еще не брал с собой.

— Скажи, Анатолий, когда ты пошлешь меня на дело? Кровь застоялась, и руки чешутся, — полушутя-полусерьезно спросил Михаил, когда они, уютно расположившись на кошме, выпивали, отмечая успешный рейд моджахедов Яценко.

— Когда дело будет помасштабнее. Достойное твоей подготовки, — в том же ключе отвечал ему командир; они давно уже были на «ты», и он относился к Михаилу как к равному. — Пока же все по плечу моджахедам. Берегу я тебя!

Видя, что друг не в силах скрыть разочарование, успокоил, пообещал:

— Не переживай, скоро для тебя найдется работа, и довольно опасная. Война заканчивается нашей победой, русские вот-вот уйдут. — Помолчал и немного приоткрыл замысел: — Они вооружают Наджибуллу до зубов, оставляют ему технику и необходимых специалистов. Так вот, мы задумали хитрую операцию, чтобы поживиться, а если не удастся, — побольше уничтожить. Улавливаешь?

Сердце Михаила учащенно забилось. «Наконец-то, слава Богу! — мелькнула радостная мысль. — Как раз то, что мне нужно». Он сразу понял, в чем суть диверсионной операции, но на всякий случай предположил:

— Напасть, снять охрану и увезти все, что можно?

— Обижаешь, друг. Мы с Абдуллой не такие простаки! — лукаво взглянул на Михаила, азартно блеснув цыганским глазом, Яценко. — Что таким образом добудешь? Мизер! — Сделал паузу и объяснил: — Куда лучше по подложным документам перебазировать тяжелую технику поближе к границе. Но для этого нужно несколько человек, похожих на русских, и хотя бы одного натурального офицера. Доходит?

До Михаила давно уже все дошло, но он старался не выдать охватившего его волнения. Сохраняя бесстрастное выражение лица, поинтересовался:

— И как скоро надо приступить?

— Время не ждет. Необходимые бумаги и образцы печатей у нас уже есть. Думаю, недели три хватит, чтобы подобрать нужных людей, — деловым тоном обрисовал ситуацию Яценко. — Но ты должен начать подготовку немедля. Завтра посвящу тебя в подробности операции.

Михаил уже знал о своем командире все, или почти все. Постоянные контакты и застольные беседы позволили выяснить многое о его характере и прежней жизни. Ему стукнуло уже сорок, и родом он был с Западной Украины.

— Понимаешь, Миша, с самого детства на мне лежало клеймо: моего отца — бендеровца — повесили у всех на глазах в сорок пятом, на Львовщине. Он там был командиром отряда украинских националистов. Давай выпьем не чокаясь. Мир его праху! — предложил он помянуть своего родителя. — Отряд его в области был хозяином. Все колхозы платили ему налог, наравне с властью. Коммунистов-руководителей и всех непокорных уничтожал беспощадно. Словом, много крови пролил, — ровным голосом поведал он другу, и было неясно, одобряет он отца или осуждает.

— Может, так и надо было? — решив подыграть, подал реплику Михаил.

— Не знаю. У меня отношение до сих пор двоякое, — признался Яценко. — Не разделяю я самостийной идеи. У русских и украинцев одни корни, и жить им надо вместе. Может, я так думаю, потому что мать у меня русская. Но отец — из потомственных запорожских казаков, а они не желали никому подчиняться. У него вообще в жилах больше турецкой крови, потому мы с братом черные, как цыгане. — И усмехнулся, глядя на Михаила захмелевшим черным глазом. — Слушай, может, потому меня к исламу потянуло? Дедовская кровь заговорила? Но ненависть моя к коммунякам лишь косвенно, из-за отца, — продолжал он свои признания с потемневшим лицом. В основном — из-за лицемерия и безжалостности режима, для которого человек — ничто, а народ — быдло!

— Здорово тебе, видно, досталось от режима, Анатолий! — посочувствовал Михаил, желая узнать подробности.

— Да уж, пришлось попереживать! До конца дней им этого не забуду! — зло проговорил сквозь зубы Яценко, и лицо его приняло мстительное выражение. — Они у меня это еще попомнят! — Тяжело вздохнул, налил по полной. — Давай, Михайло, выпьем за справедливость! Может, когда-нибудь воцарится она на грешной земле?

Опрокинул стопку, закусил и, смягчившись, признался:

— Как вспомню — аж за сердце хватает. Не люблю бередить душу, но тебе скажу, раз на то пошло. Выгнали меня из академии! С позором исключили из партии, жизнь и карьеру сломали! А в чем моя вина? — Замолчал, налил себе еще, выпил залпом, не закусывая, и объявил: — Скрыл я в анкете про отца. Вынужден был. Знал, что никуда не примут. У нас только говорят, что сын за отца не отвечает. Я эту ложь на своей шкуре с детства испытал! В школе проходу не давали, мать со свету сживали! Три раза мы переезжали с места на место. А я ведь только хотел быть со всеми на равных!

— Ну ладно, друг, — решительно сказал он, как бы подводя итог разговору. — Давай-ка лучше выпьем за то, чтобы жизнь не была такой жестокой! Ты хоть не хлебнул того, что я, но чую — меня понимаешь!

Узнав, в чем трагедия этого способного военачальника и мужественного человека, Михаил испытал чувство глубокого сожаления о его исковерканной судьбе. Он не одобрял его измены родине и участия в войне против своего народа, чем бы это ни было вызвано, но все же Мустафа стал ему ближе и понятнее.

Для получения боевого задания Михаила вызвали к Абдулле через две недели. Какими непредвиденными трудностями объясняется задержка, он не знал. Все это время у него ушло на тренировки по рукопашному бою с отобранными членами диверсионной группы.

— Ну и силен ты, Михаил! — одобрительно похлопывали его по плечу скупые на похвалу моджахеды. — Скажи правду: в спецназе служил?

Не могли поверить, что он юрист — крючкотвор, а не профессиональный борец, — и были недалеки от истины. С самого начала он скрывал свое спортивное мастерство, но приобретенные навыки сказывались.

За время подготовки в лагере — под руководством китайских инструкторов, вместе с отборной группой моджахедов-диверсантов — он овладел приемами восточных единоборств, и ему среди тех, с кем обучался, не было равных.

Когда он вышел и доложил, что его люди к выполнению задания готовы, Абдулла предложил ему сесть и развернул карту.

— Выступление намечено на утро следующего понедельника. Все детали операции обсудим в четверг, когда вернется из разведки Мустафа. Он проверит обстановку и связи по всему маршруту движения. А сейчас изложу план в общих чертах.

С хитринкой в глазах, но без улыбки посмотрел на Михаила и изложил суть дела:

— Тебе надлежит с группой сопровождающих афганцев-водителей явиться в отбывающую советскую часть и предъявить письменный приказ на передислокацию колонны танков. Вот отсюда — к этому пункту. — И указал место на карте. — Бумаги сделаны — комар носа не подточит! Ты — пред-

ставитель советского командования при правительстве Наджибуллы, присланный специально из Москвы. Сам выде-
лишь из группы, кого выдать за представителя Наджибуллы.
Он примет технику по акту. Понятно?

Михаил молча кивнул головой, и командир продолжал:

— Всем членам группы следует знать и водить танки. Никаких подозрений чтобы не возникло. Связь танковой части с
командованием надлежит прервать. У них не должно быть
возможности получить какие-либо разъяснения в момент пе-
редачи имущества.

Абдулла немного помолчал, сурово глядя на притихшего
Михаила.

— Ну как, справишься? Не подведешь? Мустафа за тебя
поручился, но хочу услышать от тебя. Уверен в себе?

Михаил еле сдерживал себя, чтобы скрыть рвущуюся наружу радость. Как бы все не испортить, проявив легкомыслен-
ную самоуверенность. Как давно он мечтал о такой блестящей
возможности! «Я же смогу перейти к своим прямо в танковой
части! Надо только незаметно предупредить командира и тихо
нейтрализовать сопровождающих...» — закружились в голове
мысли, наполняя его верой в успех. Он сумел все же скрыть ту
бурю, что бушевала у него внутри; серьезно, сдержанно заявил:

— Я готов к выполнению задания. Мы с группой отрабо-
тали необходимые действия; люди полны желания показать,
на что они способны. При любом повороте дела. — И умолк,
преданно глядя в глаза Абдуллы и ожидая дальнейших указаний: старался безошибочно сыграть свою роль до конца.

— Это ты правильно сказал насчет поворота, потому что в
случае провала нужно вывести из строя как можно больше техники, — одобрил командир и пояснил; — Мустафа сейчас занимается через наших людей на базе минированием объектов.

Михаил возвращался от него, веря и не веря в свою удачу.
Ему все еще казалось, что происходящее он видит во сне —
так долго ждал этого момента: более трех лет!

— Лишь бы не сорвалось, лишь бы не передумали! — шептали его губы. — О Господи! Пошли мне удачу!

Но Господь в тот раз не услышал его молитвы.

Тот черный день в жизни Михаила Юсупова начался с
небольшой неприятности. Упражняясь на перекладине, он

неудачно приземлился и потянул сухожилие. Ногу ему туго забинтовали, и он почти не хромал, но настроение испорчено. «Заживет ли до понедельника? — озабоченно думал он. — Хромота может подвести!»

Но настоящая беда пришла в полдень, когда прискакал верховой и принес траурную весть: при переходе границы в мелкой стычке убит Мустафа. Группа уже оторвалась от преследования и уходила в Пакистан, когда его настигла пуля снайпера: погиб на месте, не приходя в сознание.

Так тщательно подготовленная операция сорвана! У Мустафы в руках находились все нити: только он управлял своей агентурой и держал с ней связь. У него в сейфе, конечно, хранились необходимые данные, но требуется время, чтобы эти связи возобновить и вновь четко проработать каждую деталь операции. Скорее всего время для нее упущено!

— Ты нам принес неудачу! — прямо при всех заявил Юсупову Абдулла, созвавший короткое совещание, чтобы дать отбой. — Видно, Аллах не хочет твоего участия в нашей борьбе. Уж лучше бы ты продолжал колоть дрова!

В дальнейшем Михаила использовали только для физической подготовки новобранцев. Никто не мог обвинить его, что он, хоть косвенно, повлиял на судьбу важной операции, но прежняя вера в него иссякла. Суеверный Абдулла больше не заикался о его участии в боевых действиях, да и сам Михаил об этом помалкивал, понимая, что после гибели друга и покровителя должно пройти время.

Вновь потекли однообразные дни, без проблеска надежды, пока не произошло важное событие, позволившее Михаилу вернуть активные позиции в отряде Абдуллы. Началась новая Афганская война, на этот раз — между моджахедами: не поделили власть, доставшуюся им после падения Наджибуллы.

— Ну что ж, пойдем на Кабул! — приказал своим соратникам Абдулла. — Свергнем правительство самозванца Рабани!

Его отряд принадлежал к числу сторонников другого лидера моджахедов — Хекматиара, находившегося в оппозиции новому правительству Афганистана.

— Вот ты, Михаил, и дождался! Принимай командование диверсионной группой. Это тебе не против своих воевать. Тут, думаю, нас не подведешь, — откровенно высказал Абдулла свои тайные сомнения. — Через неделю выступаем.

Завтра получу новые данные и объясню всем оперативную обстановку.

С этого дня у Юсупова начался новый, жестокий и тяжелый этап его неволи. Ему пришлось воевать, хотя кровавая бойня, затеянная властолюбцами, готовыми пройти по трупам своих соотечественников, вызывала у него отвращение. Но другого выхода у него не было.

«Сдаться Рабани и потребовать, чтобы меня передали советскому консулу? — спрашивал он себя, стремясь положить конец нелепому и трагичному положению, в которое попал волею судьбы. — Но ведь не доведут, пришьют по дороге! Афганцы предателей не терпят, — трезво оценивал он реальную перспективу. — Нет! Нельзя этого делать! Сколько лет ждал, терпел, значит, еще смогу. Будет еще шанс!»

Несмотря ни на что, мужество и надежда не покидали Михаила, и судьба в конце концов вознаградила его.

Верный своему правилу, Абдулла никогда не держал пленных на центральной базе отряда, где жили семьи основных его сподвижников. Для этого у него имелось несколько потайных застенков. Но для подполковника Ланского было сделано исключение. Этого русского аса он считал особенно ценным пленником и намеревался получить за него крупный куш от советского правительства.

— Как же удалось его подбить? — в свойственной ему манере, не выказывая удовольствия и явного одобрения, спросил он удачливого моджахеда, поразившего вертолет Ланского метким выстрелом «Стингера».

— Он и еще два других вертолета вывозили солдат Наджибуллы из окружения, — охотно доложил отличившийся стрелок. — Пока я прицеливался, двое уже поднялись высоко, а этот замешкался. Вот я его и хлопнул!

Абдулла не жаловал вражеских летчиков, знал, как их ненавидит население, и не наказывал моджахедов, когда они устраивали над пленными самосуд. Но Ланского не относил к их числу. Подполковник — начальник штаба авиационного соединения в боевых операциях не участвовал и на этот раз, видимо, пилотировал вертолет вынужденно — кого-то заменял.

— Почему вы не ушли вместе с войсками Советов? — спросил у него на допросе Абдулла. — Какая в этом была необходимость?

— Оставалось еще много техники, ценного авиационного имущества, — отвечал Ланской, дипломатично не раскрывая всей правды. — Вот мне и поручили обеспечить эвакуацию всего без остатка. Наджибулла и так нам слишком много должен. А от нового правительства ждать возврата его долгов и имущества, как вы сами понимаете, не приходится.

— Допустим, что так. Но почему вы продолжаете летать, участвовать в военных операциях? За это мы можем вас наказать.

— Ваше право. Я этого не отрицаю, — спокойно согласился Ланской. — Только будь вы на моем месте, стали бы спокойно смотреть, как гибнут бывшие союзники? Я только спасал людей. У них вертолетчиков не хватает. А в боевых действиях не участвовал с момента приказа Горбачева вывести войска.

Вот почему особых претензий Абдулла к подполковнику не имел, а на центральную базу перевел, чтобы кто-нибудь за его спиной не договорился с русскими о выкупе и не добрались до него спецслужбы.

Ланской находился под домашним арестом, бдительно охранялся, но условия ему предоставили соответственно положению. Ни в чем нет отказа, — за исключением свободы. Разрешили даже пешеходные прогулки — в сопровождении охраны.

Он любил общение, интересовался местной жизнью и свежими новостями, и ему не препятствовали. Ведь война с русскими окончена.

Появление в лагере Ланского возродило надежду Михаила на освобождение. Сердце подсказывало, что судьба дает ему еще один шанс. У него созрел новый план побега.

В семи километрах от центральной базы был небольшой аэродром, использовавшийся как местная точка сельскохозяйственной авиации. Пакистанские власти его не охраняли; там работали только служащие авиакомпании, выполнявшие обработку полей с воздуха по заказам землевладельцев.

— Интересно, а почему не слышно, как летают самолеты с нашего аэродрома? — полюбопытствовал между делом Михаил у всезнающего Али. — Он что, не действующий?

— Это почему же? — возразил тот. — Нормальный аэродром. Вот весной летали и чего-то удобряли, а в июле отраву против саранчи разбрасывали.

— А сейчас почему не слышно?

— Говорят, компания обанкротилась — заказов мало. А может, техника подвела, — предположил Али и добавил: — Хотя вряд ли. Они «Ан-2» у русских всего год назад купили. Совсем новая машина.

«Значит, «Ан-2». Нужно проверить, в порядке ли. Не может быть, чтобы Ланской не справился с такой простой машиной. Летать учился на подобных», — решил Михаил и начал действовать.

Выяснив детально порядок хранения и заправки горючим, количество и функции служащих аэродрома и убедившись в исправности самолета, он счел, что пора установить контакт с Ланским. Михаил часто видел его во время прогулок, но заговаривать не решался, чтобы не возбудить подозрений. Несколько раз ловил на себе враждебный взгляд Ланского — тот, очевидно, считал его предателем.

Разговор предстоял трудный, но иного пути нет и Михаил решился. Подстроив так, чтобы часовой, заступавший на ночь, получил небольшую порцию снотворного, он подождал, когда тот уснет, и бесшумно проник к Ланскому.

Подполковник уже улегся в постель, но не спал и при слабом свете лампы пытался читать газету на английском языке. Чтобы не пугать его, Михаил слегка постучал в дверь, а когда тот отложил газету и поднял глаза, выступил вперед.

— Ради бога, извините, Владимир Георгиевич, за вторжение. У меня не было другой возможности с вами поговорить. Времени у нас мало. Часовой поспит еще минут сорок, не больше.

Ланской, человек умный, лежал никак не реагируя. «Если это провокация, еще успею что-нибудь предпринять, а пока послушаем молодца», — подумал он, не слишком беспокоясь о последствиях.

— Вам трудно поверить; я понимаю, что обо мне можно думать, но все равно скажу: с первого дня плена не переставал мечтать об освобождении.

Михаил судорожно вздохнул, справляясь с охватившим его волнением, и, глядя в глаза Ланскому своим прямым, честным взглядом, продолжал:

— За несколько лет неволи у меня была только одна реальная возможность сбежать, и то она лопнула. Я не мог безрассудно рисковать. Меня в Москве ждут больная мать и невеста. Когда-нибудь я все расскажу, и вы мне поверите, потому что это правда.

Он снова прервался, собирая в кулак всю свою волю, и решительно заявил:

— Но сейчас я пришел не для разговоров! У меня есть конкретный план нашего спасения. Я разработал его детально. Неподалеку, на местном аэродроме, стоит «Ан-2». Я обеспечу его готовность и полную заправку. Подумайте, куда мы сможем перелететь и как безопасно добраться. Связь со мной не держите и не заговаривайте. Послезавтра я сам приду к вам в это время. А сейчас, простите, пойду следить за часовым. Никто не должен заметить, что он не в порядке!

Михаил повернулся и так же бесшумно, как появился, выскользнул из дома. Подождал, пока проснется часовой, и только тогда отправился спать.

Владимир Георгиевич Ланской поверил Михаилу и начал подготовку к побегу из плена. Да и какой ему смысл не верить? Кому нужно губить его таким образом? А альтернатива побегу — лишь безрадостное, неопределенное пребывание в плену. Если его до сих пор не выкупили и не обменяли, почему он должен верить, что о нем вспомнят те, кто послал его «помогать» чуждому, враждебному народу?

Он дал Михаилу подробные инструкции, как проверить состояние и заправку самолета, выбрал маршрут и безопасную высоту полета, с тем чтобы без особых помех пересечь границу с Индией. Беглецы, уповая на традиционные дружеские отношения между Дели и Москвой, надеялись, что индийские власти переправят их на Родину.

Лететь решили рано утром, с восходом солнца, и только в ясную погоду.

— Иначе не справлюсь, — трезво оценивая свои возможности, признался Ланской, — заплутаю в горах. Приборы — само собой, а визуально ориентироваться — надежнее!

Погода не подвела — стояла сухая, солнечная. Накануне решающего дня Михаил, как было запланировано, через посредника зафрахтовал самолет для проведения сельхозработ и проследил за его подготовкой к полету. Экипаж авиакомпании должен прибыть только к восьми часам утра.

Как ни старался, всю ночь Михаил не сомкнул глаз, не в силах справиться с волнением. «Неужели опять сорвется? Неужели снова что-нибудь помешает?» — стучало в висках, и сердце отчаянно билось и замирало.

Наконец, не выдержав напряжения, встал и задолго до рассвета стал собираться в дорогу. Тщательно, без суеты и спешки проверил все, что намечено иметь при себе в пути. Собранное аккуратно упаковал, удобно подогнал к телу, суеверно присел «на дорожку» — и двинулся в ночь навстречу судьбе.

Подойдя к зданию, где содержали Ланского, подкрался к часовому, бесшумно «вырубил» его и крепко скрутил, заткнув рот кляпом. Ланской уже ждал его в полной готовности. Двигаясь бесшумно и незаметно, они покинули территорию лагеря и, отойдя от него метров за двести, достали из укрытия приготовленные Михаилом заранее велосипеды.

— Молодец, Миша, пока все идет путем! — ободрил Ланской, видя, как этот большой, сильный парень с трудом сдерживает дрожь охватившего его волнения. — Успокойся, возьми себя в руки. Все будет в ажуре!

Себя он чувствовал в хорошей форме, потому что заранее настроился фаталистически: «Будь что будет!» Но состояние Миши понимал: «Еще бы, столько лет неволи! Эдак с ума можно сойти!» — с сочувствием думал он, восхищаясь его стойкостью.

Однако насчет «ажура» он ошибся. Часовой, сторóживший Ланского, оказался на редкость живучим и выносливым: не вовремя очнулся и сумел поднять тревогу. Моджахеды немедленно устроили погоню по всем возможным направлениям.

Другая осечка произошла на аэродроме. Они не учли добросовестности служащих авиакомпании, дороживших своей работой, и, подъезжая к аэродрому, заметили хлопотавших у самолета людей: техник и два члена экипажа.

— Я возьму на себя механика, а ты займись летчиками! — скомандовал Ланской и стал подкрадываться к технарю.

Дело принимало опасный оборот.

Занимаясь подготовкой машины к полету, работники авиакомпании не заметили беглецов, и тем удалось напасть на них внезапно. Михаил потом со стыдом вспоминал, как жестоко расправился он с ничего не подозревавшими людьми.

Им двигала решимость отчаяния. Он профессионально нанес летчикам мощные удары, и они свалились, как спелые снопы, не подавая признаков жизни.

Сделав свое дело, он поспешил на помощь Ланскому, и вовремя — тому пришлось туго: механик оказался здоровенным детиной. Подполковник, сам крепкого сложения, справиться с ним все же не сумел. Застал он его врасплох и сильным ударом в челюсть сбил с ног; хотел еще добавить, но бить лежачего не привык — ждал, чтобы тот хоть приподнялся.

Это замешательство ему дорого стоило: очнувшись, противник подсек его ногой и, когда подполковник упал, навалился и стал душить. Михаил подоспел вовремя: одним ударом «успокоил» механика, и, очевидно, надолго.

Не теряя времени, Ланской забрался в кабину, быстро проверил состояние оборудования и стал заводить мотор.

— Контакт! — крикнул он Михаилу, приказывая провернуть воздушный винт.

— Есть контакт! — прозвучал ответ.

— От винта! — подал команду Ланской.

Мотор взревел. Михаил стремглав бросился к самолету, уцепился за порог открытой входной двери и ловко подтянулся на руках. Самолет начал разбег...

И в этот момент на аэродром вкатил на бешеной скорости джип, битком набитый моджахедами. Они из него высыпали, как тараканы, и с ходу начали палить по взлетающему «Антошке». Но было уже поздно — побег из плена удался!

Михаил заворочался в постели, вновь переживая упоительное чувство восторга, охватившее их, когда они уверовали, что летят наконец навстречу свободе.

Полет идет на удивление удачно: видимость хорошая, только вершины гор окутаны облаками. Летели междугорьем, на малой высоте, едва не касаясь крыльями крутых склонов.

Ланской уверенно вел биплан, лавируя между вершинами и стараясь не отклоняться от намеченного курса. Всего лишь дважды они попали в критическое положение. Один раз — войдя в облачность и чуть не задев за выступ горы; другой — провалившись в воздушную яму. Но все кончилось благополучно.

— Ура! Сейчас будем садиться! — радостно воскликнул Ланской.

Перед ними открылась широкая долина, вот подходящий «пятачок» для посадки. Летчик мастерски сманеврировал и мягко приземлился, остановившись посреди поля. С земли их заметили, со всех сторон к ним бежали люди. Поднимая тучи пыли, от края поля к ним катил небольшой грузовичок...

Сидели молча, рядом в пилотских креслах, не в силах вымолвить ни слова — реакция после нечеловеческого напряжения, которое они испытали.

Наконец Владимир Георгиевич овладел собой.

— Ну что ж, Михаил, по гроб жизни не забуду этого дня. Спасибо тебе, друг, за все! Мы теперь с тобой, как братья. Где бы я ни был, в горе и в радости — можешь всегда на меня рассчитывать, как на самого себя.

Повернулся к нему с сияющим лицом и протянул ему сильную руку. Обменялись рукопожатием, крепко, по-мужски обнялись.

— Давай обменяемся координатами, — доставая планшет, предложил Ланской онемевшему от счастья напарнику. — Вот мой домашний адрес: Западносибирск, Красный проспект, дом... Это в центре города, — пояснил он, записывая. — А здесь запиши свой. И не забудь сообщить, когда вернешься домой!

К самолету уже подбегали люди... В этот же день их разлучили. Сначала доставили в полицейский участок маленького городка, где продержали до вечера, пока не прибыли представители компетентных органов с переводчиком.

Ланской с грехом пополам изъяснялся по-английски; Михаил знал лишь немецкий, который изучал в школе и институте. Собирался основательно поучиться языкам у матери, но все откладывал — недосуг.

Владимира Георгиевича тут же увезли. У него оказались при себе документы, которые он сумел утаить от моджахедов при пленении и надежно припрятать. На Михаила он успел только бросить полный горячей признательности и дружбы взгляд, когда того увозили. Прошел целый год, прежде чем им суждено было увидеться вновь.

Как ни настаивал Михаил, чтобы ему дали возможность связаться с российским консулом, — все бесполезно. Документов при нем никаких... Очень долго вели с кем-то переговоры по телефону; в конце концов оставили его ночевать в полицейском участке.

На следующий день за ним пришла крытая машина, с решетками на окнах, и его под конвоем перевезли на секретную базу спецслужб; там ему пришлось провести еще более восьми месяцев.

— Перестаньте втирать нам очки! — заявил ему на первом же допросе красивый, холеный индус, говоривший по-русски хорошо, но с заметным акцентом. — Топорная работа! Нам ясно как день, что вас хотят внедрить к русским, выдав за одного из погибших солдат. Ну и кретины ваши шефы! Вы и на русского не похожи.

— А на кого я, по-вашему, похож? — со спокойной злостью, стараясь сдерживаться, спросил Михаил. Причину их сомнений он уж понял и ничуть не волновался. Скоро все выяснится, стоит им только связаться с российской стороной.

— Вы типичный американец ирландского происхождения. Я знаю, что говорю. Немало лет провел в Штатах и Англии, насмотрелся! — отрезал контрразведчик, не сомневаясь в своей правоте.

Не первый случай в его практике, когда под видом бежавших из плена американцы засылают своих агентов в Союз; его интересуют замыслы их спецслужб.

— Вам лучше сразу чистосердечно выложить все, что знаете, — добавил он уже мягко, вкрадчиво. — Это будет учтено и во многом облегчит ваше положение. Молчать бесполезно. Мы все выясним и без вашей помощи, только это займет много времени.

— Ну и выясняйте! — твердо заявил Михаил. — Тогда и поговорим, когда убедитесь, что ошибаетесь.

Прошло около двух месяцев, прежде чем состоялась его новая встреча с представителями спецслужб. Наверно, столько времени у них ушло, чтобы получить необходимые сведения. На этот раз допрашивали его двое.

— Нам удалось установить, что действительно в начале восьмидесятых годов пропал без вести советский лейтенант Михаил Юсупов, — без предисловий начал красивый индус. — По фотографиям вы действительно на него похожи. Но к нам также поступили через агентуру точные данные и у нас есть документальные доказательства... — он переглянулся со своим коллегой, — что этот Юсупов более двух лет сражался в рядах моджахедов на стороне Хекматиара. — Многозначительно умолк и, бросив острый взгляд на притихшего Михаила, заключил: — Так что, если вы тот самый, за кого себя выдаете, вас дома по головке не погладят, когда мы передадим им этот компромат.

Михаила не напугала эта угроза. Он часто думал, как объяснит то, что делал, находясь в неволе, если удастся вернуться на родину. Надеялся, что его поймут, но готовился ко всему. Собрался дать четкий ответ, но решил повременить, выяснить, какую игру с ним ведут и чего добиваются.

— А вы можете и не передать того, что знаете обо мне, — предположил он. — Ведь у Индии с Россией традиционная дружба.

— На этот счет не беспокойтесь! — заверил тот Михаила. — В этом мире каждый за себя. Мы симпатизируем России, во многом наши интересы совпадают, но следить за каждым ее шагом обязаны.

Еще раз взглянул на своего коллегу и, по-видимому, начальника.

— В общем, перед вами выбор: либо примете предложение о сотрудничестве, успешно сколотите с нашей помощью подходящую легенду и материально обеспечите себе безбедную жизнь на родине или — он жестко и угрожающе посмотрел ему в глаза — мы передаем русским ваше досье со своими нелицеприятными комментариями.

Но Михаил и не думал тянуть с ответом.

— Свяжите, меня, пожалуйста, с консулом! Ни с вами, ни с кем-то другим я сотрудничать не намерен! — заявил он твердо, даже несколько тупо, уставившись перед собой неподвижным взглядом. — А за то, что со мной было, готов ответить. Только бы вернуться на родину!

Его мытарили еще несколько месяцев, периодически подолгу допрашивая; пытались угрозами и посулами склонить к предательству. Все зная о его профессиональной диверсионной подготовке, о жестокой школе жизни, которую он прошел у моджахедов, были убеждены: это ценнейший для них кадр. Поэтому так долго и не отступались.

Но твердость и непреклонность Михаила, врожденное благородство и любовь к родине помогли ему победить. Спецслужбы в конце концов от него отступились, принесли извинения за ошибку и сообщили о нем консулу.

Как и ожидал Михаил, долгожданная встреча с представителями России не была перегружена бюрократическими формальностями. Через несколько дней (проверялись и уточнялись данные) он уже сидел в самолете «Аэрофлота», взявшем курс на Москву...

Счастливое ожидание скорой встречи с дорогими и близкими переполняло Михаила, заставляло чаще биться его многострадальное сердце. Нервы не выдерживали, и слезы наворачивались на глаза. Он возвращался на родину...

Глава 24. ВОЗВРАЩЕНИЕ

Михаил вернулся в Москву в апреле, в погожее воскресенье. Весна была в разгаре; ярко светило солнце, текли ручьи; настроение у пассажиров, прибывших рейсом Дели — Москва, было под стать погоде: перешучиваясь и шлепая по лужам, они направились к поданным автобусам.

Как ни хотелось ему поскорее услышать голос любимой, первым делом, прямо из аэропорта он позвонил домой, матери. К телефону никто не подошел, и это его обеспокоило. «Неужели разболелась и отправили в больницу? Хотя ведь столько лет жила в тревоге... Тут трудно здоровье сохранить. Ну что ж, позвоню Свете и узнаю». И с замирающим сердцем набрал номер, который помнил все минувшие годы.

— Будьте добры, попросите Светлану. — Что это за незнакомый мужской голос: он не узнал Марка. — Дома она?

— Дома... А кто ее спрашивает? — коротко ответил тот, также не узнав голоса Михаила.

— Скажите — хороший знакомый. Хочу сделать сюрприз.

— Хорошо, я ей передам, — сухо пообещал Марк, теряясь в догадках: «Кто бы это мог быть? Олег прилетел и разыгрывает? Но уж больно голос не похож — слишком низкий... Очередной поклонник? Интересно!»

Когда он вошел в детскую, Светлана, сидя на полу, играла с сыном.

— Светик, тебя спрашивает какой-то загадочный мужской голос, — объявил он ей. — Говорит, хочет сделать сюрприз. Подними трубку. Он и меня заинтриговал.

Светлана взяла трубку радиотелефона и нажала кнопку.

— Да, это я... — и обмерла: этот голос она никогда не забывала, часто слышала во сне...

— Светочка... дорогая моя... ты?! Только не пугайся! — говорил между тем Михаил прерывающимся от волнения голосом. Ему казалось, что он кричит, а на самом деле говорил совсем тихо — слова его доносились будто с того света и в самом деле могли напугать. — Я вернулся, наконец-то вернулся! Этому трудно поверить, но это факт. Скоро ты все узнаешь и поймешь.

Он умолк и с сердечным трепетом ожидал, как, опомнившись от шока, она изъявит ему свою радость... но ответа не дождался, — слышал только ее тяжелое дыхание.

— Светочка! Родная моя! Что случилось? — спросил он, запинаясь, предчувствуя недоброе. — Почему молчишь? Ты что же, мне не рада?! — Растерянно умолк — и молнией мелькнула в голове страшная догадка. — А... кто это подходил к телефону? — почему-то прошептал он осекшимся голосом.

Светлана не только не испугалась, но сразу, сердцем осознала: это он, ее Миша, говорит с ней, живой и здоровый, — и была близка к потере сознания, не в силах произнести ни слова. Не знала, что думать и говорить, только чувствовала сильную боль в сердце... «Какая ужасная судьба! Чем я прогневила Бога?! Столько лет ждать — и не дождаться каких-то несколько недель! Жить не хочу!..» — одна лишь эта горькая мысль занимала помутившееся сознание.

Но жить надо — хотя бы ради сына... И Светлана, собрав все свое мужество, тихо-тихо произнесла, глотая слезы:

— Я не дождалась тебя, Миша. Вышла замуж за Марика. Это он подходил... — И дала волю слезам, чувствуя, что только они принесут облегчение.

Слушая ее бурные рыдания, Михаил ощутил, как его израненная душа наполняется безудержным гневом. За годы разлуки у него бывали тяжелые минуты, когда закрадывались сомнения и терзали его сердце. Но он всегда отгонял их, ибо верил в силу любви, и эта вера во многом помогла ему выстоять и выжить.

Крушение надежд на счастье тяжело, но он столько всего перенес, — несчастья не только закалили его, но и ожесточили. Что ж, еще один удар судьбы... Полным горечи голосом он сурово сказал в трубку:

— Ну, знать, такое мое счастье! Все годы разлуки я верил, что ты любишь меня и сдержишь свою клятву. Это помогло мне выжить и вернуться. — Помолчал и, не скрывая гнева, бросил ей горький упрек: — Ты предала нашу любовь, растоптала ее! Не спорю, тяжело тебе пришлось, но и моей маме после смерти мужа было не легче. Однако ты оказалась слаба. Или твоя любовь... Ладно! И это переживу, не сдамся! — Его голос поднялся до крика. — Но между нами все кончено. Навсегда!

Хотел на этом оборвать тяжелое, ненужное ему теперь объяснение, но добавил:

— Марику передай, что я его не виню. Он всегда тебя любил, знаю. Не он виноват в моей беде, а ты. Передай ему, что я хочу его видеть. Мне нужно все знать о маме. Я только что прилетел и буду дома. А с тобой говорить... больше не могу... и не хочу!

Приехав домой, Михаил сорвал опечатку и понял по толстому слою пыли, что его постигла еще одна трагедия...

Услышав, как кто-то вошел в необитаемую комнату, соседка Юсуповых переполошилась. Что это там происходит? Она приоткрыла дверь и заглянула в комнату...

— Мишенька?! Вот так чудо! — радостно изумилась она, всплеснув руками. — Где же ты столько времени пропадал?!

Но радость на ее лице сразу погасла: она поняла — только что приехал издалека и ничего не знает.

— А Ольга Матвеевна... тебя не дождалась. Схоронили мы ее, царство ей небесное! Марик и Витек Сальников все организовали. И поминки как положено. Да тебе Светочка все расскажет. Уж как она ухаживала за дорогой покойницей! А ребята ночную сиделку нанимали.

«Ладно, выясню все у Марика при встрече», — мрачно думал Михаил, ощущая, что его кровоточащему сердцу нанесена еще одна незаживающая рана.

— А Сало, Витек то есть, по-прежнему живет у себя? Работает? Женился?

— Не везет ему, бедному, а парень ведь золотой! — горестно посетовала добросердечная соседка. — С войны вернулся без ноги. Жил с одной тут, но она от него ушла. Болел много... По больницам валялся. А сейчас — в колонии. Семь лет дали.

— За что же? Он хороший, добрый парень! — встрепенулся Михаил, на миг забыв о собственных горестях. — Что натворил?

— Да немало, если правда... Говорят — человека насмерть убил. Напарника своего по киоску — вместе торговали на углу, у почты. Такой всегда смирный парень был, а вот на войне научили людей убивать! — Непонятно было, кого она осуждает — Виктора или тех, кто «научил».

— Все равно не поверю, что Сало на это способен. Он справедливый, зря человека не обидит, — усомнился Михаил. — Вполне могли его подставить, ни за что посадить.

— Да вроде нет ошибки... Соседка его, Марья Ивановна, на суде была, рассказывала... — Она растерянно взглянула на Мишу и сообщила подробности: — Тот, второй торгаш, здоровенный такой малый, его оскорбил да еще насмехался, — мол «афганец-з...ц». Он его и огрел, а тот упал, да и зашибся насмерть. — Помолчала и печально добавила: — А вообще Витек в последнее время пил много и, говорят, каким-то... «наркотиком» был.

«Ладно, узнаю подробности у Марка, да и сам потом справки наведу», — решил Михаил. Поблагодарил соседку, вкратце рассказал о себе и своих мытарствах и принялся с ее помощью наводить порядок в комнате.

Они еще не закончили уборку, как позвонил Марк и, поздравив с благополучным возвращением, сообщил, что через полчасика приедет и обо всем расскажет. Чувствовалось, что он очень волнуется; Михаил его успокоил:

— Светлана, видно, не передала, что я к тебе не в претензии? Зря так переживаешь. Давай об этом лучше не будем. Меня интересует все касающееся мамы.

Когда Марк пришел и они уселись друг против друга за круглым столом, Михаил, взглянув на него, даже пожалел друга детства: бледен как мертвец, еле сдерживает дрожь, будто его знобит, и в глаза не смотрит. «Переживает. И не чаял, видно, что вернусь живым», — думал Михаил, не испытывая к нему злобы, а лишь чувство разочарования и сожаления.

— Ну рассказывай, что и как тут произошло. Что случилось с мамой и какими были ее последние дни, — попросил он тихо и добавил: — Я уже знаю, что ты много для нее сделал, — сам понимаешь, сколь велика моя тебе благодарность.

Слова Михаила и его сдержанный, печальный тон немного успокоили Марка. Он опасался худшего, шел как на казнь. Приободрившись, сжато рассказал о тяжелой болезни и завещании Ольги Матвеевны, не преминул подчеркнуть большую заботу и внимание к ней Светланы. Относительно их женитьбы он все же, несмотря на протесты Михаила, не промолчал:

— Понимаю, как тебе тяжело, но ты должен знать. Она тебя ждала и ни на кого не смотрела. Никому верить не хотела, что тебя нет в живых. Ждала, пока была надежда. — Вздохнул и настойчиво продолжал: — Не хмурься, все равно скажу. Она, может, ждала бы еще, но после смерти отца ей пришлось работать на эстраде. Наши павианы ей проходу не давали. Вот мы и решили, что нужно пожениться. Лучше я, чем кто-то другой. Все. Не суди нас слишком строго. Теперь уж не вернуть.

Михаил покрасневшими глазами взглянул на него, и лицо его стало темнее ночи — представил их вместе... Но унял боль в сердце, взял себя в руки и, не повышая голоса, так же ровно, как раньше, произнес:

— Не будем больше об этом. Тем более — есть ребенок. Вас видела соседка, когда ты заезжал к себе со Светланой и сыном. Давай закроем эту тему навсегда! — И решил перевести разговор на деловые рельсы. — Я вот о чем хочу попросить тебя, Марик. Привези мне все наши фамильные бумаги, семейные реликвии и ценности, а также завещание матери. Светлане они больше ни к чему. И еще одно, — добавил он, немного подумав. — Я ей оставлял перед отъездом свой медальон. Пусть вернет и его.

Прежде чем ответить, Марк задумался. «Значит, Миша ничего не знает о сыне. Сало в тюрьме и не скоро оттуда выйдет, если не сгинет там вообще», — рассудил он и решил не проявлять инициативы. «Узнает со временем, если Света захочет или судьба так распорядится», — сказал он себе и, зная, что медальон она подарила сыну, ответил:

— Само собой разумеется, Миша. Все находится в полной сохранности, завтра днем я тебе все доставлю. Кроме одного. — И тихо, но настойчиво попросил: — Не принуждай ее возвращать медальон, она не хочет с ним расставаться. Со временем, может, и сам поймешь, что не так велика ее вина.

Впервые в этот день в переполненной гневом и обидой душе Михаила шевельнулось что-то похожее на жалость, и он не стал настаивать.

— Ладно, пусть так, — согласился он скрепя сердце. — Пусть сохранит, если хочет. Из памяти все равно того, что было, не выбросишь!

Полдня Светлана провела как во сне, а потом слегла. У нее произошел нервный срыв, она почувствовала полный упадок сил. Ничего не могла делать ни по дому, ни тем более идти в театр. Целиком ушла в себя, в мысли о своей жестокой, несправедливой судьбе.

— Что с тобой, доченька? — встревожилась Вера Петровна. — Захворала? Что у тебя болит? Ведь целый день лежишь и обедать не вставала!

Она зашла в комнату дочери, присела рядом с ней на кровать, пощупала ее пылающий лоб. Ответом ей были лишь безудержные рыдания. Мать с жалостью смотрела на нее, понимая своим чутким сердцем, что дело тут не в здоровье... Подождала, пока дочь немного успокоится.

— Что случилось, родная? С Марком поссорилась или еще что?..

— Миша вернулся... — почти беззвучно произнесла Света, захлебываясь слезами. — Утром звонил... все узнал. Что делать, мама?.. Мне теперь и жизнь не мила!

От такой невероятной неожиданности Вера Петровна лишилась дара речи; долго сидела молча, слушая незатихающие рыдания дочери, а потом как-то траурно выдавила:

— Ну и... как он?

— Не хочет больше меня знать. Считает, предала его, нашу с ним любовь! И он тысячу раз прав, мамочка! — И завыла в безысходном отчаянии.

Вера Петровна сидела, сгорбившись, рядом с дочерью, переживая вместе с ней постигшую ее сердечную драму и оплакивая крушение такой сильной и пламенной любви. Она понимала, что сделать уже ничего нельзя и помочь горю дочери невозможно. Вдруг она выпрямилась, спросила:

— А как, доченька, вы порешили с сыном? Он что же, и Петеньку знать не хочет?

Светлана ничего ей не ответила, только завелась еще сильнее, стала всхлипывать и выть, — у нее началась истерика... Вера Петровна, ни о чем больше не спрашивая, встала, налила в стаканчик валериановых капель, подала дочери:

— На, Светочка, выпей. Тебе нужно успокоиться. Не забывай, что у тебя есть сын.

Это подействовало: Света приняла капли, постепенно утихла и уже почти спокойно объяснила:

— Ни о чем я не успела ему сказать. Он и слушать ничего не захотел. Поделом мне! — И замолчала, мрачно глядя перед собой невидящим взором.

— Все же, доченька, мне кажется, ты к себе несправедлива. И Миша — тоже, — осторожно, боясь вызвать новый взрыв эмоций, высказалась Вера Петровна. — Ты очень долго его ждала. Много лет. Пока можно было. И не твоя вина, что не дождалась. Виноваты обстоятельства. Судьба!..

— Нет, не согласна я, мама! Мишенька прав, — без слез, но с горьким сожалением вынесла себе приговор Светлана. — Просто слабой я оказалась, мне не хватило силы любви и памяти! Почему его мама смогла сохранить свою верность памяти мужа? Другие люди были раньше?

— Что ж теперь казниться, ведь былого не воротишь, — попыталась урезонить дочь Вера Петровна. — Не помирать же и впрямь. Что с сыном будешь делать? Познакомишь с отцом?

— Пока сам не захочет, ничего о нем Петеньке говорить не буду, — подумав и уже полностью овладев собой, решила Светлана. — Он знает, что его отец погиб. Пусть и дальше так думает. Будет Григорьевым, если Миша не одумается! Зачем его лишний раз тревожить?

Теперь пришла очередь погоревать матери:

— Что же это такое?.. Кто же нам ворожит?.. — причитала она, жалея и себя, и дочь. — Я родила тебя от любимого, но судьба нас разлучила, и он до сих пор ничего не знает об этом. И у тебя — то же самое! Неужели и Петеньку будет растить не родной отец, а у тебя тоже с ним счастья не будет?

Вера Петровна обняла дочь, целуя ее и поливая слезами солидарности. Так они и плакали вместе, пока не устали от слез. Первой успокоилась мать и, сев на кровати, объявила о своем решении:

— Ты, доченька, с Петей поступай как знаешь, а я от Степана Алексеевича скрывать больше правду не стану! — высказала она то, что созрело как плод ее долгих раздумий. — Он имеет право и будет знать!

— А если обидится, начнет переживать? — Света откликнулась на крутой поворот разговора, желая хоть немного отвлечься от захлестнувшего ее горя. — Не сделаем ли мы ему хуже? Ведь он живет себе... в неведенье счастливом...

— Будь что будет! Не могу я больше молчать! Совесть загрызла, — призналась Вера Петровна дочери. — Пока был жив Ваня, я оправдывалась тем, что скрывала правду ради вас, ради семейного спокойствия. А теперь ради чего? Он хороший человек, поймет. Вам обоим будет лучше жить! — заключила она, убежденная в своей правоте.

Наконец-то Вера Петровна твердо решила посвятить Розанова в его причастность к рождению Светланы и рассказать всю правду о том, что произошло дальше. Но сделать это ей снова не удалось. На этот раз — только потому, что ее опередили.

После смерти своего незабвенного Чайкина Лидия Сергеевна совсем опустилась. Крушение связанных с ним планов лишило ее обычного честолюбия, уверенности в себе, и она поплыла по течению. Стала еще больше пить, постепенно превращаясь в алкоголичку.

— Ну что ж ты все убиваешься, Лида?! Зачем столько пьешь? Так и подорвать здоровье недолго! — часто корила ее соседка Раиса Павловна: она издавна ей симпатизировала, знала о Чайкине и сочувствовала ее горю. — Ведь ты интересная женщина, сможешь еще устроить свою личную жизнь.

Нельзя сказать, что она не делала попыток, но чары, увы, уже не те! Пыталась даже отбить у семьи одного родителя — понравился он ей, приезжал забрать сынишку из детского сада, когда жена в больнице долго лежала. Активность ее сработала, стали встречаться, но кончилось все скандалом. В результате ее перевели в уборщицы за моральную неустойчивость. Да и не выгнали только потому, что комендант за нее вступился, который сам глаз на нее положил. Этот высокий, сухопарый старик, участник войны, еще довольно крепкий, все же не соответствовал ее темпераменту. Уступила она ему от одиночества и из благодарности за защиту. Да и он тоже одинок, любит выпить. Это их и связывало больше всего, и стали они уединяться в его каптерке.

Связь их длилась довольно долго; эту тесную дружбу, конечно, приметили, и однажды кто-то из склочных сотрудников стукнул начальству — получился новый конфуз.

— Ну как вам не стыдно, Лидия Сергеевна? Понимаем: человек вы одинокий, сердцу не прикажешь. Но ведь здесь детское учреждение! Как можно заводить флирт? Да к тому же вы были нетрезвы! — выговаривал ей заведующий, добрый и отзывчивый по натуре человек. — Я, конечно, должен бы вас уволить, но мне обоих вас просто по-человечески жаль. — Помолчал немного, потом решительно поставил ей ультиматум:

— Оставайтесь, если устраивает работа, но никаких больше встреч! Что-нибудь еще выкинете в этом роде — сразу приходите за трудовой книжкой.

Дружба ее со стариком комендантом на этом прекратилась, но он продолжал ей симпатизировать и, как непосредственный начальник, часто прикрывал. Несмотря на унизительную должность, Лидия Сергеевна местом своим дорожила. Работа в правительственной системе сохраняла ей льготы, и, кроме того, как ни странно, она теперь больше зарабатывала, используя возможности совместительства.

В общем, не опустилась еще на самое дно, кое-как держала голову на поверхности жизни.

Надежда прилетела в Москву, никого не предупредив, в пасмурный осенний день. Над аэродромом висела низкая облачность и их рейсу едва разрешили посадку. Звонить своим постыдилась: лгать им ей не хотелось, говорить правду — тем более. А прибыла она делать аборт. В Париже это было неудобно — мог произойти скандал: в посольстве все знали о ее романе с атташе Шкляровым и беременность сразу связали бы с ним.

Заказав такси еще в самолете, Надя без проблем добралась до знакомого с детства дома, своим ключом отперла входную дверь и остановилась на пороге, неприятно пораженная царившим в квартире беспорядком. В комнате на столе — грязная посуда и пустые бутылки; мать в одежде вповалку спит на диване.

— Ну хватит валяться! — встряхнула ее Надя. — Неужто не проспалась? Как можно так напиваться?

Лидия Сергеевна, очнувшись, изумленно протерла глаза:

— Боже мой, мне это не снится? Доченька! Ты? Будто с неба свалилась..

— Так и есть, только что прилетела.

— А почему не дала знать? Могла ведь позвонить или отбить телеграмму, — недоумевала мать, тяжело поднимаясь и оправляя на себе платье.

— Не до этого было! Мне случайно подвернулся бесплатный служебный билет и срочно пришлось вылететь, — не утруждала себя правдоподобным объяснением Надя. — Сама знаешь как дорог пролет до Парижа.

Но Лидия Сергеевна была верна себе:

— Откуда же мне знать? Ты же меня к себе не приглашаешь, — язвительно упрекнула дочь. — Только папочке — такая честь, а меня, видать, стесняешься!

— Как же не стесняться, мам, когда от тебя так разит, — укоризненно покачала головой Надя. — Да ты посмотри на себя в зеркало — на кого похожа!

Лидия Сергеевна тяжело вздохнула:

— С горя я пью, доченька. Тошно мне жить без Васеньки!

— Понимаю тебя, мам, любила ты его, — посочувствовала ей Надя. — Мне тоже тошно жить с нелюбимым мужем, но я же не пью!

— Что, все не ладите с Олегом? Детей нужно завести! Они помирят тебя с мужем, скрепят вашу семью.

— Чья бы корова мычала, а твоя — молчала! — взорвалась Надя. — Что же я не скрепила нашу семью и не помирила тебя с папой? Прежде чем поучать, на себя оглянись!

Этот ее аргумент действует безотказно — Лидия Сергеевна сразу сникла.

— Что правда, то правда. Но твой отец меня не жаловал, а тебя Олег любит. Ты все же держись за него, — неуверенно попросила дочь. — Найдешь ли ты еще кого — неизвестно. А он наверняка послом будет!

— Да хоть принцем Уэльским! На дух он мне не нужен. Думаешь, я не хочу завести ребенка? Но этот боров ни на что не способен!

— Ты все же подумай, доченька, не спеши! А мне, по правде, сейчас не до этого, — вздохнула Лидия Сергеевна. — Сняли меня с заведующей!

— Вот оно что! Теперь понятно, отчего так напилась. Что с тобой, мама? Ты же умная, честолюбивая. Как могла так опуститься?

— Выходит, не такая я умная, — понуро опустила голову Лидия Сергеевна. — И жить мне стало совсем неинтересно, как не стало моего Васеньки. Так что не спеши с Олегом расставаться. Видишь, что сделало со мной одиночество?

Но Надя с ней не согласна.

— Еще хуже — одиночество вдвоем, мама. Нельзя жить с мужем, которого не любишь. Я всегда тебя осуждала, а теперь понимаю.

— Доченька! Бедненькая ты моя! — Лидия Сергеевна порывисто обняла дочь, и Надя, как в детстве приникла к ее груди; обе залились слезами.

От матери Надежда решила поехать к отцу. Когда позвонила предупредить, Степан Алексеевич несказанно обрадовался:

— Это надо же! Я сам только прилетел и такой чудный сюрприз! Побывал в Монголии. Бери скорее такси — и ко мне! За тройной счет! Твой отец временно разбогател.

— Лечу к тебе на крыльях! — весело ответила Надя. — И оплачу такси сама — между прочим, валютой. Но ценю твою щедрость, папочка!

Когда она к нему добралась, Степан Алексеевич молча стиснул дочь в крепких объятиях и горячо расцеловал. Потом повел в комнату, в которой ничего по сути не изменилось — разве лишь прибавилось на полках книг. Там усадил ее на диван, обхватил за плечи своей большущей рукой и прижал к себе.

— Ну рассказывай, как долетела и что у вас нового? Все так же грызетесь с Олегом? Почему не заводите детей? — забросал ее вопросами и добавил: — Я так мечтаю о внуке!

— Думаешь, я не мечтаю, папочка? Но Олег... — Надя смущенно замялась, — как бы это сказать... не состоятелен... как мужчина. Он мне противен, а ты говоришь — завести детей. Ничего не получается!

— Очень неприятно это слышать, — поморщился отец. — А со здоровьем у вас все в порядке?

— У меня все нормально, а у него... не знаю. Но не заводить же мне ребенка от прохожего молодца? — горько пошутила Надя. — Я хочу родить от мужа!

— Верно, доченька! Адюльтеры — это пошло и низко! А обман еще хуже. Ведь правда в конце концов выйдет наружу, и ребенок тебе этого не простит.

Тяжело вздохнув, Надя призналась отцу:

— Наверно, я с Олегом разведусь. С ним мне и Париж не в радость.

Немного помолчала и добавила:

— Не люб он мне. Ты помнишь: я тебе говорила про Костика — того волейболиста? Вот с кем у меня было счастье! Думала, что смогу позабыть. Но... ничего не выходит.

Степан Алексеевич еще крепче прижал к себе дочь, сочувственно сказал:

— Да уж, плохи дела! Но все же придется к чему-то прийти. Негоже лицемерить и разводить семейную грязь. Ты молода и еще сумеешь найти свое счастье.

— Папочка! Ты у меня самый лучший на свете! — нежно поцеловала его Надя и, бросив испытующий взгляд, мягко спросила:

— А с Верой Петровной за это время не виделся? Неужели ты все еще один... из-за нее?

—Да, дочка, — грустно признался Степан Алексеевич. — Она у меня все еще здесь, — коснулся рукой сердца, — и похожей на горизонте что-то не видно.

«Это надо же — какая сильная любовь! — мысленно восхитилась Надя. — Отец пронес ее через всю жизнь». Ей стало его очень жалко — все еще моложавого и красивого, захотелось помочь ему стать счастливым, и она, движимая женским чутьем, сказала:

— По-моему, папуля, у тебя теперь есть шансы. Последние годы отношения у нее с Иваном Кузьмичом были... не того...

— Давай лучше не будем об этом, — болезненно сморщившись, перебил ее отец. — Все не так просто... Вера... Вера Петровна — преданная душа. Она очень порядочный человек...

— Ты прав, папа. Она — чудесная женщина. Очень искренняя. И мне кажется, тоже к тебе неравнодушна. Тем более что... вас связывает... — Надя оборвала фразу на полуслове, никак не решаясь открыть отцу тайну.

— Что ты хочешь сказать? — насторожился он, вопрошающе глядя на дочь.

«Нет! Не могу я сейчас сказать ему правду, она его убьет, — испуганно подумала она и уклончиво ответила:

— Так, одну очень важную вещь. Но сейчас, думаю, этого делать не следует.

— Ладно, тогда не говори, а лучше объясни: почему невнимательна к матери? — упрекнул ее Степан Алексеевич. — Так ни разу и не пригласила в Париж. Ведь она, помнится, сыграла не последнюю роль в том, что ты туда попала.

— Потому и не пригласила! — вспыхнула Надя. — Это она меня толкнула на брак с Олегом. Из-за нее я порвала с Костиком и потеряла свое счастье! И еще потому... — сразу погаснув, добавила с горечью: — Что она... очень опустилась...

Степан Алексеевич нахмурился.

— Ты, как дочь, не должна была этого допускать, Наденька! Да чего уж сейчас говорить? Она что, по-прежнему пьет? Все одна?

— Да, папа. Ее из-за этого с заведующих сняли. И все горюет по тому... за которого замуж собиралась...

— Ты, доченька, будь к ней повнимательнее! Мать все же, — укоризненно покачал он красивой головой.

— Вот за что я особенно люблю тебя, папочка. За твою доброту! — обняв за шею, горячо поцеловала отца Надя.

Сроки беременности поджимали и по совету врачей Надежде пришлось срочно лечь в больницу, так и не повидавшись с сестрой (Света вот-вот должна была вернуться с гастролей). За хорошую плату в валюте ей предоставили отдельную палату с телефоном, холодильником и даже телевизором.

Света примчалась сразу, как приехала, в тот самый момент, когда все уже было кончено и Надя лежала не зная — радоваться ей или горевать.

— Ну вот, врачи говорят — твоему здоровью, слава Богу, ничего не угрожает, — со счастливой улыбкой поцеловала она сестру. — Я, конечно, рада, хотя и сейчас не одобряю, что ты на такое решилась..

— Только не морализируй, Светик! — попросила Надя. — Тысячи женщин это делают. Ничего особенного...

— Знаю, и все же это — против Божьих законов. Я с теми, кто считает аборт убийством собственного ребенка. Смотри, не пожалей об этом!

— А я уже жалею, сестричка, — грустно призналась Надя. — Но не потому, как расценивают это церковь и моралисты. Многие, как и я, делают это вынужденно. А потому... — она запнулась, и на глаза у нее навернулись слезы, — потому...

— Неужели осложнения, Наденька? — испугалась сестра.

— Да. Прошло у меня все далеко не гладко. Врачи говорят, что вряд ли смогу снова забеременеть. Нужно лечиться — тогда, может быть...

Света со слезами обняла сестру.

— Наденька, дорогая, не верю! Сердцем чувствую — ты сможешь! За что Богу тебя так наказывать? Ты достойна счастья! Не сдавайся, лечись!

— Я и не думаю сдаваться, буду лечиться, — бодрилась Надя. — И, потом, не в одних детях счастье. Ладно, лучше скажи, как дела у Веры Петровны и моего племянничка? Кстати. — Пытливо посмотрела на сестру. — Твоя мама не хочет встретиться с нашим отцом? Ведь он ее, Светочка, очень любит!

— Ты считаешь это уместным? С учетом их прошлых... — замялась Света, — отношений... Да и память о папе... то есть об Иване Кузьмиче... еще свежа.

— А по-моему, пора уже им выяснить эти свои... отношения. Ведь так и вся жизнь пройдет, а они, — Надя бросила на сестру просительный взгляд, — просто созданы друг для друга.

Света ей не ответила, и сестры помолчали, занятые своими мыслями, потом Надя сказала:

— Знаешь, о чем я думаю? Нельзя больше скрывать от нашего отца правду! Хочешь или нет, но я наконец открою ему, что ты — его дочь. Это будет только справедливо!

Света наклонилась и поцеловала сестру.

— Делай как знаешь, Наденька! Наверно, ты права...

И все же в тот свой приезд Надежда так и не решилась сказать отцу правду о Свете, хотя, как никогда, была близка к этому.

Степан Алексеевич отвез дочь из больницы домой на своей машине (знал лишь, что обследовалась там по женской части). Когда его «Жигули»-четверка остановилась у ее дома, Надя предложила:

— Может, зайдешь и хотя бы поздороваешься с мамой? Ну сколько можно враждовать? Давно пора вам установить спокойные, ровные отношения.

—А зачем? — спокойно возразил отец. — Это было бы неискренно, а я ненавижу фальшь! Мы — чужие люди и не забыли прошлых обид. Если бы не ты, она бы для меня больше не существовала. Так для кого нам ломать комедию? Думаю, и тебе это не нужно.

Он помолчал и, тепло улыбнувшись, добавил:

— Вот когда подаришь мне внука, и мы с ней станем дедушкой и бабушкой вот тогда еще подумаю...

Его слова разбередили у нее еще свежую рану, и Надя, испытывая душевную муку, подумала: «Ну что ж, придется открыть ему правду, как это ни тяжело! Он должен знать, что от меня внуков не дождется. И что горевать не стоит: у него уже есть один — Петенька. Пора ему знать, что Света — его дочь!» И собравшись с духом, сказала:

— Оставь эту надежду, папа. Своих детей у меня не будет — врачи говорят что-то неладно с гинекологией, но не волнуйся, — глубоко вздохнула, — без внука ты не останешься! Давно хотела тебе сказать... да все не решалась... — сбивчиво начала она, опасаясь его бурной реакции, — о том, что...

— Погоди, дочка! Если задумала взять приемного ребенка — спешить не надо, — не вытерпев, перебил ее Степан Алексеевич. — Сложная гинекология — это не безнадежно. Будешь лечиться! И Олегу не мешает показаться врачам... Хоть, как я понял, ваш брак на ладан дышит, но свой ребенок его может еще спасти. Ты, дочка, должна постараться!

Отец высказал это так горячо, с таким волнением, что Надежду покинула решимость продолжать тяжелый разговор, нанеся новый удар сообщением, что Света его дочь. «Вряд ли папа выдержит это. Не случилось бы чего с сердцем, — испуганно подумала она. — Ведь он уже не молод...» И упав духом, пообещала:

— Ладно, постараюсь, папа. Вообще-то врачи сказали — мне надо лечиться.

— Ну вот — это другой разговор, — успокоился он. — Все у тебя будет в порядке! Ты — девушка крепкая, родишь еще богатыря!

Так и на этот раз Степан Алексеевич не узнал, что является отцом Светы и у него уже растет внук.

«Уехать из Москвы, и куда-нибудь подальше!» — твердо решил Михаил уже через две недели после того, как обосновался дома. Он любил свой город, был коренным москвичом и на чужбине много лет мечтал вновь пройтись по старым арбатским улочкам, подышать московским воздухом, окунуться в деловую столичную суету...

Но сейчас, переживая глубокую личную драму, со всей очевидностью понял, что не сможет вырвать из сердца свою любовь, забыть Светлану, если хотя бы на время не покинет Москву. Рядом, так близко от нее, он будет постоянно вновь все переживать, и это не даст ему нормально жить и работать.

Завербоваться, что ли, и рвануть на Север, — приходили в голову шальные мысли. Уйти в тайгу на пару лет с геологами... Хоть он и не специалист, возьмут, наверно. Взрывать, например, охотиться... Такие ребята, как он, всюду нужны! — Так агитировал он сам себя.

В то же время его трезвый ум призывал не поддаваться отчаянию, не впадать в панику. Нет, не дело это, надо найти занятие посолиднее, твердо решил он наконец. Нельзя допустить, чтобы прошедшие годы пропали даром. Нужно использовать свой опыт и подготовку.

Михаил стал изучать рынок труда и вскоре убедился, что работа по специальности, юристом, для него не имеет перспективы. Этому выводу в немалой степени способствовали встречи с компетентными органами, проводившими его проверку после возвращения. Ни работа в следственных органах, ни скучная нива юрисконсульта или нотариуса его не соблазняли.

Поскольку с юных лет он был настроен на борьбу с преступностью, больше влекла работа в службе «секьюрити» солидной фирмы или детективном агентстве. Да и спрос на нее увеличивался по мере становления крупных фирм и банков. Михаил чувствовал себя, как никто, подготовленным к этому опасному, но интересному и высокооплачиваемому роду деятельности, — вот это ему подходит на период акклиматизации. Надо сначала восстановить доверие к себе, завоевать авторитет, а потом уж думать о следственной работе, говорил он себе, настраиваясь на новое. Опыт контрразведки и неизбежных контактов с преступным миром ему пригодится.

В результате поисков он остановил свое внимание на солидном детективном агентстве в Екатеринбурге и начал с ним успешные переговоры. Но однажды, вернувшись домой, вынул из почтового ящика открытку от Владимира Георгиевича Ланского. Тот писал: «Дорогой Миша! Шлю пламенный привет и поздравляю с прибытием на родную землю. Как узнал? А я их все время штурмовал, не забывал тебя. Буду в Москве в двадцатых числах по делам своего фонда. Остановлюсь, как всегда, в «России», номер 427. Телефон твой есть, но и ты меня карауль. Рад небось? До встречи!»

И Михаил решил немного притормозить с Екатеринбургом, с нетерпением считая оставшиеся дни и заранее радуясь предстоящей встрече. Посмотрит сначала, чем порадует Западносибирск, — он подальше от Москвы, и это хорошо!

Сразу после двадцатого он стал названивать в администрацию гостиницы, но Ланской не появился. После двадцать пятого Михаил решил возобновить прерванные переговоры, когда, возвратившись домой и открывая входную дверь, услышал вызов междугородней: звонил Ланской.

— Прости, Миша, дела задержали, — бодрым голосом сообщил он после приветствий. — Они у нас ох какие непростые! Но разговор не телефонный. Завтра вылетаю. Так что приглашаю послезавтра, к восемнадцати ноль-ноль. Посидим в номере или в ресторане, обо всем потолкуем. Покеда!

«Ну что ж, даешь Западносибирск! — с радостной надеждой подумал Миша, интуитивно почувствовав, что нужен Ланскому и его ждет интересная полоса жизни.

С утра Михаил решил написать Виктору Сальникову. Он уже успел выяснить, в какой колонии строгого режима тот находится, и познакомиться с его делом. Сало на войне успел отличиться, дважды ранен, потерял ногу. Он заслуживал снисхождения, тем более что спровоцирован на преступление мерзавцем, бывшим рецидивистом. Но следствие установило, что он находился в состоянии наркотического опьянения, и это послужило отягчающим обстоятельством.

Все же, изучив судебные документы, Миша пришел к выводу, что, будь он на месте адвоката, сумел бы вызволить друга, намного смягчить наказание. Ведь убийство неумышленное и погиб подельник Витька по своей вине и случайно. Михаил решил добиваться пересмотра дела: не место Витьку среди уголовников!

«Дорогой Витек, дружище! — написал он ему. — Вот я и вернулся! Не верится? А я и сам себе не верю, думаю, что это

мне только снится! Держись! Я ведь сумел продержаться, и ты сможешь! Моджахеды — разбойники почище твоих урок, ты и сам знаешь.

С делом твоим я ознакомился и не согласен с решением суда. Я же юрист, — надеюсь, не забыл? Так что хочу обжаловать. Мне пока лучше не пиши, потому что я решил из Москвы на время уехать, — куда еще не знаю. Наверно, в Западносибирск.

Почему уезжаю, думаю, ты догадываешься. Тяжело мне здесь. Надо время, чтобы пережить и успокоиться. Как только у меня будет постоянный адрес, я тебе сообщу. Но все же, если что понадобится, можешь и написать — до востребования или по московскому адресу. Будь здоров и помни, что ты не один! Михаил».

Запечатав конверт, он позвонил сотруднику ФСБ, который с ним работал, чтобы согласовать свой возможный отъезд в Западносибирск. Михаил опасался, что с него могут взять подписку о невыезде, и хотел это выяснить до разговора с Ланским. Но возражений не последовало.

Решив этот принципиальный вопрос, он отправился на Ваганьковское кладбище навестить могилу матери и договориться об уходе за ней на время своего отсутствия. Деньги у него еще оставались. Доллары, которые он припас готовясь к побегу, индусы, к счастью, не отобрали: надеялись, наверно, что удастся его завербовать.

Поменяв оставшуюся валюту на рубли, Михаил договорился на кладбище с уборщицей и заплатил вперед. У могилы матери он тихо стоял с непокрытой головой, скорбя по ней — единственной: она дала ему жизнь и любила его всем сердцем до конца своих дней.

— Мамочка, дорогая, любимая мамочка! Благородная, самоотверженная душа! Никогда не забуду твой любви и заботы! — горячо шептал он, положив цветы на могилу и целуя фотографию на кресте. — Буду хранить память о тебе до конца своих дней, и последняя моя мысль будет о тебе. Прости, что подвел, не застал живой!

Долго еще стоял молча, оплакивая в душе свою невосполнимую утрату. Затем повернулся и ссутулившись пошел к выходу, думая уже о житейском: «Надо поставить ограду и гранитный крест. Вот только разбогатею немного...»

Не зная заранее, как развернутся события после встречи с Ланским, но предчувствуя, что все может закрутиться довольно быстро, Михаил решил осуществить важную операцию. Вернулся домой, отобрал самые ценные документы и реликвии; поехал в солидный банк и, арендовав на полгода абонентный ящик, положил все на хранение.

Пообедав между делами, он прошелся по магазинам, присматривая необходимое на случай внезапного отъезда, и к назначенному времени, немного волнуясь, прибыл в гостиницу «Россия».

Владимир Георгиевич Ланской был в отличном настроении и прекрасно выглядел — этакий солидный бизнесмен. Пополнел немного, но дорогой твидовый костюм отлично сидел на его массивной фигуре. Встретились они с Михаилом очень тепло; Ланской, хотя и на десять лет старше, смотрелся молодо, и разница в возрасте между ними не бросалась в глаза.

Сидели в уютном уголке ресторана «Россия», за отдельным столиком, выпивали, закусывали, беседовали.

— С армией у меня покончено, если не считать оставшихся тесных связей, — охотно рассказывал он Михаилу о себе и о своих делах. — Так что военная моя карьера завершена, хоть и ставил себе целью дослужиться до генерала!

Понимаешь, два года афганского плена подпортили мою биографию — доверие подорвали. Что бы мне ни говорили, а понял я: путь наверх для меня закрыт. — В тоне его не чувствовалось и тени сожаления. — А земляки вот мне предложили возглавить местное отделение Фонда помощи бывшим воинам-афганцам. Согласился сразу и при первой возможности демобилизовался. Чтобы не передумали и не загнали куда Макар телят не гонял. — Владимир Георгиевич лукаво взглянул на друга и весело рассмеялся.

— А что это за фонд? Что он дает бывшим афганцам? — заинтересовался Михаил. — Откуда берутся средства?

— Не спеши, дружище! Все будешь знать! — заверил его Ланской. — Для этого мы с тобой здесь и заседаем. Открою тебе сейчас все наши тайны. — И принялся посвящать его в дела фонда: — Финансы у нас из различных источников, и немалые. Значительные суммы дает государство; есть пожертвования крупных монополий, частных коммерческих предприя-

тий и отдельных лиц. Да-да, что удивляешься? В стране уже
много очень богатых людей, их называют «новые русские».

Выпили по рюмке, закусили, и он продолжал:

— Но того, что нам жертвуют, недостаточно, чтобы помочь
всем нуждающимся. А мы не только поддерживаем наших
ребят материально, но содействуем их реабилитации, созда-
ем для них рабочие места и даже предприятия. Это требует
вложения огромных средств, и мы их добываем.

— Это каким же образом? — не понял Михаил.

— А мы сами стали коммерсантами, «новыми русскими», — самодовольно хохотнул Владимир Георгиевич, — и
на вполне законном основании. Создали дочерние коммерческие фирмы и сами для себя зарабатываем деньги.

— Чем же вы торгуете? Наших в Афгане научили только
убивать, — с горьким чувством заметил Михаил. — Оружием?

— Оружием у нас успешно торгует государство и связанные с правительством коммерсанты. Нам, например, дали
льготу на беспошлинную торговлю спиртным, и мы на этом
делаем большие деньги. А торговать многие неплохо научились и на войне. И солдаты, и офицеры. Будто не знаешь? —
С укоризной взглянул на Михаила и без обиды пояснил: —
Нам не до щепетильности. Очень многие бедствуют, найти
себя не могут после этой проклятой войны. Не имеют лекарств
для лечения. У инвалидов нет хороших протезов, колясок. Эти
деньги нас выручают! Но и проблем создают немало.

Владимир Георгиевич помрачнел и как-то по-особенному
посмотрел на Михаила, будто прикидывал в уме еще раз, правильно ли оценивает его способности.

— Давай выпьем за тебя, Миша! — предложил он, наливая ему и себе. — За твои будущие успехи, за то, чтобы ты
оправдал большие надежды, которые я на тебя возлагаю! Не
трепыхайся, скоро все поймешь.

Пришлось подчиниться, Михаил с волнением ожидал, что
конкретно ему предложат.

— Обстановка вокруг нашего фонда сложная, — посерьезнев, приступил к главному Ланской. — Большие деньги у
нас, это притягивает мафиозные группировки. Организован-
ная преступность сейчас очень сильна. Бороться с ними трудно, процветает коррупция — у них свои люди в органах власти и правопорядка.

Он снова прервался, глубоко вздохнул, — видно, эта проблема стала для него наиболее острой.

— Мафия пытается взять под контроль наши предприятия, наложить лапу на доходы от торговли. И прямо угрожают и засылают к нам своих людей. Многие в службе безопасности фонда мне подозрительны, надо их тщательно проверять. — Он поднял свой бокал. — Мне нужен ты, Михаил! Только ты сможешь сделать нашу службу безопасности сильной и надежной! Давай же выпьем за нашу дружбу и за совместную работу! Мы познакомились в сложной обстановке — и победили. Нам снова придется повоевать, и мы возьмем верх над бандитами. Будь моей правой рукой! — С надеждой взглянул Михаилу в лицо и, поняв, что тот соглашается, просиял: — Вот и славно! Я знал — мы опять будем с тобой вместе, плечом к плечу. За нас, за наш фонд, за братство всех афганцев!

Выпили этот тост, крепко пожали друг другу руки. Для Михаила начиналась новая, опять трудная и опасная полоса жизни, но уже на родной земле.

Прошло еще три недели, прежде чем у него все оказалось готово к отъезду в Западносибирск. Улетая, Ланской дал ему массу поручений, касающихся службы безопасности, — от закупки и оформления лицензий на вооружение, приобретения дорогостоящего радиоэлектронного оборудования до всяких дел с обмундированием и другими хозяйственными мелочами.

Владимир Георгиевич вручил ему также рекомендательные письма в Московское отделение фонда и ряд коммерческих банков, с которыми сотрудничал: Михаилу предстояло ознакомиться там с опытом организации охранного дела.

— Ведь лучше учиться на чужих ошибках, чем на собственных, а? — пошутил он на прощание.

Михаил был с ним вполне согласен и потому в течение двух недель прилежно изучал работу столичных служб «секьюрити», стараясь постичь все до мелких деталей, особенно в использовании современных средств ночного видения и спецконтроля.

Однако в том, что касалось надежности своей службы, у Михаила были собственные идеи и принципы; касалось это в основном подбора и подготовки кадров. «Самое лучшее оборудование не поможет, если заведутся предатели, — к такому убеждению он пришел, размышляя над увиденным и обдумывая план действий. — Самое трудное — сколотить команду верных, способных ребят».

Исходя из этих соображений, последнюю неделю перед отъездом он посвятил восстановлению старых связей: искал подходящие кандидатуры среди спортсменов и инструкторов-сверхсрочников на базах подготовки, то есть среди тех, с кем приходилось иметь дело в прошлом.

Целиком поглощенный предотъездными делами и заботами, занятый с утра до вечера, он отвлекался от горьких мыслей и переживаний. Но стоило добраться до дома, до постели, прилечь — вновь они завладевали им, лишая покоя и сна.

В то время как Михаил деятельно готовился покинуть Москву, бедолага Виктор Сальников в тяжелом состоянии метался на койке в тюремном госпитале. В лагере с наркотой было туго, и он очень страдал. В колонии царили законы уголовных авторитетов, но урки не трогали инвалида-афганца, даже иной раз опекали. Однако наркотики стоили больших денег, а их у Виктора не было.

— Боюсь, недолго протяну! — шептал он про себя, когда стало немного полегче. — И поделом мне, никчемная моя жизнь... Но Мишка-то за что страдает?

Сало вспоминал друга детства, и его небритое лицо светлело. Сколько радости доставило ему неожиданное письмо! Как луч света среди сплошного мрака. «Его-то за что жизнь бьет? — возмущался он несправедливостью судьбы. — Столько пережить, вырваться из неволи — и теперь снова мучиться?!»

Понимал он состояние друга, но согласиться с ним не мог. «Мишка не прав! — бормотал он. — Света не виновата ни в чем! Столько лет ждала, растила сына, когда мы все тут его хоронили. Нет, нужно открыть ему глаза. Она — хороший человек, каких мало. Он еще пожалеет».

В конце концов принял Виктор решение, собрался с силами, достал карандаш, бумагу и принялся за письмо.

«Здравствуй, Мишка! — выводил он неровным почерком. — Пишу сразу же, как получил твой сигнал с того света.

Я чуть не рехнулся от радости — ведь мы тебя давно похоронили.

Теперь будешь жить до ста лет, это уж точно! За всех нас — тех, кто вернулись горе мыкать, и тех, кто остались лежать в земле! — Он передохнул, шмыгнул носом и, помусолив карандаш, продолжал писать. — Только жаль, что ты несправедлив к Светлане. Она не просто баба, а человек с большой буквы! Видел бы ты, как она твою мать обихаживала, как Ольга Матвеевна ее любила! А что сына тебе родила, аборта делать не стала — это пустяки? Ну не дождалась, трудно было одной. Но ведь тянула, пока была надежда! Лучше бы ты с ней разобрался — ради сына. Вот мой совет! А обо мне не беспокойся, ты мне помочь ничем не можешь. Не теряй время на жалобы! Я сам себя казню за то, что сделал. Уж больно сильно двинул его костылем. Хоть и сволочь, но все же свой, русский человек.

Об одном лишь прошу — пиши почаще, если сможешь. Рассказывай мне, какая у тебя жизнь будет в Сибири. Для меня это единственная радость.

Твой друг Виктор».

Закончив такой большой труд, Сало полежал, отдыхая, и позвал санитара из заключенных, который относился к нему с сочувствием.

— Слушай, друг, отправь это письмо так, чтобы дошло, — мой кореш из афганского плена вернулся. Понимаешь, какое чудо? Спустя столько лет после войны! Сделай доброе дело — на том свете зачтется.

— Невероятно! Кто бы другой сказал — не поверил! — изумился медбрат и пообещал: — Не боись! Отправлю чин чином.

Письмо Сальникова он отправил без задержки, не пожалев конверта и марки, но Михаил его так и не прочитал. В тот день, когда оно пришло, занимался отправкой багажа в Западносибирск малой скоростью. Домой забежал только перед отъездом на аэровокзал — забрать чемодан и опечатать комнату. Убегая утром по делам, проверил содержимое почтового ящика и потом уже в него не заглядывал.

Письмо Виктора доставили в полдень, и оно пролежало в ожидании адресата еще несколько месяцев, пока не сгорело в огне вместе с домом и всем оставшимся имуществом Михаила. Какие-то бомжи, ночевавшие на чердаке, устроили пожар и превратили старую московскую двухэтажку в пылающий костер. Деревянные перекрытия горели, как сухие дрова, и к прибытию пожарных от дома остались лишь кирпичные стены.

Но Михаил тогда еще этого знать не мог; его мучила другая проблема. Расхаживая по залу аэропорта в ожидании регистрации, он никак не мог преодолеть страстного желания проститься со Светланой, позвонить... Сердце разрывалось от тоски, душа страдала. До боли хотелось еще раз, напоследок, услышать ее голос. Что-то подсказывало — не все потеряно, между ними сохранилась живая нить... Но ожесточило его пережитое разочарование, сознание краха многолетних надежд; он подавил свои чувства и укротил свой порыв. «Нет, все кончено! Пусть живут своей семьей! — сказал он себе с мрачной решимостью. — Разбитый вдребезги кувшин не склеишь. Начну новую жизнь!»

Видно, сама судьба предрешила, чтобы вернувшийся после долгих лет страданий на чужбине урожденный князь Михаил Юсупов не узнал о том, что у него есть сын и их древний род продолжается.

Глава 25. ГРИМАСЫ СУДЬБЫ

В гостиной своей парижской квартиры Надежда, сидя в мягком кресле и потягивая через соломинку джин с тоником, смотрела по телевизору веселое шоу, когда вошел разъяренный Олег.

— Ну вот и рухнула моя карьера! Теперь наверняка загонят в какую-нибудь Кытманду! — с горечью выпалил он, тяжело опускаясь в стоящее рядом кресло.

— Как же ты и твой вонючий кобель допустили, чтобы вас застукала его квочка? Совсем потеряли голову? Ведь и ему в их «конторе» теперь врежут по первое число! Тоже мне Штирлиц!

— Полегче в выражениях, он — не тебе чета! — не отрываясь от телевизора, презрительно бросила Надя. — Такой мужик не пропадет. А тебе самое место в этом Кытманду. Чего ты стоишь без своего покойного дядюшки?

— А ты-то чего стоишь? — не остался в долгу Олег. — Даже этого невзрачного атташе от жены отбить не смогла. Он сразу от тебя отказался, покаялся...

Сказанное им больно ударило по самолюбию Нади. Вскочив на ноги, бросила ему с вызовом:

— Ну и что с того? И мне он такой не очень-то нужен. Вот вернусь домой и получше себе найду. Лишь бы поскорее нас развели!

Несмотря на скандал в посольстве — позорящий его и угрожающий поломать карьеру, — Олег не желал развода: все еще любил Надю и не хотел ее потерять. Он сразу сник и, запинаясь, униженно попросил:

— Может... все же... передумаешь? Я бы... не возражал... чтобы у нас... был ребенок... даже не от меня... Заботился бы... как о своем! Встречайся... с кем хочешь... люби, если... мной недовольна... Лишь бы ты была... в хорошем настроении...

— Ишь ты, какой... заботливый. — Надя уже остыла и, взяв в руки бокал с коктейлем, снова уселась в кресло. — Надеешься, что останусь с тобой, если будешь покрывать мои грехи? Напрасно!

— Но почему же?

— По кочану! — непримиримо взглянула она на мужа, сделав выразительный жест. — Потому, что сыта тобой по горло. Все! Возвращаюсь домой и начну заниматься разводом! Без меня, думаю, тебе легче будет замять этот скандал в посольстве. Пойду собирать вещи.

Олег мрачно покачал головой.

— Скандал уже не замять. Но если развода не будет, отец поможет получить приличное назначение в соцстрану. Не успел тебе сказать: меня вызвали в Москву, и ты можешь не спешить со сборами — улечу раньше тебя. Думаю, что удастся даже поехать вторым секретарем в Венгрию — так мне сказал посол. Будапешт — красивейший город!

— А я с тобой и в Соединенные Штаты не поеду, не то что к нищим венграм, — отрезала Надя, допивая коктейль и поднимаясь. — Считай, Олежек, что наше с тобой супружество кончилось!

Лидия Сергеевна проснулась поздно, но продолжала лежать в постели, не в силах шевельнуть ни рукой, ни ногой. Самочувствие отвратительное: сильно болит голова, подташнивает... Окинув мутным взором комнату — кругом беспорядок — и увидев, что настольные часы показывают почти одиннадцать, она обеспокоенно пробормотала:

— Опять заведующая устроит выволочку... Что же на этот-то раз придумать? Ведь выгонят, как пить дать!

Минувшие годы очень ее состарили. Немногим больше пятидесяти, но выглядит она старухой. Прекрасная некогда фигура расплылась; в волосах полно седины — подкрашивать неохота; лицо опухло, под правым глазом здоровенный синяк. Новый друг и сожитель — слесарь-сантехник поставил: здоровенный детина, заросший рыжими волосами; моложе ее лет на десять. Приехал он на заработки с обнищавшей Украины, там у него семья.

Полежав пластом еще полчаса, Лидия Сергеевна, кряхтя и постанывая от головной боли, встала и принялась искать остатки портвейна — опохмелиться. В таком состоянии она просто не сможет работать.

— Вот козел, все до капли выхлебал! — ворчала она на сожителя, не в силах найти в доме ничего подходящего. — Даже одеколон в ванной, который от него спрятала, и то нашел! А вчера принес бутылку таких чернил, что голова просто разламывается на части! Да еще всю ночь спать не давал... Нет, гнать его к черту! — решила она. — Грязный, скупой... Да и стара я для таких жеребцов.

Ничего ее вокруг не интересовало. Потребности она свела к минимуму; одевалась плохо, за собой не следила. Красивые тряпки, что присылала или привозила ей дочь во время редких визитов в Москву, тут же продавала или пропивала с приятелями. Жила лишь чувствами и пристрастием к выпивке. Но и могучий ее темперамент, видимо, иссяк. Временами, особенно с похмелья, нападала депрессия.

— Зачем я живу? Что хорошего нахожу в своем жалком существовании? Чего достигла в жизни? — И заливалась слезами обиды на несправедливую судьбу. — Одно утешение — хоть дочь в люди вывела, хоть ее счастливой сделала... — шептала она, ощущая, как эта единственная радость жизни поддерживает ее дух и самоуважение.

За минувшие годы Надежда прилетала в Москву всего два раза: очередные отпуска они с Олегом проводили, как правило, за границей.

— А что тут хорошего? Что у нас есть для отдыха? — с презрительной миной объясняла она их непатриотическое поведение. — Только Крым и Кавказ. Природа — да, но какой ужасный сервис! Грязь, хамство... Нет уж! За те же деньги лучше отдохнуть на Лазурном берегу или в круизе.

Мать она не забывала, присылая небольшие переводы и вещи с оказией, но не баловала. Никогда они не были особенно близки, а теперь, когда Лидия Сергеевна опустилась, — тем более.

Переписывалась Надежда в основном с отцом — тот у нее даже погостил в Париже. Матери она об этом не сказала ни слова, отделывалась редкими открытками, обычно к какому-нибудь празднику. Зная ее пристрастие к алкоголю, Надя ее стеснялась и не решалась показывать окружающим.

Прибрав кое-как в квартире, Лидия Сергеевна только в первом часу добралась до службы. Взяла ведро и швабру и принялась как ни в чем не бывало за работу, поругивая за неаккуратность детишек и сотрудников.

— Что-нибудь опять стряслось, Лидочка? — участливо спросил ее старый поклонник, косясь на фонарь под глазом. — С кем это ты подралась?

— Почему надо всегда думать худшее! — соврала она своему бывшему другу. — Просто в чулане наткнулась на полку — темно там, — чуть нос не расшибла. Стыдно на людях показаться.

Старик был не глуп и все понял, тем более что от нее разило перегаром как из пивной бочки, но, как всегда, пожалел ее:

— Ладно, трудись, станки у тебя не простаивают. Но пока все не сделаешь — домой не отпущу.

Пришлось ей заниматься уборкой до семи вечера, а когда в девятом часу добралась она к себе на ВДНХ, приятель уже топтался у запертых дверей: в руках очередная бутылка «чернил», ухмыляется, будто не он ей глаз испортил... Характер у Лидии Сергеевны остался прежним: поравнявшись с ним и доставая ключи, она смерила его взглядом и презрительно бросила:

— А тебе чего здесь надо? Разве не поставил печать на своем выселении? — И показала рукой на синяк. — Или забыл чего у меня? Так твоего там ничего нет. А мое пропивать я тебе больше не дам! Кредит закрыт.

— Лидушка, зачем же так? — попытался он уладить конфликт и, указывая на бутылку, добавил: — Пойдем выпьем мировую! Я же тебя люблю. Не могу терпеть, когда бабы кочевряжутся. Самой же потом понравилось!

— С чего это ты взял, что кому-то нравишься? После тебя отмыться невозможно! — в свойственной ей манере отбрила она его и, уловив угрожающее движение, предупредила:

— Ты и впрямь решил, что я позволю тебе руки распускать? Ублюдок! Только тронь — такой скандал устрою!.. Под конвоем в Хохляндию отправят! Раз отделились — там и сидите, что к нам понаехали?! — завопила она во весь голос.

Такое развитие событий гостя не устраивало, и он молча ретировался.

Потеря «чернил» не беспокоила Лидию Сергеевну — у нее в хозяйственной сумке своя собственная бутылка. Чтобы напиться и заглушить тоску, ей давно уже не требовалась компания.

На следующее утро Лидию Сергеевну разбудил телефонный звонок.

— Олег? Когда прилетел? — обрадовалась она ему. — Сколько пробудешь в Москве?

— Нам нужно повидаться. У меня к вам, Лидия Сергеевна, серьезный разговор. Можно сегодня вечером заехать? И Надежда просила вам кое-что передать.

«Надежда», — мысленно отметила, удивившись, Лидия Сергеевна: так он ее дочь никогда раньше при ней не называл, и вообще говорит каким-то не своим, сухим тоном...

— Слушай, выкладывай сразу, случилось что между вами? — встревоженно спросила она со своей обычной прямотой. — Поссорились, что ли?

Она ничего не знала о их отношениях. Надя с ней о своих интимных делах никогда не говорила. Во время приездов в Москву они держались по отношению друг к другу без особой нежности, но корректно.

— Ладно, конечно, приезжай, что за вопрос? Часов в восемь я буду дома. Только не ешь нигде — покормлю тебя ужином. И не забудь бутылку коньяка, — полушутя добавила она, — для теплоты встречи и откровенной беседы.

«Что-то у них не так, — поняла Лидия Сергеевна, прислушиваясь к тому, что подсказывало ее материнское сердце. — Чую — положение серьезное. Знаю я Олега. Он добрый парень и если говорит со мной таким тоном, значит, его припекло».

Весь день она думала только об этом, с нетерпением ожидая встречи. Когда он пришел и сердечно, но как-то грустно с ней поздоровался, Лидия Сергеевна поняла, что недалека от истины.

— Садись, зятек! Отдыхай, пока я на стол накрою. Только дай-ка я на тебя посмотрю — давненько не видела. Что-то выглядишь ты неважно...

«Неважно» — это, пожалуй, мягко сказано. Вид у Олега был просто ужасный. Вот уж кому блестящая карьера не пошла впрок! Уезжал он всего несколько лет назад статным красавцем, златокудрым былинным богатырем. А сейчас — совсем другой человек. Раньше Лидия Сергеевна глаз от него не могла оторвать, так он ей нравился; теперь его внешность вызывала у нее лишь жалость и недоумение.

Голова у Олега совершенно облысела — голая, как колено. Зато аппетит был отменный, всегда он любил вкусно и много поесть. Поэтому, бросив занятия тяжелой атлетикой и ничем не заменив привычные нагрузки, ужасно раздулся и располнел. В толстых щеках буквально утонули глаза, а в двойном подбородке — шея. Но самой досадной метаморфозе подверглась молодецкая фигура: превратилась в бесформенную тушу, а огромный зад едва помещался в кресле. Был такой представительный, а теперь громоздкий и неповоротливый; но сам, кажется, всех этих перемен не замечает.

«Наденьку можно понять, что охладела к нему», — чисто по-женски рассудила Лидия Сергеевна, хлопотливо накрывая на стол. Настроение у нее упало; предчувствие подсказывало, что ничего хорошего от этого визита ждать не приходится.

В этот вечер Лидия Сергеевна постаралась привести себя в порядок и выглядела неплохо. Приняла душ, тщательно причесалась, подкрасилась, оделась; особенно много потрудилась, гримируя синяк под глазом. Усевшись напротив Олега и стараясь не показывать, как ее шокирует его изменившаяся внешность, предложила:

— Давай сначала выпьем за встречу по одной-другой, а потом и поговорим по-свойски, откровенно. Чувствую, есть о чем.

— Что верно, то верно. — Олег напугал ее своей серьезностью. — Сколько я ни старался избежать этого разговора, но придется. Никуда не денешься! — И наполнил рюмки.

Чокнулись, выпили, закусили. Олег вытер губы салфеткой и, тяжело вздохнув, расстегнул ворот рубашки — он душил его.

— Так вот, дорогая моя теща! Похоже, не избежать нам развода. Хотя для меня это — зарез! — прямо заявил он, сурово глядя на нее заплывшими глазками. — Я и приехал к вам, чтобы использовать последний шанс. Может, повлияете на дочь? Раньше вы это могли.

— Сначала расскажи, что между вами происходит и почему не заводите детей. Надя против? — спросила не церемонясь Лидия Сергеевна. — А может, со здоровьем что?

— Надя говорит, что у нее все в порядке, обвиняет меня, — уткнувшись глазами в скатерть и стесняясь, признался Олег, — но врачи говорят, что я могу — при определенных условиях. В общем, не в этом дело, — объяснил он более решительно, — видно, самолюбие взяло верх над объективностью. — Не любит меня жена, у нас почти нет близости. Откуда же детям взяться?

«Ну вот, пошла по моим стопам», — тоскливо подумала Лидия Сергеевна. Правда, у меня-то все наоборот было.

— А что, Надя... на женские болезни ссылается?

— Если бы! — процедил Олег, не скрывая обиды и злости. — Прямо заявляет, что не хочет и что я ей противен. Зачем замуж тогда шла?

«Это катастрофа! — мысленно ужаснулась Лидия Сергеевна. — Я свою дочь знаю: теперь жизни у них не будет». Но все же попробовала сделать, что могла:

— А не зря паникуешь? У женщин такое бывает. И у нее пройдет. Будь с ней поласковее, потерпеливее... — И умолкла, сознавая бесполезность слов; потом удивленно подняла брови. — А как же вы с ней столько лет — вроде бы ладили?

Олег потемнел лицом, и на глазах у этого гиганта навернулись слезы.

— У нее все это время любовник был... военный атташе... — прерывающимся голосом объяснил он. — Недавно раскрылось. Скандальная история... Она от него аборт делала — тайком, конечно. Его уже выслали. — И не стесняясь заплакал, уронив голову на руки, сопя и всхлипывая.

«Вот что жизнь с человеком делает... — грустно размышляла Лидия Сергеевна, вспоминая прежнего Олега — веселого, самоуверенного богатыря. — Разве это мужчина? Слизняк! Я бы тоже разлюбила». Но вслух довольно сухо сказала:

— Возьми-ка себя в руки, Олег! Ты же не баба. Не думала, что Надя так сглупит. Чего раскис? Другую найдешь!

— Нельзя мне другую и не нужно! — Он взглянул на нее с мрачной решимостью. Уже овладел собой, выпрямился, отдуваясь и вытирая лицо носовым платком. — Я дипломат, а это крест на моей карьере. Отец сообщил, что меня должны назначить первым секретарем в Венгрию. Все полетит кувырком. — Отдышался и добавил: — И потом... люблю я Надю и не хочу с ней расставаться.

Видя, что теща растерянно молчит, не зная, как его утешить, Олег поднялся и, стараясь казаться спокойным и уверенным в себе, заявил:

— Надя привыкла к красивой жизни и к своему положению. Детей у нас не будет, я это точно выяснил. Ей уже за тридцать. Какого еще рожна ей надо? — Потупил глаза и как бы нехотя, сквозь зубы проговорил: — Я здоровый мужчина. А если ей меня мало, то я готов многое не замечать, но только чтобы не видели и другие. Пусть сколько хочет отдыхает и путешествует, лишь бы считалась со мной и нашим положением! Так ей и передайте, — добавил он уже в дверях и, пригнувшись, чтобы не стукнуться о притолоку, вышел в прихожую.

Лидия Сергеевна молча поднялась и пошла его проводить.

Надев на голый череп красивое вельветовое кепи и приосанившись, Олег заключил:

— Я, собственно, почему поспешил к вам заехать: на следующей неделе прилетает Надя — она задержалась из-за отправки вещей. Вот я и рассчитываю, что вы с ней серьезно поговорите. Удержите ее от роковой ошибки!

Лидия Сергеевна закрыла за ним дверь, так и не сказав ничего в утешение.

Встречать Надю в аэропорт Шереметьево Олег и Лидия Сергеевна поехали вместе, чего раньше не бывало. Обычно она сидела дома, а встречать ездили Хлебниковы. Стремясь укрепить шаткие семейные узы, будущий посол счел необходимым, чтобы жена лишний раз убедилась в их единении и добром отношении его к матери: рассчитывал, что это будет способствовать примирению.

Надежда прилетела из Парижа в отличном настроении. Несмотря на недавний дипломатический скандал и сопровождавшие его сплетни — а они и достоинство унижали, и задевали самолюбие, — она полна была счастьем от предвкушения свободы, ожидавшей ее на родине. «Наконец-то я смогу делать все что захочу, сброшу оковы! — радостно думала она, летя домой. — К черту проклятые условности! Освобожусь от своего постылого урода!»

Хорошего настроения и уверенности в себе добавляло и то, что за годы жизни в Париже она приобрела и везла с собой богатый гардероб, уйму всякой импортной бытовой техники и солидный валютный счет в банке.

Заботило ее лишь то, что первое время придется мириться с жизнью в семье Хлебниковых. Уйти жить к матери она и не помышляла. Непрестижно это; столько лет терпела Олега, можно и еще немного. Разведутся они как культурные люди, а за это время она купит кооперативное жилье.

Завидев встречающих — Олега со своей матушкой, — Надежда мысленно усмехнулась: «Ну и хитер, бегемот! Сколачивает семью! Думает, что меня этим купит». В отношении перспектив своей семейной жизни она была непреклонна: ее устраивала только личная свобода.

Пройдя таможенный контроль, получив свои вещи и передав их Олегу, Надежда расцеловала мать и удивленно спросила:

— А тебя зачем он сюда притащил? Случилось что-нибудь?

— У меня все по-старому, доченька. Это у тебя непорядок! — без обиняков, напрямую заявила Лидия Сергеевна. — Нам нужно серьезно поговорить, и немедля. Вот я и приехала, чтобы с тобой об этом условиться. — Она помолчала и добавила: — Я тебя знаю. Займешься своими делами, о матери и не вспомнишь.

— Ладно, что с тобой поделаешь. Мать все-таки... — проворчала Надежда, неохотно соглашаясь. — Что у нас завтра? Суббота? Ну вот и отлично! Днем заеду.

По дороге домой она оживленно рассказывала о своих баталиях в аэропорту Орли с таможенниками, проверявшими перед отлетом багаж.

— Ну и чудаки там! — смеялась она над их тупостью. — Полчаса терзали жену дипломата! Уж пора бы им знать: то, что они ищут, отправляется по другим каналам, куда доступа нет! Уж я им и задала шороху — жалобу настрочила. Долго будут помнить!

Когда подъехали к дому на Котельнической набережной, Олег проводил Надю, перенес все вещи к себе, оставив только подарки, и повез тещу на ВДНХ.

— Не беспокойся, завтра я ее возьму в оборот! — заверила Лидия Сергеевна зятя с воинственным блеском в глазах, отвечая на его немой вопрос.

И не обманула: на следующий день настроилась по-боевому — на решительный разговор с дочерью. Когда Надя, разрумянившаяся от ходьбы, пришла, устроилась на диване и собралась рассказывать о заграничной жизни, мать решительно остановила ее резким жестом руки и сурово посмотрела в глаза.

— Погоди! Я и так знаю, что там хорошо, где нас нет. Давай поговорим о вас с Олегом. Ты что же, бросить его решила?

С лица Нади мгновенно исчезло оживленное выражение.

— А ты откуда знаешь? Это Олег тебе все доложил и, конечно, привлек на свою сторону? Так?

— Допустим, так. А что это меняет? Неужели хочешь загубить себя, лишиться такой шикарной жизни?

— Не могу я больше видеть Олега, физически его не переношу! — тяжело вздохнув, призналась Надя матери. — Хочу еще раз попытать счастья!

— Столько лет могла, а теперь вдруг почему-то не выдержала? — недоверчиво покачала головой Лидия Сергеевна. — Выглядишь ты прекрасно. Ради такой интересной судьбы можно выдержать! Ведь его чуть ли не послом в Венгрию посылают...

— А хрен с ней, с Венгрией! Я и Парижем сыта во как! — в сердцах воскликнула Надя, сделав выразительный жест рукой. — Хочу настоящего мужика!

— Так у тебя был такой и еще найдешь! — вполне серьезно напомнила ей мать.

— «Чужую беду — руками разведу». Сама бы так сохраняла свой брак с отцом, как меня учишь! Что ж ты бежала от него без оглядки?

— Ты меня с собой не равняй! — угрожающе подняла голос Лидия Сергеевна, закипая гневом. — Или забыла?.. Ты с жиру бесишься, а я от нищеты бежала. Если бы Степан меня любил! Хотя бы чуточку так, как тебя Олег! А то он только о Верке и тосковал... Лежа на мне шептал ее имя!.. — И бурно зарыдала, захлебываясь слезами, бессильно уронив голову на руки.

Надежда никогда не видела мать такой. Только сейчас, через много лет, поняла истинную причину презрения и ненависти матери к мужу.

Разбередив незаживающую рану, Лидия Сергеевна долго не могла успокоиться, а когда наконец овладела собой, взглянула на дочь все еще прекрасными черными глазами и разочарованно произнесла:

— А я-то надеялась, что ты у меня умная! Посмотришь, что со мной судьба сделала, и на ус намотаешь. А ты по моим стопам пошла! — Вновь гневно сверкнула на нее взором и повысила голос: — Ну чего ты добиваешься? Детей у тебя нет и не будет. Ты уже не молоденькая — напрасно столько о себе мнишь! Побалуются с тобой и бросят. Плохо кончишь!

Лидия Сергеевна говорила с такой мрачной уверенностью, что Надежду охватил страх, какой-то внутренний трепет; она задумалась, опечалилась.

Видя, что урок ее вроде возымел действие, мать усилила натиск:

— Опомнись, Надя, пока не поздно! Мать плохого не посоветует. Олег любит тебя, все прощает. Побегаешь задрав хвост еще десяток лет и угомонишься. А жить с ним будешь как у Христа за пазухой до конца дней. Не все в жизни получаешь, что хочется!

Однако Надежда была не из тех, кто отступает от задуманного. Слушая мать, она глядела на нее и видела перед собой опустившееся существо, не вызывающее к себе ни малейшего уважения. «Да что я ее слушаю, маразматичка она уже! — закипая злостью, думала она. — К себе бы применяла свои теории».

— Вот что, дорогая мамочка! Сыта я твоими советами по горло! — Голос ее звенел от гнева. — И чтобы впредь я твоих поучений не слышала! А то у тебя будет на одну дочь меньше. Уверяю! — добавила она жестко, угрожающе глядя в глаза матери. — Это ты мне жизнь разрушила, судьбу искалечила! А ведь она мне посылала огромное счастье... Костя, милый мой Костик! Где ты теперь? С кем? — возопила она, и слезы градом хлынули из ее глаз. — Нет, никогда я не прощу тебе этого! Все у меня было бы — и дети, и счастье! Ну что дало мне богатство и заграница? Много барахла? Точно! Много впечатлений? И это верно. Но счастья-то нет! — И забилась в истерике.

Лидия Сергеевна, не шелохнувшись и не пытаясь помочь, тупо наблюдала за страданиями дочери, не в силах возразить ни слова.

Наконец, выплакавшись, Надежда утерла слезы, успокоилась. Ушла в ванную, вернулась; достала изящную пудреницу, косметичку, привела себя в порядок.

— Вот что, — презрительно и холодно произнесла она, ожесточившись на мать, — скажу тебе, уж коль на то пошло. Опустилась ты, мама, стала полным ничтожеством. Мне тут, на лестнице, Раиса Павловна поведала, что ты настоящая алкоголичка. Со слесарями путаешься... Просила меры принять. — Тяжело вздохнула и с горькой иронией добавила: — Поняла я, почему ты так за Олега цепляешься, предаешь меня. Боишься, на выпивку не хватит? Напрасно! На бутылку я тебе всегда подброшу, как бы мне туго ни пришлось! — С этими словами Надежда вскочила и стремительно выбежала вон, забыв взять свои пакеты, с которыми пришла к матери.

Выйдя из дома, Надежда хотела поехать на Котельническую набережную, но передумала. Ее всю трясло. Она чувствует свою правоту, это так, но в то же время ей жаль мать, стыдно, что так с ней говорила...

«Через край я хватила! Напрасно не сдержалась... Ей, наверное, очень тяжело сейчас... — упрекала она себя. — Вряд ли до нее дойдет. Зря только ей и себе нервы треплю... Хотя... встряска ей не повредит — сделает выводы! Кто у нее есть, кроме меня? Не захочет ссориться. — И неожиданно решила: — Поеду-ка я к отцу! Повидаемся и заодно нервы успокою».

К ее счастью, Розанов оказался дома; приезду ее очень обрадовался. Он ждал ее возвращения, но не знал, когда прилетает.

— Моя дорогая доченька! Какая же ты стала элегантная, интересная дама! — Он любовался, как она прихорашивается в прихожей перед зеркалом. — Ну как, получил Олег новое назначение? — И тут заметил, что она очень расстроена. — Да ты никак плакала? А ну, выкладывай, что случилось?

— Я только что от мамы. Поссорились мы с ней крупно, — призналась Надя. — Вот решила поскорее с тобой повидаться, отогреться душой.

— С твоей матерью поссориться нетрудно. Тут требуется мое ангельское терпение, — постарался он отшутиться. — Хотя ты знаешь, я тоже оказался не на высоте.

Когда уселись рядышком на диване, Надежда рассказала, что весь сыр-бор произошел из-за ее решения разойтись с Олегом. Постаралась как можно деликатнее объяснить отцу причину, побудившую ее принять такое крутое решение.

— Детей у нас нет, и нас с ним ничего не связывает, — заключила она свой невеселый рассказ. — Мать меня пугает, но я не поддамся. Я еще не старуха и могу найти спутника жизни, с которым буду счастлива. С Олегом мне все ясно, а фальшивой жизни я больше не вынесу!

Степан Алексеевич долго молчал, печально глядя на дочь. Он ее понимал и знал, что в главном она права. Но в то же время сознавал, что и Лидия Сергеевна материнским сердцем чует угрозу, которая подстерегает ее красивую дочку на суровом жизненном пути, и не зря отговаривает, пытается предупредить.

— Что тут поделаешь, доченька... — раздумчиво молвил он. — Я ведь всегда тебе говорил: действуй как велит тебе сердце. Бояться трудностей не стоит, хотя и поступать, конечно, нужно осмотрительно, по принципу «семь раз отмерь — один раз отрежь». — Тяжело вздохнул и убежденно продолжал: — Но если решила окончательно — действуй! Обманывать себя и мужа — отвратительно. Такая жизнь ничего вам не принесет, кроме горя. А детей тебе иметь еще не поздно. Ты мне обязательно подаришь внука!

Отец произнес это с таким чувством, что Надя поняла, какую тайную мечту он носит в своем сердце. Ей стало жаль и себя, и его, и она опять горько заплакала.

— Ну успокойся, доченька, не кручинься! Смотри смелее вперед! Это все сбудется! — заверил он, решив ее подбодрить, обнимая и прижимая к себе сильными руками.

— Нет, милый папочка... — проговорила сквозь слезы Надя. — Не будет этого, никогда я не смогу сделать тебя дедушкой...

Услышав ее признание, Розанов похолодел. Иметь внука или внучку — самое заветное его желание. Судьбе угодно, чтобы он был отлучен от дочери, но уж внуков он обязательно получит! Ведь Наденька любит его...

Долго не мог он осознать свое горе до конца, поверить.

— Это что же... последствия аборта? Ты же сильная, здоровая женщина. Значит, ты, дочка, посмела сделать аборт?

Надежда ничего не ответила, только зарыдала еще пуще: стыдно открыть отцу правду...

— Тогда на месте Олега я сам тебя разлюбил бы и бросил! — Степан Алексеевич обратил на дочь потемневшее лицо. — Если могло меня что-нибудь разочаровать в тебе, так только это! Лишила ты меня, дочка, самого дорогого, что мне еще оставалось в жизни!

Надя продолжала оплакивать и его горе, и свое, но вспомнила о Светлане и ее сыне, о своих давнишних сомнениях — открывать ли всю правду отцу. В душе ее шла отчаянная борьба, но все же жалость к нему взяла верх. Он прямо морально убит — как сразу постарел и сгорбился... Ну что ж, видно, пришла пора расхлебывать эту кашу... Кажется, она решилась.

— Вот что, папа, — она вытерла слезы и взяла его за руку. — Успокойся, у тебя еще не все потеряно!

— Говори яснее, — поднял на нее непонимающие глаза отец. — Что — не все потеряно?

— Ты только держись покрепче. — Надя старалась не глядеть ему в глаза. — Я бы раньше сказала, да боялась, у тебя инфаркт будет. Честно говорю: никак не могла решить, когда сама узнала, — лучше это для тебя или нет.

— Перестань ты говорить загадками! — рассердился Степан Алексеевич. — Я сам решу, что мне лучше! Чувствую — хочешь сказать что-то важное. Так говори. Мне не до шуток!

— Тогда знай: незачем тебе горевать. Есть у тебя уже внук. От другой дочери, — просто молвила Надя с горькой улыбкой.

Видя, что отец смотрит на нее с жалостливым недоверием, как на больную, подчеркнуто серьезно и деловито ему объяснила:

— Я в своем уме, не сомневайся! Светлана Григорьева — твоя дочь, только от тебя это скрывали. А у нее уже есть сын,

Петей зовут. Внук твой, значит. Мать уже давно об этом знает. Она и квартиру у них шантажом выбила. Но я узнала все совсем недавно.

Постепенно глаза у Степана Алексеевича приняли осмысленное выражение. Он почувствовал, как все у него внутри похолодело, а потом кровь бросилась в голову. Казалось, навалившаяся на него тяжесть раздавит... но потом, к своему удивлению, он ощутил какую-то особую легкость во всем теле. Еще раз пристально взглянул на дочь, словно желая проникнуть в самую душу, веря ей и не веря. Но по горечи, застывшей у нее в глазах, понял со всей очевидностью, что услышал чистую правду.

После ухода Надежды Лидия Сергеевна долго еще сидела молча, приходя в себя от удара, нанесенного ей дочерью. Она чувствовала себя полностью опустошенной, морально уничтоженной. Жестокая правда, брошенная ей в лицо, заставила ее задуматься над своим никчемным существованием, особенно остро почувствовать, что она никому не нужна, даже собственной дочери. Никто ее не любит и не уважает! Так зачем ей такая жизнь?

Погоревав молча и без слез еще некоторое время, встала и пошла на кухню, прихватив початую бутылку коньяка, оставленную Олегом.

— Напьюсь!.. Может, полегчает, — прошептала она, наливая себе полную стопку.

Опрокидывала рюмку за рюмкой не закусывая, но успокоение не приходило — ей казалось, она нисколько не пьянеет.

«Как же Наденька так со мной обращается? — недоумевала она, и сердце ее обливалось кровью. — Я же всегда о ней заботилась, вырастила... Жила только мечтой о ее счастье! За что мне такая Божья кара?..» Вспомнила вдруг, как злой наседкой заклевывала мужа, считая, что он несправедлив и недостаточно внимателен к дочери, и впервые за прожитые годы в ней шевельнулось нечто вроде жалости и сочувствия.

«Вообще-то не так уж и плох был Степан. Терпения у меня не хватило... не поверила в него... — И снова сердце захлестнула волна горечи. — Нет, правильно сделала, что сбежала от него. Чужой он был. Так и не смог меня по-настоящему полюбить!»

Вновь выпила полную стопку, и лицо ее просветлело. Перед ее мысленным взором явился дорогой Василий Семенович, с лукавой улыбкой на круглом лице, — такой милый, обворожительный... «Вот кто понимал душу женщины! — умилялась она, вспоминая своего ненаглядного Чайкина. — Вот кто любил и отогревал меня душой и телом!..»

Стала она вспоминать их застолья и бурные ласки, и лицо ее разрумянилось, а в глазах появился блеск счастья. Но радостное возбуждение длилось недолго. Ей вдруг ясно, как наяву, явилась ужасная картина его конца — и она взвыла от горя, сознавая, что минувшие радости утрачены навсегда...

К ней пришло понимание всей глубины своего падения; вспомнились унижения, нелегкая доля уборщицы, грязные лапы хамов... Нет, жить так больше не хочется!..

Налила и выпила подряд две полные стопки крепкого коньяка, еще надеясь заглушить сердечную боль и черную, беспросветную тоску. Но сознание пустоты и никчемности своего существования не проходило, наоборот, становилось еще острее... Потеряла она последний ориентир в жизни, где ее былое самоуважение?..

— Васенька, дорогой мой! Где ты? Видишь ли, как мне плохо без тебя, как я страдаю?.. Возьми меня к себе! — молила она, беззвучно шевеля губами.

Опьянение пришло внезапно — будто обухом по голове ударило. Мысли смешались, сквозь какой-то перезвон ей послышался голос любимого Васеньки — он призывал к себе, в бескрайнее сверкающее пространство... Надо кончать с этой паскудной жизнью!.. — каким-то проблеском мелькнуло в голове среди вакханалии смутных видений. Действуя как сомнамбула, на неверных ногах, она закрыла дверь и форточку, повернула кран у плиты — включила газ...

Выполнив как во сне эти действия, она снова плюхнулась на стул и впала в полудремоту. Перед ее мысленным взором вновь явился Чайкин — почему-то совершенно голый и с крыльями за плечами: ласково протягивает к ней руки, зовет...

Она рвалась к нему, но что-то удерживало ее на стуле, как будто она привязана... Тут его образ стал отдаляться и таять...

— Васенька, не уходи! — в последнем отчаянии прошептали ее губы, и Лидия Сергеевна, теряя сознание, сползла на пол.

Задыхаясь, схватилась за отвороты халата, срывая пуговицы и содрогаясь в конвульсиях. Затем, откинувшись навзничь, затихла, уставившись в потолок остекленевшими глазами. Халат распахнулся, обнажая по-прежнему красивые, полные, стройные ноги...

Так Лидия Сергеевна покончила счеты с обманувшей ее жизнью. Самоубийство обнаружили только спустя сутки — по запаху газа, идущему из квартиры. Когда дверь осторожно, боясь взрыва, вскрыли и все стало ясно, соседка Раиса Павловна сообщила ужасную весть дочери...

Разбирая бумаги, оставшиеся после матери, Надежда нашла нечто вроде завещания. Видимо, мать уже не раз подумывала о том, чтобы досрочно оставить этот жестокий мир. В завещании она просила, если возможно, похоронить ее рядом с Василием Семеновичем. Надежде, которая страдала от угрызений совести, сознавая свою вину, за хороший куш удалось уговорить вдову Чайкина и получить ее официальное согласие.

Таким образом, последняя мечта Лидии Сергеевны — соединиться со своим любимым в загробном мире — сбылась.

Профессор Розанов не мог уснуть всю ночь напролет. В последнее время он вообще страдал бессонницей, приходилось даже использовать снотворное. После того, что он узнал от Надежды, — он отец Светланы и от него скрывали это с самого ее рождения, — какой уж сон... Сначала он все ворочался и аж рычал от гнева. В чем только не винил и Веру, и Лидию, как только не называл, какие обличительные монологи не произносил!

— Подлые, себялюбивые, низменные души! — шептал он в отчаянии. — В своем обмане ссылаются, что действуют в интересах ребенка, — будто ему не нужен родной отец! Лицемерки!

Но к утру весь его запал иссяк, и он стал думать обо всем значительно хладнокровнее. Прежде всего реабилитировал Веру — ведь любовь к ней пронес через всю жизнь... В каком состоянии он ее оставил, отверг... Что еще оставалось ей делать? Тем более — опасаясь, что беременна? Смягчившись, он старался смотреть на вещи ее глазами. Девушка, одна, не хочет губить своего ребенка, а Иван вполне мог заменить ему отца. То было благо и для нее, и для не рожденного еще человека! Но нет, не благо, протестовала его душа. Они так любили друг друга! Узнай он вовремя — все сложилось бы по-другому. Рядом с Верой он академиком бы стал! А ей и Светлане с ним было бы не хуже, чем с Григорьевым...

Вновь ощущал он горечь своей утраты и прилив нежности к той, что подарила ему незабываемую любовь, лучшие мгновения жизни и, как оказалось, еще одну дочь. Нестерпимо хочется ее увидеть, поговорить, во всем разобраться. Еле дождавшись утра, он принял холодный душ, взбодрился, нашел номер телефона и позвонил.

— Это Светлана? — догадался он по голосу. — Доброе утро! Говорит Розанов Степан Алексеевич, Надин отец. Прости, что так рано звоню, — чтобы застать вас дома. Нельзя ли попросить Веру Петровну? Спасибо.

«Что это он вдруг? — недоумевала Светлана, идя в спальню к матери сообщить о раннем звонке. — Неужели узнал?.. От кого же? Наденька прилетела? Так она бы позвонила, прискакала похвастаться нарядами...»

Увидев, что мать еще сладко спит, Светлана заколебалась — жалко так будить ее... Сказать, чтобы позвонил попозже? Пожалуй, обидится, да и мама недовольна будет... Вообще-то пора вставать!» Светлана слегка тронула мать за плечо, и та сразу открыла глаза.

— Что случилось, родная? — Она сразу встревожилась, увидев в руках у дочери трубку радиотелефона. — Меня, что ли, кто спрашивает?

— Это Розанов, так сказать мой... отец... А зачем ты ему нужна — не знаю. — Света протянула ей трубку. — На, сами разбирайтесь! — И вернулась к сыну, он спал в ее кровати, пока Марк с ансамблем в отъезде.

— Вера Петровна, Вера! — сдерживая волнение, мягко произнес Розанов. — Доброе утро! Прости, если разбудил. Мне нужно срочно с вами... с тобой поговорить. О чем? Расскажу при встрече. Когда можно приехать? Лучше бы — сейчас.

«Ну все! От кого-то успел узнать... Как жаль, что не от меня!» Сердце у нее учащенно забилось, но она, делая над собой усилие, чтобы говорить спокойно, согласилась:

— Хорошо, Степан Алексеевич. Нам давно следовало объясниться.

Когда Розанов, пригнув голову, вошел в холл, Вера Петровна уже ждала его — как всегда, свежая, подтянутая, тщательно причесанная, в легком утреннем наряде. Она молча проводила его в гостиную, усадила рядом с собой на диван и, затаив дыхание, приготовилась слушать.

Степан Алексеевич пристально глядел в ее чистые серые глаза и чувствовал, как жарко пульсирует кровь в жилах и сильно бьется сердце. В чем же секрет того, что ему до сих пор доставляет радость, даже наслаждение, просто сидеть рядом с этой женщиной и смотреть на нее?.. Не говоря ни слова, он взял ее руку в свои горячие ладони; она не отняла, лишь смущенно опустила голову и отвела взгляд. Так и сидели они молча. Слов им не требовалось.

Похоронили Лидию Сергеевну на дальнем Митинском кладбище за кольцевой автодорогой. Надежда так была убита горем и ошарашена случившейся ужасной трагедией, что совершенно растерялась и ничего не могла делать. Спасибо отцу — несмотря на полный разрыв с бывшей женой, он сделал все, что требовалось для скромных похорон и даже организовал поминки на ее квартире. Их устроила Надя для соседей и тех, кто с ними был на кладбище (Степан Алексеевич участия не принял — счел неудобным).

«Это из-за меня мама наложила на себя руки! Она всю жизнь надо мной тряслась, так обо мне заботилась! Даже счастья с Костиком лишила, желая мне лучшего. Ну как у меня язык повернулся ее оскорбить, унизить? Ведь и без того Господь ее жестоко наказал за грехи», — проливала обильные слезы Надя, обвиняя себя в смерти матери. Только спустя месяц она немного оправилась от горя и отправилась на кладбище навестить ее могилу.

— Прости меня, дорогая мамочка, ради Бога! За все... за мою неблагодарность и невнимательность, — положив цветы, покаянно склонилась она над могильным холмиком. — Напрасно я тебя упрекала. Ты любила меня и делала все для моего счастья... по своему разумению. Ну, ошибалась... А я сама разве правильно поступала? Разве не виновата, что потеряла Костика — свою единственную любовь? Надо мне было слушаться сердца, как советовал папа...

Рыдая, Надя опустилась на колени перед могилой, посмотрела на фотографию, где Лидия Сергеевна улыбалась счастливой белозубой улыбкой, и слезы застилали ей глаза, а сердце разрывалось от боли.

— Не знаю, мамочка, как буду жить дальше. Не вышло у меня с Олегом того, о чем ты мечтала. Но я еще встречу такого, кого полюблю по-настоящему! И добьюсь всего, что ты для меня хотела! Обещаю тебе это, спи спокойно!

Слезы градом лились из глаз Нади, но лицо выражало решимость.

— Еще раз, прости меня, грешную... Я не сумела отдать тебе при жизни дочерний долг и теперь уже ничего не поправить... Буду горько каяться в этом до конца дней!

Она склонила голову на принесенный огромный букет пышных роз и ее плечи сотряслись от рыданий.

Глава 26. К НОВОМУ БЕРЕГУ

Михаил приехал в Западносибирск в июне. Стояло короткое, жаркое сибирское лето; воскресенье, в центре малолюдно. Западносибирцы устремились на природу: трудиться на садовых участках, отдыхать и загорать на Обском море. Оставив вещи в гостинице «Сибирь», в забронированном для него номере, решил прогуляться и познакомиться с городом, где предстоит жить и работать. Думал пройтись по центру, а потом съездить в Академгородок к Дмитрию. А не застанет дома, так посмотрит, как живут ученые, полюбуется на водохранилище, а может, и искупается.

Выйдя на Красный проспект, Михаил направился к центральной площади. Отдал должное грандиозному зданию Оперного театра — оригинальная архитектура! — и двинулся дальше, повернув к драматическому, «Красному факелу».

Как и большинство городов России, этот промышленный и культурный центр Западной Сибири мало преуспел в городском строительстве. Новых, красивых зданий совсем немного. Понравились Михаилу открытые, жизнерадостные лица сибиряков; в общем, он остался доволен увиденным. Что ж, город большой, благоустроенный; гастролером он здесь не сделается, попробует пустить крепкие корни.

Хорошее впечатление от города и бодрый настрой усилились, когда приехал в Академгородок. Центр сибирской науки выглядел превосходно: расположен в лесной зоне, застроен красивыми зданиями — вид современный, солидный; утопает в зелени, воздух чистый, ароматный. Похоже, здесь созданы все условия для плодотворной работы.

С Дмитрием Ивановичем Прохоровым Михаил не виделся с того дня, когда его взяли в плен моджахеды. Сдружились они еще в следственной группе, в Москве; Дмитрий, военный юрист, лет на пять его старше. Теперь он навел справки и узнал: Прохоров демобилизовался по состоянию здоровья, вернулся на родину, в Сибирь, работает в системе МВД. Телефона раздобыть не удалось, но дали домашний адрес. Дмитрий ничего о нем не знает — появление пропавшего друга его, наверно, и удивит, и обрадует. «Ну и сюрприз я ему поднесу! — предвкушая теплую встречу, радовался Михаил. — Хоть один старый друг — все легче!» Но Прохорова он дома не застал: тот и в выходной день куда-то выехал по делам службы.

— Вы, Михаил Юрьевич, проходите, не стесняйтесь! — приветливо пригласила его жена Дмитрия, когда он представился. — Вот сюда, пожалуйста! Я вас чаем напою. А Дмитрия Ивановича мы сейчас разыщем, дело привычное, — пообещала она, усадив Михаила за стол в светлой, уютной кухне. — Сообщим через дежурного по управлению, — сумеет, думаю, вырваться. — И бросила взгляд нескрываемого любопытства на высоченного, симпатичного мужчину — неожиданный гость ей понравился.

Невысокая, кругленькая, как сдобная булочка, с живыми черными глазами, она радушно угостила Михаила и попросила пройти в гостиную.

— Сейчас прибегут мои сорванцы, кормить их буду. Придется вам немного поскучать у телевизора.

Но тут раздался звонок телефона.

— Ты что меня вызывала, Тася? — встревоженно спросил муж. — С близнецами ничего не случилось?

— Да нет, с прогулки еще не пришли. Но в доме тебя ждет неожиданная встреча.

— Пожалуйста, родная, без загадок! Занят очень. Мы же не в бирюльки здесь играем!

— Да ты подожди сердиться! Юсупова Михаила Юрьевича знаешь?

— А что, о нем что-нибудь появилось? Кто-то из наших приехал?

— Только не падай — спокойно! Он здесь, у нас дома сидит, — живой и здоровый.

— Да быть не может! Еду! — воскликнул Прохоров после секундного замешательства.

Когда через полчаса Дмитрий Иванович ворвался к себе домой и убедился, что перед ним действительно Михаил, живой и здоровый, только с годами возмужал и заматерел, — он был вне себя от изумления и восторга, принялся всячески обхаживать пропавшего товарища. Вот и не верь после этого в чудеса и Божье провидение!

Прохоров, среднего роста, хорошо сложенный, но худощавый, рядом с Каланчой (так в группе прозвали Михаила) казался совсем небольшим.

— А ну-ка, мать, накрывай нарядную скатерть! Продемонстрируем гостю сибирское гостеприимство! Медвежатину в горшочке пробовал? То-то! Наших огольцов на кухне покормишь! — весело командовал он. — Я тебя, Миша, не отпущу, пока все не выложишь про свою одиссею. И не думай, что сегодня в город вернешься! — приговаривал он, тиская друга железными ручищами. — Хочу знать все — до мельчайших подробностей!

Друзья просидели за столом до поздней ночи, опорожнили две бутылки, но не захмелели и чувствовали себя превосходно. За это время Михаил поведал Прохорову о своей неволе и приключениях, умолчав лишь о личных переживаниях.

Дмитрий Иванович рассказал, как долго пытались его разыскать и вызволить; как решили, что погиб, и сообщили об этом его невесте, когда вернулись в Москву.

— Ну как она теперь? Наверно, вместе вы? — осторожно осведомился он, сознавая, что могло произойти всякое.

— Не дождалась; у нее теперь другая семья, — тяжело вздохнув, признался Михаил. — Предала она нашу любовь, хотя винить ее трудно. Этот вопрос для меня закрыт!

Прохоров деликатно помолчал и переменил тему.

— А знаешь, Миша, нам с тобой придется тесно сотрудничать, — заметил он, когда услышал о его полномочиях в фонде Ланского. — Ты держи со мной постоянную связь. Возможно, сумею быть тебе полезным.

Дмитрий Иванович работал заместителем начальника отдела по борьбе с организованной преступностью.

Офис фонда, возглавляемого бывшим подполковником Ланским, помещался в одном из домов, построенных еще в тридцатых годах, недалеко от центральной площади Западносибирска. Дело явно поставлено на широкую ногу, решил Михаил: анфилада комнат, переоборудованных из двух смежных квартир, тянется почти по всему нижнему этажу дома; помещения сияют чистотой и современной отделкой после евроремонта.

Деятельность велась по различным направлениям, и в офисе всегда толпилось много народу. Почти к каждой из служб, занимающих отдельные кабинеты, тянулись живые очереди. Входящих проверяли двое вооруженных охранников в камуфляжной форме, крепкие парни, вели они себя неприветливо и бесцеремонно. Михаила, с его могучей комплекцией, подвергли особо придирчивому осмотру, даже бегло ощупали карманы.

Чтобы он лучше ознакомился с состоянием дел в службе безопасности, решили до поры до времени не объявлять о его истинной роли в фонде.

— Пусть считают тебя просто новым сотрудником, — хитро улыбаясь, говорил Ланской, когда строили планы будущей работы Михаила. — Изнутри ты лучше увидишь, что у нас происходит. Но пользуйся правами заместителя — тогда понятно, почему интересуешься.

Войдя, таким образом, в службу безопасности почти на равных с остальными сотрудниками, Михаил сразу столкнулся с неприкрытой настороженностью и недоверием новых товарищей. Его сочли темной лошадкой, — видимо, потому, что все они местные жители, а он почему-то прибыл из Москвы.

Его «афганская история» всем вскоре стала известна. Что он так долго находился у моджахедов и даже сражался на стороне Хекматиара с Рабани, не прибавило ему популярности, а некоторые, из самых наглых, откровенно посмеивались и старались подковырнуть.

Особенно задевало, что никому неизвестного человека Ланской сразу назначил на должность, позволяющую командовать и получать солидную надбавку. Михаил и его шеф из деловых соображений скрывали свою тесную дружбу, но ясно, что хозяин (как называли Ланского) привез из Москвы своего человека.

— Посмотрим, какой он герой, — сказал как-то своему напарнику один из охранников, здоровенный детина; он служил в фонде с самого его зарождения и считал себя незаслуженно обойденным. — Мне сдается, этот стукач Ланского просто трус и шкурник, раз попал в плен, не успев повоевать, и столько лет служил моджахедам. Наверно ислам принимал, только скрывает.

— Ты, Васьков, напрасно много болтаешь! — резонно заметил его друг Алексей. — Смотри, будь поосторожнее, не то выпрут! Начнет капать на тебя хозяину и придираться — окажешься на улице! Хорошая зарплата надоела?

— И ты, Леха, вижу, пыльным мешком с детства ушибленный! — беззаботно ухмыльнулся Васьков. — Всего-то ты боишься! Тебе не охранником быть, а детишек воспитывать. Да только там денег не заработаешь, это правда!

Увольнения он не боялся, — во-первых, считал Ланского человеком честным и справедливым, а во-вторых, для такого молодца, как он, работа всегда найдется. Вот и задумал при случае устроить проверку залетному соколу.

Однажды, когда Михаил принимал от них смену, Васьков как бы между прочим, невинным тоном осведомился:

— А чего тебя, Юсупов, так долго меж себя моджахеды терпели и в свой отряд приняли? Небось веру на ихнюю сменил, а? Пошто тогда крестик нацепил?

Отлично понимая, что нахальный парень его провоцирует, несмотря на деланный миролюбивый тон, Михаил не поддался, спокойно объяснил:

— Крещеный я от рождения, и Бог для меня один. Вере своей не изменял, у меня все предки — православные. А моджахеды, хоть и дикари, не уважают предателей и прислужников. Я с ними на равных участвовал в операциях против Рабани, мне доверяли.

«Ну ясно, трус! Ишь как распинается! — насмешливо подумал Васьков, неправильно расценив его спокойствие. — Уж конечно, продался чернозадым». Бросил взгляд на Алексея, напарника, и, как бы призывая его в свидетели, уже с откровенным вызовом заявил:

— Ну это ты, положим, брешешь. Я-то там был, честно воевал, но ничего, кроме «железок» на грудь, не заработал. А тебе, признайся, сколько платили? Наверно, в долларах, раз не мог так долго с ними расстаться?

Это уж слишком! От такой наглости кровь ударила Михаилу в голову, и он напрягся, как перед прыжком. Не надо бы поступать опрометчиво... «Оставлю этот выпад безнаказанным, — молнией мелькнуло в голове, — мне здесь не работать!»

— Ты что это себе позволяешь, паскудник? — процедил он, сдерживая клокотавшую ярость. — Думаешь, на салагу нарвался? Хочешь, чтобы я тебя проучил? — Сделал угрожающее движение навстречу высоченному, как он, Васькову.

— Ну напугал до смерти! — рассмеялся тот ему в лицо и, почувствовав, как опытный десантник, что сейчас последует прыжок, выбросил руку с зажатым в ней заранее газовым баллончиком.

Но поздно: ударом ноги, обутой в кованый полуботинок, Михаил выбил у него баллончик, поранив кисть руки; молниеносно обернулся в прыжке, второй ногой ударил в голову и уложил на пол. Полный нокаут — за полчаса не придет в сознание. Успокоился, подобрал баллончик, предупредил как ни в чем не бывало Алексея:

— Ты ничего не видел и не слышал. Вы ведь с ним друзья? Узнают, что произошло, — Васькову здесь не работать. А так пусть сам решает, как ему совесть подскажет. Я незлопамятный — с каждым бывает по глупости. Для меня главное — служба! — И, видя, что Алексей встал на колени перед поверженным товарищем, проверяя пульс, без насмешки добавил: — Не бойся! В этот раз не убил. Очухается минут через двадцать, хотя руку придется подлечить. Оформим производственную травму. Пойду задержу сменщиков, а ты пока сделай ему холодную примочку.

Действуя спокойно, но жестко, чтобы сотрудники усвоили, что он умеет за себя постоять, не выказывая особого рвения, но выполняя свои обязанности добросовестно и скрупулезно, Михаил скоро завоевал среди работников фонда авторитет. Все, даже недоброжелатели, признали: парень — на своем месте.

За это время он изучил всех, с кем работал, навел исподволь необходимые справки и полностью вошел в курс обстановки, окружающей деятельность фонда Ланского. К тому моменту, когда Ланской счел, что пора назначить его главой службы безопасности, Михаил полностью приготовился взять руль в свои руки, знал, на кого из сотрудников можно уверенно опереться, а кого заменить.

— Больше всего меня беспокоит Козырь, — доложил он Ланскому, когда, запершись в кабинете шефа и сидя тет-а-тет за журнальным столиком в мягких креслах, обсуждали сложившуюся ситуацию. — Это он протягивает к нам щупальца и засылает своих людей. К чему бы?

Козырь (от фамилии Козырев) возглавлял основной коммерческий банк, через который фонд Ланского вел многие финансовые операции. Он плодотворно сотрудничал с фондом, получая немалую прибыль, и Михаил недоумевал, зачем тот пытается взять их под колпак.

— Те парни, которых я намерен уволить, работали раньше на него и, как я выяснил, продолжают получать от него деньги. Неужели собираются нас грабануть? Но ведь мы у себя крупные суммы не держим.

Владимир Георгиевич задумчиво молчал, слушая друга и помощника с лицом мрачным и озабоченным.

— Это, дружище, он, видимо, решил под меня и верных мне людей подкоп сделать, — проговорил он медленно, как бы оценивая правильность своего предположения. — Действует исподволь и весьма дальновидно: хочет постоянно наблюдать за нами, собирать компромат и иметь наготове своих людей.

— Но зачем ему это? Что он намерен делать? В чем угроза для фонда?

— А затем, чтобы в подходящий момент руководство ликвидировать и заменить своими людьми, прибрать фонд к рукам. А резон для него один — нажива! Сейчас он только прокручивает наши деньги, а если у него выгорит — положит в карман.

Посмотрел на Михаила — друг не до конца осознает все негативные последствия; пояснил:

— Для целей нашего фонда это катастрофа. Его банде важно как можно больше наворовать, а на помощь нуждающимся афганцам им наплевать. Так что, друг мой, необходимо принять контрмеры. Готовься к борьбе — решительной и беспощадной!

После этого разговора Михаил решил детально разобраться, что за личность Козырев и какова сфера его деятельности. Самую достоверную информацию можно получить у Прохорова; договорился о встрече и заехал к нему на службу.

— Заходи, дорогой, присаживайся! — пригласил его в свой кабинет Дмитрий Иванович. — У нас с тобой двадцать минут. Хватит? А потом я должен уехать.

Михаил устроился на жестком стуле перед его небольшим письменным столом и достал тоненькую папку.

— Бери тетрадь и записывай, — деловито распорядился Прохоров. — Просмотрел я его досье: любопытный субъект! Он у нас давно в поле зрения, но пока никаких проблем не создавал.

— Меня интересует его личность, ближайшие сподвижники; чем владеют, чем занимаются; потенциал, связи, — коротко перечислил Михаил и приготовился записывать.

— Значит, так. Козырев Анатолий Борисович; дважды судим за экономические преступления и валютные операции; в преступном мире известен под кличками Козырь, Рыжий — из-за цвета волос. Есть сведения, что «вор в законе», но точных данных нет. Сейчас легализовался, председатель правления банка; на деле возглавляет одну из преступных группировок, поделивших город на зоны контроля. Наряду с банком владеет, через подставных лиц: экспортно-импортной фирмой; двумя автобазами со станциями техобслуживания; несколькими магазинами в центре города; сетью кафе и ресторанов, самый крупный — казино «Монте-Карло», с залом игровых автоматов. Все — на законном основании, комар носа не подточит! Так сказать, современный бизнесмен. Вот, пожалуй, и все. — Дмитрий Иванович закрыл свою папку и со смешинкой в глазах взглянул на друга. — Но все это только вершина айсберга, официальные данные. Есть еще оперативные разработки. — Помолчал и сообщил: — Окружение — бывшие уголовники, люди с темным прошлым. Несколько раз брали его подельников по заявлениям о вымогательстве у коммерсантов в центральной части города.

— Но почему этих данных нет в официальном досье? — удивился Михаил. — Ведь его люди попались. Их что, не сумели расколоть?

— И не пытались — не дали! Начальство распорядилось уничтожить предварительные материалы как бездоказательные, — неохотно пояснил Прохоров. — Само, через родственников, участвует в его предприятиях в качестве членов правления или под другими соусами. От юридической оценки такого «сотрудничества» воздерживаюсь.

— Да коррупцией это называется, как же еще?! — взорвался Михаил. — А ваши милицейские тоже у него в кармане?

— Непосредственно юридических казусов нет, но посмотришь на загородную виллу начальника управления — призадумаешься, на какие шиши построена. Что она стоит — того ему и его семье за всю жизнь не заработать. Так что этого Козыря голыми руками не возьмешь.

Видя, каким мрачным, осуждающим взглядом наградил его друг, Дмитрий Иванович простодушно признался:

— Ты, Михаил, человек вольный, холостой, что хочешь, то и делаешь. А у меня дом, семья, я здесь корнями врос. Куда мне рыпаться? Что мне велят, то и делаю. Разумеется, только в рамках закона! Мне как профессионалу честной работы хватает.

И встал в знак того, что разговор окончен.

— Ну бывай здоров. В пределах возможности поддержу и прикрою. — Он проводил Михаила до двери кабинета. — Но мой тебе совет: не лезь на рожон и Козырева зря не задевай.

Примерно в это же время Анатолий Борисович Козырев, подъезжая в своем «шевроле» к зданию банка, распорядился по радиотелефону:

— Разыщите Вику Соловьеву и чтобы через час была у меня! — Положил трубку и в сопровождении телохранителей прошел в свой шикарный кабинет.

Приобретенная в свое время под банк обшарпанная двухэтажка после капитального ремонта и реконструкции превратилась в сверкающий мрамором, полированным деревом и бронзой дворец.

Просмотрев и завизировав срочные документы, он вышел из-за широченного стола и принялся расхаживать по кабинету, обдумывая ситуацию с фондом афганцев и пути преодоления возникших осложнений. Пришел к Ланскому новый шеф службы безопасности — грозит сорваться тщательно разработанный план захватить богатый источник наживы.

— Не было печали — черти подкачали! — пробормотал он. — Придется найти к нему подход!

Козырев, высокий, массивный, со спадающей на лоб медно-рыжей челкой, не выглядел на свои пятьдесят; подводили только глубокие складки у тонких, жестких губ и бугристая кожа лица. Довольно интересный мужчина, но впечатление портили отталкивающее выражение лица, чрезмерно длинный нос и загнутый вперед подбородок.

Виктория Соловьева вошла в кабинет без стука — отношения у нее с шефом сложились более короткие, чем полагалось по службе.

— Что за срочность? Сорвана важная встреча с западным корреспондентом по поводу заказной статьи. Знаешь ведь, как она нам нужна. — Села в кресло, закинула ногу на ногу, закурила длинную, тонкую темную сигарету.

— Придется тебе, дорогая, все бросить и заняться одним человеком. Это для нас сейчас важнее всего.

— А кто такой? Зачем понадобился?

— Новый шеф службы безопасности у Ланского. Из Москвы привез. Здоровенный такой мужик. Из афганцев, бывший спецназовец. Холостой. Живет пока в гостинице «Сибирь», там ему люкс снимают. Надо приручить. Слишком глубоко копает, до наших ребят добрался.

— У тебя есть какой-нибудь план?

— Нет. Сама придумай, как его захомутать. Ты у меня сообразительная.

Виктория была очень хороша собой: соломенного цвета, стриженные под мальчика волосы, прекрасные карие глаза и веселые ямочки на свежих щеках; высокая, гибкая, с длинными, стройными ногами. Зная соблазнительную их красоту, она носила ультракороткое мини.

Несмотря на молодость, биография ее изобиловала приключениями и была насыщена житейским опытом. Выросла она в семье цирковых акробатов. Мать ее, когда она была еще маленькой, трагически погибла от травмы, полученной на репетиции. Отец сошелся с новой партнершей, и Вика росла среди артистов труппы, предоставленная самой себе.

Рано познала мужские ласки, прошла через множество рук и отличалась искушенностью в любви. К двадцати восьми годам дважды побывала замужем; потом ее подобрал Козырь.

По семейной традиции ей предстояло стать циркачкой. Но гибель матери, случившаяся у нее на глазах, оставила неизгладимое впечатление, и она наотрез отказалась занять место в номере отца. Они разругались, и Вика ушла из цирка.

Еще с детства, со школы обнаружились у нее литературные способности: писала заметки в стенгазету, посылала репортажи в «Пионерскую зорьку». Решив к получению аттестата зрелости покончить с цирком, она попыталась поступить на факультет журналистики: представила на конкурс свои опусы, но ее не приняли. Тем не менее благодаря очередному роману, с влиятельным журналистом, ее взяли на работу в редакцию областной молодежной газеты; вскоре она стала бойким репортером.

Привлекательная женщина, с безукоризненным вкусом, она сильно страдала из-за нехватки денег на туалеты и косметику; а могла приобщиться к элите городских дам.

«Это же несправедливо: какая-нибудь кривоногая кикимора упакована в «фирму», а приличные люди ходят в чем попало! — негодовала она про себя при виде богато и изящно одетых женщин, много уступающих ей во внешности. — Мне бы такие шмотки — я бы им всем нос утерла!»

Оживление деловой активности вызвало наплыв богатых иностранцев, интересовавшихся созданием в Сибири совместных предприятий по использованию местных ресурсов. Виктория, безудержно стремившаяся к роскоши и утонченным радостям, уже решилась сделаться валютной проституткой, когда судьба столкнула ее с Козыревым.

Однажды на какой-то пресс-конференции Виктория, не без собственной инициативы, познакомилась с фирмачом из Западной Германии, и тот пригласил ее поужинать в самый дорогой ресторан. «Потом, конечно, потащит в постель, — деловито думала она, лучезарно улыбаясь толстому, пожилому немцу. — Ничего, стерплю. Главное не продешевить».

Неподалеку, за длинным столом, веселилась большая компания, — по-видимому, отмечали какое-то событие. Внимание Вики привлек великолепно одетый, видный мужчина, который бросал на нее взгляды, выдававшие откровенный интерес.

Когда зарубежный гость отлучился, Козырев (это был он) пригласил ее танцевать. Покачиваясь в ритме плавного танго, напрямую предложил:

— Зачем вам этот старый колбасник? Есть вариант посолиднее, достойный такой красотки, как вы. Не стоит вам разменивать по мелочам.

Вика не привыкла к подобной бесцеремонности и приготовилась вспылить, но от незнакомца исходила такая мужская сила и спокойная уверенность... Она передумала и промолчала.

— Через полчаса я уеду отсюда с близкими друзьями, мы продолжим наш вечер в более уютной, непринужденной обстановке. Будьте внизу минут через двадцать — не прогадаете! Этот старик, со своими грошами, нам в подметки не годится! — И не дожидаясь окончания танца проводил ее на место, тепло и многозначительно пожав руку.

Когда немец вернулся, он застал свою даму потягивающей в раздумье шампанское.

— Надеюсь, вы не скучали без меня? — галантно поклонился он. — Мне приходилось немного освежеваться. — По-русски он говорил хорошо, но с характерным акцентом и иногда смешно коверкал слова.

«Что же мне делать? — лихорадочно размышляла Вика. — С немцем, похоже, дело верное: солидный господин, наверняка семейный. А тут... черт его знает что... Рискнуть, что ли? Сердце чует — крупный тип. Немец что? Эпизод. А дальше? Другой немец? Нужно попробовать! Намек вполне понятный». Решив оставить своего кавалера с носом, Виктория взяла со стола сумочку, демонстративно открыла, проверяя, на месте ли пудреница и помада, и обещающе улыбнулась:

— А теперь моя очередь. Поскучайте и вы немного. — Поднялась и не спеша, чуть покачивая стройными бедрами, направилась к выходу из зала.

Внизу, у гардероба, ее уже ждала шумная компания. Козырев подал ей короткую шубку из пушистого искусственного меха, и все направились к машинам.

Подъехали к какому-то дому за высоким, глухим забором, на окраине города. Козырев — он за всю дорогу не вымолвил ни слова — достал толстый бумажник и небрежно извлек две зеленые сотенные бумажки.

— Это тебе за покладистость. Чтоб не жалела о немчуре. — Сам открыл ее сумочку, сунул туда баксы и подал руку, помогая выйти из машины.

Вика опять промолчала, радуясь удаче. Две сотни и в Америке деньги!

Большой деревянный дом утопал в сугробах; на цепи бесновались звероподобные кавказские овчарки. Внутри оказалось тепло, уютно, даже красиво. Пир вспыхнул с новой силой. Чего только не было на столе! Пили до потери сознания, и в первом часу ночи накал страстей достиг апогея.

К дому примыкала баня — жарко натопленная. Побросав одежду куда попало, вся компания отправилась париться. Хлестали друг друга вениками, гогоча и резвясь, как дети. Приходя в возбуждение и испытывая страсть, тут же утоляли ее на деревянных лавках, ничуть не стесняясь друг друга, а, наоборот, подхлестывая всеобщий азарт.

Не обращая внимания на остальных, наслаждались любовью и Козырев с Викой, испуская стоны и крики в исступлении страсти. Козырев показал себя искушенным и распутным; не было извращенного способа, которого бы он не знал и не испытал. За тот час, что они провели в объятиях друг друга, он довел Вику до полного изнеможения. Но она была счастлива...

Теплая компания привыкла меняться партнерами, но неожиданно для других он воспротивился:

— Девочка не про вашу честь! — отбрил он «добровольцев».

Те, недовольные, все же подчинились. Вике стало очевидно — он здесь главный. «Ну и силен мужик! Такого я еще не встречала... — мелькнуло у нее в голове, затуманенной алкоголем и сладкой истомой. — Жаль, если бросит...» Она отчетливо сознавала, что стала его рабой.

Юсупов, сидя в своем кабинете, углубился в изучение новейшей схемы сигнализации, когда раздался телефонный звонок. Михаил неохотно поднял трубку.

— Слушаю вас, — и досадливо поморщился. — Представьтесь, пожалуйста.

— С вами говорит Соловьева Виктория Серафимовна, — раздался в трубке молодой, приятный голос, — менеджер банка «Сибинвест» по связям с общественностью.

— Чем могу быть вам полезен? — поинтересовался Михаил, начиная подозревать, в чем дело, и пошутил: — Я ведь прессой не занимаюсь, все больше по печному делу.

— Мне нужно оформить у вас временный пропуск. Буду брать интервью у посетителей фонда: мы решили подготовить рекламный ролик о содействии банка инвалидам-афганцам.

— Ладно, приезжайте знакомиться, — охотно согласился он. — Введете меня более подробно в курс дела.

«Интересно, какую новую игру затеял Козырев? — Михаил предчувствовал надвигающуюся опасность. — Придется принять его вызов. Посмотрим еще, кто кого».

Когда Виктория непринужденно уселась в кресло напротив него, Михаил удивился: лицо ее показалось очень знакомым; впечатление, что он давно ее знает. Но ведь практически это исключается...

Болтая и с откровенным интересом его разглядывая, она поведала, что собирается делать у них в фонде, какой материал и для какой цели намерена собирать.

— Я же бывший репортер, это мой конек. — Она улыбалась, не сводя с Михаила странного, манящего взгляда карих глаз. — Должно получиться. Сами убедитесь, когда рекламу увидите по телевидению.

«Бойкая бабенка, и глазки мне строит, — отметил Михаил. — Только меня не проведешь! Но отбрить ее пока рано. Надо использовать ситуацию, разузнать, что Козырь задумал. А провокации я не боюсь — буду начеку!»

Прикидываясь простаком, он дружелюбно протянул ей руку и, немного задержав в своей, пошутил:

— Вот и отлично, желаю успеха! Считаю себя вашим соавтором. — И, снова приняв серьезный вид, деловито добавил: — Нужны две фотографии на пропуск и справка из банка. Оформим без задержки.

— Я теперь часто буду у вас появляться, надеюсь, мы станем друзьями. — Она встала и призывно взглянула ему в глаза, откровенно давая понять, что он ей нравится. — Вы ведь недавно в нашем городе? А я свободна и хорошо его знаю. Могу взять над вами шефство. — Подхватила деловую сумочку на длинном ремне и, изящно переступая высоко открытыми красивыми ногами, направилась к дверям.

«Вполне отчетливо сказано. Решили взять меня на живца, — подумал, глядя ей вслед, Михаил, не без удовольствия отметив ее красоту и сексапильность. — Ну что ж, может, не стоит отказываться? Со Светланой все кончено, а жизнь своего требует».

Михаил, однолюб по природе, всегда был склонен идеализировать отношения между мужчиной и женщиной. Случайные связи без любви осуждал, считал низменным проявлением животной страсти. Верил, что истинная любовь способна выдержать любые испытания, и пока не потерял надежды на счастье со Светланой, старался не смотреть на других женщин, подавляя естественное влечение.

Но теперь он свободен от обязательств, а что способен снова полюбить — не верит. Хватит сопротивляться самому себе й избегать радостей жизни!

«Ну держись, Виктория Серафимовна, посмотрим, что ты собой представляешь поближе!» Сумела-таки занять его мужское внимание. «Хороша ты, ничего не скажешь! Хоть и совсем в другом роде... — Спохватился, обругал себя: — Ну хватит! Пора Светлану выбросить из головы и из сердца! К чему сравнивать? Былого не вернешь, а жить хочется. Довольно я натерпелся!»

Прошел месяц, но между Михаилом и Викой ничего не произошло, и вовсе не по ее вине — она-то проявляла активность: встречаясь с ним почти ежедневно, предлагала разные варианты совместного времяпровождения, но безрезультатно. Загруженный работой, он редко чувствовал желание куда-то выбраться, развлечься — сказывалась усталость. Все силы и мысли отдавал укреплению, а фактически — становлению своей службы.

За это время удалось освободиться от подозрительных людей и сколотить крепкий отряд из отобранных, преданных парней. Ланской не скупился на затраты, и Михаил призвал под свои знамена знакомых, проверенных афганцев из разных мест, а также бывших спортсменов и спецназовцев из элитных подразделений госбезопасности.

— Ребята отличные, надежные, высокую зарплату оправдают, — заверил он Владимира Георгиевича. — Настанет час — чувствую по окружающей обстановке.

Недовольный отсутствием результатов, Козырев уже несколько раз встречался с Викой, обсуждал, как форсировать события. Наконец, им пришла в голову идея прибегнуть к хитрости: банк владеет шикарной килевой яхтой; почему бы не организовать прогулку по Обскому морю? Яхта, построенная в Польше и приобретенная за валюту, использовалась для проведения на ее борту конфиденциальных встреч и секретных сделок. Богато отделанная красным деревом, с уютным салоном, обставленным мягкой мебелью, спальным отделением, кухней и санузлом, она располагала всем необходимым для комфортабельного отдыха.

Виктория уже провела там много деловых свиданий, а в летний период встречалась с шефом. Неплохой яхтенный матрос, она умела травить шкоты, управлять парусом и ловить ветер.

— Значит, так: вовлекай его в яхтенный спорт. Ему это дело должно понравиться, — предложил Анатолий Борисович. — Увлечется — сам станет напрашиваться. Там и разберетесь.

Детали Козырев уточнять не стал. Он был благополучно женат, имел двоих детей и, кроме Вики, встречался с другими женщинами, когда пожелает. Однако, как ни странно, Викторией дорожил и всякий раз, когда использовал для дела, испытывал щемящую душу досаду.

Предложенный им верный ход очень скоро принес желаемый результат: Михаил увлекся активным отдыхом на воде. Хорошо плавая, не любил затяжного, как называл, «полоскания»; валяться подолгу на песке тоже надоедало. А на яхте, в движении, непрерывно управляя парусом, следя за направлением и силой ветра, стараясь увеличить скорость скольжения, готов был провести хоть целый день.

В один солнечный, жаркий августовский полдень, когда они вчетвером, еще с одной парой, наслаждались воскресным отдыхом, их интимной близости суждено было состояться.

Пока их друзья управляли яхтой, Вика и Михаил уютно расположились за столиком в салоне отдохнуть и перекусить. Почти опустошив бутылку коньяка, они весело перешучивались, чувствуя, как растет взаимное притяжение и влечение друг к другу превращается в страстное желание. Видя, каким горячим взором он на нее смотрит, покусывая губы от сдерживаемой страсти, Виктория увлекла его за руку в небольшую каюту, почти полностью занятую широким ложем, где они и осуществили свои любовные мечты, заключив друг друга в жаркие объятия.

Ей оказалось с ним очень хорошо и могло быть еще лучше, но она боялась проявлять большую активность, справедливо опасаясь, что искушенность его отпугнет.

«Какой мировой парень! Но уж очень неопытен... — радостно думала она. — Однако это мы быстро поправим».

Виктория была очень довольна, что ее шеф и любовник дал ей столь ответственное, но такое приятное задание.

Фактически лишенный женской ласки в свои лучшие, молодые годы, Михаил теперь, что называется, сошел с тормозов. Встречались почти каждый день, и, поскольку это вносило в их жизнь большие неудобства, он вскоре перебрался из гостиницы в ее маленькую, уютную квартиру.

Привыкнув к воздержанию, он и не подозревал, что может быть таким ненасытным. В лице Вики он получил любовницу, о которой можно только мечтать. Ночи напролет они наслаждались своей страстью с энергией, присущей зрелости. Так продолжалось до тех пор, пока у Виктории не произошел решающий разговор с шефом:

— Как мне доложили, дело вроде сделано. Вы с ним неплохо поладили, даже слишком, — констатировал он спокойно, но все же как бы напоминая о своих правах на нее. — Да и по тебе заметно — очень уж радуешься жизни в последнее время. Что, стоящий парень? — добавил он, и нельзя было понять, доволен он или досадует.

Вика молча, с замиранием сердца ждала, что дальше. Сама отлично понимала, что пора действовать. Но как подступиться к Михаилу, как уговорить перейти на их сторону?..

— Уже надо ставить вопрос ребром! — приказал Козырев. — Он ведь у тебя живет? Значит, обо всем договоришься. — Он прищурил глаза. — Даю тебе полную свободу. Без претензий. Живите. Он ценный для нас человек. Обещай ему все, что захочет. Я не поскуплюсь. Найди подход. Он такой же, как все, из плоти и крови. Чего ему дался Ланской? В Афганистане вместе были, ну и что? У каждого своя жизнь и свои интересы. Давай действуй. Удачи!

Покинув кабинет Козырева, Виктория облегченно вздохнула. Пока здорово все получается! Она не может и не хочет жить на два фронта. Давно уже претит ей встречаться с шефом, урывками: она мечтает о своем, постоянном мужчине, чтоб принадлежал только ей одной...

Окрыленная — Козырев дал ей широкие полномочия, а он держит слово, — она не сомневалась, что уговорит Михаила. «Получит условия, какие ему и не снились! — радостно думала она по дороге домой. — У Ланского — зарплата, а здесь — участие в прибыли. Я добьюсь этого, и мы станем богатыми людьми. Заживем тогда...»

Однако по мере приближения к дому энтузиазм ее стал остывать. Виктория была не глупа и привыкла обдумывать каждый свой шаг не теряя головы. «А если не согласится — что тогда? — Она похолодела. — Видит Бог, я не хочу его потерять!»

Лишь теперь она полностью осознала, что не только увлечена Михаилом, но и по уши в него влюблена. С удивлением прислушиваясь, как сильно бьется сердце и страдает душа, Виктория обнаружила, что беспокоится не только о том, как будет жить без него, но и что станет с ним: ведь тогда его убьют, в этом она не сомневается...

Когда она уже открывала входную дверь, ее осенило. Присев в прихожей у телефона, она еще несколько минут обдумывала детали, а потом решительно сняла трубку.

— Соедините с Анатолием Борисовичем, это Вика, — попросила она секретаря.

Шефу она предложила вот что:

— Я тут по дороге все продумала. Нельзя рисковать тем, что достигнуто. Зачем торопиться? Можно все испортить. — Умолкла на секунду и продолжала, понизив голос, мягко и серьезно: — Не во мне дело, хотя Михаил мне по душе, не скрою. Что, если он откажется и все откроет Ланскому? Может такое быть? Вполне, даже если я очень постараюсь. Изучила его уже. Но он парень не промах, надежда есть, и немалая. Он меня любит и себя тоже. — Опять прервалась, унимая волнение, заключила: — Наши шансы сейчас фифти-фифти, а я хочу их поднять. Нужны две вещи. Во-первых, пообещать ему не только высокую зарплату, но и участие в прибыли. Во-вторых, наш решающий разговор провести не здесь, где на него давит служебная обстановка, а на отдыхе, когда он от нее, от них от всех оторвется. Ты меня слушаешь?

Козырев молчал, не подавая реплик, и ей показалось, что их разъединили.

— Да-да, слушаю. Продолжай, все очень интересно! — живо отозвался он. — Выкладывай все, что придумала.

— Так вот. Я видела в рекламе: в сентябре круиз, примерно на декаду, из Одессы до Афин и Стамбула. Вот там мы с ним все и решим. А нет — утоплю в Черном море, раз нам бесполезен, — пошутила она, тут же перешла на деловой тон: — Нужны несколько путевок — премировать от банка отличившихся сотрудников, чтоб не почувствовал подвоха. Заграничный паспорт у меня есть; ему приобретем! Ну как моя идея? Что молчишь? Значит, идет?! — радостно воскликнула Виктория.

Немногим более месяца спустя комфортабельный теплоход «Шота Руставели» пришвартовался в Пирее, предместье Афин. С утра — утомительная экскурсия по историческим развалинам древней Эллады, а после обеда Михаил и Вика поехали самостоятельно на метро в центр города — купить ей норковую шубку, благо в Греции на меха цены самые низкие.

Веселые, немного уставшие, с покупками, вернулись на теплоход, в свою уютную каюту, — надо отметить исполнение мечты. Красивая, почти черная шубка выглядела шикарно и так шла к ее светлым волосам...

Двухместная каюта, с круглым иллюминатором, на нижней палубе, принадлежала Виктории и даме средних лет — бухгалтеру банка. Михаилу достался одноместный люкс. Поменялись сразу, к большому удовольствию Викиной соседки.

Путешествие оказалось сказочным, а сервис превзошел все ожидания. Два бассейна с морской водой, открытый и закрытый, на корме, — с баром. Вышколенные стюарды обслуживали пассажиров прямо в воде бассейна, подавая все, что попросят за корабельные боны.

— Посмотри, Миша, как они работают! — подивилась Вика: за столиком в ресторане их обслуживали сразу несколько официантов, конвейером друг за другом, — каждый выполнял свою функцию. — Такого я даже в правительственных спецсанаториях не видела!

— Мировой класс! Умеют наши ребята работать, если платить хорошо, — объяснил этот феномен Михаил. — Раньше в круиз возили в основном немцев и американцев. Вот и научились.

Кормили великолепно; во время морских переходов — концерты, вечера отдыха, забавные конкурсы; до часу ночи танцы в ночном баре; словом, вкусно, комфортно и весело.

В Стамбуле любовались древними мечетями и голубой лазурью Босфора. В Турции, что славится кожей, купили себе по лайковой куртке — приятное с полезным.

Когда, довольные и отдохнувшие, возвращались Черноморьем в Одесский порт, Виктория решила, что пришла пора объясниться. Испытывая в душе страх перед возможной неудачей, она оттягивала разговор как могла, но отступать уже некуда.

После обеда больше часа оставались в постели, любили друг друга до изнеможения. Михаил лежал теперь в полудреме, отдыхал. Вика приняла холодный душ, приободрилась и подсела к нему. Почувствовав ее рядом с собой, он открыл глаза и ласково положил горячую ладонь на ее прохладное обнаженное колено.

— Ложись-ка ко мне, погрейся! — Он ласково поглаживал ее ногу. — Скоро наш рай кончится и пойдет будничная рутина.

Эти слова проникли Виктории в самое сердце и вызвали душевное смятение — так они близки к истине. Глаза у нее наполнились слезами, и она горестно произнесла:

— Ты точно сказал, Миша. Нашему раю может прийти конец, и даже скорее, чем ты думаешь!

— Что-то я тебя не очень понимаю. — И вскинул на нее глаза, в которых появилось настороженное выражение.

«Наконец-то! — Он испытывал и печаль, и облегчение. — Вот когда все станет на свои места!» Давно ждал этого разговора. Когда брал кратковременный отпуск, предупредил Ланского:

— Сам понимаешь, этот подарок не для того, чтобы меня купить, — слишком дешево! Думаю, именно в круизе все состоится: или заманчивое предложение, или какая-нибудь провокация, чтобы устранить. Скорее первое: Вика со мной неподдельно нежна, а она безусловно в курсе. Во всяком случае, скоро все выяснится!

— Не пойму тебя! Как же ты можешь с ней встречаться, даже жить, если не доверяешь?! — искренне удивился Владимир Георгиевич.

Сам примерный семьянин, он не понимал тех, кто способен играть столь тонкими чувствами.

— А почему ты решил, что я ей не доверяю? — Михаил не обиделся. — Любит она меня, вижу. Уверена, глупая, что сумеет переманить в их воровскую шайку. — Дружески взял шефа за руку, объяснил: — Чтобы ты не думал обо мне хуже, чем я есть: не из тех я, кто использует женщин в своих целях. Мне очень по душе Вика. И знаешь почему? Думаешь, потому, что собой хороша, ну и... в постели? А ты присматривался к нам, когда мы рядом? Мы ведь с ней похожи, как близнецы! Мне даже казалось вначале, что я ее раньше видел. Только потом понял, в чем дело.

Он замолчал, размышляя о чем-то. Ланской терпеливо ждал.

— Надеюсь, все наоборот: не ей, а мне удастся завербовать ее в наши ряды. Игра только начинается! Уверен: Козырь окажется бит! — И рассмеялся своему каламбуру. А пока — да здравствует Черное море, Дарданеллы и... «никогда я не был на Босфоре...».

Эх, не водить бы ее за нос, взять инициативу в свои руки, покончить с двойственностью в их отношениях! Но тогда ему не удастся узнать всех деталей плана Козырева, — лучше прикинуться непонимающим. Она волнуется, никак не решается перейти к делу.

— А ну-ка, объясни мне, почему это наш рай скоро кончится? Тебе что, надоело со мной?

— Нет, не надоело! Поэтому так больно, — начала она с мрачной решимостью в глазах. — Мы с тобой, сам знаешь, в разных лагерях, а я хочу — чтоб в одном! Нам нужно договориться, иначе — плохо и мне, и тебе.

— Ах во-от оно что-о! — с деланно беспечным видом протянул он. — Твой шеф решил объявить нам войну? То-то он заслал к нам своих ребят, а я их повыдергал! Но стоит ли из-за этого напрягаться? У нас с ним разные заботы.

— Вот что, Миша, давай-ка хоть раз поговорим серьезно. Я-то знаю, что у Козырева на уме. Как доверенное лицо, — немного сердясь на его легкомыслие, продолжала Вика, но осеклась, — в глазах у него зажглись злые огоньки. «Неужели обо мне с шефом все знает? — мелькнула тоскливая мысль. — С каких пор? А впрочем, чему быть, того не миновать!»

— С Козыревым шутки плохи, Миша. Он что задумал, то и сделает. — Она обреченно глядела прямо перед собой. — Думаешь, кто у нас хозяин в городе? Чиновники? Да они все у него в кармане! Делают, что он велит. Поверь мне, знаю, что говорю!

«Кажется, начинает доходить», — неправильно истолковала она молчание Михаила; голос ее окреп.

— Уберет он Ланского как пить дать, и никто ему не помешает. Это дело решенное. Зачем ему фонд? Вряд ли тебе это нужно знать. Важно, что ты стоишь у него на пути, а если он решит тебя убрать — за твою голову гроша ломаного никто не даст!

Она вдруг всхлипнула, но взяла себя в руки и устремила на него умоляющие, теплые, влюбленные карие глаза.

— Миша, дорогой мой! Люблю я тебя, как никого еще в своей жизни! Переходи к нам, он зовет тебя! Правой рукой у него будешь — обещает. Говорю от его имени. Тебе дадут не только вдвое против нынешнего, но и долю в доходах. Будешь хозяином жизни! Что тебе сдался Ланской? Он обречен!

Михаил, потупив взор, тяжело дышал; внутри у него все кипело. Но он сдержался; старался не смотреть на нее.

— А почему у тебя такая уверенность, что все ему сойдет с рук? Один он, что ли, от кого кормится чиновничья рать? Тронет афганцев — погорит.

— Дело не только в том, что фонд — прибыльное дело, — нехотя объяснила Вика. — Не хотелось мне засорять тебе мозги этой грязью, но придется! Дело в Ланском и его друзьях. От них никто ничего не имеет. Это создает прецедент для других — не платить дань! Теперь понял, почему твоему шефу никто из власть предержащих не поможет? Не плюнут они в колодец, из которого черпают выгоду!

— Ну что же, дорогая моя Вика, придется рассчитывать на свои силы. Уверяю тебя, с Козыревым мы справимся, пусть лучше не рыпается! — И поднял на нее глаза, пылающие мрачным огнем. — Не веришь? Это и понятно: куда, мол, мне до него. Но ты не знаешь, на что способна моя команда. Мы видели сюжеты покруче тех, что сочиняет твой шеф! И он это чувствует, как зверь — угрожающую ему опасность.

Михаил помолчал и, жестко взглянув на нее, заключил:

— Мой ответ короткий. Не уберет от нас лапы — пусть побережет шкуру, а я позабочусь о своей. Ты же, дорогая подруга, должна сделать выбор, с кем из нас останешься. И я к тебе привязан, не только телом, но и душой. Не расстанусь, пока не решишь. Мести не бойся. Я сам этот щекотливый вопрос с ним улажу.

Встряхнул головой, как бы сбрасывая тяжелый груз, и поднялся, потягиваясь и расправляя могучие плечи.

— Приведи себя в порядок и пойдем в бар, выпьем мировую. Считай, сейчас сыграли вничью.

Настроение у Вики осталось траурное: они с Козыревым проиграли.

Вопреки худшим опасениям Виктории Козырев воспринял ее сообщение довольно спокойно.

— Я это предвидел. Юсупов — крепкий орешек. У меня мало было надежды на успех. — Он выслушал ее взволнованный отчет, нисколько не усомнившись в его правдивости. — Успокойся, не раскисай! Угрожал, говоришь? На полном серьезе?

Помолчал, поразмыслил, потом, не скрывая тревоги, предположил:

— Думаю, это не пустые слова. Наверно, и планчик разработал. У него для этого есть подходящие ребята. Те еще головорезы!

— Вот что, — придя к решению, заявил он мягко, но жесткие складки в углах губ обозначились резче. — Не нужно вам из-за этого расставаться. Милуйтесь как голубки. Я тебя больше ничем не обязываю. Только не забудь об одном, — посмотрел на нее в упор; Вика обмерла под его взглядом, такой был в нем ледяной холод, — сообщить мне вовремя об угрожающей опасности. Все женщины — порядочные суки, но тебе я верю! Ты меня не предашь!

Подождав, пока за Викторией закроется дверь, велел вызвать к себе Косых, одного из ближайших своих подельников, известного в криминальных кругах под кличкой

Косой, и велел ему подготовить операцию по ликвидации Михаила Юсупова.

— Даю тебе, Филя, не больше месяца. Сам решай, как лучше, но мне кажется, безопаснее его подорвать. Киллера могут поймать по ошибке, труднее дело замять.

Не ведая о грозящей Михаилу опасности, Вика с облегченной душой вернулась домой и стала его ждать, надеясь обрадовать полученной от шефа вольной.

— Не верю я ему ни на грош и приму свои меры, чтобы не застал врасплох, — остудил ее оптимизм Михаил. — Но за то, что отпустил тебя с миром, спасибо. Мог поступить с тобой и покруче.

В трудах и суете пролетели уже две недели, когда сотрудник сообщил Юсупову, что готовится против него террористический акт. Профессионал в диверсионном деле, Михаил решил осуществить контрмеры. Зная от осведомителя, что задумано взорвать его машину, он стал оставлять ее около дома под скрытым наблюдением, а сам чаще использовал «дежурку». Вике он об этом, естественно, не обмолвился.

Организовал также периодическую проверку чердаков, подвалов и всех других опасных точек напротив дома, удобных для снайперов. Служба Михаила свое дело знала.

В тот черный день Виктория решила хорошенько выспаться: на первую половину дня никаких важных встреч у нее не назначено. Встала, когда Михаил уже ушел, приняла ванну, позавтракала и села поближе к окну разбирать белье из прачечной. Делая свое дело, посматривала в окно: погода осенняя, идет дождь. Прохожие все под зонтами, торопятся. Временами она бросала взгляд на стоявшую напротив окон машину Михаила — «Вольво-740»: около нее иногда кружились озорники.

Вдруг ей показалось, что за машиной кто-то прячется; она бросила заниматься бельем и стала наблюдать: нет, ничего подозрительного не видно. Она уже хотела вернуться к прежнему делу, но тут дальняя дверца приоткрылась, неизвестный просунулся в салон и стал там шарить...

Крик застрял у нее в горле; собралась высунуться, закричать, но сообразила, что вор улепетнет, прихватив из салона что-нибудь Мише нужное. Схватила газовый пистолет и стремглав бросилась вон из квартиры — надеялась застукать грабителя на месте преступления.

Подбежала к машине — никого!.. Запасных ключей Миша ей не оставлял, но дверь воришка не закрыл; она заглянула в салон: что он успел натворить?.. Внимательно осмотрела все с правой стороны... теперь надо сделать то же самое с другой. Сняла блокировку, обошла вокруг машины, открыла водительскую дверцу, села: и здесь ничего... «Пойду позвоню Мише» — только это она и успела подумать: прогремел мощный взрыв...

Человек Косого, заложивший взрывное устройство под сиденье водителя, и не мечтал о такой удаче. Адская машинка имела дистанционное управление; сменяясь с напарником, он должен был терпеливо, как паук, караулить свою жертву столько времени (суток, недель, может быть, месяцев?), сколько понадобится. Возвращаясь к месту наблюдения, он не видел, как Вика выбежала из дома, но четко зафиксировал момент, когда захлопнулась открытая дверца водителя, и, обрадовавшись, нажал на кнопку...

Весь этот ужас видел наблюдатель Михаила, не в силах что-либо предпринять. Единственное, что он мог сделать, — немедленно сообщить в службу безопасности о случившемся.

Не прошло и суток, как респектабельный бизнесмен Козырев, он же уголовный авторитет Козырь, испытал всю силу возмездия бывших воинов-афганцев.

Глубокой ночью мощные взрывы прогремели на всех подконтрольных ему предприятиях. В бушующем огне была подорвана финансовая мощь преступной группировки.

Специалистами Юсупова все было подготовлено, ждали только сигнала. Человеческих жертв не было: стояла глухая ночь, а охрану скрутили и изолировали в безопасном месте.

Самого Козыря взяли тепленьким, прямо в семейной постели; действовали быстро и умело. Семья Анатолия Борисовича занимала обе квартиры этажа. Подорвав стальную дверь той, в которой он находился, люди в масках и бронежилетах, удалив остальных домочадцев, надели на него наручники и привели в кабинет.

— Вы что намерены делать? — не теряя хладнокровия прохрипел он, обращаясь к самому высокому, в котором предположил Юсупова.

— Получить у тебя, мерзавца, предсмертную записку! — презрительно бросил тот, прилаживая к люстре крепкую веревку.

— Хрен тебе в сумку, а не записку! — выругался Козырь. Идя кривой дорогой жизни, постоянно подвергаясь опасности, он не страшился смерти. — Можете пытать, падлы, ничего не добьетесь!

— Ну что ж, обойдемся без записки. Времени мало, а то написал бы как миленький! — спокойно заявил высокий, — он уже сделал петлю.

Козыря взяли под руки и поставили на резной дубовый стул. Один надел ему на шею петлю и, спрыгнув, замахнулся, чтобы выбить из-под него опору.

— Погодите! — прохрипел Козырев, делая последнюю попытку спастись. — Не будьте ослами! Неужели пара миллионов долларов для вас ничего не значит?

— Мало предлагаешь, дешевка! — прорвало высокого. — Очистить от тебя землю дорогого стоит! — И мощным ударом ноги выбил из-под него стул.

Козырь с диким ужасом испытал, как душит его затянувшийся узел веревки... В этот миг он стал седой как лунь.

Но петля не успела удавить Козырева — один из двоих, подпрыгнув, перерезал веревку, и повешенный, словно куль, свалился на пол.

— Снимите с него наручники! — распорядился Михаил, убедившись, что негодяй дышит.

Он вынужденно пошел на разгром финансовой империи Козыря, но убийцей стать не желал и не собирался брать на себя функции ни суда, ни Господа Бога. Ему важно, чтобы Козырев реально почувствовал на своей шкуре дыхание смерти.

— Пошли, ребята! Пора сматывать удочки! — скомандовал он своим, послушав, что ему передали по радиосвязи. — Сейчас прибудет милиция. Нас уже больше не могут прикрывать.

Ночное происшествие в городе наделало много шума.

— До чего обнаглели преступные группировки! — возмущались граждане в разговорах между собой и на страницах прессы. — Куда смотрит милиция? До чего же беспомощна власть!

— Нас подвергают резкой критике. Вы установили, чьих рук это дело? — спросил на совещании руководящего состава начальник управления у Прохорова — он заменял заболевшего шефа. — Когда покончим с этим?

— Скорее всего погром учинила заельцовская преступная группировка. Обычная криминальная разборка, — спокойно заявил Дмитрий Иванович.

Осведомленный о связях генерала с «авторитетами», он понимал, что распекает тот своих подчиненных так просто, для проформы.

— Продолжают делить сферы влияния. Ну и пусть своими руками уничтожают друг друга, как пауки в банке, — высказал он резонную мысль, сознавая, что не обманет генерала своим наглым враньем.

Прохоров был уверен, что коррумпированный начальник управления под любыми предлогами замнет эту историю. Бороться за чистку милицейских рядов он не станет, зная, что проиграет. Либо выгонят с волчьим билетом, либо, что еще хуже, устроят провокацию и самого упекут за решетку.

Однако Дмитрий Иванович с огромным удовлетворением организовал, заранее договорившись с Михаилом, патрульное прикрытие, объявив своим сотрудникам, что им на руку бандитская разборка.

Хоронили Вику, вернее, то, что от нее осталось, в погожее осеннее воскресенье.

Видно, у Козырева оставался еще порох в пороховницах: банк «Сибинвест» организовал похороны своей сотрудницы с большой помпой.

Анатолию Борисовичу важно было подчеркнуть в глазах общественности непричастность к трагической гибели своего работника, — Вику Соловьеву в городе знали. Специально пустили слух о связи Соловьевой с мафиозными структурами.

Жаль бывшую любовницу и преданного ему человека — он действительно не желал ее смерти. Всему виной судьба, ворожившая этому проклятому Юсупову. Но Козырь, как все преступники, преклонялся перед силой и бесстрашием и потому решил временно убрать когти: увидев прибывшего с группой афганцев Михаила, повел себя как ни в чем не бывало.

Все знали о совместном проживании покойной с начальником службы безопасности Ланского, но появление его на кладбище было открытой демонстрацией силы, еще одним вызовом криминальной группировке Козыря.

Слухами земля полнится — усилиями приближенных к шефу людей уже пошли в ход предположения, что разгром учинен афганцами. Сотрудники банка — их на похоронах присутствовало больше других — шушукались, глядя на суровых, мощных парней, окруживших плотной стеной своего высоченного начальника. Тот стоял печально понурив непокрытую голову, и ветер шевелил его прямые соломенные волосы.

Ритуальную часть совершили по полной программе: прощальные речи коллег, представителей общественности, с которыми не один год держала связь Виктория, друзей и знакомых. Гроб засыпали землей, на свеженасыпанный холмик возложили венки и букеты цветов, и собравшиеся проводить Викторию в последний путь стали расходиться.

Михаил, возвышаясь среди своих крепких ребят, шагал в мрачной задумчивости. В схватке с уголовным авторитетом он победил, сделал свое дело — защитил фонд, помогающий бывшим воинам-афганцам.

Профессионального успеха он добился, но и на этом этапе жизни судьба не принесла ему личного счастья.

Часть V. РАСПЛАТА

Глава 27. КРУТОЙ ПОВОРОТ

Превосходная машина «Ауди-100» выехала на шоссе и, набирая скорость, помчалась в сторону Обского моря.

Михаил Юсупов, внимательно следя за дорогой и не переставая держать связь по радиотелефону, обдумывал, что скажет Прохорову о последней разборке. Договорившись с ним заранее, он направлялся в Академгородок посоветоваться с другом в домашней обстановке.

Прошедшие несколько лет мало отразились на его внешности. Благодаря регулярным тренировкам он не прибавил в весе и был, что называется, в форме. При росте около 190 сантиметров, обладая мощной мускулатурой, Михаил выглядел очень внушительно. Время только наложило на его лицо резкие складки у губ и переносицы, придававшие ему суровый, даже мрачный вид.

«Положение становится критическим; тучи сгущаются, — невесело размышлял он, реально оценивая ситуацию. — Если верна информация об уходе Дмитрия из органов, дело совсем плохо. Все-таки здорово он помог нам держаться на плаву, отбиваться от мафии. Что я буду делать без него — не знаю!»

С трудом отыскав свободное место, он припарковал машину у знакомого дома. За годы безупречной службы, многократно рискуя жизнью, Дмитрий Иванович не заработал у государства ни палат каменных, ни достатка. Сыновья выросли; в двухкомнатной квартире жить тесно и неуютно; но Прохоров не терял бодрости духа.

— Вот решил уйти на пенсию. Честно говоря, еле дождался выслуги лет. Невозможно стало работать, — признался он другу, когда они удобно устроились на кухне. — Сейчас моя ненаглядная подаст нам чего-нибудь закусить и я тебе обо всем поведаю. Решил в корне изменить жизнь.

— Знаю я, как тебе трудно приходится. Даже удивлялся порой, в чем секрет, как ты уживаешься со всеми этими мерзавцами. Знаю ведь твою честную, неподкупную натуру. Одного не могу понять — как же они терпят тебя, не боятся, не пытаются убрать?

— Сейчас все узнаешь! — добродушно пообещал Прохоров. — Сегодня я добрый и вообще могу теперь пооткровенничать. Правда, только с тобой, поскольку тебе это нужно для дела.

Дмитрий Иванович встал, поплотнее закрыл дверь, не желая, чтобы слышали домашние, и, вновь усевшись напротив Михаила, стал открывать ему свои тайны.

— Секрет моего долголетия среди хищников в прямом и переносном смысле кроется в умении собирать и хранить информацию, — негромко, спокойно поведал он, будто говорил о вещах простых и обыденных. — Не последнюю роль сыграло и то, что обладаю способностью держать язык за зубами. Со многим мне пришлось мириться, на многое закрывать глаза, — помрачнев, признался он другу. — Да и как я мог бороться с начальством, когда у него порука в Москве? Любые донесения ему же возвращаются на суд и расправу.

Когда только начинал работать, — продолжал рассказывать он, загораясь гневом, — мне тут же преподали урок: разжаловали и посадили майора Демиденко за то, что посмел пожаловаться. Устроили провокацию. Это было еще тогда — теперь-то просто убивают.

— И как же тебе удалось с ними столько лет работать?! — Михаил поражался его выдержке.

— Внешне все выглядит просто, хотя пришлось поломать голову и потрудиться. Я ведь неплохой юрист. Приказывали прекращать дела, выпускать бандитов — и я выполнял, но только по письменному распоряжению. А преступников продолжал ловить, большинство все-таки посадил. Дальше — не мое дело.

— Но как они терпели белую ворону?

— По двум причинам, — грустно усмехнулся Дмитрий Иванович. — Во-первых, службу-то нужно нести и бандитов хватать, иначе разгонят. Значит, кому-то надо все-таки работать.

— А во-вторых?

— Собрал солидный компромат; четко дал понять своим начальникам: плохо со мной обойдутся — все не только попадет в Москву, но материалам будет дан ход. И они по своим каналам приняли меры, чтобы меня никто и пальцем не тронул. А ты думал, меня Господь Бог оберегает? — невесело рассмеялся

Прохоров. — Ладно, давай-ка махнем по одной-другой! Успеем еще обо всем поговорить, — решил он сделать паузу, успокоиться. — Ты как, не боишься дорожных происшествий?

— У меня таблетки, а с двух рюмок не захмелею, — заверил его Михаил.

Он и сам не прочь немного расслабиться — разговор предстоит непростой и долгий.

Минувшие годы прошли у Михаила в непрерывной борьбе с мафиозными структурами, — те пытались взять фонд Ланского под свой контроль и поживиться за счет бывших воинов-афганцев. В этой необъявленной войне происходило немало стычек и не обходилось без жертв. Из-за непонятной терпимости городских властей к преступным группировкам приходилось на изуверскую жестокость бандитов отвечать крутыми мерами, выходящими за рамки закона.

Выпестованные Юсуповым мощные, умелые парни из боевого подразделения службы безопасности навели страх на уголовников и причинили им такой материальный урон, что от Ланского отступились — себе дороже. Разумеется, вряд ли удавалось бы отбивать атаки преступных элементов и наказывать вымогателей, если бы не покровительство отдела по борьбе с организованной преступностью, и главным образом подполковника Прохорова.

— А знаешь, первый серьезный конфликт с нашим генералом у меня был из-за тебя, — продолжал Дмитрий Иванович, когда отдохнули и перекусили. — Какие уж у него или у городского начальства были связи с Козыревым — не знаю, но они крови жаждали, за горло меня брали, чтоб нашел тех, кто с ним расправился.

Они ведь не дураки — раскусили, что я вас прикрываю, стали мне угрожать, — потемнев лицом, вспоминал он. — Но я тут уперся! Сначала пытался доказать, что нам выгоден разгром банды Козыря. А когда убедился, что на пользу дела им наплевать, прямо заявил, что, как бывший афганец, не дам своих собратьев в обиду. Тут и врезал им компроматом. Здорово напугал!

— А теперь они все же взяли над тобой верх?

— Да нет, не сказал бы! Просто мне давно опротивели их рожи и вообще действовала на нервы продажная обстановка. Все надеялся, что-то изменится с приходом «новой метлы», но так и не дождался. А потом, сколько можно нуждаться? — поднял он на Михаила усталые глаза. — Ведь взяток я не беру, а жить тоже хочется прилично. Вот и не устоял: предложили должность советника в банке — что-то вроде главного криминалиста с тройной зарплатой, — немного понурясь заключил он свой рассказ. — Раз государство не ценит — буду служить «новым русским»; они, надо признать, профессионалов уважают.

— Теперь твоя очередь. — Дмитрий Иванович откинулся на спинку стула и сосредоточенно посмотрел на друга, всем своим видом показывая, что готов внимательно слушать. — Выкладывай, Миша, что тебя привело.

— Ты, Иваныч, ведь знаешь, что в городе от нас, не без твоей помощи, отвязались. Козырь, после того как мы его проучили, слинял. Говорят, аж в Швейцарию подался, виллу там купил и живет, — неторопливо начал Михаил. — Другие оказались послабее, но прибрать фонд к рукам все еще мечтают. Теперь хотят подорвать нас изнутри — иным методом.

— Это как же? Говори яснее! — оживился Прохоров и, не скрывая интереса, поудобнее устроился на стуле.

— Погоди немного, сейчас тебе вся их комбинация будет понятна, — сделал легкий жест рукой Михаил. — Мне сдается, что нас хотят задушить своими же руками, с помощью бывших афганцев.

— Каким же это образом? — вновь не удержался от вопроса Дмитрий Иванович.

— К нам из Москвы прислали «укрепление», заместителя Ланского, — некоего Пенькова; ты о нем, наверно, слышал. — Михаил немного волновался. — Владимир Георгиевич сначала даже обрадовался: знал, что тот имеет связи с правительственными чиновниками. Пригодится, считал. Но вышло плохо.

— Что именно? Не тяни резину! — опять не выдержал Прохоров: ему было любопытно.

— А то, что, поработав недолго, Пеньков предложил реорганизацию. Видно, там, наверху, хорошо все продумали. По их плану фонд делится на две части. Одна — производственная, зарабатывает деньги; другая — распределяет блага. Ты понял? Хотят поделить на две самостоятельные организации. В одной — финансовые средства, выделяемые сверху и собственные, а в другой — контора Ланского. Которая должна распределять то, что дадут. Неплохо задумано? — И умолк, стараясь унять негодование.

— Вроде бы дошло-о до верблюда! — протянул невесело Прохоров. — А неглупо рассчитали, может и получиться. Так воровать легче, и по-крупному! Ну а я чем могу быть полезен? Ведь не с пустыми руками ты явился? Так?

— Конечно! Как узнал, что уходишь, — сразу бросился к тебе, — откровенно признался Михаил. — Выручи еще раз! Узнай, пока еще есть связь, все о Тихоне Пенькове. Чем занимался, с кем дружил. Нам нужно знать, кто за ним стоит. Придется опять занять круговую оборону. — Он помолчал. — А на новой работе от души желаю успеха! Мои ребята тебе всегда помогут, можешь не сомневаться. Не говоря уже обо мне. Сам знаешь!

«До чего же трудно нам придется без Дмитрия! — думал Михаил по дороге домой. — Придется искать новых друзей в этой продажной конторе. Есть ведь еще хорошие люди? До чего же все надоело... и тянет домой, в Москву...»

— А не придираешься ли ты к нему понапрасну? Мне кажется, он ошибается, — не согласился с Юсуповым Владимир Георгиевич. — Парень молодой, горячий. Связан с правительством. Хочет стать самостоятельным. Нормальное честолюбие! И нам спокойнее. Где деньги, там всегда склока.

— Удивляюсь твоей доверчивости! — решительно возразил Михаил и даже слегка пристукнул ладонью по столу шефа; они, как всегда, при обсуждении щекотливых вопросов, сидели вдвоем в кабинете Ланского, задержавшись после работы. — Ну разве ты не видишь, какую подрывную деятельность он развил? И какие денежки ты собираешься распределять? Которые Пеньков со своими хозяевами разворуют, а ты и проверить их не сможешь, раз они самостоятельные. Средств тебя лишат, а все претензии будут к тебе! — Михаил весь кипел от возмущения. Чтобы успокоиться, встал, походил по кабинету; снова сел. — Запросил данные на Пенькова, чтобы сориентироваться, как с ним сладить, но хотел бы и у тебя узнать, что о нем известно.

— Мало я его, к сожалению, знаю, — раздумчиво произнес Владимир Георгиевич. — Слышал в Афгане, что есть такой, в тылу работает, отзывы самые лестные: мол, хороший, свойский малый. Помогал офицерам посылки домой переправлять. Оборотливый. Говорили, что много чего сам отправлял: дубленки там, радиотехнику... Но кто этим не грешил? — Он подумал немного. — А ты всерьез полагаешь, что он с высокими чинами хочет казну, отпускаемую ребятам, и наши доходы разбазарить? — Поднял на Михаила недоверчивый взгляд. — До чего же мерзко, коли так!

Юсупов сидел устало положив руки на стол и мрачно размышляя — как бы взвешивая все «за» и «против». Ланской решил успокоить верного сподвижника:

— Знаешь что, Миша? Поедем со мной в Москву, а? — предложил он, тепло взглянув и положив свою ладонь на его руку. — Меня пригласили на похороны Трифонова. Ты о нем слышал. Очередное заказное убийство, которое, конечно, не сумеют раскрыть. Так вот, — мягко добавил он, — хоть дело и невеселое, но все же оторвешься немного от всего, развеешься. Заодно и о Пенькове больше узнаешь. Соскучился небось по Москве? — И улыбнулся, глядя на прояснившееся лицо Михаила. — Вот как я здорово угадал! А я проведу совещание с руководителями движения. Думаю, сообща отобьем охоту у чиновников лезть к нам в карман, какого бы ранга они ни были! — Поднялся, тронул Михаила за плечи. — Ну все! Пошли домой! Ты холостяк, а меня семья ждет. — В дверях остановился, напомнил: — Не забудь: завтра к девяти в аэропорт — спонсоров встречать.

После ухода шефа Михаил долго еще сидел в его кабинете, поддавшись мрачному настроению. Спешить ему действительно некуда: дома никто не ждет. Как никогда за все это время, почувствовал, что устал от непрерывной борьбы и от неустроенности своей жизни в Западносибирске. Нет, он слишком привередлив, так ему никогда не завести семьи. Никого он не может принять в сердце, все сравнивает со Светланой... Это просто Божья кара, что он не в силах ее забыть!

Было у него несколько курортных романов, но это с замужними женщинами; выдавали себя на отдыхе за свободных — от скуки или в поисках приключений. Одна, очень интересная дама, врач-кардиолог, немного старше его, так долго скрывала свое истинное семейное положение, что они регулярно встречались почти год — в его неуютной холостяцкой квартире, которую снимал для него фонд, — терять московскую прописку он не хотел. Объясняла она это тем, что муж ее, хирург, уехал на работу по конкурсу в Штаты. Они давно разошлись, но развод, по его просьбе, не оформили, иначе не выпустили бы за границу. Дома остались его родители, больные старики. Вот вернется, и они все устроят.

Только когда Михаилу надоел неустроенный быт и он потребовал — пусть переезжает жить к нему, она призналась, что у нее дома не только муж, но и двое детей.

Такой мистификации Юсупов своей подруге не простил — расстался с ней без переживаний, поскольку особых чувств не испытывал.

Только напряженная работа, проходившая в постоянном противодействии интригам и козням врагов, выручала — настолько выматывала, что не до личных неудач.

Кажется, жизнь его в Западносибирске подходит к концу — нужно возвращаться; здесь он себя исчерпал. Но как оставить Ланского? Сомнут его, если останется один, без помощи.

За прошедшие годы Михаил всего три раза побывал в родной Москве. Дважды — по делам службы, а дольше всего — когда сгорел его старый московский дом и ему дали однокомнатную квартиру в отдаленном Орехово-Борисове.

Когда он последний раз побывал в Москве, старый дом уже восстановила и реконструировала какая-то инофирма. Вполне возможно, ее агенты и организовали поджог — территория в самом центре столицы неоценима.

Новую свою квартиру он сдавал молодой паре западносибирцев, обучавшихся в Москве, но по договоренности в любой момент мог освободить для себя.

В конце концов он решился: «Ну что ж, найду себе замену и вернусь! Не век же быть к шефу привязанным. Пора начать самостоятельную жизнь, в Москве. Жилье у меня есть, денег накопил немало — могу войти в пай серьезного дела. Я же дипломированный юрист — хватит с меня этой мышиной возни!»

Надоели бесконечные дрязги вокруг движения помощи бывшим воинам-афганцам. В голове уже созрел план новой деятельности, но нужно хорошенько всё продумать.

Этого не может быть! Доколе же его будет бить судьба? Михаил не прочитал и половины письма, строчки расплывались у него перед глазами. Его суровая, закаленная жизненными невзгодами душа давно уже не знала нежных эмоций, но слезы наворачивались на глаза, помимо его воли. Как же так? Сколько же ему сейчас лет? — Двенадцать? В каком он классе? Наверно, уже в пятом или шестом... О Господи! Отложил письмо, горестно уронил голову на руки. Сидел у себя в офисе, за рабочим столом, плохо соображая, что делает и где находится.

— Никого ко мне не пускать и ни с кем не соединять! — крикнул он дежурному охраннику.

Тот заглянул доложить об очередном посетителе и испуганно ретировался: никогда не видел хладнокровного, выдержанного шефа в таком взвинченном состоянии.

Заказное письмо прибыло в адрес фонда вчера, во второй половине дня, — Михаила на работе не было. Секретарь передала ему конверт утром, как только он вошел в офис:

— Михаил Юрьевич, а вам письмо из Москвы, личное. С вас причитается! — сообщила она ему с улыбкой.

Эта девушка, давно и безнадежно в него влюбленная, от сослуживцев знала: холостой шеф службы безопасности шашней на работе не допускает.

Михаил усилием воли взял себя в руки и снова принялся за письмо, шевеля губами и шепотом выговаривая слова.

«Дорогой Миша! Простите, что обращаюсь к Вам, может быть, слишком фамильярно. Вы, наверно, забыли Светлану и ее маму, Веру Петровну. Но я измучилась, думая о Вас, и, прочитав письмо, Вы поймете почему. Наберитесь терпения: хочу передать все, что у меня на душе, иначе Вам не понять, почему осмелилась Вас потревожить.

Иван Кузьмич, царство ему небесное, не родной отец Светы, хотя и растил ее как дочь. Скрыли мы с ним это от человека, которому она обязана жизнью. Он узнал, что Светлана его дочь, совсем недавно — ей уже за тридцать.

Ужасная несправедливость... Всю жизнь считала, что поступаю правильно, в интересах дочери, а настоящий ее отец сам виноват... Слишком поздно я прозрела, и это мучит мою совесть.

Вот почему сейчас, когда происходит почти то же самое с Вами и Светой, — решила не молчать больше. Повторить эту трагедию, на мой взгляд, преступление.

Пишу Вам тайно от Светланы — она ничего не знает, не хочет, чтобы Вам стало известно то, что не пожелали Вы услышать от нее, когда вернулись из плена. Насколько я Вас успела узнать, — не сомневаюсь: Вы ничего не ведаете, иначе вели бы себя по-другому.

Так вот, Миша: у Вас есть сын — Петенька, Петр Михайлович. Света моя родила его вопреки воле Ивана Кузьмича. Ваша покойная мама успела подержать его на руках и благословить. Вот почему Светлана не отдала медальон — его носит по праву Ваш сын.

Фамилию Петеньке дали Григорьев, так как ваш брак не зарегистрирован. Мальчик убежден — так ему сказали, — что папа погиб в Афганистане; так он считает до сих пор.

Понимаю, что своим письмом вношу осложнения и в Вашу жизнь, и в непростую жизнь моей дочери. Вызову, конечно, ее недовольство — она мать и имеет решающее право определять судьбу своего ребенка. Но, как видите, все же не молчу. Да простит мне Бог! В. Григорьева»

Прочитав письмо до конца еще раз, Михаил долго сидел с окаменевшим лицом, молчал, страдал... Ему казалось, что слезы душат его, но глаза оставались сухими.

«А ведь она хотела мне сказать, пыталась, а я не дал! Не стал ничего слушать!.. Безмозглая скотина! Эгоист! Обиделся — а ведь столько лет меня считали погибшим... Это я ее предал!»

Этот большой, мужественный человек никак не мог совладать со своим горем, взять себя в руки. «В Москву надо ехать! Скорее домой, в Москву! Увидеть наконец сына!»

Родной город встретил его дождем и туманом — он даже опасался, что не разрешат посадку. Разрешили, но в условиях низкой облачности пришлось заходить на посадку второй раз.

Когда Михаил вступил на московскую землю, первое свое побуждение — позвонить Светлане прямо из аэропорта, сразу договориться о встрече — он подавил. Было уже один раз так, а сейчас он обязан действовать осмотрительно, не подводить Веру Петровну.

Никому не нужен переполох, — столько лет пропадал, может и еще немного подождать. Надо сначала разведать обстановку, поговорить с Верой Петровной... Звонить лучше из дома — телефон ему, к счастью, как афганцу, поставили в новой квартире вне очереди.

Однако, пока он добрался до дома и привел себя в порядок с дороги, времени на личные дела не осталось: пора ехать в «Россию», к Ланскому — сопровождать его на церемонию похорон.

«Ладно, ничего страшного — завтра, — с волнением перед встречей с наследником рода Юсуповых — Стрешневых думал он. — Интересно, на кого он больше похож — на меня или на Свету? По глазам увижу... Головенка-то, наверно, беленькая, а глаза — карие...» Радостное ожидание захватило все его помыслы, и он ни о чем не мог думать по дороге к шефу. Тот прибыл в Москву накануне и приветствовал Михаила новостью:

— Могу тебя обрадовать: вчера мы с отцами-командирами единодушно договорились дать афронт всем этим новейшим прожектерам. Ты был прав — все согласились, что это далеко идущий план, — акулы нацелились проглотить наши фонды. А такие, как Пеньков, лишь их подручные. — Он помрачнел. — Но акулы эти крупные, большую власть имеют. Очень нам опасны: в их распоряжении спецслужбы, выполнят любой приказ. — И закончил, уверенный в своем друге и сподвижнике: — Так что для тебя, дружище, есть работа.

Михаил смешался, — он уже принял твердое решение поговорить с шефом, но момент явно неудачный: Ланской на него рассчитывал, не бросать же его в такой критической, опасной ситуации. Как быть? Может, отложить на время? Порекомендовать кого-то вместо себя, оттянуть до отъезда... Однако объявить о своем уходе в последний момент — еще хуже. Нет! Отступать некуда, Ланской не кисейная барышня. И на нем, Юсупове, свет клином не сошелся. Полищук — надежный парень, будет на месте. Наконец он обратился к Ланскому:

— Владимир Георгиевич, дорогой, давай-ка присядем на несколько минут, поговорить надо. У нас в запасе полчаса.

— А что такое? — насторожился Ланской, почувствовав по задушевному тону Михаила, что тот готовится сказать что-то необычное. — Случилось что-нибудь непредвиденное?

— Расстаться нам придется, Владимир Георгиевич, хоть и понимаю, что оставлю тебя не вовремя. Но ничего поделать с этим нельзя! — Серьезно и твердо посмотрел в глаза шефу и у него защемило сердце. — Я тебе сейчас скажу, ты поймешь почему я не могу вернуться в Западносибирск, — продолжал Михаил, и по его виду Владимир Георгиевич понял, как глубоко он переживает. — Ты отец двух сыновей, чуткий человек и хороший друг. — Он помолчал. — У меня нашелся сын, он здесь, в Москве. Ему уже двенадцать лет, а я его еще ни разу не видел. Теперь ты понимаешь... Это для меня важнее всего, всех самых неотложных дел на свете!

Ланской был безумно огорчен: он и не представлял, что в такой трудный момент вдруг лишится ценного помощника и преданного друга. Но возразить ему было нечего, он подавленно молчал.

— Я сейчас все бросил бы и помчался к сыну, — признался Михаил. — Но не могу тебя оставить в опасном положении, обстановка сложная. Ты мне дорог, и, кроме тебя, у меня, собственно, и близких никого нет, — удрученно заключил он. — Родственников моих, как ты знаешь, по всему свету разбросало. Не хотелось бы и тебя потерять, дружище! Прости уж меня! Сегодня служу я тебе в последний раз. — Говоря это, Михаил не подозревал, что произнес вещие слова.

На похороны Трифонова собрался весь цвет руководителей общественных организаций бывших воинов-афганцев. Он был одним из наиболее авторитетных лидеров, объединял многочисленные структуры, разбросанные по всей стране, и координировал их деятельность.

Вереницы машин запрудили все подъезды к кладбищу. Лидеры прибыли с помощниками и телохранителями; опасаться следовало любой провокации — такая сложная криминальная обстановка сложилась вокруг деятельности афганских организаций.

Панихида шла своим чередом; похороны были обставлены пышно и торжественно, произносилось много речей. Говорили о славном боевом пути павшего лидера, о его больших заслугах по становлению и укреплению общественного движения бывших воинов-афганцев; клялись отомстить убийцам. Убийство было тщательно подготовлено; смертельный выстрел из снайперской винтовки сделан с дальнего расстояния.

— Как же это допустили? Почему охрана прошляпила? — спросил Михаил у знакомого телохранителя одного из московских лидеров. — Каким образом все произошло?

Он стоял в толпе сподвижников, окружавших место последнего прощания с покойным, и внимательно следил за обстановкой, ни на секунду не упуская из поля зрения своего шефа, который вместе с другими лидерами находился рядом с гробом.

— Трифонов в окружении друзей был в этот момент у входа в баню, куда приехал вместе с ними — отдохнуть, расслабиться, — рассказывал ему знакомый. — Кого-то они ждали, что ли; денек был отличный. Охрана не дремала: все чердаки проверены, как всегда; за окнами наблюдали. Как этот снайпер ухитрился найти брешь и успеть выстрелить — ума не приложу. — Охранник не забывал следить за своим начальником и слушать переговорное устройство. — Видно, работал профессионал высокого класса из спецслужб; стрелял из подвала — об этом варианте даже не подумали.

— Неужто Юсупов? — негромко сказал кто-то сзади, слегка тронув Михаила за плечо. — Сколько лет, сколько зим...

Михаил обернулся — Сергей Белоусов из следственной группы, работавшей вместе с ним в Афганистане. Они не были близкими приятелями, но относились друг к другу с уважением.

— Очень рад тебя видеть в такой отличной форме. — Сергей дружески улыбался. — Много слышал от ребят о твоих невероятных приключениях. Но теперь воочию убедился, что это не миф. Ты знал Трифонова?

— Нет, я здесь со своим шефом, его пригласили на похороны, — ответил Михаил Белоусову, не прекращая наблюдения. — Я тоже очень рад снова встретить старого товарища. Чем теперь занимаешься, какое отношение имеешь к Трифонову?

— Я его хорошо знал по Афгану. Прекрасный человек; очень большая для всех нас потеря. Просто пришел проститься. А занимаюсь... можно сказать, своей специальностью. Вместе с другом, который раньше работал в прокуратуре, создали на паях детективное агентство — частные расследования. Процветаем! — И показал на крепкого мужчину, выше среднего роста, стоявшего поодаль с большим букетом цветов. — Вот он стоит — коренастый такой, в кепке. Трифонова он тоже хорошо знал, часто с ним общался.

Послушай, давай отойдем в сторону и потолкуем, расскажешь о себе. — Он взял Михаила за локоть. — Очень хочется знать, как живешь, чем занимаешься. Здесь неудобно.

— Не могу отойти, я на службе. — Михаил напрягал зрение. — Не нравится мне обстановка. Видишь, вон там, за вырытой могилой, парней? Так вот, одного я знаю по Афгану — вон того, толстомясого. Сапер, проходил по делу о хищении взрывчатки. Скользкий тип. Что ему здесь надо? Тоже знал Трифонова? Не похоже.

— Да брось ты! Все враги мерещатся, — решительно возразил Белоусов. — Они, конечно, есть, и очень опасные. Но сюда не сунутся, побоятся. Видишь, какая крутая собралась публика? Разнесут в клочья! Пойдем, не бойся за своего шефа! — теребил его Сергей. — Ничего ему не угрожает в таком окружении.

И Михаил уступил — вопреки своим правилам. Потом ничем не мог этого объяснить, кроме как велением судьбы, сохранившей ему жизнь. Едва они успели отойти за массивный гранитный памятник — мощнейший взрыв разметал все вокруг и перепугал жителей близлежащих домов.

Масштабы происшедшей трагедии были ужасающими. Радиоуправляемое взрывное устройство, заложенное вблизи могилы, убило десятки человек, около ста покалечило. В результате этого наиболее крупного из происшедших в столице террористического акта погибли многие лидеры движения. Вместе с ними пострадали совершенно непричастные люди — родственники, друзья и просто те, кто случайно оказался рядом.

Только лежа в больнице Юсупов и Белоусов узнали, что среди погибших оказались Ланской и компаньон Сергея, и все подробности о том, что с ними самими произошло после рокового взрыва.

Памятник, за которым они стояли, разбило и покорежило. Он спас им жизнь, но осколками Юсупову порвало бок, а Белоусову перебило руку. Их нашли без сознания, истекающими кровью и немедленно доставили в хирургическое отделение.

Они лежали рядом, в одной палате, и два дня не разговаривали, молча переживая случившееся и постепенно приходя в себя. Первым заговорил Сергей Белоусов:

— Просто не представляю себя без Андрея. — Он уставился невидящим взором куда-то в пространство. — Я ведь был только рабочей лошадкой, а он — головой, мозговым центром нашего дела. Это он создал агентство, пробивал регистрацию через этих бюрократов и взяточников. Благодаря его связям мы стали на ноги и завоевали авторитет. Не знаю, что и делать... У нас двенадцать сотрудников. Работать я умею, а вот руководитель из меня никакой.

Полежал молча, все больше мрачнея, и уныло произнес, как бы говоря сам с собой:

— С финансами, наверно, напряг будет. У Андрея осталась большая семья: жена, двое детей, старики родители; живут в особняке; расходы, понятно, большие. Думаю, заберут свой пай из общего дела. Понимаешь, чем это пахнет? — Посмотрел в сторону Михаила, но так и не понял по его безразличному виду, слушает тот или нет. — Банкротством! У меня на счету резервов нет.

Михаил слушал, о чем он говорит, но мысли его были заняты другим. В нем боролись противоречивые чувства. До боли жаль погибшего друга, его семью; возмутительна безобразная криминальная возня вокруг благородного дела. Уйти бы подальше от этих бесконечных, опасных разборок, найти наконец достойную, спокойную работу и зажить полной жизнью...

Но профессиональный долг, сознание закаленного бойца призывали: не оставляй безнаказанным жуткое злодейство, разыщи, покарай убийц, отомсти за смерть друга!

«Нет, я этого так не оставлю», — пообещал он сам себе, чувствуя, как зреет решение, возвращается привычный в работе азарт. — Найду негодяев! Зацепка есть... Сначала — разыскать того парня, сапера. Чую — он там крутился неспроста». Но прежде всего найти в Москве работу... Неожиданно его осенила неплохая как будто идея.

— Послушай, Сергей, — он повернул голову к Белоусову, — мне кажется, я знаю решение твоей проблемы. — И, убедившись, что товарищ его слушает, продолжал уже увереннее: — Все годы после возвращения я руководил службой безопасности у Ланского. Служба работала четко; коллектив — около полусотни человек; можешь навести справки.

У меня есть сбережения — сумма немалая, честно заработал. Следственная работа всегда была для меня целью жизни. Если не против — принимай меня в компаньоны. — Помолчал, как бы проверяя в уме свое решение. — Лично я готов рискнуть своим капиталом. Детективное агентство тоже следственная работа. Думаю, дело будет мне по душе. А с управлением коллективом, не беспокойся, справлюсь. — Умолк и повернулся на здоровый бок: перебитые ребра побаливали.

«Звонить Вере Петровне пока не стоит, — с грустью думал он. — Знакомство с сыном придется отложить до выздоровления».

Итак, судьба еще не благословила Михаила на встречу с сыном, как ни рвалась и ни жаждала этого его душа.

Глава 28. РАЗОБЛАЧЕНИЕ

Конец августа выдался теплый, но на редкость дождливый, зато много грибов. Рано утром в субботу, когда компания собралась в лес, все еще моросило, но для любителей «тихой охоты» это не помеха. С шутками и смехом, облачившись в плащи и водонепроницаемые куртки, подхватив корзины и лукошки, устремились в лес, благо он начинался сразу за оградой. Новенький коттедж профессора Розанова — крайний в учительском садово-дачном кооперативе.

Светлана приехала со своей компанией накануне вечером, на огромном «шевроле-блейзер», — он еле поместился за воротами участка, на узкой садовой улочке: решила повидаться с матерью и сыном, а заодно прогуляться по лесу с друзьями, как и она, обожавшими собирать грибы и ягоды.

— Принимайте гостей! — весело заявила она вышедшим навстречу Вере Петровне и Розанову, целуя сынишку. — В тесноте, да не в обиде! Не зря же построили такой шикарный дом.

Двухэтажный коттедж — его всего за два года возвел Степан Алексеевич, при активном и непосредственном участии Веры Петровны, — разумеется, шикарным никто бы не назвал, особенно по сравнению с богатыми, вычурной архитектуры каменными особняками, возникавшими как по мановению волшебной палочки по всему ближнему Подмосковью. Всего-то обшитый досками добротный бревенчатый сруб, два широких окна по фасаду и большая застекленная терраса в торце. Высокая двускатная крыша позволила устроить на втором этаже еще одну спальню и небольшую гостиную-светелку. Но гордость хозяев — комнаты первого этажа: просторная спальня с изразцовой голландской печью, кабинет с камином — уютный салон с диваном, мягкими креслами и баром, встроенным в книжные полки.

Только самые крупные работы — фундамент, сруб, печь с камином, шиферное покрытие — выполнили строители. Все остальное Степан Алексеевич и Вера Петровна сделали своими руками. Розанов был еще по-спортивному крепок телом, да и Вера не забыла трудовые навыки — деревенскую закалку своей молодости. Прекрасный яблоневый сад, кустарники и небольшой огород также были делом их рук и неустанных забот, любви к своему небольшому владению на лоне природы.

Степан Алексеевич давно уже водил собственные «Жигули». Наличие транспорта очень помогло в строительстве и было вообще незаменимо в дачной жизни.

— Что бы мы делали без машины! — постоянно радовалась Вера Петровна. — Не представляю, как добираются те, у кого нет транспорта. Это же мука мученическая!

Обретя вновь счастье с Розановым, она старалась думать, что все минувшее происходило в какой-то другой, нереальной жизни — о ней и вспоминать не хотелось.

Их примирение состоялось на редкость просто и легко. Видно, так сильно их души стремились друг к другу! После того как Вера Петровна поведала Розанову об обидах, страхах и сомнениях, вынудивших скрывать от него правду, а он признался, как тосковал по ней долгие годы и не мог обрести личного счастья, они больше не говорили о прошлом.

Вера Петровна стала часто навещать его одинокое жилище, помогая по хозяйству, что ему очень нравилось, и постепенно их отношения наполнились любовной близостью. Это, конечно, не была прежняя, молодая страсть, но им было хорошо вместе, как двум половинкам единого целого.

Совместная дружная работа по возведению дома и устройству сада стала лучшей проверкой их чувств и совместимости, укрепила желание жить под одной крышей.

— Ну что же, родная Веруся, пора кончать с твоим вдовством, — осторожно предложил Розанов, когда, обнявшись, они сидели у пылающего камина. — Хочу, чтобы ты стала моей законной женушкой — перед соседями неловко.

Вместо ответа она только нежно его поцеловала, и они вскоре тихо и незаметно расписались, ограничившись семейным свадебным ужином. Устраивать пышное торжество оба сочли неуместным и Светлане так сказали — она согласилась.

Михневские березовые рощи издавна славились грибными местами, особенно много было белых. В хорошие годы грибы собирал, прямо на опушке леса, за оградой, а то и на самом участке Розановых. Вскоре шумная компания, промокшая, но веселая и довольная, вернулась из леса с неплохим урожаем. Больше всех радовался Петя:

— Представляешь, бабуся, в одном месте нашел сразу четыре пузана — в траве прятались. А они все прошли — даже не заметили. Тоже мне грибники! Я сегодня чемпион, больше всех набрал. — И с гордостью показал лукошко, полное отборных грибов — подберезовиков, подосиновиков и, конечно, белых.

— Молодец! — Вера Петровна его поцеловала. — Неси на кухню! Будет тебе награда! Только отбери белые — в печке посушим.

Кроме Марка, сидевшего за рулем своей престижной машины, которую купил сразу, как стал руководителем ансамбля, вместе со Светланой приехали коллеги по Театру музыкальной комедии.

Одну пару составляли ее основной партнер Геннадий Орлов, тридцатидвухлетний богатырь, с курчавой, как у негра, шевелюрой, и его миниатюрная жена, тоненькая и гибкая, как змейка. Другая пара состояла из молоденькой дублерши Светланы с ее очередным красавцем кавалером.

Все, за исключением Марка, — заядлые грибники и любители пикников на лоне природы. Не успев прийти из леса и не дав себе передохнуть, артистическая братия стала разводить костер и занялась шашлыком.

— А ну, любители сырого мяса, за мной! — скомандовал Орлов.

Все занялись делом: женщины нанизывали куски свиного филе на шампуры, а сам Геннадий действовал как заправский мангальщик. Ароматный дымок обволок весь участок, дразня аппетит. Дождь к этому времени прекратился, распогодилось, и обедать уселись на открытом воздухе.

— Светочка, не знаешь, почему Надя не приехала? Она обещала наведаться в это воскресенье, — поинтересовался Розанов, когда разделались с шашлыком и отдыхали перед десертом.

— Наверно, подвернулся более заманчивый вариант, — добродушно усмехнулась Светлана. — Она же у нас невеста на выданье. Думаю, появился подходящий претендент и ей не до нас.

— Не любит она почему-то спокойный отдых на природе, — с грустью констатировал Розанов. — Сколько ни пытаюсь ее приобщить, никак не удается! А ведь здесь, на свежем воздухе, так легко дышится, так хорошо успокаивается нервная система!

— Вы напрасно за нее тревожитесь, Степан Алексеевич! — весело рассмеялась Света. — У Наденьки лучше всего отдыхают нервы на Канарских островах, в богатой компании. Не сомневайтесь — она знает, чего хочет, и добьется этого.

Светлана не могла себя заставить называть его отцом и не скрывала этого. Розанов, с его деликатностью, ни словом, ни намеком не выдавал, что ему это неприятно. Он надеялся, что со временем все станет на свои места.

— Не знаю, мамочка, смогу ли я иначе, — объясняла Света, — жаль мне его, ведь он действительно мой отец. Да и за тебя рада, что ты счастлива с ним. Но... все же папой для меня был и, видно уж, навсегда останется бедный Иван Кузьмич: он меня любил и вырастил.

Вера Петровна только грустно вздыхала:

— Поступай как знаешь, доченька. Как велит твоя добрая и верная душа.

После обеда разбрелись кто куда. Розанов решил прилечь отдохнуть и ушел в свою спальню. Марк отправился возиться с машиной. А молодые пары снова ушли на прогулку, любоваться природой.

— Мы, наверно, скоро вернемся, — заявил Орлов, по натуре заводила. — Хотим дойти до Михайловского — там церковь знаменитая. Может, службу застанем.

— Что-то с Мариком у тебя не так, доченька... — решилась сказать дочери Вера Петровна, когда они в летней кухне мыли посуду. — От материнских глаз ведь не укроешь. Вижу — он хмурый и ты к нему не очень расположена. Случилось что?

— Ничего особенного, мамуля, — с деланной беспечностью ответила Света, — не хотела до времени посвящать ее полностью в свои семейные отношения. — Обычные наши с ним проблемы, ты же их знаешь. И причину тоже.

— Значит, все из-за Петеньки? Обижается, что не даешь усыновить? — И подняла глаза на дочь, ожидая подтверждения. — Тогда он не прав. Нельзя этого делать при живом отце.

— Это так, но не совсем. Он недоволен, конечно, что Петя называет его дядя Марк, но, по-моему, уже смирился, — неохотно пояснила Света. — Проблема и причина его плохого настроения в другом: я не соглашаюсь заводить еще одного ребенка. Его собственного. Кроме того, он продолжает ревновать меня к Михаилу. Представляешь, какая глупость?

«И вовсе не глупость! — подумала Вера Петровна, бросив быстрый взгляд на дочь. — То-то прячешь глаза от матери». Знала, конечно, что брак ее дочери основан не на любви. Но видела и то, как Марк предан семье, неустанно о ней заботится. Уверенная в доброй, преданной натуре Светланы и ее порядочности, она не сомневалась, что дочь сделает все, чтобы семейная жизнь протекала в согласии. Однако ошиблась.

— А почему, Светочка, ты не хочешь пойти ему навстречу? Ведь это только укрепит вашу семью, и ревновать он перестанет.

— Петеньке будет хуже! — нахмурясь, уверенно отрезала дочь. — Уж он-то не виноват, что родной отец его знать не хочет, а тогда — и отчим тоже. Раз появится свой, родной.

— Ты уверена, что Миша отвернулся от сына? — Оставив посуду, Вера Петровна серьезно и требовательно взглянула на Свету. — Какие у тебя для этого основания? Может, он и не знает. Как в свое время Степан Алексеевич.

— Этого быть не может! Сразу же все ему рассказали, как появился! Вот и Марик мне передал после разговора с Мишей: соседи ему говорили, что видели меня с ребенком. Поэтому он и слушать меня не захотел. Испугался!.. Не нужен ему сын без меня, — заключила она, и глаза у нее наполнились слезами.

«Ну что ж, мы это скоро выясним», — тревожно подумала Вера Петровна: она не сказала дочери о своем письме — зачем зря волновать.

— Не верится мне все же, что Миша решил из-за обиды на тебя отказаться от сына, не такой он человек. Да и ты сама это знаешь. Здесь что-то не так, доченька.

Глубоко задумавшись, каждая о своем, а по всей вероятности, об одном и том же, мать и дочь молча занялись мытьем посуды.

Поздно вечером, когда все разъехались и хозяева улеглись спать, Степан Алексеевич, обнимая жену, спросил:

— Похоже, Веруся, отношения у Светы с Марком все же наладились?

— Дай-то Бог, Степа! Но я сомневаюсь... Знаю нашу дочь. Даже, если Марик перестанет требовать, чтобы Света родила ему ребенка, у нее к нему ничего не переменится... — грустно вздохнула. — Любовь к Мише у нее на всю жизнь. Да и Петенька напоминает ей о нем...

— Да уж, от этого никуда не деться. Но мальчику нужен отец. Света не может воспитывать его одна. Рядом с ним должен быть мужчина, и лучше пусть будет им Марк...

Вера Петровна ласково прижалась к мужу, прошептала:

— А в нашей семье уже есть замечательный мужчина... Петенька к тебе так и льнет!

— Дедушка это все же не отец, — ответил он ей, крепко обнимая и целуя. — Да и со мной он только на даче.

Словно угадав, о чем думает жена, Степан Алексеевич ослабил объятия.

— Как ты думаешь, почему Михаил совершенно не интересуется сыном? — задумчиво спросил, явно осуждая поведение отца Пети. — Неужели он так сильно обижен на Свету, что перенес свой гнев и на ребенка?

— Для меня самой, Степочка, это — загадка. Я же знаю Мишу. Он порядочный и благородный — так воспитан. Не верится, что мог бросить своего ребенка.

— Тогда как же это объяснить? Неужели война и плен сделали его другим человеком?

— Не думаю, — отрицательно покачала головой Вера Петровна. — Скорее всего он не знает, что у него есть сын. Это, Степочка, больше похоже на правду.

— Вот какие с нами творятся чудеса... Хоть и по-другому, но все повторяется, — грустно произнес он, имея в виду их собственную историю.

Вера Петровна посмотрела на мужа долгим взглядом и спросила:

— А ты, Степа, если б узнал про Свету, сразу примчался бы?

— Ну конечно же! А ты в этом сомневаешься? Знаешь что, Веруся? — он решительно приподнялся. — Надо сообщить Михаилу о сыне. И думать здесь нечего! Тебе известно, где он находится?

— Знаю, что он сейчас в Западносибирске — в Союзе афганцев работает. Мне адрес его соседка дала. Я ведь, Степочка, ему уже написала, — призналась она, улыбаясь. — Тайком от Светы...

— Ах ты умница! Золотое у тебя сердечко, Веруся! Как я тебя люблю, моя сладенькая...

Влекомый нежным чувством, Степан Алесеевич обнял и поцеловал жену, начиная любовную игру, — их взаимная страсть с годами не ослабла.

Светлана навела в квартире порядок, плотно покушала перед вечерним спектаклем и собиралась уже уходить, когда раздался звонок в дверь. С тех пор как дом из управления ЦК был передан в муниципальное ведение, вахтеры в подъезде не дежурили и приходилось опасаться всякого. Посмотрев в «глазок» и увидев на площадке бородатого незнакомца весьма подозрительного вида, она лишь приоткрыла входную дверь, оставив на цепочке.

— Что вам здесь надо? Вы к кому? — И приготовилась снова мгновенно захлопнуть дверь.

— Света, ты меня не узнаешь? — обиженно произнес лохматый незнакомец; потом, видимо, понял, в чем дело, и смущенно пробубнил: — Хотя и вправду моего вида можно испугаться. Это же я, Виктор Сальников! Помнишь такого?

— Боже мой! Витек?! — всплеснула она руками, позабыв снять цепочку. — Где же ты так долго пропадал? — И спохватилась: — Ой, прости меня, сейчас открою! — И скомандовала: — Проходи на кухню!

Смущаясь своего неряшливого вида, он вошел в сияющую чистотой квартиру.

— Я тебя быстренько покормлю, Витек, у меня все еще горячее. Ты извини меня за спешку — тороплюсь на вечерний спектакль, но полчасика еще есть. — Светлана усадила Виктора за стол и присела напротив. — Отметим встречу, когда приедет Марик: его в городе нет, на гастролях. Ну расскажи хоть, где пропадал?

— А тебе Марик что, ничего обо мне так и не говорил? — с недоумевающим видом воззрился на нее Виктор, продолжая жевать: он был голоден и рассчитывал поужинать.

— Сказал, что ты вроде бродяжничаешь... где-то на Дальнем Востоке или в Средней Азии. Мол, с наркотиками связался, бомжем стал и о тебе ни слуху ни духу. Дом-то ваш с Мишей сгорел.

— Стра-анно как-то получается, — протянул, помрачнев, Сальников. — Ведь Марик отлично знал, что мне семь лет дали за убийство. Не хотел тебя пугать, что ли? И Мишка знал. Он тебе тоже ничего не сказал? Хотя... вы же с ним поссорились.

— Ты что это, серьезно, Витя? Что человека убил?.. Как же ты так?.. Ты же добрый парень, я знаю...

— Понимаешь, случайно, конечно. И в мыслях такого не держал. Но человек погиб, и я свое наказание понес. Буквально от звонка до звонка. А вот почему Марик тебе не сказал правду — это загадка. — Вдруг глаза у него вспыхнули, словно его осенило. — Погоди, Светочка... объясни мне одну вещь. Это мне все время покоя не давало, пока сидел. Делать было нечего, вот и думал себе... Почему ты все-таки решила выйти за Марика, когда перед свадьбой узнала, что Мишка живой и здоровый? Устала его ждать или не захотела Марика подводить? Я перед Мишей тебя оправдывал, говорил, как долго и верно его дожидалась, но не мог понять: почему в последний-то момент дрогнула, когда все могло кончиться благополучно?

— Ты... о чем это говоришь? — насторожилась Светлана. — Когда это я узнала, что Миша живой и здоровый? От кого? Да пока он сам мне не позвонил из аэропорта, я и не подозревала! — произнесла она с искренним чувством.

Сальников так и обмер: догадка его подтвердилась. Кровь ударила ему в голову, и он буквально подпрыгнул от возмущения.

— Что ты говоришь! Это невозможно! Неужели Марик ничего тебе не сказал?! Какая подлость!

— А... что... он должен был... сказать? — помертвев, не спросила, а прерывисто прошептала Светлана, — она и сама уже догадалась: сердце подсказало, затрепетавшее, как раненая птица. — Когда?..

— Да как раз накануне вашей свадьбы. Передал я ему из надежного источника весть, что Миша жив... и едет домой... — потрясенно пролепетал Виктор. — Он, конечно, поражен был и... растерян, но как верный друг обещал тебе передать, чтоб ты сама... решила вашу судьбу. Неужели не сказал? Господи, что же теперь будет?! Михаил же его убьет! А тебе каково?

Посмотрел на ее безжизненное лицо, на безвольно поникшие плечи — и без слов понял, какое безутешное горе принес в этот дом, — никто и ничто не утешит ее сейчас. Он молча поднялся, скрипя протезом, и с темным от душившего его гнева лицом подошел к ней и хрипло пробормотал:

— Прости меня, Светочка, ради Бога! Я этого никак не предполагал. Спасибо за угощение и не поминай лихом. Не провожай — я захлопну дверь. — Уходя, он повернулся и буквально прорычал: — А твоему гаду так и скажи: ему это с рук не сойдет! Мишка его пощадит — так я не прощу! Пусть снова в тюрьму угожу!

Оплакивая крушение своей семейной жизни, Светлана совершенно забыла, что ей нужно идти на работу, даже не позвонила в театр предупредить. Морально опустошенная, раздавленная, она ощущала вокруг себя только пустоту. Жить дальше совсем не хотелось.

«Ведь счастье было рядом! Разве я не заслужила его, о Боже? За что ты меня покарал? Я так много лет его ждала, была верна клятве... Это несправедливо!» — стонала она, упиваясь своим горем и ропща на жестокость судьбы. О муже она почти не думала: ясно, почему он так поступил. Вовсе не из-за неприятностей, связанных с отменой свадьбы. Не сумел отказаться от своей мечты в момент, когда она сбывалась, — даже ценой предательства... Что ж, это лишь подтверждает силу его любви и, как ни странно, не роняет его в ее глазах. Просто она его не любит, вот и все. Верна ему, старалась быть хорошей женой. Считала: раз Миша от нее и от сына отказался, она добросовестно попытается его забыть и полюбить Марика...

Последний год они жили очень плохо; Светлана радовалась, хоть мать переехала к Степану Алексеевичу и не видит этого, — стыдно. Основная причина их неладов — раздражительность и нетерпеливость Марка, несколько раз он устраивал ей сцены даже в постели: ревновал к Михаилу.

— Когда же ты перестанешь его вспоминать?. Сколько еще лет потребуется? — возмущался он, нервно закуривая. — Чем я плох как мужчина? Тебе же хорошо со мной? А ты... почему ты... шепчешь его имя?..

— Тебе показалось... Ты просто зациклился на своей ревности, — отговаривалась Света, неуверенная, правда ли это: она и впрямь не помнила, что непроизвольно шептали ее губы.

Потом начались конфликты из-за Пети: пусть мальчик называет его папой.

— Ты все еще надеешься, что Мишка к тебе вернется и тогда ты меня бросишь! — упрекал он ее. — Потому и сыну не даешь ко мне привыкнуть.

Последнее время Марк настаивал, чтобы она родила ему ребенка, устраивал скандалы, а когда они не помогли, пытался взять лаской, застать врасплох. Но к этому времени она уже твердо решила, что детей у нее от него не будет, и по совсем иной причине, чем та, о которой сказала матери. Она открыла, что муж у нее законченный наркоман, и испугалась дурной наследственности. Когда Марк попытался в очередной раз завести разговор о ребенке, откровенно заявила:

— Не хотела я поднимать этот болезненный вопрос, Марик. Все надеялась, что временная это у тебя слабость. Так вот, — она серьезно посмотрела ему прямо в глаза, — пока будешь сидеть на игле, пока не вылечишься — и не думай даже об этом. От наркомана у меня детей не будет!

— Ты что, в своем уме? — попытался он принять вид оскорбленной добродетели. — Кто тебе наплел эти небылицы? Сколько же завистников!

— Не изворачивайся, бесполезно, — с не свойственной ей суровостью взглянула на него Света. — Я что, слепая и не вижу следы уколов? И кроме того, до меня доходит молва о твоих подвигах на выезде с этими... из кордебалета.

— Ну это уж слишком! — сдвинул брови Марк, изображая негодование. — Отлично знаешь, что, кроме тебя, для меня женщин не существует!

— Верно. Это когда ты в своем уме, а не под действием кайфа, — спокойно осадила его Светлана. — У меня нет оснований не верить: слышала от непосредственной участницы. — И успокоила его, презрительно сложив губы: — Напрасно так разволновался. Я не собираюсь устраивать тебе сцены и делать решающие выводы. Ты серьезно болен, Марик, и я требую, чтобы ты вылечился!

После каждой ссоры наступало охлаждение и они едва разговаривали, пока находчивый Марк не придумывал какое-нибудь празднование на выезде или дома — наступало временное перемирие. Но теперь и этому хрупкому существованию пришел конец.

После разговора с Виктором Сальниковым Светлана слегла: не справилась с нервной депрессией, наступил полный упадок сил.

Вере Петровне пришлось перебраться на Патриаршие пруды — ухаживать за дочерью и внуком. Дачный сезон как раз кончился.

Однажды, покормив завтраком обоих, она принялась готовить обед, когда зазвонил телефон.

— Кто?.. Миша?.. — Она замерла. — Откуда говоришь? Из больницы? Так вы... здесь, в Москве?

— Наконец-то я до вас дозвонился! — Михаил заметно волновался. — Две недели уже здесь валяюсь — травма. В первый же день, как прибыл в Москву, угораздило! — И принялся оправдываться: — Я как получил письмо — сразу прилетел. Верьте мне — я не знал, ничего не знал! Думал, что ребенок от Марка, что Света не дождалась... Ну а семья — дело святое! — И умолк: что скажет Вера Петровна? Не дождавшись, продолжал:

— Ваше письмо мне всю жизнь перевернуло! Я ведь в Западносибирск перебрался, чтобы быть подальше. Считал, в Москве мне делать больше нечего, так для всех лучше. Теперь все наоборот! — Он не скрывал своей радости. — Теперь у меня появилась цель в жизни: хочу быть рядом с сыном, помочь ему вырасти... достойным славного рода, потомком которого он является.

Слушая его взволнованную речь, Вера Петровна не проронила ни слова. Душа ее была переполнена болью и теплым чувством от сознания, что она в нем не ошиблась.

— Вы меня слушаете? — Михаил боялся, что их прервали. — Очень вас прошу, Вера Петровна, дорогая, как бабушку и, судя по вашему письму, моего друга: помогите мне найти подход к Светлане! — Потому и хотел поговорить сначала именно с вами. Я уже несколько раз звонил из больницы, но никак не удавалось вас застать: подходил Марк или Света. Помирите нас! Скажите ей, что я полностью осознал, как был не прав!

Помолчал, унимая волнение, и пояснил:

— Слишком поздно узнал, как она меня ждала, как ухаживала за мамой; а что вопреки воле отца оставила ребенка и решилась родить без мужа — только из вашего письма. Настоящий подвиг, и я счастлив вдвойне, что у меня есть сын и рожден он женщиной благородной души. Я не ошибся, когда ее полюбил! — Тут же спохватился: — Вы только не подумайте, дорогая Вера Петровна, что я... из трусости не решаюсь сказать все это сам, — нет! Я только прошу вас подготовить и организовать нашу встречу, познакомить меня с сыном. Это ведь так непросто! — И умолк, с волнением ожидая ответа.

Вера Петровна не сразу откликнулась, раздумывая, подбирая нужные слова, в растерянности: что она может предпринять, не посоветовавшись с дочерью? Наконец с трудом промолвила:

— Не могу пока обещать вам, Миша, что-нибудь определенное. Света ведь так ничего и не знает о письме и о вашем возвращении. — И пообещала: — Но томить вас не стану, понимая ваше состояние. Вам и так пришлось слишком много пережить. Я немедленно поговорю со Светой. Она болеет, и я за ней ухаживаю. А вообще... я снова замужем, за ее родным отцом, и живу отдельно. Но здесь побуду еще дня три, так что звоните.

«Какой замечательный человек Михаил, какое благородство! — думала она. — Недаром Светочка так его любила... Да может, и сейчас еще любит?.. Почему не разрешает Марку усыновить Петю?.. А сын как на него похож...»

И глубоко вздохнув, Вера Петровна принялась за готовку — никто за нее этого не сделает, а подумать можно и за делом и потом пойти к дочери. Разговор предстоит нелегкий, надо справиться с волнением.

Когда Вера Петровна вошла в спальню, Светлана с безразличным видом лежала вперив взор в потолок. Устала уже горевать, просто ни о чем не хочется думать. Как жить дальше? Это представлялось ей неопределенным.

— Доченька, родная моя! — ласково позвала Вера Петровна, присаживаясь на край постели. — Нельзя же так! Расскажи маме — что тебя мучит? Облегчи душу! Я же все пойму...

Светлана каким-то безжизненным голосом тихо ответила:

— А я и сама не знаю, мамулечка, что со мной происходит. Тошно мне... Горько, что так не повезло...

— Это как же — не повезло? Такой замечательный парнишка у тебя подрастает, дом полная чаша, муж заботливый... Больше пяти лет живете — и вдруг...

— Да ничего ты не знаешь, мама! — так же ровно, бесстрастно прервала ее Светлана. — Петеньку я люблю, но он же постоянно напоминает мне об утраченном. А семейная жизнь моя, наверно, кончилась. Сама не знаю, что делать. Но с Мариком жить не смогу больше.

— Что же он такое натворил? — испугалась Вера Петровна. — Серьезное, видно, что-то, а то не стала бы ты так...

— Уж серьезнее быть не может. — Светлана как бы очнулась от дремоты, приподнялась на подушках; гневные огоньки зажглись в ее синих глазах.

— Это по его вине, мама, Петенька растет без отца, а у твоей дочери не жизнь, а сплошной компромисс и фальшь. Это он лишил меня счастья. Стольких лет разлуки с Мишей... Разве я не заслужила немного счастья?

— Что ты говоришь, доченька?! О чем это ты толкуешь — не пойму я?

— Ко мне приходил Виктор Сальников, друг Марка и Михаила; инвалид он, афганец. Мы с ним вместе хоронили Ольгу Матвеевну. Накануне нашей с Марком свадьбы он получил верную весть, что Миша жив и возвращается; велел Марку мне передать, а Марк... скрыл. Понимаешь?.. Предал и друга, и нас с Петенькой. Я же вышла за него потому, что... ценила его порядочность, самоотверженную любовь... Верила, что наше счастье для него важнее собственного. Как же я ошиблась! Он просто... расчетливый эгоист, мама.

Вера Петровна была потрясена: она ценила Марка, успела к нему привязаться; по отношению к ней он всегда проявлял заботу и внимание. Отношения у них были намного лучше, чем обычно между тещей и зятем. Да, такого она от него не ожидала...

Наступило продолжительное, тяжелое молчание.

— Что же ты думаешь теперь делать? — прервала его наконец Вера Петровна.

— Сама еще не знаю, — устало отозвалась Светлана. — Многое я прощала ему. Не хотелось мне тебя посвящать, боялась, хуже будешь к нему относиться, но скрывать больше смысла не вижу. Марик — наркоман со стажем... Не сразу обнаружила, хотя давно замечала неладное. Он отпирался, тщательно скрывал. В последнее время на почве семейных ссор эта болезнь у него усилилась. Опустился даже до измен — распутничал с наркоманками. Но я терпела.

— Так ты любишь его все-таки? Тебе трудно его оставить?

— Я тоже себя спрашивала, — призналась Светлана. — Ведь привыкла к нему — не только телом, но и душой. Хотя сердце мое было отдано другому, с этим я поделать ничего не могла. А Миша меня и сына знать не захотел. И поделом мне! — И впервые за эти дни обильные слезы вновь потекли из ее прекрасных синих глаз, отогревая застывшую душу.

«Пусть выплачется... — подумала Вера Петровна, — потом, потом все скажу». Она терпеливо ждала. Кажется, наступил подходящий момент.

— Доченька, родная моя! Хоть и тяжело тебе сейчас, но есть у нас еще одна неотложная забота. Хочешь не хочешь, надо ее решать. Речь... о Мише идет, доченька.

— А что о нем слышно? — сразу оживилась Светлана. — Ты что-нибудь знаешь?

— Прости меня, если что не так. — Вера Петровна ласково положила ей руку на голову. — Но я не смогла примириться с тем, что Петенька не знает родного отца, растет во лжи. — Дочь ее слушала затаив дыхание. — Не верилось мне, что такой благородный человек, как он, из-за обиды способен бросить своего сына. И оказалась я права: он ничего не знал, доченька. Ему соседи сказали, что у тебя ребенок. Но он же не видел его, посчитал — от Марка. Не захотел вмешиваться, семью вашу ломать.

Светлана подавленно молчала, широко открыв глаза. Слезы ее давно высохли.

— Так вот, Светочка... Решила я все выяснить и написала ему. Узнала через организацию афганцев, где он работает, и написала. Тебе не стала ничего говорить, пока не знала правды. Прости меня, доченька, что действовала против твоей воли. — Она наклонилась и тихонько поцеловала в щеку. — Но решила не допустить, чтобы повторилась моя ошибка. Ты родила сына для Миши, и несправедливо их разлучать! — Она помолчала немного. — А Миша как узнал — сразу все бросил и прилетел в Москву. Рад без памяти, хочет посвятить себя сыну. Просил меня помирить его с тобой и дать ему эту возможность. Теперь он все знает — кроме... о предательстве Марика не знает. — Высказав все это на одном дыхании, она почувствовала огромное облегчение, но с тревогой ожидала, что скажет дочь.

— Значит, он в Москве? Звонил или встречался с тобой? — спокойно поинтересовалась Светлана.

— Он сейчас в больнице, после операции: травма, как прилетел. Попал в какую-то переделку, толком и не поняла, в чем дело. Слава Богу, уже выписывается. Будет звонить.

— Что ж... договорись о встрече, — только и сказала Светлана.

Сердце ее сладко замерло, все помыслы обратились к предстоящему свиданию сына с отцом.

Марк вернулся только в конце недели, в самый разгар бабьего лета, в отличном настроении: гастроли прошли успешно — шоу-бизнес приносил немалые доходы.

Открыв своим ключом дверь и поставив в холл свои красивые чемоданы, он был удивлен, застав в доме тещу. Светлана только что вышла на работу, и Вера Петровна решила еще немного ей помочь, пока полностью не оправится. А Михаил почему-то не звонил.

Удивление Марка возросло, когда, обычно приветливая, теща встретила его довольно прохладно.

— Проходи, Марик, вещи я пристрою. Когда приведешь себя в порядок с дороги, покормлю тебя. Света на репетиции и к обеду не поспеет, обещала вернуться к восьми. Спектакля сегодня у нее нет. — Вот все, что он от нее услышал.

«Не спросила, как съездил, как дела, — мысленно отметил Марк. — Что-то не так. Неужели Света посвятила ее в наши проблемы? Да нет, не похоже на Светлану, не станет она тревожить мать, — успокоил он себя. — Все у нас с ней будет в порядке. Она всегда мягче после долгой разлуки — скучно ведь одной. А у Веры Петровны, как всегда, просто что-нибудь со здоровьем».

— Как Петенька? Втянулся в учебу? — поинтересовался он, зная, что теще приятно его внимание к приемному сыну. — Учителя не жалуются?

— Ничего, успевает. Только драться любит, — отозвалась она, все так же холоднее обычного. — Но на поведение его пока не жаловались. Сверстники боятся, верно, его задирать: крепенький мальчишка.

Перекусив, Марк ушел в кабинет, часок там позанимался, приводя в порядок какие-то бумаги, и уехал по своим делам.

— Будут для меня хозяйственные задания? Заявки принимаются, — предусмотрительно обратился он к теще перед уходом.

— Не стоит беспокоиться, Марик, сама все сделаю! — решительно отвела его предложение Вера Петровна.

Совсем на нее не похоже: всегда охотно нагружала его разными поручениями...

«Нет сомнения, в доме что-то происходит, — озабоченно подумал Марк, садясь в машину. — Ну ничего, скоро все выяснится». Он успел переделать массу дел: отвез в банк финансовые документы, провел ряд деловых встреч и вернулся, когда Светлана была уже дома. Встречать его, как обычно, не вышла, и он понял, что собирается гроза.

— Света что, на меня обижена? Не знаете, в чем дело, тещенька? — вполголоса, по-свойски спросил он у Веры Петровны, которая молча открыла ему дверь (а он специально позвонил, надеясь, что жена встретит).

— Это ты спроси у нее самой, — со свойственной ей прямотой ответила она. — Думаю, вам предстоит серьезный разговор, и я тебе не завидую.

Внутри у нее все кипело, но она изо всех сил сдерживала себя. Пусть сами разбираются между собой, вмешиваться не буду, твердо решила она. Поэтому и старалась держаться нейтрально. Но будь ее воля — выставила бы его вон!

Правильно приняв непривычную холодность Веры Петровны за признак, не предвещавший ничего хорошего, Марк поплелся к жене, понурившись, как побитая собака. Светлану он нашел в гостиной — она отдыхала в задумчивости на диване. При его появлении приподнялась и, указав на стоящее рядом кресло, сказала с мрачным спокойствием:

— Садись. Нам надо объясниться и принять решение. У меня оно уже есть. В твое отсутствие я все обдумала.

— Светик! Что за дела, что за тон?! — воскликнул Марк, пытаясь взять ее за руку. — Даже не здороваешься! Уж не заболела ли? Мне не мерещится? Ты ведешь себя как чужая!

— Давай-ка, Марик, обойдемся без сцен! — сурово отрезала Светлана. — Здесь не театр. И прошу тебя отнестись ко всему так же серьезно, как я. Если у тебя еще есть совесть. — Голос ее дрогнул, в глазах заблестели слезы, но она взяла себя в руки и, жестко глядя ему прямо в глаза, отчеканила:

— Почему ты не передал мне, что Миша жив, когда узнал это от Виктора Сальникова? Как ты посмел это от меня скрыть?

«Так вот в чем дело! — молнией мелькнуло в голове у Марка, и глаза у него забегали. — Теперь все — не отвертеться!» Лицо его печально вытянулось, сердце мучительно сжалось от нахлынувших горьких воспоминаний и запоздалых угрызений совести.

— У меня оправдание одно — я слишком сильно любил тебя, — произнес он медленно и хрипло, решив сказать ей всю правду. — Как мог я отменить свадьбу и оставить тебя в том же, а может быть, еще в худшем положении, чем то, в котором ты находилась, основываясь на непроверенных слухах? — И подавленно замолчал, ожидая, что она скажет.

— Это мне самой было решать, а не тебе! Не для того я столько лет ждала, чтобы не потерпеть еще немного! Несправедливо! — И, не сдержав рвущегося наружу страдания, Светлана дала волю слезам.

Марк с тоской и отчаянием наблюдал, как она мучается, но решил не сдаваться. Подождав, пока она немного успокоится, с чувством заговорил, взяв ее за руку:

— Светик, прошу тебя, будь объективной! Поставь себя на мое место. Ну сказал бы я тебе — что тогда? Ты не раздумывая все бы отменила — принялась снова его ждать. А вернулся бы он? Ведь могло произойти по-другому, и твоя жизнь была бы покалечена!

— Вот именно — по-другому! — гневно воскликнула Светлана, не в силах больше сдерживать свое отвращение к мужу. — Мы с Петей могли быть счастливы! Соединились бы с мужем и отцом после стольких лет мучений и разлуки. А ты бессовестно все разбил! Ты о нас с Петей подумал? Лжешь! Только о себе, о том, чтобы заполучить меня... Даже путем обмана и предательства! Жалкий ты человек! Не только жить с тобой больше не хочу, но и видеть тебя не могу! — Она встала и сделала решительный жест рукой. — Собирай свои вещи и уходи! Чтобы духу твоего здесь больше не было! И слушать больше ничего не буду! — заявила она, видя, что он собирается еще что-то говорить в свое оправдание. — Все дальнейшие переговоры у нас с тобой будут только в официальном порядке. Очень надеюсь, что родители воспитывали тебя порядочным человеком, и ты вспомнишь об этом. Ты достаточно испортил мне жизнь!

Понимая, что любые слова бесполезны и решение Светланы бесповоротно, Марк, совсем раздавленный свалившейся на него бедой, покорно пошел собирать вещи.

— Как самочувствие Светы? Что, ей все еще плохо? — с тревогой спросил Степан Алексеевич, едва переступив порог квартиры.

— Хуже некуда. Она выгнала Марка из дома, Степочка. Это — конец! — печально сообщила мужу Вера Петровна.

Он ничего ей не ответил, только поморщился. Она помогла ему снять плащ, заботливо сказала:

— Ты проходи на кухню, там поговорим. Голодный, наверное?

— Не без того, Веруся. Но что все-таки произошло между ними, когда он вернулся? Значит, Света его не простила?

Вера Петровна подняла на мужа свои ясные серые глаза.

— Разве можно простить такое, Степа? Пойдем, я тебя покормлю и все подробно расскажу.

Она пошла на кухню и Степан Алексеевич, умыв руки, к ней присоединился.

— А где Света? — спросил, садясь за стол и пододвигая тарелку с пиццей, приготовленной умелыми руками жены.

— В детской — с Петенькой разговаривает. Наверно, объясняет ему, что дядя Марк здесь жить больше не будет.

— Ты в этом уверена? Они не первый раз ссорятся.

— На этот раз Светочка ему не простит. Я ее понимаю!

— Н-да, удар силен! — Степан Алексеевич грустно вздохнул. — Но ведь уже ничего не поправишь. И у Марка есть серьезное смягчающее обстоятельство.

— Это какое же?

— Его роковая любовь к Свете! Сама ведь мне о ней рассказывала. Из-за нее он не смог отказаться от своего счастья и предал друга.

— Ты что же, его оправдываешь? — возмутилась Вера Петровна. — А я нет!

— Почему же, Веруся? Ты ведь такая добрая и великодушная. Даже Лидию простила! И Марку, я знаю, всегда симпатизировала.

— То — совсем другое, Степочка. Лидка навредила нам с тобой — взрослым людям. Но она никогда бы не обездолила ребенка. А Марик, — вновь загорелась гневом, — чтобы жениться на Свете, лишил Петеньку родного отца. Он не мог не думать об этом! Я одобряю Светочку! У нашей дочери — сильный характер.

Она возмущенно умолкла. Степан Алексеевич в задумчивости закончил с едой и спросил:

— А от Михаила опять нет вестей? Он снова куда-то пропал? Может, мне попытаться его разыскать?

— Нет, дорогой, этого делать не стоит, — подумав, ответила Вера Петровна. — Пусть все идет своим чередом.

Глава 29. ТРИУМФ НАДЕЖДЫ

— Не понимаю я тебя, Света! Непрактичная ты! Живешь одними эмоциями! — осуждающе заявила Надежда.

Удобно устроившись с ногами на мягкой софе, они болтали после утомительного похода по магазинам.

Надя обитала одна в трехкомнатной квартире с прекрасной планировкой, роскошно обставленной и оборудованной, на девятом этаже семнадцатиэтажного дома, принадлежавшего дипломатическому кооперативу. На шикарную, современную отделку хозяйка потратила немалые деньги: кроме комнат, еще прихожая, просторный холл, огромная кухня и две лоджии.

Работать ей не было нужды, и так жила припеваючи. За время пребывания за границей ей удалось сделать неплохие накопления, и они в основном оставались в целости и сохранности: расходы ее оплачивали периодически менявшиеся богатые «спонсоры».

После возвращения в родные пенаты и развода с Хлебниковым она сначала вела себя довольно неосмотрительно, но вовремя опомнилась и затем уже не разменивалась по мелочам.

— Ну сама посуди, — продолжала убеждать сестру Надежда, — с чем ты останешься? На твою зарплату только прокормиться, да и то не жирно. А ты актриса! Тебе нужно поддерживать свой имидж. Пока не найдешь подходящего мужика, чтоб все при нем. Ох, как это непросто, поверь мне! — Надя произнесла это с чувством превосходства — считала себя, исходя из своего опыта, знатоком мужских достоинств. — И потом, Марк достиг немалых успехов в шоу-бизнесе, обеспечивает тебе безбедную жизнь, гребет деньги лопатой. Ты об этом не подумала? Говорят, он и мужик что надо. — И с лукавой усмешкой взглянула на сестру. — Так что тебе еще нужно? К сыну твоему он хорошо относится. Так?

Видя, что Светлана непоколебимо молчит, не желая обсуждать с ней эту тему, она поняла — бесполезно, не переубедит.

— Неужели после стольких лет тебя все еще интересует Миша? Наверно, из-за Петеньки? Надеешься снова с ним сойтись? — И раздумчиво добавила: — Хотя я... в жизни все возможно. Взять вот твою Веру Петровну и моего... прости, нашего отца. Ведь живут вместе и воркуют, как голубки. Ты хоть поинтересовалась, чем Михаил сейчас занимается?

— Ничего о нем толком не знаю, — честно призналась Светлана. — А насчет сойтись и вопроса нет. Здесь вот он. — И указала рукой на сердце. — И никогда оттуда не уходил! Рвется увидеть сына... Это дает надежду, хотя не знаю, свободен ли он. — Помолчала немного. — Что же касается материальной стороны... что ж, ты права. На первых порах нам туго придется. Может, примем помощь от мамы и Степана Алексеевича, они обещали. Но для меня не в деньгах счастье!

Надежда при последних ее словах обиженно и насмешливо поджала губы — восприняла это как намек на себя.

— Эк ты рассуждаешь! — взорвалась она. — Бессребреница! Посмотрю, как ты запоешь, когда нуждаться будешь. Гроши считать и пересчитывать! Оглянись вокруг! — И азартно блеснула глазами. — Какое изобилие, сколько соблазнов! Ты ведь молодая еще! А ребенку сколько всего надо! Кругом полный выбор! Чтобы одеться по моде, и в Париж ехать не нужно. Думаешь, будешь счастлива? Не имея даже необходимого... Очень сомневаюсь!

Отец, конечно, вам поможет. У меня ревности нет, не думай! — искренне заверила она сестру. — Сама помогу по возможности. Я же люблю единственного племянничка! Но советую все же подумать, и хорошенько, прежде чем расстаться с Марком. Он, конечно, поступил подло, но только потому, что не мог справиться со своей страстью. Я бы ценила это на твоем месте!

— Вот это ты правильно сказала: давай останемся каждая на своем месте, — миролюбиво предложила Светлана — ей надоело выслушивать нравоучительные речи сестры. — Ну что ж, обсудили мы этот животрепещущий вопрос и передохнули. Пора заняться другими делами.

— У меня в городе тоже есть мероприятие, — согласилась Надежда. — Подожди минут десять, я тебя подброшу до дома.

Красивый, новенький «Фольксваген» мчался по скоростному Каширскому шоссе. В районе Вельяминова он свернул на боковую дорогу, идущую через сплошные березовые рощи. Осень расцветила опушки леса палитрой ярких красок.

Надежда решила повидаться с отцом перед отъездом в очередное путешествие со своим другом, солидным бизнесменом из «новых русских». После того как профессор Розанов соединил наконец свою судьбу с Верой Петровной, они редко виделись. Надя ревновала отца к жене — настолько очевидно было его глубокое, нежное чувство к ней. Не то чтобы Надя считала жену отца недостойной его и не заслуживающей своего счастья — наоборот. Давно знала, какой славный человек ее мачеха, и как раз это стало для нее огорчительным. Ей казалось, что вся любовь отца сосредоточилась на жене, а на долю дочери ничего не остается. «Теперь он не одинок, и мои дела ему неинтересны», — обиженно думала она, вместо того чтобы радоваться, что отец хоть на склоне лет обрел свое счастье и жизнь его устроена.

До садово-дачного поселка учителей вела хорошая асфальтовая дорога, и, подъезжая к участку, Надежда издали увидела «четверку» отца. «Дома! — обрадовалась она. — Хоть не напрасно приехала!»

Доктор наук в это время занимался делом прозаичным и малоприятным — перебрасывал вилами на место хранения завезенный утром навоз.

— Фу, какое амбре, — поморщилась Надежда, выходя из машины. — Безобразие! Даже здесь свежим воздухом не подышишь! — Нажала на клаксон и крикнула из-за ограды: — Привет, родитель! Так-то ты встречаешь дочь? У тебя противогаз есть?

— Прошу извинить, не успел убрать до твоего приезда. — Степан Алексеевич с виноватой улыбкой воткнул вилы в землю и подошел к калитке открыть. — Староват становлюсь, силенки уже не те. А вреда для тебя не будет, если понюхаешь, чем сельский труд пахнет. От этого еще никто не умирал, наоборот, здоровее становились. Сейчас накрою, и будет полный комфорт. Запри пока машину.

Он затянул кучу полиэтиленовой пленкой и убрал в сарай вилы. Быстро умылся, переоделся и вышел к дочери.

— Как же я рад видеть тебя здоровой и цветущей! Как по тебе, дочурка, соскучился! — произнес он с чувством, целуя и крепко обнимая ее. — Пойдем скорее в дом! Буду угощать тебя плодами нашего с Верой труда, а ты мне подробно расскажешь, как живешь и какие у тебя виды на будущее. Замуж снова не собираешься?

— А где Вера Петровна? Почему ты сегодня один? — удивилась Надя, зная, что супруги, как правило, неразлучны.

— Осталась на эти выходные в городе, у Светланы. — Он не скрывал досады. — Считает, что должна поддержать ее морально и физически в этот трудный момент жизни. Квохчет, как наседка! — И вдруг стал оправдываться: — Ты только не подумай, что у меня нет отцовских чувств к Свете. Я очень рад, что имею еще одну дочь, она еще крепче связала меня с Верой. Хотя, ты сама понимаешь, не испытываю к ней того, что к тебе, это само собой. — И пояснил: — Но не согласен я с тем, что ее надо опекать, как маленького ребенка. Понадобится — поможем. Но решать свои житейские проблемы она должна самостоятельно. Совет дать — пожалуйста! А за ручку водить — неправильно.

— Вполне с тобой солидарна, папуля, — поддержала его Надежда. — Меня никто не опекал. Посоветуюсь и действую! Ей тоже так жить нужно, не рассчитывать на других. Мои же дела обстоят сносно. Познакомилась и встречаюсь с одним очень интересным человеком, крупным предпринимателем. Он занимается недвижимостью: строит, продает. Очень богат, из «новых русских». То, что мне надо!

— А не подвергаешь ли ты себя опасности, доченька? — не выдержал Степан Алексеевич: приготовился внимательно слушать дочь, но эта новость как-то сразу его насторожила, в душу закралось дурное предчувствие. — Говорят, вокруг недвижимости самая криминальная обстановка: устраняют конкурентов, убивают — все чего-то поделить не могут. Уж не слишком ли ты у меня бесстрашная?

— «Волков бояться — в лес не ходить», «кто смел — тот съел», — безапелляционно возразила Надя. — Кто трусит — тот щи лаптем хлебает, а кто рискует — пьет шампанское!

— Не повторяешь ли ты, дочь, историю с Хлебниковым? Ты в этом уверена? — попытался он отрезвить дочь, чувствуя ее авантюрную настроенность. — Не обожжешься снова?

— Не дай Бог! Олег навсегда останется для меня кошмарным сном. — И, округлив глаза, взглянула на отца с укором. — Нет, что ты! Борис Бутусов — настоящий мужчина! Ты еще увидишь, на какую высоту поднимется твоя дочь! — мечтательно, с обычным азартным блеском в глазах пообещала она. — Вам с любезной Верой Петровной еще доведется погостить у меня на яхте или на вилле в Швейцарских Альпах.

Розанов с любовью и жалостью смотрел на ее оживленное, самодовольное лицо. Он обожал свою красавицу дочь, но сердце у него сжималось от тоски. Жизненный опыт подсказывал, что корыстолюбие и безудержное тщеславие до добра не доведут.

Борис Осипович Бутусов вошел в жизнь Надежды прошлым летом, когда она отдыхала на Кипре с крупным издателем, — он ей нравился главным образом тем, что бессчетно швырял деньги — как подгулявший купец. Как мужчина он ее не очень устраивал, но был веселого нрава, очень щедр и, наученная горьким опытом брака с Олегом, она его терпела — уж очень интересно проводила с ним время. Ему было за пятьдесят, он рано овдовел и повторно не женился.

— В Москве я всех знаю, вхож на любые тусовки! — самодовольно объявил он ей, когда они познакомились. — Веселых и щедрых друзей все любят!

Надю, тоже жизнерадостную, эффектную, обладающую способностью хорошо контактировать с людьми и прекрасно танцевать, он очень ценил как подругу, повсюду водил за собой и часто брал в зарубежные поездки, будь то по делу или на отдых. Так они оказались на Кипре, где поселились в прекрасном отеле, развлекались, часами загорали и купались в море.

Борис Бутусов, крупный мужчина лет сорока, полноватый, с широким лицом, обезображенным шрамом на подбородке у рта, уже заканчивал свой отдых на Кипре. Он прибыл с семьей, состоящей из жены и двух приемных сыновей.

Очевидно, Надежда оказалась в его вкусе, потому что, где бы они ни встречались, он откровенно, не отрывая глаз любовался ею. Человек очень умный и проницательный, он сразу понял, что они не супруги, и не церемонился.

«Понятно, почему он все время на меня пялится, — не без удовольствия отметила Надя, заметив красноречивое внимание с его стороны. — Достаточно одного взгляда на его мымру. И где откопал такую уродину? Ведь сам-то интересный мужик!»

По всему его облику и по тому, как вела себя семья, видно, что он очень состоятельный: такой высокомерный и самодовольный вид придавали только большие деньги. «А ведь он у меня на крючке. Жена явно для мебели, — соображала Надежда, — видно по ее кислой физиономии. Конечно, он изменяет напропалую. Она же старуха, в матери ему годится. Однако с женщинами не боек. Тут нужна инициатива, — пришла она к выводу, наблюдая. — Не привык ухаживать. Видно, весь в работе, в делах. А женщины — так, между прочим».

Незнакомец ей нравился все больше, а вот ее друг изрядно надоел. С Аликом пора кончать. Хороший он спонсор, но слабоват как партнер, деловито рассуждала она. Нужен такой же богатый и щедрый, но чтобы не давал забыть, что я женщина. Может, этот как раз такой?

И дала ему понять, что проявленный к ней интерес не остался незамеченным. После обеда, когда его семья отправлялась отдыхать или по другим делам, он любил посидеть в баре. Обратив внимание на эту его привычку, Надя освободилась под каким-то предлогом от опеки своего друга Алика, подсела рядом с ним на высокий стул и заказала коктейль.

— Не желаете чего-нибудь покрепче? — Он отлично понял, что она откликнулась наконец-то на его молчаливые призывы. — Мне давно хотелось выпить с вами и поближе познакомиться.

— Пожалуй, не откажусь, — улыбнулась она ему в ответ. — Предпочитаю джин и немного тоника.

Он заказал ей джин, а себе — дорогой бренди и представился:

— Зовут меня Бутусов Борис Осипович, москвич, занимаюсь недвижимостью. Вот мои полные координаты. — И протянул свою визитную карточку, положив ее рядом с Надиной косметичкой.

— Но у меня к вам, разумеется, совсем не деловой интерес, — улыбнулся он ей одними глазами — губы остались неподвижными, только шрам побелел. — Вы, конечно, заметили, что произвели на меня сильное впечатление, как только появились в отеле?

— А меня зовут Розанова Надежда Степановна, по бывшему мужу Хлебникова. Он известный дипломат, — призывно, но с достоинством поведала о себе Надя. — Сейчас не работаю, а вообще моя специальность — спортивный тренер по плаванию, кончила Инфизкульт. Если честно, вы мне тоже понравились, — со свойственной ей веселой прямотой призналась она. — Но я человек свободный, а у вас семья.

— Не берите в голову, — серьезно и уверенно заявил он, взглянув на нее и властно, и влюбленно. — Это декорация, которую, если понадобится, можно и убрать. Сойдемся поближе — я все объясню. — И снова взглянул на нее так же. — А я знаю, Надя, что это произойдет. Я этого хочу, и так будет. Это судьба!

Помолчал немного; потом, пристально глядя, будто видел ее насквозь, заявил тоном, не допускающим возражений:

— Встретимся и поговорим обо всем в Москве. Отлично понимаю ваше положение и отношусь нормально. Женщине плохо быть одной. О себе скажу только, что у меня нет подходящей подруги. Вы — то, что надо. — Поднялся, взял в свою лапищу ее дрогнувшую руку, поцеловал.

— Как ни жаль, но мне нужно идти. Буду ждать вашего звонка. Только скажете «Надежда» — и меня отыщут, где бы я ни был.

Борис Осипович Бутусов далеко не всегда был респектабельным бизнесменом, генеральным директором и фактическим владельцем крупной строительной корпорации.

Не более пятнадцати лет назад среди останкинской криминально-коммерческой братвы он был известен как Боря Бутус — круглолицый, разбитной малый; сначала разжился на фарцовке и валютных спекуляциях, базируясь при гостинице «Космос», а потом сделал состояние, вложив заработанное в созданную им шабашную фирму по изготовлению и сборке садовых домиков в Подмосковье.

— Ловкий и головастый ты, Бутус, — говорили ему старшие по возрасту и более опытные сподвижники. — Но слишком несговорчивый и строптивый. Долго не протянешь — свернут тебе шею.

Время шло, уже многих отправил он на вечный покой, а сам непрерывно шел в гору. Правда, в одной из разборок в «Космосе», когда бандиты, контролировавшие гостиницу, хотели заставить его платить дань, ему кастетом выбили зубы и сломали челюсть — остался безобразный шрам на всю жизнь.

Однако очень скоро его решили больше не трогать; основания солидные: обоих бандитов, которые его покалечили, нашли с отрезанными гениталиями в люке канализации. Молва о том, что Бутус обид не прощает и жесток до изуверства, быстро распространилась, и Борю с его беспощадными корешами стали уважать и опасаться.

Душегуб со стажем, Бутусов так хитроумно умел заметать следы, что ни разу не сидел и даже не представал перед судом. Еще подростком он молотком убил алкаша, сожителя матери, когда тот стал ее избивать, и хладнокровно уничтожил все улики, подбросив труп и молоток за пивную палатку.

— Я сам по себе, никого над собой не потерплю! — отметал он с порога все попытки уголовных авторитетов привлечь его в свою группировку.

И от него отставали. Последнюю попытку заставить платить дань сделали со стороны кунцевской группировки, когда он уже стал возводить коттеджные поселки в престижной дачной зоне.

— Хрен вам в сумку! — грубо бросил он в лицо парламентеру, присланному для переговоров. — Только троньте — посмотрим кто кого! Мои ребята церемониться не будут. Вы все и ваши семьи — вот где у меня! — И потряс перед носом опешившего представителя банды огромным волосатым кулаком.

Местные бандиты решили все же показать зубы и взорвали готовый особняк стоимостью сто тысяч зеленых.

Однако после того, как на рельсах нашли раздавленного поездом основного исполнителя диверсии, а у главаря банды прямо из школы неизвестные похитили сына, к Бутусу вновь явился парламентер.

— Не знаю, о чем речь и какое это ко мне имеет отношение, — спокойно и нагло вперил в него стальные глаза Бутусов. — Но у меня хорошие связи среди тех, кто этим занимается. Постараюсь вернуть ему сына, но пусть запомнит, что он у меня в долгу.

Сына тот получил целым и невредимым, и «наездов» на его фирму больше не было.

Ворочая огромными суммами, прокручивая их через банки, удваивая и утраивая капитал, Бутусов стал очень богатым и влиятельным бизнесменом. Для защиты своих интересов держал целый отряд: эти головорезы готовы выполнить любой приказ. Имел «крышу» в правоохранительных органах и во властных структурах; солидные счета и собственность за рубежом.

Ни в детстве, ни в юности не знал он, что такое благоустроенный быт. Его мать, алкоголичка, все пропивала. Дома всегда голодно, пусто, грязь, беспорядок. Занимаясь фарцовкой и скупкой валюты у иностранцев, он ночи напролет работал, питаясь как попало. Ухаживать за девушками времени не оставалось. Поэтому, когда его приручила вдовушка с двумя малыми детьми, пригрела, обиходила и научила азам любви, он к ней переселился и вскоре уже считал, что живет как в раю.

— Ничего вы, сосунки, не смыслите в жизни, — свысока отвечал он на едкие замечания сподвижников: связался, мол, с некрасивой, многодетной бабой, много старше себя. — Вам, конечно, подавай молоденьких красоток! А на что они годятся, кроме траханья? Моя же Маня не только в постели хороша, но понимает, что хочу, с полуслова и заботится обо мне почище родной матери.

Все, хватит! Не суйтесь в мои дела! Тоже учить вздумали! — хмурил он для виду брови, чтобы не надоедали: он действительно тогда считал, что устроился лучше всех.

Однако, достигнув богатства и положения, он по-иному взглянул на свое семейное положение. Жена ему больше не подходила, и он к ней, по сути, не прикасался. Пасынков не любил и за все время лишним словом с ними не перемолвился. Его целиком занимали дела.

Бутусов поселил семью в шикарной двухуровневой квартире, создал идеальные условия жизни, и жена смирилась. Умная женщина, она понимала положение вещей и невозможного от него не требовала.

Сыновья учились в престижных учебных заведениях, носили его фамилию, и единственное, о чем она просила Бориса Осиповича, — иногда проводить отпуск вместе, соблюдая приличия ради спокойствия детей. Бутусов хоть и тяготился этой «обязаловкой», но пока шел ей навстречу.

Проституток презирал еще со времен гостиницы «Космос» — грязи там насмотрелся довольно, на всю жизнь. По горло занятый делами и мафиозными разборками, не располагал временем для личной жизни, да и привередлив был — никто не нравился. За все время имел лишь несколько связей, но ни одна любовница не пришлась ему по сердцу, как ни старалась. И вот наконец судьба послала ему Надежду — она с первого взгляда заставила его холодную кровь быстрее струиться в жилах, зажгла в душе огонь запоздалой страсти.

Надежда позвонила Бутусову на следующий же день после возвращения с Кипра. Сердце у нее тревожно билось: «Свято место пусто не бывает. Как бы кто не перехватил — всякое бывает. За это время он мог положить глаз еще на кого-нибудь».

По указанному номеру Бориса Осиповича на месте не оказалось.

— Он на объекте, — ответила ей женщина, очевидно, диспетчер. — Оставьте ваш телефон.

Связались с ним очень быстро: не прошло и четверти часа, как последовал ответный звонок.

— Надежда Степановна? С приездом! — раздался в трубке сиповатый голос Бутусова — в нем слышалась сдерживаемая радость. — Спасибо, что позвонили. Вы откуда говорите? Из дома? — Прервался, отдавая распоряжения, и продолжал: — Простите меня, Надя. Тут срочные вопросы. К сожалению, поговорить сейчас не удастся. Давайте я вам позвоню часов в шесть и поедем куда-нибудь поужинать. Ну как, пойдет?

Надежде очень хотелось поскорее встретиться, наладить тесное знакомство, но нельзя — поспешное согласие уронит ее в его глазах. Помолчала немного, как бы раздумывая, и с деланным огорчением посетовала:

— С радостью бы, Борис Осипович, но у меня сегодня вечером неотложные дела — я ведь только вчера прилетела. Как вы смотрите, если мы все это сделаем завтра?

— Ну что ж, завтра так завтра, — заторопился Бутусов, — видно, его кто-то ждал; но чувствовалось — раздосадован. — Только на часок попозже. Буду ждать нашей встречи с нетерпением!

Очень довольная разговором, Надя положила трубку и откинулась на спинку дивана. «Ишь как разгорелся! Не терпится, — удовлетворенно подумала она. — Не привык к отказам. Все идет путем. — Она машинально поправила прическу. — Потянуть немного надо, но не слишком. А то рассердится и как знать?..»

Однако Надежда и сама не могла дождаться встречи. Предстоящее свидание с загадочным толстосумом интриговало, волновало воображение. Хоть бы оказался сильным и надежным человеком, чтобы наконец приземлиться. Хватит порхать, достаточно с нее.

Чтобы отвлечься, занималась накопившимися домашними делами, а вечером обзвонила всех знакомых и близких.

— Светочка, сестричка, как семейная жизнь? — весело болтала она. — Скучновато небось? Не то что у меня, на вольных хлебах? Да я шучу, не обижайся. Как Петенька? Здоров? Передай, что тетя Надя его любит и привезла подарки, а что именно — не скажу. Вот загляну на днях и вручу. А что у тебя в театре? Новые роли намечаются? Ну ладно, приеду — расскажешь!

— Папуля, дорогой! Привет! — И радовалась, что слышит его родной голос. — Докладываю, что твоя блудная дочь вернулась в целости и сохранности. Что? Не надоело ли отдыхать и тунеядствовать? Ниско-олечко, папуля! Ну не возмущайся, — перешла она на серьезный тон. — Конечно же, займусь делом, как устрою свою личную жизнь. Ты не думай, я регулярно тренируюсь и диплом у меня сохранился. Этот загул — временное явление. Лучше скажи, как здоровье твое и Веры Петровны. Когда заеду? Как почувствую, что нужна. Тебе сейчас не до меня. Думаешь ревную? — переспросила она и честно призналась: — Да, не стану отрицать. Ты теперь меня меньше любишь. Ну ладно, папулечка, не оправдывайся. Конечно, приеду. Скорее всего на дачу в выходной. У меня машина, так что нет проблем!

Весь следующий день, до вечера, Надежда занималась своей внешностью. Утро провела в парикмахерской, а днем тщательно подбирала туалет и косметику: хотелось предстать в лучшем своем виде, в полном блеске.

К назначенному времени, ожидая его звонка, она быа в полной боевой готовности, в своем самом соблазнительном, дорогом вечернем наряде, подчеркивающем фигуру; свободная пелерина не скрывала тонкой талии, в высоком разрезе длинного платья мелькали длинные, стройные ноги.

Когда Бутусов позвонил, она нетерпеливо подняла трубку.

— Нет, никаких изменений! Очень рада. Куда пойти? Мне все равно, на ваше усмотрение, я вам вполне доверяю. — И улыбнулась в трубку. — С первого взгляда! Я еще не вполне готова, но, пока доедете, буду. Думаю, ждать меня не придется. У нас домофон. До встречи!

Очень довольная собой, Надежда уселась перед зеркалом в ожидании приезда Бутусова.

Кафе-ресторан на Остоженке, в старом московском доме, внешне не отличался роскошью, но внутри отделан был богато и шикарно и в нем царила интимная атмосфера. Цены в этом, по сути, закрытом клубе для избранной публики космические, доступные лишь постоянным клиентам.

Когда солидный «Мерседес-600» Бориса Осиповича припарковался рядом с невзрачным домом, Надежда удивилась. Со своими прежними друзьями она привыкла бывать в модных, шумных местах, а это заведение выглядело подозрительно скромным. Она даже немного оробела.

Удивляться было чему — с самого начала. Бутусов вошел к ней в квартиру один, но приехал с телохранителем, который остался на лестничной площадке. В его машине оказался еще один, который сидел рядом с водителем, таким же, как и он, здоровенным детиной. Когда отъезжали от ее дома, Надежда заметила, что вслед за ними двинулась еще одна иномарка, очевидно, с охраной.

— Не волнуйтесь, Надя, так нужно. — Борис Осипович, улыбнувшись, как всегда, одними глазами, заключил ее руку в свои ладони. — Ценности следует хорошо охранять. Мы с вами стоим дорого. — Проникновенно и горячо посмотрел ей в глаза. — Придется вам привыкать. Теперь повсюду с нами будут мои парни из службы безопасности. Но вы ведь не робкого десятка? Мне с первого взгляда это стало ясно. Я никогда не ошибаюсь!

Входную дверь им открыли, предварительно заглянув в смотровое окошечко. Бутусова, постоянного клиента, тут уже знали. Несмотря на все меры предосторожности, еще двое из его охраны прошли в ресторан, держа коротковолновую связь с оставшимися в машинах.

Предварительный заказ был, видимо, сделан по радиотелефону: Бориса Осиповича ждали. Стол в уютной кабине сервирован по-царски; ярко горят свечи... Чего только на столе нет! Самые экзотические, редкие блюда, лучшие вина и закуски...

В общем зале, где расположились, сделав заказ, телохранители, приглушенно звучит музыка, полумрак... Лишь столики ярко освещены. Все располагает к доверительным, задушевным беседам, к интимному, дружескому общению.

— У меня очень крупное дело, Наденька, а конкуренция жестокая и в выборе средств не стесняются, — объяснил ситуацию с охраной Бутусов: они уже оставили позади обязательные тосты и перешли на «ты». — Сейчас развелось много богатых людей. Удачливые предприниматели, и наши, и иностранные, ведут здесь дела, высокооплачиваемые специалисты фирм и банков. Но самая многочисленная клиентура — представители чиновничества всех рангов, разжиревшего на взятках; ворюги всех мастей и калибров.

Ты даже не представляешь масштабов казнокрадства и коррупции, — продолжал он доверительным тоном. — Кто, ты думаешь, частый гость среди наших клиентов? Директора предприятий и крупных государственных компаний, находящихся на грани банкротства и задерживающих зарплату своим работникам. Администраторы и генералы со скромным жалованьем, а стоимость особняков, что они заказывают, составляет сотни тысяч долларов.

Нам удалось захватить лучшие участки в престижной зоне отдыха за кольцевой автодорогой. Это жирный кусок! — Он внимательно посмотрел на заинтересованно слушающую Надю и сделал паузу: правильно ли поступает, посвящая ее в свои дела? — Вот и приходится принимать меры предосторожности, быть начеку. От этих разбойников всего можно ожидать. Многим очень хочется завладеть нашей золотой жилой. — Он помолчал. — Не напугал я тебя? — И показал в усмешке полный рот великолепных вставных зубов.

Надежда подумала: «Так вот почему он редко приоткрывает губы в улыбке!»

— Хочешь ворочать большими деньгами — будь настороже, всегда готов ко всему.

— Не боюсь я ничего! — заверила его Надя. — Живем один раз, и так, как начертано в Книге судеб. Тот, кому суждено сгореть в огне, не утонет!

— Вот это мне нравится, — одобрительно улыбнулся Бутусов: зачем стесняться своего дефекта, раз они станут близки. — Чувствую, мы с тобой поладим. Ты мне по душе!

Не стесняясь и не манерничая Надя налила себе и ему по полному фужеру прекрасного французского коньяка и предложила:

— Выпьем за то, чтобы нам хорошо было вместе, и не только телом, а и душой!

Они выпили еще много тостов, оживленно, как старые знакомые, рассказывая о себе и своей жизни то, что считали нужным для укрепления возникшего взаимного чувства. Оба были физически крепкими людьми и, несмотря на обильные возлияния, мало захмелели — сказывались великолепная закуска и отменный аппетит.

В одиннадцатом часу, когда они все уже сказали друг другу и, разгоряченные, наполнились сладостным томлением растущего желания, Борис Осипович, в упор глядя на Надежду, откровенно предложил:

— Думаю, нам нечего разводить китайские церемонии. Мы здесь потому, что оба этого хотим. Нам так надо. Мы можем здесь остаться. Для нас создадут подходящие условия. Идет?

Изнывая от страстного желания, смешанного с любопытством поскорее узнать Бориса всего как он есть, Надя все же усилием воли справилась с собой. «Еще не время сдаваться! Слишком большой куш на кону... Это не должно стать для него эпизодом», — мысленно решила она и сказала, вздохнув с искренним сожалением:

— Мне очень жаль, дорогой, но сегодня ничего не получится.

Видя, что у него сразу посуровело лицо и сдвинулись брови, она наклонилась к нему через стол и жарко прошептала:

— Ну не сердись. Мне самой не терпится, дурачок, но сегодня нельзя! По женским причинам. Неужели я не понимаю, что с тобой шутить нельзя? Всего один денечек! Прошу тебя, милый, потерпи до завтра! У меня дома. Давай лучше еще по полной на посошок, а то у тебя ни в одном глазу! — С этими словами она поднялась с места и села рядом с ним. Обхватив его мощную шею руками, пылко и умело поцеловала в губы, лаская языком грубые рубцы шрама. Бутусов, переполненный любовной жаждой, прижал ее к себе, ощущая под широкими ладонями горячее, подрагивающее и такое желанное тело... Однако как человек сильной воли решительно отстранил ее и тяжело дыша, хрипло произнес:

— Ну что же, пусть завтра. Поехали домой!

«До чего ты, кума, азартный игрок! — мысленно ругала себя Надежда, лежа утром следующего дня в постели и критически оценивая свидание с Бутусовым. — Ишь, решила себе цену набить! Будто он не понимает. Ведь умнейший мужик — насквозь все видит».

Она плохо спала ночь. Оттого ли, что много съела и выпила, а может, от неутоленного страстного ожидания, но сон не шел и лишь под утро удалось задремать. Надежда уже жалела, что, решив сделать выдержку, отказала такому серьезному, солидному человеку, как Бутусов. Ведь если он раскусил ее хитрость, запросто может послать подальше. Он ведь не мальчик, чтобы водить его за нос! Однако, поразмыслив, пришла к выводу: обязательно придет, в любом случае. Нужно знать этих дельцов — не переносят тратиться попусту, им всегда нужен результат.

Успокоилась, занялась текущими делами, а днем прилегла даже отдохнуть на часок-другой. Ей предстоит нелегкая ночь! Выспавшись, она приняла ароматическую ванну и стала не спеша приводить себя в порядок, готовясь к важному свиданию.

Рассуждения ее оказались верны: в восьмом часу раздался звонок и Бутусов по радиотелефону из своей машины сообщил:

— Привет, Наденька, еду к тебе. Как самочувствие после вчерашнего? Ты в форме?

— Как нельзя лучше! — бодро откликнулась она. — Только что из ванны. Можно повторить вчерашнее — выдержу! Вот только угощение послабее. Но я старалась, голодным не оставлю.

— Это дело поправимое — у меня в багажнике всего хватает; ребята доставят.

— Погоди, мы что же, будем встречаться при свидетелях? — стараясь говорить шутливым тоном, обеспокоилась Надя. — Ты что же, без них не обойдешься?

— Они нам не помеха. — Он не принял ее шутки. — Посидят на связи в соседней комнате или на кухне. Квартира у тебя большая.

Действительно, когда она открыла входную дверь, вслед за патроном вошли двое с большой картонной коробкой. Огромный холодильник Надежды еле вместил ее содержимое.

Телохранители вели себя по-хозяйски: взяли из холодильника все, что сочли нужным, и удобно расположились: один — в гостиной, у телевизора, другой — на кухне, с переносным транзистором. Для них такие дежурства привычное дело.

С учетом их соседства Надя, которая сначала собиралась принять Бутусова в гостиной, где у нее бар и особенно уютно, перенесла встречу в столовую. Усадила его, как хозяина, во главе стола и стала быстро, умело сервировать интимный ужин. Закончив приготовления, украсила стол цветами, зажгла свечи, погасила люстры и все светильники.

Еще до первой рюмки подошла к нему со спины, нежно обняла, горячо прошептала на ухо:

— Нам незачем торопиться, чувствуй себя хозяином, Боря! Ты так хорошо смотришься в моем интерьере. Без тебя теперь мне будет казаться, что здесь пусто!

— Поверь, я буду еще лучше смотреться в нашем особняке! — многообещающе рассмеялся Бутусов. — Квартирка у тебя, конечно, неплохая, но это не наш уровень. Бери выше!

Они провели за столом неторопливых два часа, весело разговаривая, перешучиваясь и призывно переглядываясь, как молодые супруги. Затем Надежда повела его в спальню, где, перед тем как лечь, они еще постояли у постели, сжимая друг друга в объятиях, целуясь и чувствуя, как тела наполняются страстным желанием.

Надя, не выдержав первой сладкого томления, стала его раздевать, с удовольствием массируя широкую, волосатую грудь, мускулистый живот... Убедившись, что он готов, быстро сбросила одежду, улеглась на постель и потянула его на себя. Он оказался очень силен, но мало искушен в любовных утехах. Надежда, рассчитывая на прочную, долгую связь, боялась проявлять излишнюю активность и опытность — надо сначала изучить его вкусы и повадки. Но этого ему и не требовалось — он был ненасытен и неутомим, не давал ей спать всю ночь и к утру довел до полного изнеможения.

Но она не была к нему в претензии. «Ну и способный мужик! — думала с усталым блаженством. — Даже слишком! Но ничего, здоровья у меня хватит». Недаром Надежда была тренированной спортсменкой.

Когда утром, весело хлопоча на кухне, она покормила его завтраком, Бутусов перед уходом взял ее за руки и без улыбки, очень серьезно сказал:

— Я рад, что не ошибся в тебе, Надя. Мне кажется, и ты довольна, что судьба свела нас. Так вот, — без обиняков предложил он. — Если ты не против, будем жить вместе. Ты мне подходишь. А со своей старушкой я культурно разойдусь. Дам им столько, что не пикнут!

Солидно, как муж, обнял ее, поцеловал изуродованным ртом и, грузно ступая, в сопровождении телохранителей направился к выходу.

Глава 30. «ФИНИТА ЛЯ КОМЕДИА»

Марк проснулся среди ночи от собственного крика. Ему приснился кошмарный сон. На своем «блейзере» он везет сдавать в банк выручку от гастролей; выходит из машины с инкассаторской сумкой. Но тут дорогу ему загораживает какая-то темная фигура и с криком: «Отдай!» — пытается ее вырвать у него из рук. Он не отдает, прижимает к себе сумку. Но это уже не сумка, то Светлана, которая вырывается, а он ее не отпускает.

Она зовет: «Миша!» — и темная фигура обретает облик Михаила Юсупова. Он отнимает у Марка Свету и велит ей: «Беги!» Марк хочет вытащить пистолет и застрелить соперника, но руки не слушаются.

Михаил наваливается на него и с криком: «Предатель!» — хватает за горло, начинает душить. Ему надо сопротивляться, но он не в силах ничего сделать. Перед глазами все расплывается, он пытается звать на помощь и... просыпается в холодном поту.

— Что за чертовщина? Сердце как бьется! — пробормотал Марк, стараясь успокоиться.

Слишком много выпил вчера с горя. Но сон — вещий. Нечто такое может произойти и наяву. Нужно срочно принимать меры!

Вот уже несколько дней, как он снова поселился в своей старой квартире на Арбате. Жильцы еще окончательно не выехали, и Марк занимал только спальню. В остальных комнатах оставались их вещи. Все свои мысли он обратил на поиски путей примирения. Он не представлял, как жить дальше без Светланы, и лихорадочно старался найти спасительный выход. Главное — побыстрее разузнать все о Михаиле Юсупове. Может, он завел другую семью и Света для него пройденный этап. Это здорово помогло бы примирению. Еще не все потеряно!

— До чего же подвел Сало, — с горечью произнес вслух Марк, вставая с постели и нащупывая ногой тапочки. — Я-то думал, что в лагерях сгинул, а он уже тут и успел мне подгадить! Где он ошивается? Надо его разыскать, узнать, что успел наплести Свете.

Решил навести справки у торговцев зельем — вряд ли Витек бросил старые привычки. Сам он не смог, а тот послабее характером.

Марк умылся, оделся и сидя за нехитрым завтраком, который сам приготовил, стал обдумывать план действий по сохранению семьи. Весь расчет он строил на доброте и отходчивости Светиного характера, а также на изменениях в жизни Михаила. Пять лет — немалый срок; наверняка завел семью, — зачем ему сейчас Света и Петенька? Допустим, если у него нет детей, сын его заинтересует. Но как отнесется к этому его жена? Вряд ли одобрит. В любом случае он не будет возражать, если захочет встречаться с сыном, — ради Бога, лишь бы не лез к Свете!

Чем больше он думал, тем сильнее темнел лицом: на минуту представил, что Юсупов за это время не забыл Светлану, семью не создал, и внутри у него все похолодело. Ему вспомнился сон, и он осознал, что наяву все может оказаться значительно хуже. Михаил его уничтожит, если узнает правду. Надо собрать все свое мужество, опередить всех и найти его! Но сначала — отыскать Сальникова.

Определив план первоочередных действий, Марк вышел из дому — прогуляться по Старому Арбату, поговорить со знакомыми продавцами наркотиков.

Старый Арбат был необычайно живописен. С тех пор как из него сделали пешеходную улицу, он полностью перешел во власть кустарей, художников и торговцев сувенирами. Выставки картин, изделия народного творчества, пестрота товаров вкупе с толпами любителей и просто праздных, слоняющихся людей, среди которых попадалось много иностранцев, — все вместе придавало ему праздничный вид.

Марк шел не спеша, останавливался, с удовольствием рассматривал то одно, то другое. Арбат, свою родную улицу, он любил, и настроение его немного улучшилось.

Будто назло ему знакомые сбытчики как сквозь землю провалились; Марк дошел уже до Театра Вахтангова, когда наконец увидел Угря — такой кличкой наградили длинного, худого, верткого малого, с прыщавым, неприятным лицом. Для отвода глаз он торговал сигаретами; завидев старого клиента, уже издали отрицательно замотал головой.

— Сегодня ничего с собой нет! — шепнул он Марку, когда тот подошел. — Хозяин не разрешил, сказал — менты облаву затеяли. У него точная информация, прямо из отделения, — засмеялся он, показывая прокуренные лошадиные зубы.

— Я не за этим сегодня, — пояснил Марк. — Давно Сало не появлялся? Он у нас больше не живет, а мне срочно нужен.

. — А что ему появляться, если он всегда на месте... — снова ощерился Угорь — его просто разобрало от смеха. — Считай, из нашей команды. Тоже вроде сигаретами торгует, но больше милостыней промышляет. Много гребет, сука, — с добродушной завистью поведал он, понизив голос. — Его, как инвалида-афганца, милиция не трогает, рэкет данью не обложил. Как видишь, у всех еще совести немного осталось. Если б травку не курил и не пил — денежный был бы мужик, — заключил он. — Хотя, с другой стороны, трезвым руку протягивать небось постыдился бы.

— Слушай, Угорь, а как его разыскать? — прервал его болтовню Марк. — Где он обретается?

— Да здесь, совсем недалеко. За Смоленским гастрономом, у входа в метро, — под аркой и сидит. А ты приходи завтра с бабками — товар будет.

Узнав, что нужно, Марк ускорил шаг и за углом, на Садовом кольце, сразу увидел Сальникова, который, подвернув здоровую ногу и выставив протез, сидел под аркой.

Марк давно не видел старого приятеля, но, сдержав первый порыв — броситься, обнять, остановился: лучше немного понаблюдать и собраться с мыслями. Он не ожидал, что Сало так опустится, дойдет до жалкой, унизительной роли уличного попрошайки. Узнать его трудно: лицо почти полностью скрывают спускающийся на глаза чуб и спутанная борода; облачен довольно модно, но замызганно; сидит согнувшись, низко опустив голову, в позе, свидетельствующей о состоянии либо похмелья, либо наркотического опьянения.

Перед ним на невысоком опрокинутом ящике разложены сигареты и шапка, куда покупатели или просто сердобольные прохожие бросают деньги — видны и крупные купюры. Кажется, сидящий дремлет, но нет, — он периодически приподнимает голову и, бросив быстрый взгляд по сторонам, убирает набросанные деньги в карман брюк.

Убедившись, что соображает Сало достаточно хорошо, Марк подошел.

— Привет, Витек! Постоял я тут и заметил, что за пять минут ты неплохо заработал. Может, сделаешь перерыв и уважишь старого друга? Поговорить надо.

Сальников сразу узнал его голос и, взглянув исподлобья, хрипло бросил:

— Не о чем нам с тобой говорить, подлюга. Я тебя за человека считал, нормальным пацаном ты был. Не чаял, что поступишь как...

— Вот я и хочу тебе все объяснить, — перебил Марк. — Не так все было, как ты думаешь. Ты что Свете сказал? Она сама не своя. — Он решил скрыть, что жена его прогнала.

— Правду и сказал, — не глядя на него процедил Сальников. — Что перед вашей свадьбой точно узнал все о Мишке, велел, чтоб ты ей передал, ты обещал. — И поднял на Марка горящие гневом и ненавистью глаза. — Как же я жалею, что доверился тебе, гаду, и сам этого не сделал! Мог ли я подумать, что ты окажешься падлой. Мишка ведь был тебе верным другом, и Ольга Матвеевна относилась к тебе, как мать. А ты обманом жену у него увел, сына лишил! Да я тебя своими руками придушу! — прошипел он, непроизвольно схватившись за костыль. — Если у них дело не кончится миром... Вот только повидаю Мишку, разберусь... — угрюмо пообещал он, овладев собой. — Моя жизнь все равно пропащая. Так что делай ноги, пока я в себе.

Марк не был трусом; конечно, временами охватывает страх перед неминуемой расплатой, но положение безвыходное. Он либо сумеет выстоять и сохранить свой брак, либо потеряет сам смысл существования. Может, это помешательство, но без Светы жизнь ему не в радость! А сейчас надо уходить.

— Вот что, Витек! Не все ты понимаешь. Давай сделаем так. Я поговорю с Мишей, и пусть он решает, казнить меня или миловать! — И добавил, красноречиво оглядывая его: — Ты где хоть обитаешь? Бомж, что ли? У меня на старой квартире для тебя всегда место найдется.

— А хотя бы и так! Для меня здесь любой чердак как дом родной. Скорее подохну, чем приму что-то от такой падлы, как ты! — непримиримо бросил Сальников ему вслед. — Жалостливый какой! Ты Мишку пожалел после всех его бед, ублюдок?

Но Марк уже не слышал его ругани, быстро шагая, он почти бегом устремился к дому. Сегодня не до работы: надо срочно установить местонахождение Михаила Юсупова.

После разрыва с мужем Светлана находилась в смятении. Все ее мысли были заняты одним: что ждет впереди ее и сына? С волнением и страхом ждала она встречи с Мишей — ведь прошло столько лет! Непроизвольно желая напомнить себе о былом и проверить свои чувства, решила съездить с Петенькой на Ваганьковское кладбище — на могилку его бабушки.

Осень уже окрасила деревья багрянцем, но было еще тепло. С букетом роскошных георгин они подошли к хорошо ухоженной могиле Ольги Матвеевны, с красивой оградой и высоким мраморным крестом.

— Здесь покоится твоя вторая бабушка, — возложив цветы, объяснила сыну Света. — Она происходила из старинного рода. Ты же читал про князей и бояр? Многие из них немало сделали для величия России. Твой папа в прежнее время тоже был бы князем...

— Как князь Владимир Красное Солнышко или вещий Олег? — удивился Петя. — Мам, давай я прочту бабушке стих о вещем Олеге! — предложил он и бойко начал декламировать:

Как ныне сбирается вещий Олег
отмстить неразумным хазарам.
Их села и нивы за буйный набег... —

Мам! А кто такие хазары? — спросил, прерываясь. — Они тоже русские?

Света с удивлением обнаружила, что сама этого не знает, и ответила:

— Они из народностей, которые потом вошли в Россию, сынок.

— А мой папа насовсем погиб? У него там — далеко — тоже есть могилка?

Вопрос сына привел Свету в замешательство. «Ну что я ему скажу, когда появится Миша? Как объясню, что через столько лет его отец оказался живым и невредимым?» Но она все же нашла подходящий ответ:

— Может, и не насовсем, сыночек. Сказали, что он погиб в Афганистане, но оттуда, бывает, возвращаются те, кого уже не числили в живых.

— Выходит, и наш папа может вдруг вернуться? — с робкой надеждой посмотрел на нее Петя.

— Вполне может быть, — ответила сыну Света, чувствуя, как ее охватывает волнение, а душа жаждет, чтобы это наконец свершилось. — Правда, было бы здорово?

В этот момент к ним подошла пожилая женщина в кладбищенской робе, убиравшая могилу Ольги Матвеевны и, поздоровавшись, поинтересовалась:

— Вы, милые, кем доводитесь покойной?

— Невесткой. А мой сын — ее родной внук, — эти слова вырвались у Светы сами собой — будто ничто и никто не разлучали ее с Мишей.

— Выходит, это ваш муж нанял меня ухаживать за могилкой? Такой порядочный с виду молодой человек... а вот... задолжал. И вас я впервые здесь встретила.

Ее слова смутили Свету, но она и тут нашлась, что ответить.

— Он сейчас в отъезде — такая у него работа. А я здесь бываю, только изредка. Чаще не получается. Вы скажите, сколько надо, — достала сумочку, — я заплачу.

— Триста рубликов, милая, — обрадовалась старушка. — А то я уж горевала — ждать-то мне не сподручно, старая я.

Света отдала ей деньги, взяла сына за руку и направилась к выходу. Она уже твердо знала, что ничего так не хочет, как вновь увидеть Мишу — каким бы он ни стал, и любовь ее к нему не угасла.

Материальные проблемы навалились на Светлану сразу после разрыва с Марком. Собственные ее небольшие накопления на сберкнижке, куда поступала мизерная зарплата в театре, растаяли, как весенний снег, — при таких-то ценах.

Марк, имея немалый счет в коммерческом банке, предоставил в распоряжение Свете лишь кредитную карточку, по ней она без помех покупала все необходимое. Теперь она намеревалась карточку возвратить, так как собиралась развестись и считала неэтичным далее ею пользоваться. На помощь отца рассчитывать пока тоже не приходится — в институте уже несколько месяцев задерживают выплату денег.

«Положение хуже губернаторского, — думала Светлана, проверив остаток на сберкнижке. — Надолго не хватит. А как жить дальше? Придется, наверно, вернуться на эстраду, а может, совсем уйти из театра. Жаль...»

В театре у нее новая роль, с эффектной выходной арией, — обещает принести большой успех. Она с увлечением репетирует, и это отвлекает от мрачных дум и мирит с предстоящей одинокой жизнью. Имя ее хорошо известно в шоу-бизнесе. Сначала дублерша примадонны ансамбля, она вскоре сама стала успешно исполнять сольные номера; однако Марк, когда они поженились, воспротивился этому. В отношении Светланы соблазнов шоу-бизнеса он опасался. Легкие нравы и обычаи, принятые среди звезд эстрады, возможные ее высокие личные доходы — все это сделает ее независимой, в том числе материально. Зачем создавать предпосылки для разрушения их брака?

— Ну зачем тебе двойная нагрузка? — убеждал он ее. — Ты же театр оставлять не собираешься? Материальных проблем у нас нет. Так какой смысл?

К этому времени он стал независимым предпринимателем, создал собственную эстрадную группу, которая пользовалась немалой популярностью. Марк умел дружить с прессой и телевидением и потому создать рекламу и обеспечить кассовый сбор. В средствах они не нуждались. Он купил шикарный «блейзер», весьма престижную в среде эстрадников машину, и считался процветающим продюсером.

Теперь придется ей возобновить свою эстрадную деятельность — так решила Светлана. Надо созвониться с Марком — он ее удалил с эстрады, пусть теперь поможет вернуться. Ничего страшного: она уже не молоденькая статистка, у нее есть имя, за себя постоять сумеет. А его содействие ни к чему ее не обязывает. Разойтись надо культурно, без вражды, — ведь немало лет вместе и, работая на эстраде, все равно никуда друг от друга не деться.

Светлана собралась уже сесть за телефон, чтобы его разыскать, но не пришлось: он позвонил сам, заговорил, волнуясь:

— Света, нам нужно серьезно поговорить. Чем раньше, тем лучше. Не возражаешь? Ушел я безропотно, как ты велела: хотел дать тебе время остыть и хладнокровно все обдумать.

— Хорошо, приезжай, — спокойно согласилась она. — Я сегодня вечером не занята. Но не надейся, что мое решение изменится. Не для того мы столько лет дружили, делили наши дни, чтобы стать врагами. Неправильно это...

В ожидании Светлана набрала номер телефона матери. Мама, с ее честной, бескомпромиссной натурой, поможет ей избежать ошибки.

— Ты все правильно решила, доченька, — выразила свое одобрение Вера Петровна. — Не стоит идти на попятный, Марик... Ты теперь не сможешь его ни любить, ни уважать. Как я — Ивана Кузьмича... Какая же это жизнь? Ты еще молода, и хоронить себя рано. — И добавила с горечью, как бы каясь: — Сама знаешь, я хорошо к нему относилась; благословила ваш брак. Но за то, что он сделал против Петеньки, я уж не говорю про тебя и Мишу, нет ему от меня прощения. И видеть его теперь не смогу!

Приехал Марк, с большим букетом свежих роз. Светлана укрепилась в своем решении и встретила его с холодным спокойствием. Как ни в чем не бывало приняла цветы, поставила в вазу и, указав на кресло, села напротив.

— Давай, Марк, обсудим положение не как муж с женой, а как старые друзья, — взяв инициативу в свои руки, предложила она подчеркнуто деловито. — Без эмоций и бурных сцен — они ни к чему не приведут.

— Но, Светочка, ты должна меня выслушать! — с мольбой во взгляде и голосе пытался возразить Марк. — Даже преступники имеют право на последнее слово.

— И тебя никто не лишает этого права. Только... оно дается в заключение. А пока... ты ведь мужчина — выслушай меня и постарайся вести себя спокойно.

Он печально умолк, совсем расстроившись.

— Давай, Марик, без обиды. В трудное время, когда мне было особенно тяжело и я не знала, погиб Миша или нет, ты вел себя безупречно, здорово помогал нам с мамой. — Она помолчала. — Я твердо решила тогда не выходить замуж без любви и остаться верной памяти Миши. Но дрогнула — из-за Петеньки. Приняла твое предложение, потому что уважала тебя за самоотверженность и преданность. Думала, для тебя наше счастье важнее собственного. Но жестоко ошиблась.

Марк подавленно молчал, и она, прямо глядя ему в глаза, спросила:

— Так что же ты хочешь от меня, Марик? Ведь совесть у тебя есть? Я никогда тебя не любила, а теперь и уважать не могу. И ты считаешь, что после этого мы можем жить вместе? Молчишь? Потому что понимаешь — прежнее не вернется. По-новому надо.

— Это... как же? Что ты имеешь в виду, — словно очнувшись, поднял на нее глаза Марк. — Что предлагаешь?

— Мы много лет дружили, без любовных отношений. У нас были с тобой и хорошие минуты, — мягко, потупив взор, произнесла Светлана. — Давай же не будем все это портить. Нам предстоит новая жизнь, и мы неизбежно будем встречаться. Простим друг другу плохое и дадим свободу. Я готова — постараюсь забыть все дурное, что ты сделал из любви ко мне. Мы еще молоды, и у каждого есть перспектива.

Марк слушал ее, мрачный как туча. Не может он с этим примириться!

— Вот что надумала! Понятно... Новая, свободная жизнь и, конечно, развод. Но я не согласен! Слишком у тебя все просто получается. Ты поступаешь неразумно!

— Это почему же?

— Потому, что рассчитываешь, наверно, соединиться с ним... с Михаилом. А если у него уже есть семья, дети? О них ты подумала? Неизвестно еще, как отнесется он к твоей свободе. Подумай сама, Светочка! Если у вас с Михаилом ничего не получится, — ты уверена, что найдешь кого-то лучше меня? Кто так же любил бы тебя и Петеньку?

Он умолк, потом заговорил снова:

— Сама же говоришь, что зла на меня не держишь. Ведь на дурной поступок я решился только из любви к тебе... я ее пронес через всю жизнь.

Что еще ей сказать?

— Прошу тебя, заклинаю! Не принимай окончательного решения до встречи с Михаилом! Не губи жизнь мне и себе! — И, боясь услышать то, что уже слышал, вскочил с кресла, не давая ей ответить. — Подумай над моими словами! Не торопись!

У него осталась последняя надежда: может, время сработает в его пользу, Михаил ее разочарует, и все кончится благополучно.

— А ты подумай над тем, что я предложила. Торопиться и правда некуда. — Она встала и протянула ему кредитную карточку. — Вот возьми, ты, наверно, впопыхах забыл.

— Мы еще не в разводе, и ты пока моя жена! — отвел ее руку Марк. — До того как мы расстанемся окончательно, я настаиваю, чтобы ты пользовалась этой карточкой. Потом разберемся. Я взял на себя обязательства, и ты не имеешь права унижать меня тем, что я оставил семью в плачевном положении.

— Ну ладно, может, в этом ты и прав, — не очень охотно согласилась Светлана. — Но твоя щедрость не повлияет на мое решение.

«Это мы еще посмотрим! — обрадованно подумал Марк, выходя из дома. — Все-таки что-то мне удалось...»

Когда он вышел на улицу, его охватил озноб. Надо собрать все свое мужество, встретиться и поговорить с Михаилом раньше, чем Светлана это сделает.

Михаил пролежал в больнице дольше, чем думал, — слишком медленно срастались ребра. У Сергея Белоусова дела шли значительно лучше: рука зажила и его выписали. Вместо него на соседней койке лежал новый больной — небритый старик, который непрерывно стонал. «Господи, поскорее бы отсюда убраться! — мечтал Михаил, массируя больной бок. — Так хочется наконец увидеть, какой же у меня сын!»

Много раз пытался он его представить, и воображение упорно рисовало ему сына похожим на мать — золотистая головка, синие глаза, — потому что милее этого образа нет для него на белом свете.

Сегодня настроение у него неплохое: при утреннем обходе лечащий врач объявил, что дня через два его выпишут. Не мешает пройтись и немного размяться... Но тут дверь в палату открылась и вошел Белоусов.

— Привет выздоравливающим! — Улыбаясь, он подошел к койке Михаила. — Значит, послезавтра — на волю? Только что узнал в отделении. — Выложил на тумбочку принесенные гостинцы и весело заявил: — А мы тебя ждем не дождемся. Сотрудники — и особенно сотрудницы — заинтригованы. Мы же все сыскари, и про тебя уже имеется полная информация — о твоих подвигах в плену и у Ланского. Ты заранее завоевал авторитет, не приступая к работе.

Михаил бросил на него вопросительный взгляд, и он доложил:

— Все бумаги — чтобы перевести пай на твое имя — я подготовил и привез на подпись, так что из больницы ты выйдешь уже совладельцем и генеральным директором фирмы. Думаю, на первом же заседании станешь председателем совета. Большому кораблю — большое плавание! — И тепло пожал Михаилу руку.

Когда он ушел, Михаил призадумался: с одной стороны, удача налицо. Детективное агентство успело неплохо себя зарекомендовать и пользовалось спросом, так что он пришел на готовенькое. Но если учесть, что связи с основными заказчиками поддерживал его предшественник, а новый человек им незнаком, положение его довольно неустойчиво. Признают ли его достойным доверия партнером — пока под вопросом. Одним словом, вложив в эту фирму состояние, заработанное за годы нелегкого, опасного труда, он рискует разом все потерять. Но, в конце концов, это зависит от него самого — насколько успешно он сумеет вести дела. А риск всегда присутствует в том, чем он занимается.

Бок снова заныл, и он решил уже повернуться к стенке, как вдруг раздался стук в дверь, она открылась, и вошел... Марк... Да, это его бывший друг: одет, как всегда, с иголочки, солидные очки в элегантной оправе, безукоризненный пробор... Михаил не обнаружил в себе ни радости, ни даже простого любопытства — неприятно видеть человека, который заменил его в сердце Светланы. «Что ему от меня понадобилось? — подумал он с досадой. — Пришел, наверно, протестовать против моей встречи с сыном...»

— Здорово, Михаил! Вот узнал, что ты в Москве и на больничной койке. — Марк запинался от волнения; не дожидаясь приглашения присел на стул рядом с кроватью. — Решил тебя навестить и заодно поговорить о наших отношениях. Давно ведь пора — вместе росли, были друзьями.

— Ну положим, какой ты мне друг, я уже убедился. Достаточно того, что ты ни при встрече, ни за прошедшие пять лет не сообщил мне, что у меня растет сын, — категорически отверг Михаил его попытку к примирению. — И ты еще надеешься, что я тебе когда-нибудь это прощу? Ошибаешься! — И взглянул недобрым взглядом. — Я бы с тобой не так говорил, но рядом, при тебе, растет Петр Михайлович. Хочу, чтобы ты знал, почему твоя шкура до сих пор цела и невредима. Надеюсь, ты не для того пришел, чтобы помешать нам встречаться?

— Разумеется, нет! Как ты мог такое подумать? — торопливо заверил его Марк, как-то жалко глядя ему в глаза. — У меня никогда и в мыслях этого не было. А не сообщал я тебе о сыне, боясь, что это внесет разлад в твою семью, озлобит жену. Думал, что знаешь о сыне от Сальникова и сам не захотел его видеть. Ведь у тебя, наверно, есть другие дети?

То, что сообщил ему Михаил, прозвучало для него как смертный приговор:

— Не знаю, что ты полагал и чем руководствовался, но дать знать о сыне был обязан. Ты не так уж глуп — нашел бы для этого подходящий способ. А детей у меня нет, как и жены. Полученный опыт отбил охоту.

— Ну как знаешь, — пролепетал еле слышно Марк с убитым видом. — Я ведь хотел как лучше... — Он произнес это автоматически.

Мысли у него путались; он страдал, сознавая полную для себя безнадежность. Чувствуя себя совершенно разбитым, он, безвольно опустив руки, посидел еще немного, молча предаваясь отчаянию, с трудом заставил себя подняться и понурившись вышел из палаты.

Остаток дня Марк Авербах провел как во сне, обезумев от безнадежности и горя: не сомневался уже, что судьба вновь соединит Светлану с Михаилом. В состоянии прострации он не мог потом вспомнить, как попал в знакомый притон наркоманов. Квартиру снимали его старые приятельницы из кордебалета, с юных лет, как и он, испытавшие прелести кайфа и приверженные этой пагубной страсти до сих пор.

Марк еще как-то перебарывал свой порок, осталась какая-то сила воли; девушек этих сдерживало только отсутствие денег. В поисках приработка они не брезговали ничем, но красотой не блистали и большим спросом не пользовались. Когда появился денежный Марк, радость их не ведала предела. Им предстоял вечерний спектакль, ну и что же?.. Всего-то небольшой хореографический эпизод, да и платят им гроши.

— Бабоньки, патрон прибыл! — восторженно объявила старшая, открывшая ему дверь. — Покайфуем на славу! Мальчик темнее тучи! Придется его расшевелить...

Это вызвало оживление: дамы тосковали, валяясь на смятых постелях, в состоянии депрессии. Они тут же кинулись прибирать в комнате, подкрашиваться, подтягиваться... Когда Марк вошел, все уже выглядело вполне пристойно. Дам было трое; они его окружили, расцеловали по-свойски, усадили, стали расспрашивать с сердечным участием, суетясь вокруг него.

— До чего же мы по тебе соскучились, Марочка! Мы тебя отогреем, не отпустим в таком состоянии. Бабки-то есть?

— Какие проблемы! — небрежно бросил он, доставая толстый бумажник. — Берите сколько надо, а хотите — хоть все! Только верните мне самого себя! Хочу забыть о гадости жизни!

Оставив его на попечение самой молодой и наиболее привлекательной, две другие шустро занялись приготовлениями: одна побежала за «лекарством», другая — делать срочные покупки.

Когда вернулись, обнаружили подругу с патроном уже в постели, не обращающих никакого внимания на все вокруг.

— Потише, черти полосатые, а то завидно! — рассмеялась старшая. — Эй, Шурка, оставь от него хоть немного нам!

Марк, с мутными глазами, тяжело дыша, поднялся и не стесняясь своей наготы, подхватив рукой трусы, пошел принять душ. Шурка как ни в чем не бывало принялась помогать подругам.

К его возвращению стол уже был накрыт; принялись пировать, обмениваясь сплетнями из жизни эстрадной богемы. Обильная еда и спиртное привели всех в отличное настроение; по очереди «сели на иглу», и кайф скоро овладел ими полностью...

Марк почувствовал огромный прилив сил: он любит весь этот сияющий, прекрасный мир, всех очаровательных, соблазнительных женщин вместе и каждую в отдельности, — все они представали в желанном образе жены. В сладком полусне, в эротическом угаре, Марк обладал то одной, то другой, то всеми тремя...

Очнулся он в двенадцатом часу ночи, на широкой тахте, между двумя подругами; третья, без всякой одежды, растянулась в полузабытьи на кровати поверх одеяла.

— Ну, Марк, и мировой же ты мужик! — благодарно шепнула ему Шурка. — Со всеми управился! Тебе хоть гарем заводить... Приходи почаще! Таких номеров от своей половины ведь не дождешься, а? — И расхохоталась.

Постепенно он стал осознавать, где находится, и чувствовал полный упадок сил. Почему-то ему вспомнился анекдот с вороной: это когда мертвецки пьяного забулдыгу выбросили на помойку голым, птица села и клюет его достоинство, а он даже «кыш!» не в силах произнести... Однако не смешно... Он с отвращением оглядел грязную, отвратительную комнату, валяющихся рядом бесстыдных, неряшливых баб... Молча поднялся и стал одеваться.

Покинув жуткий приют, Марк долго еще сидел неподвижно в своей шикарной машине. Мысли у него путались, но одно ясно: в таком состоянии управлять автомобилем нельзя... Да он еще остался без гроша, в случае чего и откупиться нечем. Клонит в дремоту, поташнивает... Час-другой сна его освежит, и тогда удастся добраться до дома. Марк заблокировал двери, привел спинку кресла в удобное положение и уснул...

Сначала снилась всякая муть: снова сладко ныло тело, его нежно обнимали какие-то женщины... Потом чувства притупились; вдруг он как наяву увидел покойную мать: она возникла в лучах яркого света, призывно протягивает к нему руки... Он хочет пойти ей навстречу, крикнуть: «Мамочка! Мне плохо, пожалей меня!» Но не мог ни двинуться с места, ни произнести ни слова. Она стала удаляться, по-прежнему простирая к нему руки, как будто безмолвно звала с собой. «Мамочка, не уходи, не оставляй меня одного! Я хочу с тобой!» — шептали его губы. Но сам при этом понимал: звука нет, его не слышат... Видение исчезло...

Он проснулся, пришел в себя, посмотрел на часы: половина второго ночи; посмотрел на себя в зеркало заднего вида: мешки под налитыми кровью глазами, лицо опухло... «Конечно, разит изо рта, а таблеток я не взял, кретин! — выругал он себя. — Как ехать в таком состоянии? Ведь попадусь — как пить дать!»

Однако и провести всю ночь в машине немыслимо. Все тело ноет от усталости, так хочется поскорее улечься в мягкую, чистую постель... И он решил ехать, томимый тяжелым предчувствием неминуемой беды. Привел сиденье в нормальное положение, включил зажигание, ближний свет и осторожно двинулся по направлению к дому. Благополучно миновал пост ГАИ на Преображенской площади и выехал на набережную Яузы.

Мощная машина ровно шла по пустынной в этот час набережной, и, увеличивая скорость, он наконец почувствовал, как к нему возвращается уверенность и улучшается настроение. Но неумолимая судьба преследовала Марка, предчувствие его не обмануло. Только он проехал под мостом рядом с улицей Радио, как услышал приказ остановиться из рупора догонявшей его милицейской машины.

— Вы превысили скорость! — объявил подошедший инспектор. — Прошу предъявить документы. — Взял водительские права и техпаспорт, внимательно вглядываясь в Марка, и, не возвращая документов, порицающе произнес: — Что-то вид мне ваш подозрителен. Придется проверить вас на алкоголь.

Ну вот, так и знал! Закон подлости в действии. Когда надо, как раз пустой карман. Теперь штрафанут будь здоров! От новой неудачи в голове немного прояснилось, он вспомнил, что в заднем кармане брюк должны остаться доллары. Так и есть! Теперь он, наверно, отделается. Незаметно от инспектора нащупав хрустящую бумажку, Марк немного успокоился, не слишком скрываясь достал купюру, пятьдесят баксов, вложил в удостоверение личности и протянул инспектору.

— Извините, если непроизвольно нарушил правила, — тороплюсь домой, на Арбат, после позднего концерта. Мы, артисты, очень устаем, почти так же, как и вы в ночную смену. Вот, убедитесь, что я говорю правду. Надеюсь, вы меня простите на первый раз.

Инспектор еще раз изучающе на него посмотрел, небрежно приоткрыл удостоверение и, ловко сложив документы, вернул.

— Ну ладно. Уважаю я вашего брата, артистов. Езжайте с Богом. Но прошу — поаккуратнее. — Сел в патрульную машину и уехал.

Марк принял свои документы уже без хрустящей бумажки.

Казалось бы, все обошлось благополучно, но эта новая потеря всколыхнула воспоминания о всех неудачах минувшего проклятого дня и Марком вновь завладели мрачные мысли.

Что за жизнь его ожидает? Какие нечеловеческие мучения при виде счастья его Светланы с другим?..

Он испытал такое отчаяние, такую острую физическую боль, что на короткое мгновение выпустил из рук руль. Всего нескольких секунд хватило для исполнения приговора, вынесенного ему судьбой. В этом месте набережная Яузы делала крутой поворот. Оставшись без управления и наехав одним колесом на какое-то препятствие, громоздкая машина резко развернулась и, сбив чугунное ограждение, обрушилась в реку...

«Финита ля комедия», — только и успел подумать Марк, поняв, что погружается в воду, и испытал даже облегчение: недаром мама позвала его к себе...

Глава 31. ОБРЕТЕНИЕ СЫНА

В тот день, когда Михаила выписывали из больницы, Сергей Белоусов явился к нему спозаранку.

— А у нас чепе! — с порога заявил он. — Арестовали сотрудника, который ведет расследование в Сочи. Срывается крупный заказ. Ждем тебя как манны небесной!

Сергей вкратце рассказал, в чем дело. В порту пропала большая партия ценного груза. Милиция вела следствие вяло, заказчик заподозрил, что дело не будет раскрыто, и обратился за помощью в агентство. Очевидно, подозрения были небеспочвенны: агента фирмы милиция задержала, как только он начал работать. Предлог (незаконное ношение оружия) надуманный, поскольку лицензия имелась, — все шито белыми нитками. Михаил сразу понял, что придется срочно лететь на юг.

— Билеты уже заказаны. На дневной рейс. Уладить вопрос с милицией, если замешана, нелегко. Тут нужна твоя крутизна, Миша. Мы все понимаем, что не здорово это получается: прямо с больничной койки — из огня да в полымя. Но дело требует. «Ну что за злая судьба! — горестно подумал Михаил. — Будто нечистая сила ворожит, мешает встретиться с сыном, никак не дает!»

— Ладно, что попишешь. Придется лететь, — согласился он. — Только позвонить надо. Кое-кого предупредить о неожиданном отъезде. А потом — выписка и сразу за дело!

— В контору заезжать нам не надо. Все необходимые документы у меня с собой, — деловито тараторил Белоусов, помогая ему складывать вещи. — Машина ждет. Заедем к тебе домой — и оттуда прямо в аэропорт.

Квартира Михаила приобрела нежилой вид: на всем толстый слой пыли, непонятно откуда взявшейся — окна плотно закрыты. Но сейчас не до уборки. Михаил принял душ, переоделся, собрал необходимое — вроде готов двинуться в путь.

Еще из больницы он пытался дозвониться Светлане, но никого дома не застал. Решил позвонить снова из аэропорта, во что бы то ни стало предупредить. Не дай Бог подумают, что не хочу увидеть сына, — хватит недоразумений! Кто знает, сколько там придется пробыть. Первое его дело в агентстве, проиграть нельзя.

До отъезда в аэропорт не спеша обсудили с Сергеем детали, больше всего опасаясь такого варианта, как инсценировка. Сумма страховки столь внушительна, что сама по себе наводит на размышления. Подкуп должностных лиц, чтобы замести следы, вполне вероятен, и в этом случае поймать за руку и вывести на чистую воду махинаторов очень сложно. Кроме того, и сам заказчик вряд ли заинтересован в установлении истины. Белоусов предполагал, что дело все-таки чистое и владельцы груза заказали расследование не для отвода глаз — чтобы их не заподозрили.

— А вот мы на месте все и установим, — спокойно пообещал Михаил. — Я кое-кого знаю в местной прокуратуре. Надеюсь, разберемся, а там все вместе решим, как быть с заказчиком.

По дороге в аэропорт продолжали обсуждать возможные повороты и подводные камни в ходе предстоящего расследования. Перед вылетом Михаил еще раз позвонил, и вновь никто не подошел к телефону.

В этот день Светлане сообщили о гибели мужа и пригласили на опознание.

Траурные события и хлопоты, связанные с оформлением документов, организацией похорон и поминок, совершенно измотали Светлану и полностью отвлекли ее мысли от предстоящей встречи с Мишей.

Не привыкшая решать житейские вопросы самостоятельно, по природе несколько флегматичная и медлительная, она растерялась и вряд ли справилась бы с горестными заботами без помощи родных и близких. Но ей самой, слава Богу, практически ничего и не пришлось делать.

— Не беспокойся, доченька, мы с отцом все сделаем, что нужно для похорон, — заверила ее Вера Петровна. — Занимайся Петенькой и береги голос.

Документы оформил четко и без задержки Вячеслав Андреевич.

— Мой Слава похоронные дела хорошо знает — немало пациентов на тот свет отправил, — с мрачным юмором заверила племянницу тетя Варя, когда Светлана запротестовала, не желая затруднять такого крупного и занятого специалиста, как профессор Никитин. — У него это не займет много времени. И потом, он сам очень хочет тебе помочь. — И перешла почему-то на шепот: — Ты мне лучше скажи — неужели думают, что... самоубийство? Хоть Вера мне говорила, что у вас не все ладно, но ведь на Марка это совсем не похоже.

— Следствие покажет, — печально и устало, но без особого волнения ответила Светлана. — Уверена, что это просто несчастный случай. Медицинская экспертиза установила, что он был в состоянии алкогольного и наркотического опьянения. Скорее всего уснул за рулем... Была глубокая ночь.

— Ты что же, совсем не горюешь? — удивилась Варвара Петровна, и в ее тоне прозвучали осуждающие нотки. — По-моему, он к тебе относился хорошо.

— Конечно, скорблю. Жаль его — мог еще жить и жить... Но пути наши разошлись. На то есть причины, маме они известны. — И призналась: — Конец Марика ужасный... сердце у меня кровью обливается от жалости, но, знаешь... это и освобождение от мучительных проблем. Видно, так небу угодно с ним поступить. А мы проводим его в последний путь, вспоминая только хорошее.

Тетю Варю и других непосвященных родственников и знакомых удивляло, что Светлана не рыдает, не убивается по трагически погибшему мужу; но мать и Степан Алексеевич были с ней полностью солидарны.

— Пусть простит меня Бог, — со свойственной ей непосредственностью говорила дочери Вера Петровна. — Но своей ужасной смертью Марик сделал доброе дело и полностью искупил свою вину перед тобой, Мишей и Петенькой. Хотя мне, как и тебе, не очень верится, что сделал он это по своей воле. Да к чему теперь разбираться? Пусть ему в иной жизни будет хорошо...

Расходы по траурным мероприятиям оказались огромными: Марк имел широкий круг друзей и знакомых, был известен в мире шоу-бизнеса, и приличия требовали отдать должное его памяти. Вот где пригодилась его кредитная карточка. Удалось не только заказать лучшие похоронные принадлежности, множество венков, оркестр, транспорт, но и на кладбище оплатить ритуальные услуги по первому разряду.

Похоронили Марка на Немецком кладбище, рядом с его родителями. Светлана заказала гранитный памятник, с тем чтобы установить его позднее, когда осядет земля.

На арбатской квартире у Марка хранилась изрядная сумма наличных в рублях и валюте; денег хватило на все, даже на богатые, многолюдные поминки — пришлось их проводить в три очереди.

Междугородный вызов застал Светлану в двенадцатом часу ночи, когда она, измотавшись за день, уже засыпала у себя в спальне.

— Прости меня, ради Бога, за поздний звонок! — услышала она в трубке незабываемый низкий голос Миши — и сон сразу отлетел от нее. — Вот уже полтора часа сижу на переговорном, но только сейчас соединили. Пытался дозвониться до тебя много раз: из больницы, из дома, из аэропорта. Хотел объяснить: всеми силами души жажду видеть сына, а все никак не получается. То лечился, теперь дела загнали на юг, в Сочи. Ну никак не могу застать тебя дома!

— Я и не могла быть дома, Миша, — прервала она его скорбным голосом. — Дело в том, что погиб Марик: упал в Яузу вместе с машиной в ночь на вторник. Вчера мы его похоронили.

— Не может этого быть! Невероятно! — хрипло произнес ошеломленный Михаил после небольшой паузы — его будто обухом по голове ударили. — Марик ведь... в этот день он был у меня в больнице... Плохой вышел разговор... Разве мог я предположить, что вижу его в последний раз? — Растерянно помолчал, не находя слов сочувствия, сказал первое, что пришло в голову: — Соболезную тебе, конечно. Похоже, вы с ним жили дружно. Я же... мне разреши иметь свое мнение.

Светлану его слова кольнули в самое сердце. Открыть бы ему немедленно всю правду; уверить, что ошибается, что любила и любит она только его. Но не время сейчас и не место...

— Ты глубоко ошибаешься, Миша, в отношении нас с Мариком. Это все, что я могу тебе сейчас сказать. — Слезы ее душили. — Может быть, со временем все узнаешь и поймешь... Марик много сделал для нас с мамой, поддержал, помог в трудное время после смерти отца. — Ей уже удалось взять себя в руки и успокоиться. — И мы все сделали, чтобы отдать ему должное и проводить в последний путь с достоинством. Сам понимаешь, какие тяжелые были дни. Прости меня, но я совсем без сил.

— Все понял, Светлана, заканчиваю разговор, — немедленно отозвался он. — Только хочу предупредить, что, как только завершу здесь работу и вернусь, сразу позвоню, чтобы договориться о встрече с сыном. И еще прошу лишь два слова: как... он?

— Петенька, слава Богу, здоров; учится хорошо, — слабым голосом откликнулась Светлана: она чувствовала себя отвратительно. — Похороны его не затронули, не отца хоронил. Мал еще и думает, что отец его погиб на войне. Предстоит нелегкое объяснение. — Голос ее дрогнул, глаза закрывались от усталости.

— Спасибо! Спасибо большое, Света! Еще раз прости, что так некстати тебя потревожил. Поскорее восстанавливай силы и приходи в норму. Я позвоню вам. Прости...

После ночного разговора с Мишей Светлана два дня раздумывала о том, как и что скажет Петеньке о предстоящей встрече с отцом. Мальчик уже большой, многое понимает, — наверняка задаст вопросы, которые поставят ее в тупик.

«Как объяснить, почему отец долго не появлялся, хотя остался в живых? — спрашивала она себя, пытаясь придумать подходящую версию. — Петя, безусловно, удивится, почему папа не интересовался им все эти годы...»

Лгать, даже из благих побуждений, не в ее натуре; наконец, она склонилась к мысли, что в основу объяснения нужно положить истинные факты. Суть всего, что произошло, сын не поймет, придется найти что-то другое, доступное мальчишескому воображению; нечто такое, что оправдает в глазах мальчика поведение отца.

Долго перебирала подходящие причины, пока ее не осенило. Ну конечно, нужно использовать всем известный драматический прием телесериалов — амнезию! Петя их смотрит — поверит. Противно обманывать ребенка, но что еще, кроме временной потери памяти, может оправдать в его глазах отца? Она облегченно вздохнула, сочинив довольно складную версию.

Когда Петя пришел из школы, она его покормила, расспросила, как прошел день; потом повела в гостиную, усадила на диван.

— Ты, сынок, уже вырос большой, и теперь я могу поговорить с тобой как со взрослым об отце. Тебе хочется узнать о нем побольше?

В глазах у Пети зажегся живой интерес: не заговаривал он с мамой и бабушкой на эту тему, мысль об отце всегда жила в его сердце. Ему недоставало отца, и он завидовал ребятам, которых папы брали на футбол, на рыбалку и другие мужские мероприятия. Марк как-то не выполнял эту роль...

— Конечно, мама! Ты ведь даже не рассказывала, что известно о том, как он погиб.

— Так вот, Петр Михайлович! — с подчеркнутой важностью произнесла Света, глядя ему в глаза и взяв обеими руками за плечи. — Держись крепко и собери все свои силы: отец твой жив!

Сын растерянно воззрился на нее округлившимися от изумления глазами.

— Это невероятно, но факт, Петя! Очень для нас радостный... Он жив, здоров, и скоро ты его увидишь!

— Но как же так, мамочка?! — вскричал опомнившись и ничего не понимая Петя. — Где же он все время пропадал? Столько лет!

— Не хочешь верить в чудеса? Правильно делаешь! — весело рассмеялась Светлана, и по ее радостному виду он понял, что мама его не разыгрывает. — Объяснение очень простое, совершенно научное: ам-не-зия, потеря памяти. Ты разве в кино такое не видел? Вот и с твоим отцом произошло то же самое.

Убедившись, что сын затих и внимательно слушает, она принялась излагать придуманную ею историю:

— Я тебе рассказывала, что твой папа — человек физически очень крепкий, — сам скоро в этом убедишься. Так вот, все думали, что он от взрыва погиб. Но, как выяснилось, его только сильно контузило тупым ударом осколка в голову. Враги подобрали его — он был без сознания — и увезли вместе с другими пленниками и своими ранеными в Пакистан.

Все сказанное — правда; это воодушевило Светлану.

— Как рассказал его друг, там он быстро окреп физически, но память к нему не вернулась. Он понимал, что находится среди врагов, но не знал, кто он и откуда родом. Ему даже удалось бежать из плена — вместе с одним летчиком, в Индию. Пробыл он там долго, но в конце концов вернулся на родину.

Светлана глубоко вздохнула и, проклиная себя за складное вранье, изложила свою легенду до конца:

— Все эти годы после возвращения он прожил в Западносибирске не помня о том, что родился и вырос в Москве. Понятия не имел, что у него растет сын. Прилетал в столицу по делам службы, но ничего не мог вспомнить из своей прошлой жизни.

— Как же... теперь... он обо всем узнал? — Мальчик затаил дыхание. — Ему что, операцию сделали?

— Совсем по-другому. Наберись терпения, сейчас все поймешь! Стараюсь тебе рассказать все как есть, чтобы к этому больше не возвращаться. Отец, как бывший афганец, участвовал в похоронах товарища, и на кладбище какие-то негодяи устроили взрыв. Погибло много народу. Ты, Петенька, об этом, наверно, слышал. Такого в Москве еще не было... Папу снова контузило осколком, и на этот раз память к нему вернулась. Теперь все понял? — Она взглянула на сына и облегченно вздохнула, чувствуя, что переплела правду с ложью довольно искусно. — Он только что из больницы, нашел нас и позвонил мне с просьбой о встрече. Мы ведь не откажем ему, сын?

По сияющим глазам мальчика она поняла, как он счастлив, что его отец восстал из мертвых.

Михаил вернулся в Москву лишь через две недели, в понедельник утром. Был конец октября; деревья на бульварах уже оголились; дождя не было, но дул холодный, пронизывающий ветер. Машину припарковать поближе к офису не удалось, и он шел, поеживаясь от холода, — не успел утеплиться: на юге ведь все еще стояла теплая погода.

Сложное, запутанное дело, которое вел, завершено успешно. Помогли его настойчивость, бесстрашие и, конечно, друзья из прокуратуры, с которыми в свое время его познакомил еще Прохоров. Весь груз, полностью, удалось обнаружить — искусно припрятанным в порту. Потребовалось немало усилий, времени и денег, но результат себя оправдал. Михаилу было ясно как день, что без покровительства кого-то из милицейских чинов здесь не обошлось, но друзья посоветовали ему не копать слишком глубоко:

— Ты своего добился, сорвал им аферу — и будь доволен! А расследование служебных преступлений — это не твоя забота.

— Не могу спорить, — согласился Михаил, — на то вы и прокуратура. Спасибо вам за помощь! Будете в Москве — я к вашим услугам, в любое время дня и ночи.

Друзья проводили его на аэродром; расставание получилось очень теплым.

И вот он снова здесь; совещание с сотрудниками закончено, бумаги переданы на исполнение... Можно звонить Светлане! На этот раз повезло — она сразу взяла трубку.

— Света, здравствуй! Как твое состояние? Я только прилетел. — Надюсь, на этот раз моя мечта исполнится?

— Конечно, Миша, давно пора, — просто ответила она. — Только нам сначала надо встретиться и поговорить не у нас дома. До того, как вы с Петенькой увидитесь.

— Все будет сделано, как ты хочешь! Выбирай, где лучше. У меня в офисе, дома, а может быть, в хорошем ресторане? Я на все согласен. Пришлю машину или отвезу куда скажешь.

— Нет, все это неудобно! Нам серьезно нужно поговорить. О том, что ты скажешь Пете, как объяснишь сыну многолетнее отсутствие. Ты уже думал об этом?

При этих словах Михаил немного растерялся: несмотря на свою рассудительность, — нет, не думал... Считал, что скажет сыну все как есть!

Светлана правильно истолковала его молчание.

— Ты что же, решил посвятить Петю в наши непростые отношения? Чтобы у него появилась куча вопросов, на которые мы не можем ответить? А подумал ли ты, что мы рискуем навсегда лишиться его уважения? Молчишь? Так-то!

— Вот что я предлагаю. Думаю, это удобно нам обоим, — добавила она, чувствуя, что он воспринял ее доводы. — Приезжай к нам в театр сегодня или завтра — днем, около двух. К этому времени у меня заканчиваются репетиции, и мы найдем где поговорить. Скажешь, что ко мне, и тебя проводят. Согласен? Тогда до встречи!

Михаил призадумался: так они должны согласовать какую-то версию, наверно красивую историю, которую Светлана сочинила для сына. Он испытывал досаду: неохота начинать со лжи. Но ведь она права: как ребенку объяснишь все, что произошло? А не говорить ничего тоже нельзя. И вообще, сын задаст ему много вопросов и придется на них отвечать...

Нет, не может он ждать до завтра! И, отменив ряд намеченных дел, Михаил поехал в театр.

Светлана уже собиралась отправиться домой, когда услышала:

— Светлана Ивановна, к вам пришли-и!

«О Боже! Где его принять? Не здесь же, в гримуборной...» Нет, надо придумать что-то другое... И она пошла к нему навстречу — с трепещущим сердцем, не зная, что ему сказать, что сделать... Вот он — она издали увидела его высоченную фигуру... Ноги у нее подкосились и ее охватило такое волнение, что она чуть не потеряла сознание. Ее дорогой, любимый... Наконец-то. Она задыхалась от переполняющих ее чувств. Тот, что был, — и не тот: родное, знакомое лицо прорезали суровые морщины, а в рассыпавшихся по-прежнему соломенных волосах сверкает ранняя седина... Но широкое лицо такое же открытое, располагающее, а теплые карие глаза смотрят на нее как прежде, хотя она видит — в них застыла душевная боль.

Он подошел к ней вплотную, взял ее руки в свои, и так они стояли некоторое время молча, напряженно всматриваясь друг в друга, не в силах вымолвить ни слова. Михаил первым овладел собой, и глаза у него посуровели. Тяжело дыша, он отпустил ее руки и отстранился с горькой улыбкой.

— Вот мы и встретились, Света. Рад видеть, что ты все такая же красивая.

Он вспомнил, с каким радостным чувством возвратился к ней с чужбины, вообще все, что пришлось из-за нее пережить, и на лицо его набежала туча.

— Что, здорово изменился? — Он неправильно истолковал ее замешательство.

— Нет, что ты! Наоборот... ты... очень хорошо выглядишь. — Она смутилась, не вполне сознавая, что говорит. — Ведь тебе такое пришлось перенести...

Вместо всех этих слов броситься бы ему на шею, прильнуть к нему, вновь почувствовать его тепло, но ведь это нелепо — такой порыв, после стольких-то лет... Разумеется, она сдержалась — видела его незажившую обиду, отчужденность.

— Пройдем в зал, Миша, сейчас никого нет. Сядем где-нибудь и спокойно поговорим. Друг с другом, вижу, нам сейчас ни к чему объясняться. Время тебя вылечит.

— Согласен, Света, на любой вариант, лишь бы мы договорились, что отныне будем вместе растить сына и он примет фамилию своих предков. Иначе и быть не может!

— А ты разве сомневаешься в моем согласии? Иначе и разговора бы этого не было. Прости, но... ведь официально у тебя нет никаких прав! Ладно, пойдем. — Она взяла его под руку и повела в свободную ложу бенуара.

Удобно уселись рядом на мягких сиденьях, и Светлана мягко, но решительно начала:

— Теперь слушай меня внимательно. С Петенькой мы о тебе уже знаем вот что: отец жив, и скоро мы увидимся. Пришлось дать объяснение твоему многолетнему отсутствию — такое, чтобы и он, и другие поверили. Сам понимаешь, как это для всех нас важно! — Она вздохнула: — Противно лгать сыну, но всю правду говорить ему нельзя, сам понимаешь. Пришлось сочинить свою версию.

— Какую же, интересно?

— Потеря памяти, амнезия. — Она опустила голову, смущенная — неловко смотреть ему в глаза: ведь дождалась бы, не вышла замуж — не понадобилась бы эта ложь. — Я ему сказала всю правду о тебе, но объяснила, что не вернулся к нам, так как после контузии не помнил, кто ты и откуда. Вернувшись, сразу уехал в Западносибирск, там и пробыл до последнего времени.

— Поня-ятно, — протянул Михаил. Объяснение, пожалуй, логичное, но ложь его угнетала. — А что же вернуло мне память сейчас?

— Новая контузия... там, на кладбище... Все ведь знают об этой диверсии... и Петя тоже.

— Ловко придумано. — Миша грустно улыбнулся. — Значит, так: первый раз шарахнуло — забыл откуда родом, второй — шарики стали на место. Тебе бы романы писать!

— А что, есть другие предложения? — рассердилась Светлана, и тон ее стал жестким: — Сам виноват, что все эти годы не знал сына! Я пыталась тебе сказать, а ты и слушать ничего не хотел. Мне пришлось придумать эту ложь, чтобы не травмировать психику ребенка. И еще: чтобы и окружающие нормально восприняли внезапное появление пропадавшего отца. Неужели непонятно?

— Ну будет! Начнем выяснять, кто в чем виноват, — зайдем слишком далеко, — мрачно возразил Михаил. — Ладно, я согласен, будем придерживаться этой версии. Не беспокойся, я все понял и запомнил дословно.

— Вот и отлично! — облегченно вздохнула Светлана и поднялась, давая понять, что больше обсуждать ничего не намерена. — Теперь можешь приходить, когда тебе будет удобно. Звони нам, пожалуйста!

— А можно прийти завтра к шести?

— Хорошо, мы с Петей будем ждать.

В среду утром Степана Алексеевича разбудил телефонный звонок. Он взял трубку и лицо у него тревожно вытянулось:

— Светочка? Чего так рано? Маму нужно? С Петенькой что-нибудь? Ладно, сейчас я ее разбужу, только не плачь! — постарался он успокоить дочь, теряясь в догадках, что могло ее так расстроить.

Вере Петровне полночи нездоровилось и она приняла снотворное, но стоило ему прикоснуться, сразу открыла глаза. Увидев в его руках трубку радиотелефона догадалась, что звонит дочь, и испуганно спросила:

— Что там у Светы? Петенька заболел?

— Сейчас узнаешь. Мне не сказала, — обиженно проворчал Степан Алексеевич, передавая ей трубку.

Он терпеливо подождал конца их разговора и хмуро поинтересовался:

— Ну что там у Светы? Михаил не оправдал надежд?

— Да, не оправдал, — с горечью подтвердила Вера Петровна. — Светочка всю ночь не спала.

— Что, плохо встретились? Он был с ней груб?

— Нет, дорогой, встретились хорошо, если учесть, что произошло и сколько лет не виделись. Даже согласовали легенду, объясняющую Петеньке, как его отец воскрес из мертвых и почему так долго пропадал.

— Так из-за чего же она убивается?

— Представляешь, Степочка? Он... не явился! А они, — глаза Веры Петровны заволокли слезы, — так его ждали! Петенька, — всхлипнула, — даже стихи ему написал. Бедная моя доченька, — зарыдала она, уткнувшись в подушку.

Степан Алексеевич ласково обнял жену, попытался успокоить:

— Наверно, что-то ему помешало. Нет, я не оправдываю Мишу! — поспешно добавил, видя ее протестующий жест. — Не чувствует, видно, еще ответственности. Свете нужно взять его в оборот! У нее слишком мягкий характер. Вот, Надя бы на ее месте...

— Что Надя? — обиженно вскинула на него глаза Вера Петровна.

— Я хочу сказать: Светочке бы — Надину хватку. Смотри, как моя дочь этого «нового русского» заарканила! И издателя, с кем до него встречалась, тоже держала на коротком поводке.

Его слова больно задели Веру Петровну — она даже привстала на постели.

— Что значит, Степа: «твоя дочь»? А Светочка тебе кто? И если уж на то пошло — я не одобряю Надину «хватку». Ни к чему хорошему это не приведет. Зря ты ее поощряешь!

— Нисколько я ее не поощряю! — вспыхнув, возразил Степан Алексеевич. — И мне не по душе Надины бесшабашность и тщеславие. Не раз пытался вразумить дочь, — смягчает тон. — Я говорю «моя» лишь потому, Веруся, что не ты, к сожалению, ее родила. А Светочку я тоже люблю, и у меня сердце за нее болит!

Но Вера Петровна еще не отошла и обиженно ворчала:

— Но все же — не так, как за Надю. Хотя Света, — гордо посмотрела на мужа, — не побоюсь сказать — лучше воспитана. Ей чувство собственного достоинства не позволяет проявлять эту «хватку»!

— А у Наденьки, выходит, его нет? — снова закипел он. — Ты к ней несправедлива! Она, правда, слишком мечтает о благах, но ради них никому не позволит собой помыкать! И напрасно упрекаешь, будто к ней я сильней привязан. В том, что я меньше привык к Свете, — моей вины нет!

Наверно, не стоило ему об этом напоминать. Вера Петровна заплакала.

— Ну вот и договорились, Степа. Снова начнем разбираться, кто прав и кто виноват? — горестно произнесла сквозь слезы. — Неужели это будет преследовать нас всю жизнь?

— И правда, чего это мы снова... Прости, Веруся! — опомнился он. — Никогда больше не вспомню о старом, клянусь! — пододвинувшись, нежно обнял жену. — Я ведь обожаю тебя, Светочку и Петрушу! Ничуть не меньше Нади. — Горячо поцеловал ее в губы и, почувствовав, что она ему отвечает, радостно улыбнулся: — Ну вот так уже лучше. Ты одна — мое счастье!

Света напрасно обижалась на Михаила за то, что не пришел к ним сразу — на следующий день после их встречи. Он и сам очень хотел этого, но не позволили неотложные дела — срывался крупный заказ в области и ему, новому директору агентства, потребовалось с утра срочно отправиться на место. Работать пришлось до полуночи и дозвониться в Москву не сумел — мобильная связь не действовала.

«Ничего, — мысленно утешал себя Михаил, — увижусь с сыном завтра. Но ночью плохо спал — и из-за этого, и еще потому, что считал свое поведение во время свидания неудачным. Зря дал волю накопившейся обиде и горечи. Подлинные его чувства совсем другие. Не так говорил, не так вел себя с ней, как требовало собственное сердце.

Видно, и она недовольна тем, как прошла их встреча: не разрешила ее проводить, сослалась на какие-то дела, — а ведь он предлагал. В его воображении ярко возник момент, когда после стольких лет разлуки он вновь увидел ее: как она шла ему навстречу своей плавной, величественной поход-

кой, чуть подняв золотистую голову. Как же она соблазнительно хороша! Уже не та юная, нежная девушка, которую
он оставил, отбывая в неизвестность, а зрелая женщина, в
полном расцвете красоты и женской силы. Она стала полнее, не потеряв стройности, и, пожалуй, это делает ее еще
привлекательнее.

При виде ее он испытал страстный порыв, нестерпимое
желание броситься к ней, сжать в объятиях... Какая глупость,
что он не послушался своего сердца. Ну зачем говорил с ней
так — сухо, осуждающе? Ведь она совсем не так истолкует,
что у него на душе. Вот осел, ведь хотел по-человечески помириться, это необходимо, если он собирается участвовать в
воспитании сына. И зачем обманывать себя: знает же, чувствует, что она ему по-прежнему и дорога и желанна...

Но его гордость, мужское самолюбие все еще мешают
примириться с фактом ее измены, с тем, что она принадлежала другому... Конечно, объективные обстоятельства, и все
же... Да нет, не виновата она перед ним, ни в чем не виновата!
Считала, что погиб; оказалась в тяжелых условиях, думала о
сыне; вышла за Марка не любя: трудно существовать красивой женщине одной в мире, и не только в театральном.

Все так, ну а как же верность, чистота, благородство?
Можно ли оправдывать слабость духа и предательство ма-
териальными обстоятельствами? Сам он воспитан по-другому; прагматизм — вот что губит духовность. Признать
неизбежность житейской грязи — все равно что отказаться от вечных идеалов, от твердой убежденности в красоте
человеческой души...

И это все при том, что он чувствует всем сердцем — надо
вернуть ее любовь, она единственная женщина для него, была
и останется... Но как простить разочарование?.. Заснуть ему
удалось не скоро — только под утро.

Однако новый день Михаил начал в лучшем, чем обычно,
настроении. Принял холодный душ, взбодрился: его крепкий,
закаленный организм привык ко всяким перегрузкам. Сумев,
наконец, дозвониться, объяснил Светлане причину задержки:

— Ради Бога не обижайся, — мягко попросил ее. — Если
бы ты знала, как я мечтаю увидеть сына, — простила бы!

— Ладно, приезжай, я сегодня не занята, — коротко ответила Светлана. — Помнишь о нашем уговоре, да?

Он давно готовился к этой встрече, и подарок заранее приготовил — красивый кинжал в ножнах, старинной восточной работы, — но все же не представлял, что так трудно справляться с волнением и казаться внешне спокойным. Когда он, пригнувшись, чтобы не стукнуться о косяк двери, вошел в холл, Светлана приняла у него пальто, как у гостя, предупредила:

— Петя в гостиной, ждет тебя с нетерпением — весь извелся. — И показала ему, куда идти.

Он заметил, что она тоже делает над собой усилия (и ей непросто!) и пошел по просторному холлу к гостиной. Но мальчик не усидел на месте, — он уже приоткрыл дверь и выглянул. Оба застыли, с жадным интересом рассматривая друг друга. У Михаила сердце готово было выпрыгнуть из груди. Крепкий, рослый мальчуган — точная копия его самого лет в двенадцать-тринадцать: то же румяное, круглое лицо, карие глаза с длинными ресницами, даже фамильная ямочка на подбородке...

Пете, видно, понравился высокий, сильный мужчина, так удивительно похожий лицом на него самого, — конечно, это его отец, таким он его и представлял. Светлана стояла чуть в отдалении, молча наблюдая. Неожиданно для всех первым нарушил напряженное молчание Петя:

— Папа, папа! Как жаль, что ты так долго пропадал! Ты мне был очень нужен! — Прозвенел его голос, и мальчик сделал шаг навстречу отцу.

Михаил сорвался с места, бросился к нему, высоко поднял на руки и крепко расцеловал, счастливо смеясь и глядя на Светлану.

Глава 32. ПЕЧАЛЬНЫЙ КОНЕЦ

— До чего же я соскучилась по тебе, папочка! — Надежда с довольным видом оглядывала долговязую, все еще молодцеватую фигуру Степана Алексеевича. — Выглядишь на «отлично» — вполне еще можешь нравиться девушкам, ей-ей!

Профессор Розанов и впрямь сохранил свою благородную, располагающую внешность. Время прибавило морщин, шевелюра из золотисто-русой стала сероватой от седин, но осталась горделивая посадка головы, спортивная подтянутость и стройность.

Надя приехала попрощаться с отцом перед отъездом в Италию и заодно посмотреть новую квартиру, которую он получил взамен «хрущобы», — оказался одним из первых счастливчиков.

Подходя к многоэтажному дому в новом микрорайоне Марьино, печально известном близостью к «оросительным полям» — очистным сооружениям, Надежда издали почувствовала неприятный запах.

— Как ты мог согласиться на такое? — негодовала Надя. — Дышать этой гадостью! Неужели и Вера Петровна одобрила? Уж очень она покладистая. Я бы — ни за что!

— А что делать, доченька? — устало улыбнулся Розанов. — Выбирать не из чего, всех сюда загнали. Но дом хороший: планировка отличная — не хуже, чем у тебя. А воздухом на даче надышимся. Здесь зимовать только будем — в основном при закрытых окнах.

— Ну что за сволочи! Для себя дворцы строят, в лучших районах города, а простых смертных — вот куда! Уж слишком терпеливый мы народ!

— Будет тебе ворчать, многие даже довольны. Дом-то наш уж совсем разваливался, да и без лифта плохо. До дачи добираться стало ближе. Вере дом и квартира нравятся, а она, ты знаешь, привыкла к самым лучшим условиям.

— Эх, мужчины! Никогда вы не поймете женщин! — Надя насмешливо вскинула глаза на отца. — Я и то лучше знаю Веру Петровну. Ей просто жаль тебя огорчать. Кстати, где она?

— К Свете поехала, помочь по хозяйству. Все время мотается туда-сюда. Ты позвони ей до отъезда, простись. Так куда вы с Бутусовым собрались, где побываете?

Надежда охотно оставила малоприятную тему и с удовольствием поведала отцу о маршруте предстоящего путешествия:

— Сначала прилетим в Рим, поживем в шикарном пятизвездочном отеле в центре города. У Бориса там какие-то дела с поставщиками отделочных материалов и сантехники. Днем самостоятельно познакомлюсь с «вечным городом». Ну а вечером... побываем в ресторанах... и все такое. — Она перевела дыхание. — Что дальше? Дай вспомнить... Совершим автопробег от Рима до Венеции, с остановками в самых достопримечательных местах, и уж оттуда — домой, в Москву. Каково? Небось не отказался бы покататься на гондоле? А твоя дочь сможет! — Она гордо выпрямилась и, довольная собой, взглянула на отца, как бы призывая разделить ее радость.

Степан Алексеевич, с одной стороны, был счастлив, что Надя живет полнокровной жизнью и ей доступно то, что многим не по карману. Но с другой... какому отцу приятно двусмысленное положение любимой дочери, а кто она, в сущности? Содержанка при богатом покровителе... Разумеется, вслух он сказал другое:

— А не будет у вас осложнений из-за того, что вы не женаты? Ведь в солидных деловых кругах приличия всегда на первом месте.

— Борис намерен представлять меня повсюду как жену, — с важным видом объявила Надежда. — Но ты не подумай, это не просто на сезон. По сути, все уже решено. Он оформляет развод; все идет к тому, что мы оформим наши отношения вскоре после приезда. Италия — это для меня очередной экзамен. Надеюсь, ты не сомневаешься, что я его выдержу?

В глазах у нее появилось мечтательное выражение.

— Не хотела тебе говорить до времени, но, уж если разговор зашел... Борис уже строит для нас шикарный особняк в пригородной зоне. Красота... такое я могла представить только во сне. Собирается вручить мне ключ как свадебный подарок.

— Ну а вообще... как у вас с ним? Ты любишь его? — внимательно, по-отцовски взглянул ей в глаза Степан Алексеевич.

Вновь его охватило какое-то непонятное, смутное беспокойство, инстинктивное предчувствие, что вся эта сказка... таит в себе какую-то угрозу, что ли, для его дочери.

— Нормально, папа. Мужик надежный, сильный. Не то что размазня Хлебников! А мне ничего больше не нужно от жизни. Это — потолок, моя пристань!

— Ну что же, коли так... Дай Бог вам любви и счастья! — Розанов встал, ласково обнял дочь и поцеловал в ее тщеславную и беспечную голову.

— Нет, дорогой, не хочу я присутствовать на вашем скучном ланче! — заявила Надежда Бутусову, когда они вернулись в свой шикарный номер после утренней прогулки по Риму. — Если, конечно, это тебе не нужно для дела.

— Пожалуй, можешь быть свободна до вечера, — подумав, согласился Борис Осипович. — Пройдись по магазинам, ну там... осмотри развалины. Я, например, не нахожу ничего интересного в этих древних камнях. Тебе нужно вернуться в отель и быть в полном параде часов в семь. Вечером мы идем на прием. Не опаздывай, для меня это важно. Я пообедаю с деловыми партнерами, а ты закажи еду в номер или поешь где-нибудь в городе. — И уехал по делам.

Надежда не торопясь привела себя в порядок, проверила, взяла ли все необходимое, и отправилась побродить по «вечному городу». Сегодня они третий день в Риме; несмотря на позднюю осень, погода стоит сухая, теплая. Хорошо быть свободной, идти пешком по центру... Быть отлично одетой, молодой, красивой; знать, что у тебя в небрежно переброшенной через плечо сумке — кредитная карточка и крупная сумма наличных... Она ощущала себя хозяйкой жизни — ей все доступно!

Выйдя на площадь Венеции, Надежда легкой походкой пошла по направлению к Колизею, останавливаясь у ограждения, рассеянно осматривая раскопки Древнего Рима. То, что осталось от императорских Форумов, производило сильное впечатление, как и хорошо сохранившаяся колонна Траяна и весь комплекс Траянского рынка.

Шикарные магазины ее не привлекали. Все необходимое она купила в первый же день — ее больше интересуют новые впечатления. Прогуливаясь, достигла Колизея, вошла внутрь и долго рассматривала удивительное сооружение. Полюбовалась на триумфальную арку Константина, повернула обратно, взобралась на Капитолийский холм и осмотрела музеи. Как изумительно! Не верится, что все это она видит наяву... Вот и это — ее успех в жизни. Сколько же нужно времени, чтобы обозреть все богатства Рима?..

Утомилась, взяла такси и поехала осматривать другие достопримечательности — по карманному путеводителю и разговорнику. Сделала остановки на площади Испании, у знаменитого фонтана Треви и других исторических местах. Осмотреть бы еще Ватикан... но времени нет, сегодня не удастся, да и комкать впечатления не стоит. И она поехала в отель.

Вернувшись, приказала приготовить горячую ванну; потом вызвала массажистку и только после этого, чувствуя себя обновленной, отдохнувшей, заказала обед в номер. После еды отдохнуть не легла — нельзя же полнеть, — а занялась макияжем.

К назначенному времени Надежда, вполне готовая, ослепляла свежестью и красотой. Такой и застал ее Бутусов, когда заехал за ней перед вечерним раутом.

— Ты сегодня просто неотразима, Надюша! — Он подал ей пелерину темного меха. — Берегись темпераментных макаронников — не оставят тебя в покое.

Сели в нанятую Бутусовым машину и поехали — в сопровождении еще одной, указывающей им дорогу, — на загородную виллу, где проходил прием по случаю заключенной им крупной сделки.

— Я доволен тобой! Ты была украшением наших деловых встреч и очень помогла мне добиться существенных уступок от партнеров, — признался Борис Осипович, вольготно развалясь на заднем сиденье «кадиллака» и полуобняв гибкую талию Надежды.

Завершив все дела в Риме, они ехали по превосходному автобану, пересекая Апеннинский полуостров и направляясь в Венецию. Обменивались впечатлениями, любовались лесистыми склонами невысоких гор, где на вершинах раскинулись живописные городки и поселки.

— Что меня поразило в Риме — это богатство и обилие шедевров искусства — все папы для Италии накопили, — поделился своим главным впечатлением Бутусов. — Эти иерархи католической церкви, когда богатели, заботились, как ни странно, не только о себе. Обратила ты внимание, как они украшали город, особенно те места, где жили их семьи? Сколько потратили на это... Взять хотя бы площадь Навона: была грязная базарная толкучка, а теперь на ее фонтаны весь мир любуется! Или возьми Ватикан, — продолжал он удивляться. — Собор Святого Петра, например, ну колоссальные размеры — это да; но такое количество шедевров живописи и скульптуры вряд ли еще где встретишь, даже в Лувре!

Поднимались все выше в горы, преодолевая по пути множество тоннелей, но дорога легкая, остановок делали немного. Дольше всего простояли в курортном городке Ассизи, где и решили заночевать, так он им понравился: расположен на горе, поднимается уступами и увенчан знаменитым монастырем, где когда-то монахи-францисканцы основали свой орден. Изумительно красивые узкие улочки пестрели сувенирными лавками, маленькими, уютными, романтическими ресторанчиками... Земной рай для туристов, приехавших наслаждаться Италией.

Вскоре уже ехали вдоль Адриатического побережья, сплошными курортными городками. Купальный сезон еще не кончился, и по просьбе Надежды сделали привал в маленьком, уютном отеле на курорте Римини, неподалеку от Венеции. Пляж оказался отличным, но море разочаровало: мелкое, как на Рижском взморье, и нужно заходить слишком далеко, чтобы окунуться и поплавать; да еще мелкие кусачие крабы досаждают...

Венеция превзошла все ожидания Надежды. Прибыли в пасмурное утро, и поначалу она выглядела немного обветшалой, запущенной. Но к полудню погода разгулялась, выглянуло солнце и дворцы на каналах засияли всей красотой архитектуры и богатством отделки. Наняв гондолу на набережной у Дворца дожей, прокатились по каналам, дивясь этому невиданному количеству изумительно красивых, каждый в своем роде, дворцов.

На площади Святого Марка пообедали в дорогом ресторане; Надежда кормила с руки голубей — сколько их здесь... В завершение осмотрели величественный собор, полюбовались диковинным золотым иконостасом, украшенным множеством драгоценных камней.

Когда возвращались из Венеции домой, перегруженные впечатлениями, довольные путешествием и друг другом, — в полете почти не разговаривали; читать не хотелось, — после такого испытываешь необходимость уложить в голове увиденное и услышанное.

— Знаешь, у меня что-то правый бок побаливает и ноет под ложечкой, — признался Бутусов, когда они сидели за завтраком. — Неужели печень? Наверно, пью многовато.

После возвращения из Италии он уже постоянно ночевал у нее, держа при себе лишь одного телохранителя — тот спал в гостиной на диване; остальные дежурили в машинах, наблюдая за подъездом.

— Ты, Боренька, обязательно покажись врачу, — искренне озаботилась Надя. — Вызови в офис — ведь замотаешься и отложишь, а дело, может быть, серьезное... Вдруг у тебя цирроз?

— Типун тебе на язык! — добродушно проворчал Бутусов, завязывая галстук. — Хотя... чем черт не шутит? Подожду дня два... не пройдет, — что ж, обращусь к эскулапам. Им только попадись в руки! Да, чуть не забыл, — обернулся он уже от дверей, — на завтрашнее утро ничего не затевай: повезу тебя смотреть новый дом. Недели через две должны сдать. Осталось завершить отделочные работы и забетонировать погреб. А ты взглянешь, не забыли ли чего-нибудь строители. Как будущая хозяйка. — Улыбнулся ей с видом довольным и важным и вышел в сопровождении телохранителя.

Весь день, занимаясь различными делами, Надежда пыталась нарисовать в воображении свой дворец — скоро станет счастливой обладательницей...

За обедом она перелистала все каталоги и рекламные буклеты Бутусова, стараясь отгадать: какой же из этих прекрасных особняков он выбрал в качестве их резиденции? Но глаза у нее разбегались и она ни к чему определенному не пришла: многие хороши, ей бы вполне подошли... Еще до поездки в Италию, как только он признался, что предназначает один из строящихся особняков для себя, она много раз пыталась выведать подробности, но безуспешно.

— Это сюрприз. Я тебе все открою в тот день, когда получу развод. Вручу ключи, как верной жене и подруге, — твердо заявил он. — И не проси! Сам все тебе покажу.

Надежда вспомнила эти слова, и сердце ее радостно забилось.

— Наконец-то! — прошептала она. — Значит, сегодня, наверно, должен получить развод... Иначе не показывал бы дом...

Она не следила за ходом его бракоразводных дел. Интуиция подсказала: не следует проявлять слишком большой заинтересованности в законном оформлении их отношений. Наде давно стало ясно, что Бутусову необходима жена — эффектная, привлекательная; такая, как она. Впрочем, дело шло, по его словам, довольно успешно: за хорошие деньги все оформлялось фактически без его участия. «Сегодня сам скажет — нет сомнения!» — с радостным ожиданием подумала Надежда, и не ошиблась.

Борис Осипович обладал железной выдержкой. Когда он вечером, как всегда, в сопровождении телохранителя, явился домой, лицо его сохраняло бесстрастное выражение. За ужином, рассказывая о разных делах, он и словом не обмолвился ни о чем.

Надежда, сгорая от желания поскорее узнать о разводе, еле сдерживала себя и видела по насмешливым огонькам в его глазах, что он это понимает и играет с ней — как кошка с мышкой.

«Ну нетушки! — рассерженно думала она. — Не задам я тебе этого вопроса, не позволю над собой издеваться!» И сумела выдержать характер. Только когда они легли в постель, обнимая ее, он прошептал:

— Ну, моя милая, наконец-то я свободен и начну новую, достойную семейную жизнь. Поможешь мне в этом? — И стал жадно целовать ее изуродованными губами.

Надежда, чувствуя, как его крупное тело содрогается от страстного желания, в восторге, что так удачно исполняются все самые смелые ее мечты, благодарно ему отвечала, старалась доставить будущему мужу как можно больше радости и наслаждения.

Бутусов никак не мог утолить свой страстный голод и только часа через два, истощив и свои, и ее силы, сразу и крепко заснул. А Надежда, хоть и испытывала крайнюю усталость, никак не могла последовать его примеру.

Воображение рисовало ей совместную жизнь с ним в роскошном дворце — сплошной праздник, шумные, многолюдные приемы и в центре — она, Надежда, — она блистает и принимает поклонение... Только под утро забылась она беспокойным сном, и ей продолжали являться видения красивой, беспечной жизни.

— Ничего пока не выйдет, дорогая моя Надя, — с сожалением произнес Бутусов, переговорив с кем-то по радиотелефону. — Придется срочно распутать одно непростое дело.

Они уже закончили завтрак и собирались ехать смотреть дом. Видя, как у Надежды от огорчения вытянулось лицо, он стал ее успокаивать:

— Не спеши расстраиваться — за полдня постараюсь все уладить. — И распорядился, вставая из-за стола: — Жди меня с обедом часам к трем в полной готовности и сразу двинем за город.

Еще полчаса он вел какие-то непонятные ей переговоры и отбыл заниматься делами, а Надежда осталась дома, с ощущением душевного дискомфорта. То ли из-за разочарования, так как уже настроилась ехать, то ли томимая каким-то неясным дурным предчувствием, — во всяком случае, настроение у нее испортилось.

Однако Бутусов приехал повеселевший и, сев за стол, объявил:

— Все прошло удачно, так что, дорогая, готовься испытать приятные эмоции. Думаю, наша хижина придется тебе по душе.

После обеда он отдал по радиотелефону распоряжения помощникам и положил аппарат в чехол.

— Все, больше на сегодня никаких дел — займемся своим скромным гнездышком. — И хрипло расхохотался, сотрясаясь всем телом.

Надежда, еще больше заинтригованная, нетерпеливо его ожидала, готовая тронуться в путь. Уже в машине Борис Осипович рассказал ей кое-что о месте, где им предстояло поселиться:

— Наш дом находится всего в двенадцати километрах от кольцевой автодороги, — считай, в самом городе: минут двадцать езды на машине, дорога прекрасная. Правительственная трасса!

Приосанился и взглянул на Надежду, как бы проверяя, насколько она осознает превосходство расположения дома.

— Хоть Москва близко, место чудесное, малолюдное, кругом лес; всего два десятка таких же особняков за высокими заборами; полный покой и свежий воздух. Из посторонних объектов только контора лесничества, — пришлось помочь им построить особняки здесь же. Понятна ситуация?

Надежда внимательно слушала, благодарно прижимаясь, а он ласково обнимал ее за плечи огромной ручищей.

— Само собой, все необходимые инженерные коммуникации; телефоны уже установлены. Так что жить будем со всеми возможными удобствами.

Тем временем машина, двигаясь по Можайскому шоссе, выехала из города и свернула в сторону в районе Одинцова. Миновав смешанный перелесок, пересекла небольшое поле; у края его и приютился коттеджный поселок. Асфальтовая дорога была еще недостроена, и колеса застучали по недавно уложенным бетонным плитам. Проехав два участка, обнесенных глухой оградой саженной высоты, машины Бутусова и охраны остановились. Один из телохранителей выскочил из машины, что-то сказал в домофон, и ворота автоматически раздвинулись. Обе машины въехали во внутренний дворик, уже заасфальтированный и обсаженный декоративным кустарником и молодыми деревцами.

Надежда, когда жила во Франции и путешествовала по Европе, видела много богатых вилл и особняков. И все же, выйдя из машины, застыла в немом восторге.

— Вот это красотища, Боренька! — непроизвольно вскрикнула она. — Я все каталоги просмотрела, но такого не встретила!

— Еще бы! Ты и не могла, — подтвердил он, самодовольно ухмыляясь. — Наш дом должен быть неповторим!

То, что открылось взору Надежды, очаровывало с первого взгляда. Перед домом разбит широкий английский газон с цветниками, на краю его — бассейн, облицованный мраморными плитами. Трехэтажный особняк выполнен из светлого кирпича и ультрасовременных отделочных материалов. Посреди фасада во всю высоту сверкает темным и светлым стеклом эркер, завершающийся зимним садом под коническим куполом. Остекление террас и галерей переливается яркими красками витражей; высокую двускатную крышу из красной черепицы украшают солидные трубы каминов, увенчанные флюгерками. В общем, этакий небольшой замок в современном стиле.

— То ли еще будет! Набирай в легкие побольше кислорода. — Бутусов был очень доволен тем, какое впечатление произвел на Надежду внешний вид дома. — Посмотрим, что ты скажешь, когда увидишь его внутри.

Он взял ее за руку, и она переступила порог этого прекрасного дворца, который превзошел все ее мечты. И внутри он оказался чудом — Бутусов нисколько не преувеличивал. Светлые спальни второго этажа обшиты тесом; библиотека и столовая сверкают лаком дубовых панелей; гостиная, украшенная большим камином и коваными деталями, выполнена под старину. Огромная кухня, ванные комнаты и санузлы оснащены самым дорогим и современным оборудованием.

При осмотре внутренних помещений их сопровождал старший прораб: давал пояснения, записывал замечания и указания хозяина.

— Надюша, а ты что, онемела? — удивился Борис Осипович, обратив внимание, что она не проронила ни слова. — Неужели ты, как хозяйка, ничего не нашла, что еще нужно сделать?

— Да у меня просто ничего не возникло, — только и промолвила обомлевшая от всего этого неимоверного великолепия Надежда. — По-моему, лучше и удобнее просто не бывает!

— Ну ты и скромняга! — пробурчал Бутусов, но чувствовалось, что он доволен ее восторженной реакцией. — Ничего, аппетит приходит во время еды. Скоро начнешь жаловаться на недоделки.

Осмотр завершили знакомством с участком и подсобными строениями. Когда подошли к каменному домику, вплотную примыкавшему к въездным воротам, прораб пояснил:

— Это помещение дежурных сторожей. В первой половине — пульт связи и управления воротами, а в другой — комната отдыха, сейчас ее временно занимает бригада отделочников; они пробудут еще две недели и устранят все недоделки. А вот и бригадир, кивнул он на высокого, сутуловатого человека в рабочем комбинезоне, который показался в дверях комнаты, и позвал:

— Уколов! Подойди к нам! Сейчас я вас с ним познакомлю.

Когда Надежда услышала фамилию, ее будто током ударило; бросила взгляд на такую знакомую долговязую фигуру — и все ее тело мгновенно покрылось липким потом. Никаких сомнений: это он, ее Костик — все такой же мужественный и красивый, только еще похудел, ну и постарел, конечно.

Он тоже узнал ее с первого взгляда, но не подал и виду; старался на нее не смотреть.

— Это хозяева, Константин Иванович, — уважительно обратился к нему прораб, — Борис Осипович и Надежда Степановна. Все их указания и пожелания должны быть выполнены неукоснительно. Если тебе что-нибудь понадобится, свяжешься со мной.

— Понятно, — спокойно ответил бригадир, бросил быстрый взгляд на Надежду и тут же отвел глаза. — Я могу идти? — И, поскольку ни ответа, ни замечаний не последовало, прошел в дом, где работала бригада.

— Ценный специалист! — похвалил его прораб, глядя вслед удаляющейся высокой фигуре. — Вся бригада — мастера высокого класса. Ни одной жалобы от хозяев на качество.

Надежда, ошеломленная, уставилась куда-то в пространство, еще не вполне сознавая, что с ней творится, чувствуя только, что эта оглушающая встреча — с ее первой и единственной любовью — погасила всю радость, перечеркнула все счастливые мечты... Хорошо, что Бутусов, занятый разговором со сторожами, не обратил внимания на ее застывшее лицо и потухший взгляд. А внутри у нее все тосковало и плакало...

Он заметил, однако, резкую перемену в ее настроении, но отнес это за счет эмоционального переутомления, вызванного избытком впечатлений.

«Эк ее разобрало, — думал он, немного жалея Надежду. — Любой трудно выдержать, когда привалит такое богатство. Но пообвыкнется. Она достойна жить в роскоши. Дай-то Бог, чтобы это ее не испортило!»

Он тоже почувствовал усталость, и к тому же все больше донимала дергающая боль внизу живота, справа.

— Что за черт! — опасливо пробормотал он. — Придется и правда пригласить врача...

Но события развивались более стремительно, чем он ожидал. Уже по дороге домой он все время держался за бок, постанывая от острой боли. Пришлось срочно по радиотелефону договориться с известным профессором — терапевтом и заехать к нему на квартиру.

— Острый приступ аппендицита, — без колебаний поставил диагноз врач.

Вместо дома Борис Осипович попал прямо в больницу. У профессора оказались широкие связи, и Бутусова немедленно, за большие деньги конечно, поместили в прекрасный клинический центр неподалеку от Митина, в отдельную палату, и срочно стали готовить к операции.

Борис Осипович прекрасно владел собой и не разрешил Надежде оставаться в клинике во время операции.

— Ты очень устала. Отправляйся-ка домой, отдыхать! — велел он, превозмогая боль. — Аппендицит — пустяковая операция, а мне нужна здоровая жена. А если что не так — тебя ко мне немедленно доставят, я распорядился, — добавил он ей вслед. — А вот ребята подле меня подежурят, за то они немалые бабки получают!

С глазами, полными слез, Надежда нагнулась к нему, поцеловала, пожелала удачи и сама не своя пошла к ожидавшей ее машине. Слезы текли у нее, к вящему ее стыду, не от переживаний за будущего мужа. Все ее помыслы устремлены теперь к другому, к минувшему, незабываемому, молодому своему счастью... А у Бутусова здоровье железное, операцию он перенесет без всякого для себя ущерба — через неделю будет как огурчик, не о чем беспокоиться.

И что за злую шутку сыграла с ней судьба: не успев реально достигнуть высот, о которых столько мечтала, вмиг утратить ощущение покоя, радости и счастья, снова увидев этого неудачника — своего Костика.

— Дурь ведь на меня нашла! — горестно шептали ее губы. — Не брошу же я такое ради его сладких объятий... Что он, единственный на свете?! Чем плох Борис?

«А тем плох, — отвечало ей сердце, — что не люб он тебе! Твоей душе и телу всегда был нужен только Костик, и никто больше во всем мире. Только с ним ты испытывала подлинное счастье — и физическое, и духовное. Только это сочетание дает радость жизни. Остальное... остальное временно, быстро проходит! Мало ли что у меня было...»

Здравый смысл призывал ее выкинуть эту встречу из головы и сердца, — ведь столько лет прошло, так много событий, с тех пор как они расстались... Но какая-то неодолимая, роковая сила влекла ее повторить встречу, увидеть его еще раз, и никакие доводы разума не помогали.

Более суток после операции Надежда провела в расстроенных чувствах. Звонила и ездила в больницу к Бутусову, проявляла максимум внимания и заботы — ее практичный ум подсказывал: будь с ним такой, как всегда, а по возможности — еще более нежной и ласковой...

И все же, глядя на его обезображенное лицо и вставные зубы, она впервые содрогнулась, сопоставляя ощущения близости с ним и воспоминания о том блаженстве, какое испытала когда-то с тем, другим, — своим первым...

У нее, конечно, и мысли не возникло отказаться от богатства и роскоши, от поставленной цели — выйти замуж за Бутусова. Но предстоящий брак уже не казался ей вершиной удачи — так настроилось состояние души, само ее естество.

Борис Осипович, как и предполагалось, легко перенес операцию и уже на второй день начал ходить по палате.

— Вот видишь, все и обошлось, — говорил он Надежде, самодовольно поглаживая заживающую рану на животе. — Чувствую себя превосходно. Не отказался бы пообщаться с тобой, — добавил он, оглядывая ее улыбающимися глазами, — да боюсь, швы разойдутся.

Стараясь выполнять все его прихоти и малейшие пожелания, проделывая по нескольку раз в день неблизкий путь в Митино, часами сидя у его постели, Надежда ни на минуту не переставала думать о встрече... Разумеется, не для того, чтобы возобновлять с ним прежние отношения, — это безумие. Но узнать бы, как он живет, женат ли, есть ли дети... Счастлив ли без нее...

— А разве я не счастлива без него? Неужели все, что у меня есть, — это не подлинное счастье для женщины? — спрашивала она себя.

И впервые за минувший год знакомства с Бутусовым нахлынувшая душевная тоска не позволила дать утвердительный ответ.

Утром третьего дня, когда Надежда приехала в клинику, она застала Бутусова в бодром, работоспособном состоянии. Устроившись в удобном кресле у окна, он давал указания по радиотелефону.

— Садись, сейчас освобожусь, — указал он рукой на кресло рядом с собой. — Тут неотложное дело. Думаю, не высижу здесь больше двух-трех дней. Хотя врачи требуют — до конца недели. — Он положил трубку и ласково привлек ее к себе. — Дела, дела... Ни на кого нельзя положиться, все приходится решать самому. — Он поглаживал ее по плечу. — Ну как твое настроение? Уж очень встревоженная ты последнее время, — усмехнулся он своей кривой улыбкой. — Стоило ли так волноваться? Тебе надо немного отвлечься.

Это предложение навело Надежду на мысль, решение пришло мгновенно.

— Ты прав, Боренька, я совершенно измоталась. Глупо, конечно, но факт, — откликнулась она устало. — Займусь-ка я эти дни хозяйственными делами. Не возражаешь, если возьму машину и съезжу еще раз посмотреть, как идут работы, пока не ушли отделочники? Прошлый раз меня так все это потрясло, что я плохо соображала, — добавила она деловым тоном. — Но теперь, пожалуй... ну, надо проверить, не упущено ли что-нибудь, чтобы потом — меньше хлопот.

— Вот это дело! Теперь я тебя узнаю, — одобрил Бутусов. — Поезжай и внимательно все проверь. А еще лучше — составь список всего, что сочтешь нужным сделать.

Проводив сына в школу, Светлана вернулась домой и открывая многочисленные дверные замки обеспокоилась — в квартире настойчиво звонил телефон. Она поспешила взять трубку и услышала взволнованный голос сестры..

— Еле дозвонилась! — посетовала Надя. — Ты чего так долго не подходила?

— Я только вошла. А ты чего нервничаешь: стряслось что-то? — озабоченно спросила Света. — Никак плачешь?

— Сама не знаю, что со мной творится! — всхлипывая, пожаловалась сестра. Представляешь, Света? Боря лежит в больнице после операции, а я думаю не о нем!

— Как же так? Что между вами произошло?

— Да ничего. Он ведет себя безупречно. Это мне стыдно смотреть ему в глаза, — убитым голосом призналась Надя, дав волю слезам.

Чутким сердцем Света сразу поняла, что с ней случилось очень уж скверное, раз ее сестра — сильная натура — пришла в такое отчаяние. Теряясь в догадках, потребовала:

— Может, все же объяснишь, что натворила? Почему тебе стыдно?

— Пока ничего, но.... — Надю душили слезы.

— Да возьми же себя в руки! — начиная сердиться, прикрикнула на нее Света. — Ничего не понимаю! О ком ты еще можешь думать? Неужели об Алике?

Надя бурно перевела дыхание и срывающимся голосом сообщила сногсшибательную новость:

— Я снова встретила Костю и во мне, Светочка, все перевернулось! Я сразу поняла — только он мил моему сердцу и Борю я так любить не смогу никогда!

— Что за блажь? — попыталась урезонить сестру Света. — После того как вы расстались с Костей, прошла целая жизнь! Ты ведь и думать о нем забыла.

— Выходит, не забыла. Ты вот любишь Мишу после стольких лет разлуки, а почему я не могу?

— Потому, что я одного его любила, а за Марика вышла в силу известных тебе обстоятельств.

Но у Нади ее доводы только вызвали раздражение.

— Ну да! Может, я Костика любила еще сильнее, чем ты Мишу? Увидев его снова, была сама не своя! Ни с одним мужчиной мне не было потом так хорошо! И изменила ему я тоже в силу обстоятельств.

Понимая, что спорить с сестрой бесполезно, Света попыталась воззвать к ее здравому смыслу.

— Ладно, тебе лучше знать это, Наденька. Вижу, в каком ты состоянии. Но все же не отрицай: ведь ты пела Боре такие дифирамбы!

— Я им и сейчас восхищаюсь, — всхлипнув, призналась Надя и голос ее окреп. — И обязательно за него выйду! Но мне, сестричка, очень тяжело. Снова встретив Костика, я поняла, что не смогу так полюбить мужа. А это никуда не годится!

Понимая, что творится в ее душе, Света грустно посетовала:

— Как мне жаль тебя, Наденька! Слишком поздно ты поняла, что настоящая любовь — это самое большое счастье в жизни! Куда больше, чем удачная карьера и богатство!

— Да, Светочка, теперь вижу, как ты была права, — уже успокоившись, согласилась с ней Надя. — Но поезд уже ушел. От Бутусова я не откажусь! А с Костей обязательно встречусь — до смерти хочется узнать, как сложилась его жизнь.

Ее решение Свете показалось неразумным, и она решительно возразила:

— Не делай этого, Наденька! Я знаю твою бесшабашную натуру — добром это не кончится! Не обманывай человека, с которым решила связать свою жизнь! Нехорошо!

— Не беспокойся, сестричка! — пренебрегла ее советом Надя. — Боря не узнает: он еще несколько дней пробудет в больнице. И я не собираюсь ему изменять. Ну спасибо тебе!

Отвела с тобой душу и успокоилась, — сказала она уже своим обычным тоном: — А твои дела с Мишей продвигаются?

Светлана грустно вздохнула:

— Да никак. Он уже несколько дней не появляется. Весь в работе. Похоже, той любви у него ко мне уже нет. А для меня по-прежнему другого мужчины не существует.

— И все же я завидую тебе, сестричка! Убеждена, что ты еще будешь с ним очень счастлива. Ну покедова! Мне нужно бежать.

Положив трубку, Надежда вышла из телефонной будки, откуда звонила Свете и по решительному выражению ее лица было видно, что она твердо решила снова встретиться со своей первой любовью.

В тот роковой день, когда Надежда собралась самостоятельно отправиться на загородный участок, Бутусов дал ей много поручений. Освободилась она только после обеда; рабочий день кончался, но она не стала переносить поездку на завтра: зная Бориса Осиповича, справедливо полагала, что он может выписаться из больницы досрочно, в любой день. Тогда уж она не сможет встретиться с Костей и спокойно поговорить. Да и отделочники могут в любой день закончить. Где его тогда искать?..

Сидя в машине, мчавшейся по Можайскому шоссе, она забеспокоилась, не опоздает ли застать Костю: пятый час, бригада вполне могла свернуть работу. И правда, когда она въехала на территорию особняка, большинство рабочих уже ушли; собирался домой и Уколов.

— Константин Иванович, — официальным тоном, но не скрывая радостного оживления, обратилась к нему Надежда так, чтобы слышал охранник, — очень хорошо, что я вас застала. У меня целый ряд замечаний по доделкам.

— Простите, у нас рабочий день окончен, — не глядя на нее и продолжая собираться возразил Константин. — Люди уже разъехались, вон последний уходит.

— А они нам не нужны! — настойчиво заявила Надежда. — Я только покажу вам перечень работ и подробно объясню, что требуется сделать.

— Не знаю, право, — нахмурясь, замялся он. — Я уже собрался ехать, сегодня мне не с руки задерживаться. Может, отложим до завтра?

— Будет тебе кочевряжиться, Уколов, — вмешался охранник, звероподобного вида детина. — Раз хозяйка просит. Ты же на собственной машине, какие проблемы?

— Ну ладно, пойдемте, — неохотно согласился Костя, делая жест, приглашающий ее пройти в конторку.

Вошел следом за ней и плотно прикрыл дверь. Вот не было печали... А тут еще охранник вмешивается, лезет не в свое дело... «Вот черт прислал ее мне на голову... Надо же такому случиться! — досадовал он, чувствуя, как сильно бьется сердце. — Всю душу снова перевернула! Ведь забыл уже — столько лет прошло!»

Константин обманывал себя — ничего он не забыл, притупилось просто, да не прошло. Но жизнь уже сделана: много лет женат, его миловидная, бойкая спутница жизни, заведующая продовольственным магазином, родила ему троих детей...

А в тот день, когда он вышел из конторки и после стольких лет разлуки вновь увидел Наденьку — такую элегантную, блестящую, еще более соблазнительную, чем прежде, — непроизвольная дрожь пробежала по телу. Он старался на нее не смотреть, но мысленно снова держал в своих объятиях, будто это все было вчера...

Он по-своему любил жену — как-никак, мать троих его детей, ценил как хорошую хозяйку, был с ней внимателен и ласков, но не испытывал и доли той страсти, которая охватывала его при одном виде Надежды.

Стараясь унять давно забытую дрожь, он усадил Надю — хозяйку — на стул у своей конторки и сел рядом, приготовившись выслушать замечания. Однако голова у него была как в тумане...

Сидя рядом с Костей, как когда-то, и ощущая на себе его горячее дыхание, Надежда неожиданно для себя растерялась, как школьница, — с чего бы начать разговор? Наконец решилась.

— Ты и впрямь думаешь, Костик, что у нас будет деловая беседа? — без обиняков, прерывающимся от волнения голосом тихо произнесла она, глядя ему прямо в глаза. — Неужели тебя оставила равнодушным наша встреча? Неужто все забыл и я тебе безразлична?

Он хмуро молчал, не в силах отвести от нее глаз, ни о чем не думая, лишь физически остро ощущая ее близость.

— А мне, представляешь, не безразлично, что с тобой и как ты живешь. И никогда не будет безразлично! — с жаром продолжала она, бессознательно переплетая правду с ложью. — Могла ли я забыть, подумай, как нам хорошо было вместе?.. Ладно, не будем об этом! Расскажи, как живешь.

— Что тут рассказывать? У меня трое ребят, — хмуро поведал Костя. — Жена в торговле работает. Женщина простая, добрая, любит меня и детей, заботливая. Живем в достатке, даже машину купили — старенький «Запорожец»... все-таки колеса. Как видишь, тружусь; платят хорошо.

— Значит, забыл меня, семейный ты человек? — Она насмешливо посмотрела ему в глаза, испытывая жгучую боль и ревность к незнакомой счастливой женщине. — Ты ее так же любишь, как когда-то меня?

Константин был в замешательстве: вспомнил, как она предала его ради карьеры, захотелось сказать ей что-нибудь резкое, обидное; соврать, что забыл, что она его теперь не интересует... Поднял на нее гневные глаза, открыл было рот — и слова застряли у него в горле. Надежда сидела перед ним, подавшись к нему всем телом и прерывисто дыша. Ее синие, как небо, глаза пылали прежней любовью и страстью; так хороша, так желанна... Он только и произнес осевшим голосом:

— Разве такое забудешь? Меня и сейчас всего трясет при виде тебя. Да рукой не достать!

— А ты попробуй! — жарко прошептала Надя, вне себя от охвативших ее чувств, от прежнего, юного страстного желания. — Ведь ты не робкого десятка! Неужели не хочешь вспомнить?..

Порывисто вскочила, подчиняясь непреодолимой силе, мгновенно, бесшумно повернула ключ, заперла дверь и заключила его в объятия. «А, никто ничего не узнает! Отопрусь в случае чего! — успокаивала она себя, повинуясь роковой силе, сознавая и не сознавая всей гибельности того, что делает. — Прости меня, Боже, — ничего не могу с собой поделать!»

И Константин не сопротивлялся больше, уступил. Душой и телом рвался к своей желанной, ненаглядной, столь неожиданно обретенной Наденьке. Ни о чем не думая уложил ее на широкую лежанку и стал ласкать с ненасытной жаждой, словно моряк, вернувшийся к любимой после длительного плавания...

Они упивались страстью, забыв о времени и совсем потеряв голову. Испытывая многократно высшее блаженство, Надя заливалась счастливыми слезами, — еще, еще... И никак не могла насытиться, словно запасаясь наслаждением и счастьем впрок...

«Ведь нам неумолимо придется расстаться! — с отчаянием, с ужасом думала она. — Станем встречаться — обнаружится... Бутусов не из тех, кто прощает измену...»

Звероподобный охранник между тем встрепенулся: сначала ничего не заподозрил, но уже прошло более сорока минут, как хозяйка заперлась в конторке с бригадиром... Он нюхом почуял неладное; подошел потихоньку к двери, приложил ухо, прислушался: разговора не слышно, но доносится какой-то шум, возня... Догадка мелькнула мгновенно: прораб — мужчина видный, хозяйка — отменная красотка, в самом соку... Вполне могли наладить! «Ну и суки эти богатые дамочки! — подумал презрительно; хотел было постучать, спугнуть, но передумал. Отошел, набрал номер диспетчерской, сделал краткое сообщение:

— Передайте шефу, что здесь с хозяйкой... неладное. Пусть срочно приедет.

Получив сообщение, Бутусов не стал выяснять подробности, сел в машину и немедленно выехал, не думая о состоянии швов. Звериным инстинктом самосохранения почуял беду. От Митина до Одинцова недалеко, мощная машина преодолела это расстояние за полчаса.

Когда он стремительно ворвался в сторожку и ногой вышиб запертую дверь, свидание влюбленных было в разгаре и Бутусов застал их в недвусмысленной позе... Расплата последовала незамедлительно — в его стиле, изуверски жестокая. Не говоря ни слова он выхватил пистолет и выстрелил с близкого расстояния прямо в перепуганное лицо поднявшего ему навстречу голову Кости — убил наповал.

— А эту курву отдаю, ребята, вам на потеху, — указав на Надежду, укрывшуюся чем попало, бросил он двум гориллам охранникам, презрительно скривив безобразный шрам. —

Потом закатаете в бетон погреба, там есть еще не заделанная опалубка. Пусть остается здесь навсегда, уж очень хотела. Я держу слово.

— Этому дураку... — на секунду задумался и спокойно распорядился: — Отрезать глупую голову и поганые органы, сжечь и пустить на удобрение, — хоть какая-то польза от гада. Тело — в мешок и на свалку. Машину — в речку. Эта ржавая консервная банка ничего не стоит.

Надежда, парализованная ужасом, все слышала, завороженно следя за ним. Только когда увидела, что он повернулся, чтобы уйти, у нее наконец прорезался голос:

— Нет! Ты так со мной не поступишь! Не делай этого, Боря! — надрывно крикнула она, срываясь на визг. — Дай объяснить! Это мой бывший жених... Прости... прости мою слабость!..

Но все было напрасно, Бутусов ее не слушал. Для него Надежды больше не существовало. Была лишь предательница, развратная сучка, которую следовало жестоко покарать ради самоуважения.

Не удостоив ее взглядом, не обращая внимания на вопли, круто повернулся и стремительно вышел. Двое дюжих охранников сразу потащили Надежду в чем мать родила в подвал особняка. Примкнули наручниками к батарее и с большой охотой, без устали, издеваясь как могли, стали утолять свою похоть.

Когда им надоели ее истошные крики, надели ей на голову полиэтиленовый мешок и туго обмотали вокруг шеи. Негодяи продолжали наслаждаться ее прекрасным телом, даже осознав, что она больше не дышит. Тогда они сбросили тело в опалубку и залили толстым слоем бетона.

Так страшно и трагически осуществилась заветная мечта Надежды — поселиться в роскошном особняке, расположенном в самой престижной загородной зоне столицы.

В пасмурное осеннее утро в квартире профессора Розанова раздался телефонный звонок; Степан Алексеевич взял трубку.

— Я говорю с отцом Надежды? — спросил незнакомый мужской голос. — Не так ли?

— Простите, с кем имею честь? — насторожился Розанов, предчувствуя недоброе. — Я вас не знаю.

— И слава Богу! — грубо ответил незнакомец. — Моя фамилия Бутусов. Наверно, слышали от дочери?

— Слыхал, — подтвердил, волнуясь профессор. — С ней что-то случилось?

— Да, случилось! — в голосе Бутусова прозвучали гневные нотки. — Бросила меня Надежда, помоложе и побогаче нашла. Улетела с ним на Канары — даже записки не оставила.

Услышанное было так дико и неправдоподобно, что Степан Алексеевич смешался, не зная, что думать и как на это реагировать.

— Не может этого быть! — только и сказал он. — Куда бы ни отправлялась, она всегда мне сообщала и приезжала проститься.

— На этот раз шибко торопилась, — хрипло съязвил голос в трубке. — Наверно, стыдно было отцу признаться! Теперь ждите звонка.

— Но как же так? — горько недоумевал профессор. — Она была всем довольна. Кто же этот человек и почему на Канары?

— Какой-то бывший знакомый. Миллионер. Живет в Америке, — отрывисто сообщил Бутусов. — Мне ее приятельница звонила. Не назвалась. А на Канарах сейчас хорошо! — добавил он, не скрывая злобы. — Проведут там, голубки, свой медовый месяц. Что, на вашу дочь не похоже?

— Нет! — решительно возразил Степан Алексеевич. — Наденька на такое не способна! Она решительная и практичная девочка, но не подлая!

В трубке раздался хлопок — видно Бутусов в сердцах стукнул ею обо что-то твердое.

— А я иначе думаю! — с ненавистью прорычал он. — Ваша дочь — просто развратная сучка и предательница!

— Я не позволю так о ней говорить! — вспылил профессор. — Что бы там у вас ни вышло!

— Вам и не придется, папаша, — презрительно отрезал несостоявшийся зять. — Нам с вами не о чем больше разговаривать!

Бутусов швырнул мобильник на сиденье и с мрачной усмешкой взглянул на сидящего рядом Валета. Они находились в его машине и уже подъезжали к офису.

— Значит, нашел подходящую девку и выправил ксиву? Молоток! — одобрил он своего подельника. — А где ты ее надыбал?

— В бардаке у «Трефовой дамы». Хозяйка мне ее подобрала по фотке покойной, — недобро усмехнулся тот. — Очень похожа — сам сейчас убедишься. Девка уже ждет тебя в офисе. Оттуда поедет сразу в аэропорт.

— А в квартире на Вернадском навел порядок? — строго спросил Борис Осипович. — Там все чисто?

— Будь спок, — заверил его Валет. — Вещи твои забрал и никаких следов не оставил — чтоб мусора не цеплялись. И дамские шмотки взял для подставной сучки, — ухмыльнулся он и поинтересовался. — Что с особняком будешь делать?

— Выставлю на продажу, — насупился Бутусов. — Мне он больше не нужен.

Лимузин остановился у подъезда, и Борис Осипович в сопровождении телохранителей проследовал в офис. В приемной его ожидала молодая женщина. Он даже вздрогнул — так она была похожа на Надежду, только пониже ростом и выглядела вульгарнее.

— Проходи! — приказал он, и усевшись за стол стал придирчиво рассматривать женщину-двойника, которая робко стояла перед ним, опустив глаза.

Видимо, он остался доволен, потому что сказал:

— Ну что ж, порядок! Пограничников пройдешь. Аванс получила?

— Спасибо! Я очень Вам благодарна, — заверила «Надежда», боязливо взглянув на Бутусова. — Все сделаю, как мне велено.

— Небось рада, что устроили в американский бордель больше, чем бабкам? — не стал церемониться с ней. — Смотри, если подведешь! Мы тебя всюду достанем! А ну, повтори задание!

— Прибыв на Канары, я должна снять номер в отеле на имя Розановой, — она отвечала уверенно и четко, как отличница в школе. — Потом оставив ее вещи в номере, пойти на пляж и найти уединенное место; не привлекая внимания, положить там купальные принадлежности с паспортом, и первым рейсом, уже по своим документам, вылететь в Штаты.

— И забыть навсегда об этой истории. Никому ни слова! — с угрозой добавил Бутусов. — Тогда оставим тебя в покое. Можешь быть свободна!

— Не верю я этому Бутусову. Сердцем предчувствую беду! Не могла Наденька поступить, как он говорит! И уж обязательно поставила бы меня в известность, — убежденно сказал Степан Алексеевич жене и дочери.

Они собрались в квартире на Патриарших прудах, чтобы обсудить то, что сообщил несостоявшийся муж Нади. Женщины понуро сидели на диване, а профессор возбужденно расхаживал по комнате.

— Согласна с тобой, Степочка! Надюша — не предательница. Она была увлечена Бутусовым и собиралась за него замуж. Откуда взялся этот таинственный миллионер-американец, о котором мы ничего не знаем? Уж Светочке бы она о нем рассказала, и тебе тоже.

— Конечно! То, о чем сообщил мне этот темный делец, считаю совершенно невероятным, — заключил, волнуясь, профессор. — Более того — крайне подозрительным!

— Боже мой! — Свету осенила догадка. — Нет, боюсь даже об этом подумать! Недавно Наденька мне открылась, что вновь повстречала свою первую любовь — Костю. Собиралась с ним увидеться, хотя я отговаривала. Не мог Бутусов ее приревновать и?.. — испуганно взглянула на отца и мать. — Она мне говорила — это очень крутой делец...

— Ты думаешь... он мог... — поняв, о чем подумала дочь, запинаясь, произнес Степан Алексеевич. — Неужели... он ее... за это?.. — и умолк не в силах вымолвить страшное слово.

Вера Петровна растерянно посмотрела на мужа и дочь.

— А как же то, что сообщила милиция? Ведь это Наденькины вещи прислали с острова Тенериф?

— Да, это ее вещи и документы, — мрачно подтвердил Степан Алексеевич и с сомнением добавил: — Но здесь что-то не так — концы с концами не сходятся.

Он покачал своей красивой седеющей головой.

— Это совсем не похоже на Наденьку! Она и оттуда бы позвонила. Я хорошо ее знаю — любит она нас и не променяет ни на какого американца! — лицо у него потемнело. — Чтобы такая пловчиха утонула и там никто не заметил, — как можно поверить этому?

— Мне тоже кажется это каким-то жутким недоразумением, — согласилась с ним Света. — Не верю в американца, с которым Наденька якобы сбежала! Она собиралась встретиться с Костей — вот это правда. И опасалась, чтобы не узнал Бутусов.

— Он явно чего-то скрывает, — хмуро произнес Степан Алексеевич. — Мне сердце подсказывало — это опасный человек и я Наденьку предупреждал! Не послушала отца...

— Раз так, надо заявить в прокуратуру — пусть это расследуют! — предложила Вера Петровна. — Не то мы себя изведем. Хотя, — озабоченно посмотрела на мужа, — если Бутусов сказал правду — это бросит на него тень и добавит обиды.

— Какая там обида! — горячо возразил он. — Этот негодяй оклеветал Наденьку и, если она... — с трудом выдавил из себя ужасное: — Погибла... вина лежит на нем — такие на все способны!

Охваченный безудержным горем, Степан Алексеевич опустился в кресло, обхватив голову руками. Возникла скорбная пауза, которую нарушил звонок телефона. Это наконец дозвонился Михаил. Трубку взяла Света.

— Здравствуй! Где ты опять пропадаешь? — она говорила сухо. — Не забыл, что у тебя теперь есть сын?

— Светочка! Виноват, сдаюсь на милость победителя, — каялся он. — Я только и думаю о тебе и сыне. Но не могу к вам вырваться — слишком много работы. У меня ведь на плечах коллектив..

— Ну мне-то это понятно, а как объяснить Пёте? Мальчик тебя ждет... Ты ведь так долго пропадал, Миша!

— Прости, Светочка! Давай я приду к вам завтра вечером?

— Нет, ничего не выйдет, — немного поколебавшись, сухо отказала Света. — У нас в семье горе.

— А что случилось? — встревожился Михаил

— Беда, Миша. Пропала Наденька!

— Как так пропала? Когда?

— Папе позвонил Бутусов. Тот богач, за которого Надя собралась замуж. Он сказал, будто она его бросила, сбежав с каким-то иностранцем за границу. Конечно, мы не верим — ведь Наденька никуда не собиралась. Нет, не могу больше говорить, — Света заплакала, — передаю трубку папе.

Трубку взял Степан Алексеевич.

— Вовремя позвонил, Миша! Мы уже решили обратиться в прокуратуру, но сделаем так, как посоветуешь. Ты ведь — юрист и сейчас у тебя детективное агентство?

— Для этого мне надо знать все подробнее, — в голосе Михаила звучало искреннее сочувствие. — Если вас устроит, жду завтра утром в нашем офисе.

— Отлично! Все, что нужно, сообщу при встрече. Хорошо бы ты лично этим занялся, — попросил профессор и яростно добавил: — И я сам хочу участвовать в розыске! Своими руками задушу негодяя!

— О чем речь, Степан Алексеевич! Займусь этим немедленно! — заверил его Михаил. — Я ведь знаю Наденьку и не успокоюсь, пока не выясню, что с ней случилось. Если это преступление, виновные не уйдут от ответа!

Случившееся с Надей потрясло Михаила. Проанализировав имевшиеся факты, он нашел много несоответствий и, ускоренно оформив туристскую визу на себя и переводчика, вылетел на Канарские острова. В местной полиции ему показали документы о несчастном случае на пляже и подтвердили, что тело утонувшей русской не нашли. В отеле, где она останавливалась, показали запись о пребывании клиентки Розановой.

Однако профессиональный опыт помог Михаилу получить дополнительные сведения, подвергшие сомнению официальную версию. Так, портье сообщил ему, что в день печального происшествия видел красивую русскую клиентку, выходящей из отеля с большим чемоданом, а швейцар утверждал, что вызывал для нее такси в аэропорт. Это наводило на подозрения и, как опытный следователь, он снял копии с документов, в том числе, запись Нади в книге регистрации клиентов и отпечаток с ее фото, сделанный в полиции.

Вернувшись, провел криминалистическое исследование и оно подтвердило его подозрения: подпись в отеле была сделана не Надей, да и фото на паспорте оказалось не ее — при сильном увеличении нашли родинку, которой у нее не было, хотя сходство было большое.

— Похоже, Степан Алексеевич, вы не ошиблись и мы имеем дело с ловкой инсценировкой преступников, погубивших вашу дочь, — объявил ему Михаил, когда они в его кабинете обсуждали результаты расследования на Канарах. — Придумали ее, чтобы отвести от себя подозрение.

— Значит, это Бутусов... — мрачно констатировал профессор, — я в этом не сомневался!

— Думаю, что он, — осторожно подтвердил Михаил. — По моим данным, этот субъект на такое способен и мотив у него есть. Но, — досадливо покривился, — нам очень непросто будет добыть необходимые доказательства и прижать негодяя к стенке — это сильный и хитрый противник.

— Неужели, Мишенька, ты не сумеешь? — приуныл Степан Алексеевич. — Не дай ему уйти от ответа! — отчаянно взмолился он. — Иначе я его убью!

— Нет, ему не отвертеться! — с мрачной решимостью заявил Михаил. — У меня уже есть зацепка — его пособник, «мокрушник» по кличке Валет. Их связывает давняя дружба, но не сомневайтесь: он у меня расколется и выложит все!

Некоторое время они оба молчали, потом Степан Алексеевич, тепло взглянув на Михаила, вздохнул:

— Верю, конечно, что так и будет, но тебе потребуется на это много времени. Думаю, Миша, вам со Светой не следует затягивать со свадьбой из-за несчастья с Наденькой. Ведь Петенька о тебе только и говорит.

— Мне кажется, — потупился Михаил, — она к этому еще не готова. Наверно слишком мало времени прошло, — он замялся, — ... со смерти Марика...

— Понимаю, вам обоим не просто перешагнуть через прошлое, — согласно наклонил красивую голову профессор. — Но вы должны, обязаны это сделать ради сына, ради своего счастья... — помолчал и добавил: — Как мы с Верой Петровной.

Глава 33. МЕЖДУ ЖИЗНЬЮ И СМЕРТЬЮ

— Не может быть! Опять появился этот проклятый Козырь! — досадовал Михаил Юсупов, получив срочное сообщение по делу, которое лично курировал.

Донесение он принял в машине по радиотелефону, направляясь на важную конфиденциальную встречу с клиентом в уютное кафе «Колхида» на Садовом кольце.

Проехав Смоленскую площадь, он остановился у метро купить «Московские новости» и с газетой в руках уже направлялся к машине, когда, бросив взгляд на лохматого инвалида, торгующего под аркой, признал в нем что-то до боли знакомое и остановился.

— Ба-а! Да это же Сало, собственной персоной! — пробормотал·он, ошеломленный нежданной встречей и неприглядным положением старого приятеля. — Придется немного задержаться...

Подошел к Сальникову и как ни в чем не бывало его приветствовал:

— Здорово, Витек! Что, не лучшие времена наступили? А ну свертывай торговлю! Поедешь со мной!

Сальников кинул быстрый взгляд — из-под чуба, снизу вверх — на говорившего, узнал Михаила и чуть не подпрыгнул на месте.

— Ну и дела! Мишка! — воскликнул он, просияв от радости. — Наконец-то встретились! Мне так хотелось тебя найти, так много надо сказать! Но чертово здоровье не позволило... — И смущенно замолчал, отвел глаза. Стыдно ему стало, насколько еще доступно заблудшей душе: здоровье его подводило только из-за наркотиков да пьянства.

— Ладно, все мне выскажешь потом! — властно распорядился Михаил. — Времени больше будет. А пока идем в машину, я очень спешу. Посидишь там, отдохнешь, пока не управлюсь с делами. — И наклонился, уже с улыбкой. — Давай, складывай барахлишко! — Помог встать, собрать нехитрое имущество. — Фирма компенсирует все убытки.

Михаил очень обрадовался этой встрече, хотел поскорее узнать от Сало о его житье-бытье и, главное, о последних годах жизни матери. Ведь ни с Марком, ни со Светланой поговорить об этом так и не пришлось.

— Где обитаешь после того, как наш дом сгорел? — первым делом спросил он, когда сели в машину. — Меня загнали в Орехово-Борисово, а тебя куда?

Узнав, что Сало «бомжует», ночует по чердакам, Михаил помрачнел.

— Значит, никому до тебя нет дела? — констатировал он. — Ты свой долг перед государством выполнил, ногу на войне потерял и стал неинтересен. Так, что ли? Милиция не трогает, но и помочь, проявить заботу некому? Ну этого я так не оставлю! Не позволю тебе больше унижаться. И хату добудем — вот увидишь!

— Да ладно, Миша! Зачем тебе на меня порох тратить? — пытался протестовать Сало. — Моя жизнь все равно никчемная, нет никому от нее пользы.

— Это мы еще посмотрим! Я что, не знаю тебя? Твое самолюбие? Ты виду не показываешь, а душа у тебя страдает, что
приходится так унижаться. Найдем способ, будешь жить по-
человечески. И со своими слабостями справишься, когда
смысл в жизни появится! Ведь обходился в тюрьме без нар-
коты и выжил?

— А я тебе писал оттуда, Миша, — печально покачал
лохматой головой Сальников. — Жаль, что не получил ты
письма! Ты бы к Светлане мягче отнесся. Вообще у вас с
ней все было бы в порядке, не поступи Марк как последний подлец. — И добавил, гневно сверкнув глазами: — Но
я с ним еще разберусь за это, придет время! Если ты сам
еще не расквитался.

— С ним уже никто не разберется, разве что в аду, — истолковав его гнев по-своему, заметил Михаил. — Марк ведь
погиб, — ты не знал разве?

— Вот это да-а! — вытаращил глаза Сальников. — Ну и
чудеса! Неужто повесился со страха?

— В реку упал спьяну, вместе с машиной, — коротко объяснил Михаил. — А чего ему было бояться?

— Значит, ты до сих пор ничего не знаешь? — поразился
еще более Виктор. — Никто не сказал, какую он тебе ножку
подставил? — И умолк, соображая, как лучше и покороче по-
ведать другу о предательстве Марка.

Но Михаил уже подъехал к кафе «Колхида».

— Расскажешь, когда вернусь, — бросил он, торопливо
выходя из машины. — Поскучай полчасика, почитай газеты.
Грамоту небось еще не забыл?

Иннокентий Витальевич Ермолин, невысокий, тучный
мужчина лет за сорок, сидевший за столиком у стены, еще
издали приветствовал Михаила взмахом короткой руки. Он
уже нервничал — не помешало ли что-нибудь приехать руководителю агентства.

— Я был очень осторожен, — заверил он Михаила. — Совершенно убежден, что слежки за мной нет и о нашей встрече никто не подозревает. Вы, конечно, удивлены, — он говорил совсем тихо, но так, чтобы Михаил слышал каждое слово, — что такой состоятельный и видный человек, как Мельниченко, глава крупной страховой компании, депутат, обра-

тился в частное агентство, а не поднял на ноги всю милицию? Тем более что у нас есть своя служба безопасности. — И пытливо взглянул на собеседника.

Михаил и бровью не повел, сохраняя бесстрастное выражение лица и показывая полную готовность слушать.

— Причина довольно банальная: мой патрон никому не доверяет. — Важный вид Ермолина подчеркивал ответственность задания и оказанное ему доверие. — У преступников повсюду свои люди: в милиции, в прокуратуре и даже, наверно, в нашей службе; о предпринятых нами шагах сразу станет известно.

Вскинул глаза на Михаила, ожидая вопросов; их пока нет — тем лучше.

— Вот почему привлекают лично вас. Именно потому, что, по нашим данным, вас здесь пока не знают и вы человек умелый, бесстрашный. Только вы и ваши люди имеют шанс расследовать дело, не вызывая подозрений.

Иннокентий Витальевич сделал паузу и объяснил свою роль:

— По указанной причине патрон поручил мне представлять его интересы и держать с вами постоянную связь. Я являюсь его помощником как депутата, занимаюсь только политикой и в коммерческих делах не участвую. Им и в голову не придет, что я против них затеваю!

Видя, что Ермолин не спешит перейти к делу, Михаил решил взять инициативу в свои руки. Воспользовавшись тем, что тот прервался сделать заказ официанту, предложил:

— Поскольку мы понимаем, как дорого сейчас время, давайте, Иннокентий Витальевич, построим разговор на вопросах и ответах. Согласны? — И не дожидаясь реакции, как только официант отошел, задал первый вопрос:

— Металлургический комбинат, о котором идет речь, приобретен Мельниченко законно? Я имею в виду контрольный пакет акций. И почему он им так дорожит? Ведь семейное благополучие для солидного, богатого человека дороже, чем потеря части имущества.

— Вы правы. Поэтому вам и предлагается такая огромная сумма за то, чтобы вернули патрону жену в целости и сохранности, — с важным видом объяснил Ермолин. — Комбинат не только материальная ценность. Выпуская экспортную продукцию высокого спроса, он дает владельцу вес и влияние в международных финансовых кругах, прочное положение.

Отдать комбинат, приобретенный через законный аукцион, вымогателям — значит подорвать доверие к страховой компании; это полный финансовый крах. При всей любви к жене и матери своих детей мой патрон пойти на это не может. Ему не позволят компаньоны, люди тоже довольно крутые. Словом, легче пулю себе в лоб пустить!

— Имеете вы хоть какую-нибудь информацию о похитителях? — продолжал Михаил спокойно.

Со стороны можно было подумать: двое сослуживцев зашли в кафе отведать кавказской кухни.

— Абсолютно никакой. Даже думали — обыкновенные шантажисты, пока не получили требования продать комбинат ниже номинала. Теперь хоть знаем, кто за ними стоит.

— И кто же?

— Криминальная группа Козырева. Вряд ли вы слышали о таком, заворачивает делами из-за границы; швейцарский подданный.

— Ну как же! Не только слышал, непосредственно сталкивался — в свое время, — счел нужным сообщить Михаил.

Пока услышанное совпадает с сообщением источника. Ермолин продолжал:

— Его группа самая хищная, вполне мафиозная. Пытается прибрать к рукам экспорт цветных металлов. Действует не брезгуя ничем. В основном подкупом. В Думе ему лоббирует целая группа депутатов с криминальным прошлым, он их туда и привел. Даже в правительственных кругах у него есть свои люди. Не помогает подкуп — действует силой. Страшный субъект!

Неправильно истолковав молчание Юсупова, он решил его подбодрить:

— Но бояться все же его не надо. И его можно укоротить. Вот с афганцами ему справиться так и не удалось. Хотел взять под контроль их организации, заменить руководство своими людьми; даже кровавую бойню устроил на кладбище. Слышали, наверно? Но ничего не вышло — еле ноги унес. Отсиделся, и опять за свое.

Михаил слушал, и у него уже созревал план. Вот оно что! Значит, его рук дело. Те паршивцы — его боевики! Кажется, появилась тонкая ниточка. Они-то и приведут в бандитскую группу, которая на него работает. Пора перейти к действиям. Прежде всего взяться за подручного Козыря, того, что он примстил па кладбище и успел взять под наблюдение. Надо договориться с Ермолиным.

— Мне пока нужно от вас вот что, Иннокентий Витальевич. Всячески затягивайте переговоры, постепенно соглашаясь с их требованиями. Больше торгуйтесь — так правдоподобнее. Все время настаивайте, чтобы они доказывали: супруга Мельниченко жива и здорова; пусть дадут ей возможность сказать два слова по телефону. Пытайтесь засечь, откуда происходит связь. А я начинаю поиск.

— Вот мы и дома, Витек! — объявил Михаил Сальникову, когда вошли в его квартиру. — Иди-ка, друг, помойся хорошенько. Без обиды! Сам знаешь, что зарос грязью. А потом приходи на кухню. Отметим на полную катушку нашу долгожданную встречу и поговорим о делах. И не представляешь, как ты мне нужен!

Пока Витек был в ванной, Михаил достал досье на Артема Квашнина — Квашню, как его называли. Боевик, наркоман со стажем, не гнушается любой грязной работой, если можно сорвать солидный куш.

Самое ценное среди полученных на него данных — информация, что Квашня — заядлый игрок на бегах; задолжал «жучкам» на ипподроме большие деньги и до сих пор не рассчитался.

Придется разыграть целый спектакль, как в театре. А что поделать? Ничего другого не остается. Квашня — крепкий орешек, его можно взять только хитростью.

Пока Михаил выкладывал из холодильника и готовил закуску, накрывал на стол и выставлял спиртное, сценарий задуманного действа у него вполне созрел, оставалось разработать детали.

— Ну вот и я! Готов к труду и обороне! — весело доложил Витек, появляясь на кухне.

Он сиял чистотой, благоухал шампунем, даже подстриг и побрил бородку, а длинные волосы связал на затылке в пучок. Пижаму Михаила ему пришлось основательно подвернуть. Он уселся за стол и с ходу стал накладывать себе закуску, — видно, здорово проголодался.

Михаил сел напротив и поднял тост за встречу. Выпили, закусили, и задушевный разговор завязался сам собой. Михаил рассказал о наиболее ярких эпизодах подневольного периода своей жизни; о западносибирских баталиях; с болью вспомнил о горьких минутах, которые пережил, застав Светлану замужем за Марком. Виктор поведал, как они все опекали Ольгу Матвеевну, подчеркнул дочернее внимание к ней Светы; подробно описал ее последние дни; ну и конечно, обрисовал предательство Марика.

— Да, не ожидал я от него такого, — задумчиво, без злобы заметил Михаил. — Вот что любовь с людьми делает... Не со всеми, конечно... иначе выродилось бы человечество.

С особым вниманием слушал он рассказ Сальникова о его лагерной жизни.

— А знаешь, Витек, я ведь больше двух лет вел переписку по твоему делу, встречался с нужными людьми, — с горькой усмешкой прервал он. — Все только обещали посодействовать, и никто ничего не сделал. Обидно, ведь дело твое ясное. Тут матерых преступников амнистируют или досрочно выпускают, а тебя продержали от звонка до звонка. Но... — он улыбнулся, — у каждой медали есть оборотная сторона. Твое уголовное прошлое нам еще пригодится, вот увидишь!

И, видя, что Виктор поднял на него непонимающие глаза, пояснил:

— Работа тебе предстоит, и интересная. Потом, немного погодя, тебя посвящу. А пока... Давай-ка лучше расскажу тебе о своем сыне, ты же видел его совсем маленьким. О работе еще успеем поговорить.

— Эх, не отказался бы взглянуть на твоего парнишку! Свету видел, специально заходил, а его не застал. Какой он? Такой же красивый, как мама?

— Вылитая моя копия! — радостно и гордо сообщил Михаил. — Увидишь — покажется, что меня встретил маленького. Хорош пацан! Так я благодарен Свете и Вере Петровне, что вырастили его без меня. Марк, как я понял, был... Ну, помогал, конечно, материально.

— Вот и здорово! Счастливый ты, Мишка! Наследник у тебя! Давай-ка за него по полной! А я тебя обниму и поздравлю, как молодого папашу!

Дружно опрокинули стопки, крепко обнялись, как в старые добрые времена — после победы в футбол над ребятами из соседнего двора.

— И все же хочу спросить тебя: почему вы не поженитесь со Светой? — по доброте душевной спросил друга Сало: — Что теперь вам мешает, когда Марик — того?.. Траур по Наде?

— Нет, Витек, мы оба никак не можем отойти от того, что было, — честно ответил Михаил и, помолчав, добавил: — Я бы почаще бывал у Светы, но у меня всякий раз на душе кошки скребут, — болезненно покривился, — как вспомню, что не дождалась... вышла за Марика...

— Брось дурить, Мишка! — вскинулся на него Виктор. — Уж больно ты гордый, и ревнуешь ты зря. Она Марика не любила — одного тебя! И о сыне ты должен подумать — родная ведь кровиночка. Все равно лучше Светы никого не найдешь!

— В том-то и дело, — поник головой Михаил. — Другая мне не нужна!

В этот вечер Михаил и Виктор крепко выпили, воодушевленные радостью встречи и теплым разговором. Однако закуска у Михаила была отменная и хмель не влиял на рассудок, лишь привел обоих в отличное расположение духа. Михаил сначала опасался, как бы Виктора не развезло, — бродяжничество наверняка ослабило его здоровье. Но Сальников оказался еще крепким парнем. Он хоть и валялся по чердакам, но, прилично зарабатывая, хорошо питался и никогда не пил гадость, поскольку денег не копил.

— Теперь, если ты способен соображать, поговорим о работе, — предложил Михаил. — А нет — отдохнем и перенесем разговор на завтра, хотя время не ждет. Какая будет резолюция?

— Поговорим сейчас! — бодро ответил Виктор. — Выпивка не наркота, меня не берет!

— Тогда слушай. Вот что я тебе предлагаю. Думаю, тебе и интересно, и по плечу, — хватит попрошайничать, а то одуреешь вконец! Будешь участвовать под моим руководством в розыскной работе. Как артист — я серьезно. Если понадобится — в гриме. Иногда — в сложной обстановке, среди опасных людей. Ведь не побоишься? Сам говорил, что жизнь тебе не дорога. — И добавил мягко: — А для нас и для дела, которому служим, жизнь твоя очень ценная. Так что мы, в первую очередь я, как командир, не дадим тебя в обиду, вовремя придем на подмогу. На жизнь, и неплохую, заработаешь! Перекантуйся пока у меня, а потом мы тебе квартиру поможем выбить, не сомневайся!

— А нельзя ли поконкретнее?

Чувствовалось, что Сальникова смущает такой резкий перелом в образе жизни — привык уже к безответственности.

— Так я и сам хочу дать тебе конкретное задание, причем с завтрашнего дня — как проспишься.

Он встал из-за стола и принялся четко излагать свой замысел, неторопливо расхаживая по кухне.

— Хочу поставить спектакль для одного бандита. Порядочный сукин сын, убийца, наркоман; из бывших афганцев. Подозреваю, что был в числе тех, кто взорвал своих товарищей на похоронах Трифонова. Понял, какой фрукт?

Зовут Артем Квашнин. Кличка — Квашня. Игрок на бегах; крупно проигрался и не отдает долг. Я решил его разыграть, он нам нужен. Вот что я задумал. Мы инсценируем налет для выколачивания долгов. Ты будешь в числе тройки. Двое дадут ему прикурить, поскольку он этого заслуживает, а ты разыграешь доброго — бывшего уголовника, такого же наркомана. Вас специально оставят одних. Поможешь ему, вместе покайфуете. Понятна роль? Неужели не под силу?

— Все тут ясно. — Сальников посмотрел на него хмуро. — Мне и разыгрывать особо не придется. Вот только ради чего? За что боремся? Я верю тебе, Миша, но знать хочу.

— Ты прав и всегда будешь знать заранее, какую задачу мы с тобой взвалили на свои плечи. Дело вот в чем — сейчас. Их банда похитила женщину — мать двоих детей, жену депутата Думы — с целью шантажа. Мы должны ее вызволить, сорвать их замыслы. Квашня — это ниточка, чтобы распутать узел.

— А чем я могу помочь? — уже спокойно и деловито поинтересовался Виктор.

— Тебе нужно войти с ним в контакт, но без всякого такого благородства: ты уголовник, наркоман. Все делаешь, как и Квашня, ради бабок. Наркоту тоже дашь ему в долг, а сойдясь покороче, узнав, сколько ему нужно, чтобы погасить долг, кинешь наживку.

— Так, давай дальше! Интересно сочиняешь, — не утерпел Сальников, азартно сверкнув глазами. — Кое-что до меня начинает доходить.

— Вот ты ему и скажешь: есть возможность заработать большие бабки, если он поможет найти жену Мельниченко. Мол, у тебя дружок в его охране и от него ты знаешь, что хозяин раскошелится, лишь бы ее найти. Квашнин клюнет — как пить дать! Предаст своих ради денег. Для него это спасение. Ну как тебе мой план? По-моему, шансы высоки!

Квашню взяли с помощью простого приема: залили воды в бензобак его «девятки». Проехав всего квартал от дома, машина остановилась — заглох мотор. Квашнин — широкоплечий, красномордый, с длинными ручищами и кривыми, толстыми ногами — вышел из машины, открыл капот и с недовольной гримасой стал искать неисправность.

— Что, везти не хочет тачка? — участливо осведомился какой-то доброхот; он подошел, прихрамывая, — этакая располагающая плутовская физиономия. — Давай-ка посмотрю, я кое-чего смыслю. Садись в машину, проверим искру — сразу ясно станет, почему не фурычит.

Не успел Квашня сесть и повернуть ключ в замке зажигания, как сзади протянулись руки, зажали ему рот салфеткой, пропитанной едким составом, и он сразу отключился.

— Закрывай капот и крути баранку! — сказал Михаил Сальникову, перетащив грузное тело Квашни на соседнее сиденье (он незаметно забрался в машину, пока шла возня с мотором). — А мы с ребятами возьмем на буксир. Включай ближний свет!

Подъехала еще машина, вышел молодой сотрудник; вместе с Михаилом они быстро приладили буксировочный трос и покатили на квартиру, которую агентство снимало в старом кирпичном доме, наполовину отселенном.

Изобразив подвыпившую компанию, подхватили Квашнина под руки, доставили в полупустое помещение с голыми стенами и прицепили наручниками к трубам отопления. Михаил и двое агентов натянули на головы маски, а Сальников сел с короткоствольным автоматом у входа — вроде охранник.

— Оклемался, гад! — с кавказским акцентом бросил Михаил помощникам, заметив, что Квашня пришел в себя и озирается, не понимая, где он и что с ним.

С удовольствием дал ему кулаком в морду — тот взвыл благим матом:

— О-ой! За что-о?..

— Сейчас узнаешь! — выдохнул Михаил и двинул его еще раз, украсив здоровенным синяком под глазом.

Так, кажется, уже соображает... Изрыгая ругательства и угрозы, для профилактики ударил еще под дых и, коверкая язык, объявил:

— Хочэшь унэсти шкуру целой — выкладывай бабки, что задолжал «жучкам» на ипподромэ!

«Чеченов наняли! — с ужасом понял Квашня. — Пытать будут, шкуру спустят!» Но с деньгами расставаться не спешил: отличаясь патологической жадностью, он за наличные был готов на все.

— Нет у меня... сейчас! — хрипел он, выигрывая время. — Я же им, сукам, говорил. Ну они у меня и попляшут!..

— Эсли ты выйдешь отсюда! — рявкнул высокий кавказец — в прорези маски виднелись только бешеные коричневые глаза. — А пока сам у нас попляшэшь! — И ткнул Квашню здоровенным кулачищем прямо в открытую пасть, выбив пару зубов и расквасив губы.

— Ей-богу, нет ничего! — продолжал врать бандит, захлебываясь хлынувшей кровью.

— А что получил за взрыв на похоронах Трифонова — гдэ хранышь? Мы все знаем! — вновь замахнулся высокий. — Говоры, нэ то утюг включим!

— Чего вспомнили! Давно уж нет! На скачках спустиил! — на этот раз искренне завопил Квашнин. — Отпустите, бра-атцы, все отда-ам, что есть!..

— Врет! Не мог все потратить! — заметил широкоплечий, плотный чечен высокому, очевидно старшему здесь. — Слышком большой куш отхватил. Козырь — щедрый пахан. Дай-ка ему еще, пусть знает — мы здесь нэ для того, чтоб нам лапшу на уши вэшать.

— Да Богом кляну-усь! Матерью родно-ой! — честно вопил Квашня. — Нет этих денег!

— Ты и мать за дэньги продашь — не поперхнешься! — бросил высокий. — Но эсли правда успел профукать — как насчет тэх, что за Мельнычэнкову бабу получил? Хватыт долг погасыть?

«Все знают чеченцы! Всех купили! — тосковал Квашнин. — До чего продажный мы народ! Отпираться бесполезно — замучают! Потянуть время, взять на хитрость... А там, может, случай выручит». Расставаться с деньгами душа не позволяет — хуже смерти.

— Ну вот что! До вечера думай о своей шкуре! Нэ включишь мозги — утюг по тэбе пройдется!

И высокий вместе с другим чеченом двинулись к выходу, наказав русскому с автоматом:

— К вечеру вернемся! А ты охранай и не церэмонься, эсли что!

«Ну и влип! Живым вряд ли выберусь! — объятый страхом, соображал Артем Квашнин, пытаясь найти спасительный выход из отчаянного положения. — Надо попробовать этого чубатого — все-таки свой, русский человек».

Когда охранник подошел, чтобы напоить пленника водой, тот узнал в нем хромого, который предложил ему помощь на улице.

— А здорово вы меня купили, кореш! — прохрипел он, напившись. — Давно прислуживаешь чеченам?

— Заткни пасть, падла! — нахмурился хромой. — Мало тебе дали? Могу добавить.

— Погодь, браток. Ты не из блатных часом? — осведомился Квашня как можно дружелюбнее. — Чую — недавно из тюряги. За что сидел?

— Семь лет строгого режима, от звонка до звонка. За убийство, — процедил тот, забирая кружку. — А тебе-то что? Тоже срок мотал?

— С шестнадцати лет по лагерям. Три отсидки, изнасилование, разбой, — по-свойски поведал Квашня. — Законы, какие в зоне, хорошо изучил. А чего с чеченами связался? Русских предаешь?

— Заткнулся бы, ты!.. Так и хочется врезать! — замахнулся автоматом хромой. — Чья бы корова мычала... Скольких ты братов своих уложил, когда хоронили Трифона?

— А ты в лагерях такой правильный стал? — нашелся Квашня. — Помогаешь чеченам над русскими издеваться, власть над ними брать?! — И, видя, что охраннику нечем крыть, разошелся вовсю: — Мало ли русских бригад? Хотя бы взять нашу: отличные кореша, любое дело по плечу! И хозяин свой — русский.

— Брешешь ты все! — недоверчиво поглядел на него хромой. — Сейчас всех купили чебуреки и евреи.

— Да правда это! Святой истинный крест! — Квашня, забыв о наручниках, сделал попытку перекреститься. — Козырев у нас хозяин. В блатном мире — Козырь. Да слышал ты о нем в лагерях! Бывший в законе, а теперь — туз богатейший, в загранке, на вилле живет.

— На Козыря, значит, пашешь? — оживился охранник, и глаза у него алчно заблестели. — Тогда могу предложить тебе, кореш, выгодное дельце. — Огляделся — а вдруг кто подслушает — и почти шепотом сообщил: — Братан мой в охране у Мельниченко служит. Так он мне сказал...

Хромой вдруг умолк, пристально глядя на Квашнина — стоит ли посвящать? — и замялся.

— Погоди, перекурю. Успокоюсь. — И достал курево. — Дело серьезное, больших бабок стоит. Боюсь тебе говорить-то...

Он закурил, и Квашня, учуяв родной аромат, затосковал.

— Слушай, кореш! Дай хоть раз затянуться! — прохрипел он, умоляюще глядя на чубатого охранника и изнывая: марафетом наслаждается...

— Это дело бабок стоит, — равнодушно бросил кореш. — Не у Пронькиных!

— За мной не пропадет! — умолял Квашня. — Натурой отдам!

— То-то ты здесь прохлаждаешься. Даже чечены долги еще у тебя не вышибли.

— Тебе отдам, свой брат! — хрипел Артем, дергаясь на наручниках.

Хромой сжалился:

— Ладно, потяни пару раз — все полегчает. — И поднес окурок ко рту пленника. — Я-то знаю!

Брезгливо взглянул на присосавшегося к чинарику, постанывающего от удовольствия Квашню — и вроде решился:

— Бабу они ищут Мельниченкову. Хозяин озолотить обещал, если найдут. К милиции обращаться опасается. Меня братан просил помочь, обещал взять в долю. — Взглянул на Квашню хитрыми глазами и напрямую предложил: — Давай вместе провернем. Я же слышал, как чечен сказал — ты здесь при чем. Вот это отчудишь — двойное сальто! И шкуру сохранишь, и бабок подгребешь! — жарко зашептал он прямо в лицо немного одуревшему от курева Артему. — С чеченами рассчитаешься, а заначки не тронешь! Я тебе бабки сразу доставлю, как скажешь, где ее прячут!

— Свои же меня кончат, как узнают! — еле слышно прошептал Квашнин, пытаясь сообразить, есть ли у него шансы выйти сухим из воды, — предложение заманчивое.

— Вот именно! «Как узнают», — хитро ухмыльнулся хромой охранник. — А откуда? Нам-то зачем тебя выдавать? Еще пригодишься... Ну хватит! Ишь присосался! — И Виктор Сальников, решив сыграть свою роль до конца, грубо выхватил изо рта Квашнина замусоленный окурок.

Когда Михаил с помощниками, все в зловещих, глухих черных масках, в двенадцатом часу ночи появились в пустынной квартире и молча включили электрический утюг, Квашня моментально завопил:

— Погоди, братва-а! Согласен я! Дайте слово сказа-ать! — И отчаянно задергался на наручниках, сдирая в кровь кожу. — Пола-адим!

— Ну говори: где прячешь бабки? И бэз шуток! — рявкнул, подходя, высокий. — Нэ-то по стэне размажу!

— Бабок у меня нет, — решив умереть, но не отдавать денег, соврал Артем, собрав все свое мужество. — Но я вам их заработаю. Вот прямо сейчас! Послушайте, что хромой скажет! Мы с ним договорились.

— Ладно, смотри у меня! — пригрозил чечен. — Если крутишь, собака, — вдвойнэ получишь!

Он отошел и о чем-то долго шушукался с чубатым охранником, а Квашнин с замирающим сердцем следил за реакцией высокого: примет ли всерьез план хромого? Видно, доверяют ему чечены: главарь головой кивает... подходит...

Высокий сказал, уже спокойно:

— Ладно! Тэбе дадут карандаш, бумагу. Рысуй план, всэ дэтали логова, гдэ бабу Мельнычэнко укрывают. Адрэс, подъезды — это проставишь, когда вернется хромой с заказчиком и бабками. И чтоб никто нэ узнал, что ты был здесь! Нэ то... живым зажарим!

Передав автомат чечену в маске, Сальников не теряя времени отправился за деньгами. Остальные, взяв раскаленный утюг, приблизились к обомлевшему от страха Квашнину.

— Мы тэбя отпустим, эсли не наврал! — с холодной ненавистью процедил сквозь зубы высокий. — Но прэжде поставим свое клеймо, чтоб знал: круче нас нэ бывает. Ощутил своей шкурой, что ждет, эсли обманешь. — И кивнул помощникам.

Те приспустили с него штаны — и Квашня взвыл от боли: кончик раскаленного утюга сжег ему кожу на месте заднего кармана брюк...

— Ничэго, сидэть сможешь, — презрительно усмехнулся главарь. — Но тэперь на тебе наша печать.

Ожог смазали, наложили лейкопластырь; к прибытию денег мягкое место у Квашнина лишь саднило — так ощущается боль от выбитых зубов, расквашенных губ, ушибов, порванной наручниками кожи.

Деньги привез Белоусов, изображая чистенького беловоротничкового клерка, и спектакль продолжался. Толстые пачки купюр в рублях и валюте чечены долго, на глазах у Квашнина, пересчитывали, находили недостачу, торговались с клерком. Наконец сошлись, забрали себе львиную долю, отстегнув приличную пачку хромому.

— С тобой в расчете! — объявил Квашне высокий и распорядился: — Снимите с него наручники! — И велел, указывая на Белоусова: — Тэперь садись и пиши прямо на плане все данные, которые нужны, и поточнэе! Поедешь с ним и его командой. Сам понимаэшь: чуть что — тэбе крышка! А наш бизнес — все.

Сложил с помощью подельников все полученные деньги в два кейса, и чечены покинули помещение.

— А теперь, дружище, — с холодной вежливостью произнес Сергей Белоусов, — мы прямо отсюда отправимся в это змеиное гнездо. Не вздумай бежать — тебя сразу пристрелят. Снаружи нас ждет боевая группа бывших спецназовцев. Ребята бывалые, свое дело знают.

Квашнин слушал его хмуро, понурив голову. Убедившись, что он ведет себя смирно и не выказывает поползновений сопротивляться, Сергей решил взять быка за рога:

— Ты, Артем, хоть и вынужденно, предал свою бригаду. Давай смотреть правде в лицо! — заявил он резко, зная, чем пронять этого матерого бандита. — Пощады тебе от них ждать не приходится. Так хоть заработай большие деньги. Вот тебе предложение. Поможешь незаметно пройти в дом и освободить женщину. Говори, сколько хочешь, — получишь! Нет — будешь сидеть в машине до конца операции. Решай, думать некогда!

— А что тут думать, — сразу поднял голову Квашня. — Двадцать пять тысяч баксов и авиабилет, смыться вовремя.

— Пятнадцать и никаких билетов! — столь же решительно возразил Белоусов. — Дурная у тебя голова, парень. Этим сам себя выдашь и подпишешь смертный приговор. Найдут и тебя везде, и на нас через тебя выйдут. Лучше сделаем так, что комар носа не подточит. Свяжем тебя вместе с остальными. — Повелительно посмотрел на притихшего Квашнина, встал и пристукнул ладонью по столу. — Ну все, договорились. Пора в дорогу!

Финал задуманной и осуществленной Юсуповым операции прошел в стиле крутых кинобоевиков, не уступая им накалом и драматизмом событий. Оперативная группа на четырех мощных «БМВ», ведомая машиной Квашни, быстро добралась до тайного убежища банды, хотя найти его оказалось не так-то просто. Съехали с главного шоссе, потом петляли по узкой лесной дороге, пересекающей в нескольких местах железнодорожные пути, — все происходило уже ночью, и движения практически не было.

Лесная цитадель представляла собой большой кирпичный дом за высоким бетонным забором; проникнуть в него — сложно. Но Квашня, свой человек здесь, считал, что знает все ходы и выходы.

— Я вам открою две потайные калитки в заборе для ребят, которые будут вызволять бабу. По сигналу сниму вахтеров и впущу штурмовую группу: она отвлечет охрану и даст им без риска вывести ее за ограду. А там уж ваша забота. — И ухмыльнулся цинично: — Можете всех перебить, кроме меня. Хотя нет, парочку все же оставьте мне за компанию.

Замаскировав машины близ дороги в лесу, группа незаметно подтянулась на исходные позиции. Квашнин спокойно подъехал к воротам на своей «девятке», сказал нужное в домофон и въехал в приоткрывшиеся ворота. В доме все спали, кроме дежурных охранников.

Без суеты он прошелся по дому, поздоровался с бодрствующими и рассказал им несколько анекдотов, объяснив свое запоздалое возвращение на базу. Заодно убедился, что пленница на месте, в спальне второго этажа, и около нее всего один охранник.

Вылез во двор, закурил и стал фланировать ленивой походкой по участку, незаметно загоняя сторожевых собак в будки. Только после этого, скользя как тень, открыл потайные калитки, проводил передовую группу из трех человек в дом и объявил им:

— Теперь ждите команды по рации, хватайте бабу и волоките ее тем же путем! А я — в проходную, впущу штурмовиков.

Тройка затаилась, изготовившись к броску, а Квашня хладнокровно спустился вниз, покинул дом и направился в сторожку.

— Что-то спать не хочется, разгулялся за дорогу. Как насчет тяпнуть по маленькой? — предложил он дежурным вахтерам, достав фляжку коньяка и плитку шоколада.

Дюжие парни в камуфляжной форме — они играли в карты — сразу отложили их в сторону.

— Хорошая мысль! — добродушно отозвался один, рыжеволосый, веснушчатый детина. — Наливай!

Выпили по очереди из горлышка, и в этот момент в кармане у Артема запищал радиотелефон. Не понимая, в чем дело, рыжеволосый привстал и повернулся — осмотреться. Квашня, опытный диверсант, вскочил, выхватил финку и воткнул в спину рыжему. Затем, воспользовавшись растерянностью напарника, оглушил его, ударив по голове мощным кулачищем. Ничуть не заботясь о состоянии бывших товарищей, бросился к пульту и открыл въездные ворота.

— Казарма справа, во флигеле! — крикнул он ворвавшимся членам группы.

Во главе аршинными прыжками бежал Михаил — в маске, но, как и все, в камуфляжной форме и бронежилете. Квашнин не узнал в нем высокого чечена.

Вернулся в сторожку и добил раненых бандитов. «Нельзя оставлять свидетелей — золотое правило! Хоть и жаль парней», — с жестоким цинизмом подумал Квашня, испытывая чувство, скорее похожее на досаду. Впрочем, оно быстро прошло.

С того момента, как штурмовая группа ворвалась в дом, операция стала развиваться вовсе не гладко. В доме и на лестнице, ведущей на второй этаж, разгорелось настоящее сражение.

Нападавшие — десять человек во главе с Юсуповым — имели преимущество внезапности, бандиты — численное превосходство. Штурмовой группе Михаила мешала и невозможность применять оружие, кроме как для самообороны. Но у бывших десантников и спецназовцев с немалым боевым опытом за плечами баталия шла успешно.

Тем временем передовая тройка, бесшумно сняв охранника, запеленала пленницу в простыню; рот ей заклеили, чтоб не издала ни звука, и без помех спустили через окно со второго этажа на землю, миновав лестницу, где шла ожесточенная схватка. Так же бесшумно вышли за ограду, быстро проследовали к машинам и, только усадив жертву похищения на сиденье, ее распеленали.

— Ничего не бойтесь, Валентина Михайловна! — спокойно сказал совершенно онемевшей от ужаса женщине Сергей Белоусов, дежуривший у машин. — Мы освободили вас от бандитов. Сейчас будете говорить с мужем, только потерпите минутку.

— Алло, Астра! Говорит Двадцать седьмой! — Он связался с оперативной группой спецназа госбезопасности, выделенной ему в помощь. — Можете начинать.

Окончательно разделаться с опасной бандитской группой предстояло официальным органам власти. К милиции не обратились, опасаясь утечки информации, — это неминуемый провал.

Михаил дал отбой сразу, как только получил сообщение, что освобожденная благополучно следует в город под надежной охраной во главе с Белоусовым. Потерь пока нет, если не считать легких ранений, — спасают защитные шлемы и бронежилеты.

Профессионально ловко укрываясь, группа отступала к въездным воротам. Оставалось только выскочить за ограду —

и спасительный ночной лес поможет уйти от преследования. Но произошло непредвиденное: к бандитам подоспела подмога. Два громоздких «лендровера», битком набитых головорезами, не въезжая остановились на площадке у ворот. Михаилу ничего не оставалось, как скомандовать:

— Всем уходить через калитки, а там — лесом к машинам! Я их задержу. Побольше холостой пальбы!

Бывалым солдатам особых разъяснений не требовалось. Короткими бросками, под прикрытием стен и кустарника, непрерывно паля из всего, что было, группа достигла леса и в нем растворилась.

Юсупов упорно отстреливался из автомата, меняя обоймы и удивляясь: как это бандиты до сих пор не раскусили, что патроны холостые? Рассчитывал он только, что выручит спецназ госбезопасности.

— Сдавайся, сука! Тебе не уйти! — орали бандиты, но идти вперед не решались, дорожа своей шкурой.

Действовали они не спеша, спокойно; районной милиции не боялись — было кому их предупредить.

Михаил еще сопротивлялся бы, запас патронов оставался, но подвел бронежилет. Он уже был легко ранен — пуля по касательной поцарапала ногу, — но хорошо владел собой, лишь испытывая слабость от потери крови. Однако, когда незаметно подкравшийся бандит выстрелом почти в упор пробил бронежилет, Юсупов потерял сознание. «О Господи! Неужто конец?.. — последнее, о чем он успел подумать. — Какое счастье, что у меня сын... Не исчезнет наш род с русской земли!..»

— Не торопитесь, не добивайте! Мне нужно от него кое-что узнать.

Этот сиплый голос... чем-то он знаком... Михаил открыл глаза, постепенно сознание вернулось к нему. Примитивная перевязка — и его закаленный организм, большая физическая сила помогли прийти в себя, несмотря на серьезное ранение и большую потерю крови.

— Так вот кто опять испортил мне всю музыку! Старый знакомый!

Над Михаилом склонился высокий человек, — лицо двоится, расплывается перед глазами...

— Что, не чаял опять встретиться? Но будь уверен — теперь в последний раз!

Козырева подняли с постели, где он нежился с очередной любовницей. Выслушал сообщение, быстро оделся и тут же выехал, послав впереди себя группу подкрепления, — вне себя от ярости, что заложницу упустили. «Ничего, обойдем Мельниченко с другого конца! — успокаивал он себя. — Досадно, конечно, что хорошо подготовленная акция сорвалась. Но в больших делах не без накладок».

— Как же это вас облапошили, а? Всех пора разогнать! Обленились, ожирели! — бушевал он, распекая подручных. — Кто этот пройдоха? Покажите мне его! Сейчас он откроет, кто нас продал! А вы пока расследуйте, как было дело, и доложите! — распорядился он и направился в сторожку, куда притащили раненого Юсупова.

Козырев с первого взгляда узнал врага и поразился превратностям судьбы. «Сам Бог его на меня наслал, что ли, как кару за грехи? — думал он с тревогой. — Ведь расскажешь — не поверят!»

— Ну что, старый приятель, опять за меня взялся? — сдерживая клокотавшую злобу, начал он, убедившись, что Юсупов очнулся. — Не надоело мне пакостить? Или все еще мстишь за эту.... которую я к тебе тогда подослал? Так она доброго слова не стоила, — скривил он губы в гадкой усмешке. — Ну ладно, к делу, пока ты в сознании. Хочешь жить? Тогда говори: кто нас заложил? Кто продался?

«А что? Может, поквитаться с негодяем за то, что погубил стольких ребят на кладбище? — превозмогая боль и слабость, думал Михаил, преисполненный ненависти к продажному убийце Квашне. — Вот ему и возмездие!» Но вступать в сделку с бандитами?.. Хоть и выдать требуют подонка, вполне заслужившего мучительную смерть... Он колебался.

В этот момент во дворе раздался шум и в сторожку втолкнули упирающегося Квашню, — тот орал и матерился.

— Все на нем сходится. — Не глядя на хозяина, командир боевиков указал на бандита, красного как рак, яростно выпучившегося. — Я спал, когда он ночью заявился. Но ребята говорят, что шатался повсюду. Наверно, это он собак привязал и калитки открыл. Больше некому.

— Вранье-о! Как язык у тебя повернулся?! — взревел Квашня, пытаясь броситься на командира.

Но его крепко держали.

— А мне и разбираться не надо! — Козырев налитыми кровью глазами смерил враз осевшего негодяя. — Мне уже все про него известно. Вот кто жизнь себе сохранил признанием. — И небрежным жестом указал на тяжело дышавшего Михаила. — Все сказал, не знает одного — за сколько тебя купили.

— Ах ты, п...! Убью! — прохрипел Квашня, пытаясь дотянуться рукой до кобуры. — Клевещет за то, что не промахнулся. Это же я пулю в него всадил! Дайте добить гада!

«Неужели он? Ну это уж слишком!» — мелькнуло в затуманенном мозгу Михаила. Морщась, будто проглотил дрянь, он тихо, но внятно произнес:

— Хоть я ничего не говорил Козырю, но это факт. Спустите ему штаны — сами убедитесь. У него на заду наша печать. Пришлось поставить, когда уговаривали взять бабки.

С визжащего и брыкающегося Квашни стащили штаны и, поскольку клеймо еще кровоточило, немедленно поволокли на расправу. Дикие его вопли внезапно прекратились: видно, бандитам надоел истошный крик и они чем-то временно успокоили бывшего сотоварища.

«Вряд ли он так просто отделался за свое подлое предательство...» — успел подумать Михаил и вновь потерял сознание.

Всемогущая судьба и на этот раз оказалась благосклонна к нему. Бандиты так увлеклись расправой над предателем, что временно потеряли к нему интерес. Козырев руководил казнью, стремясь сделать ее показательной — чтоб другим неповадно было. Он не обращал внимания даже на настойчивый вызов радиотелефона, а когда приложил трубку к уху, изменился в лице.

Мгновенно по всей округе раздалась по мощному громкоговорителю команда:

— Всем оставаться на месте! Дом и вся территория под контролем спецназа госбезопасности! Сопротивление бесполезно! Выходить по одному! При попытке к бегству стреляем!

— Добить предателя и смываться всем, кто сможет! — только и успел распорядиться Козырь. — Я — в кабинет, сожгу кое-какие документы.

Кивнул телохранителям — те тут же окружили его, — и не мешкая, под их охраной, вышел. В кабинете, в дальнем углу здания, он запер дверь на все замки и нажал кнопку в стенке тяжелого дубового шкафа. Сработал потайной механизм и открылся проем, ведущий в подземный ход. Туда и устремился Козырь с четырьмя телохранителями. Скрытый туннель длиной не менее двухсот метров выходил в огороженный двор бездействующей мастерской по ремонту сельхозтехники. Там в полной готовности ждал мощный «кадиллак»: Козырев все предусмотрел.

Телохранители распахнули ворота, вскочили на ходу в машину, и она понеслась по лесной дороге, набирая скорость. Но фортуна перестала благоприятствовать Козырю: притормозив на переезде, заметили погоню.

— Засекли каким-то чудом! — бросил Козырев водителю. — Прибавь-ка газу! Надо оторваться. ФСБ — контора серьезная. Выедем на трассу — там пусть догоняют. Поймают здесь, в лесу, — лучшие адвокаты не отмажут!

Водитель был высококлассный, бывший гонщик, машина — мощнее, чем у преследователей; визжа тормозами на крутых поворотах, она стала быстро отрываться от погони. Но вот беда — на втором переезде путь перегородил длинный товарняк, — хвост, правда, виден...

— Ну дела! Давай проползай скорее! — ерзал Козырев. — Вот-вот достанут!..

В диком напряжении сидели в машине, все оглядываясь назад, на извилину лесной дороги, и всматриваясь в проем высокого кустарника, окаймлявшего открытый проезд, — там мелькали вагоны проходящего товарного... Последний вагон! Мощная машина рванула вперед, не дожидаясь, когда погаснет красная мигалка.

Стремясь поскорее уйти от преследователей, беглецы не заметили за товарняком приближавшегося встречного пассажирского поезда — он вынырнул в тот момент, когда машина пересекала переезд...

В мгновение ока ударив и развернув шикарный «кадиллак», локомотив протащил его, коверкая, небольшое расстояние и, смяв, как консервную банку, отбросил на придорожный откос... Машинист остановил поезд, но поздно... Все пассажиры, сидевшие в машине, погибли.

Хитроумный долларовый миллионер и воротила Козырев, он же вор в законе Козырь, долгие годы ловкостью, подкупом и обманом умело уходил от расплаты за свои злодеяния. Но от уготованной ему судьбы уйти не смог.

Операция затягивалась. Уже несколько часов Михаил Юсупов оставался между жизнью и смертью. Ранение его само по себе не смертельное: пуля, ослабленная бронежилетом, не задев жизненно важных органов, застряла в грудной клетке. Главное осложнение вызывала большая потеря крови, ослабившая сопротивляемость организма. Врачи ни за что не ручались. Больной не выходил из бессознательного состояния.

Родственников у Михаила не было, и Сергей Белоусов, посоветовавшись с Сальниковым, решил оповестить о его критическом состоянии Светлану — позвонил ей домой.

— Светлана Ивановна, — траурным тоном без всякой подготовки сообщил он, — у меня для вас печальная весть. С Юсуповым стряслась беда.

— Боже, что с ним?! Опять?! Что с Мишей... то есть с Михаилом Юрьевичем?.. Он... живой?..

Светлану подкосил зловещий тон Белоусова.

— Еще не умер, но в очень тяжелом состоянии. — Сергей решил не приукрашивать. — Тяжело ранен, освобождая заложницу, мать двоих детей, из рук бандитов. Ему уже сделали операцию, но он очень плох. Большая потеря крови.

«А почему я должен ее щадить? — думал он почти мстительно, вспомнив по рассказам Юсупова, как тот страдал, вернувшись из плена, когда застал ее женой другого. — Что она ему, жена? Столько лет не давала знать, что у него растет сын. Какая жестокость!»

— Не знаю, правильно ли делаю, что беспокою. Но я в курсе, что у вас с ним есть сын. Потому и счел своим долгом перед Михаилом оповестить.

— Ну конечно! Правильно сделали! Я вам очень благодарна! — кричала Светлана, выйдя из шокового состояния. — Не чужой он нам! Он нам очень дорог! — Задохнулась от волнения, голос ее прервался. — Ради Бога, скажите скорее — где он?..

— В Центральной клинической, в хирургическом отделении. Операцию делали лучшие специалисты. Мы не поскупились. Михаил Юрьевич, представьте, и нам очень дорог, — немного мягче, но все еще язвительно ответил Белоусов. — Что случится — мы останемся как без рук! — И добавил, помедлив: — А от вас ничего не требуется. Может, только немножко морально его поддержать. Сына не забудьте привезти!

Получив ужасную весть, Светлана некоторое время сидела в оцепенении, потрясенная. Нет конца несчастьям, которые ей суждено перенести... Только наметился наконец-то перелом к лучшему, жизнь наполнилась радостным ожиданием... Привыкла уже к мысли, что все постепенно наладится: Миша здесь, рядом; привяжется к сыну — одумается и в отношении к ней, поймет, что она не столь виновата, — если любит. А что она ему по-прежнему желанна — было написано на его лице при первой же встрече. И вот снова все рушится...

Когда она примчалась в больницу, Михаил находился в реанимации; кризис еще не наступил. Неужели она потеряет его еще раз, и теперь уже навсегда?.. Не уедет она отсюда, пока все не определится. У нее есть с собой немного денег, а там видно будет...

— Мамочка! Я говорю из Центральной клинической больницы, — сообщила она Вере Петровне по телефону. — Нет, с Петей все в порядке, но он остался один дома. — Она судорожно вздохнула. — Миша снова в больнице — между жизнью и смертью. Такая уж у него судьба! Прошлый раз — взрыв, сейчас пулю вынули из груди...

Я остаюсь с ним в больнице! Буду ждать, ухаживать, если придется. Поезжай, присмотри за Петенькой. Извинись за меня перед папой и жди звонка. Может, понадобится срочно везти сюда Петю... Пусть далеко! Возьмешь дома денег на такси!

— Ну конечно, доченька! Не беспокойся, все сделаю! А ты... не расстраивайся так. Все будет хорошо! Сердце подсказывает...

Когда Вера Петровна стала собираться в дорогу, она вдруг сообразила, что дочь впервые назвала Степана папой...

Двое суток, в течение которых Михаил бессознательно боролся за свое и ее счастье, стоили, наверно, Светлане нескольких лет жизни — столь они были наполнены волнениями и переживаниями, страстной надеждой и последним отчаянием. Утром третьего дня она впервые обнаружила серебряные нити в своих прекрасных золотистых волосах.

Однако отпущенную им чашу тяжелых испытаний Михаил и Светлана, видно, испили до дна — судьба решительно повернулась к ним лицом. На третьи сутки кризис миновал, Михаил пришел в сознание и открыл глаза, ощущая и телом, и душой, что жизнь к нему возвращается.

— Михаил Юрьевич, тут все дни после операции в больнице дежурит ваша жена, — заявил ему лечащий врач, как только убедился, что его пациенту лучше. — Она хочет вас видеть.

— А где она... сейчас? — совсем слабым еще голосом отозвался Миша. — Она... здесь?

— Да, здесь; в холле, вместе с сыном. Вы как себя чувствуете? В состоянии кого-то видеть, говорить? Недолго пока.

Желанная весть! Счастливая мысль! Самые дорогие ему на земле люди — рядом!

— Пусть... войдут, доктор. Мне будет... еще лучше. — И его ожившие глаза заблестели.

Когда Светлана и испуганно затихший Петя вошли и приблизились к его постели, Михаил нашел в себе силы лишь протянуть руку и заключить в свою большую, горячую ладонь обе маленькие ладони — любимой женщины и сына.

Все трое в этот миг радостно осознали: отныне и навсегда они одна семья.

ЭПИЛОГ

Церковный обряд бракосочетания Михаила Юрьевича Юсупова и Светланы Ивановны Григорьевой состоялся по традиции на Красную горку, в величественном храме бывшей Алексеевской слободы. Здесь в старину останавливался на ночлег царский поезд, следовавший на молебен в Троице-Сергиеву лавру.

Торжественная церемония венчания подходила к концу; молодой, дородный священник провозгласил:

— Венча-ается раба Божья Светла-ана рабу Божьему Михаи-илу! Венча-ается раб Божий Михаи-ил рабе Божьей Светла-ане!

Когда новобрачные обменялись кольцами, восторгу присутствующих не было предела. Все здесь, за исключением случайных посетителей, знали полную драматизма историю их любви и от души радовались счастливому завершению выпавших им на долю испытаний.

Молодые медленно шли рядом в живом коридоре нарядной, возбужденной толпы, и лица их светились счастьем. Царственно красивая пара — как гармонично они сочетаются друг с другом! Михаил выступал твердой походкой, величественно возвышаясь над толпой, как римский патриций. Одной рукой он поддерживал жену, а другой прижимал к себе радостно улыбающегося сына. Его обычно непослушные соломенные волосы были красиво уложены, а мягкие карие глаза смотрели спокойно и уверенно. Он знал, что испил свою чашу сердечных испытаний до дна и вправе ожидать долгих лет безмятежного счастья.

Светлана, вступая во второй брак, сочла неуместным пышный свадебный наряд. Скромное, закрытое платье, плотно облегающее очаровательную, стройную фигуру, само по себе служило лишь фоном для великолепных фамильных драгоценностей: сверкала крупными бриллиантами платиновая диадема на золотистой голове; разноцветными огнями горели бриллианты в старинных серьгах, ожерелье, браслете и кольцах. Сияние драгоценностей, плавная походка, гордая осанка...

— Как прекрасно! — шептали многие.

За молодыми, веселые, счастливые, следовали по-прежнему красивые, представительные Степан Алексеевич и Вера Петровна; затем все семейство Никитиных; близкие друзья и родственники. Присутствовать на венчании пожелала даже дальняя деревенская родня Светланы.

Подлинной сенсацией стало прибытие из-за границы дальних родичей Михаила: его американского дядюшки Юсупова с сыном, стройных и высоких, как он сам, и двоюродной тетки, урожденной Стрешневой, — очень старой, надменной дамы (она жила в Италии). Ему удалось их разыскать, когда он еще жил в Новосибирске и его томило одиночество.

Толпившаяся публика представляла собой пестрое зрелище. Броские одеяния деятелей искусства соседствовали со строгими костюмами деловых людей; элегантные, дорогие туалеты аристократических родственников — со скромной одеждой сельских жителей.

Здесь собрались представители нескольких поколений — люди разного общественного положения и достатка, уровня интеллекта и образования; разных национальностей, вероисповедания, подданства. Но все они составляли единый народ.

Содержание

По вопросу оптовой покупки книг
издательства «Гелеос» обращаться по адресу:
Партийный пер. д. 1.
Тел.: 235-94-00, факс:951-89-72
E-mail: leVon@nm.ru
Книги нашего издательства можно заказать по почте.
Адрес: 115093, Москва, а/я 40, Книжный клуб «Читатель».

Семен МАЛКОВ

ДВЕ СУДЬБЫ

Художник: *Г. Григорян*
Технический редактор: *В. Ерофеев*
Корректор: *А. Федорова*

Общероссийский классификатор продукции ОК-005-93,
том 2; 953000 — книги, брошюры

Гигиеническое заключение
№ 77.99.14.953.П.12850.7.00 от 14.07.2000 г.

ЗАО «Издательский Дом ГЕЛЕОС»
115093, Москва, Партийный переулок, 1, оф. 319.
Тел. (095) 235-9400. Тел/факс (095) 951-8972

Издательская лицензия № 065489 от 31 декабря 1997 г.

Отпечатано в полном соответствии с качеством
предоставленных диапозитивов в Тульской типографии.
300600, г. Тула, пр. Ленина,109.